MOEWIG BEI Ullstein

ZUM BUCH:

Die Geschichte spielt weit in der Vergangenheit des Planeten Darkover: Die Nachfahren der gestrandeten Raumfahrer von der Erde haben Psi-Kräfte entwickelt und eine eigene Kultur aufgebaut. Doch noch herrscht das Zeitalter des Chaos, noch ist der Planet in über hundert Königreiche zerfallen, die einander bekriegen. Schon viele Darkovaner haben davon geträumt, ihren Planeten zu einen und das Chaos zu beenden, aber zwei kraftvolle Persönlichkeiten nehmen diese Aufgabe nun ernsthaft in Angriff: Varzil und Bard di Asturien. Den einen nennt man »den Guten«, der andere ist der einsame Wolf. Und beide sind erbitterte Gegner.

ZUR AUTORIN:

Marion Zimmer Bradley, Jahrgang 1930, entdeckte ihre Liebe zur Science-fiction-Literatur bereits im Alter von 16 Jahren. Ihre erste eigene Story erschien 1953 in dem Magazin VORTEX SF, und schon ihr erster Kurzroman BIRD OF PREY (1957) war nicht nur ein Volltreffer – er legte auch den Grundstein für den großangelegten Zyklus um DARKOVER, den Planeten der blutroten Sonne, mit dem die Autorin zu Weltruhm gelangte.
Mit zunehmendem Erfolg und der damit verbundenen Selbständigkeit dem Zwang zur SF-Massenproduktion entronnen, konnte Marion Zimmer Bradley die Qualität ihrer Romane immer weiter verbessern und auf die Probleme eingehen, die ihr am Herzen liegen – so die Stellung der Frau in der SF und die Beziehung der Geschlechter unter völlig neuen Bedingungen. Heute ist Marion Zimmer Bradley die mit Abstand bekannteste, erfolgreichste und beliebteste SF-Autorin der Welt. Um ihre DARKOVER-Romane hat sich längst ein regelrechter Kult gebildet, der auch in Deutschland immer mehr Anhänger gewinnt.

MARION ZIMMER BRADLEY

Die Zeit der hundert Königreiche

ROMAN

MOEWIG BEI Ullstein

Moewig bei Ullstein
Amerikanischer Originaltitel:
Two To Conquer
Übersetzt von
Rosemarie Hundertmarck

Ungekürzte Ausgabe
Umschlagentwurf:
Theodor Bayer-Eynck
Umschlagillustration:
Silvia Christoph

Printed in Germany 1995
Druck und Verarbeitung:
Ebner Ulm
ISBN 3 8118 2910 6

September 1995
Gedruckt auf alterungs-
beständigem Papier mit
chlorfrei gebleichtem Zellstoff

Von derselben Autorin
in der Reihe
Moewig bei Ullstein:

Hasturs Erbe (63515)
Die Jäger des Roten Mondes (63528)
Reise ohne Ende (63548)
Der verbotene Turm (63553)
Die blutige Sonne (63572)
Die Zeit der hundert
Königreiche (63584)
Die Flüchtlinge des
Roten Mondes (63540)
Landung auf Darkover (63653)
Die zerbrochene Kette (63671)
Kräfte der Comyn (63693)
Das Schwert des Chaos (63702)
Die Monde von Darkover (63883)
Zauberschwestern (63884)
Herrin der Falken (63886)

Die Deutsche Bibliothek –
CIP-Einheitsaufnahme

Bradley, Marion Zimmer:
Die Zeit der hundert Königreiche : Roman /
Marion Zimmer Bradley. [Übers. von
Rosemarie Hundertmarck]. – Ungekürzte Ausg.
– Rastatt : Moewig bei Ullstein, 1995
ISBN 3-8118-2910-6

MARION ZIMMER BRADLEY

Die Zeit der hundert Königreiche

ROMAN

MOEWIG BEI Ullstein

Moewig bei Ullstein
Amerikanischer Originaltitel:
Two To Conquer
Übersetzt von
Rosemarie Hundertmarck

Ungekürzte Ausgabe
Umschlagentwurf:
Theodor Bayer-Eynck
Umschlagillustration:
Silvia Christoph

Printed in Germany 1995
Druck und Verarbeitung:
Ebner Ulm
ISBN 3 8118 2910 6

September 1995
Gedruckt auf alterungs-
beständigem Papier mit
chlorfrei gebleichtem Zellstoff

Von derselben Autorin
in der Reihe
Moewig bei Ullstein:

Hasturs Erbe (63515)
Die Jäger des Roten Mondes (63528)
Reise ohne Ende (63548)
Der verbotene Turm (63553)
Die blutige Sonne (63572)
Die Zeit der hundert
Königreiche (63584)
Die Flüchtlinge des
Roten Mondes (63540)
Landung auf Darkover (63653)
Die zerbrochene Kette (63671)
Kräfte der Comyn (63693)
Das Schwert des Chaos (63702)
Die Monde von Darkover (63883)
Zauberschwestern (63884)
Herrin der Falken (63886)

Die Deutsche Bibliothek –
CIP-Einheitsaufnahme

Bradley, Marion Zimmer:
Die Zeit der hundert Königreiche : Roman /
Marion Zimmer Bradley. [Übers. von
Rosemarie Hundertmarck]. – Ungekürzte Ausg.
– Rastatt : Moewig bei Ullstein, 1995
ISBN 3-8118-2910-6

Tanith Lee gewidmet . . .

*. . . zur Erinnerung an eine alte Streitfrage,
deren Beantwortung weder ihr noch mir gelang
und auch niemals gelingen wird.*

Vorbemerkung der Autorin

Wie alle Darkover-Romane ist auch dieser eine abgeschlossene Geschichte und nicht ein unvollständiger Teil einer Serie. Doch für jene, die Wert auf die Darkover-Chronologie legen, sei gesagt: *Die Zeit der Hundert Königreiche* spielt gegen Ende des Zeitalters des Chaos, in der Periode, die später – wie der Titel schon sagt – als Zeit der Hundert Königreiche bekannt wurde, rund zweihundert Jahre später, als Allart Elhalyn, wie in *Herrin der Stürme* berichtet, zu Hali und Thendara regierte. Kriege, in denen die Matrix-Wissenschaft zu zerstörerischen Zwecken eingesetzt wurde, hatten die alten Reiche in viele kleine unabhängige Königtümer, Stadtstaaten, Baronien, Grafschaften und Republiken aufgeteilt, die alle nicht sehr groß waren. Von einigen der Königreiche hieß es, der König könne sich auf einen Hügel stellen und von da aus über sein ganzes Land in das der Nachbarkönige hineinsehen.

Viele Männer jener Zeit träumten davon, die Hundert Königreiche zu vereinigen und die Anarchie zu Gesetz und Ordnung zurückzuführen. Einer dieser Männer war Varzil, dem die Geschichte den Beinamen *Der Gute* verlieh, *Laranzu* von Neskaya, ein zweiter Bard di Asturien, den man den Wolf der Kilghardberge nannte. Und dies ist ihre Geschichte.

Marion Zimmer Bradley

Prolog: Der Fremde

Paul Harrell erwachte, verwirrt, nur halb bei Bewußtsein und mit dem Gefühl, langdauernde Alpträume hinter sich zu haben. Die Muskeln seines Körpers schmerzten, als sei jeder für sich ein hohler Zahn, und sein Kopf fühlte sich an, als habe er einen wahrhaft monumentalen Kater. Verwischte Erinnerungen, ein Mann mit seinem Gesicht, seine eigene Stimme, die fragte: *Verdammt noch mal, wer bist du? Doch nicht etwa zufällig der Teufel?* Nicht etwa, daß er an den Teufel oder die Hölle oder eines jener Dinge glaubte, die erfunden waren, um die Menschen zu zwingen, das zu tun, was andere Leute für richtig hielten, statt das, was sie selbst wollten.

Er bewegte seinen Kopf, und der Schmerz darin ließ ihn zusammenzucken. *Donnerwetter! Muß ich gestern abend einen draufgemacht haben*!

Er streckte sich, versuchte sich umzudrehen und stellte fest, daß er bequem lag und genügend Platz für seine Beine hatte. Der Schock machte ihn hellwach.

Er konnte sich bewegen, sich strecken – *er war nicht in der Stasis-Zelle!*

War also alles nur ein Alptraum gewesen? Die Flucht vor der Alpha-Polizei, die Rebellion, die er in der Kolonie angeführt hatte, der letzte Kampf, bei dem seine Männer rings um ihn niedergeschossen worden waren, die Gefangennahme und der Prozeß – und schließlich das Grauen, als sich die Stasis-Zelle für immer um ihn schloß.

Für immer. Das war sein letzter Gedanke gewesen. Für immer.

Schmerzlos natürlich. Sogar angenehm, wie das Einschlafen, wenn man vollständig erschöpft ist. Aber er hatte um diesen letzten bewußten Augenblick mit aller Kraft gekämpft, weil er wußte, daß es wirklich der letzte war. Er würde nie mehr aufwachen.

Humane Regierungen hatten die Todesstrafe vor langer Zeit abgeschafft. Zu oft hatte sich ein paar Jahre nach der Hinrichtung des Gefangenen durch neues Beweismaterial seine Unschuld erwiesen. Der Tod machte den Fehler unwiderruflich und setzte das ganze Justizsystem in Verlegenheit. Die Stasis-Zelle hielt den Gefangenen sicher von der Gesellschaft fern ... aber er konnte immer noch rehabilitiert und ins Leben zurückgerufen werden. Und es gab keine

Gefängnisse, keine traumatischen Erinnerungen an die Gemeinschaft mit abgebrühten Kriminellen, keine Gefangenenaufstände. Überflüssig geworden waren Beratung, Erholung, Neuanpassung. Steckt sie einfach in eine Stasis-Zelle und laßt sie dort auf natürliche Weise altern und schließlich sterben, bewußtlos, leblos ... falls sie sich nicht doch noch als unschuldig erweisen. Dann konnte man sie herausholen.

Nur hatte Paul Harrell gewußt, daß das in seinem Fall unmöglich war. Er war schuldig, und dessen hatte er sich auch noch gerühmt, und er hatte es darauf angelegt, vor der Gefangennahme niedergeschossen zu werden. Was noch schwerer wog, er hatte sich Mühe gegeben, so etwa zehn der verdammten Bullen mitzunehmen. Deshalb hatte er das gesetzliche Recht auf die Wahl zwischen Stasis-Zelle und Rehab verwirkt.

Der Rest seiner Männer, die nicht niedergeschossen worden waren, ließ sich demütig wie Schafe zur Rehabilitation treiben, wo man aus ihnen konformistische Nullen machte. Das war alles, was man in dieser idiotischen Welt wünschte. Marionetten. Tröpfe ohne Mumm. Und bis zum letzten Ende konnte er sehen, daß der Richter und alle seine juristischen Ratgeber hofften, er werde zusammenbrechen und um Gnade betteln – um eine Chance zur Rehab, damit sie ihn mit Drogen und Umerziehung und Gehirnwäsche in einen Niemand verwandeln konnten, der mit allen anderen im Gleichschritt durch das marschierte, was sie Leben nannten. *Danke, das ist nichts für mich. Ich tue bei ihrem verdammten Spiel nicht mit. Als ich meinen Lauf beendet hatte, war ich bereit zu gehen, und ich ging.*

Und so lange es dauerte, war es ein gutes Leben gewesen, dachte er. Er hatte Haschee aus ihren blöden Gesetzen gemacht, weil sich jahrelang niemand auch nur vorzustellen vermochte, jemand könne ein Gesetz anders als durch einen Zufall oder Unwissenheit brechen. Er hatte alle Frauen gehabt, die er wollte, und alle sonstigen Genüsse.

Frauen vor allem. Er ging nicht auf die blödsinnigen Spiele ein, zu denen die Frauen die Männer zwingen wollten. Er war ein Mann, und wenn sie einen Mann statt eines Schafes wollten, entdeckten sie auf der Stelle, daß sich Paul Harrell nicht nach ihren konformistischen Schwächlingsregeln richtete.

Dies verdammte Weib, das mir die Polizei auf den Hals gehetzt hat!

Wahrscheinlich hatte sie von ihrer Mutter gelernt, daß es eine Vergewaltigung sei und ein Mädchen Zeter und Mordio schreien müsse, wenn der Mann nicht vor ihr auf die Knie fiel und sich wie ein Kapaun benahm, wie ein Jammerlappen, der sich von einer Frau an der Nase herumführen ließ und sie niemals berührte, bis *sie* den Wunsch dazu äußerte! Teufel, er wußte es besser. In Wirklichkeit liebten die Frauen es, wenn einer ranging und ein Nein nicht als Antwort gelten ließ. Nun, sie hatte herausgefunden, daß er sich keine Vorschriften machen ließ, selbst wenn die Stasis-Zelle ihm drohte. Sie hatte wohl gedacht, er werde um eine Chance zur Rehab winseln, und dann würde man aus ihm ein Lämmchen machen, das sie spazierenführen konnte.

Zum Teufel mit ihr! Bis an ihr Lebensende würde sie jetzt nachts aufwachen und daran denken, daß sie ein einziges Mal einen wirklichen Mann gehabt hatte ...

Als er in seinen Erinnerungen so weit gekommen war, setzte Paul Harrell sich hoch und riß die Augen auf. Er war nicht in der Stasis-Zelle, und er war auch an keinem anderen Ort, den er kannte. War dann alles nur ein Alptraum gewesen, das Mädchen, die Rebellion, die Schießerei mit den Polizisten, der Richter, der Prozeß, die Stasis-Zelle ...?

War er jemals dort gewesen, war irgend etwas davon wirklich geschehen?

Und wenn ja, wie war er hinausgelangt?

Er lag auf einer weichen Matratze, bezogen mit einem sauberen, groben Leintuch. Zugedeckt war er mit Woll- und Steppdecken und einem Fell. Rings um ihn war ein sehr schwaches, trübes, rötliches Licht. Er streckte die Hand aus und stellte fest, daß das Licht durch schwere Bettvorhänge fiel. Er lag in einem Himmelbett, wie er es einmal irgendwo in einem Museum gesehen hatte, und die Vorhänge um das Bett schlossen das Licht aus. Es waren rote Vorhänge.

Er zog sie beiseite. Das Zimmer hatte er noch nie gesehen. Und er hatte nicht nur dies Zimmer noch nie gesehen, ihm war auch noch nie in seinem Leben etwas Ähnliches untergekommen.

Etwas war verdammt sicher. Er war nicht in der Stasis-Zelle, es sei denn, eine Serie bizarrer Träume gehörte mit zu der Bestrafung. Auch war er nirgends im Rehab-Zentrum. Er war nicht einmal auf Alpha, dachte er, als er durch das hohe Bogenfenster eine riesige rote Sonne erspähte, und auch nicht auf Terra oder einem anderen Planeten der Konföderierten Welten, die er schon einmal besucht hatte.

Vielleicht war das hier Walhalla oder so etwas Ähnliches. Es gab alte Sagen über einen idealen Ort für Krieger, die den Heldentod gestorben waren. Und er war gewiß kämpfend untergegangen. Beim Prozeß hatte es geheißen, er habe acht Polizisten getötet und einen weiteren fürs Leben verkrüppelt. Er war gefallen wie ein Mann, nicht wie ein Konformist, an dem eine Gehirnwäsche vollzogen worden war. Er hatte nicht um eine Chance gebettelt und gefleht, noch eine Weile länger auf den Knien in einer Welt herumrutschen zu dürfen, die keine Achtung vor einem Mann hatte, der lieber auf seinen Füßen starb!

Jedenfalls war er aus der Zelle heraus, das war schon mal ein guter Anfang. Aber er war nackt, wie man ihn in die Zelle hineingesteckt hatte. Sein Haar war immer noch geschoren wie zu dem Zeitpunkt, als ... Nein. Man hatte ihm den Kopf rasiert, und deshalb mußte er einen oder zwei Monate in der Zelle gewesen sein, weil er die dicke, weiche Wolle fühlen konnte. Er sah sich im Zimmer um. Es hatte einen Steinfußboden, auf dem ein paar dicke Fellteppiche lagen. An Möbeln gab es nichts außer dem Bett und einer mit reichen Schnitzereien versehenen schweren Truhe aus dunklem Holz.

Und jetzt fiel ihm trotz des Hämmerns in seinem Kopf noch etwas ein: ein stechender Schmerz, blaue Blitze um ihn, ein Kreis aus Gesichtern, das Gefühl, aus großer Höhe zu fallen – Schmerz und dann ein Mann. Ein Mann mit seinem eigenen Gesicht und seiner eigenen Stimme, der ihn fragte: *Wer bist du? Doch nicht etwa zufällig der Teufel?* Alte Sagen. Wenn man einen Mann mit dem eigenen Gesicht sah, seinen Doppelgänger, dann war das entweder der Teufel oder eine Warnung vor dem Tod. Aber praktisch war er ja gestorben, als man ihn in die Stasis-Zelle steckte. Was konnte ihm also noch irgendwer tun? Sicher war das ein Traum gewesen. Oder doch nicht? Oder hatten sie, nachdem er in der Zelle verschwunden war, einen Klon von ihm hergestellt und den Klon einer Gehirnwäsche unterzogen und aus ihm den guten, respektablen, konformistischen Bürger gemacht, den sie immer aus *ihm* hatten machen wollen?

Irgend etwas hatte ihn irgendwie hierhergebracht. Aber wer und wann und wie? Und vor allem: warum?

Und dann öffnete sich die Tür, und der Mann mit seinem Gesicht trat ein.

Nicht ein Mann, der ihm sehr ähnlich war wie ein Zwillingsbruder. *Er selbst.*

Wie er hatte der Mann blondes Haar, nur war es bei dem Fremden dick und lang und zu einem festen Zopf zusammengedreht, um den sich eine rote Schnur wickelte. Paul hatte noch nie einen Mann gesehen, der sein Haar auf diese Weise trug.

Auch hatte er noch nie einen Mann so angezogen gesehen wie den mit seinem Gesicht, mit Sachen aus schwerer Wolle und Leder: eine geschnürte Lederweste, darunter eine Jacke aus ungebleichter Wolle, lederne Breeches, hohe Stiefel. Jetzt, wo Paul sich zum Teil unter seinen Decken hervorgearbeitet hatte, stellte er fest, daß es im Zimmer kalt genug war, um diese Art Kleidung ratsam erscheinen zu lassen. Und durch das Fenster sah er, daß der Schnee dick auf dem Boden lag. Nun, daß er nicht auf Alpha war, wußte er bereits, und wenn er daran noch Zweifel gehabt hätte, wären sie durch die schwach purpurnen Schatten auf dem Schnee und die große rote Sonne beseitigt worden.

Aber seltsamer als das alles war der Mann mit seinem Gesicht. Das war keine Ähnlichkeit, die sich auf kurze Entfernung verlor. Es war nicht einmal sein seitenverkehrtes Spiegelbild, sondern das Gesicht, das er auf Videoaufnahmen von seinem Prozeß gesehen hatte.

Ein Klon – wenn sich außer reichen Exzentrikern jemand so ein Ding leisten könnte. Eine absolute, identische Replik seiner selbst, bis zu dem gespaltenen Kinn und dem kleinen braunen Muttermal auf seinem linken Daumen. *Was zum Teufel ging hier vor?*

Er fragte: »Wer zum Teufel bist du?«

Der Mann in der Lederweste antwortete: »Ich komme, um dir die gleiche Frage zu stellen.«

Paul erkannte die Fremdheit der Silben. Sie hörten sich ein bißchen wie Alt-Spanisch an, eine Sprache, von der er ein paar Wörter kannte. Aber er konnte die Rede des Mannes deutlich verstehen, und das jagte ihm mehr Furcht ein als alles, was sonst geschehen war. Jeder las die Gedanken des anderen.

»Hölle und Verdammnis«, platzte er heraus, »du bist *ich!*«

»Nicht ganz«, meinte der andere Mann, »aber es kommt dem nahe genug. Und das ist der Grund, warum wir dich nach hier gebracht haben.«

»Nach hier.« Paul klammerte sich an das eine Wort. »Wo ist *hier?* Welche Welt ist das? Welche Sonne ist das? Und wie bin ich hergekommen? Und wer bist du?«

Der Mann schüttelte den Kopf, und wieder hatte Paul das unheimliche Gefühl, er beobachte sich selbst.

»Die Sonne ist die Sonne«, sagte er, »und wir sind in dem Land, das man die Hundert Königreiche nennt; das hier ist das Königreich von Asturias. Und was die Welt betrifft, so wird sie Darkover genannt, und das ist das einzige Wort, das ich für sie kenne. Als ich ein Junge war, erzählte man mir eine Fabel darüber, daß die Sterne Sonnen wie unsere eigene seien, umkreist von einer Million Millionen Welten wie unserer, und vielleicht mit Menschen wie wir darauf. Aber ich habe immer gedacht, das sei eine Geschichte, um Babys und kleine Mädchen zu ängstigen! Doch in der letzten Nacht habe ich Seltsameres gesehen und gehört. Die Zauberei meines Vaters hat dich nach hier gebracht, und wenn du wissen willst, warum, mußt du ihn fragen. Aber wir führen nichts Böses gegen dich im Schilde.«

Paul hörte die Erklärung kaum. Er starrte den Mann mit seinem Gesicht, seinem Körper, seinen eigenen Händen an und versuchte zu ergründen, was er für den Mann empfand.

Sein Bruder. Er selbst. Er kann mich verstehen. Diese Gedanken schossen ihm durch den Kopf. Und gleichzeitig machte sich plötzlicher Zorn breit: *Wie kann er es wagen, mit meinem Gesicht herumzulaufen?* Und dann, in völliger Verwirrung: *Wenn er ich ist, wer zum Teufel bin dann ich*?

Und der andere Mann sprach die Frage aus. »Wenn du ich bist . . .« – seine Fäuste ballten sich – ». . . wer bin dann ich?«

Paul lachte hart auf. »Vielleicht bist du doch der Teufel. Wie ist dein Name?«

»Bard«, erwiderte der Mann. »Aber man nennt mich *Wolf*. Bard di Asturien, der Kilghard-Wolf. Und du?«

»Mein Name ist Paul Harrell«, sagte er und schwankte. War das alles ein bizarrer Traum in der Stasis-Zelle? War er gestorben und nach Walhalla gekommen?

Er verstand nichts von alldem. Absolut gar nichts.

Sieben Jahre früher . . .

1. BUCH
Die Pflegebrüder

1

Licht fiel aus jedem Fenster und jeder Schießscharte von Burg Asturias. In dieser Nacht feierte König Ardrin von Asturias ein großes Fest, denn er verlobte seine Tochter Carlina mit seinem Pflegesohn und Neffen Bard di Asturien, dem Sohn seines Bruders Dom Rafael von High Fens. Die meisten Edlen von Asturias und ein paar aus den benachbarten Königreichen waren gekommen, der Verlobung und der Tochter des Königs die Ehre zu erweisen. Der Hof war ein Meer leuchtender Farben. Fremde Pferde und andere Reittiere, die in die Ställe gebracht wurden, reichgekleidete Adlige, gewöhnliches Volk, das sich vor den Toren drängte, um sich das Schauspiel anzusehen und die Gabe von Essen, Wein und Süßigkeiten in Empfang zu nehmen, die von der Küche aus an alle verteilt wurde. Diener rannten in wirklichen oder erfundenen Geschäften umher.

Hoch oben in den abgetrennten Räumen der Frauen blickte Carlina di Asturien mit Widerwillen auf den gestickten Schleier und das Überkleid aus blauem Samt, besetzt mit Perlen von Temora, das sie bei der Verlobungszeremonie tragen sollte. Sie war vierzehn Jahre alt, ein schlankes, blasses junges Mädchen mit langen dunklen Zöpfen, die unter ihren Ohren in Schaukeln hingen, und großen grauen Augen, die das einzige schöne Merkmal in einem zu schmalen und zu nachdenklichen Gesicht waren. Ihr Gesicht war um die Augenlider rot; sie hatte lange Zeit geweint.

»Nun, komm, komm«, drängte Ysabet, ihre alte Amme. »Du darfst nicht so weinen, *Chiya*. Und Bard ist so hübsch und tapfer. Denk doch nur daran, daß dein Vater ihn wegen seiner Tapferkeit in der Schlacht von Snow Glen zum Bannerträger gemacht hat. Und schließlich, liebes Kind, ist es ja nicht, als solltest du einen Fremden heiraten. Bard ist dein Pflegebruder und hier im Haus des Königs erzogen worden, seit er zehn Jahre alt war. Ihr habt doch als Kinder immer zusammen gespielt – ich dachte, du liebtest ihn.«

»Das tue ich auch – als Bruder«, flüsterte Carlina. »Aber Bard heiraten – nein, Amme, das will ich nicht. Ich will überhaupt nicht heiraten ...«

»Also, das ist Torheit«, gluckste die ältere Frau und hielt das perlenbestickte Überkleid in die Höhe, um ihrem Pflegling hineinzuhelfen. Carlina ließ es zu, daß sie wie eine Puppe angekleidet wurde. Sie wußte, Widerstand hatte keinen Zweck.

»Warum willst du Bard denn nicht heiraten? Er ist hübsch und tapfer – wie viele junge Männer haben sich schon ausgezeichnet, bevor sie ihr sechzehntes Jahr erreichten?« verlangte Ysabet zu wissen. »Ich zweifle gar nicht daran, daß er eines Tages General über alle Truppen deines Vaters sein wird. Du hältst ihm doch nicht vor, daß er *Nedestro* ist? Der arme Junge kann ja nichts dafür, daß ihn eine der Mätressen seines Vaters geboren hat und nicht seine gesetzliche Ehefrau!«

Carlina lächelte schwach darüber, daß jemand Bard einen »armen Jungen« nennen konnte.

Ihre Amme kniff sie in die Wange. »Das ist die richtige Art, zu deiner Verlobung zu gehen, mit einem Lächeln! Laß mich noch die Verschnürung zurechtziehen.« Sie zupfte an den Schnüren und steckte die Enden nach innen. »Setz dich her, meine Süße, damit ich dir die Sandalen anziehen kann. Sieh doch, wie niedlich, deine Mutter hat sie passend zu dem Gewand gemacht, blaues Leder mit Perlen! Wie hübsch du bist, Carlie, wie eine blaue Blume! Ich muß noch die Bänder in deinem Haar befestigen. Ich glaube nicht, daß es heute nacht irgendwo in neun Königreichen eine schönere Braut gibt! Und Bard sieht wirklich gut genug aus, um deiner würdig zu sein, so hell, wo du so dunkel bist . . .«

»Welch ein Jammer«, stellte Carlina trocken fest, »daß er dich nicht heiraten kann, Amme, da er dir so gut gefällt.«

»Komm, komm, mich würde er nicht wollen, alt und verschrumpelt, wie ich bin«, wies Ysabet sie zurecht. »Ein schöner junger Krieger wie Bard muß eine schöne junge Braut bekommen, und so hat dein Vater es befohlen . . . Ich weiß überhaupt nicht, warum ihr nicht heute nacht auch gleich verheiratet und zu Bett gebracht werdet!«

»Weil«, antwortete Carlina, »ich meine Mutter inständig darum bat, und sie sprach für mich bei meinem Vater und Herrn. Da stimmte er zu, daß ich nicht verheiratet werden soll, bis ich mein fünfzehntes Jahr vollendet habe. Die Hochzeit wird zum Mittsommer-Fest in einem Jahr ab heute stattfinden.«

»Wie hältst du es aus, so lange zu warten? Evanda segne dich, Kind, wenn ich einen so hübschen Liebhaber hätte wie Bard, könnte ich nicht so lange warten . . .« Sie sah Carlina zusammenzucken und sprach sanfter weiter. »Fürchtest du dich vor dem Ehebett, Kind? Es ist noch keine Frau daran gestorben, und ich habe keinen Zweifel, daß du es angenehm finden wirst. Aber für den Anfang macht es doch schon etwas aus, daß dein Mann kein Fremder, sondern ein Spielgefährte und außerdem dein Pflegebruder ist.«

Carlina schüttelte den Kopf. »Nein, das ist es nicht, obwohl ich, wie ich schon sagte, keine Lust zum Heiraten habe. Ich würde mein Leben lieber in Keuschheit und mit guten Werken unter den Priesterinnen Avarras zubringen.«

»Der Himmel schütze uns!« Die Frau machte eine schockierte Geste. »Das würde dein Vater nie erlauben!«

»Das weiß ich, Amme. Die Göttin weiß, ich habe ihn angefleht, mir diese Heirat zu ersparen und mich gehen zu lassen. Aber er erinnerte mich daran, ich sei eine Prinzessin, und es sei meine Pflicht zu heiraten und seinem Thron starke, mächtige Verbündete zuzubringen. So wie meine Schwester Amalie bereits König Lorill von Scathfell als Braut gesandt wurde. Jenseits des Kadarin, das arme Mädchen, allein in diesen nördlichen Bergen, und meine Schwester Marilla ist im Süden in Dalereuth verheiratet . . .«

»Ärgert es dich, daß sie mit Prinzen und Königen verheiratet wurden und du nur den Bastard des Bruders deines Vaters bekommst?«

Carlina schüttelte den Kopf. »Nein, nein«, sagte sie ungeduldig. »Ich weiß, was mein Vater im Sinn hat. Er möchte Bard mit einem starken Band an sich fesseln, damit er eines Tages sein stärkster Kämpfer und Beschützer ist. An mich oder Bard hat er keinen Gedanken verschwendet. Das ist nur eins der Manöver meines Vaters, Thron und Königreich zu schützen!«

»Nun, die meisten Ehen werden aus weniger guten Gründen geschlossen«, meinte die Amme.

»Aber es wäre nicht notwendig!« brach es aus Carlina hervor. »Bard würde sich mit jeder Frau zufriedengeben, und mein Vater hätte irgendeine von hohem Rang finden können, die Bards Ehrgeiz Genüge tun würde! Warum muß ich gezwungen werden, mein Leben mit einem Mann zu verbringen, dem es ganz gleichgültig ist, ob ich es bin oder eine andere, solange sie nur seinem Ehrgeiz dienlich ist und ein hübsches Gesicht und einen willigen Körper hat? Avarra erbarme sich, glaubst du, ich weiß nicht, daß schon jedes dienende Mädchen in der Burg sein Bett geteilt hat? Sie prahlen hinterher damit!«

»Was das betrifft«, sagte Ysabet, »so ist er nicht besser und nicht schlechter als jeder deiner Brüder und Pflegebrüder. Du kannst es einem jungen Mann nicht verübeln, wenn er hinter den Mädchen her ist. Und wenigstens beweist ihre Prahlerei, daß er weder impotent noch ein Liebhaber von Männern ist! Wenn ihr verheiratet seid, mußt du ihm einfach in deinem Bett genug zu tun geben, um ihn aus anderen herauszuhalten.«

Carlina ließ sich anmerken, daß die vulgäre Bemerkung ihr mißfiel. »Ich gönne ihnen Bard und sein Bett«, erklärte sie, »und ich werde ihnen den Platz darin nicht streitig machen. Aber ich habe Schlimmeres gehört. Er erkennt keine Weigerung an. Wenn ein Mädchen ihm nein sagt oder wenn er Grund zu der Annahme hat, sie werde ihm nein sagen, setzt er seinen Stolz darein, einen Zwang über sie zu werfen, einen Glanz, so daß sie nicht widerstehen kann, sondern willenlos in sein Bett kommt, ohne die Kraft, sich selbst zu helfen . . .«

»Ich habe von Männern gehört, die dies *Laran* haben«, grinste Ysabet. »Es ist eine nützliche Sache, selbst wenn ein junger Mann hübsch und kräftig ist. Aber ich gebe nicht viel auf solche Geschichten über Zauberei. Welche junge Frau muß erst verhext werden, um zu einem jungen Mann ins Bett zu gehen? Sicher benützen sie das alte Märchen nur als Entschuldigung, wenn sie außer der Zeit einen dicken Bauch bekommen . . .«

»Nein, Amme«, widersprach Carlina. »In wenigstens einem Fall weiß ich, daß es wahr ist. Denn meine eigene Zofe Lisarda ist ein braves Mädchen, und sie hat mir erzählt, daß sie nichts dagegen tun konnte . . .«

Ysabet lachte häßlich auf. »Das sagt jede Schlampe hinterher.«

»Aber nein«, unterbrach Carlina wütend, »Lisarda ist knapp zwölf Jahre alt! Sie ist mutterlos und wußte kaum, was er von ihr wollte, nur daß ihr keine andere Wahl blieb, als ihm zu Willen zu sein. Armes Kind, sie war gerade erst zur Frau gereift, und sie weinte danach in meinen Armen, und ich kann mir einfach nicht vorstellen, warum ein Mann eine Frau auf diese Weise haben will . . .«

Ysabet runzelte die Stirn. »Ich fragte mich schon, was mit Lisarda geschehen sei . . .«

»Mir fällt es schwer, Bard zu verzeihen, daß er ein junges Mädchen mißbraucht hat, das ihm nie etwas zuleide getan hat«, sagte Carlina, immer noch zornig.

»Nun, nun«, seufzte die Amme, »Männer tun so etwas hin und wieder, und von den Frauen erwartet man, daß sie sich damit abfinden.«

»Ich sehe nicht ein, warum!«

»Es ist der Lauf der Welt«, sagte Ysabet, und dann fuhr sie zusammen und sah auf die Uhr an der Wand. »Carlina, mein Schätzchen, du darfst zu deiner Verlobung nicht zu spät kommen.«

Carlina erhob sich und seufzte resigniert, als Königin Ariel, ihre Mutter, das Zimmer betrat.

»Bist du fertig, meine Tochter?« Die Königin musterte das junge Mädchen von Kopf bis Fuß, von den unter den Ohren schaukelnden Zöpfen bis zu den mit Perlen bestickten zierlichen Schuhen. »In den Hundert Königreichen kann es keine hübschere Braut geben. Das hast du gut gemacht, Ysabet.«

Die alte Frau versank als Dank für das Kompliment in einem Knicks.

»Du brauchst nur noch einen Hauch Puder auf dem Gesicht, Carlie, deine Augen sind rot«, sagte die Lady. »Bring die Quaste, Ysabet. Carlina, hast du geweint?«

Carlina senkte den Kopf und antwortete nicht.

Ihre Mutter erklärte fest: »Es ist unschicklich, daß eine Braut Tränen vergießt, und das ist nur deine Verlobung.« Mit eigenen Händen betupfte sie Carlinas Augenlider mit der Puderquaste. »So. Jetzt noch ein wenig Augenbrauenstift hier –« sie wies Ysabet die Stelle, an der das Make-up repariert werden mußte. »Sehr hübsch. Komm, Liebes, meine Frauen warten . . .«

Ein kleiner Chor bewundernder Ausrufe wurde laut, als Carlina in ihrem Brautstaat zu den Frauen trat. Ariel, Königin von Asturias, umgeben von ihren Damen, streckte Carlina die Hand entgegen.

»Heute abend wirst du unter meinen Damen sitzen, und wenn dein Vater dich ruft, trittst du vor und stellst dich neben Bard vor den Thron«, begann sie.

Carlina betrachtete das heitere Gesicht ihrer Mutter und überlegte, ob sie eine letzte Bitte wagen solle. Sie wußte, ihre Mutter mochte Bard nicht – wenn auch aus den falschen Gründen. Sie hatte einfach etwas gegen seinen Status als Bastard. Von Anfang an hatte es ihr nicht gepaßt, daß er als Pflegebruder von Carlina und Beltran aufwuchs. Es war jedoch nicht die Mutter, die diese Heirat arrangiert hatte, sondern der Vater. Und Carlina wußte, König Ardrin hatte nicht die Gewohnheit, sehr aufmerksam auf das zu hören, was sein Weibervolk wünschte. Ihre Mutter hatte ihm dies eine Zugeständnis abgerungen, daß Carlina nicht verheiratet werden sollte, bis sie volle fünfzehn Jahre alt war.

Wenn man mich zur Verlobung aufruft, werde ich schreien und mich weigern zu sprechen. Ich werde laut nein rufen, wenn man meine Zustimmung verlangt, ich werde hinauslaufen . . . Aber im innersten Herzen wußte Carlina, sie würde nichts derart Peinliches tun, sondern die Zeremonie mit dem Anstand über sich ergehen lassen, wie es sich für eine Prinzessin von Asturias schickte.

Bard ist Soldat, dachte sie verzweifelt, vielleicht fällt er vor der Hochzeit in der Schlacht. Und dann fühlte sie sich schuldig, weil es einmal eine Zeit gegeben hatte, als sie ihren Spielgefährten und Pflegebruder liebte. Schnell verbesserte sie sich in Gedanken: Vielleicht findet er eine andere Frau, die er heiraten möchte, vielleicht ändert mein Vater seine Meinung . . .

Avarra, erbarmende Göttin, Große Mutter, hab Mitleid mit mir, erspare mir diese Heirat irgendwie . . .

Zornig, verzweifelt blinzelte sie die Tränen weg, die ihr wieder aus den Augen zu stürzen drohten. Ihre Mutter würde ärgerlich werden, wenn sie ihnen allen solche Schande machte.

In einem Raum weiter unten in der Burg wurde Bard di Asturien, Pflegesohn des Königs und sein Bannerträger, von zwei Kameraden und Pflegebrüdern für seine Verlobung angekleidet. Es waren Beltran, des Königs Sohn, und Geremy Hastur, der, ebenso wie Bard, im Haus des Königs erzogen worden war. Geremy war ein jüngerer Sohn des Lords von Carcosa.

Die drei Jünglinge unterschieden sich sehr voneinander.

Bard war groß und schwer gebaut und hatte schon die Höhe eines Mannes. Sein dickes blondes Haar war im Nacken zum Kriegerzopf zusammengedreht. Die kräftigen Arme und schweren Muskeln waren die eines Schwertkämpfers und Reiters. Wie ein Riese ragte er über die anderen beiden empor. Prinz Beltran war ebenfalls groß, wenn auch nicht ganz so groß wie Bard. Aber er war immer noch schmal und fohlenhaft, und auf seinen runden Kinderwangen zeigte sich gerade der erste Bartflaum. Sein Haar war kurz geschnitten und dicht gelockt, und es war ebenso blond wie das Bards.

Geremy Hastur war kleiner als die beiden. Er hatte rotes Haar, ein schmales Gesicht, scharfe graue Augen und die Schnelligkeit eines Falken oder Frettchens. Er trug dunkle, einfache Kleidung, die eher die eines Gelehrten als die eines Kriegers war, und sein Benehmen war ruhig und bescheiden.

Jetzt sah er zu Bard hoch und sagte lachend: »Du wirst dich schon hinsetzen müssen, Pflegebruder. Weder Beltran noch ich können deinen Kopf erreichen, um dir die rote Schnur um den Zopf zu binden. Und ohne sie kannst du nicht zu einer feierlichen Handlung gehen.«

»Ausgeschlossen«, stimmte Beltran zu und zog Bard auf einen Stuhl hinunter. »Jetzt binde du die Schnur, Geremy, deine Hände sind geschickter als meine oder Bards. Ich denke an den letzten Herbst, als du die Wunde dieses Leibwächters genäht hast . . .«

Bard lachte vor sich hin. Er beugte den Kopf, damit seine jungen Freunde ihn mit der roten Schnur schmücken konnten, die nur einem Krieger, der sich in der Schlacht erprobt und durch Tapferkeit ausgezeichnet hatte, zustand. Er sagte: »Ich hatte dich immer für feige gehalten, Geremy, weil du nicht im Feld kämpfst und deine Hände so weich wie die Carlinas sind. Aber als ich das sah, entschied ich, du habest mehr Mut als ich, denn ich hätte es nicht getan. Ein Jammer, daß es keine rote Schnur für dich gegeben hat!«

Geremy antwortete mit seiner gedämpften Stimme: »Dann müßten wir auch jeder Frau im Kindbett und jedem Meldegänger, der ungesehen durch die feindlichen Linien schlüpft, eine rote Schnur geben. Der Mut nimmt viele Formen an. Ich glaube, ich komme ohne den Zopf oder die rote Schnur eines Kriegers aus.«

»Vielleicht werden wir eines Tages«, meinte Beltran, »wenn ich einmal über dies Land regiere – möge die Herrschaft meines Vaters lang währen! –, Mut auch in einer anderen Form belohnen als der, die wir auf dem Schlachtfeld sehen. Was meinst du dazu, Bard? Du wirst dann mein Kämpfer sein, wenn wir alle so lange leben.« Plötzlich sah er stirnrunzelnd zu Geremy hin. »Was ist los mit dir, Mann?«

Geremy Hastur schüttelte seinen roten Kopf. »Ich weiß nicht – eine plötzliche Kälte; vielleicht hat ein wildes Tier, wie man in den Bergen sagt, auf den Boden gepißt, wo mein Grab sein wird.« Er wickelte den letzten Rest der roten Schnur um Bards Kriegerzopf, reichte ihm Schwert und Dolch und half ihm, sich zu gürten.

Bard erklärte: »Ich bin Soldat, ich weiß sehr wenig über andere Formen des Mutes.« Mit einem Rucken der Schultern brachte er den bestickten Zeremonienumhang in die richtige Lage. Die leuchtendrote Farbe des Stoffes paßte zu der roten Schnur, die seinen Zopf der ganzen Länge nach umwickelte. »Ich sage euch, es verlangt mehr Mut, sich heute abend diesem ganzen Unsinn zu stellen. Ich ziehe es vor, meinen Feinden mit dem Schwert in der Hand gegenüberzutreten!«

»Was redest du da von Feinden, Pflegebruder?« Beltran sah seinen Freund forschend an. »Du hast doch bestimmt keine Feinde in meines Vaters Halle! Wie viele junge Männer deines Alters haben wohl schon die Kriegerschnur erhalten und sind zum Bannerträger des Königs ernannt worden, noch bevor sie sechzehn Jahre alt wurden? Und als du Dom Ruyven von Serrais und seinen Friedensmann tötetest und bei Snow Glen zweimal das Leben des Königs rettetest . . .«

Bard schüttelte den Kopf. »Lady Ariel liebt mich nicht. Sie würde diese Heirat mit Carlina unterbinden, wenn sie könnte. Und sie ist zornig, daß ich es war und nicht du, Beltran, der Ruhm auf dem Schlachtfeld errang.«

Das wollte Beltran nicht wahrhaben. »Vielleicht liegt das in der Art einer Mutter. Es ist ihr nicht genug, daß ich Prinz und Erbe des Throns meines Vaters bin. Ich soll auch noch Kriegerruhm erringen. Oder vielleicht . . .« – er versuchte, einen Scherz daraus zu machen, aber Bard spürte, daß auch Bitterkeit dabei war – ». . . vielleicht fürchtet sie, dein Mut und dein Ruhm werden meinen Vater veranlassen, von dir besser zu denken als von seinem Sohn.«

Bard entgegnete: »Ja, Beltran, du hast den gleichen Unterricht gehabt wie ich, auch du hättest dir die Ehrenzeichen eines Kriegers gewinnen können. Das sind eben die Wechselfälle des Krieges, nehme ich an, beziehungsweise die des Schlachtfeldes.«

»Nein«, widersprach Beltran, »ich bin kein geborener Krieger, ich habe nicht deine Begabung dafür. Alles, was ich fertigbringe, um mit Ehren aus der Sache hervorzugehen und meine Haut in einem Stück zu halten, ist, daß ich jeden töte, der sie mir ritzen will.«

Bard lachte. »Glaub mir, Beltran, mehr tue ich auch nicht.«

Aber Beltran schüttelte düster den Kopf. »Manche Männer sind zum Krieger geboren, andere werden zum Krieger gemacht. Ich bin keins von beiden.«

Geremy versuchte, einen leichteren Ton ins Gespräch zu bringen. »Aber du brauchst kein großer Krieger zu sein, Beltran. Du mußt dich darauf vorbereiten, eines Tages Asturias zu regieren. Dann kannst du so viele Krieger haben, wie du möchtest, und wenn sie dir gut dienen, spielt es gar keine Rolle, ob du weißt, an welchem Ende man ein Schwert halten muß. Du wirst der eine sein, der alle Krieger befehligt, und auch alle Zauberer . . . Willst du mich, wenn dieser Tag kommt, als deinen *Laranzu* haben?« Er benutzte das alte Wort für Zauberer, und Beltran grinste und schlug ihm auf die Schulter.

»Ich werde einen Zauberer und einen Krieger als Pflegebrüder haben, und wir drei zusammen werden Asturias mit dem Schwert und mit Zauberei gegen alle seine Feinde schützen. Aber die Götter mögen uns gnädig sein und diese Tage noch weit in der Zukunft liegen. Geremy, schick deinen Pagen noch einmal in den Hof, ob Bards Vater zur Verlobung seines Sohnes gekommen ist.«

Geremy wollte dem Jungen schon winken, der für Botengänge bereitstand, aber Bard schüttelte den Kopf.

»Erspare dem Kind die Mühe.« Sein Kinn schob sich vor. »Er wird nicht kommen, und es ist nicht notwendig, so zu tun, als käme er, Geremy.«

»Er will nicht einmal sehen, wie du mit des Königs eigener Tochter verheiratet wirst?«

»Vielleicht kommt er zur Hochzeit, wenn der König es klarmacht, daß er sein Fernbleiben als Beleidigung auffaßt«, sagte Bard. »Für eine bloße Verlobung kommt er nicht.«

»Aber die Verlobung ist die eigentliche Bindung«, wandte Beltran ein. »Vom Augenblick der Verlobung an bist du Carlinas gesetzmäßiger Gatte, und sie kann keinen anderen nehmen, solange du lebst. Es ist nur, daß meine Mutter meint, sie sei noch zu jung für das Ehebett, so daß dieser Teil der Zeremonie um ein Jahr verschoben wird. Aber Carlina ist deine Frau, und du, Bard, bist mein Bruder.«

Das sagte er mit einem scheuen Lächeln, und Bard war ungeachtet seiner gleichmütigen Fassade gerührt. Er sagte: »Das ist wahrscheinlich das Beste daran.«

Geremy bemerkte: »Wundern tut es mich doch, daß Dom Rafael nicht zu deiner Verlobung kommt. Bestimmt ist ihm die Nachricht zugesandt worden, daß du für Tapferkeit auf dem Schlachtfeld ausgezeichnet wurdest, daß du Bannerträger des Königs bist, daß du Dom Ruyven und seinen Friedensmann mit einem Streich getötet hast – wenn mein Vater so etwas von mir hörte, wäre er außer sich vor Stolz und Freude!«

»Oh, ich zweifle nicht daran, daß Vater stolz auf mich ist.« Bards Gesicht zeigte eine Bitterkeit, die bei einem so jungen Menschen merkwürdig berührte. »Aber er hört in allen Dingen auf Lady Jerana, seine gesetzmäßige Frau. Und sie hat nie vergessen, daß er es anderswo versuchte, als sie zwölf Jahre nach ihrer Heirat immer noch kinderlos war, und ebenso hat sie meiner Mutter nie verziehen, daß sie ihm einen Sohn gebar. Und sie war zornig darüber, daß mein Vater mich in seinem eigenen Haus großzog und mich im Waffenhandwerk und in höfischen Sitten unterrichten ließ, statt mich irgendwo in Pflege zu geben, wo ich hätte lernen können, wie man hinter dem Pflug geht oder den Boden aufkratzt, um Pilze anzubauen!«

Beltran sagte: »Sie hätte froh sein sollen, daß eine andere ihrem Mann einen Sohn schenkte, wo doch sie es nicht konnte.«

Bard zuckte die Schultern. »Das ist nicht Lady Jeranas Art. Statt dessen umgab sie sich mit *Leroni* und Zauberinnen – die Hälfte ihrer Hofdamen hat rotes Haar und ist zur Hexe ausgebildet –, damit früher oder später irgendein Zaubermittel ihre Unfruchtbarkeit heilte. Dann gebar sie meinen kleinen Bruder Alaric. Und dann, als mein Vater ihr nichts verweigern konnte, weil sie ihm einen legitimen Sohn und Erben geschenkt hatte, machte sie sich daran, mich loszuwerden. Oh, Jerana konnte mir nicht genug Freundlichkeit erweisen, bevor sie ihren eigenen Sohn bekam. Sie tat, als sei sie mir eine echte Mutter, aber ich konnte hinter jedem falschen Kuß, den sie mir gab, den zurückgehaltenen Schlag sehen. Ich denke, sie fürchtete, ich würde ihrem eigenen Sohn im Licht stehen, denn Alaric war klein und kränklich, und ich war gesund und stark, und sie haßte mich um so mehr, weil Alaric mich liebte.«

»Ich hätte mir vorgestellt«, wandte Beltran wiederum ein, »daß sie glücklich gewesen wäre, einen starken Bruder und Schützer für ihren Sohn zu haben, einen, der sich um ihn kümmern konnte . . .«

»Ich liebe meinen Bruder«, sagte Bard. »Manchmal denke ich, es ist sonst keiner auf der Welt, den es kümmert, ob ich lebe oder sterbe. Seit Alaric alt genug war, mein Gesicht von anderen zu unterscheiden, lächelte er mich an und streckte seine Ärmchen nach mir aus, damit ich ihn Huckepack trug, und bettelte, daß ich ihn auf meinem Pferd reiten ließ. Aber in Lady Jeranas Augen war es nicht schicklich, daß ein Bastard-Halbbruder der erwählte Friedensmann und Spielgefährte für *ihr* Prinzchen war. Sie wollte Prinzen und die Söhne von Adligen als Gefährten ihres Kindes haben. Und so kam eine Zeit, wo ich ihn nur noch heimlich sehen konnte, und einmal ärgerte ich sie, als Alaric krank war, weil ich mich ohne Erlaubnis in sein kostbares Kinderzimmer schlich. Ein Kind von vier, und sie wurde böse, weil sein Bruder ihn in den Schlaf singen konnte, und wenn sie ihm schmeichelte, schlief er nicht.« Sein Gesicht wurde hart und bitter in Erinnerung daran.

»Und danach ließ sie meinem Vater keinen Frieden, bis er mich wegschickte. Und statt ihr zu befehlen, sie solle still sein, und in seinem eigenen Haus zu herrschen, wie es ein Mann sollte, zog er es vor, Frieden in seinem Bett und an seiner Feuerstelle zu haben, indem er mich aus meinem Heim und von meinem Bruder entfernte!«

Beltran und Geremy verstummten angesichts seiner Verbitterung. Schließlich klopfte Geremy ihm auf den Arm und sagte mit halb verlegener Zärtlichkeit: »Nun, du hast zwei Brüder, die heute abend an deiner Seite stehen, Bard, und bald wirst du hier Familie haben.«

Bard lächelte freudlos. »Königin Ariel liebt mich nicht mehr, als es meine Stiefmutter tut. Sicher wird sie einen Weg finden, Carlina gegen mich aufzuhetzen, und vielleicht euch beide auch. Ich mache meinem Vater keinen Vorwurf, ausgenommen den, daß er auf das Wort einer Frau hört. Zandru verrenke meinen Fuß, wenn ich je darauf höre, was eine Frau sagt!«

Beltran lachte. »Man sollte nicht glauben, daß du ein Weiberfeind bist, Bard. Das, was die Mägde sagen, klingt ganz nach dem Gegenteil. An dem Tag, wo du mit Carlina zu Bett gebracht wirst, wird es im ganzen Königreich Asturias ein großes Weinen geben.«

»Ach, das . . .!« Bard bemühte sich, auf den lustigen Ton einzugehen. »Ich höre nur an einem bestimmten Ort auf Frauen, und ihr werdet erraten, was das für ein Ort ist . . .«

»Und doch«, meinte Beltran, »erinnere ich mich, daß du immer auf Carlina hörtest, als wir alle noch Kinder waren. Du bist auf einen Baum geklettert, auf den sich sonst keiner wagte, um ihr Kätzchen herabzuholen, und wenn sie und ich miteinander stritten, lernte ich bald, daß ich nachgeben mußte, oder du würdest ihre Partei ergreifen und mich verhauen.«

»Oh – Carlina.« Bards bitteres Gesicht entspannte sich zum Lächeln. »Carlina ist nicht wie andere Frauen. Ich möchte von ihr nicht im gleichen Atemzug wie von den Huren und Schlampen hier sprechen. Glaubt mir, wenn ich einmal mit ihr verheiratet bin, werde ich keine Muße mehr für den Rest haben. Ich versichere euch, sie wird es nicht nötig haben, sich mit Zaubermitteln zu umgeben, wie es Lady Jerana tat, um sich meine Treue zu erhalten. Von Anfang an, als ich hierherkam, ist sie freundlich zu mir gewesen . . .

»Wir alle wären freundlich zu dir gewesen«, protestierte Beltran, »aber du wolltest mit niemandem sprechen und drohtest, dich mit uns zu schlagen . . .«

»Trotzdem, Carlina gab mir das Gefühl, daß es vielleicht doch noch jemanden gebe, den es kümmert, ob ich lebe oder sterbe«, sagte Bard, »und *sie* habe ich nicht bedroht. Jetzt hat dein Vater beschlossen, sie mir zu geben – sie, die zu gewinnen ich nicht zu hoffen wagte, weil ich als Bastard geboren bin. Lady Jerana mag mich aus meiner Heimat und von meinem Vater und meinem Bruder vertrieben haben, aber jetzt finde ich vielleicht hier eine Heimat.«

»Selbst wenn du Carlina mit in Kauf nehmen mußt?« zog ihn Beltran auf. »Sie ist nicht der Typ, den ich mir aussuchen würde, mager, dunkel, unscheinbar – da könnte ich gleich mit der Vogelscheuche ins Bett gehen, die auf den Feldern die Krähen verscheucht!«

Bard gab heiter zurück: »Von ihrem Bruder kann ich nicht erwarten, daß er ihre Schönheit wahrnimmt, und es ist nicht ihre Schönheit, wegen der ich sie will.«

Geremy Hastur, der das rote Haar und die *Laran*-Gabe der Hastur-Sippe von Carcosa hatte, das Talent, Gedanken auch ohne die Sternensteine zu lesen, die die *Leroni* oder Zauberer benutzten, folgte Bards Gedanken, als sie sich für die Verlobungszeremonie nach oben in die Große Halle begaben.

Fürs Bett gibt es viele Frauen auf der Welt. Aber Carlina ist anders. Sie ist die Tochter des Königs; wenn ich sie heirate, bin ich nicht länger ein Bastard und ein Niemand, sondern des Königs Bannerträger und Kämpfer. Ich werde ein Heim, eine Familie und Brüder und eines Tages auch Kinder haben ... Der Frau, die mir das verschaffen kann, werde ich mein ganzes Leben lang dankbar sein. Ich schwöre, sie soll nie Grund haben, ihrem Vater vorzuwerfen, daß er sie dem Bastard seines Bruders gegeben hat ...

Natürlich, dachte Geremy, das ist ein ausreichender Grund für eine Heirat. Vielleicht begehrt er Carlina nicht um ihrer selbst willen, aber er begehrt sie als Symbol alles dessen, was sie ihm mitbringt. Jeden Tag werden in den Königreichen Ehen aus weniger guten Gründen geschlossen. Und wenn er gut zu Carlina ist, wird sie bestimmt zufrieden sein.

Aber er war unruhig, weil er wußte, daß Carlina sich vor Bard fürchtete. Er war anwesend gewesen, als König Ardrin zu seiner Tochter von der Heirat sprach, und er hatte Carlinas entsetzten Aufschrei gehört und sie weinen gesehen.

Ja, da ließ sich nichts machen. Der König würde tun, was er wollte, und es war auch richtig, daß er seinen Bannerträger, der gleichzeitig sein Neffe – wenn auch ein Bastard – war, mit Ehren und einer Einheirat in seinen Haushalt belohnte. Das würde Bard als Kämpfer an König Ardrins Thron binden. Es mochte für Carlina schlimm sein, aber früher oder später wurde jedes Mädchen verheiratet. Sie hätte einem ältlichen Wüstling oder einem ergrauten alten Krieger oder sogar irgendeinem barbarischen Räuberhauptmann aus einem der kleinen Königtümer jenseits des Kadarin überantwortet werden können, wenn ihr Vater es zweckmäßig gefunden hätte, ein Bündnis mit einem anderen Staat zu besiegeln. Statt dessen gab er sie einem nahen Verwandten, der ihr Spielgefährte und Pflegebruder gewesen war und sie in ihrer Kinderzeit beschützt hatte. Carlina würde sich bald darein fügen.

Aber Geremys scharfe Augen entdeckten die geröteten Augenlider auch unter Puder und Schminke. Er hob den Blick und sah Carlina voller Mitleid an, und er wünschte, sie kenne Bard ebenso gut, wie er es tat. Wenn sie ihren zukünftigen Mann richtig verstände, könnte sie seine Verbitterung verringern, ihm das Gefühl geben, nicht ganz so isoliert, nicht ganz der Ausgestoßene unter den anderen zu sein. Geremy seufzte. Er dachte an sein eigenes Exil.

Denn auch Geremy Hastur war nicht freiwillig an König Ardrins Hof gekommen. Er war der jüngste Sohn König Istvans von Carcosa und als Zeichen freundschaftlicher Beziehungen zwischen dem königlichen Haus von Asturias und dem Haus der Hasturs von Carcosa halb als Geisel, halb als Diplomat zu König Ardrin geschickt worden. Er hätte sich gewünscht, seines Vaters Ratgeber, ein Zauberer, ein *Laranzu* zu sein. Sein ganzes Leben lang war ihm klar gewesen, daß er nicht das Zeug zum Soldaten hatte. Aber sein Vater hatte in ihm einen Sohn zuviel gesehen und ihn als Geisel weggeschickt, wie er eine Tochter zum Heiraten weggeschickt hätte. Wenigstens, dachte Geremy, brauchte Carlina dieser Ehe wegen ihr Zuhause nicht zu verlassen!

Der Hof erhob sich, da König Ardrin eintrat. Bard, der neben Beltran stand, lauschte auf die Ankündigungen der Herolde und ertappte sich dabei, daß er immer noch in der Menge Umschau hielt, ob sein Vater nicht doch im letzten Moment gekommen sei und ihn habe überraschen wollen. Zornig richtete er den Blick geradeaus. Was kümmerte es ihn? König Ardrin hielt mehr von ihm, als es sein eigener Vater tat. Er hatte ihn in der Schlacht ausgezeichnet, hatte ihm reiche Ländereien und die rote Schnur des Kriegers gegeben und die Hand seiner jüngsten Tochter. Warum sollte er sich da noch Gedanken um seinen Vater machen, der zu Hause hockte und auf die giftigen Einflüsterungen hörte, die diese schmutzige Hexe Jerana ihm ins Ohr goß!

Aber ich wünschte, mein Bruder wäre hier. Ich wünschte, Alaric erführe, daß ich des Königs Kämpfer und sein Schwiegersohn bin ... jetzt ist er sieben ...

Als der Augenblick gekommen war, sorgten Beltran und Geremy dafür, daß er vortrat. Carlina stand zur rechten Hand von ihres Vaters Hochsitz. Bards Ohren klangen, und er hörte des Königs Worte kaum.

»Bard mac Fianna, genannt di Asturien, den ich zu meinem Bannerträger gemacht habe«, sprach Ardrin von Asturias, »wir haben dich heute abend vor uns gerufen, um dich mit Lady Carlina, meiner jüngsten Tochter, zu verloben. Sprich, Bard, ist es dein Wille, in meinen Haushalt einzutreten?«

Bards Stimme klang vollkommen sicher. Darüber wunderte er sich, denn innerlich bebte er. Wahrscheinlich war das, als reite man in die Schlacht. Dann war auch etwas da, das einen fest machte, wenn man fest sein mußte. »Mein König und Herr, es ist mein Wille.«

Ardrin ergriff mit seiner einen Hand die Bards und mit der anderen die Carlinas. »Dann fordere ich euch auf, vor allen hier Anwesenden euch die Hände zu reichen und euer Gelübde auszutauschen.«

Bard fühlte Carlinas Hand in seiner, sehr weich, die Finger so fein, daß sie knochenlos schienen. Die Hand war eiskalt, und Carlina sah ihn nicht an.

»Carlina«, fragte Ardrin, »stimmst du zu, diesen Mann zu deinem Gatten zu nehmen?«

Sie flüsterte etwas, das Bard nicht verstehen konnte. Er nahm an, es war die vorgeschriebene Formel der Zustimmung. Wenigstens hatte sie sich nicht geweigert.

Er beugte sich vor, wie das Ritual es verlangte, und küßte ihre zitternden Lippen. Sie bebte. Höllenfeuer! Hatte das Mädchen Angst vor ihm? Er roch den Blumenduft ihres Haares und den irgendeines kosmetischen Mittels auf ihrem Gesicht. Als er sich zurückzog, kratzte eine Ecke ihres steifen gestickten Kragens seine Wange. Nun, dachte er, er hatte genug Frauen gehabt. Bald würde sie ihre Angst in seinen Armen verlieren, auch wenn sie im Augenblick nur eine aufgeputzte Puppe war. Bei dem Gedanken an Carlina in seinem Bett wurde ihm schwindelig. Er verlor beinahe das Bewußtsein. Carlina. Für immer sein, seine Prinzessin, seine Frau. Und dann konnte ihn nie wieder jemand einen Bastard oder einen Ausgestoßenen nennen. Carlina, sein Heim, seine Geliebte . . . sein Eigentum. Die Kehle war ihm eng, als er die rituellen Worte flüsterte.

»Vor unserer versammelten Sippe gelobe ich, dich zu ehelichen, Carlina, und dich für immer in Ehren zu halten.«

Ihre Stimme war kaum hörbar.

»Vor . . . versammelter Sippe . . . gelobe zu ehelichen . . .« Aber so sehr er seine Ohren anstrengte, er hörte nicht, daß sie seinen Namen aussprach.

Diese verdammte Königin Ariel und ihre idiotischen Pläne, ihn loszuwerden! Sie hätten noch heute abend verheiratet und zu Bett gebracht werden sollen, damit Carlina ihre Furcht vor ihm schnell verlor! Bard zitterte, als er daran dachte. Nie hatte er eine Frau so begehrt. Er drückte ihre Hand, um ihr Mut einzuflößen, doch sie zuckte nur unwillkürlich zusammen vor Schmerz.

König Ardrin erklärte: »Möget ihr für immer eins sein«, und Bard ließ widerstrebend Carlinas Hand los. Zusammen tranken sie aus einem Becher Wein, der ihnen an die Lippen gehalten wurde. Es war vollbracht; Carlina war seine Frau. Jetzt war es für König Ardrin zu spät, seine Meinung zu ändern. Bard wurde sich bewußt, daß er bis zu diesem Augenblick, selbst als sie schon Seite an Seite vor dem Thron standen, gefürchtet hatte, daß irgend etwas dazwischenkommen könnte, daß die Bosheit seiner Stiefmutter oder Königin Ariels ihn von Carlina trennen würde, die für ihn ein Heim, einen

Platz im Leben, Ehre bedeutete ... *Verdammt seien alle Frauen! Das heißt, alle außer Carlina!*

Beltran umarmte ihn als Verwandten und sagte: »Jetzt bist du in Wahrheit mein Bruder!«, und Bard spürte, daß Beltran immer ein wenig eifersüchtig auf seine Freundschaft mit Geremy gewesen war. Jetzt war das Band zwischen ihm und Beltran so stark, daß Geremy nichts Gleichwertiges dagegensetzen konnte. Beltran und Geremy hatten Brüderschaft geschworen und ihre Dolche ausgetauscht, bevor sie den Kinderschuhen entwachsen waren. Kein einziger, dachte Bard mit einem kurzen Aufwallen von Bitterkeit, hatte *ihn* je gebeten, den Eid der *Bredin* zu schwören, ihn, den Bastard und Ausgestoßenen ... Nun, das war vorbei, ein für allemal. Jetzt war er des Königs Schwiegersohn, Carlinas versprochener Gatte und Prinz Beltrans Schwager, wenn auch nicht sein geschworener Bruder. Ihm kam es vor, als sei er gewachsen, und als er einen Blick auf sich in einem der langen Spiegel erhaschte, die die Große Halle schmückten, hatte er den Eindruck, daß er in diesem Augenblick gut aussah und daß sein Spiegelbild ihm einen größeren und irgendwie besseren Mann als früher zeigte.

Später, als die Musikanten zum Tanz aufspielten, führte er Carlina. Der Tanz trennte die Paare und brachte sie in verwickelten Figuren wieder zusammen. Während sie sich fanden und verloren, ihre Hände sich faßten und lösten, gewann Bard den Eindruck, daß Carlina seine Hand mit weniger Widerstreben berührte. Geremy tanzte mit einer der jüngsten Damen der Königin, einem rothaarigen Mädchen namens Ginevra – ihren Zunamen kannte Bard nicht. Sie hatte mit Carlina gespielt, als sie kleine Mädchen gewesen waren, und war dann Hofdame geworden. Einen Augenblick lang überlegte Bard, ob Ginevra Geremys Bett teilte. Wahrscheinlich, denn welcher Mann würde andernfalls einer Frau soviel Zeit und Mühe widmen? Oder vielleicht versuchte Geremy immer noch, sie zu überreden. Wenn dem so war, dann war Geremy ein Einfaltspinsel. Bard selbst gab nichts um hochgeborene Jungfräulein. Sie neigten dazu, zuviel an Schmeicheleien und Beteuerungen zu verlangen. Ebensowenig verlangte es ihn nach den Hübschesten. Er hatte festgestellt, daß sie mehr versprachen und weniger hielten. Ginevra war fast unscheinbar genug, um männlicher Aufmerksamkeit mit der gebührenden Dankbarkeit zu begegnen. Aber was sollte das, daß er über solche Dinge nachdachte, wenn er Carlina hatte?

Doch im Grunde, sagte er sich verdrossen, als er sie nach dem lebhaften Tanz zu einem Glas Wein an das Buffet führte, *hatte* er

Carlina noch nicht. Ein Jahr mußte er noch warten. Verdammt, warum hatte ihre Mutter das getan?

Carlina schüttelte den Kopf, als er ihr Glas nachfüllen lassen wollte. »Nein, danke, ich möchte wirklich nicht, Bard – und ich glaube, du hast genug gehabt«, sagte sie vernünftig.

Er platzte heraus: »Ich hätte lieber einen Kuß von dir als den süßesten Wein!«

Carlina blickte erstaunt zu ihm auf. Dann verzog sich ihr Mund zu einem kleinen Lächeln. »Ich habe noch nie gehört, daß du schöne Worte machst, Bard! Kann es sein, daß du bei unserm Cousin Geremy Unterricht in der Galanterie genommen hast?«

Bard antwortete verlegen: »Ich weiß überhaupt keine schönen Worte, es tut mir leid, Carlina. Möchtest du, daß ich die Kunst lerne, dir zu schmeicheln? Für so etwas habe ich nie Zeit gehabt.« Und der unausgesprochene bittere Zusatz war für Carlina deutlich wahrnehmbar: *Geremy hat nichts anderes zu tun, als zu Hause zu sitzen und zu lernen, wie man den Frauen Angenehmes sagt.*

Plötzlich fiel ihr ein, wie Bard gewesen war, als er vor drei Jahren an den Hof kam. Er war ihr als ein großer, verdrossener Bauernlümmel vorgekommen. Er weigerte sich, von den Manieren, die er durchaus hatte, Gebrauch zu machen, er weigerte sich, an ihren Spielen und ihrem Zeitvertreib teilzunehmen. Schon damals war er größer als die anderen Jungen, größer als die meisten Männer gewesen und kräftiger gebaut. Beim Unterricht hatte er kaum für etwas anderes Interesse als das Waffenwerk, und seine Freizeit hatte er damit verbracht, den Geschichten der Leibwächter über Feldzüge und Kriege zuzuhören. Keiner hatte ihn gern gemocht, aber Geremy hatte gesagt, er sei einsam, und hatte sich viel Mühe gegeben, ihn dazu zu bringen, sich ihnen anzuschließen.

Jetzt tat ihr der Junge, dem sie versprochen worden war, beinahe leid. Es war nicht ihr Wunsch, ihn zu heiraten, aber auch er war nicht nach seinen Wünschen gefragt worden, und von keinem Mann war zu erwarten, daß er eine Heirat mit der Tochter des Königs ausschlug. Er hatte soviel Zeit seines Lebens im Krieg und mit den Vorbereitungen von Kriegen verbracht. Es war nicht seine Schuld, wenn er kein galanter Höfling war wie Geremy. Sie hätte Geremy lieber geheiratet – obwohl sie, wie sie ihrer Amme gesagt hatte, am liebsten überhaupt nicht heiraten wollte. Nicht daß sie große Zuneigung zu Geremy empfunden hätte. Es war einfach so, daß er sanfter war und sie das Gefühl hatte, ihn besser zu verstehen. Aber Bard sah so unglücklich aus.

Carlina leerte die letzten Tropfen des ihr aufgedrängten Glases.

»Sollen wir uns eine Weile hinsetzen und uns unterhalten? Oder möchtest du wieder tanzen?«

»Ich möchte mich lieber unterhalten«, antwortete er. »Ich bin nicht sehr gut im Tanzen oder einer anderen dieser höfischen Künste.«

Wieder lächelte sie ihn an und zeigte ihre Grübchen. »Wenn du leicht genug auf den Füßen bist, um ein Schwertkämpfer zu sein – und Beltran erzählt mir, daß du nicht deinesgleichen hast –, dann solltest du auch ein guter Tänzer sein. Und weißt du nicht mehr, daß wir als Kinder zusammen Tanzunterricht hatten? Du willst mir doch nicht erzählen, daß du das Tanzen seit damals, als du zwölf Jahre alt warst, vergessen hast!«

»Um dir die Wahrheit zu sagen, Carlina«, meint Bard zögernd, »ich war schon so jung voll ausgewachsen, als ihr anderen alle noch klein wart. Und so groß mein Körper war, ich hatte immer das Gefühl, meine Füße seien noch größer, und ich kam mir vor wie ein ungeschlachter Tölpel. Als ich dann in den Krieg und in den Kampf zog, waren nur meine Größe und mein Gewicht von Vorteil . . . aber ich finde es schwierig, mich als Höfling zu sehen.«

Etwas in diesem Geständnis rührte sie so, daß sie es kaum ertragen konnte. Sie vermutete, er hatte so etwas noch nie zu irgendwem gesagt oder auch nur gedacht. Sie versicherte ihm: »Du bist nicht unbeholfen, Bard; ich finde, du bist ein guter Tänzer. Aber wenn es dir Unbehagen schafft, brauchst du nicht wieder zu tanzen, wenigstens nicht mit mir. Wir werden uns setzen und eine Weile plaudern.« Sie drehte sich lächelnd um. »Du wirst lernen müssen, mir deinen Arm zu reichen, wenn wir zusammen einen Raum durchqueren. Mit Hilfe der Göttin mag es mir eines Tages gelingen, dich zu zivilisieren!«

»Ihr habt eine beträchtliche Aufgabe vor Euch, *Damisela*«, sagte Bard und ließ es zu, daß sie ihre Fingerspitzen leicht auf seinen Arm legte.

Sie fanden Plätze an der Wand in der Nähe der älteren Leute, die beim Karten- und Würfelspiel saßen. Dort waren sie den Tänzern aus dem Weg. Einer der zum Haushalt des Königs gehörenden Männer kam zu ihnen. Offensichtlich hatte er vor, um einen Tanz mit Carlina zu bitten, aber Bard musterte ihn finster, und der Mann entdeckte, daß er anderswo etwas Dringendes zu erledigen habe.

Bard hob die Hand, die er für so unbeholfen hielt, und berührte Carlinas Schläfe. »Als wir vor deinem Vater standen, meinte ich, du hättest geweint. Carlie, hat dir jemand etwas getan?«

Sie schüttelte den Kopf und sagte: »Nein.« Aber Bard war ein wenig Telepath. Als die Haushalts-*Leronis* ihn mit zwölf getestet hatten, war ihm zwar gesagt worden, viel *Laran* habe er nicht, aber er fühlte doch, daß Carlina den wahren Grund für ihre Tränen nicht aussprechen würde. Er erriet ihn.

»Du bist nicht glücklich über diese Heirat.« Wie er es so gut konnte, blickte er finster, und Carlina zuckte zusammen wie in dem Augenblick, als er ihre Hand gedrückt hatte.

Sie senkte den Kopf. Endlich sagte sie: »Ich möchte überhaupt nicht heiraten, und ich habe geweint, weil niemand ein Mädchen fragt, ob sie verheiratet werden möchte.«

Bard runzelte die Stirn. Er konnte kaum glauben, was er da hörte. »Was sollte eine Frau tun, im Namen Avarras, wenn sie nicht verheiratet würde? Du möchtest doch bestimmt nicht dein ganzes Leben lang zu Hause sitzen, bis du alt bist?«

»Ich hätte gern die Wahl, das zu tun, wenn ich es vorzöge«, antwortete Carlina. »Oder vielleicht den, der mein Mann werden soll, selbst zu bestimmen. Aber lieber möchte ich gar nicht heiraten. Ich möchte als *Leronis* in einen Turm gehen und meine Jungfräulichkeit für das Gesicht bewahren, wie es einige der Mädchen meiner Mutter getan haben, oder auch unter den Priesterinnen Avarras auf der heiligen Insel leben und nur der Göttin gehören. Kommt dir das seltsam vor?«

»Ja«, erklärte Bard. »Ich habe immer gehört, daß der größte Wunsch jeder Frau sei, so bald wie möglich zu heiraten.«

»So ist es auch bei vielen Frauen. Aber warum soll die eine Frau von der anderen nicht ebenso unterschiedlich sein wie du von Geremy? Du hast dich entschieden, Soldat zu werden, und er sich, *Laranzu* zu werden. Würdest du von jedem Mann verlangen, daß er Soldat werden solle?«

»Bei Männern ist das anders«, behauptete Bard. »Frauen verstehen diese Dinge nicht, Carlie. Du brauchst ein Heim und Kinder und einen, der dich liebt.« Er nahm ihre Hand und führte sie an seine Lippen.

In Carlina stieg plötzlich Zorn auf, in den sich etwas wie Mitleid mischte.

Ihr war danach zumute, ihm eine heftige Antwort zu geben, aber er sah sie so sanft und so hoffnungsvoll an, daß sie sich untersagte, das auszusprechen, was sie dachte.

Ihm war kein Vorwurf zu machen. Wenn sie jemandem einen Vorwurf machen konnte, dann war es ihr Vater, der sie Bard gegeben hatte, als sei sie die rote Schnur, die er als Belohnung für seine Tapferkeit in der Schlacht um seinen Kriegerzopf trug. Warum sollte sie ihn für die Sitten des Landes verantwortlich machen, nach denen eine Frau nur ein Stück Vieh und sie selbst nur eine Schachfigur für den politischen Ehrgeiz ihres Vaters war?

Diesen Gedanken konnte er teilweise folgen. Mit gefurchter Stirn saß er da und hielt ihre Hand. »Möchtest du mich überhaupt nicht heiraten, Carlie?«

»O Bard . . .« – und er hörte den Schmerz aus ihrer Stimme heraus – ». . . ich habe nichts gegen *dich*. Wirklich, mein Pflegebruder und versprochener Gatte, wenn ich nun einmal heiraten muß, ist da kein anderer Mann, den ich lieber hätte. Vielleicht kommen wir eines Tages dahin – wenn ich älter bin, wenn wir beide älter sind und wenn die Götter sich uns freundlich erweisen –, daß wir uns lieben, wie es sich für ein verheiratetes Paar schickt.« Sie faßte seine große Hand mit ihren beiden kleinen. »Mögen die Götter geben, daß es wahr wird.«

Und dann kam wieder einer, um Carlina zum Tanz zu holen, und wieder blickte Bard finster. Aber sie sagte: »Bard, ich muß. Zu den Pflichten einer Braut gehört es, mit allen zu tanzen, die sie auffordern, das weißt du selbst. Und jedes Mädchen hier, das noch in diesem Jahr heiraten möchte, hält es für glückbringend, mit dem Bräutigam zu tanzen. Später können wir miteinander reden, mein Lieber.«

Bard gab widerstebend nach, und an seine Pflichten erinnert, ging er in der Halle umher und tanzte mit dreien oder vieren von Königin Ariels Frauen, wie man es von einem Mann erwartete, der zum Haushalt des Königs gehörte und sein Bannerträger war. Aber wieder und wieder suchten seine Augen Carlina mit ihrem perlenbestickten blauen Kleid und ihrem dunklen Haar.

Carlina. Carlina gehörte *ihm*, und er wurde sich bewußt, daß es ihm heftig zuwider war, wenn ein anderer Mann sie berührte. Wie konnten sie es wagen? Was hatte sie vor, daß sie flirtete und den Blick zu jedem Mann hob, der kam, um mit ihr zu tanzen, als sei sie eine schamlose Troßdirne? Warum ermutigte sie sie? Warum konnte sie nicht schüchtern und bescheiden sein und es abschlagen, mit einem anderen als ihrem versprochenen Gatten zu tanzen? Er wußte, das war unvernünftig, aber es kam ihm so vor, als lege sie es darauf an, die Anerkennung und das Lächeln eines jeden Mannes zu gewinnen, der sie berührte. Er hielt seinen Zorn zurück, als sie mit Beltran und mit ihrem Vater tanzte und mit dem ergrauten Veteran, dessen Enkelin ihre Pflegeschwester gewesen war. Aber jedes Mal, wenn ein junger Soldat oder ein Leibwächter aus dem Haushalt des Königs sie aufforderte, bildete er sich ein, Königin Ariel blicke triumphierend zu ihm hinüber.

Was sie da erzählt hatte, sie wolle überhaupt nicht heiraten – das war natürlich mädchenhafter Unsinn, und er glaubte kein Wort davon! Zweifellos schwärmte sie für irgendeinen Mann, einen, der ihrer nicht wirklich würdig war, dem ihre Eltern sie niemals geben würden. Und jetzt, wo sie verlobt war und alt genug, um mit Männern zu tanzen, mit denen sie nicht verwandt war, konnte sie seine Gesellschaft suchen. Wenn er Carlina mit einem anderen Mann antraf, würde er ihn Glied für Glied zerreißen! Und Carlina? Würde er ihr etwas tun können? Nein, er würde einfach von ihr verlangen, daß sie ihm das gab, was sie dem anderen gegeben hatte, und sie so ganz und gar zu der Seinen machen, daß sie nie mehr an einen anderen Mann auch nur dachte. Eifersüchtig durchforschte er die Reihen der Leibwächter, aber Carlina schien keinem von ihnen mehr Aufmerksamkeit zu zollen als den übrigen. Höflich folgte sie jedem, der sie aufforderte, gewährte aber niemandem einen zweiten Tanz.

Doch nein! Sie tanzte wieder mit Geremy Hastur, etwas näher an ihm, als sie allen anderen gekommen war. Sie lachte mit ihm, und sein Kopf beugte sich über ihr dunkles Haar. Vertrauten sie sich Geheimnisse an? Erzählte sie Geremy, daß sie Bard nicht heiraten wolle? War es vielleicht Geremy, den sie sich zum Manne wünschte? Schließlich gehörte Geremy zur Hastur-Sippe, die von den legendären Söhnen und Töchtern Cassildas, Robardins Tochter, abstammte ... von den Göttern selbst, das behaupteten sie jedenfalls. Verdammt seien alle Hasturs! Die di Asturiens waren ebenfalls eine alte und edle Familie. Warum sollte sie Geremy vorziehen? Wut und Eifersucht tobten in ihm. Er ging über die Tanzfläche auf sie zu. Soweit vergaß er seine guten Manieren nicht, daß er ihren Tanz unterbrach. Aber als die Musik aussetzte und sie lachend einen Schritt auseinandertraten, näherte er sich ihnen so entschlossen, daß er ein anderes Paar zur Seite schob, ohne sich zu entschuldigen.

»Es ist an der Zeit, daß Ihr wieder mit Eurem versprochenen Gatten tanzt, meine Dame«, sagte er.

Geremy lachte leise. »Wie ungeduldig du bist, Bard, wo ihr doch euer ganzes Leben zusammen verbringen werdet.« Freundschaftlich legte er eine Hand auf Bards Ellenbogen. »Wenigstens beweist dir das, Carlie, daß dein versprochener Gatte nach dir brennt!«

Bard spürte den Anflug von Bosheit in dem Scherz und sagte zornig: »Meine *versprochene Gattin* ...« – er betonte die Worte mit Nachdruck – »... ist für dich *Lady Carlina* und nicht *Carlie!*«

Geremy sah ihn an, unsicher, ob das nicht doch nur ein Spaß sein sollte. »Es ist Sache meiner Pflegeschwester, mir zu sagen, daß ich den Namen nicht mehr benutzen darf, mit dem ich sie schon anredete, als ihr Haar noch zu kurz war, um eingeflochten zu werden, erklärte er heiter. »Was ist über dich gekommen, Bard?«

»Lady Carlina hat sich mir angelobt«, erwiderte Bard steif. »Du wirst dich ihr gegenüber betragen, wie es sich bei einer verheirateten Frau schickt.«

Carlina in ihrer Bestürzung öffnete den Mund und schloß ihn wieder. Dann sagte sie mit bemühter Geduld: »Bard, wenn wir wirklich Mann und Frau und nicht nur Verlobte sind, werde ich dir vielleicht erlauben, mir vorzuschreiben, wie ich mich gegen meine Pflegebrüder zu benehmen habe, vielleicht aber auch nicht. Im Augenblick werde ich in dieser Beziehung tun, was mir paßt. Entschuldige dich bei Geremy oder laß dich heute abend nicht mehr vor mir blicken!«

Bard starrte sie zornig und sprachlos an. Verlangte sie von ihm, daß er vor diesem Sandalenträger, diesem *Laranzu*-Zauberer kroch? Wollte sie ihren versprochenen Gatten Geremy Hasturs wegen öffentlich beleidigen? War es also doch Geremy, für den sie sich interessierte?

Auch Geremy konnte kaum glauben, was er hörte. Aber König Ardrin sah in ihre Richtung, und – das spürte er – es gab heute abend in diesem Haushalt schon genug Schwierigkeiten, so daß ein Streit nicht ratsam war. Außerdem wollte er nicht mit seinem Freund und Pflegebruder streiten. Bard war hier allein, kein Vater stand an seiner Seite, und zweifellos war er gereizt, weil seine nächste Verwandschaft sich nicht die Mühe gemacht hatte, einen Halbtagesritt zu unternehmen, um ihn als Kämpfer des Königs und als Verlobten der Tochter des Königs zu sehen. So entschloß Geremy sich, leicht darüber hinwegzugehen.

»Ich brauche keine Entschuldigung von Bard, Pflegeschwester«, sagte er. »Statt dessen will ich ihn gern um Verzeihung bitten, wenn ich ihn beleidigt habe. Und da wartet Ginevra schon auf mich. Bard, mein guter Freund, sei der erste, der uns Glück wünscht. Ich habe sie um die Erlaubnis gebeten, meinem Vater zu schreiben, damit er *unsere* Verlobung in die Wege leitet, und sie hat es mir nicht abgeschlagen. Nur meinte sie, ich müsse *ihren* Vater um Erlaubnis bitten. Wenn nun alle älteren Herrschaften zustimmen, stehe ich vielleicht in einem Jahr da, wo du heute abend standest. Oder vielleicht sogar, wenn die Götter freundlich sind, in den Bergen meines eigenen Landes . . .«

Carlina berührte Geremys Arm. »Hast du Heimweh, Geremy?« fragte sie freundlich.

»Heimweh? Ich glaube nicht. Ich wurde aus Carcosa weggeschickt, bevor es wirklich meine Heimat werden konnte«, antwortete er. »Aber manchmal bei Sonnenuntergang sehnt sich mein Herz krank nach dem See und nach den Türmen von Carcosa, die sich vor dem Abendhimmel erheben, und nach den Fröschen, die dort quaken, nachdem die Sonne versunken ist. Dies Geräusch war mein erstes Wiegenlied.«

Carlina sagte leise: »Ich bin noch nie weit von zu Hause fort gewesen, aber es muß eine Traurigkeit über allen Traurigkeiten sein. Ich bin eine Frau und wuchs mit dem Wissen auf, daß ich meine Heimat, was auch geschehen möge, eines Tages würde verlassen müssen . . .«

»Und jetzt . . .« – Geremy berührte ihre Hand – ». . . sind die Götter gnädig gewesen, denn dein Vater hat dich einem Mitglied seines Haushaltes gegeben, und du brauchst deine Heimat niemals zu verlassen.«

Sie blickte, Bard vergessend, lächelnd zu ihm auf. »Wenn eins mich mit dieser Heirat versöhnen kann, dann ist es das.«

Für Bard waren diese Worte wie Salz in einer offenen Wunde. Er fuhr scharf dazwischen: »Nun geh schon zu Ginevra«, faßte Carlina unsanft bei der Hand und zog sie schnell weg. Als sie außer Hörweite waren, riß er sie grob zu sich herum.

»Dann hast du also Geremy erzählt, daß du mich nicht heiraten möchtest? Hast du das jedem Mann vorgeplappert, mit dem du getanzt hast, und mich hinter meinem Rücken lächerlich gemacht?«

»Nein – warum sollte ich?« Sie sah ihn erstaunt an. »Ich habe Geremy mein Herz ausgeschüttet, weil er mein Pflegebruder und Beltrans geschworener Bruder ist – und ich stehe zu ihm wie zu einem Blutsverwandten, geboren von meinem Vater und meiner Mutter!«

»Und bist du sicher, daß die Sache für ihn ebenso unschuldig ist? Er kommt aus dem Bergland«, höhnte Bard, »wo ein Bruder bei seiner Schwester liegen darf. Und die Art, wie er dich berührte . . .«

»Bard, das ist zu lächerlich für Worte«, unterbrach Carlina ihn ungeduldig. »Selbst wenn wir schon verheiratet und zu Bett gebracht wären, schickte sich solche Eifersucht nicht! Willst du, wenn wir verheiratet sind, jeden Mann fordern, mit dem ich ein höfliches Wort wechsele? Muß ich mich fürchten, freundlich zu meinen eigenen Pflegebrüdern zu sein? Wirst du als nächstes eifersüchtig auf Beltran oder auf Dom Cormel sein?« Dieser war der Veteran, der ihrem Vater und ihrem Großvater fünfzig Jahre lang gedient hatte.

Vor ihrem zornigen Blick senkte Bard die Augen. »Ich kann mir nicht helfen, Carlina. Ich bin verrückt vor Angst, dich zu verlieren. Es ist grausam von deinem Vater, dich mir nicht gleich zu geben, wenn die Hochzeit doch einmal beschlossene Sache ist. Immerzu muß ich daran denken, ob er mich nicht vielleicht zum Narren hält und dich später, noch ehe wir zu Bett gebracht worden sind, einem gibt, der ihm besser gefällt oder der einen höheren Brautpreis zahlen kann oder dessen Stellung ihm einen mächtigen Verbündeten schafft. Warum sollte er dich dem Bastardsohn seines Bruders geben?«

Der Kummer in seinen Augen erweckte Carlinas Mitleid. War er hinter der Arroganz seiner Worte so unsicher? Sie ergriff seine Hand. »Nein, Bard, das darfst du nicht denken. Mein Vater liebt dich, mein versprochener Gatte. Er hat dich über meinen eigenen Bruder Beltran hinweg befördert, er hat dich zu seinem Bannerträger gemacht und dir die rote Schnur verliehen. Wie kannst du glauben, er werde falsches Spiel mit dir treiben? Aber er hätte Grund, zornig auf dich zu werden, wenn du auf unserm Fest einen dummen Streit mit Geremy Hastur anfingst! Jetzt versprich mir, daß du nicht wieder so töricht und so eifersüchtig sein wirst, Bard, oder ich werde auch mit dir streiten!«

»Wenn wir richtig verheiratet wären«, sagte er, »hätte ich keinen Grund zur Eifersucht, weil ich wüßte, daß du unwiderruflich mein wärst. Carlina«, flehte er plötzlich, nahm ihre beiden Hände und bedeckte sie mit Küssen, »dem Gesetz nach sind wir Mann und Frau, das Gesetz erlaubt uns, unsere Ehe zu vollziehen, wann wir es wünschen. Laß mich dich heute nacht haben, dann werde ich *wissen*, daß du mein bist, und mir deiner sicher sein!«

Sie konnte sich nicht beherrschen – sie wich in tödlichem Schreck vor ihm zurück. Jetzt hatte sie sich einen Aufschub erkämpft, und da stellte er ihr diese Forderung als Preis dafür, daß er mit seinen Eifersuchtsszenen aufhörte! Ihr war klar, daß sie ihn mit ihrem Zurückweichen verletzte, aber sie senkte die Augen und sagte: »Nein, Bard. Ich will keine Früchte vom blühenden Baum pflücken, und das solltest du auch nicht versuchen. Alles kommt zu seiner richtigen Zeit.« Sie kam sich albern und prüde vor, als sie das alte Sprichwort zitierte. »Es schickt sich nicht, daß du das bei unserer Verlobung von mir verlangst!«

»Du hast gesagt, du hofftest, dahin zu kommen, daß du mich liebst . . .«

»Zur richtigen Zeit«, antwortete sie und merkte, daß ihre Stimme schrill klang.

Er gab zurück: »Jetzt ist die richtige Zeit dafür, das weißt du selbst! Es sei denn, du weißt etwas, das ich nicht weiß, daß dein Vater plant, falsches Spiel mit mir zu treiben und dich einem anderen zu geben, während er mich in der Zwischenzeit an sich bindet!«

Carlina schluckte. Sie spürte, daß er das wirklich glaubte, und er tat ihr aufrichtig leid.

Er sah ihr Zögern, spürte ihr Mitleid und legte seinen Arm um sie. Aber sie zog sich so verzweifelt zurück, daß er sie losließ. Voll Bitterkeit sagte er:

»Es ist also wahr. Du liebst mich nicht.«

»Bard«, flehte sie, »laß mir Zeit. Ich verspreche dir, wenn die Zeit gekommen ist, werde ich nicht vor dir zurückweichen. Aber man hat mir davon nichts gesagt. Es hieß, ich solle noch ein Jahr haben ... vielleicht, wenn ich älter geworden bin ...«

»Brauchst du ein Jahr, um dich mit dem schrecklichen Schicksal abzufinden, daß du mein Bett teilen sollst?« fragte er mit solcher Bitterkeit, daß Carlina wünschte, sie wäre weniger unwillig.

»Vielleicht werde ich«, stotterte sie, »nicht mehr so empfinden, wenn ich älter bin ... meine Mutter sagt, ich sei zu jung für die Heirat ... aber später ...«

»Das ist Unsinn«, erklärte er verächtlich. »Jüngere Mädchen als du werden jeden Tag verheiratet und auch zu Bett gebracht. Das ist eine Kriegslist, um mich mit der Wartezeit zu versöhnen. Und dann werde ich dich ganz verlieren! Aber wenn wir zusammengelegen haben, mein Herz, dann kann kein lebender Mensch uns mehr trennen, dein Vater nicht und auch deine Mutter nicht ... Ich gebe dir mein Wort, daß du nicht zu jung bist, Carlina! Laß es mich dir beweisen!« Er zog sie in seine Arme und küßte sie heftig auf den Mund. Sie wehrte sich so verzweifelt, daß er sie freiließ.

Bitter sagte sie: »Und wenn ich mich weigere, wirst du dann einen Zwang auf mich legen, wie du es mit Lisarda getan hast, die auch zu jung für diese Dinge war? Willst du mich behexen, damit ich dir nicht verweigern kann, was du von mir willst, daß ich dir zu Willen sein muß, auch wenn es nicht mein eigener Wunsch ist?«

Bard senkte den Kopf, die Lippen zu einer dünnen, zornigen Linie fest zusammengepreßt. »Also das ist es. Also hat dir die kleine Hure etwas vorgeheult und dir häßliche Lügen gegen mich in den Kopf gesetzt?«

»Sie hat nicht gelogen, Bard. Ich habe ihre Gedanken gelesen.«

»Was sie dir auch sagen mag, sie war nicht unwillig«, behauptete Bard, und Carlina brauste, nun wirklich böse, auf: »Das ist ja das Schlimmste daran! Du hast ihren Willen beeinflußt, so daß sie dir nicht widerstehen *wollte!*«

»Du würdest ebenso Vergnügen daran finden wie sie«, fuhr Bard sie heftig an, und sie gab gleicherweise wütend zurück: »Und damit wärst du zufrieden – daß ich nicht als Carlina zu dir komme, sondern durch einen auf mein wirkliches Selbst ausgeübten Zwang? Zweifellos würde ich dir widerstandslos zu Willen sein, wenn du mich mit diesem Zauber belegtest – ebenso wie Lisarda! Und ebenso, wie sie es tut, würde ich dich von da an bis ans Ende meines Lebens mit jedem Atemzug hassen!«

»Das glaube ich nicht«, sagte Bard. »Ich bin der Meinung, daß du, sobald du deine törichten Ängste erst einmal losgeworden bist, mich lieben und zu der Einsicht gelangen wirst, daß ich das getan habe, was das beste für uns beide war!«

»Nein.« Carlina zitterte. »Nein, Bard ... ich bitte dich ... Bard, ich bin deine Frau.« Sie spürte einen Anflug von Schuldbewußtsein, weil sie versuchte, ihn auf diese Weise zu manipulieren, aber sie war verzweifelt und außer sich vor Angst. »Würdest du mich benutzen, als sei ich nichts Besseres als eins meiner Mädchen?«

Vor Schreck ließ er sie los. »Alle Götter mögen verhüten, daß ich jemals vergesse, dir die dir gebührende Ehre zu erweisen, Carlie!«

Sie nahm schnell ihren Vorteil wahr. »Dann wirst du bis zur festgesetzten Zeit warten.« Sie entzog sich seiner Reichweite. »Ich verspreche dir, ich werde dir treu sein. Du brauchst dich nicht davor zu fürchten, daß du mich verlieren wirst; aber alles kommt zu seiner richtigen Zeit.« Sie berührte leicht seine Hand und ging davon.

Bard sah ihr nach. Sie hatte ihn zum Narren gemacht! Nein, sie hatte recht. Es war eine Sache der Ehre, daß sie, seine Frau, aus eigenem freien Willen und ohne Zwang zu ihm kam. Doch er war erregt, und der Zorn steigerte noch den Aufruhr in seinem Geist und Körper. Noch keine Frau hatte sich darüber beschwert, daß er ein Draufgänger war! Wie kam diese verdammte Schlampe Lisarda dazu, ihn zu verklagen? Sie hatte gar nichts dagegen gehabt, er hatte ihr nur eine Gelegenheit geboten, das zu tun, was sie sowieso tun wollte! Er durchforschte sein Gedächtnis. Ja, zuerst war sie ängstlich gewesen, aber bevor er mit ihr fertig war, hatte sie gestöhnt vor Lust. Welches Recht hatte sie, hinterher ihre Meinung zu ändern und vor Carlina ihre kostbare Jungfräulichkeit zu bejammern, als hätte diese irgendeinen besonderen Wert? Sie war doch keine Erbin, die sie der Ehre und der Mitgift wegen bewahren mußte!

Und jetzt hatte Carlina ihn erregt und in einem Zustand heißen Begehrens zurückgelassen! Er war wütend auf sie. Bildete sie sich ein, er werde geduldig wie ein Mädchen auf ihre Zustimmung warten?

Plötzlich fiel ihm ein, was er tun konnte, um sich an beiden zu rächen, an den beiden verdammten Weibern, die ihn zum Narren hielten! Die Frauen waren alle gleich, angefangen mit seiner unbekannten Mutter, die ihn hergegeben hatte, damit er bei seinem reichen, hochgestellten Vater aufwuchs. Und Lady Jerana, die seines Vaters Gedanken vergiftet und ihn aus seiner Heimat wegschicken lassen hatte. Und diese elende kleine Schlampe Lisarda mit ihrem Gewimmer und Gerede vor Carlina. Und auch Carlina selbst war nicht frei von der allgemeinen Schlechtigkeit der Frauen!

In seiner Wut ging er auf die Galerien zu, wo die oberen Dienstboten den Festlichkeiten zusahen. Er entdeckte Lisarda unter ihnen, ein schlankes, kindlich aussehendes Mädchen mit weichem braunem Haar, deren schmaler Körper gerade erst weibliche Rundungen anzunehmen begann. In der Erinnerung spannte sich Bards eigener Körper vor Erregung an.

Sie war unberührt, ja, unwissend und verängstigt gewesen, aber ihr Widerstreben hatte sich sehr schnell gegeben. Und doch hatte sie die Frechheit besessen, sich bei Carlina zu beklagen, als sei es ihr unangenehm gewesen! Verdammtes Mädchen, diesmal würde er ihr das Gegenteil beweisen!

Er wartete, bis sie in seine Richtung sah. Dann hielt er ihren Blick fest. Sie erschauerte und versuchte, das Gesicht abzuwenden, aber er griff nach ihrem Geist, wie er es gelernt hatte zu tun, berührte etwas tief in ihrem Inneren, unter dem bewußten Willen, die Reaktion des Körpers auf den Körper. Kam es darauf an, was sie zu wollen *meinte?* Diese Reaktion war da, und sie war ebenfalls wirklich, und alle ihre eingebildeten Ideen über ihre stolz bewahrte Unschuld bedeuteten nichts angesichts dieser Realität. Er hielt sie fest, bis er spürte, daß ihre Sinne erwachten, beobachtete mit distanzierter, bösartiger Belustigung, wie sie den Weg zu ihm fand. Außer Sicht der anderen zog er sie hinter einen Pfeiler, küßte sie kundig und spürte ihr Begehren sie beide überfluten.

In einer ganz versteckten Ecke ihres Geistes erkannte er die Panik des jetzt unterworfenen bewußten Willens, ihre Angst und ihr Entsetzen darüber, daß ihr dies nun doch wieder geschah, daß ihr Körper ihm entgegenkam, obwohl sie es nicht wollte. Das Grauen sprach ihr aus den Augen. Bard lachte lautlos und flüsterte ihr etwas zu. Er beobachtete sie, als sie wie eine Schlafwandlerin die Treppe zu seinem Zimmer emporstieg, wo sie nackt und sehnsüchtig auf ihn warten würde, bis es ihm gefiel, zu ihr zu kommen.

Er würde sie eine Weile warten lassen. Das bewies ihr, was sie wirklich wollte. Ihr Weinen und Schluchzen würde ihr vor Augen führen, daß sie es die ganze Zeit schon gewollt hatte. Das sollte sie lehren, sich bei Carlina über ihn zu beklagen, als habe er sie mißhandelt oder gegen ihren Willen genommen!

Und wenn Carlina es zu hören bekam, nun, dann war sie selbst daran schuld. Gesetz und Tatsachen machten sie zu seiner Frau, und wenn das sie nicht bewog, ihre Pflicht zu erfüllen, hatte sie kein Recht, sich zu beklagen, daß er zu einer anderen ging.

2

Das Jahr war schon ziemlich weit fortgeschritten, und ein früher Herbst hatte begonnen, als Bard di Asturien König Ardrin in seinem Audienzsaal aufsuchte.

»Onkel«, sagte er – er hatte dieses Privileg, weil der König sein Pflegevater war –, »werden wir noch vor der Apfelernte in den Krieg reiten?«

König Ardrin hob die Augenbrauen. Er war ein großer, imposanter Mann, hellhaarig wie die meisten di Asturiens, und war einmal kräftig gewesen. Aber vor einigen Jahren hatte er eine Wunde am Arm erhalten, die ihn lähmte. Er trug auch noch andere Narben, die Male eines Mannes, der fast sein ganzes Leben lang sein Reich mit Waffengewalt hatte verteidigen müssen. »Ich hatte gehofft, es sei nicht nötig, Pflegesohn. Aber du weißt mehr als ich darüber, was sich an den Grenzen tut, weil du in den letzten vierzig Tagen mit der Leibwache dort gewesen bist. Was gibt es für Neuigkeiten?«

»Keine Neuigkeiten von der Grenze«, antwortete Bard. »Dort ist alles ruhig. Nach Snow Glen brauchen wir mit einer Rebellion in diesem Gebiet nicht mehr zu rechnen. Aber auf dem Ritt zurück habe ich Gerüchte gehört. Wußtest du, daß Dom Eiric Ridenow der Jüngere seine Schwester mit dem Herzog von Hammerfell verheiratet hat?«

König Ardrin blickte nachdenklich drein, doch er sagte nur: »Fahre fort.«

»Einer meiner Leibwächter hat einen Schwager, der als Söldner im Dienst des Herzogs steht«, berichtete Bard. »Er hatte das Unglück, einen Mann zu erschlagen, und ging für drei Jahre ins Exil. Deshalb trat er in Hammerfell in Dienst, und er ist von seinem Diensteid entbunden worden. Mein Mann sagte, als sein Schwager sich in Hammerfell verpflichtete, machte er es zur Bedingung, daß er nicht in den Kampf gegen Asturias geschickt werden dürfe. Ich finde es interessant, daß er jetzt von seinem Eid entbunden wird, statt zu Mittwinter, wie es Brauch ist.«

»Dann meinst du . . .«

»Ich meine, der Herzog von Hammerfell festigt seine neue Verbindung zu der Sippe der Ridenow von Serrais«, führte Bard aus, »indem er seine Armee gegen Asturias führt. Das hätten wir uns schon im Frühling sagen können. Er wird hoffen, uns unvorbereitet zu treffen, wenn er vor dem Winterschnee zuschlägt. Außerdem hat Beltran einen *Laranzu* unter seinen Männern, dessen Gabe der Rapport mit Kundschaftervögeln ist. Er sagt, zwar seien noch keine Armeen auf der Straße, aber es versammelten sich Männer in der Marktstadt Tarquil, die gar nicht weit von Hammerfell liegt. Sicher, dort findet zur Zeit der Gesindemarkt statt, aber der *Laranzu* sagt, es seien zu wenige Männer mit Mistgabeln und Milcheimern und zu viele auf Pferderücken da. Anscheinend finden sich dort die Söldner zusammen. Und ein Zug Packtiere entfernte sich vom Dalereuth-Turm, und du weißt ebenso gut wie ich, was in Dalereuth hergestellt wird. Was braucht der Herzog von Hammerfell Haftfeuer, wenn er nicht mit den Ridenows von Serrais gegen uns ziehen will?«

König Ardrin nickte bedächtig. »Ich bin überzeugt, du hast recht. Nun, Bard, was würdest du, der du diesen Feldzug hast kommen sehen, tun, wenn du den Befehl hättest?«

Es war nicht das erste Mal, daß Bard diese Frage gestellt wurde. Nie hatte sie etwas anderes zu bedeuten gehabt, als daß sein Pflegevater prüfen wollte, ob er das richtige Gespür für militärische Taktik hatte. Er hätte Beltran und Geremy, wären sie anwesend gewesen, ebenso gefragt, und dann hätte er sich an seine eigentlichen Ratgeber gewendet. Trotzdem dachte Bard gründlich über das Problem nach.

»Ich würde jetzt gegen sie reiten, bevor sie ihre Söldnertruppen zusammmengestellt haben, noch bevor sie Hammerfell verlassen. Ich würde Hammerfell belagern, lange bevor sie damit rechnen, daß wir wissen, was vorgeht. Der Herzog rechnet nicht damit, daß der Krieg sein Land heimsuchen wird. Er versammelt die Söldner nur, um sie Dom Eiric zur Unterstützung zu bringen. Wenn die Ridenows diesen Sommer gegen uns ziehen, was sie bestimmt tun werden, sollen wir ihre Armee unerfreulich angeschwollen finden. Aber wenn wir *jetzt* in Hammerfell zuschlagen und den Herzog belagern, bis er bereit ist, den Schwur zu leisten, nichts gegen dich zu unternehmen, und ihn mit Geiseln zu bekräftigen, wirst du Dom Eiric und seine Ratgeber verwirren. Wenn ich den Befehl hätte, würde ich auch einen Teil der Truppen nach Süden schicken, um das Haftfeuer zu nehmen und zu zerstören, bevor es gegen uns eingesetzt werden kann. Vielleicht können wir es auch selbst in Vorrat nehmen. Und da es bestimmt von Zauberern bewacht wird, würde ich diesem Truppenteil einen *Laranzu* oder zwei mitgeben.«

»Wann könnten wir bereit sein, gegen Hammerfell zu ziehen?« fragte König Ardrin.

»Innerhalb von zehn Tagen, Sir. Bis dahin ist das Zusammentreiben der Pferde beendet, und die Männer sind frei, dem Schlachtruf zu folgen«, antwortete Bard. »Aber ich würde die Männer nicht mit Signalfeuern zusammenrufen, sondern sie heimlich benachrichtigen lassen. Die Ridenows mögen spionierende Zauberer haben, die die Feuer aus weiter Ferne erspähen. Wir wären dann zehn Tage, nachdem es bekannt wird, daß wir die Grenze überschritten haben, vor Hammerfell. Und wenn wir mit ein paar ausgewählten Männern schnell reiten, können wir alle Brücken über den Valeron besetzen und jeden aufhalten, der gegen uns zieht. Eine Abteilung kann dann ins Innere vorrücken und die Burg belagern.«

König Ardrins strenges Gesicht verzog sich zum Lächeln. »Ich selbst hätte keinen besseren Plan ersinnen können. Tatsächlich, Bard, bezweifle ich, daß mir ein ebenso guter eingefallen wäre. Jetzt habe ich noch eine Frage an dich: Wenn ich die Truppen nördlich nach Hammerfell führe, kannst du dann nach Süden gehen, um das Haftfeuer zu nehmen? Ich werde dir einige *Leroni* und Reiter mitgeben. Du kannst dir die Männer selbst auswählen, aber nicht mehr als drei Dutzend. Wird das genug sein?«

Bard überlegte einen Augenblick. Dann fragte er: »Kannst du nicht vier Dutzend entbehren, Onkel?«

»Nein; dies zusätzliche Dutzend Reiter brauche ich für den Ritt nach Hammerfell.«

»Dann muß ich mit den drei Dutzend auskommen, Sir. Wenigstens können sie sich schnell bewegen, wenn es nötig ist.« Bards Herz klopfte. Er hatte noch nie ein selbständiges Kommando gehabt.

»Prinz Beltran wird euch anführen – offiziell«, sagte der König, »aber die Männer werden dir folgen. Du verstehst mich, Bard? Ich muß Beltran den Befehl überlassen. Aber ich werde ihm klarmachen, daß du der militärische Ratgeber bist.«

Bard nickte. Das ließ sich nicht umgehen; ein Mitglied des königlichen Hauses mußte dem Namen nach den Befehl führen. König Ardrin war ein erfahrener Anführer, aber ihm, Bard, wurde eine knifflige, schnelle Mission mit einer ausgesuchten kleinen Truppe anvertraut. »Ich will gehen und meine Männer auswählen, Sir.«

»Einen Augenblick.« König Ardrin winkte ihn zurück. »Es wird eine Zeit kommen, wo du als mein Schwiegersohn die Befehlsgewalt erhältst. Ich freue mich über deine Tapferkeit, Bard, aber ich verbiete dir, dich unnötig in Gefahr zu begeben. Deine strategischen

Fähigkeiten brauche ich notwendiger als deinen starken Arm oder deinen Mut. Sieh zu, daß du am Leben bleibst, Bard. Mein Auge ruht auf dir. Ich bin zu alt, um noch länger als ein paar Jahre meinen eigenen General zu machen. Du weißt, was ich zu sagen versuche.«

Bard verbeugte sich tief. »Ich stehe Euch zu Befehl, mein König und Herr.«

»Und es wird ein Tag kommen, an dem ich dir zu Befehl stehe, Verwandter. Geh jetzt und suche deine Männer aus.«

»Darf ich Lady Carlina Lebewohl sagen, mein Lord?«

Ardrin lächelte. »Das darfst du, selbstverständlich.«

Bard war außer sich vor Freude über soviel Glück. Jetzt war seine Laufbahn gesichert, und wenn er seine Mission erfolgreich zu Ende führte, mochte es sein, daß König Ardrin ihm noch mehr Gnade erwies und ihn Carlina zum Mittwinterfest heiraten ließ. Oder zumindest mochte er sie überzeugen, sie drängen, ihre Ehe in jener Nacht traditioneller Freiheiten zu vollziehen. Bestimmt würde sie sich ihm nicht mehr widersetzen, wenn er der Kämpfer und Befehlshaber des Königs war!

Er gestand sich selbst ein: Er hatte es satt, mit diesem und jenem Mädchen ins Bett zu gehen. Carlina war es, die er wollte. Anfangs hatte sie ihm nicht mehr bedeutet als ein Zeichen dafür, daß der König ihn hochschätzte, als ein Tor zu Stellung und Macht im Reich, eine Macht, die ein *Nedestro* in Asturias auf andere Weise nicht erlangen konnte. Aber als sie zu Mittsommer so freundlich mit ihm gesprochen hatte, wurde ihm klar, daß sie die einzige Frau war, nach der es ihn verlangte.

Er war der Mädchen überdrüssig. Er war Lisardas überdrüssig und des Spiels, das er mit ihr trieb, indem er ihren unwilligen Körper zwang, auf ihn zu reagieren, während sie weinte und darauf bestand, sie hasse ihn. Elende kleine Spaßverderberin, wo er doch sein Bestes getan hatte, ihr Vergnügen zu bereiten! Aber jetzt interessierte ihn das nicht mehr. Er wollte keine andere als Carlina.

Er fand sie in den Nähräumen, wo sie die Frauen beaufsichtigte, die Leinenkissen herstellten, und winkte sie von ihnen weg. Wieder wunderte er sich darüber, warum er so verrückt nach diesem unscheinbaren Mädchen war, wenn rings um sie so viele hübsche waren. Lag es nur daran, daß sie die Tochter des Königs war, daß sie als Kinder zusammen gespielt hatten? Ihr Haar war streng aus dem Gesicht gestrichen und fest eingeflochten, doch trotzdem hingen Flusen darin, und ihr blaukariertes Kleid hatte er, so kam es ihm vor, jeden Tag gesehen, seit sie zehn Jahre alt war. Oder ließ sie sich einfach ein neues machen, wenn sie das alte abgetragen hatte oder aus ihm herausgewachsen war?

Er sagte: »Du hast Federn im Haar, Carlina.«

Geistesabwesend zupfte sie daran und lachte. »Natürlich, einige der Frauen stopfen Federbetten für den Winter und machen Kissen. Ich herrsche über die Federn, während die Frauen meiner Mutter das Fleisch der Vögel für den Winter einsalzen und pökeln.« Sie blickte auf das bißchen Flaum nieder, das an ihren Fingern klebte. »Weißt du noch, Pflegebruder, wie du und ich und Beltran uns in einem Jahr an die Fässer mit Federn machten und die Federn in sämtlichen Nähzimmern herumflogen? Ich fühlte mich so schuldig, weil du und Beltran geschlagen wurdet, und ich wurde nur ohne Abendessen auf mein Zimmer geschickt!«

Bard lachte. »Dann sind wir besser weggekommen, denn ich möchte lieber geschlagen werden als einen Tag hungern, und ich bezweifle nicht, daß Beltran der gleichen Meinung ist! Und in all diesen Jahren habe ich gedacht, daß du am schlechtesten dabei weggekommen bist!«

»Aber ich hatte mir den Streich ausgedacht. Du und Beltran und auch Geremy, ihr wurdet immer für Ungezogenheiten geschlagen, die ich ausgeheckt hatte«, sagte sie. »Wir hatten viel Spaß in jener Zeit, nicht wahr, Pflegebruder?«

»Ja, das hatten wir.« Bard ergriff ihre Hände. »Aber ich möchte dich jetzt nicht mehr Pflegeschwester nennen, Carlina *mea*. Und ich bin gekommen, dir große Neuigkeiten mitzuteilen.«

Sie lächelte zu ihm hoch. »Was für Neuigkeiten, mein versprochener Gatte?« Sie sprach das Wort schüchtern aus.

»Der König, dein Vater, hat mir den Befehl über Truppen gegeben«, platzte er freudestrahlend heraus. »Ich soll mit drei Dutzend ausgewählten Männern eine Karawane mit Haftfeuer ergreifen ... Dem Namen nach ist Beltran der Befehlshaber, aber du weißt, und ich weiß es auch, daß das Amt in Wirklichkeit meins ist ... und ich soll die Männer selbst aussuchen und *Leroni* mitbekommen ...«

»O Bard, wie wundervoll!« Gegen ihren Willen freute sie sich über sein Glück. »Ich bin so froh für dich! Sicher bedeutet das – wie du, ich weiß es, hoffst –, daß du vom Bannerträger zu einem seiner Hauptleute aufsteigen und vielleicht eines Tages alle seine Truppen führen wirst!«

Bard versuchte, nicht allzuviel Stolz zu zeigen. »Der Tag liegt bestimmt noch viele Jahre in der Zukunft. Aber es zeigt, daß dein Vater fortfährt, gut von mir zu denken. Ich habe mir gedacht, Carlina *mea*, wenn ich bei dieser Mission Erfolg habe, dann wird er vielleicht unsere Hochzeit ein halbes Jahr vorverlegen, und wir können zu Mittsommer heiraten . . .«

Carlina versuchte, ein unwillkürliches Zusammenzucken zu unterdrücken. Sie und Bard mußten heiraten. Es war ihres Vaters Wille, der Gesetz im Land Asturias war. Sie wünschte Bard aufrichtig alles Gute; es gab keinen Grund, warum sie keine Freunde sein sollten. Und schließlich machte es nicht viel aus, ob zu Mittwinter oder Mittsommer. Doch auch wenn sie sich das sagte, sie konnte nicht zustimmen.

Bards Begeisterung war jedoch so groß, daß sie es nicht fertigbrachte, sie zu ersticken. Sie wich aus: »Das wird geschehen, wie mein Vater und Herr es will, Bard.«

Bard sah in ihren Worten nur angemessene jungfräuliche Schüchternheit. Er drückte ihre Hände fester. »Wirst du mich zum Lebewohl küssen, meine versprochene Frau?«

Wie konnte sie ihm das abschlagen? Sie ließ es zu, daß er sie an sich zog, und seine Lippen, hart und fordernd, raubten ihr den Atem. Er hatte sie noch nie geküßt, abgesehen von dem brüderlichen und ehrerbietigen Kuß, den sie vor Zeugen bei ihrer Verlobung gewechselt hatten. Das hier war anders, und es ängstigte sie, als er versuchte, ihre Lippen mit seinem Mund zu öffnen. Sie wehrte sich nicht. Verängstigt und passiv ließ sie es sich gefallen, und für Bard war das erregender, als es die heftigste Leidenschaft hätte sein können.

Als sie sich trennten, sagte er mit leiser Stimme, fast in Angst vor seinen eigenen Gefühlen: »Ich liebe dich, Carlina.«

Das Beben seiner Stimme erfüllte sie von neuem gegen ihren Willen mit Zärtlichkeit. Sie berührte seine Wange mit den Fingerspitzen und antwortete sanft: »Ich weiß, mein versprochener Gatte.«

Als er gegangen war, starrte sie, bis ins Innerste aufgewühlt, auf die geschlossene Tür. Ihr ganzes Herz sehnte sich nach der Stille und dem Frieden der Insel des Schweigens. Doch es sah so aus, als solle das niemals sein, als müsse sie mit oder ohne ihre Zustimmung die Frau ihres Cousins, ihres Pflegebruders, ihres versprochenen Gatten Bard di Asturien werden. Vielleicht, redete sie sich zu, vielleicht wird es nicht so schlimm. Als wir Kinder waren, liebten wir uns.

»Carlina, was soll ich mit diesem Stoffballen tun?« rief eine der Frauen. »Am Rand sind die Fäden ganz verzogen, und hier ist ein großes Stück verdorben . . .«

Carlina ging zu ihr und beugte sich über das Leinen. Sie sagte: »Du wirst es geradeschneiden müssen, so gut du kannst, und wenn es danach für ein Laken nicht mehr breit genug ist, dann hebst du dies Ende für Kissenbezüge auf. Sie werden in farbigen Mustern mit Wolle bestickt, die den Webfehler hier verdecken . . .«

»Wie könnt Ihr an solche Dinge denken, Lady«, stichelte eins der Mädchen, »wenn Ihr hier den Besuch Eures Liebhabers gehabt habt . . .«

Sie benutzte die Form des Wortes, die seine Bedeutung von *versprochener Gatte* zu *Geliebtem* änderte, und Carlina spürte, wie ihr das Blut heiß in die Wangen stieg. Aber sie sagte nur mit sorgfältig ruhig und gleichmütig gehaltener Stimme: »Ja, Catriona, ich dachte, du seist hergeschickt worden, um unter den Frauen der Königin das Weben und Sticken und alle weiblichen Künste zu lernen. Aber nun sehe ich, daß du auch Unterricht in *Casta* brauchst, um *versprochener Gatte* mit der angemessenen Höflichkeit auszusprechen. Wenn du das Wort wie eben verwendest, werden dich die anderen Frauen der Königin als Landpomeranze auslachen.«

3

Bard ritt am nächsten Tag vor Sonnenaufgang fort. Es war so früh, daß der Himmel im Osten noch nicht begonnen hatte, die erste Morgenröte zu zeigen. Drei kleine Mondsicheln und die blasse Scheibe Mormallors schwebten über den fernen Bergen. Bards Gedanken beschäftigten sich mit der Erinnerung an Carlinas scheuen Kuß. Vielleicht würde ein Tag kommen, wenn sie ihn aus eigenem freien Willen küßte, wenn sie froh und stolz war, mit des Königs Bannerträger, des Königs Kämpfer, vielleicht dem General seiner gesamten Armee verheiratet zu werden . . . Es waren recht angenehme Gedanken, mit denen er an der Spitze seines ersten Kommandos, mochte es auch klein sein, dahinritt.

Im Gegensatz zu ihm war Beltran, der dunkel gekleidet und in einen großen Umhang gewickelt war, in verdrießlicher Stimmung. Bard merkte, daß er sich ärgerte, und fragte sich, warum.

Beltran brummte: »Du siehst so zufrieden aus, und vielleicht freust du dich ja auch über dies Kommando. Aber ich würde lieber an meines Vaters Seite nach Hammerfell reiten, wo er sehen könnte, ob ich mich gut oder schlecht halte. Aber nein, da werde ich losgeschickt, wie der Anführer einer Räuberbande, eine Karawane zu überfallen!«

Bard versuchte, seinem Pflegebruder klarzumachen, wie wichtig es war, dafür zu sorgen, daß das Haftfeuer aus Dalereuth niemals nach Serrais kam und die Felder und Dörfer und Wälder von Asturias nicht verwüstete. Beltran sah nur, daß ihm nicht das Privileg zuteil geworden war, vor den Augen seiner Armee zur rechten Hand seines Vaters zu reiten. »Mein einziger Trost ist, daß du dort nicht den mir rechtmäßig zustehenden Platz einnimmst«, murrte er. »Er hat ihn Geremy gegeben . . . Verdammnis über ihn, über alle Hasturs!«

In diesem Punkt teilte Bard das Mißvergnügen Beltrans und hielt es für politisch richtig, ihn das wissen zu lassen.

»Richtig! Er versprach mir, Geremy an die Spitze der mit uns reitenden Zauberer zu setzen, und im letzten Augenblick teilte er mir mit, er könne Geremy nicht entbehren. Dafür hat er mir drei Fremde gegeben«, fiel Bard in Beltrans Murren ein. Er sah zu ihnen hinüber, die ein wenig abseits von den ausgewählten Kämpfern ritten: ein hochgewachsener *Laranzu*, dessen ergrauender roter Schnurrbart die Hälfte seines Untergesichts verdeckte, und zwei Frauen. Eine davon, zu dick zum Reiten, schaukelte auf einem Esel dahin. Die andere war ein dünnes, kindhaftes Mädchen, so dicht in ihren grauen Zauberermantel eingewickelt, daß Bard nicht erkennen konnte, ob sie hübsch oder häßlich war. Er wußte nichts von den dreien, nichts über ihre Fähigkeiten, und er fragte sich nervös, ob sie ihn als Anführer der Expedition anerkennen würden. Besonders der *Laranzu*. Obwohl er, wie alle seiner Art, bis auf ein kleines Messer an seiner Seite, das auch eine Frau hätte tragen können, unbewaffnet war, sah er doch aus, als sei er schon lange vor Bards Geburt auf Feldzügen wie diesem mitgeritten.

Ob Beltran in diesem Punkt auch von düsteren Vorahnungen geplagt war? Aber er fand bald heraus, daß das Mißvergnügen des Prinzen einen anderen Grund hatte.

»Geremy und ich hatten einander gelobt, dies Jahr zusammen in die Schlacht zu reiten, und jetzt hat er sich dafür entschieden, an der Seite des Königs zu bleiben . . .«

»Pflegebruder«, erklärte Bard ernst, »ein Soldat hört nur die Stimme seines Vorgesetzten, muß ihr seine eigenen Wünsche unterordnen.«

Eigensinnig erwiderte Prinz Beltran: »Er hätte es meinem Vater sagen sollen. Ich bin sicher, Vater hätte unser Gelübde geehrt und Geremy mit auf diese Expedition gehen lassen. Schließlich ist es nur eine stumpfsinnige Sache, das Aufhalten dieser Karawane, nicht viel anders als das Ausheben von Räuberbanden an der Grenze.«

Bard erkannte plötzlich, warum der König ihm gegenüber betont hatte, den tatsächlichen Befehl über diese Expedition habe er und nicht Prinz Beltran. Ganz offensichtlich, dachte er stirnrunzelnd, hatte der Prinz überhaupt keine Vorstellung von der strategischen Bedeutung der Haftfeuer-Karawane!

Wenn Prinz Beltran keine militärische Begabung hat, ist es kein Wunder, daß der König Wert darauf legt, mich für einen höheren Posten auszubilden. Kann er seine Armee nicht seinem Sohn übergeben, dann doch seinem Schwiegersohn ... Hat er keinen zum General geeigneten Sohn, verheiratet er seine Tochter mit seinem eigenen General statt mit einem Rivalen außerhalb seiner Grenzen ...

Er versuchte, Prinz Beltran die Wichtigkeit ihrer Mission klarzumachen, aber Beltran blieb übellaunig, und schließlich sagte er: »Ich kann verstehen, daß du gern möchtest, die Sache sei wichtig, weil du dich selbst dann wichtiger fühlst.« Und Bard zuckte die Schultern und ließ es dabei.

Am Nachmittag waren sie in der Nähe der südlichen Grenze von Asturias angelangt und machten halt, um die Pferde ausruhen zu lassen. Bard ritt zu den Zauberern hinüber, die sich ein wenig abseits von den übrigen hielten. So war es der Brauch; die meisten Krieger (und Bard war da keine Ausnahme) hüteten sich vor *Leroni.*

König Ardrin mußte diese Mission für wichtig gehalten haben, sonst hätte er ihm keinen im Feld grau gewordenen Mann mitgegeben, sondern den jungen, unerfahrenen Geremy, und sei es nur, um seinem Sohn und seinem Pflegesohn einen Gefallen zu tun. Trotzdem teilte Bard den Wunsch des Prinzen, Geremy, den er so gut kannte, sei anstelle dieses Fremden bei ihnen. Er wußte nicht, wie er mit einem *Laranzu* reden sollte. Geremy hatte von der Zeit an, als sie zwölf Jahre alt waren, besonderen Unterricht erhalten, nicht im Waffenspiel und unbewaffneten Kampf und im Gebrauch des Dolches wie die anderen Pflegesöhne des Königs, sondern in der okkulten Beherrschung der Sternensteine, der blauen Kristalle, die den *Leroni* ihre Macht gaben. Geremy hatte ihre Stunden in militärischer Taktik und Strategie, im Reiten und Jagen weiter geteilt und war mit ihnen auf Feuerwache gegangen und gegen Räuber geritten, aber selbst damals schon war klar, daß aus ihm kein Soldat gemacht werden sollte. Und als er es aufgab, ein Schwert zu tragen, und es gegen den Dolch eines Zauberers eintauschte und sagte, er brauche keine Waffe außer dem Sternenstein um seinen Hals, hatte sich eine große Kluft zwischen ihnen geöffnet.

Und jetzt, als Bard den *Laranzu* ansah, den der König mit ihnen geschickt hatte, spürte er etwas von der gleichen Kluft. Aber der Mann sah aus, als sei er an Feldzüge gewöhnt, ritt wie ein Soldat und hatte sogar eine soldatische Art in der Behandlung seines Pferdes. Er hatte magere, falkenähnliche Gesichtszüge und kühne, farblose Augen von der grauen Härte getemperten Stahls.

»Ich bin Bard di Asturien«, sagte Bard. »Ich kenne Euren Namen nicht, Sir.«

»Gareth MacAran, *a ves ordras, vai dom* ...« Der Mann salutierte kurz.

»Was ist Euch über diese Expedition mitgeteilt worden, Meister Gareth?«

»Nur, daß ich unter Eurem Befehl stehe, Sir.« Bard hatte gerade genug *Laran*, um den sehr schwachen, beinahe unmerklichen Nachdruck wahrzunehmen, den er auf das Wort *Euer* legte. Innerlich empfand er große Befriedigung. So war er nicht der einzige, der Beltran für hoffnungslos in militärischen Angelegenheiten hielt.

Er fragte: »Habt Ihr einen Kundschaftervogel?«

Meister Gareth wies mit der Hand. Er antwortete ruhig, aber eindeutig vorwurfsvoll: »Ich habe schon Feldzüge mitgemacht, als Ihr noch nicht gezeugt wart, Sir. Wenn Ihr mir sagt, welche Information benötigt wird ...«

Der Vorwurf hatte getroffen. Bard erklärte steif: »Ich bin jung, Sir, aber im Feldzug nicht unerprobt. Meine Zeit habe ich zum größten Teil mit dem Schwert verbracht, und ich weiß nicht viel über die höflichen Umgangsformen mit Zauberern. Wissen muß ich, wo die Haftfeuer-Karawane nach Süden reitet, damit wir einen Überraschungsangriff machen können und es ihnen nicht gelingt, ihre Ware zu vernichten.«

Meister Gareth verzog den Mund. »So, Haftfeuer ist es? Ich wäre froh, wenn all das Zeug im Meer versenkt würde. Dann wird es dies Jahr wenigstens nicht benutzt werden, Asturias zu belagern. – Melora!« rief er, und die ältere *Leronis* kam zu ihm. Bard hatte sie nach ihrem dicken Körper für eine ältere Frau gehalten. Jetzt sah er, daß sie dessenungeachtet jung war. Ihr Gesicht war rund und mondförmig mit hellen, verträumten Augen. Ihr Haar, von einem leuchtenden Feuerrot, war zu einem unordentlichen Knoten geschlungen.

»Bring mir den Vogel ...«

Fasziniert sah Bard zu – der Anblick war ihm nicht neu, aber es faszinierte ihn jedesmal in gleicher Stärke –, wie die Frau dem großen Vogel, der auf ihrem Sattelknopf saß, die Kappe abnahm. Gelegentlich war auch Bard schon mit einem Kundschaftervogel umgegangen. Im Vergleich damit waren auch die wildesten Jagdfalken zahm wie die Käfigvögel eines Kindes. Der lange, schlangenähnliche Hals drehte sich, und der Vogel kreischte Bard mit einem hohen, krächzenden Schrei an. Aber als Melora ihm das Gefieder streichelte, beruhigte er sich und gab ein Zirpen von sich, das beinahe wie eine Bitte um weitere Liebkosungen klang. Gareth nahm den Vogel, und Bard ließ sich äußerlich nichts von dem Schrecken anmerken, den die Nähe dieser grimmigen, unbeschnittenen Klauen vor seinen Augen ihm verursachte. Meister Gareth jedoch ging mit dem Vogel um, wie Carlina eins ihrer Singvögelchen gehalten hätte.

»So, so, mein Schöner . . .«, sagte er und streichelte den Vogel liebevoll. »Geh und sieh, was sie tun . . .«

Er warf den Vogel in die Luft. Der Vogel flog mit seinen langen, starken Schwingen davon, kreiste über ihnen und verschwand in den Wolken. Melora sank in ihrem Sattel zusammen, ihre verträumten Augen schlossen sich, und Gareth bemerkte leise: »Es ist nicht notwendig, daß Ihr hierbleibt, Sir. Ich werde den Rapport mit ihr aufrechterhalten und alles sehen, was sie durch die Augen des Vogels sieht. Ich werde Euch melden, wann wir weiterreiten können.«

»Wie lange wird es dauern?«

»Wie soll ich das wissen, Sir?«

Wieder hörte Bard einen Vorwurf aus den Worten des Alten heraus. Hatte König Ardrin ihm diesen Befehl gegeben, damit er all die kleinen Dinge lernte, die er außer dem Kämpfen wissen mußte . . . einschließlich der Höflichkeit, die man einem erfahrenen *Laranzu* schuldig ist? Nun, er würde es lernen.

Meister Gareth erläuterte: »Wenn der Vogel alles gesehen hat, was zu sehen nötig ist, und sich auf dem Rückweg zu uns befindet, dann können wir weiterreiten. Er wird uns finden, wo wir auch sind, aber Melora kann nicht reiten und dabei in Rapport mit ihrem Vogel bleiben. Sie würde von ihrem Esel fallen, und auch unter günstigsten Umständen ist sie keine gute Reiterin.«

Bard runzelte die Stirn. Warum hatte man den Soldaten eine Frau beigesellt, die kaum auf einem Esel, ganz zu schweigen auf einem Pferd, sitzen konnte!

Meister Gareth sagte: »Weil, Sir, sie von allen *Leroni* in Asturias die beste im Rapport mit einem Kundschaftervogel ist. Das ist eine weibliche Kunst, und ich selbst bin darin nicht so geschickt. Ich kann den Rapport mit diesen Tieren so weit herstellen, daß ich mit ihnen umzugehen vermag, ohne zu Tode gehackt zu werden. Aber Melora kann mit ihnen fliegen und alles sehen, was sie sehen, und es mir ausdeuten. Und jetzt, Sir, wenn Ihr entschuldigen wollt, darf ich nicht mehr sprechen, ich muß Melora folgen.« Sein Gesicht verschloß sich, seine Augen rollten nach oben, und Bard, der nur noch das Weiße sah, erschauerte. Der Mann war nicht *hier*. Irgendein wesentlicher Teil seiner selbst war mit Melora und dem Kundschaftervogel fort ...

Plötzlich war er froh, daß Geremy nicht mit ihnen gekommen war. Es war schlimm genug, diesen Fremden in ein unheimliches Reich verschwinden zu sehen, in das er ihm nicht folgen konnte. Das bei seinem Freund und Pflegebruder zu erleben, wäre unerträglich gewesen.

Die dritte der *Leroni* hatte ihren grauen Reitmantel geöffnet und die Kapuze zurückgeworfen. Bard entdeckte, daß sie ein schlankes junges Mädchen mit einem hübschen, verschlossenen Gesicht war. Ihr flammendes Haar lockte sich um ihre Wangen. Sie war schön und ernst. Als sie Bards Blick auf sich fühlte, errötete sie und wandte sich ab, und etwas an dieser Scheu verratenden Geste erinnerte ihn an Carlina, wie ein Hauch, beinahe geisterhaft.

Sie führte ihr Pferd an den Bach und sah nur ganz kurz zu ihren beiden Kollegen hin, die in Trance versunken auf ihren Reittieren saßen. Bard stieg ab und ging zu ihr, um ihr die Zügel abzunehmen.

»*Damisela*, darf ich Euch helfen?«

»Danke.« Sie überließ ihm die Zügel. Sie vermied es, ihm ins Gesicht zu sehen, und als er versuchte, ihren Blick festzuhalten, sah er nur, wie ihr das Blut in die Wangen stieg. Wie hübsch sie war! Er führte das Pferd an das Wasserloch und stand da mit einer Hand an den Zügeln.

Er sagte: »Wenn Meister Gareth und Dame Melora wieder zu sich kommen, werde ich zwei Männer schicken, die sich um ihre Tiere kümmern sollen.«

»Danke, Sir. Sie werden Euch dankbar sein, denn sie sind nach einem langen Rapport mit dem Vogel immer müde. Ich kann das überhaupt nicht«, gestand das Mädchen. Sie hatte eine leise, flüsternde Stimme.

»Aber Ihr seid eine erfahrene *Leronis?*«

»Nein, *vai dom*, nur eine Anfängerin, ein Lehrling. Vielleicht werde ich es eines Tages sein. Im Augenblick besteht mein Talent darin, dahin zu sehen, wohin sie keinen Vogel schicken können.« Wieder senkte sie die Augen und errötete.

»Und wie ist Euer Name, *Damisela?*«

»Mirella Lindir, Sir.«

Das Pferd war fertig mit dem Trinken. Bard fragte: »Habt Ihr einen Futterbeutel für Euer Pferd?«

»Mit Eurer Erlaubnis, Sir, ich möchte es jetzt nicht füttern. Das Pferd einer *Leronis* ist darauf trainiert, lange Zeit stillzustehen, ohne sich zu bewegen ...« Sie wies auf die beiden unbeweglichen

Gestalten von Meister Gareth und Melora. »Aber wenn ich meins füttere, wird das die anderen stören.«

»Ich verstehe. Nun, ganz, wie Ihr wollt.« Bard sagte sich, er müsse zu seinen Männern zurückkehren und nachsehen, was sie machten. Darum hätte sich natürlich Prinz Beltran kümmern sollen, aber Bard hatte begonnen, nicht nur Beltrans Fähigkeiten, sondern auch seinem Interesse an diesem Feldzug zu mißtrauen. Nun, um so besser. Wenn alles gut ausging, dann war es Bard allein zuzuschreiben.

Mirella meinte schüchtern: »Laßt mich Euch nicht von Euren Pflichten abhalten, Sir.«

Er verbeugte sich vor ihr und ging. Ihre Augen, dachte er, waren schön, und sie hatte eine Schüchternheit an sich, die der Carlinas nicht unähnlich war. Er hätte gern gewußt, ob sie noch Jungfrau war. Bestimmt hatte sie ihn mit Interesse angesehen. Er hatte sich gelobt, er wolle sein Herumhuren aufgeben und Carlina treu bleiben, aber auf einem Feldzug sollte ein Soldat nehmen, was ihm angeboten wird. Er pfiff vor sich hin, als er wieder zu seinen Männern kam.

Es freute ihn, daß die hübsche Mirella, wieder von ihrem grauen Mantel verhüllt, einige Zeit später vor den Augen seiner Soldaten an ihn heranritt und bescheiden meldete: »Mit Eurer Erlaubnis, Sir, Meister Gareth sagt, der Vogel sei jetzt auf dem Rückweg und wir könnten weiterreiten.«

»Ich danke Euch, *Damisela.*« Beflissen wandte er sich eines Befehls wegen an Prinz Beltran.

»Laß die Leute weiterreiten«, sagte Beltran gleichgültig und stieg selbst in den Sattel. Bard ließ die Männer an sich vorbeireiten und hielt die Augen offen nach irgendwelchen Mängeln an Mensch und Tier, nach einem rostigen Stück der Ausrüstung, einem Pferd, dem anzumerken war, daß es sich einen Stein eingetreten oder ein Hufeisen verloren hatte. Dann schloß er sich den drei *Leroni* an.

»Welche Nachricht habt Ihr von Eurem Kundschaftervogel, Meister Gareth?«

Das gefurchte Gesicht des alten *Laranzu* sah abgespannt und müde aus. Er kaute beim Reiten an einem Streifen Trockenfleisch. Melora neben ihm sah beinahe ebenso erschöpft aus, die Augen wie vom Weinen gerötet, und auch sie aß. Sie stopfte sich Händevoll Trockenobst mit Honig zwischen die verschmierten Lippen.

»Die Karawane befindet sich in einer Entfernung von zwei Tagesritten, dort . . .« – Meister Gareth wies die Richtung – ». . . in der Vogelfluglinie. Es sind vier Wagen. Ich zählte außer den Wagenlenkern zwei Dutzend Männer, und an ihrer Kleidung und ihren Pferden und auch der Art ihrer Schwerter erkannte ich, daß es Söldner aus den Trockenstädten sind.«

Bard schürzte die Lippen, denn die Söldner aus den Trockenstädten waren die besten Krieger, und er fragte sich, wie viele seiner Männer schon jemals gegen ihre seltsamen gekrümmten Schwerter und die Dolche, die sie anstelle eines Schildes auf der anderen Seite trugen, gekämpft haben mochten.

»Ich will meine Männer warnen«, sagte er. Unter den von ihm ausgesuchten Leuten waren verschiedene Veteranen der Kriege gegen Ardcarran. Ein richtiger Instinkt mußte ihn geleitet haben, Männer mitzunehmen, die gegen die Trockenstädte gekämpft hatten. Vielleicht konnten sie den anderen gute Ratschläge geben, wie sie mit diesem Stil des Angriffs und der Verteidigung fertig werden konnten.

Und noch etwas. Er warf einen Blick zu Meister Gareth hinüber und sagte mit leichtem Stirnrunzeln: »Ihr seid in Feldzügen erfahren, Sir. Ich nehme an, die Frauen wissen es nicht, aber ich habe gelernt, es gehöre sich nicht für einen Soldaten, im Sattel zu essen, es sei denn, es gehe beim besten Willen nicht anders.«

Er spürte das Lächeln hinter dem kupferfarbenen Schnurrbart des alten Mannes. »Offenbar versteht Ihr nur wenig von *Laran*, mein Lord, und wie es dem Körper Kraft entzieht. Fragt Eure Proviantmeister. Sie werden Euch berichten, daß sie angewiesen sind, uns dreifache Rationen zu geben, und das mit gutem Grund. Ich esse im Sattel, damit ich die Kraft habe, nicht hinunterzufallen, und das, Sir, wäre weitaus störender als das Essen beim Reiten.«

So sehr Bard es haßte, gute Lehren zu bekommen, verstaute er dies Wissen doch für den Fall, daß er es brauchte, in seinem Gehirn, wie er es mit allen militärischen Dingen tat. Aber er bedachte Meister Gareth mit einem finsteren Blick und verabschiedete ihn mit knapper Höflichkeit.

Nun ritt er zwischen seinen Männern dahin und teilte jedem einzelnen von ihnen mit, daß sie beim Überfall auf die Karawane gegen Söldner aus den Trockenstädten kämpfen mußten. Er hörte eine Weile den Reminiszenzen eines älteren Veteranen zu, der Jahre vor Bards Geburt mit dessen Vater Dom Rafael in den Krieg geritten war.

»Es ist ein Trick dabei, wenn ihr gegen Trockenstädter kämpft. Ihr müßt auf beide Hände Obacht geben, weil sie mit diesen verdammten kleinen Dolchen, die sie tragen, ebenso gut sind wie unsereins mit einem ehrlichen Schwert, und wenn sie euer Schwert gebunden haben, kommen sie mit der anderen Hand an euch und bohren euch den Dolch in die Rippen. Sie sind darin geübt, mit beiden Händen zu kämpfen.«

»Gib das an alle Männer weiter, Larion«, sagte Bard und ritt tief in Gedanken versunken weiter. Welche Ehre für ihn, wenn er das Haftfeuer erbeutete und König Ardrin heimbrachte! Wie die meisten Soldaten haßte er Haftfeuer und hielt es für die Waffe von Feiglingen, obwohl ihm klar war, welche strategische Bedeutung es hatte, indem es feindliches Land verbrannte. Wenigstens konnte er dafür sorgen, daß es nicht gegen die Türme von Asturias geschleudert wurde! Oder die Wälder verbrannte!

An diesem Abend schlugen sie ihr Lager jenseits der Grenzen von Asturias in einem Dörfchen auf, das am Rand der Ebenen von Valeron lag, ein Niemandsland, keinem König untertan. Die Dorfbewohner versammelten sich mit verdrossenen Gesichtern um Bards Männer, als wollten sie ihnen die Erlaubnis verweigern, hier zu übernachten. Als sie jedoch die drei *Leroni* in ihren grauen Roben erblickten, bekamen sie es mit der Angst zu tun und zogen sich zurück.

»Die Leute hier«, sagte Bard zu Beltran, als sie abstiegen, »sollten von einem Lord in Pflicht genommen werden. Es ist gefährlich, daß auf diesem Land Gesetzlose und Räuber Unterschlupf finden können. Auch mag sich eines Tages ein Unzufriedener hier festsetzen und sich zum König oder Baron erklären.«

Beltran blickte verächtlich über die mageren Felder mit dem dürftig wachsenden Korn und die wenigen Nußbäume, an denen Nüsse geringer Qualität hingen. Einige davon hatten so wenig Blätter, daß die Bauern sie zur Pilzzucht verwendeten. »Wen kann dies Land interessieren? Die Leute können keinen Tribut zahlen. Das müßte ein armseliger Lord sein, der sich herabließe, solches Volk zu erobern! Welche Ehre brächte es einem Adler ein, eine Armee von Rabbithorns zu schlagen?«

»Darum geht es nicht«, erläuterte Bard. »Der springende Punkt ist, daß ein Feind von Asturias hierherkommen und die Leute gegen uns aufhetzen könnte, so daß wir dann dicht an unserer Grenze Feinde hätten. Ich werde meinem Herrn, dem König, darüber berichten, und vielleicht schickt er mich im nächsten Frühling her. Ich werde dann dafür sorgen, daß sie, wenn sie schon Asturias keinen Tribut zahlen, wenigstens auch Ridenow und Serrais keinen geben. Willst du mit den Männern sprechen und dich vergewissern, daß alles in Ordnung ist, oder soll ich es tun?«

»Oh, das mache ich schon«, antwortete Beltran gähnend. »Ich nehme an, sie brauchen die Versicherung, daß ihr Prinz sich um ihr

Wohlergehen kümmert. Ich weiß nicht viel vom Soldatenleben, aber es sind genug Veteranen da, die es mir sagen können, wenn irgend etwas nicht in Ordnung ist.«

Beltran ging, und Bard grinste. Beltran wußte vielleicht wenig über militärische Taktik, aber er wußte genug von der Staatskunst, um den Wunsch zu haben, die Liebe und Treue der Männer zu gewinnen. Ein König regierte durch die Loyalität seiner Soldaten. Beltran war klug genug, um zu akzeptieren, daß Bard das militärische Kommando bei diesem Feldzug hatte; etwas anderes war kaum möglich. Aber er ließ sich nicht auf das Risiko ein, die Männer könnten denken, ihrem Prinzen sei ihr persönliches Wohlergehen gleichgültig. Bard beobachtete, wie Prinz Beltran von einem Mann zum anderen ging und Fragen nach den Pferden, den Decken und Ausrüstungsgegenständen, den Rationen stellte. Die Köche zündeten Feuer an, und Essen brodelte in einem Kochtopf. Es roch außerordentlich gut nach dem langen Tagesritt, bei dem es zu Mittag nicht mehr als ein Stück harten Reisebrotes und eine Handvoll Nüsse gegeben hatte.

Bard, der für den Augenblick nichts zu tun hatte, schlenderte in die Richtung der etwas abgelegenen Stelle, wo die *Leroni* ihr Lager hatten. Die Erinnerung an die Augen der hübschen Mirella war wie ein Magnet. Sie konnte nicht älter als fünfzehn sein.

Er traf sie dabei an, Feuer zu machen. Ein Zelt war aufgestellt worden, und durch das Tuch erkannte er die umfangreiche Gestalt der *Leronis* Melora, die sich drinnen bewegte. Er kniete neben Mirella nieder und fragte: »Darf ich Euch Feuer geben, *Damisela?*« Er hielt ihr den mit Öl gefüllten Feuersteinzünder hin, mit dem es einfacher zu arbeiten war als mit Feuerschwamm.

Sie wandte ihm nicht ihre Augen zu. Er sah das Erröten, das er so anbetungswürdig fand, ihren hellen Nacken überfluten.

Sie sagte: »Ich danke Euch, mein Lord. Aber ich brauche kein Feuerzeug.« Und tatsächlich, als sie auf das aufgeschichtete Brennholz blickte, die Hand auf den seidenen Beutel an ihrem Hals gelegt, wo sie, wie er vermutete, den Sternenstein verwahrte, schoß plötzlich eine Flamme hoch.

Bard legte die Hand leicht auf ihr Handgelenk und flüsterte: »Wenn Ihr mir nur in die Augen blicken wolltet, *Damisela*, würde auch ich in Flammen auflodern.«

Sie wandte sich ihm ein wenig zu, und obwohl sie die Augen nicht hob, sah er, daß ihre Mundwinkel sich zu einem schwachen Lächeln verzogen.

Plötzlich fiel ein Schatten über sie.

»Mirella«, befahl Meister Gareth streng, »geh ins Zelt und hilf Melora, eure Betten herzurichten.«

Sie errötete, erhob sich schnell und hastete in das Zelt. Auch Bard stand auf und sah den alten Zauberer zornig an.

»Mit allem Respekt, ich warne Euch, *vai dom«*, sagte Meister Gareth. »Sucht Euch Eure Mädchen anderswo. Diese eine ist nicht für Euch.«

»Was geht das Euch an, Alter? Ist sie Eure Tochter? Oder vielleicht Eure Liebste, Eure Verlobte?« wollte Bard wütend wissen. »Oder habt Ihr ihre Treue mit Euren Zaubersprüchen gewonnen?«

Meister Gareth schüttelte lächelnd den Kopf. »Nichts von alledem. Aber auf einem Feldzug bin ich verantwortlich für die Frauen, die mit mir reiten, und sie dürfen nicht berührt werden.«

»Mit Ausnahme von Euch vielleicht?«

Wieder das stumme Kopfschütteln und das Lächeln. »Ihr wißt nichts über die Welt, in denen die *Leroni* leben, Sir. Melora ist meine Tochter. Ich werde es nicht zulassen, daß sie für ein flüchtiges Abenteuer mißbraucht wird. Sie soll nicht berührt werden, falls es nicht ihr eigener Wunsch ist. Was nun Mirella betrifft, so muß sie ihre Jungfräulichkeit für das Gesicht bewahren, und jeden, der sie nimmt, trifft ein Fluch, solange sie nicht aus eigenem Entschluß auf ihre Zukunft verzichtet. Ich warne Euch, haltet Euch von ihr fern.«

Betroffen, mit rotem Gesicht und dem Gefühl, wie ein gescholtener Schuljunge vor den ruhigen Augen des alten Zauberers zu stehen, senkte Bard den Kopf und murmelte: »Das wußte ich nicht.«

»Nein, und darum sage ich es Euch«, entgegnete der alte Mann freundlich. »Denn Mirella war zu schüchtern, es selbst zu tun. Sie ist nicht an Menschen gewöhnt, die ihre Gedanken nicht lesen können.«

Bard warf einen verdrießlichen Blick zu dem Zelt hinüber. Er dachte, sie hätten besser die fette und häßliche Melora für das Gesicht bestimmen sollen, denn welcher Mann hätte Lust, ihr die Jungfräulichkeit zu rauben? Da mußte er ihr Gesicht zuerst mit einem Futterbeutel zudecken! Warum war es die hübsche Mirella? Meister Gareth lächelte immer noch liebenswürdig, aber Bard überkam plötzlich das unheimliche Gefühl, daß der alte Mann seine Gedanken las.

»Kommt, kommt, Sir«, meinte Meister Gareth gutmütig, »Ihr seid mit Prinzessin Carlina verlobt. Es ist Euer nicht würdig, nach einer einfachen *Leronis* zu sehen. Liegt heute nacht allein, und vielleicht werdet Ihr von der hochgeborenen Frau träumen, die zu Hause auf Euch wartet. Schließlich könnt Ihr nicht *jede* Frau haben, auf die Euer lüsterner Blick fällt. Zeigt nicht solch häßliche Laune!«

Bard stieß einen Fluch aus und ging. Er war nicht so dumm, daß er einen *Laranzu* verärgert hätte, von dem der Ausgang des Feldzugs abhängen mochte, aber die Art des alten Mannes, als spreche er zu dem grünsten aller Jungen, brachte ihn in Wut. Was ging das Meister Gareth an?

Der Mann, der zur Bedienung der Offiziere mitgeritten war, hatte für sie, abgetrennt von den anderen, ein kleines drittes Lager aufgeschlagen. Bard ging, um das für die Männer gekochte Essen zu probieren – er hatte gelernt, nie seine eigene Mahlzeit zu sich zu nehmen, bis Pferde und Männer für die Nacht versorgt waren – und um den Pferch für die Pferde zu inspizieren. Als er zurückkam, wartete Beltran schon auf ihn. »Du siehst aus, als hättest du schlechte Laune, Bard. Was ist los mit dir?«

»Verdammter alter Raubvogel«, knurrte Bard. »Hatte Angst, ich könnte seine kostbare jungfräuliche *Leronis* berühren, obwohl ich nichts weiter tat, als der Kleinen mein Feuerzeug anzubieten!«

Beltran lachte vor sich hin. »Das ist doch ein Kompliment, Bard! Er weiß, daß du mit Frauen umzugehen verstehst. Dein Ruf ist dir vorausgeeilt, das ist alles. Er fürchtet, kein Mädchen könne dir widerstehen und ihre Jungfräulichkeit in deiner Anwesenheit bewahren!«

Diese Auslegung gab Bard ein bißchen von seiner Selbstachtung zurück. Er kam sich jetzt nicht mehr ganz so wie ein gescholtener Schuljunge vor.

»Meiner Meinung nach«, sprach Beltran weiter, »ist es verkehrt, Frauen mit auf einen Feldzug zu nehmen – das heißt, anständige Frauen. Vermutlich muß jede Armee Troßdirnen haben, obwohl ich selbst keinen Geschmack an ihnen finde. Wenn ich schon Frauen um mich haben muß, ziehe ich die Art vor, die nicht so aussieht, als würden sie nur gewaschen, wenn der Herbstregen sie im Freien überrascht. Aber anständige Frauen auf einem Feldzug sind eine Versuchung für den Unkeuschen und ein Ärgernis für den Keuschen, der seine Gedanken auf den Kampf konzentriert.«

Bard nickte. Was Beltran sagte, war richtig. Er antwortete:

»Und was mehr ist, wenn sie erreichbar sind, werden die Männer sich um sie schlagen, und wenn sie nicht erreichbar sind, werden sie ihretwegen wie Schlafwandler herumstolpern.«

Beltran erklärte: »Sollte der Tag kommen, an dem ich meines Vaters Armee befehlige, werde ich es verbieten, daß eine *Leronis* mitreitet. Es gibt genug *Laranzu'in*, und ich persönlich finde, Männer sind für diese Kunst sowieso besser geeignet. Frauen sind zu zimperlich und haben bei der Truppe ebenso wenig etwas verloren wie Carlina oder einer unserer kleinen Brüder! Wie alt ist dein kleiner Bruder jetzt?«

»Er muß acht sein«, antwortet Bard. »Neun zu Mittwinter. Ob er mich wohl vergessen hat? Ich bin nicht wieder zu Hause gewesen, seit mein Vater mich an den Hof schickte.«

Beltran klopfte ihm verständnisvoll auf die Schulter. »Du kannst aber doch sicher Urlaub bekommen, um vor Mittwinter nach Hause zu reisen.«

»Wenn der Kampf in Hammerfell vorbei ist, ehe der Schnee die Straßen unpassierbar macht«, sagte Bard, »dann will ich es tun. Meine Pflegemutter liebt mich nicht, aber sie kann mich nicht von meinem Vaterhaus fernhalten. Ich möchte zu gern sehen, ob Alaric mich immer noch gern hat.« Bei sich dachte er, daß er vielleicht seinen Vater bitten könnte, zu seiner Hochzeit zu kommen. Nicht jeder König von Ardrins Pflegesöhnen wurde von dem König selbst *di catenas* verheiratet!

Sie blieben noch lange im Gespräch wach, und als sie endlich einschliefen, war Bard recht zufrieden. Er dachte kurz und voller Bedauern an die hübsche Mirella, aber schließlich stimmte es, was Meister Gareth gesagt hatte. Er hatte Carlina, und schon bald würden sie verheiratet sein. Beltran hatte recht: Tugendhafte Frauen hatten bei der Armee des Königs nichts zu suchen.

Am nächsten Morgen wandten sie sich nach einer kurzen Besprechung mit Meister Gareth und Beltran in die Richtung der Furt bei Morays Mühle. Heute wußte kein lebender Mensch mehr, wer Moray gewesen war, obwohl man sich auf dem Land Geschichten über ihn erzählte, die ihn zu allem möglichen vom Riesen bis zum Drachenhüter machten. Aber nahe der Furt standen immer noch die Ruinen einer Mühle, und ein Stück weiter stromaufwärts war eine zweite Mühle noch in Betrieb. Eine Zollschranke sperrte die Straße ab, und als Bards Männer sich ihr näherten, kam der Zolleinnehmer, ein fetter, ergrauender Mann, heraus und sagte: »Auf Befehl des Lords von Dalereuth ist diese Straße geschlossen, meine Lords. Ich habe geschworen, die Schranke keinem zu öffnen, der ihm nicht Tribut zahlt oder von ihm sicheres Geleit innerhalb seiner Grenzen bewilligt bekommen hat.«

»Bei sämtlichen Höllen Zandrus –«, begann Bard, aber Prinz Beltran ritt nach vorn. Hoch ragte er über dem kleinen Mann mit seiner Müllerschürze auf.

»Ich bin gern bereit, dem Lord von Dalereuth eine Kopfsteuer zu zahlen«, sagte Beltran. »Ich bin sicher, er würde den Kopf eines unverschämten Burschen, wie du es bist, zu würdigen wissen. Rannvil ...« Er winkte, und einer der Reiter zog sein Schwert. »Öffne die Tore, Mann, sei kein Dummkopf.«

Der Zolleinnehmer ging mit klappernden Zähnen zu dem Mechanismus, mit dem das große Zolltor beiseite gerollt werden konnte. Beltran warf ihm verächtlich ein paar Münzen hin. »Hier ist dein Tribut. Aber wenn auf unserm Rückweg das Tor wieder für uns geschlossen ist, hast du mein Wort darauf, daß ich es von meinen Männern aus dem Boden reißen und deinen Kopf darauf setzen lasse, um die Krähen zu verscheuchen!«

Als sie hindurchritten, hörte Bard den Mann etwas brummen. Er beugte sich aus dem Sattel nieder und packte ihn bei der Schulter.

»Was das auch war, sag es uns laut ins Gesicht, du!«

Der Mann blickte auf, sein Kinn war zornig vorgeschoben. Er sagte: »Die Streitigkeiten unter Höhergestellten gehen mich nichts an, *vai dom*. Warum sollte ich leiden, weil Ihr Edelleute nicht innerhalb Eurer Landesgrenzen bleiben könnt? Mich kümmert nur meine Mühle. Aber Ihr werdet weder auf diesem noch auf einem anderen Weg zurückkommen. Ich habe nichts damit zu tun, was Euch an der Furt da hinten erwartet. Und jetzt, gewinnt Euch Ehre, wenn Ihr wollt, indem Ihr einen unbewaffneten Mann tötet!«

Bard ließ ihn los und richtete sich wieder auf. Er sagte: »Dich töten? Warum? Danke für deine Warnung; du bist gut bezahlt worden.« Er sah dem Mann nach, der zu seiner Mühle ging, und obwohl er seit seinem vierzehnten Jahr Soldat war, dachte er jetzt stirnrunzelnd darüber nach, warum all diese Kriege sein mußten. Warum konnte jeder Adlige, wenn ihn die Lust dazu anwandelte, sich zum Souverän über sein Land erklären? Das schuf nur mehr Arbeit für die Söldner.

Vielleicht, dachte er, *sollte dies ganze Land unter einer Herrschaft vereinigt werden, damit von den Hellers bis zum Meer Frieden an den Grenzen ist ... und kleine Leute wie dieser Müller könnten in Frieden ihre Felder bestellen und ihr Mehl mahlen ... und ich könnte auf den Gütern, die der König mir verliehen hat, mit Carlina leben ...*

Aber er hatte jetzt wenig Muße, darüber nachzudenken. Er rief in dringendem Ton nach Meister Gareth und hob die Hand, um den Männern Halt zu gebieten.

»Ich bin gewarnt worden«, sagte Bard, »daß etwas an der Furt auf uns wartet, aber ich sehe nichts. Hat Euer Vogel Euch Kunde gebracht, oder hat eine Eurer Frauen durch ihre Zauberkraft etwas gesehen?«

Meister Gareth winkte die von ihrem Mantel verhüllte Mirella herbei und sprach leise mit ihr. Sie zog ihren Sternenstein aus dem Beutel an ihrem Hals und blickte hinein.

Nach einem Augenblick erklärte sie mit leiser, entrückter Stimme: »Es wartet weder Mensch noch Tier an der Furt auf uns, aber es ist Dunkelheit dort und eine Barriere, die wir vielleicht nicht passieren können. Wir müssen mit großer Vorsicht weiterreiten, Verwandter.«

Meister Gareth hob den Blick und begegnete dem Bards. Er sagte: »Sie hat das Gesicht; wenn dort eine Dunkelheit ist, die sie nicht durchdringen kann, müssen wir in der Tat die größte Vorsicht walten lassen, Sir.«

Aber die Furt lag ruhig und friedlich im Sonnenlicht. Seichte Wellen kräuselten sich unter karminroten Glanzlichtern. Bard runzelte die Stirn und versuchte zu erkennen, was vor ihnen lag. Er konnte nichts sehen, keinen Hinweis auf einen Hinterhalt, keine sich bewegenden Zweige oder Äste auf der anderen Seite der Furt, wo ein Pfad zwischen überwachsenen Bäumen nach oben führte. Das wäre wirklich ein guter Platz für einen Hinterhalt.

»Wenn Ihr mit Hilfe der Zauberei oder des Gesichts nicht über die Furt hinaussehen könnt«, sagte er, »kann dann nicht der Kundschaftervogel vorausfliegen und nachsehen, ob sich dort drüben ein Hinterhalt befindet?«

Meister Gareth nickte. »Selbstverständlich. Der Vogel ist nur ein Tier und hat nichts mit Zauberei beziehungsweise der Magie eines ausgebildeten Geistes zu schaffen. Das einzige Magische an dem Vogel ist Meloras und meine Fähigkeit, mit ihm in Rapport zu treten. – Melora«, rief er, »Kind, laß den Kundschaftervogel fliegen.«

Bard sah zu, wie der grimmige Vogel in die Luft stieg und über der Furt kreiste. Nach einer Weile schüttelte Meister Gareth sich, erwachte und winkte Melora, die die Hand ausstreckte und den zurückkehrenden Vogel darauf landen ließ. Sie streichelte sein Gefieder und fütterte ihm ein paar Leckerbissen, bevor sie ihm die Kappe wieder über den Kopf streifte. Meister Gareth sagte: »Niemand, weder Mensch noch Tier, ist jenseits der Furt versteckt. Auf viele Meilen gibt es kein lebendes Geschöpf außer einem Mädchen, das eine Herde Rabbithorns hütet. Was auch hier an der Furt wartet, *vai dom*, es ist kein Hinterhalt bewaffneter Männer.«

Bard und Beltran wechselten einen Blick. Dann sagte Beltran: »Wir können hier nicht den ganzen Tag auf einen Schrecken warten, den kein Mensch sehen kann. Ich denke, wir reiten zu der Furt weiter. Aber Ihr, Meister Gareth, bleibt zurück, denn wir müssen Euch in Reserve haben, falls Ihr gebraucht werdet. Ich habe von Zauberern gehört, die den Vormarsch einer Armee aufhielten, indem sie einen

Wald oder ein Feld in Brand steckten, und ich denke, etwas in der Art könnte sich jenseits der Furt befinden. Davor müssen wir uns in acht nehmen. Bard, willst du den Befehl zum Weiterreiten geben?«

Bards Haut prickelte. Das war ihm schon ein- oder zweimal in der Anwesenheit von *Laran* so gegangen. Er selbst hatte nur wenig von dieser Gabe, aber irgendwie spürte er sie bei anderen. Er wußte, daß es das Talent gab, die Anwendung von *Laran* zu riechen. Wenn er in seiner Anwendung geschult worden wäre, könnte er es vielleicht auch. Das hätte ganz nützlich sein können. Er hatte immer gedacht, Geremy, der sich zum *Laranzu* heranbildete, sei irgendwie nicht ganz so Mann und Soldat wie Beltran und er selbst. Während er jetzt Meister Gareth zusah, sagte er sich, daß diese Arbeit ihre eigenen Gefahren und Schrecken haben mochte, auch wenn ein *Laranzu* unbewaffnet in die Schlacht ritt. *Das allein muß angsterregend genug sein*, dachte Bard und legte seine Hand an sein Schwert, um sich seiner zu vergewissern.

Er wandte sich seinen Männern zu und befahl: »Zu vieren abzählen!« Keinem Mann konnte er befehlen, als erster in irgendein unbekanntes Grauen hineinzureiten. Als abgezählt worden war, sagte er: »Gruppe zwei, vorwärts!« und setzte sich an ihre Spitze.

Wieder prickelte seine Haut, und seine Stute warf protestierend den Kopf hoch, als sie vorsichtig einen Fuß ins Wasser gesetzt hatte. Aber die Furt lag ruhig da, und Bard gab den Befehl:

»Langsam hindurchreiten! Zusammenbleiben!«

Über ihnen, ganz am Rand seines Sichtbereichs, sah er eine flüchtige Bewegung. Hatte Meister Gareth den Kundschaftervogel nicht zurückgerufen? Ein schneller Blick zeigte ihm, daß Meloras Falke ruhig mit seiner Kappe auf dem Kopf vor der Frau auf dem Sattelknopf saß. *Dann wurden sie also aus der Ferne beobachtet. Gab es irgendeine Verteidigung dagegen?*

Sie waren jetzt inmitten des Flusses, wo das Wasser am tiefsten war und die Sprunggelenke der Pferde umspülte. Einem großen Mann wäre es bis an die Schenkel gegangen. Einer der Soldaten meinte: »Hier ist nichts, Sir. Wir können die anderen rufen, daß sie uns nachkommen.«

Bard schüttelte den Kopf. Innerlich fühlte er dies Prickeln, das ihn vor einer Gefahr warnte, stärker werden. Er biß die Zähne zusammen und fragte sich, ob er sein Frühstück ausspucken werde wie eine schwangere Frau . . .

Er hörte Meister Gareth rufen und wendete sein Pferd mitten im Fluß. »Zurück!« brüllte er. »Reitet zurück . . .«

Das Wasser brodelte und stieg bis zum Widerrist seines Pferdes.

Plötzlich war die friedliche Furt ein wütender, gischtender Strom, eine rasende Unterströmung saugte und riß. Bards Pferd stolperte unter ihm, als sei er in einen vom Frühlingstauwetter zu gefährlichen Stromschnellen angeschwollenen Gebirgsbach hineingeritten. *Hexenwasser!* Er zog an den Zügeln, er versuchte, sein wieherndes, untertauchendes Pferd zu beruhigen, es trotz der Gefahr, vom Wasser mitgerissen zu werden, ruhig zu halten. Um ihn kämpfte jeder Mann der Gruppe mit den vor Angst wahnsinnigen Pferden. Bard fluchte. Es gelang ihm, seine Stute unter Kontrolle zu bekommen und zurück zum Ufer zu lenken. Er sah, daß einer seiner Männer aus dem Sattel glitt und in den Wogen verschwand. Ein anderes Pferd stolperte. Bard faßte hinüber und ergriff den Zügel, sein eigenes Pferd mit einer Hand regierend.

»Haltet sie fest! Im Namen aller Götter, haltet sie fest! Zurück zum Ufer!« brüllte er. »Bleibt zusammen!«

Die Überraschung war das Schlimmste; sein Pferd war eigentlich an Bergbäche und Furten gewöhnt. Hätte er es vorher gewußt, wäre es ihm vielleicht gelungen, die Stute hinüberzubringen. Mit fest geschlossenen Knien, stets entgegen der Richtung des Wassers, das ihr jetzt bis zum Hals ging, brachte er sie wieder auf trockenes Land. Er stellte sich ans Ufer und griff nach den Zügeln der anderen, wie sie eintrafen. Ein Pferd lag mit gebrochenem Bein. Es trat um sich und schrie wie eine Frau, bis es ertrank. Bard schnürte es die Kehle zusammen. Das arme Geschöpf hatte nie einem lebenden Wesen etwas getan, und es hatte einen entsetzlichen Tod gefunden. Von dem Reiter gab es keine Spur. Ein zweites Pferd rutschte aus, aber der Reiter sprang im Wasser ab und riß es wieder hoch. Dann zerrte er das hinkende Tier zum Ufer hin. Kurz davor sank er selbst zu Boden und zappelte halb ertrunken, bis einer der Männer die Böschung hinuntersprang, ihn faßte und herausholte.

Bard sah, daß der letzte Mann das Wasser verlassen hatte, und dann schrie er auf vor Schreck und Grauen. Denn wieder lag das Wasser ruhig und seicht vor ihnen als die friedliche, normale Furt von Morays Mühle.

Das also hatte der kleine Mann gemeint . . .

In düsterer Stimmung überprüften sie die Pferde. Das Pferd, das ein Bein gebrochen hatte, lag jetzt still und tot da, und von seinem Reiter war weit und breit nichts zu sehen. Entweder lag er unter den Wassern der Furt, oder er war von dem Strom mitgerissen worden, und seine Leiche würde weiter flußabwärts an die Oberfläche kommen. Ein anderer Mann hatte es ans Ufer geschafft, aber sein Pferd lahmte und war unbrauchbar geworden. Ein drittes Pferd hatte seinen Reiter abgeworfen und war allein ans Ufer gekommen. Der Mann lag bewußtlos im seichten Wasser, von den Wellen geschaukelt. Bard winkte einem seiner Kameraden, ihn aufs Trockene zu ziehen, und dann ließ er seine Finger kurz über die klaffende Kopfwunde gleiten. Wahrscheinlich würde der Mann nie wieder aufwachen.

Bard segnete die Vorausschau – wie sie auch zustande gekommen sein mochte –, die ihn gedrängt hatte, nur ein Viertel seiner Männer in den Fluß zu schicken. Andernfalls hätten sie ein halbes Dutzend Männer statt nur zwei Männer und zwei Pferde verloren, und vielleicht wären noch mehr Pferde gelähmt oder verletzt worden. Er winkte Meister Gareth zu sich. Grimmig erklärte er:

»Also das lag in der Dunkelheit, die Euer Mädchen nicht lesen konnte!«

Der Mann schüttelte seufzend den Kopf. »Es tut mir leid, *vai dom* . . . Wir sind mit Psi-Kräften begabte Menschen, keine Zauberer, und unsere Kräfte sind nicht unbegrenzt. Darf ich es wagen, zu unserer Verteidigung vorzubringen, daß Eure Männer ohne uns vollständig ungewarnt in die Furt geritten wären?«

»Das ist wahr«, gab Bard zu, »aber was tun wir jetzt? Wenn die Furt gegen uns verhext ist – haben wir die Falle jetzt ausgelöst, oder wird sie von neuem zuschnappen, sobald wir einen Fuß ins Wasser setzen?«

»Das kann ich nicht sagen, mein Lord. Aber vielleicht verrät es uns Mirellas Gesicht«, und er winkte sie zu sich. Er sprach zu ihr mit leiser Stimme, und wieder blickte das Mädchen in seinen Sternenstein. Schließlich erklärte sie mit ihrer schwebenden, schlaftrunkenen Zauberstimme: »Ich kann nichts sehen . . . es liegt Dunkelheit auf dem Wasser . . .«

Bard fluchte lästerlich. Dann war der Zauber also immer noch vorhanden. Er erkundigte sich bei Beltran: »Glaubst du, wir können jetzt, wo wir gewarnt sind, die Furt überqueren?«

Beltran antwortete: »Vielleicht, wenn die Männer wissen, was auf sie zukommt. Es sind ausgesuchte Kämpfer und gute Reiter, jeder einzelne von ihnen. Aber Meister Gareth und die *Leroni* können wahrscheinlich nicht hinüber, ganz bestimmt die eine nicht, die den Esel reitet . . .«

Meister Gareth erklärte: »Wir sind geübte *Leroni*, Sir. Wir teilen die Gefahren der Armee, und meine Tochter und meine Pflegetochter gehen dahin, wohin ich gehe. Sie haben keine Angst.«

»Es ist nicht ihr Mut, an dem ich zweifle«, sagte Bard ungeduldig. »Es ist ihre Geschicklichkeit als Reiterinnen. Außerdem würde dieser kleine Esel in der ersten Welle ertrinken. Ich will nicht, daß eine Frau dabei umkommt, und außerdem brauchen wir Euch, wenn es zum Kampf kommt. Könnt Ihr, bevor wir irgend etwas unternehmen, dafür sorgen, daß wir nicht ausspioniert werden?« Er wies gereizt auf den über ihnen kreisenden fremden Kundschaftervogel.

»Ich werde tun, was ich kann, Sir, aber ich glaube, wir konzentrieren unsere Kräfte besser auf das Hexenwasser der Furt«, gab Meister Gareth zurück.

Bard nickte. Er dachte darüber nach. Wie ein Befehlshaber seine Männer zum besten Nutzen einsetzte, so mußte er auch, das begriff er allmählich, die Stärke der *Leroni* seiner Armee zusammenhalten und sinnvoll benutzen.

Hat König Ardrin mir dies Kommando gegeben, damit ich Gelegenheit finde, nicht nur Kämpfer, sondern auch Zauberer zu befehligen? Selbst jetzt unter dem Druck notwendiger Entscheidungen dachte er erregt daran, daß dies Gutes für seine Zukunft bedeutete. *Wenn . . .*, dachte er, schnell ernüchtert, *er diese scheinbar einfache Mission zu Ende führen konnte, ohne alle seine Männer an der verhexten Furt zu verlieren!*

»Meister Gareth, dies ist ein Gebiet, auf dem Ihr Spezialwissen habt. Was empfehlt Ihr mir?«

»Wir können versuchen, das Wasser mit einem Gegenzauber zu belegen, Sir. Ich kann es nicht garantieren – denn ich weiß ja nicht, wer uns gegenübersteht und welche Kräfte sie haben –, aber wir werden unser Bestes tun, das Wasser zu beruhigen. Einen Vorteil haben wir: Es bedarf ungeheurer Energien, auf diese Weise in die Natur einzugreifen, und lange kann man so etwas nicht aufrechterhalten. Die Natur strebt stets danach, zum Normalen zurückzukehren; das Wasser sucht seinen angemessenen Lauf. So arbeitet die Gewalt des natürlichen Wassers für uns, während die anderen *gegen* diese Naturkraft kämpfen müssen. Deshalb sollte unser Gegenzauber nicht zu schwierig sein.«

»Alle Götter mögen geben, daß Ihr recht habt«, sagte Bard. »Trotzdem werde ich den Männern sagen, sie sollen sich auf Stromschnellen gefaßt machen.« Er ritt zwischen ihnen umher, sprach mit diesem und jenem und sagte dem Mann, dessen Pferd lahmte, er solle das nehmen, dessen Reiter umgekommen war. Dann lenkte er sein Pferd nahe an Beltran heran und sagte: »Reite neben mir, Pflegebruder. Ich möchte nicht vor das Angesicht meines Herrn und Königs treten müssen, wenn ich es zugelassen habe, daß du in den Stromschnellen getötet wurdest. Fielest du in der Schlacht, glaube ich, daß er es verwinden könnte. Aber für etwas anderes will ich nicht verantwortlich sein.«

Beltran lachte. »Meinst du, du reitest soviel besser als ich, Bard? Da irrst du dich! Ich glaube, du überschreitest deine Vollmacht – ich, nicht du, habe den Befehl über diese Expedition!« Doch er sagte es lachend, und Bard zuckte die Schultern.

»Wie du willst, Beltran, aber im Namen der Götter, sei vorsichtig. Mein Pferd ist größer und schwerer als deins, weil es mein Gewicht zu tragen hat, und ich mußte alle Kräfte anstrengen, um im Sattel zu bleiben!«

Er wendete sein Pferd und ritt wieder zu Meister Gareth. »Es ist unmöglich, daß Mistress Melora die Furt auf diesem kleinen Esel überquert, wenn Euer Zauber versagt. Kann sie auf einem Pferd sitzen?«

Meister Gareth antwortete: »Ich bin ihr Vater, nicht ihr Mentor oder der Herr ihres Geschicks. Warum fragt Ihr die Dame nicht selbst?«

Bard schob das Kinn vor. »Ich habe nicht die Gewohnheit, Frauen Fragen zu stellen, wenn ein Mann anwesend ist, der ihnen Befehle erteilen kann. Aber wenn Ihr darauf besteht – nun, *Damisela*, könnt Ihr reiten? Wenn ja, wird Euer Vater Mistress Mirella zu sich auf sein Pferd setzen, da sie leichter ist als Ihr, und Ihr sollt ihr Pferd nehmen, das recht ruhig aussieht.«

»Ich möchte mich lieber auf meines Vaters Psi-Kräfte und meine eigenen verlassen«, erwiderte Melora fest. »Glaubt Ihr, ich will mein armes Eselchen dem Ertrinken überlassen?«

»Oh, Hölle und Verdammnis, Frau!« entfuhr es Bard. »Wenn Ihr es fertigbringt, auf einem Pferd zu sitzen, wird einer meiner Männer Euren Esel führen. Ich nehme an, das Vieh kann schwimmen!«

»Du mußt dein Bestes tun, um zu reiten, Melora«, fiel Meister Gareth ein. »Und Weißfell bleibt nichts anderes übrig, als zu schwimmen. Ich bin sicher, er kann im Wasser besser für sich selbst sorgen als du. Mirella, mein Kind, gib Melora dein Pferd und steige hinter mir in den Sattel.«

Hurtig kletterte sie auf den Pferderücken, aber die zusehenden Männer erhaschten doch einen Blick auf lange, wohlgeformte Beine in rot und blau geringelten Strümpfen. Sie setzte sich zurecht, strich ihre Röcke glatt und faßte den alten *Laranzu* um die Mitte. Bard persönlich half, die dicke, ungewandte Melora auf das Pferd des anderen Mädchens zu heben. Dort oben hockte sie, dachte er unbarmherzig bei sich, wie ein auf den Sattel geworfener Sack Mehl.

»Sitzt ein wenig gerader, *vai leronis*, ich bitte Euch inständig, und haltet die Zügel fester.« Bard seufzte. »Ich sollte wohl lieber neben Euch reiten und Euer Pferd führen.«

»Das wäre freundlich von Euch«, sagte Meister Gareth, »denn wir müssen uns völlig auf den Gegenzauber konzentrieren. Und ich wäre auch sehr dankbar dafür, wenn einer Eurer Männer Meloras Esel führen wollte, weil sie Angst um ihn haben wird.«

Einer der Veteranen platzte lachend heraus: »Mistress Melora, wenn Ihr dies Wasser durch einen Zauber beruhigen könnt, will ich Euren kleinen Esel wie ein Baby quer über meinen Sattel nehmen!«

Sie kicherte. Fett und unbeholfen, wie sie war, hatte sie doch eine süße Stimme und ein entzückendes Lachen. »Ich fürchte, das würde ihm mehr Angst einjagen als die Stromschnellen, Sir. Wenn Ihr ihn führt, wird er es schon irgendwie fertigbringen, hinter dem Schwanz Eures Pferdes herzuschwimmen.«

Der Veteran brachte ein Seil und band den Zügel des Esels an den Zügel seines eigenen Pferdes. Bard ergriff die Zügel von Meloras Pferd. Wie schade war es, dachte er, daß es nicht die hübsche Mirella war, und wieder hörte er Meloras süßes Lachen. Voll Unbehagen fragte er sich, ob sie seine Gedanken lesen könne, und riß sich von dieser Überlegung los. Dies war kein Zeitpunkt, über Frauen nachzudenken, nicht wenn sie eine verhexte Furt durchqueren mußten und ihnen ein Kampf bevorstand!

»Um der Liebe aller Götter willen, Meister Gareth, fangt mit Eurem Gegenzauber an.«

Meloras schwerer Körper hing bewegungslos auf dem Pferd. Ein fremder, konzentrierter Ausdruck senkte sich auf Meister Gareths Miene. Mirellas Kapuze rutschte ihr übers Gesicht, so daß nichts mehr von ihr zu sehen war als ihr kleines Kinn. Bard beobachtete die drei *Leroni* und spürte an dem Prickeln in seinem Rückgrat, daß irgendwo in der Nähe kraftvolles *Laran* am Werk war ... Woher wußte er das, was war das?

Mit einem merkwürdigen Widerstreben, die bedeutungsvolle Stille durch ein Wort oder einen Ruf zu unterbrechen, winkte Bard die Männer schweigend vorwärts. Er spürte das Prickeln immer noch. Jetzt zog er am Zügel seines Pferdes und trieb es an. Die Stute warf ihren Kopf und wieherte nervös. Sie erinnerte sich, was geschehen war, als sie das erste Mal die Furt beschritten hatte.

»Ruhig, ruhig, Mädchen«, redete er ihr mit leiser Stimme zu, und er dachte: *Ich nehme es ihr ganz und gar nicht übel, mir geht es genauso ...* Aber er war ein denkender Mensch, kein vernunftloses Tier, und er würde sich nicht blinder, sinnloser Furcht überlassen.

Von Stimme und Händen gedrängt, setzte die Stute einen Fuß in das Wasser, und Bard winkte den Männern hinter ihm.

Nichts geschah ... aber es war auch beim ersten Mal nichts geschehen, bis sie in der Mitte des Flusses gewesen waren. Bard trieb das Pferd weiter an und hielt dabei, sich im Sattel zur Seite drehend, Meloras Zügel. Nach ihm kam Meister Gareth mit Mirella hinter sich, dann folgten die Männer, Prinz Beltran als Nachhut.

Nun waren sie alle im Wasser. Wenn der feindliche Zauber noch wirksam war, würde die Flut jetzt über sie hereinbrechen. Er machte sich darauf gefaßt, er fühlte das unablässige Prickeln, das ihm zeigte, es war *Laran* am Werk, und es nahm zu, bis er das Gegeneinanderwirken der Kräfte von Zauber und Gegenzauber über der Furt beinahe sehen konnte. Sein Pferd schien durch verfilzte Schlinggewächse zu schreiten, obwohl davon nichts zu sehen war ...

Dann, ganz plötzlich, war es vorbei, verschwunden. Der Fluß strömte still und unschuldig dahin und war wieder gewöhnliches Wasser. Bard stieß den zurückgehaltenen Atem aus und bohrte seiner Stute die Fersen in die Weichen. Die ersten Reiter hatten das gegenüberliegende Ufer schon zur Hälfte erklommen, und er hielt mitten im Fluß an und ließ die übrigen an sich vorüber.

Für den Augenblick wenigstens hatten ihre *Leroni* die feindlichen Zauberer besiegt.

Bisher war das Wetter auf diesem Feldzug gut gewesen. Aber als der Tag zu Ende ging, verdunkelte sich der Himmel mit immer dicker werdenden Wolken, und gegen Abend begann Schnee zu fallen, leicht, aber ergiebig. Zuerst fielen hin und wieder ein paar dicke, verklumpte, nasse Flocken, dann wurden sie schärfer und härter, und sie fielen und fielen und fielen mit idiotischer Unablässigkeit. Melora, die wieder ihren Esel ritt, wickelte sich fest in ihren grauen Mantel und zog sich eine Decke über den Kopf. Die Soldaten holten einer nach dem anderen Schals und Handschuhe und dicke Kapuzen hervor und ritten mit mißmutigen Gesichtern dahin. Bard wußte, was sie dachten. Krieg wurde traditionellerweise im Sommer geführt, und im Winter blieben alle bis auf die Wahnsinnigen oder Verzweifelten bei ihren eigenen Feuerstellen. Ein Winterfeldzug brachte ein bestimmtes Maß an Gefahr mit sich. Die Männer mochten mit einiger Berechtigung sagen, daß sie König Ardrin wohl dienstpflichtig seien, dies jedoch über Brauch und Recht hinausging. Es war eben nicht üblich, Soldaten in einen Schneesturm wie diesen, der sich leicht zu einem Blizzard verstärken konnte, hineinreiten zu lassen, und deshalb hatte der König kein Recht, es von ihnen zu verlangen. Wie konnte Bard sie bei der Stange halten? Zum ersten Mal wünschte er, er hätte nicht hier den Befehl, sondern reite zu König Ardrins rechter Hand nach Norden auf Hammerfell zu als Bannerträger seines Souveräns. Für den König war es leicht, mit Hilfe seines persönlichen Einflusses und seiner Macht treue Dienste zu erlangen, die über das Übliche hinausgingen. Der König konnte den Männern Versprechungen machen, und zwar sehr verlockende. Bard war sich peinlich bewußt, daß er erst siebzehn Jahre zählte, daß er nichts war als der Bastardneffe des Königs und sein Pflegesohn, daß er über die Köpfe vieler erfahrenerer Offiziere hinweg befördert worden war. Wahrscheinlich gab es sogar in den Reihen dieser Männer, die er selbst für den Feldzug ausgesucht hatte, solche, die nur darauf warteten, daß er zu Schaden kam, daß er irgendeinen schrecklichen, nie wiedergutzumachenden Fehler beging. Hatte der König ihm dies Kommando nur gegeben, damit er sich übernahm, damit er sich als der grüne, unerfahrene Krieger sah, der er war?

Trotz seines Triumphs und der Auszeichnung auf dem Schlachtfeld von Snow Glen war er noch ein Junge. Konnte er diese Mission überhaupt durchführen? Hoffte der König, daß er versagte, so daß er ihm Carlina verweigern konnte? Was mochte vor ihm liegen, wenn er versagte? Würde er degradiert, in Schande nach Hause geschickt werden?

Er ritt nach vorn, um sich Meister Gareth anzuschließen, der den unteren Teil seines Gesichts in einen dicken, roten Strickschal gehüllt hatte, während ihm die Kapuze des grauen Zauberermantels über die Augen fiel. Bard fragte schroff: »Könnt Ihr gar nichts gegen dies Wetter unternehmen? Ist das ein beginnender Blizzard oder nur ein Schneegestöber?«

»Ihr verlangt zuviel von meinen Kräften, Sir«, antwortete der ältere Mann. »Ich bin ein *Laranzu*, kein Gott; das Wetter kann ich nicht befehligen.« Ein Mundwinkel verzog sich in einem Anflug von Humor zu einem schiefen Lächeln. »Glaubt mir, Meister Bard, wenn ich das Wetter befehligen könnte, würde ich es schon meinetwegen tun. Ebenso wie Ihr friere ich und bin vom Schnee geblendet, und meine Knochen sind älter und fühlen die Kälte stärker.«

Bard war wütend, daß er seine eigene Unzulänglichkeit eingestehen mußte. »Die Männer murren, und ich habe ein wenig Angst vor einer Meuterei. Ein Winterfeldzug – solange das Wetter gut war, machte es ihnen nichts aus. Aber jetzt –«

Meister Gareth nickte. »Das ist mir klar. Nun, ich will festzustellen versuchen, wie weit sich dieser Sturm erstreckt und ob wir bald aus ihm hinauskommen. Doch gehört die Wetter-Magie nicht zu meinen besonderen Fähigkeiten. Darin ist nur einer der *Laranzu'in* seiner Majestät gut, und das ist Meister Robyl, der mit dem König nach Hammerfell geritten ist. Er meinte, im Norden am Rand der Hellers, wo die Schneefälle heftiger sind, werde er nötiger gebraucht. Aber ich werde mein Bestes tun.«

Und als Bard sich abwandte, setzte er hinzu: »Seid guten Mutes, Sir. Der Schnee erschwert uns das Vorankommen, aber uns längst nicht so sehr wie der Karawane mit dem Haftfeuer. Dort müssen sie all diese Karren und Wagen durch den Schnee schieben, und wenn er zu tief wird, können sie überhaupt nicht mehr weiter.«

Bard sagte sich, daß er daran hätte selbst denken sollen. Schnee machte die Karren und Wagen der Karawane unbeweglich, während leichte Reiterei immer noch durchkommen und kämpfen konnte. Außerdem, wenn es stimmte, daß zum Schutz der Karawane Trockenstädter-Söldner angeheuert waren, die aus einem wärmeren Klima stammten, mochten sie durch den Schnee in Verwirrung geraten. Bard ritt zu den Männern, hörte sich ihr Murren und ihre Proteste an und hielt ihnen das vor Augen. Obwohl der Schnee nicht aufhörte zu fallen und sogar noch dichter wurde, schien der Gedanke sie ein bißchen aufzumuntern.

Die Wolken und der fallende Schnee wurden jedoch immer dikker, und nach einem Wort mit Beltran ließ Bard früh haltmachen. Nichts war dabei zu gewinnen, wenn er murrende Männer zwang, sich durch den gleichen Schnee vorwärtszumühen, der ihre Beute an Ort und Stelle festhielt. Nach dem anstrengenden Tag waren die Männer müde und entmutigt, und einige würden nur ein paar kalte Bissen zu sich genommen und sich sofort in ihre Decken eingerollt haben. Aber Bard bestand darauf, daß Feuer angezündet und warmes Essen gekocht wurde. Er wußte, das tat mehr für die Moral der Männer als alles andere. Das Lager wirkte auch richtig fröhlich, als einmal die Flammen von flachen Steinen hochloderten und mit den abgefallenen Zweigen eines verlassenen Obstgartens – vor ein paar Jahrzehnten von der Nußfäule verwüstet – genährt wurden. Einer der Männer brachte eine kleine Sackpfeife zum Vorschein und begann zu spielen, trauervolle Weisen, die älter waren als die Welt. Die jungen Frauen schliefen in ihrem gemeinsamen Zelt, aber Meister Gareth gesellte sich zu den Männern um das Feuer, und nach einer Weile – zwar protestierte er und sagte, er sei weder Musikant noch Barde – ließ er sich überreden, ihnen die Geschichte von dem letzten Drachen zu erzählen. Bard saß neben Beltran im Schatten des Feuers, kaute auf Trockenobst und hörte mit zu, wie der letzte Drache von einem der Hastur-Sippe erschlagen worden war und wie alle Vierbeiner und Vögel in den Hundert Königreichen, als sie mit dem *Laran* der Tiere spürten, daß der letzte seines Volkes tot war, ein Klagegeschrei angestimmt hatten, in das sogar die Banshees einfielen aus Trauer um den letzten des weisen Schlangengeschlechts . . . und der Sohn Hasturs selbst, der neben der Leiche des letzten Drachen auf Darkover stand, hatte gelobt, nie wieder zum Sport auf irgendein lebendes Wesen Jagd zu machen. Als Meister Gareth die Geschichte zu Ende erzählt hatte, applaudierten die Männer und baten um mehr, aber er schüttelte den Kopf und sagte, er sei ein alter Mann und den ganzen Tag geritten und werde sich jetzt in seine Decken hüllen.

Bald darauf lag das Lager dunkel und still da. Nur das mit grünen Zweigen bedeckte kleine rote Auge des Feuers, das man zur Zubereitung des warmen Breis am Morgen brauchte, knisterte und beobachtete unter seiner Decke hervor. Ringsumher zeigten dunkle Dreiecke, wo die Männer in ihren Decken unter wasserfesten Planen lagen, die sie als niedrige Dächer vor dem immer noch fallenden Schnee schützten. Es waren mit gegabelten Stöcken gestützte offene Halbzelte, von denen jedes zwei, drei oder vier Männer beherbergte, die sich aneinanderdrängten und Decken und Körperwärme teilten. Beltran lag an Bards Seite und sah merkwürdig klein und jungenhaft aus. Bard war noch wach. Er blickte in das Feuer und die weiß-silbernen Streifen, die der Schnee wie blasse Pfeile gegen das Licht aufblitzen ließ. Irgendwo, nicht weit von ihnen, saß der Feind mit seinen schweren Karren und Packtieren im Schnee fest.

Neben ihm sagte Beltran leise: »Ich wünschte, Geremy wäre bei uns, Pflegebruder.«

Bard lachte beinahe lautlos. »Das wünschte ich mir anfangs auch. Jetzt bin ich nicht mehr so sicher. Vielleicht sind zwei grüne Jungen mit Befehlsgewalt genug, und Meister Gareths Erfahrung und Weisheit kommen uns sehr zustatten. Dafür reitet Geremy, der ein unerfahrener *Laranzu* ist, mit deinem Vater, der ein fähiger Kommandant ist . . . Möglicherweise dachte er, wenn wir drei zusammen wären, sähe das Ganze zu sehr nach einem der Jagdausflüge aus, die wir als Jungen unternahmen . . .«

»Ich denke oft an die Zeit«, sagte Beltran, »als wir drei noch jünger waren und wie jetzt hinausritten. Wir lagen zusammen und blickten ins Feuer und und redeten von der Zukunft, wenn wir Männer sein und zusammen ins Feld ziehen würden, in einen richtigen Krieg und nicht in die Scheinschlachten mit *Chervine*-Herden . . . Weißt du das noch, Bard?«

Bard lächelte in der Dunkelheit. »Das weiß ich noch. Was planten wir für großartige Feldzüge, wie wollten wir das ganze Land von den Hellers bis zu den Ufern des Carthon und noch das jenseits des Meers unterwerfen ... Nun, soviel ist wahr geworden von unseren Träumen, wir reiten alle in den Krieg, genauso, wie wir es vorhatten, als wir noch kaum wußten, an welchem Ende man ein Schwert anfassen muß ...«

»Und jetzt ist Geremy ein *Laranzu*, der mit dem König reitet, und er denkt nur noch an Ginevra, und du bist des Königs Bannerträger, wegen Tapferkeit ausgezeichnet und verlobt mit Carlina, und ich ...« Prinz Beltran seufzte in der Dunkelheit. »Nun ja, zweifellos werde ich eines Tages wissen, was ich vom Leben verlange, und wenn ich es nicht tue, wird mein Vater und König es mir sagen.«

»Ach, du«, lachte Bard, »eines Tages wird dir der Thron von Asturias gehören.«

»Das ist keine Sache, über die man lacht«, verwies ihn Beltran, und seine Stimme klang ernst. »Zu wissen, daß ich nur über meines Vaters Grab und durch seinen Tod an die Macht kommen werde ... Ich liebe meinen Vater, Bard, und doch glaube ich manchmal, ich werde wahnsinnig, wenn ich an seinem Schemel stehen und darauf warten muß, daß ich etwas Richtiges zu tun bekomme ... Ich kann nicht einmal das Königreich verlassen und auf Abenteuer ausziehen, was jedem anderen Untertan freisteht.« Bard spürte, daß der Jüngere erschauerte. »Mir ist so kalt, Pflegebruder.«

Einen Augenblick lang hatte Bard das Gefühl, Beltran sei nicht älter als sein kleiner Bruder, der sich an ihn geklammert und geweint hatte, als er an den Hof des Königs geschickt wurde. Unbeholfen klopfte er Beltrans Schulter. »Hier, da hast du noch ein Stück Decke, ich empfinde die Kälte nicht so stark wie du, das war schon früher so. Versuch zu schlafen. Morgen kommt es vielleicht zum Kampf, zu einem richtigen Kampf, nicht zu einer der Scheinschlachten, an denen wir soviel Spaß hatten, und wir müssen dafür bereit sein.«

»Ich habe Angst, Bard. Ich habe immer Angst. Warum fürchtet du und Geremy euch nie?«

Bard stieß ein kurzes, schnaubendes Lachen aus. »Wie kommst du auf den Gedanken, wir fürchteten uns nicht? Wie es bei Geremy ist, weiß ich nicht, aber ich hatte Angst genug, um meine Hosen wie ein Baby naß zu machen, und zweifellos wird es wieder so kommen. Nur habe ich, wenn es geschieht, nicht die Zeit und hinterher nicht den Wunsch, darüber zu reden. Mach dir keine Sorgen, Pflegebruder. Ich weiß doch, daß du dich bei Snow Glen gut gehalten hast.«

»Warum hat dann mein Vater dich und nicht mich befördert?«

Bard setzte sich in der Dunkelheit halb auf und starrte ihn an. »Beißt dieser Floh dich immer noch? Beltran, mein Freund, dein Vater weiß, daß du alles hast, was du brauchst. Du bist sein Sohn und sein legitimer Erbe, du reitest an seiner Seite, deine Stellung, nur einen Atemzug vom Thron entfernt, ist bereits anerkannt. Er hat mich ausgezeichnet, weil ich sein Pflegesohn und ein Bastard bin. Bevor er mir den Befehl über seine Männer geben konnte, mußte er mich zu jemandem machen, den er von Rechts wegen befördern durfte. Und indem er mich beförderte, schärfte er ein Werkzeug, das er zu benützen wünschte, mehr nicht. Es war kein Zeichen seiner Liebe oder seiner Rücksichtnahme! Bei dem kalten Wirbelwind in Zandrus dritter Hölle, ich weiß es, wenn du es nicht weißt! Bist du ein solcher Narr, daß du auf mich eifersüchtig bist, Beltran?«

»Nein«, antwortete Beltran nachdenklich. »Nein, ich glaube nicht, Pflegebruder.« Und nach einer Zeit, als er Beltrans ruhiges Atmen hörte, schlief Bard ein.

4

Am Morgen schneite es immer noch, und der Himmel war dunkel. Bard schwand der Mut, als er die Männer verdrossen ihrer Arbeit nachgehen sah, dem Versorgen der Pferde, dem Kochen eines großen Topfes Brei, dem Aufpacken und Satteln für den Weiterritt. Er hörte Gemurmel des Inhalts, König Ardrin habe kein Recht, sie im Winter hinauszusenden. Dieser Feldzug sei das Werk seines Pflegesohns, der keine Ahnung von Brauch und Sitte habe. Wer habe je von einer Unternehmung wie dieser gehört, wenn der Winter vor der Tür stand?

»Macht schon, Leute«, drängte Bard. »Wenn die Trockenstädter in diesem Wetter reiten können, sollen wir dann verzagen und es zulassen, daß sie das Haftfeuer ins Land bringen, das gegen unsere Dörfer und unsere Familien geschleudert werden soll?«

»Trockenstädtern ist alles zuzutrauen«, brummte einer der Männer. »Als nächstes werden sie im Frühling die Ernte einfahren! Krieg ist ein Geschäft für den Sommer!«

»Und weil sie glauben, wir werden gemütlich zu Hause bleiben, halten sie es für ungefährlich, zuzuschlagen«, wandte Bard ein. »Wollt ihr zu Hause bleiben und sie angreifen lassen?«

»Ja, warum sollen wir es nicht tun und sie zu uns kommen lassen? Die Verteidigung unserer Heime gegen einen Angriff ist etwas ganz anderes, als hinauszuziehen und nach Mühsal geradezu zu suchen!« begehrte ein stämmiger Veteran auf.

Aber obwohl viel gemurrt und gebrummt wurde, gab es doch keine Widersetzlichkeit oder offene Meuterei. Beltran war blaß und still. Bard dachte an ihr Gespräch in der vergangenen Nacht und sagte sich, daß der Junge Angst hatte. Es war leicht, in Beltran den Jüngeren zu sehen, obwohl in Wahrheit nur ein halbes Jahr zwischen ihnen lag. Bard war immer soviel größer als seine Pflegebrüder gewesen, immer der Stärkste, der Beste beim Schwertkampf und Ringen und Jagen, ihr unbezweifelter Anführer.

Deshalb suchte er eine Gelegenheit, mit Beltran über seine Besorgnis zu sprechen, die Männer könnten meutern, und ihn zu bitten, zwischen ihnen zu reiten und festzustellen, in welcher Stimmung sie sich befanden.

»Du bist ihr Prinz, und du repräsentierst den Willen ihres Königs. Es mag ein Zeitpunkt kommen, zu dem sie mir nicht mehr gehorchen werden, aber sie werden nicht bereit sein, sich dem eigenen Sohn ihres Königs zu widersetzen«, redete er ihm schuldbewußt ein. Beltran blickte mit brummigem Gesicht zu Bard auf. Sollte er seinerseits Befehle von Bard annehmen? Aber schließlich nickte er und ließ sich von der Spitze zurückfallen, um neben dem einen und anderen der Männer herzureiten, ihnen Fragen zu stellen und mit ihnen zu sprechen. Bard beobachtete ihn und dachte, über dieser Aufgabe habe Beltran vielleicht seine Ängste vergessen – und die aufrührerische Stimmung unter den Männern werde sich angesichts der mitfühlenden Teilnahme ihres Prinzen vielleicht legen.

Und immer noch fiel Schnee. Er reichte jetzt bis zu den Sprunggelenken der Pferde, und allmählich machte Bard sich ernste Sorgen, ob die Tiere durchkommen würden. Er bat Meister Gareth, den Kundschaftervogel auszusenden, erhielt jedoch die schon halbwegs erwartete Antwort, in solchem Wetter werde er nicht aufsteigen.

»Vernünftiges Tier«, brummte Bard. »Ich wünschte, ich könnte es ihm gleichtun! Doch gibt es eine andere Möglichkeit herauszufinden, wie weit die Karawane von uns entfernt ist und ob wir sie heute noch treffen werden?«

Meister Gareth antwortete: »Ich werde Mirella fragen. Aus diesem Grund ist sie ja bei uns, daß sie das Gesicht benutzt.«

Bard blickte zu Mirella hin. Im rieselnden Schnee saß sie auf ihrem Pferd. Durch die dick beschneiten Zöpfe leuchtete die Kupferfarbe ihres Haares. Sie starrte in ihren Kristall. Bläuliches Licht spiegelte sich auf ihrem Gesicht wider. Das einzige Licht an diesem scheußlich trüben Tag schienen der blaue Stein und die Flamme ihres kupfrigen Haars zu sein. Sie war mit Mantel und Schals verhüllt, aber diese konnten die schlanke Anmut ihres Körpers nicht verstecken. Wieder einmal ertappte Bard sich dabei, daß seine Gedanken bei ihrer Schönheit verweilten. Zweifellos war sie das schönste junge Mädchen, das er je gesehen hatte. Verglichen mit ihr war Carlina ein blasser Stock. Doch Mirella war völlig außerhalb seiner Reichweite, sakrosankt, eine *Leronis*, die des Gesichts wegen Jungfräulichkeit gelobt hatte. Er sagte sich, mit seiner Gabe könnte er sich vergewissern, daß es *nicht* gegen ihren Willen sei. Er könnte sie zwingen, freiwillig in sein Bett zu kommen . . .

Aber damit würde er sich Meister Gareth zum Feind machen. Verdammt, es gab genug willige Weiber in dieser Welt, und er war mit einer Prinzessin verlobt, und auf jeden Fall war jetzt nicht die richtige Zeit, überhaupt an Frauen zu denken!

Mirella seufzte und öffnete die Augen. Auf ihrem Gesicht verblaßte der blaue Schein, und ihr Blick ruhte auf Bard, scheu, ernst, so direkt, daß Bard sich ein wenig verlegen fragte, ob sie lesen könne, was er gerade gedacht hatte.

Sie sagte jedoch nur mit ihrer schwebenden Stimme: »Sie sind nicht weit von uns entfernt, *vai dom*. Ein Ritt von drei Stunden über jenen Grat dort . . .« Sie wies die Richtung, aber der Grat, von dem sie sprach, war im fallenden Schnee unsichtbar. »Sie haben Lager gemacht, weil der Schnee dort noch tiefer ist und ihre Karren nicht weiterkönnen. Sie stecken bis zu den Naben der Räder fest, und die Zugtiere können sich nicht mehr bewegen. Eins hat im Geschirr ein Bein gebrochen, und die anderen versuchten durchzugehen und traten sich beinahe gegenseitig zu Tode. Wenn wir so weiterreiten wie jetzt, werden wir sie bald nach Mittag erreichen.«

Bard ritt davon, um diese Nachricht an seine Männer weiterzugeben. Sie waren darüber gar nicht erfreut.

»Das heißt, wir müssen in tiefem Schnee kämpfen! Und was tun wir mit der Karawane, nachdem wir sie erbeutet haben, wenn die Zugtiere unbrauchbar sind?« erkundigte ein alter Veteran sich mißmutig. »Ich schlage vor, wir lagern hier und warten auf Tauwetter, bei dem wir die Wagen leichter nehmen können. Wenn sie unfähig sind weiterzuziehen, warten sie dort auf uns!«

»Uns werden das Essen und das Futter für die Pferde ausgehen«, gab Bard zu bedenken, »und es ist zu unserem Vorteil, wenn *wir* den Zeitpunkt der Schlacht bestimmen. Los, wir wollen so früh wie möglich dort sein!«

Sie ritten weiter, und immer noch fiel Schnee. Bard betrachtete stirnrunzelnd die grau verhüllten *Leroni*. Schließlich ritt er nach vorn und fragte Meister Gareth: »Wie sollen wir die Frauen während der Schlacht schützen, Sir? Wir haben keinen Mann übrig, der sie bewachen kann.«

»Ich habe es Euch bereits gesagt«, antwortete Meister Gareth. »Diese Frauen sind fähige *Leroni*, sie können für sich selbst sorgen. Melora ist schon in einer Schlacht gewesen, und obwohl das auf Mirella nicht zutrifft, habe ich doch keine Angst um sie.«

»Aber diese Männer, gegen die wir kämpfen müssen, sind von Söldnern aus den Trockenstädten begleitet«, erklärte Bard. »Und wenn Eure Tochter und Eure Pflegetochter gefangengenommen werden – ob sie nun *Leroni* sind oder nicht –, wird man sie in Ketten fortführen und an ein Bordell in Daillon verkaufen.«

Melora schaukelte auf ihrem Esel näher. »Ängstigt Euch nicht um uns, *vai dom.*« Sie legte die Hand auf den kleinen Dolch, der ihr unter dem Mantel am Gürtel hing. »Meine Schwester und ich werden nicht lebend in die Hände der Trockenstädter fallen.«

Die ruhige, sachliche Art, in der sie sprach, schickte einen kalten Schauer über Bards Rückgrat. Merkwürdigerweise spürte er eine Art Verwandtschaft zwischen sich und dieser Frau. Auch er hatte schon früh gelernt, daß ihn in einer Schlacht der Tod oder Schlimmeres ereilen konnte, und der Unterton in Meloras Stimme ließ ihn an seine eigenen ersten Kämpfe denken. Unwillkürlich lächelte er sie an, mit einem schmallippigen, spontanen Grinsen. Er sagte: »Die Göttin möge verhüten, daß es dazu kommt, *Damisela.* Aber ich habe nicht gewußt, daß es Frauen gibt, die die Fähigkeit zu solchen Entschlüssen und soviel Mut im Krieg haben.«

»Das ist kein Mut«, erwiderte Melora mit ihrer süßen Stimme. »Es ist nur so, daß ich die Ketten und Bordelle der Trockenstädte mehr fürchte als den Tod. Der Tod, so habe ich gelernt, ist ein Tor in ein anderes und besseres Leben, und das Leben hätte keine Freude mehr für mich, wenn ich in Daillon eine Hure in Ketten wäre. Und mein Dolch ist sehr scharf, so daß ich mein Leben schnell und ohne viel Schmerz beenden könnte – ich habe wohl ein bißchen Angst vor Schmerzen, aber nicht vor dem Tod.«

»Ich sollte Euch dazu einsetzen, meine Männer zu ermutigen, Mistress Melora.« Bard lenkte sein Pferd neben ihren Esel. »Ich habe noch nie eine Frau mit soviel Mut kennengelernt.« Er dachte darüber nach, ob Carlina imstande wäre, auf diese Weise zu sprechen, wenn sie in die Schlacht ritte. Er wußte es nicht. Er hatte nie daran gedacht, sie zu fragen.

Seit seinem fünfzehnten Jahr hatte Bard viele Frauen intim gekannt. Und doch wurde ihm jetzt plötzlich klar, daß er in Wirklichkeit sehr wenig darüber wußte, wie Frauen sind. Er hatte ihre Körper gekannt, ja, aber nichts über alles andere an ihnen erfahren. Er war nie auf die Idee gekommen, daß es für ihn an einer Frau irgend etwas Interessantes außer dem Geschlechtlichen geben könne.

Und doch, er erinnerte sich, daß er, als sie alle Kinder gewesen waren, mit Carlina ebenso frei gesprochen hatte wie mit seinen Pflegebrüdern. Er hatte eine Menge Zeit mit ihr zusammen verbracht, hatte ihre Lieblingsspeisen und die Lieblingsfarben ihrer Kleider und Bänder gekannt, ihre Angst vor Eulen und Nachtfliegern, ihren Abscheu vor Nußbrei und Samenkuchen, vor rosa Kleidern und Schuhen mit überhohen Absätzen. Er hatte gewußt, wie sehr es sie langweilte, stundenlang bei einer Näharbeit zu sitzen. Er hatte sie wegen der Schwielen an ihren Fingern getröstet, als sie die *Rryl* und die große Harfe zu spielen lernte, und ihr bei ihren Aufgaben geholfen.

Als er jedoch ein Mann geworden war und begonnen hatte, an Frauen in Begriffen der Lust zu denken, hatte er sich Carlina entfremdet. Er wußte nicht, welch eine Art von Frau aus dem Kind geworden war. Was ihm jetzt noch schlimmer schien, es hatte ihn auch gar nicht interessiert. Er hatte in ihr kaum etwas anderes als seine versprochene Frau gesehen. In letzter Zeit hatte er sich oft vorgestellt, daß sie zusammen im Bett waren. Aber irgendwie war es ihm nie eingefallen, mit ihr zu reden, gerade so, wie er es jetzt mit dieser seltsamen, unschönen *Leronis* tat, die eine so süße Stimme hatte.

Es war beunruhigend; er hatte kein besonderes Interesse daran, mit dieser Frau zu schlafen. Tatsächlich stieß ihn der Gedanke ziemlich ab. Sie war so fett und unbeholfen und häßlich; sie war eine der wenigen Frauen, die seine Mannheit kein bißchen erregten. Und trotzdem hatte er den Wunsch, sich weiter mit ihr zu unterhalten. Er fühlte sich ihr auf merkwürdige Weise enger verbunden als irgendwem in vielen Jahren, seine Pflegebrüder ausgenommen. Er blickte nach vorn, wo Mirella ritt, schweigend und distanziert und bezaubernd hübsch, und wie zuvor quoll das Begehren in ihm auf. Dann sah er wieder zu der schwergebauten, plumpen Melora hin, die auf ihrem Esel – wieder der unbarmherzige Vergleich – wie ein Sack Mehl hockte. Warum, fragte er sich, konnte die schöne Mirella nicht eine weiche Stimme haben und warm und freundlich wie die hier sein, warum ritt sie nicht an seiner Seite und sah ihm mit soviel teilnehmendem Interesse in die Augen? Meloras Haar hatte fast die gleiche Flammenfarbe wie das Mirellas, und hinter dem Mondgesicht mit den drallen Wangen ließ sich die gleiche zarte Knochenstruktur ahnen. Er fragte: »Ihr und Mistress Mirella seht Euch sehr ähnlich. Ist sie Eure Schwester oder Halbschwester?«

»Nein«, antwortete Melora, »aber verwandt sind wir; ihre Mutter ist meine älteste Schwester. Ich habe noch eine Schwester, die ebenfalls eine *Leronis* ist – wir alle sind mit *Laran* begabt. Seid Ihr nicht der Sohn von Dom Rafael di Asturien? Nun, meine jüngste Schwester Melisandra ist eine der Frauen Eurer Pflegemutter; sie trat vor drei Jahreszeiten in den Dienst Domna Jeranas. Habt Ihr sie dort nie gesehen?«

»Ich bin seit vielen Jahren nicht mehr zu Hause gewesen«, erklärte Bard kurz.

»Ach, das ist traurig«, meinte sie voller Mitgefühl, aber Bard wünschte das Thema nicht weiter zu verfolgen.

Er fragte: »Seid Ihr schon einmal in einer Schlacht gewesen, daß Ihr so ruhig und furchtlos seid?«

»O ja, ich war bei der Schlacht von Snow Glen mit den Kundschaftervögeln an der Seite meines Vaters. Ich habe gesehen, wie Ihr das Banner des Königs erhieltet.«

»Ich wußte nicht, daß Frauen dabei waren – nicht einmal unter den *Leroni.*«

»Aber ich habe Euch gesehen«, berichtete Melora, »und ich war auch nicht die einzige Frau dort. Eine Abteilung der Entsagenden, der geschworenen Schwesternschaft vom Schwert, nahm am Kampf teil und schlug sich tapfer. Wären es Männer gewesen, hätten sie ebenso wie Ihr Ehre und das Lob des Königs gewonnen. Als die Feinde auf der südlichen Flanke mit Äxten durchbrachen, hielten sie ihre Schildreihe gegen sie, bis ihnen Reiter unter Hauptmann Syrtis zu Hilfe kommen konnten. Zwei von ihnen fielen, und eine hat eine Hand verloren. Aber sie hielten die Flanke.«

Bard verzog das Gesicht. »Ich habe von den Entsagenden gehört; ich wußte nicht, daß König Ardrin sich herablassen würde, sie in der Schlacht einzusetzen! Es ist schlimm genug, daß sie zusammen mit Männern Feuerwache halten. Ich bin nicht der Ansicht, daß der Platz einer Frau auf dem Schlachtfeld ist!«

»Ich auch nicht«, erklärte Melora. »Aber ich bin auch nicht der Meinung, daß der Platz eines Mannes auf dem Schlachtfeld ist, und mein Vater denkt ebenso. Er würde lieber zu Hause bleiben, die Laute und die *Rryl* spielen und unsere Sternensteine benutzen, um Krankheiten zu heilen und Metalle aus der Erde zu fördern. Aber solange es Kriege gibt, müssen wir kämpfen, wie unser Herr und König es befiehlt, Meister Bard.«

Bard lächelte nachsichtig. »Frauen verstehen diese Dinge nicht. Der Krieg ist Sache des Mannes, und Männer sind nie glücklicher als beim Kampf, glaube ich. Doch den Frauen sollte es ermöglicht werden, zu Hause zu bleiben und Lieder zu machen und unsere Wunden zu heilen.«

»Glaubt Ihr wirklich, die Aufgabe eines Mannes sei der Kampf?« fragte Melora. »Nun, ich glaube es nicht, und ich hoffe, es wird ein Tag kommen, an dem die Männer vom Krieg ebenso frei sind, wie Ihr es den Frauen wünscht.«

»Ich bin Soldat, *Damisela«*, sagte Bard. »In einer Frauen-Welt des Friedens hätte ich keinen Platz und keine Beschäftigung. Aber wenn Ihr den Frieden so liebt, warum überlaßt Ihr den Krieg dann nicht den Männern, die ihn genießen?«

»Weil«, entgegnete sie temperamentvoll, »ich nicht viele Männer kenne, die den Krieg wirklich genießen!«

»Ich schon, *Damisela.«*

»Wirklich? Oder liegt es nur daran, daß Ihr kaum Gelegenheit zu etwas anderem gehabt habt?« fragte Melora. »Es hat eine Zeit gegeben, unter den Hastur-Königen, als alle diese Länder in Frieden lebten. Aber jetzt haben wir hundert kleine Königreiche, die jahrein, jahraus miteinander kämpfen, weil sie sich nicht einigen können! Glaubt Ihr wirklich, das sei der natürliche Lauf der Welt?«

Bard lächelte. »Die Welt wird gehen, wie sie will, Mistress Melora, und nicht, wie Ihr oder ich es gern hätten.«

»Aber«, wandte Melora ein, »die Welt geht, wie die Menschen sie gehen machen, und es steht den Menschen frei, sie anders gehen zu machen, wenn sie den Mut dazu haben!«

Er lächelte sie an. Jetzt wirkte sie richtig hübsch mit ihren funkelnden Augen, und die Haut ihres runden Mondgesichts war wie frische Schlagsahne. Auf ihre eigene Art, das fiel ihm jetzt auf, hatte sie eine warmherzige und sinnliche Persönlichkeit. Ihr schwerer Körper mochte warm und entgegenkommend sein. Bestimmt würde sie nicht wimmern wie diese dumme Puppe Lisarda, sondern mutig ihre Meinung vertreten. Er sagte: »Vielleicht wäre es eine bessere Welt, wenn Ihr ihren Lauf bestimmen könntet, Mistress Melora. Schade, daß Frauen keinen Teil an den Entscheidungen haben, die unsere Welt gestalten.«

Beltran ritt zu ihnen heran. Bard entschuldigte sich bei Melora und ritt mit dem Prinzen nach vorn.

»Meister Gareth sagt, sie lagern gleich jenseits dieses Waldes«, berichtete Beltran. »Wir sollten hier haltmachen, damit die Pferde sich ausruhen und die Männer gut essen können. Eins der Mädchen hat doch das Gesicht. Dann können wir uns vergewissern, wie wir am besten angreifen.«

»Richtig.« Bard gab den Befehl, daß die Männer einen enggeschlossenen Kreis bilden und sich auf einen eventuellen Angriff gefaßt machen sollten. Es war nicht unmöglich, daß die Trockenstädter, wenn die Karawane festsaß, losritten und die Initiative ergriffen.

»Möglich«, meinte Beltran, »aber nicht wahrscheinlich. Der Schnee wird ihnen noch weniger gefallen als uns. Und sie müssen die Karawane verteidigen.« Er stieg ab und suchte in seinen Satteltaschen nach dem Futterbeutel für sein Pferd. »Ich habe gesehen, daß du mit einer von unseren *Leroni* schöngetan hast. Du mußt wirklich ein unverbesserlicher Weiberheld sein, wenn du Lust darauf hast, ein Wort zu dieser fetten Kuh zu sagen! Wie dumm sie dreinblickt!«

Bard schüttelte den Kopf. »Oh, sie ist in ihrer eigenen Art durchaus attraktiv, und sie hat eine süße Stimme. Und was einer auch von ihr sagen mag, dumm ist sie ganz bestimmt nicht.«

Beltran lachte ironisch auf. »Wenn ich dir zusehe, glaube ich allmählich an die Wahrheit des alten Sprichworts, daß alle Frauen gleich sind, wenn die Lampe gelöscht ist, denn du spielst den Galanten wirklich bei allem, was Röcke trägt! Lechzt du so nach weiblicher Gesellschaft, daß du dich nach einer fetten, häßlichen *Leronis* verzehrst?«

Bard entgegnete aufgebracht: »Ich gebe dir mein Wort, daß ich mich nicht nach ihr *verzehre*. Meine Gedanken beschäftigen sich im Augenblick ausschließlich mit der Schlacht, die jenseits dieses Hügels auf uns wartet, und der Frage, ob wir gegen Haftfeuer oder Zauberei werden zu kämpfen haben! Ich erweise ihr Höflichkeit, weil sie Meister Gareths Tochter ist, mehr nicht! Um Himmels willen, Pflegebruder, richte deine Aufmerksamkeit auf unsere Mission, nicht auf meine Mängel!«

Bards Helm hing an seinem Sattelhorn. Er hakte ihn los, setzte ihn auf und befestigte den Lederriemen, wobei er sorgfältig den Kriegerzopf zurechtstrich. Beltran folgte seinem Beispiel. Sein Gesicht war heiß, und Bard erinnerte sich an ihr Gespräch in der Nacht und empfand für einen Augenblick Mitgefühl. Aber dafür hatte er jetzt keine Zeit.

Er ritt an der Reihe seiner Männer zurück, überprüfte die Ausrüstung jedes einzelnen und sprach mit jedem ein Wort. Sein Magen verkrampfte sich, und er fühlte sich wie immer vor einer Gefahr angespannt.

»Wir werden uns dem Gipfel jenes Hügels so weit nähern, wie wir können, ohne gesehen zu werden«, ordnete er an, »und dort warten, bis Meister Gareth uns das Zeichen gibt. Dann stürzen wir uns den Hang hinunter und auf sie und versuchen, sie zu überrumpeln.«

Einer der Männer brummte: »Wenn ihre *Laranzu'in* alle schlafen!«

Bard sagte: »Wenn sie uns durch Kundschaftervögel oder Zauberei beobachten, gelingt uns der Überraschungsangriff vielleicht nicht ganz. Aber sie können nicht im voraus wissen, wie viele wir sind oder wie entschlossen wir kämpfen werden! Denkt daran, Männer, es sind Söldner aus den Trockenstädten, dieser Krieg bedeutet ihnen nichts, und der Schnee ist unser bester Verbündeter, weil sie nicht daran gewöhnt sind.«

»Wir auch nicht«, murmelte ein Mann weiter hinten. »Verständige Männer kämpfen nicht im Schnee!«

»Möchtest du lieber das Haftfeuer durchkommen lassen? Wenn sie im Winter Haftfeuer transportieren können, dann können wir es erbeuten«, sagte Bard scharf. »Und jetzt wird nicht mehr geredet, Männer, sie könnten uns hören, und ich möchte sie überrumpeln, so gut es uns eben gelingt.«

Er ritt vor zu Meister Gareth. »Versucht festzustellen, wie viele Männer die Wagen bewachen.«

Meister Gareth wies auf Mirella. »Das habe ich bereits, Sir. Ich kann nicht mehr als fünfzig zählen. Dabei sind die Wagenlenker nicht mitgerechnet, die auch bewaffnet sein können, aber alle Hände voll mit den Tieren zu tun haben werden.«

Bard nickte. Er winkte zwei erfahrene Männer, die besten Reiter in der Gruppe, heran. »Ihr beiden reitet los, kurz bevor wir angreifen. Deckt euch mit euren Schilden und reitet an die Spitze des Zuges. Schneidet die Tiere los und jagt sie nach hinten. Das wird weitere Verwirrung schaffen. Gebt acht, daß ihr nicht von Pfeilen getroffen werdet.«

Sie nickten. Es waren tüchtige Männer, die schon an vielen Feldzügen teilgenommen hatten, und beide trugen die rote Schnur um den Kriegerzopf gewickelt. Einer rückte sich den Helm auf dem Kopf zurück, grinste und lockerte den Dolch, der ihm am Gürtel hing. »Der da ist für solche Arbeit besser als ein Schwert.«

»Meister Gareth«, sagte Bard, »Ihr habt Euer Teil getan, und gut getan. Ihr mögt mit den Frauen hierbleiben. Keinesfalls braucht Ihr mit uns den Berg hinunter zum Angriff zu reiten. Wenn sie Zauberei gegen uns einsetzen, benötigen wir Euch für den Gegenzauber. Aber in der Schlacht seid Ihr mehr als nutzlos.«

»Sir«, antwortete der *Laranzu*, »ich weiß, welche Rolle mir in einer Schlacht zufällt. Und meine Tochter und meine Pflegetochter wissen ebenfalls Bescheid. Mit allem Respekt, Sir, kümmert Euch um Eure Soldaten und überlaßt meine Angelegenheiten mir.«

Bard zuckte die Schultern. »Auf Eure Verantwortung, Sir. Hat der Kampf einmal begonnen, haben wir keine Zeit mehr für Euch.« Er begegnete Meloras Blick, und plötzlich beunruhigte ihn der Gedanke, daß sie auf ihrem Eselchen, bis auf einen Dolch unbewaffnet, mitten hinein ins Kampfgetümmel reiten würde. Aber was konnte er tun? Sie hatte es hinreichend klargemacht, daß sie seinen Schutz nicht brauchte.

Trotzdem sah er sie besorgt an, und die Furcht wuchs in ihm. Sie durchpulste ihn wie ein lebendes Wesen, wurde zu nacktem, unvernünftigem Entsetzen. Er sah, wie ihr bei lebendigem Leib das Fleisch von den Knochen geschnitten wurde, sah sie in Ketten weggezerrt, sah Trockenstädter-Räuber um ihren verstümmelten Körper streiten, sah seinen Pflegebruder Beltran fallen . . . Er hörte sich vor Entsetzen stöhnen. Einer der Männer im Glied schrie mit hoher, panikerfüllter Stimme:

»O nein – seht, da fliegt er, der Dämon . . .«

Bard warf den Kopf zurück und sah Dunkelheit über ihnen schweben, eine Dunkelheit mit gräßlichen Klauen, und sie fuhr auf sie nieder, nieder. Er hörte Mirella aufschreien . . . Flammen ergossen sich über sie, und er wich zurück, spürte den versengenden Atem des Feuers.

Plötzlich wurde er sich der Realität bewußt. Nichts roch verbrannt oder verkohlt.

»Bleibt im Glied, Männer!« rief er. »Es ist eine Illusion, ein Schauspiel, um Kinder zu ängstigen . . . nicht schlimmer als ein Feuerwerk beim Mittsommerfest! Haha, ist das das Beste, was sie fertigbringen? Wenn sie könnten, würden sie einen ganzen Wald in Brand stecken, aber das da kann niemanden verletzen, niemand wird im Schnee verbrennen – vorwärts!« Er wußte, Aktion war das beste Mittel, die Illusion abzuschütteln. »Angriff! Den Berg hinunter, Männer!« Er bohrte seiner Stute die Fersen in die Weichen. Sie fiel in Galopp. Oben auf dem Hügel angelangt, konnte er die Wagen endlich sehen. Es waren vier, und seine Männer stürmten den Abhang hinunter, schnitten die Packtiere los und schlugen mit ihren langen Peitschen auf sie ein. Die Tiere brüllten und setzten sich in schwerfälligen Galopp, und einer der Karren schwankte und fiel krachend um. Bard stieß einen Kriegsruf aus und ritt weiter. Ein Trockenstädter, ein großer, blasser Mann mit lose fliegendem blondem Haar, zielte mit einem langen Speer nach Bards Pferd. Bard bückte sich und erstach ihn. Aus dem Augenwinkel sah er, daß Beltran einen der Trockenstädter niederritt. Der Mann fiel, wälzte sich auf dem Boden und schrie unter den Pferdehufen. Dann verlor Bard seinen Pflegebruder aus den Augen, da ihn drei der Söldner auf einmal angriffen.

Später konnte er sich an keine Einzelheit der Schlacht mehr erinnern, nur an Lärm, an Blutlachen auf dem Schnee, erstickende Kälte und an den immerfort weiter fallenden Schnee. Irgendwann stolperte sein Pferd, und er sprang aus dem Sattel und kämpfte zu Fuß weiter. Er hatte keine Vorstellung davon, mit wie vielen er kämpfte oder ob er sie tötete oder nur zurückschlug. Einmal sah er Beltran im Gefecht mit zwei riesigen Söldnern. Bard rannte durch den Schnee, fühlte die Nässe in seine Stiefel eindringen, zog seinen Dolch und erstach den einen der Männer. Dann riß das Kampfgetümmel ihn und Beltran wieder auseinander. Er stand auf dem ersten der Wagen und rief seinen Männern zu, sich bei den Wagen zu sammeln und sie zu halten. Rings um ihn tobte der Schlachtenlärm. Schwerter und Dolche klirrten, verwundete Männer und sterbende Pferde schrien.

Und dann war alles still, und Bard sah seine Männer sich durch den Schnee auf die Wagen zuarbeiten und sich rings um sie versammeln. Mit Erleichterung stellte er fest, daß Beltran, wenn sein Gesicht unter dem Helm auch blutete, noch auf den Füßen war. Er sandte einen Mann ab, ihre Toten und Verwundeten zu zählen, und ging mit Meister Gareth, die Wagen zu inspizieren. Wenn jetzt die Fässer Trockenobst für die Proviantmeister der Armee statt des erwarteten Haftfeuers enthielten, würde er sich wie ein verdammter Idiot vorkommen!

Er kletterte auf einen der Wagen, öffnete vorsichtig ein Faß und schnüffelte. Ein beißend scharfer Geruch stieg ihm in die Nase. Er nickte grimmig. Ja, das war Haftfeuer, das bösartige Zeug, das, einmal angezündet, alles verbrannte, was es berührte, sich durch Kleider und Fleisch und Knochen fraß ... In der Natur kam es normalerweise nicht vor; es wurde durch Zauberei hergestellt. Wahrscheinlich hatten die Trockenstädter geglaubt, im Schnee werde es sich nicht entzünden. Da hatten er und seine Männer Glück gehabt. Oder vielleicht war ihnen gar nicht gesagt worden, was sie bewachten. Manchmal wurden in Haftfeuer getauchte Pfeile dazu benutzt, Pferde unter den Reitern zu treffen. Das war eine grausame und unsoldatische Methode, denn die Pferde wurden von dem Schmerz wahnsinnig und gingen durch, und dadurch entstand mehr Schaden als durch das Feuer.

Bard teilte ein halbes Dutzend nicht oder nur leicht verwundeter Männer dazu ein, die Wagen zu bewachen, und stellte sie unter Meister Gareths Befehl. Mit Erleichterung sah er, daß Melora unverletzt war, doch ihr Gesicht war mit Blut verschmiert.

Sie sagte ruhig: »Ein Mann griff mich an, und ich erstach ihn. Es ist sein Blut, nicht meins.«

Drei weiteren Männern befahl Bard, die durchgegangenen Pferde zusammenzutreiben. Den Trockenstädtern, die am schwersten verwundet waren, wurde ein schneller Tod gegeben. Wer von ihnen noch hatte reiten oder laufen können, war verschwunden.

Bard wollte gerade darangehen, die wieder eingefangenen Packtiere zu zählen – denn ohne sie konnten sie die Wagen nicht wegschaffen –, als hinter ihm ein Kriegsruf gellte und er sich einem großen Trockenstädter gegenübersah, der ihn mit Schwert und Dolch angriff. Offenbar war der Mann hinter den Wagen versteckt gewesen. Er blutete aus einer großen Wunde am Bein, aber er parierte Bards Schwertstreich und unterlief seine Deckung mit dem Dolch. Bard gelang es, ihn abzuwehren, das Schwert niedersausen zu lassen und seinen eigenen Dolch aus dem Gürtel zu reißen. Dann hielten sie sich in tödlicher Umklammerung, taumelnd, schwankend, die Dolche erhoben. Der Dolch des Söldners bedrohte Bards Kehle. Mit seiner freien Schwerthand stieß Bard die beiden Dolche in die Luft, fing seinen eigenen beim Niederfallen auf und trieb ihn seinem Gegner tief in die Rippen. Der Trockenstädter schrie auf und starb, während er noch weiterkämpfte.

Bard zitterte, und ihm war übel von dem Schock des plötzlichen Angriffs. Er nahm sein Schwert auf und steckte es in die Scheide. Dann bückte er sich, um seinen Dolch aus der Wunde zu ziehen. Aber er steckte fest in einem der Rückenwirbel und widerstand allen Bemühungen, ihn loszureißen. Schließlich lachte Bard hart auf und sagte: »Begrabt ihn mit ihm. Soll er ihn mit sich in Zandrus Höllen nehmen. Zum Ausgleich nehme ich mir seinen.« Er hob den Dolch des Trockenstädters auf, eine wunderschön verzierte Waffe mit einer Klinge aus dunklem Metall und einem mit ziseliertem Kupfer und grünen Edelsteinen besetztem Heft. Anerkennend betrachtete er den Dolch. »Er war ein tapferer Mann«, sagte er und ließ den Dolch in seine eigene Scheide gleiten.

Sie brauchten den Rest des Tages, um die Zug- und Packtiere zusammenzutreiben und die drei Männer, die sie verloren hatten, zu begraben. Sieben weitere waren mehr oder weniger schwer verwundet. Einer von ihnen, erkannte Bard voller Kummer, würde den langen Rückweg nach Asturias durch den Schnee nicht überleben. Meister Gareth hatte eine Schenkelwunde davongetragen, behauptete jedoch, wahrscheinlich werde er am nächsten Tag reiten können.

Und währenddessen fiel der Schnee still und mit gnadenloser Gerechtigkeit immer weiter. Der kurze Herbsttag wurde schnell zur Nacht. Bards Männer durchstöberten die Wagen nach den besten vorhandenen Vorräten und kochten ein Festmahl. Eins der Packtiere hatte ein Bein gebrochen, und ein Mann, der Erfahrung als Metzger hatte, schlachtete es fachgerecht, worauf das Fleisch über einer Feuergrube geröstet wurde. Die Trockenstädter hatten auch eine Menge Wein mit sich geführt, das süße, schwere, heimtückische Zeug aus Ardcarran. Bard erlaubte seinen Männern, zu trinken, soviel sie wollten, denn der Kundschaftervogel und Mirellas Gesicht bestätigten, daß kein Feind in ihrer Nähe war. Sie saßen ums Feuer und sangen rauhe Lieder und prahlten damit, was sie in der Schlacht vollbracht hatten, und Bard sah ihnen zu.

Auf einmal stand Melora in ihrem grauen Mantel hinter ihm und sagte: »Wie können sie nach einem Tag voller Blut und Metzelei da sitzen und lachen und singen, wenn so viele ihrer Freunde und auch Feinde tot liegen!«

Bard antwortete: »Ihr fürchtet Euch doch wohl nicht vor den Geistern der Toten, *Damisela?* Glaubt Ihr, die Toten kommen wieder, eifersüchtig, weil die Lebenden lustig sind?«

Sie schüttelte schweigend den Kopf. Dann sagte sie: »Nein. Aber für mich wäre dies eine Zeit des Trauerns.«

»Ihr seid kein Soldat, Lady. Für einen Soldaten ist jede Schlacht, die er überlebt, eine Gelegenheit, sich zu freuen. Und deshalb schmausen sie und singen und trinken, und wären wir mit einer regulären Armee auf dem Marsch und nicht nur ein einzelner Trupp, würden sie sich auch mit den Troßdirnen vergnügen oder Frauen in der nächsten Stadt finden.«

Melora erschauerte. »Wenigstens sind keine Städte in der Nähe, wo sie plündern und vergewaltigen können . . .«

»Hört, *Damisela,* wenn Männer in die Schlacht ziehen, überantworten sie ihr Leben dem Kriegsglück. Warum sollten Frauen nicht davon berührt werden? Und die meisten nehmen es recht friedlich hin.« Er lachte und stellte fest, daß sie nicht wegsah oder sich zierte oder kicherte. Die meisten Frauen, die er kannte, wären schockiert gewesen oder hätten doch so getan.

Melora erklärte nur ruhig: »Ja, so wird es sein. Die Aufregung, die Erleichterung, noch am Leben und nicht tot zu sein, die allgemeine Erschütterung durch die Schlacht . . . Darüber hatte ich nicht nachgedacht. Doch ich hätte es nicht friedlich hingenommen, wenn die

Trockenstädter gesiegt hätten. Ich bin sehr froh, daß sie unterlagen, und froh, daß ich noch lebe.« Sie stand so nahe bei ihm, daß er irgendein schwaches Parfüm riechen konnte, das aus ihrem Haar und ihrem Mantel aufstieg. »Ich hatte Angst, wenn sich das Glück gegen uns wenden sollte, brächte ich nicht den Mut auf, mich zu töten, sondern würde lieber Gefangennahme, Vergewaltigung, Sklaverei auf mich nehmen als den Tod. Der Tod schien mir etwas sehr Schreckliches zu sein, als ich die Männer sterben sah . . .«

Er drehte sich um und nahm ihre Hand in seine; sie entzog sie ihm nicht. Mit leiser Stimme sagte er: »Ich bin froh, daß Ihr noch am Leben seid, Melora.«

Ebenso leise antwortete sie: »Und ich, daß Ihr am Leben seid.«

Er zog sie an sich und küßte sie und stellte verwundert fest, wie weich sich ihr schwerer Körper und ihre vollen Brüste anfühlten, wie warm ihre Lippen unter seinen waren. Er spürte, daß sie sich dem Kuß völlig hingab. Doch danach zog sie sich ein wenig zurück und flüsterte: »Nein, ich bitte dich, Bard. Nicht hier, nicht so, nicht mit all deinen Männern rings um uns . . . Ich würde dich nicht zurückweisen, darauf hast du mein Wort. Aber nicht jetzt. Mir ist gesagt worden . . . es sei nicht richtig . . .«

Widerstrebend ließ Bard sie los. *Ich könnte sie so leicht lieben,* dachte er. *Sie ist nicht schön, aber sie ist so warm, so süß* . . . und all die aufgestaute Erregung des Tages quoll in ihm auf. Trotzdem wußte er, daß sie recht hatte. Wo es keine Frauen für die anderen Männer gab, verstieß es gegen Anstand und Sitte, wenn der Kommandant eine für sich allein hatte. Bard war Soldat und zu vernünftig, um sich ein Vorrecht herauszunehmen, das seine Männer nicht teilen konnten. Ihre Willigkeit machte die Sache noch schlimmer. Er hatte sich einer Frau noch nie so nahe gefühlt.

Aber – er holte tief und resigniert Atem. »Die Wechselfälle des Krieges, Melora. Vielleicht . . . eines Tages . . .«

»Vielleicht«, sagte sie sanft, gab ihm die Hand und sah ihm in die Augen. Er glaubte, niemals eine Frau so sehr begehrt zu haben. Neben ihr waren alle anderen Frauen, die er kannte, wie Kinder, Lisarda nicht mehr als ein kleines Mädchen, das mit Puppen spielte, selbst Carlina kindisch und unreif. Trotzdem hatte er zu seinem Erstaunen nicht den Wunsch, die Sache zu überstürzen. Er wußte genau, daß er diesen Zwang auf sie ausüben konnte, so daß sie, sobald das ganze Lager schlief, ungesehen von seinen Männern zu ihm kommen würde. Doch schon der Gedanke daran erfüllte ihn mit Abscheu. Er wollte sie so, wie sie war, ihr ganzes Selbst; aus ihrem freien Willen sollte sie ihn begehren. Besäße er nur ihren Körper, entginge ihm alles, was sie zu *Melora* machte. Ihr Körper war schließlich nur der einer fetten, schwerfälligen Frau, jung, aber bereits aus der Form geratend. Es war etwas anderes, das sie ihm so unendlich begehrenswert machte. Ein Gedanke schoß ihm durch den Kopf. Er hob die Augen und platzte mit der Frage heraus.

»Hast du mich mit einem Zauber belegt, Melora?«

Sie legte ihm die dicken Hände mit großer Zärtlichkeit um die Wangen und sah ihm gerade in die Augen. Auf der anderen Seite des Feuers sangen die Männer ein Rüpellied:

Es zogen einmal vierundzwanzig
Leroni nach Ardcarran;
Jetzt macht von ihnen keine mehr
Gebrauch von ihrem *Laran* . . .

»O nein, Bard«, sagte Melora sehr leise. »Es ist nur, daß wir uns berührt haben, du und ich. Wir sind ehrlich miteinander gewesen, und das ist etwas Seltenes zwischen einem Mann und einer Frau. Ich liebe dich sehr, und ich wünschte, die Umstände wären anders und wir wären heute abend an einem anderen Ort als hier.« Sie beugte sich vor und berührte seine Lippen ganz leicht mit den ihren, nicht mit Verlangen, sondern mit Zärtlichkeit, die ihm wärmer machte als die wildeste Leidenschaft. »Gute Nacht, mein lieber Freund.«

Er drückte ihr die Hand und ließ sie gehen, und er sah ihr mit einem Bedauern und einer Traurigkeit nach, die neu für ihn waren.

Die Karawanenleute kamen,
besetzten jede Ecke,
Da konnt man's nicht mehr anders treiben
als hängend von der Decke.

Es brachten einmal vierundzwanzig
Bauern Säcke mit Nüssen,
Die waren oben zugebunden,
doch unten aufgerissen . . .

Beltran sagte hinter ihm: »Sie scheinen sich zu amüsieren. Sie singen da ein paar neue Strophen, die ich noch nicht gehört hatte.« Er lachte vor sich hin. »Dabei fällt mir ein, wie wir Schläge dafür bekamen, daß wir die schmutzigeren Verse dieses Liedes in Carlinas Schulheft schrieben.«

Bard war froh, an etwas anderes denken zu können. »Und du sagtest unserm Lehrer, das sei ein Beweis dafür, daß Mädchen nicht lesen lernen sollten.«

»Ich persönlich würde das Lesen gern den Frauen überlassen, die nichts Wichtigeres zu tun haben«, meinte Beltran. »Doch vermutlich werde ich Staatspapiere und solche Dinge unterschreiben müssen.« Er beugte sich über Bard. Sein Atem roch nach süßem Wein, und Bard merkte, daß der Junge vielleicht ein bißchen mehr getrunken hatte, als er vertragen konnte. »Das ist der richtige Abend, um sich zu betrinken«, sagte Beltran.

»Was macht deine Wunde?«

Beltran lachte. »Ach was, Wunde! Mein Pferd rannte mit mir den Berg hinunter, und ich wurde im Sattel nach vorn geschleudert und schlug mit dem Gesicht auf das Sattelhorn. Davon bekam ich Nasenbluten, und deshalb kämpfte ich während der ganzen Schlacht mit blutüberströmtem Gesicht! Ich glaube, ich habe schreckenerregend ausgesehen.« Er zwängte sich unter Bards Zelt, dessen offenes Ende zum Feuer zeigte, und setzte sich dort nieder. Die Plane über ihnen hielt den Schnee ab. »Endlich scheint es sich aufzuklären.«

»Wir müssen feststellen, ob es unter den Männern welche gibt, die einiges Geschick im Wagenlenken und im Umgang mit Packtieren haben.«

Beltran antwortete mit einem gewaltigen Gähnen. »Jetzt ist das vorbei. Ich glaube, ich könnte zehn Tage lang schlafen. Horch, es wird früh still, aber die meisten Männer sind betrunken wie Mönche zu Mittwinter.«

»Was hättest du sonst von ihnen erwartet, wo keine Frauen da sind?«

Beltran zuckte die Schultern. »Ich mißgönne ihnen ihren Rausch nicht. Unter uns, Bard, mir ist es so lieber . . . Nach der Schlacht von Snow Glen zerrte mich eine Gruppe der jüngeren Männer mit sich in ein Hurenhaus in der Stadt . . .« Er verzog angeekelt das Gesicht. »Ich finde keinen Geschmack an solchen Spielen.«

»Auch ich ziehe willige Gefährtinnen den bezahlten Damen vor«, stimmte Bard ihm zu. »Doch ich bezweifele, ob ich nach einer Schlacht wie dieser einen Unterschied merken würde.« In seinem Inneren wußte er, daß er nicht die Wahrheit sagte. Heute nacht wollte er Melora, und wenn er die Auswahl unter allen Kurtisanen Thendaras oder Carcosas gehabt hätte, wäre seine Wahl immer noch auf sie gefallen. Auch wenn er Carlina hätte haben können? Er hatte keine Lust, darüber nachzudenken. Carlina war seine ihm anverlobte Frau, und das war etwas anderes.

»Du hast nicht genug zu trinken gehabt, Pflegebruder.« Beltran reichte ihm eine Flasche. Bard setzte sie an die Lippen und nahm einen tiefen Zug. Der starke Wein tat ihm wohl. Er betäubte den Schmerz darüber, daß Melora nach ihm ebenso verlangt hatte wie er nach ihr und daß er sie zu seinem eigenen Erstaunen hatte gehen lassen. Verachtete sie ihn jetzt, hielt sie ihn für einen grünen Jungen, der sich fürchtete, einer Frau seinen Willen aufzuzwingen? Spielte sie mit ihm? Nein, er hätte seine Mannheit auf ihre Ehrlichkeit gewettet . . .

Einer der Männer spielte die *Ryl.* Man brüllte nach Meister Gareth, er solle kommen und für sie singen. An seiner Stelle tauchte Melora aus dem Zelt auf.

»Mein Vater bittet euch, ihn zu entschuldigen«, sagte sie ruhig. »Seine Wunde bereitet ihm große Schmerzen, und er kann nicht singen.«

»Wollt dann ihr kommen und Wein mit uns trinken, Lady?« Das fragten sie sehr respektvoll, aber Melora schüttelte den Kopf. »Ich werde meinem Vater ein Glas bringen, wenn ihr erlaubt. Vielleicht verhilft ihm das zum Einschlafen. Aber meine Verwandte und ich müssen für ihn sorgen, und deshalb werden wir nicht trinken. Ich danke euch.« Ihre Augen richteten sich auf Bard, der in der Dunkelheit auf der anderen Seite des Feuers saß, und er entdeckte in ihnen eine neue Traurigkeit.

»Ich dachte, er sei nicht schwer verwundet«, meinte Bard.

»Das habe ich auch gedacht«, antwortete Beltran, »aber ich habe gehört, daß die Trockenstädter manchmal Gift der einen oder anderen Art auf ihre Klingen tun. Doch ich habe noch nie von einem gehört, der daran gestorben wäre.« Wieder riß er den Mund weit auf und gähnte.

Die Männer um das Feuer sangen Lied auf Lied. Schließlich brannte das Feuer herunter und wurde zugedeckt, und die Männer wickelten sich in Gruppen von zweien, dreien oder vieren, um sich gegenseitig vor der Kälte zu schützen, in ihre Decken. Bard ging leise zu dem Zelt, das die Frauen sich teilten und in dem jetzt auch der verwundete *Laranzu* lag.

»Wie geht es Meister Gareth?« fragte er, sich zu dem Eingang niederbückend.

»Die Wunde ist sehr entzündet, aber er schläft«, flüsterte Mirella, die vorn im Zelt kniete. »Ich danke Euch für Eure Nachfrage.

»Ist Melora drinnen?«

Mirella blickte zu ihm auf. Ihre Augen waren groß und ernst, und plötzlich wußte er, daß Melora sich ihr anvertraut hatte – oder hatte das jüngere Mädchen Meloras Gedanken gelesen?

»Sie schläft, Sir.« Mirella zögerte, und dann setzte sie hastig hinzu: »Sie hat sich in den Schlaf geweint, Bard.« Ihre Blicke trafen sich voll freundlichen Verständnisses. Sie berührte leicht seine Hand. Bard hatte einen Klumpen in der Kehle.

»Gute Nacht, Mirella.«

»Gute Nacht, mein Freund«, sagte sie leise, und ihm war klar, daß sie das Wort nicht leichtfertig benutzte. Von einer seltsamen Mischung aus Bitterkeit und Wärme erfüllt, ging er an dem ersterbenden Feuer vorbei zu dem Halbzelt, das er mit Beltran teilte. Schweigend zog er sich die Stiefel aus, legte das Schwertgehänge ab und nahm den Dolch von seinem Gürtel.

»Du bist *Bredin* von einem Trockenstädter geworden, Bard«, sagte Beltran lachend in der Dunkelheit. »Denn du hast mit ihm den Dolch getauscht, den einen für den anderen . . .«

Bard wog den Dolch in der Hand. »Ich bezweifele, ob ich jemals mit ihm kämpfen werde, denn er ist für meine Hand zu leicht. Aber er ist ein herrliches Schmuckstück, mit Kupfer und Edelsteinen besetzt, und er ist meine rechtmäßige Kriegsbeute. Deshalb werde ich ihn bei festlichen Anlässen tragen und damit den Neid aller erregen.« Er steckte die Waffe unter die Klappe des Zeltes. »Der arme Teufel, er liegt heute nacht kälter als wir.«

Sie streckten sich Seite an Seite aus. Bard war mit seinen Gedanken bei der Frau, die sich auf der anderen Seite des Lagers in den Schlaf geweint hatte. Er hatte genug getrunken, um den Schmerz ein bißchen zu betäuben, aber verschwunden war er nicht.

Beltran sagte in die Dunkelheit hinein: »Ich hatte gar nicht soviel Angst, wie ich vorher dachte. Jetzt, wo es vorbei ist, kommt es mir nicht mehr so schrecklich vor . . .«

»So ist es immer«, bestätigte Bard. »Hinterher kommt es einem einfach vor – sogar aufregend –, und man will nichts anderes mehr als etwas zu trinken oder eine Frau oder beides . . .«

»Ich nicht«, erklärte Beltran. »Ich glaube, in dieser Situation würde eine Frau mich bloß anekeln. Ich würde lieber mit meinen Kameraden trinken. Was haben Frauen mit dem Krieg zu tun?«

»Ach ja, du bist noch sehr jung«, sagte Bard liebevoll, und seine Hand schloß sich über der seines Pflegebruders. Ein Gedanke hing in der Luft, von dem er nicht wußte, ob er von ihm oder von Beltran stammte: *Ich wünschte, Geremy wäre bei uns . . .* Fast schon im Schlaf fielen ihm die Nächte ein, wenn sie alle drei so wie jetzt zusammen geschlafen hatten, bei Jagdausflügen, auf der Feuerwache – unsichere, kindische Experimente im Dunkeln – angenehme, freundliche Erinnerungen, die seinen Schmerz über Melora besänftigten. Er hatte treue Freunde und Kameraden, Pflegebrüder, die ihn liebten.

Halb im Traum fühlte er, daß sich Beltrans Körper gegen seinen drückte. Der Junge flüsterte: »Ich möchte ... ich möchte mich dir angeloben, Pflegebruder. Sollen auch wir die Messer austauschen?«

Der Schock machte Bard wieder ganz wach. Er starrte Beltran an und brach in Gelächter aus.

»Bei der Göttin!« rief er grob. »Du bist noch jünger, als ich dachte, Beltran! Hältst du mich immer noch für einen Jungen, der sein Vergnügen bei anderen Jungen sucht? Oder bildest du dir ein, da du Carlinas Bruder bist, werde ich dich an ihrer Stelle nehmen?« Er konnte nicht aufhören zu lachen. »Wer hätte das gedacht! Geremy Hastur ist also immer noch jung genug, um mit seinen Spielgefährten von der Freiheit des Kriegszuges Gebrauch zu machen!« Das Wort, das er benutzte, war ein gemeineres, aus der Gossensprache der Armee, und Beltran schrie vor Scham und Schreck erstickt auf. »Nun, welche Vorlieben Geremy auch haben mag, Beltran, ich liebe diese kindischen Spiele nicht. Kannst du dich nicht wie ein Mann benehmen?«

Selbst in der Dunkelheit konnte er sehen, daß Beltran die Zornesröte ins Gesicht gestiegen war. Der Junge würgte ein Schluchzen hinunter und setzte sich auf. Bebend vor Wut sagte er: »Verdammt sollst du sein, du Hurensohn, du Bastard! Dafür töte ich dich, Bard, das schwöre ich ...«

»Was, so schnell von der Liebe zum Haß?« spottete Bard. »Du bist immer noch betrunken, *Bredillu*. Komm, Brüderchen, es ist nur ein Spiel, du wirst eines Tages darüber hinauswachsen. Leg dich hin und schlaf weiter und sei nicht dumm.« Er sprach freundlich, jetzt, wo der erste Schock vorbei war. »Es ist alles in Ordnung.«

Aber Beltran saß bolzengerade in der Dunkelheit. Sein ganzer Körper war steif vor Wut. Er zischte zwischen den Zähnen hindurch: »Du verhöhnst mich, du ...! Bard mac Fianna, ich schwöre dir, Rosen werden in Zandrus neunter Hölle wachsen, bevor du Carlina in dein Bett bekommst!« Er stand auf, griff sich seine Stiefel, fuhr mit den Füßen hinein und ging weg, und Bard starrte ihm entgeistert nach.

Ernüchtert, als habe er eine Ladung des immer noch fallenden Schnees auf den Kopf bekommen, erkannte er, daß er einen schweren Fehler begangen hatte. Er hätte daran denken sollen, wie jung Beltran noch war, und ihn freundlicher abweisen. Was der Junge sich wünschte, war doch nur Zuneigung und Nähe gewesen, wie Bard sie sich selbst gewünscht hatte. Es wäre nicht nötig gewesen, ihn wegen mangelnder Männlichkeit zu verhöhnen. Ein plötzlicher Impuls hätte ihn beinahe veranlaßt, aufzustehen und seinem Pflegebruder nachzulaufen, sich für den Spott zu entschuldigen, den Streit wiedergutzumachen.

Aber die Erinnerung an die Beleidigung, die Beltran ihm entgegengeschleudert hatte, hielt ihn zurück. Er hat mich *Hurensohn, Bard mac Fianna, nicht di Asturien, wie es jetzt mein Recht ist, genannt.* Obwohl er in seinem Herzen wußte, daß Beltran einfach die erste Beleidigung ausgesprochen hatte, die ihm in den Sinn kam, hatte ihn die tiefere Wahrheit unerträglich verletzt. Wütend, mit zusammengebissenen Zähnen legte er sich wieder hin. Von ihm aus konnte Prinz Beltran in einem der Wagen oder zwischen den Pferden schlafen!

5

In der Mittwinternacht feierte Ardrin von Asturias seinen Sieg über den Herzog von Hammerfell.

Der Winter war ungewöhnlich mild, und die Leute kamen von nah und fern. Der Sohn des Herzogs war da; Lord Hammerfell hatte ihn als Pflegesohn des Königs an den Hof geschickt, hieß es. Sie alle wußten ebenso gut wie der Junge selbst, daß er eine Geisel für den Frieden zwischen Hammerfell und Asturias war. Trotzdem stellte König Ardrin, der ein freundlicher Mann war, den Jungen als seinen Pflegesohn vor, und es war offensichtlich, daß er gut behandelt wurde und von allem das Beste erhielt, von Lehrern und Erziehern bis zum Unterricht im Schwertkampf und in Sprachen, der einem Prinzen angemessenen Erziehung. Die gleiche Erziehung, dachte Bard, als er das Kind in seiner kostbaren Festkleidung betrachtete, wie er sie an der Seite von Geremy Hastur und Prinz Beltran erhalten hatte.

»Trotzdem«, sagte Carlina, »tut mir das Kind leid, das so jung aus seiner Heimat weggeschickt worden ist. Du warst älter, Bard. Du warst zwölf geworden und bereits so groß wie ein Mann. Wie alt ist der kleine Garris – acht oder neun?«

»Acht, glaube ich.« Bard dachte daran, daß sein eigener Vater hätte kommen oder, falls es sein Wunsch war, seinen kleinen legitimen Sohn Alaric hätte schicken können. Mit schlechtem Wetter konnte er sich nicht entschuldigen, und Alaric war alt genug, um in Pflege gegeben zu werden.

»Möchtest du gern wieder tanzen, Carlina?«

»Nicht gleich.« Sie fächelte sich. Sie trug ein grünes Kleid, das nur ein bißchen weniger prachtvoll war als das, das sie beim Mittsommerfest zu ihrer Verlobung getragen hatte. Bard war der Meinung, daß die Farbe ihr nicht stand. Sie ließ ihren Teint blaß und gelblich wirken.

Geremy kam zu ihnen und sagte: »Carlie, du hast noch nicht mit mir getanzt. Du, Bard, hast deinen Anteil gehabt, und Ginevra ist nicht hier. Sie verbringt den Festtag bei ihrer Mutter, und ich bin nicht sicher, ob sie zurückkommen wird. Ihre Mutter hatte Streit mit Königin Ariel . . .«

»Pfui, du klatschst, Geremy!« Carlina schlug spielerisch mit dem Fächer nach ihm. »Ich bin überzeugt, meine Mutter und Lady Marguerida vertragen sich bald wieder, und dann kommt Ginevra zu uns zurück. – Bard, geh und tanz mit einer der Damen meiner Mutter. Du kannst nicht den ganzen Abend hier neben mir stehen! Viele Damen brennen darauf, mit dem Bannerträger des Königs zu tanzen.«

Bard antwortete mißmutig: »Die meisten wollen nicht mit mir tanzen. Ich bin zu unbeholfen.«

»Trotzdem dürfen wir nicht den ganzen Abend hier verbringen! Geh und tanz mit Lady Dara. Sie ist selbst so schwerfällig, daß du neben ihr anmutig wie ein *Chieri* wirken wirst, und sie wird es gar nicht merken, wenn du ihr auf die Zehen trittst, weil sie mit ihrem Umfang schon seit zwanzig Jahren mit den eigenen Zehen nicht mehr auf dem Grüßfuß steht . . .«

»Und du machst mir Vorwürfe, daß ich klatsche, Carlie?« rief Geremy lachend und nahm den Arm seiner Pflegeschwester. »Komm und tanz mit mir, *Breda*. Du erteilst Bard also bereits Befehle, als ob er dein Mann wäre?«

»Aber das ist er doch!« anwortete Carlina vergnügt. »Ich finde, wir haben bereits das Recht, einander Befehle zu geben.« Sie lächelte Bard fröhlich zu und ging an Geremys Arm davon.

Allein gelassen, folgte Bard ihrem Rat nicht, sich der dicken Lady Dara als Partner anzubieten. Er ging ans Buffet und goß sich ein Glas Wein ein. König Ardrin und eine Gruppe seiner Ratgeber standen dort und machten liebenswürdig Platz, damit Bard sich ihnen zugesellen konnte.

»Einen schönen Festtag wünsche ich dir, Pflegesohn.«

»Und ich dir, Verwandter.« Bard nannte den König nur dann, wenn sie allein waren, Pflegevater.

»Ich habe Lord Edelweiß erzählt, was du mir über die Leute in der Nähe von Morays Mühle berichtet hast«, sagte der König. »Es bedeutet Chaos und Anarchie, wenn so viele Menschen ohne richtigen Oberherrn sind. Sobald im Frühling das Tauwetter einsetzt, müssen wir hinreiten und die Dinge dort in Ordnung bringen. Wenn jedes kleine Dorf sich für unabhängig erklärt und sich eigene Gesetze gibt, haben wir überall Grenzen, und ein Mann wird keinen halben Tag mehr reiten können, ohne daß er sich nach einem neuen Bündel von Gesetzen richten muß.«

»Der Junge hat einen Kopf auf den Schultern«, bemerkte Lord Edelweiß, ein grauhaariger Mann, der wie ein junger Geck gekleidet war. Hinter Bards Rücken setzte er hinzu: »Ein Jammer, daß Euer eigener älterer Sohn kein solches Talent für Strategie und Kriegführung zeigt. Hoffen wir, daß er in der Kunst der Staatsführung begabter ist, sonst hat der Junge da das Königreich in den Händen, bevor er fünfundzwanzig Jahre alt ist!«

König Ardrin entgegnete steif: »Bard ist Beltrans ergebener Pflegebruder; sie sind *Bredin*. Von Bard brauche ich für Beltran nichts zu befürchten.«

Bard biß sich beunruhigt auf die Lippe. Er und Beltran hatten seit jener Schlacht und ihrem Nachspiel nicht mehr miteinander gesprochen. Heute abend hatte Beltran ihm kein Mittwinter-Geschenk gegeben, obwohl er dem Prinzen in peinlicher Beachtung der Höflichkeit ein Ei von seinem besten Jagdfalken gesandt hatte, das von einer Palasthenne ausgebrütet werden sollte. Es war ein wohlüberlegtes Geschenk und eines, das ihm normalerweise den begeisterten Dank seines Pflegebruders eingebracht hätte. Es sah tatsächlich so aus, als ginge Beltran ihm aus dem Weg.

Wieder einmal verfluchte Bard sich für seine eigene Dummheit, mit Beltran zu streiten. Gereizt wegen seiner Enttäuschung, wegen des erzwungenen Verzichts auf Melora – denn er wußte, daß sie ihn damals ebenso begehrt hatte wie er sie –, hatte er seine Wut an Beltran ausgelassen, weil der Junge das geeignetste Opfer war. Er hätte statt dessen die Gelegenheit ergreifen sollen, das Band zwischen sich und dem jungen Prinzen zu festigen. Verdammt, ihm fehlte ihre alte Freundschaft! Nun, wenigstens hatte Beltran bisher Geremys Gemüt noch nicht gegen ihn vergiftet ... das hoffte er. Es war schwer zu sagen, was hinter Geremys ernstem Gesicht vor sich ging, und obwohl es einfach sein konnte, daß Geremy seine Ginevra vermißte, konnte Bard das kaum glauben. Sie waren nicht verlobt, und Ginevra war nicht von genügend hoher Geburt, um eine passende Gemahlin für den Erben Hasturs von Carcosa abzugeben.

Vielleicht sollte er heute abend zu Beltran gehen, sich bei ihm entschuldigen und seinem Pflegebruder erklären, warum er so scharf mit ihm gewesen war ... Bei dem Gedanken krümmte er sich vor verletztem Stolz. Aber ein ernster, nicht beigelegter Streit mit dem Prinzen konnte seiner eigenen Laufbahn schaden, und wenn sich einige der Ratgeber des Königs bereits Gedanken darüber machten, ob Bard nicht gefährlich nahe am Thron stand – schließlich war er der älteste Sohn von König Ardrins eigenem Bruder –, dann sollte er besser dafür sorgen, daß Beltran ihn nicht als Bedrohung empfand!

Aber ehe er seinen Entschluß in die Tat umsetzen konnte, erklang eine freundliche Stimme neben ihm: »Einen schönen Festtag wünsche ich Euch, Dom Bard.«

Bard wandte sich dem ältlichen *Laranzu* zu. »Euch ebenfalls, Meister Gareth. – Ladys ...« Er verbeugte sich vor Mirella, die reizend in ihrem hellblauen Gazegewand aussah, und vor Melora, die ein grünes Kleid mit tiefem Ausschnitt und hohem Kragen trug, lose geschnitten wie das einer schwangeren Frau. Tatsächlich gab ihr schwerer Körper ihr ganz den Anschein, als sei sie schwanger, aber die Farbe brachte ihre reine Haut vorteilhaft zur Geltung und ließ ihr rotes Haar leuchten.

»Ihr tanzt nicht, Meister Gareth?«

Der alte Mann schüttelte mit kläglichem Lächeln den Kopf. »Ich kann nicht«, sagte er, und Bard sah, daß er sich auf einen kräftigen Spazierstock stützte. »Ein Andenken, Sir, an diesen Kampf mit den Trockenstädtern.«

»Aber Eure Wunde sollte längst verheilt sein«, meint Bard besorgt, und der alte Mann zuckte mit den Schultern.

»Ich vermute, daß Gift auf dem Dolch war. Wäre es nicht durch viele andere Kämpfe schon verdünnt gewesen, hätte ich das Bein verloren«, erklärte Meister Gareth. »Die Wunde ist immer noch nicht völlig geheilt, und allmählich glaube ich, das wird sie niemals tun. Selbst *Laran* konnte nichts ausrichten. Aber sie hindert mich nicht daran, an dem Fest teilzunehmen.« Höflich ließ er das Thema fallen.

Der kleine Sohn des Herzogs von Hammerfell kam zu ihnen und fragte schüchtern: »Will Lady Mirella mit mir tanzen?«

Sie bat ihren Vormund mit einem Blick um Erlaubnis – Mirella war noch zu jung, als daß sie auf einem öffentlichen Ball mit anderen Partnern als Verwandten hätte tanzen dürfen –, aber offensichtlich betrachtete Meister Gareth den Jungen nicht als Bedrohung. Zusammen sahen sie beide wie Kinder aus. Er machte eine zustimmende Geste, und sie gingen gemeinsam weg. Der Junge war bei weitem nicht so groß wie Mirella, so daß sie ein nicht recht zusammenpassendes Paar abgaben.

Bard sagte zu Melora: »Willst du mir die Ehre geben, Melora?«

Meister Gareth hob ein wenig die Augenbrauen bei dieser vertraulichen Anrede, aber sie sagte: »Gewiß«, und reichte ihm die Hand. Sie war, überlegte Bard, wahrscheinlich mehrere Jahre älter als er, und es erstaunte ihn, daß sie noch nicht verheiratet oder verlobt war.

Nachdem sie eine Weile getanzt hatten, stellte er ihr die Frage, und sie antwortete: »Ich bin dem Neskaya-Turm versprochen. Einige Zeit war ich in Dalereuth, aber dort mußten wir Haftfeuer herstellen, und ich habe die feste Überzeugung, daß *Leroni* in Kriegen neutral bleiben sollten. Jetzt bin ich Neskaya verpflichtet, dessen Bewahrer gelobt hat, bei allen Kriegen in den Domänen Neutralität zu bewahren.«

»Das scheint mir eine schlechte Wahl zu sein«, meinte Bard. »Wenn wir kämpfen müssen, warum sollten *Leroni* davon ausgenommen sein? Sie tragen bereits keine Waffen, nicht einmal in der Schlacht. Sollen sie in Frieden leben, wenn wir anderen alle um unser Leben kämpfen müssen?«

»Irgendwer muß mit dem Kampf um den Frieden beginnen«, sagte Melora. »Ich habe mit Varzil gesprochen, und ich halte ihn für einen großen Mann.«

Bard zuckte die Schultern. »Ein in die Irre geführter Idealist, sonst nichts. Man wird den Turm von Neskaya über euren Köpfen anzünden und weiter Kriege führen, wie es immer war. Ich hoffe nur, daß du dort nicht mit umkommst.«

»Das hoffe ich auch«, gestand Melora. Schweigend tanzten sie. Sie war außerordentlich leichtfüßig und bewegte sich wie ein Lufthauch.

Schließlich sagte er: »Beim Tanzen bist du sehr schön, Melora. Wie seltsam, als ich dich zuerst sah, hielt ich dich überhaupt nicht für schön.«

»Und jetzt, wo ich dich ansehe, erkenne ich, daß du ein schöner Mann bist«, lachte sie. »Ich weiß nicht, wieviel du über *Leroni* gehört hast – ich bin Telepathin, und ich achte nicht besonders auf das Äußere der Menschen. Ich hatte nicht einmal eine Vorstellung davon, ob du hell oder dunkel bist, als ich mit dir auf dem Feldzug sprach. Doch du bist der Bannerträger des Königs und ein schöner Mann, und alle Damen beneiden mich, weil du nicht oft mit ihnen tanzt.«

Bei jeder anderen Frau, dachte Bard, hätte sich das unerträglich kokett angehört. Melora dagegen stellte nur eine Tatsache fest.

Die alte Sympathie baute sich wieder zwischen ihnen auf. In einer verschwiegenen Ecke des Raums zog er sie an sich und küßte sie. Sie seufzte und gestattete ihm den Kuß, doch dann entzog sie sich ihm bedauernd.

»Nein, mein Lieber«, sagte sie sehr sanft. »Wir wollen das nicht so weit gehen lassen, daß wir uns nicht mehr als Freunde – und sonst nichts – trennen können.«

»Aber warum nicht, Melora? Ich weiß, daß du ebenso empfindest wie ich, und jetzt steht uns kein Hindernis mehr entgegen wie damals nach der Schlacht –«

Sie sah ihn offen an. »Was wir, hätten wir Gelegenheit dazu gehabt, in heißem Blut und nach der Aufregung und Gefahr der Schlacht hätten tun können, ist eine Sache für sich. Jetzt, mit kaltem Blut, weißt du und weiß ich, daß es nicht recht wäre. Du bist hier mit deiner versprochenen Frau, und Prinzessin Carlina ist sehr liebenswürdig zu mir gewesen. Ich möchte ihr nicht unter ihren Augen auf den Saum ihres Gewandes treten. Bard, du siehst doch ein, daß ich recht habe?«

Er sah es ein, aber in seinem verletzten Stolz wollte er es nicht zugeben. Zornig schleuderte er ihr entgegen: »Welcher Mann außer einem Sandalenträger möchte einer Frau nichts als ein Freund sein?«

»O Bard!« Sie schüttelte den Kopf. »Ich glaube, du bestehst aus zwei Männern! Der eine ist herzlos und grausam, besonders zu Frauen, und kümmert sich nicht darum, wie weh er einem tut! Der andere ist der Mann, den ich gesehen habe, der Mann, den ich von Herzen liebe – obwohl ich weder in dieser noch in einer anderen Nacht dein Bett teilen werde«, setzte sie fest hinzu. »Aber um Carlinas wegen hoffe ich sehr, daß du ihr immer diesen anderen Mann zeigst. Denn diesen anderen werde ich mein ganzes Leben lang lieben.« Sie drückte sanft seine Hand, wandte sich von ihm ab und verlor sich schnell in der Menge der Tanzenden.

Bards Wangen brannten vor Wut. Er versuchte, ihrer grüngekleideten Gestalt zu folgen, aber sie hatte sich so gut vor ihm versteckt, als sei sie ganz und gar aus der Halle verschwunden. Das leichte Prickeln seiner Haut zeigte ihm, daß *Laran* am Werk war. Ob sie einen Mantel der Unsichtbarkeit über sich geworfen hatte? Er wußte, das konnten einige *Leroni* tun. Sein Zorn und sein verletzter Stolz wuchsen ins Grenzenlose.

Fettes, blödes Weib! Wahrscheinlich hatte sie einen Glanz über ihn geworfen, damit er sie begehrte, weil es zuvor noch kein Mann getan hatte ... Varzil von Neskaya, verdammt sollte er sein, konnte sie gern haben. Er hoffte nur, der Turm wurde niedergebrannt, wenn sie alle darin waren! Er ging wieder ans Buffet und trank in seinem Zorn noch ein Glas Wein und noch eins. Er wußte, er war fast schon betrunken; er wußte, König Ardrin, selbst ein enthaltsamer Mann, würde das nicht billigen.

Auch Carlina billigte es nicht. Als sie wieder mit ihm zusammentraf, lag ein sanfter Vorwurf in ihrer Stimme.

»Bard, du hast mehr getrunken, als schicklich ist.«

»Willst du mich noch vor der Hochzeit zum Pantoffelhelden machen?« fuhr er sie an.

»O mein Lieber, sprich nicht so.« Sie errötete bis zum Ausschnitt ihres grünen Kleides. »Aber meinen Vater wird es erzürnen. Du weißt, er verabscheut es, wenn einer seiner jungen Offiziere so viel trinkt, daß er sich nicht mehr einwandfrei benehmen kann.«

»Habe ich etwas getan, das nicht einwandfrei ist?« verlangte er zu wissen.

»Nein«, gab sie zu und lächelte ein wenig, »aber versprich mir, nichts mehr zu trinken, Bard.«

»A ves ordras, domna«, gab er nach, »aber nur, wenn du mit mir tanzt.«

Es war wieder ein Paartanz, und da sie verlobt waren, durfte er sie fest an sich ziehen und brauchte nicht den sittsamen Abstand von ihr zu halten wie die meisten anderen Paare. Geremy, stellte er fest, war das Privileg eines Tanzes mit Königin Ariel zuteil geworden, und er hielt in der Tat einen höchst respektvollen Abstand. Beltran hatte (wahrscheinlich auf Carlinas Bitte hin) die dicke Lady Dara aufgefordert. Auch sie war leichtfüßig, ebenso wie Melora. Tanzten Damen mit zuviel Leibesfülle immer so graziös? Verdammt, er wollte nicht mehr an Melora denken! Von ihm aus mochte sie mit den Freunden aus Zandrus Höllen tanzen! Rachsüchtig preßte er Carlina an sich und spürte ihren dünnen, knochigen Körper. Ein Mann würde sich an diesen Ecken und Kanten blaue Flecken holen!

»Nicht so fest, Bard, du tust mir weh . . .«, protestierte sie. »Und es ziemt sich nicht . . .«

Zerknirscht ließ er sie los. »Um nichts in der Welt möchte ich dir weh tun, Carlie. Jedem anderen schon, aber niemals dir.«

Der Tanz war zu Ende. Der König und die Königin zogen sich zurück, und mit ihnen die älteren und würdevolleren Damen und Herren des Hofes, damit ihre Anwesenheit das junge Volk nicht bei seinen Lustbarkeiten störte. Bard sah, daß der kleine Sohn des Herzogs von Hammerfell von seiner Erzieherin weggeführt wurde und daß Meister Gareth die hübsche Mirella in ihren Mantel hüllte. König Ardrin hielt eine kurze Ansprache, in der er den jungen

Leuten ein fröhliches Fest wünschte und sie aufforderte, bis zum Morgengrauen weiterzutanzen, wenn sie Lust dazu hätten.

Carlina stand neben Bard und lächelte, als ihre Eltern sich verabschiedeten. Sie sagte: »Letztes Jahr wurde auch ich um Mitternacht hinausgeführt, als die älteren Leute und die Kinder zu Bett gingen. In diesem Jahr glauben sie wohl, daß ich als versprochene Braut in keiner Gefahr bin, da mich mein Gatte ja beschützen kann.« Ihr Gesicht war fröhlich.

Bard war bekannt, daß Mittwinterfeste tatsächlich manchmal etwas zu ausgelassen wurden. Es wurde beträchtlich mehr Lärm gemacht, nachdem die alten Leute und die Kinder gegangen waren, es wurde mehr getrunken, es gab viele geräuschvolle Kußspiele, und die Tänze wurden wilder und weniger sittsam. Als die Nacht in die Morgendämmerung überging, schlichen sich immer mehr Paare auf die Galerie und in die Seitengänge der Burg fort, und einmal erspähten Bard und Carlina, als sie einen langen Flur hinuntertanzten, ein Paar in einer so intimen Umarmung, daß Carlina schnell die Augen abwandte. Aber Bard steuerte sie auf die Galerie.

Er murmelte: »Carlina, du bist mir bereits versprochen. Fast alle verlobten Paare hier haben sich abgesondert . . .« Er zog sie in seine Arme und drückte sie eng an sich. »Du weißt, was ich von dir will, meine versprochene Frau. Es ist Mittwinter, wir sind verlobt. Warum machen wir die Sache jetzt nicht komplett, da das Gesetz es uns erlaubt?« Sein Kuß nahm ihr den Atem. Als sie sich freimachte, um Luft zu holen, murmelte er mit dicker Zunge: »Nicht einmal dein Vater könnte Einspruch erheben!«

Sie sagte leise: »Bard, nein, nein.« Er spürte, daß sie in Panik geriet, aber sie sprach mit gedämpfter Stimme und bemühte sich verzweifelt, ruhig zu bleiben.

»Ich habe mich mit dieser Heirat abgefunden, Bard. Ich werde den Wunsch meines Vaters ehren, das verspreche ich dir. Aber nicht . . . nicht jetzt.« Es schmerzte ihn sehr, daß sie sich unverkennbar Mühe gab, ihren Abscheu nicht zu zeigen. »Laß mir Zeit. Nicht . . . nicht jetzt, nicht heute nacht.«

In Gedanken hörte er wieder Beltrans drohende Worte: *Rosen werden in Zandrus neunter Hölle wachsen, bevor du Carlina in dein Bett bekommst!*

Er fuhr sie an: »Dann hat Beltran seine Drohung wahrgemacht?« Auch Melora hatte ihn abgewiesen, obwohl sie ihn vor kaum vierzig Tagen noch gewollt hatte. Melora war Telepathin; sein Streit mit Beltran konnte ihr nicht entgangen sein. Beltran konnte das Gemüt des Königs gegen ihn vergiften, und da mochte sich Melora sagen, daß eine Verbindung mit einem in Ungnade gefallenen Höfling sich nicht günstig für sie auswirken würde . . . Beltran war schuld, wenn Melora sich jetzt von ihm abwandte und Carlina auch.

Carlina sagte mit zitternder Stimme: »Ich weiß nicht, wovon du sprichst, Bard. Hast du mit meinem Bruder gestritten?«

»Und wenn, würde das deine Meinung über mich ändern?« fragte er verbittert. »Du bist also doch wie alle anderen Frauen, du willst mich zum Narren halten, als sei ich kein richtiger Mann! Du bist eine versprochene Frau. Warum weichst du vor mir zurück, als wolle ich dich vergewaltigen?«

»Du hast gerade eben gesagt, daß du mir nie weh tun willst.« Sie sah ihn mit einer Bitterkeit an, die ebenso groß war wie seine eigene. »Gilt das nur, wenn ich allem zustimme, was du von mir willst? Glaubst du, es sei keine Vergewaltigung, weil ich deine versprochene Frau bin? Ich liebe dich als Pflegebruder und Freund, und wenn die Göttin uns beiden gnädig ist, werde ich dich eines Tages als den Gatten, den mein Vater mir gegeben hat, lieben. Aber die Zeit ist noch nicht gekommen. Mir ist versprochen worden, daß die Heirat erst zu Mittsommer stattfinden soll. Bard, ich bitte dich sehr, laß mich!«

»Damit dein Vater Zeit genug hat, seine Meinung über mich zu ändern? Damit Beltran sein Gemüt gegen mich vergiften kann, und dann gibt er dich seinem Liebsten?«

»Wie kannst du es wagen, Geremy so zu bezeichnen?« fragte sie wütend, und irgendwie brachte dieser Name Bards Zorn erst richtig zum Auflodern.

»So besorgt bist du um *seine* Ehre, um diesen *Ombredin*, diesen Halbmann . . .«

»Sprich nicht so von meinem Pflegebruder!«

»Ich spreche, wie ich will, und keine Frau wird mich daran hindern!« schrie er sie an.

»Bard, du bist betrunken, da spricht der Wein, nicht du«, sagte sie, und das genügte, daß er völlig die Beherrschung verlor. Er hatte Melora aus Achtung vor Carlina gehen lassen! Wie konnte sie es jetzt wagen, ihn zu verschmähen, als sei er für sie ein Nichts? Er würde sich nicht zweimal in einer Mittwinternacht durch die Launen irgendeiner verdammten Frau zum Un-Mann machen lassen! Er zerrte sie auf die Galerie und packte sie so fest, daß sie aufschrie. Er küßte sie mit Gewalt, ohne ihre Abwehr zu beachten. Zorn und Begehren flammten in ihm. Zum zweiten Mal hatte eine Frau, die er wollte und auf die er seiner Meinung nach ein Recht hatte, ihn zurückgewiesen, und diesmal würde er ihr sich nicht demütig unterwerfen, sondern ihr seinen Willen aufzwingen! Verdammt noch mal, sie war seine Frau, und heute nacht würde er sie haben! Wenn sie nachgab, war es gut, doch haben würde er sie auf jeden Fall! Sie wehrte sich in wachsender Panik gegen seinen Griff, und das erregte ihn auf unerträgliche Weise.

»Bard, nein, nein«, flehte sie schluchzend. »Nicht so, nicht auf diese Weise . . . o bitte, bitte . . .«

Er hielt sie unbarmherzig fest, wohl wissend, daß er ihr mit seinem festen Griff weh tat. »Dann komm mit in mein Zimmer! Laß es nicht darauf ankommen, daß ich dich dazu zwinge, Carlina.« Wie konnte sie nur bei diesem Sturm der Leidenschaft, der in ihm tobte, gleichgültig bleiben? Irgendwie mußte es ihm gelingen, sie mitzureißen! Er wollte, daß sie ebenso heftig nach ihm verlangte wie er nach ihr, daß sie beide von der gleichen Leidenschaft verzehrt wurden. Und hier zappelte sie und wehrte sich gegen ihn, als sei sie ein ungeküßtes Kind, das nicht einmal verstand, was er von ihr verlangte!

Eine Hand legte sich auf seine Schulter und zog ihn von Carlina weg.

»Bard, bist du betrunken, oder hast du völlig den Verstand verloren?« Geremy sah ihn entgeistert an. Carlina schlug die Hände vor das Gesicht und weinte vor Erleichterung und Scham.

»Verdammt sollst du sein, was mischst du dich ein, du Halbmann . . .«

»Carlina ist meine Pflegeschwester«, erklärte Geremy. »Ich lasse es nicht zu, daß sie bei einer Gesellschaft vergewaltigt wird, und sei es von ihrem versprochenen Mann! Bard, im Namen aller Götter, geh und wasch dein Gesicht mit kaltem Wasser! Dann entschuldige dich bei Carlina, und wir werden nicht mehr darüber sprechen. Und nächstes Mal hörst du mit dem Trinken auf, solange du dich noch beherrschen kannst!«

»Verdammt sollst du sein . . .« Bard fuhr mit geballten Fäusten wütend auf Geremy los. Beltran ergriff ihn von hinten. Der Prinz sagte: »Nein, Bard, das wirst du nicht tun. Carlina, du hast das nicht gewollt, nicht wahr?«

Sie schluchzte. »Nein . . .« Bard fuhr auf: »Sie ist meine versprochene Frau! Sie hat kein Recht, sich mir auf diese Weise zu verweigern – und schreien habt ihr sie ja wohl nicht gehört! Wieso nehmt ihr ohne weiteres an, sie wolle von mir befreit werden? Es hat ihr sehr gut gefallen, bis ihr euch eingemischt habt . . .«

»Jetzt lügst du!« beschuldigte Beltran ihn wütend. »Jeder in dieser Halle, der einen Funken *Laran* hat, muß ihre Verzweiflung gespürt haben! Ich werde dafür sorgen, daß mein Vater das erfährt!

Verdammter Bastard, versucht hier, sich mit Gewalt zu nehmen, was er freiwillig nie erhalten würde . . .«

Bard riß seinen Dolch aus der Scheide. Die grünen Edelsteine glitzerten im Licht. Er zischte zwischen den Zähnen hervor: »Du wichtigtuerischer Lustknabe, spiel dich nicht in einer Sache zum Richter auf, von der du selbst überhaupt nichts verstehst! Geh mir aus dem Weg . . .«

»Nein!« Geremy packte Bards Handgelenk. »Bard, aus dir spricht der Wahnsinn! Du ziehst zu Mittwinter Stahl, und das vor deinem Prinzen? Beltran, er ist betrunken, hör nicht auf das, was er sagt! Bard, zieh dich zurück, bis du wieder nüchtern bist, und ich gebe dir mein Ehrenwort, daß der König nichts davon erfahren wird . . .«

»Dann bist du auch gegen mich verschworen, du dreckiger Knabenliebhaber, du und dein Liebling!« brüllte Bard und griff ihn an. Geremy trat zur Seite, um dem Dolch auszuweichen, doch Bard, außer sich vor Wut, warf sich auf ihn, und dann wälzten sie sich auf dem Boden. Geremy verrenkte sich, um seinen eigenen Dolch zu ziehen. Immer noch flehte er: »Bard, nein . . . Pflegebruder, tu es nicht . . .« Aber Bard hörte ihn nicht einmal. Geremy erkannte, daß er jetzt in allem Ernst kämpfen mußte, oder Bard würde ihn töten. Sie hatten sich als Jungen gelegentlich geprügelt, aber nie hatten sie dabei Waffen in der Hand gehabt. Bard war stärker als er. Er stieß mit seinem Dolch nach oben, versuchte, Bards Klinge beiseite zu schlagen, sein Knie zwischen sich und die sich senkende Waffe zu schieben. Sein Messer fuhr in Bards Arm, schlitzte den Lederärmel auf und ritzte das Fleisch. Und im nächsten Augenblick bohrte sich Bards Dolch tief in seinen Oberschenkel, nahe der Lende. Geremy stieß einen heiseren Schmerzensschrei aus. Sein Bein wurde gefühllos.

Dann rissen ein Dutzend Männer des Königs sie auseinander. Der Adrenalinstoß in seinem Blut hatte Bard ernüchtert wie ein Guß kalten Wassers. Er starrte Geremy an, der sich in Krämpfen auf dem Fußboden wand.

»Zandrus Höllen! *Bredu* . . .«, bat er und ließ sich neben seinem Pflegebruder auf die Knie fallen. Aber er wußte, Geremy hörte ihn nicht. Carlina schluchzte in Beltrans Armen.

Beltran sagte zu einem der Soldaten: »Geleite meine Schwester in ihre Räume und rufe ihre Zofe. Dann geh und weck meinen Vater auf. Ich übernehme die Verantwortung.«

Er kniete neben Geremy nieder und schob Bard wütend beiseite.

»Faß ihn nicht an, du . . .! Du hast genug angerichtet! Geremy,

Bredu, mein geliebter Bruder ... sprich zu mir, ich bitte dich, sprich zu mir ...« Er schluchzte, und Bard nahm die Todesqual in seiner Stimme wahr. Geremy jedoch war in einem Zustand, der ihn taub dagegen machte.

Einer der Soldaten packte Bard unsanft und nahm ihm den Dolch ab. »Vergiftet«, stellte er fest. »Ein Trockenstädter-Dolch.« Entsetzt dachte Bard jetzt zum ersten Mal an diesem Abend daran, daß es der Dolch war, den er in der Schlacht an sich genommen hatte. Meister Gareth war durch eine leichte Wunde von einem vergifteten Trockenstädter-Dolch gelähmt worden, wahrscheinlich fürs Leben. Und er hatte Geremy in seiner Wut tief ins Fleisch gestochen. Zu erschüttert, um sprechen zu können, ließ er sich von den Soldaten abführen und unter Arrest stellen.

Vierzig Tage bliebt er unter Hausarrest, und niemand kam auch nur in seine Nähe. Er hatte viel Zeit, seine Unbeherrschtheit, seine alkoholisierte Wut zu bereuen. Aber es gab auch Zeiten, wo er Carlina an allem die Schuld gab. Essen wurde ihm von Soldaten aufs Zimmer gebracht. Von ihnen erfuhr er, daß Geremy eine Woche lang im Delirium gelegen und zwischen Leben und Tod geschwebt hatte. Aber man hatte einen *Laranzu* aus Neskaya kommen lassen, der ihm das Leben und sogar das Bein rettete. Das Bein jedoch, so hatten sie gehört, war unter der Wirkung des Gifts geschrumpft und verdorrt, und wahrscheinlich würde Geremy nie wieder ohne Hilfe gehen können.

Geschüttelt von Entsetzen fragte Bard sich, was man mit ihm tun werde. Es war allein schon ein Verbrechen, bei einem Mittwinterfest Stahl zu ziehen. Noch schlimmer war es, einen Pflegebruder zu verwunden, und wenn es im Spiel geschehen wäre. Beltran hatte einmal bei einem ihrer Spiele Bards Nase gebrochen, und ob Prinz oder nicht, er hatte von ihren Lehrern viele Schläge bekommen und war gezwungen worden, sich beim Dinner vor allen Mitgliedern des königlichen Haushalts zu entschuldigen. Und der König hatte von ihm verlangt, daß er Bard zur Buße seinen besten Falken und seinen kostbarsten Mantel gab. Bard besaß den Mantel immer noch.

Er versuchte, den Soldaten, der ihn bewachte, zu bestechen, daß er eine Botschaft an Carlina hinausschmuggelte. Wenn sie sich für ihn einsetzen würde – sie war seine einzige Hoffnung! Zumindest mußte er mit einem Jahr Exil und dem Verlust der Gnade des Königs rechnen. Seine Verlobung mit Carlina konnten sie nicht rückgängig machen, aber sie konnten ihm Steine in den Weg werfen. Wäre Geremy gestorben, würde das Urteil auf mindestens drei

Jahre Exil und Blutgeld an Geremys Familie lauten. Aber Geremy lebte. Der Soldat wies seine Bitte jedoch kurz ab und sagte, der König habe verboten, irgendwelche Botschaften weiterzuleiten.

Als Bard nun völlig allein und auf sich selbst angewiesen war, schwemmte seine Verbitterung die Reue hinweg. Melora war an allem schuld. Hätte sie ihn nicht abgewiesen, wäre es nicht passiert, daß er seine Wut und Enttäuschung an Carlina ausließ. Er hätte Carlina das zusätzliche halbe Jahr, das sie sich wünschte, bis zur festgesetzten Zeit lassen können. Melora hatte ihn scharfgemacht und dann abgewiesen, verdammt sollte sie sein!

Und dann Carlina! Sie sagte, sie würde ihn als ihren Gatten lieben, und doch verschmähte sie ihn auf diese Weise! Und wie konnten Geremy und Beltran, die verdammten *Ombredin-y*, es wagen, sich einzumischen? Beltran war eifersüchtig, weil Bard ihn abgewiesen hatte, und er hatte seinen Liebhaber gerufen, ihn anzugreifen ... Es war ihre Schuld! Er hatte nichts Unrechtes getan!

Der Zorn verhärtete sein Gemüt immer mehr. Dann kam der Tag, an dem ein milder Frühlingsregen die Dächer der Burg wusch und das Tauwetter bevorstand. Zwei Soldaten traten in sein Zimmer und sagten: »Ihr solltet Euch ankleiden, Dom Bard. Der König hat Euch vor sich gerufen.«

Bard legte mit Sorgfalt seine besten Kleider an, rasierte sich gründlich, flocht sein Haar zum Kriegerzopf und wickelte die rote Schnur darum. Wenn der König sie sah, erinnerte er sich vielleicht, wie gut und wie lange Zeit Bard ihm gedient hatte. Er wußte, wenn er des Königs Sohn getötet oder verkrüppelt hätte, könnte nichts ihn retten. Dann könnte er sich glücklich schätzen, wenn ihm ein schneller Tod gewährt und er nicht mit Haken zerrissen wurde. Aber Geremy war eine Geisel, der Sohn eines Feindes ...

Geremy war der Pflegesohn des Königs und sein eigener Pflegebruder. Es würde ihn nicht retten.

In trotziger Haltung betrat er den Audienzsaal des Königs. Hocherhobenen Hauptes blickte er auf alle Anwesenden hinab. Carlina befand sich zwischen den Frauen der Königin, bleich und matt, das Haar aus dem Gesicht gestrichen und zu einem dünnen Knoten aufgesteckt, die Augen groß und angstvoll. Beltran sah zornig und herausfordernd drein und vermied Bards Blick. Bard hielt Ausschau nach Geremy. Er war da, auf Krücken gestützt, und Bard bemerkte, daß er an dem verwundeten Bein einen Pantoffel statt eines Stiefels trug und daß er es nicht auf den Boden setzte.

Die Kehle wurde ihm eng. Er hatte Geremy kein Leid tun wollen. Verdammt, warum hatte Geremy sich nicht herausgehalten, warum hatte er sich unbedingt in etwas einmischen müssen, das nur Bard und seine versprochene Frau anging?

König Ardrin sagte: »Nun, Bard mac Fianna, was kannst du selbst für dich vorbringen?«

Der Name eines Bastards – der Name seiner unbekannten Mutter, nicht das *di Asturien*, das man ihm aus Höflichkeit zukommen ließ – war ein schlechtes Vorzeichen.

Bard beugte das Knie vor seinem Pflegevater. »Nur dies, Verwandter: Ich habe den Kampf nicht gesucht, sondern er wurde mir aufgezwungen. Und daß ich dir fünf Jahre lang gedient, und, wie ich glaube, gut gedient habe. Mit eigener Hand hast du mich bei Snow Glen mit der roten Schnur ausgezeichnet, und ich habe Haftfeuer für deine Armee erbeutet. Ich liebe meinen Pflegebruder und hätte ihm absichtlich keinen Schaden zugefügt. Ich wußte nicht, daß der Dolch vergiftet war, das schwöre ich.«

»Er lügt«, stellte Beltran leidenschaftslos fest. »Denn wir machten Witze darüber, er sei *Bredin* eines Trockenstädters geworden, und er hatte von Mistress Melora, der *Leronis*, gehört, daß die Wunde ihres Vaters vergiftet worden war.«

»Ich hatte vergessen, daß es nicht mein eigener Dolch war«, widersprach Bard zornig. »Ich gebe zu, Verwandter, ich hätte auf dem Fest keinen Stahl ziehen dürfen. Insoweit bin ich schuldig. Aber Geremy zwang mir den Kampf auf! Hat Prinz Beltran dir gesagt, daß er nichts als eifersüchtig war?«

König Ardrin fragte: »War es Geremy, der seinen Dolch zuerst zog?«

»Nein, Verwandter.« Bard ließ den Kopf hängen. »Aber ich schwöre, ich wußte nicht, daß der Dolch vergiftet war. Und ich war betrunken. Wenn sie gerecht sind, werden sie dir das bestätigen und daß sie mich zum Kampf zwangen, indem sie Hand an mich legten. Ich zog meinen Dolch in Selbstverteidigung. Ich wollte mich von ihnen nicht schlagen lassen, und sie waren zu zweit!«

»Geremy«, fragte der König, »habt ihr, du und Beltran, zuerst Hand an Bard gelegt? Ich will die Wahrheit über diese Angelegenheit wissen, die ganze Wahrheit.«

»Das taten wir, Onkel«, erklärte Geremy, »aber er hielt Carlina auf eine Art fest, die ihr nicht gefiel, und Beltran und ich wollten verhindern, daß sie verletzt oder gar vergewaltigt würde.«

»Ist das wahr, Bard?« Der König sah ihn erstaunt und mißvergnügt an. »Den Teil der Geschichte hatten sie mir bisher erspart. Hattest du dich so weit vergessen, daß du in deiner Trunkenheit Carlina mißhandeltest?«

Bard vergaß alle Vorsicht über der von neuem in ihm aufsteigenden Wut. »Was das betrifft, so ist Carlina meine versprochene Frau, und sie hatten kein Recht, sich einzumischen! Beltran hat eine große Geschichte daraus gemacht, weil er eifersüchtig ist. Er will Carlina seinem *Bredu* dort geben, um ihn noch enger an sich zu binden! Er ist eifersüchtig, weil ich mich im Schwertkampf und im Krieg als der Bessere von uns beiden erwiesen habe, und auch bei den Frauen – nicht etwa, daß er wüßte, was er mit einer Frau anfangen sollte, wenn er allein mit ihr wäre! Wo war Beltran, als ich dich bei Snow Glen verteidigte, Onkel?«

Damit hatte er den König an einer verwundbaren Stelle erwischt. Ardrin von Asturias zuckte zusammen. Er blickte zornig zu seinem Sohn und dann von dem einen seiner Pflegesöhne zum anderen.

»Vater«, sagte Beltran, »ist dir nicht klar, daß er im Sinn hat, dir das Königreich zu entreißen, Carlina zu nehmen, ob sie will oder nicht, und sich unserer Armee hinter deinem Rücken zu vergewissern? Wenn er noch dein treuer und gehorsamer Untertan wäre, hätte er dann beim Mittwinterfest Stahl gezogen?«

König Ardrin erklärte: »Ob das so oder anders ist, es steht fest, daß ich ein Wolfsjunges großgezogen habe, auf daß es meine Hand beiße. War es dir nicht genug, Bard, daß Carlina mit dir verlobt war und dich zur festgesetzten Zeit geheiratet hätte?«

»Nach allen Gesetzen des Königreichs ist Carlina mein«, protestierte Bard, aber der König gebot ihm mit erhobener Hand Schweigen.

»Genug. Du setzt zuviel voraus. Eine Verlobung ist noch keine Heirat, und auch der Pflegesohn des Königs darf die Tochter des Königs nicht gegen ihren Willen berühren. Du hast zu viele Gesetze dieses Hofes gebrochen, Bard; du bist ein Unruhestifter. In meinem Haushalt will ich keinen Gesetzesbrecher haben, der seine Verwandten verkrüppelt. Geh fort von hier. Ich will dir ein Pferd und ein Schwert, einen Jagdbogen und eine Rüstung und einen Beutel mit vierhundert Silberstücken geben, und so belohne ich deine mir früher geleisteten Dienste. Aber innerhalb von Asturias erkläre ich dich zum Gesetzlosen. Du hast drei Tage, um dies Reich zu verlassen, und wenn du dich innerhalb von sieben Jahren, ab Mittwinter gerechnet, in den Grenzen von Asturias sehen läßt, soll kein Gesetz dich schützen. Jedermann kann dich erschlagen wie ein Tier, ohne Blutschuld auf sich zu laden oder eine Blutfehde zu beginnen oder deinen Verwandten Anspruch auf Blutgeld für deine Verwundung oder deinen Tod zu geben.«

Bard kniff die Augen zusammen. Er konnte es nicht fassen, daß eine so schwere Strafe über ihn verhängt wurde. Er hatte damit gerechnet, seine Stellung am Hof zu verlieren – weniger hätte der König nicht tun können. Den üblichen Urteilsspruch auf ein Jahr Verbannung hätte er gleichmütig hingenommen, und hätte der König besonders streng sein wollen, wäre er auch getrost drei Jahre ins Exil gegangen. Dabei war er überzeugt gewesen, wenn König Ardrin das nächste Mal in den Krieg zöge und ihn brauchte, würde er ihm verziehen und ihn an den Hof zurückgerufen haben. Aber *sieben Jahre Verbannung!*

»Das ist hart, *vai dom«*, protestierte er und kniete vor dem König nieder. »Ich habe Euch treu und gut gedient, und dabei bin ich noch nicht einmal ganz erwachsen. Wieso verdiene ich eine so harte Behandlung?«

König Ardrins Gesicht war wie Stein. »Wenn du alt genug bist, dich wie ein Mann – und ein schlechter Mann – zu benehmen, dann bist du auch alt genug, die Strafe dafür zu ertragen, die ich über einen solchen Mann verhänge. Einige meiner Ratgeber fanden mich viel zu milde, weil ich dich nicht mit dem Tod bestraft habe. Ich habe ein Hündchen an mein Herz genommen, und jetzt beißt mir ein Wolf in die Fersen! Ich nenne dich Wolf und Gesetzlosen, und ich befehle dir, dich vor Sonnenuntergang von diesem Hof und innerhalb von drei Tagen aus diesem Reich zu entfernen, bevor ich es mir anders überlege und zu dem Schluß komme, daß ich keinen Mann deiner Art in meinem Königreich am Leben haben möchte. Ich liebe deinen Vater, und ich würde es vorziehen, das Blut seines Sohnes nicht an meinen Händen zu haben. Aber verlasse dich nicht darauf, Bard. Wenn ich in diesen sieben Jahren dein Gesicht innerhalb der Grenzen von Asturias sehe, schlage ich dich ganz bestimmt als den Wolf, der du bist, nieder!«

»Nicht in sieben Jahren, nicht in siebenmal sieben Jahren, Tyrann!« schrie Bard, sprang auf und warf dem König die rote Schnur, die er auf dem Schlachtfeld von ihm bekommen hatte, vor die Füße. »Mögen die Götter es geben, daß wir uns in der Schlacht begegnen, wenn du keinen anderen Schutz hast als den deines Sohnes und seines vertrauenswürdigen Liebhabers! Du sprichst vom Brechen der Gesetze? Gibt es ein stärkeres Gesetz als jenes, welches einen Mann an seine Frau bindet? Und das, Sir, brecht Ihr!« Er drehte dem König den Rücken und schritt zu der Stelle hin, wo Carlina unter den Frauen stand.

»Was sagst du, meine Frau! Wirst wenigstens du das Gesetz ehren und mir ins Exil folgen, wie es eine Gattin tun sollte?«

Sie hob die Augen zu ihm auf, kalt und tränenlos.

»Nein, Bard, das werde ich nicht. Ein Gesetzloser kann das Gesetz nicht für seine Wünsche und seinen Schutz in Anspruch nehmen. Ich hätte den Willen meines Vaters befolgt und dich geheiratet, aber ich hatte ihn zuvor gebeten, mir diese Heirat zu ersparen. Jetzt bin ich froh, daß er seine Meinung geändert hat, und du weißt, warum.«

»Du hast einmal gesagt, du könntest mich lieben . . .«

»Nein«, unterbrach sie ihn. »Ich rufe Avarra zur Zeugin an. Ich dachte, wäre ich älter und wärest du weiser geworden, dann hätten wir uns vielleicht mit der Gnade der Göttin eines Tages lieben können, wie es sich für Verheiratete schickt. Noch richtiger wäre es gewesen, wenn ich gesagt hätte, ich hoffte darauf, nicht, daß ich daran glaubte. Es gab eine Zeit, als ich dich als Pflegebruder und Freund liebte. Aber das hast du verwirkt.«

Sein Gesicht verzog sich verächtlich. »So bist du wie alle anderen Frauen, du Weibsbild! Und ich dachte, du seist anders und ständest über ihnen!«

Carlina sagte: »Nein, Bard, ich . . .«, aber König Ardrin winkte ihr zu schweigen.

»Genug, Mädchen. Du brauchst nicht länger mit ihm zu sprechen. Von jetzt an bedeutet er dir nichts mehr. Bard mac Fianna, ich gebe dir drei Tage, mein Reich zu verlassen. Danach bist du hier ein Gesetzloser. Kein Mann, keine Frau und kein Kind in Asturias darf dir Dach oder Zuflucht, Essen oder Trinken, Feuer oder Holz, Rat oder Hilfe geben. Und wenn du im Zeitraum von sieben Jahren innerhalb der Grenzen dieses Reichs angetroffen wirst, sollst du wie ein Wolf erschlagen und dein Körper ohne öffentliche Trauer oder Beerdigung den wilden Tieren überlassen werden. Jetzt geh.«

Der Brauch verlangte, daß der Gesetzlose das Knie vor seinem König beugte zum Zeichen, daß er das Urteil annahm. Vielleicht hätte Bard es getan, wenn König Ardrin sich auf den üblichen Spruch beschränkt hätte. Aber er war jung und stolz, und er schäumte vor Enttäuschung und Wut.

»Ich werde gehen, weil du mir nichts anderes übrigläßt!« knurrte er. »Du hast mich Wolf genannt, und ein Wolf werde ich von diesem Tag an sein! Ich überlasse dich der Gnade jener beiden, die du mir vorgezogen hast, und ich werde zurückkehren, sobald du mich nicht mehr daran hindern kannst. Und was dich betrifft, Carlina . . .« Er richtete den Blick auf sie, und das Mädchen krümmte sich. »Ich schwöre, daß ich dich eines Tages haben werde, ob du willst oder nicht. Das schwöre ich dir, ich, Bard mac Fianna, ich, der Wolf!«

Er drehte sich auf dem Absatz um und schritt aus der Großen Halle, und die Türen fielen hinter ihm zu.

6

»Aber wohin willst du gehen?« fragte Dom Rafael von Asturias seinen Sohn. »Was hast du für Pläne, Bard? Du bist viel zu jung, um die Grenzen deines eigenen Königreichs zu verlassen, allein und als Gesetzloser!« Bards Vater rang die Hände. »Herr des Lichts, welche Torheit und welch Unglück!«

Bard schüttelte ungeduldig den Kopf. »Was geschehen ist, ist geschehen, Vater, und durch Jammern wird es nicht besser. Man hat mir übel mitgespielt. Der König, dein Bruder, erwies mir wenig Gerechtigkeit und keine Gnade, und das eines Streits wegen, den ich gar nicht wollte. Ich kann nichts anderes tun, als dem Hof von Asturias den Rücken zu wenden und anderswo ein besseres Glück zu suchen.«

Sie standen in dem Zimmer, das Bard gehört hatte, seit sein Vater ihn in sein Haus aufnahm, um ihn mit seinem legitimen Sohn großzuziehen. Aus Freundlichkeit oder Sentimentalität hatte Dom Rafael das Zimmer für Bard bereitgehalten, obwohl er, seit er zwölf Jahre alt war, nie mehr den Fuß hineingesetzt hatte. Es war das Zimmer eines Jungen, nicht das eines Mannes, und es befand sich nicht viel darin, was Bard gern mit sich ins Exil genommen hätte.

»Komm, Vater.« Beinahe liebevoll legte er dem älteren Mann die Hand auf die Schulter. »Es ist nicht wert, sich darum zu grämen. Selbst wenn der König sich mir milder gezeigt und mich wegen jener verdammten Mittwinter-Torheit nur vom Hof weggeschickt hätte, könnte ich hier kaum bleiben; Lady Jerana liebt mich nicht mehr als früher. Und jetzt kann sie nur schlecht ihre Freude verbergen, daß ich ein für allemal aus dem Weg bin.« Er grinste bösartig. »Ob sie wohl glaubt, ich versuchte, Alaric sein Erbe wegzunehmen, wie der König sich überzeugen ließ, ich begehrte das Beltrans? Schließlich wurde in der Vergangenheit der ältere Sohn oft über den legitimen Sohn gesetzt. Ist dir wirklich nie der Gedanke gekommen, Vater, ich könnte nicht damit zufrieden sein, daß Alaric mir vorgezogen wird, und den Versuch machen, mir zu nehmen, was gesetzlich sein ist?«

Dom Rafael di Asturien sah ernst zu seinem großen Sohn auf. Er war schon ein wenig über die besten Jahre hinaus, breitschultrig und mit dem Aussehen eines muskulösen, tatkräftigen Mannes, der sich gestattet hat, in der Untätigkeit weich zu werden. Er fragte: »Würdest du das tun, Bard?«

Bard antwortete: »Nein«, und dabei drehte und wendete er in seinen Händen eine Falkenkappe, die er gemacht hatte, als er acht Jahre alt war. »Nein, Vater. Hältst du mich dieses Streites mit meinen Pflegebrüdern wegen für einen Mann ohne alle Ehre? Das war Torheit, betrunkene Torheit und etwas Ähnliches wie Schwachsinn, und wenn ich es rückgängig machen könnte – aber selbst der Herr des Lichts kann die Zeit nicht zurückdrehen und nicht ungeschehen machen, was geschehen ist. Und was Alaric und sein Erbe betrifft – Vater, es gibt viele Bastard-Söhne, die als Gesetzlose aufwachsen, ohne einen anderen Namen als den einer entehrten Mutter, ohne die leitende Hand eines Mannes und mit nicht mehr Vermögen, als sie der Welt mit ihrer Hände Arbeit oder durch Raub abringen können. Aber du hast mich in deinem eigenen Haus aufgezogen, und von Kindheit an hatte ich gute Gefährten und wurde gut unterrichtet, und als die Zeit kam, die einem Mann anstehenden Künste zu erlernen, wurde ich der Pflegesohn des Königs.« Mit einer für diesen stolzen jungen Krieger überraschenden Scheu umarmte er seinen Vater. »Du hättest Frieden in deinem Bett und an deiner Feuerstelle haben können, wenn du eingewilligt hättest, mich zu einem Schmied oder Bauern oder Handelsmann in die Lehre zu geben. Statt dessen hatte ich Pferde und Falken und wurde als Sohn eines Edelmanns erzogen, und du nahmst dafür Streit mit deiner dir gesetzlich angetrauten Lady auf dich. Glaubst du, ich kann das vergessen oder ich könnte dem Bruder, der mich immer Bruder und nie *Bastard* genannt hat, über diesen großzügig bemessenen Anteil hinaus etwas wegnehmen? Alaric ist mein Bruder, und ich liebe ihn. Ich wäre mehr als undankbar, ich wäre ganz ohne Ehre, wollte ich Hand auf das legen, was rechtmäßig ihm gehört. Und wenn ich meinen Streit mit diesem verdammten Sandalenträger Beltran bereue, dann nur, weil ich dir oder Alaric dadurch geschadet haben mag.«

»Mir hast du nicht geschadet, mein Sohn«, sagte Dom Rafael, »auch wenn es mich schwer ankommt, Ardrin zu verzeihen, was er dir angetan hat. Er hat deine Treue mit Geringschätzung behandelt und damit auch meine, und er hat die Frage in mir wachgerufen, die ich mir bisher nie stellte: Ob er der rechtmäßige König dieses Landes ist. Und was Alaric betrifft . . .« Er unterbrach sich und lachte. »Du kannst ihn selbst fragen. Ich glaube, er freut sich so sehr darüber, dich wieder zu Hause zu sehen, daß er jeden Anlaß, der das bewirkte, begrüßen würde.«

Während er sprach, öffnete sich die Tür, und ein sehr kleiner Junge, etwa acht Jahre alt, kam ins Zimmer. Bard wandte sich von den Satteltaschen ab, die er packte.

»Alaric! Du warst noch ein kleiner Junge, als ich an den Hof des Königs ging, und jetzt bist du beinahe alt genug für deine eigenen

Sporen und Ehren!« Er umarmte das Kind und schwang es in die Luft.

»Laß mich mit dir ins Exil gehen, Bruder«, sagte der Kleine entschlossen. »Vater will mich in das Haus von diesem alten König schikken! Ich will aber keinem König dienen, der meinen Bruder verbannt!« Als Bard lachte und den Kopf schüttelte, drängte er: »Ich kann reiten, ich kann dir als Page dienen, als Knappe sogar, ich kann für dein Pferd und deine Waffen sorgen ...«

»Nun, nun, mein Junge ...« Bard stellte den Kleinen wieder auf die Füße – »... ich kann auf den Wegen, die ich jetzt reiten muß, keinen Pagen oder Knappen brauchen. Du mußt hierbleiben und deinem Vater ein guter Sohn sein, solange ich unter dem Bann stehe, und das bedeutet, daß du lernen mußt, ein guter Mann zu sein. Was der König ist, dem wird es besser gefallen, wenn du still und einsichtig bist und mit leiser Stimme sprichst, als wenn du mutig deine Meinung vertrittst. Er ist ein Narr, aber er ist der König, und man muß ihm gehorchen, sei er auch so dumm wie Durramans Esel.«

»Aber wohin willst du gehen, Bard?« fragte das Kind. »Ich habe gehört, wie der Bann über dich an den Kreuzwegen ausgerufen wurde, und es hieß, niemand dürfe dir Essen oder Feuer oder Hilfe geben ...«

Bard lachte. »Ich nehme mir Essen für drei Tage mit, und bevor diese Zeit um ist, werde ich ein gutes Stück jenseits der Grenze von Asturias sein, in einem Land, wo kein Mensch etwas auf König Ardrins Bann und Gesetz gibt. Ich habe Geld bei mir und ein gutes Pferd.«

»Wirst du ein Räuber werden, Bard?« Die Augen des Jungen waren weit aufgerissen. Bard schüttelte den Kopf.

»Nein, nur Soldat. Es gibt viele Oberherren, die einen fähigen Mann brauchen können.«

»Aber *wo?* Werden wir es erfahren?« Bard antwortete dem Kleinen vergnügt mit dem Stück einer alten Ballade:

Der sinkenden Sonne zieh' ich entgegen,
Dahin, wo im Meer sie verglüht.
Gesetzlos bin ich auf all meinen Wegen,
Und wer mich erblickt, entflieht.

»Ich wünschte, ich könnte mit dir gehen«, sagte Alaric, doch Bard schüttelte den Kopf.

»Jeder Mann reitet mit seinem eigenen Schicksal, Bruder, und dein Weg führt zum Haus des Königs. Sein eigener Sohn ist erwachsen, aber er hat einen neuen Pflegesohn, Garris von Hammerfell heißt er, der in deinem Alter ist, und sicher werdet ihr außer Pflegebrüdern auch *Bredin* werden. Zweifellos ist das der Grund, warum er nach dir geschickt hat.«

»Das«, bemerkte Dom Rafael mit ironischem Verziehen eines Mundwinkels, »und um zu zeigen, daß er Streit mit dir und nicht mit mir hat. Nun, wenn er glaubt, ich vergäße so schnell, soll er ruhig dabei bleiben. Und du, Bard, du könntest an die Grenze reiten und in Dienst bei Dom MacAran treten. Er hält El Haleine gegen Aufruhr von allen Seiten, und es sind Räuber dort, und Katzenwesen kommen aus den Venzabergen hinunter. Er wird über ein gutes Schwert sehr froh sein.«

»Daran hatte ich auch schon gedacht«, erwiderte Bard, »obwohl es allzu nahe an Thendara ist und dort Hasturs sind. Einige von Geremys Verwandten könnten mir Blutfehde erklären, und dann müßte ich mich Tag und Nacht in acht nehmen. Ich wäre lieber für ein paar Jahre außerhalb des Hastur-Landes.« Er biß sich auf die Lippe und blickte zu Boden. Ein Bild Geremys stand ihm vor Augen, bleich und von der Krankheit ausgezehrt, das lahme Bein schonend. Verdammt sei Beltran, der Geremy in ihren Streit hineingezogen hatte! Wenn er schon einen Pflegebruder verkrüppeln mußte, warum hatte es dann nicht der sein können, mit dem er wirklich Streit hatte? Ein törichter Streit, aber trotzdem ein Streit. Er und Geremy hingegen hatten selten ein unfreundliches Wort gewechselt, und nun war Geremy von seiner Hand fürs Leben gelähmt worden. Er biß die Zähne zusammen und drehte der Erinnerung im Geist den Rücken. Was geschehen war, war geschehen. Es war zu spät zur Reue. Aber er hätte gern die besten zehn Jahre seines Lebens gegeben, wenn er Geremy dadurch hätte wieder gesund machen und die Hand seines Pflegebruders in seiner fühlen können. Er schluckte schwer und schob das Kinn vor.

»Ich hatte daran gedacht, nach Osten zu reiten und in Dienst bei Edric von Serrais zu treten. Es wäre ein Festmahl für meine Seele, könnte ich Krieg gegen König Ardrin führen! Das würde ihn vielleicht lehren, daß man mich besser zum Freund als zum Feind hat!«

Dom Rafael meinte: »Ich kann dir keinen Rat geben, mein Sohn. Noch weniger kann ich dir einen Befehl erteilen. Du bist alt genug, und bald wirst du weit außerhalb der Reichweite meines Wortes sein. In den nächsten sieben Jahren mußt du deinen Weg durch die Welt allein finden. Aber ich bitte dich, verbringe die Jahre deiner Verbannung fern von Asturias und führe nicht Krieg gegen unsere Verwandten.«

»Nein, ich werde es nicht tun«, versprach Bard. »Wenn ich in die Reihen der Feinde König Ardrins eintrete, wird er auch dich als seinen Feind betrachten. In gewisser Weise ist Alaric Geisel für mein Wohlverhalten. Ich kann dem König nicht in einer Schlacht gegenübertreten, solange er der Pflegevater des Bruders ist, den ich liebe.«

»Nicht nur das«, gab Dom Rafael zu bedenken. »Bei deiner Jugend werden dich sieben Jahre nur ins richtige Mannesalter bringen. Wenn du zurückkommst – denn sobald sieben Jahre gekommen und gegangen sind, steht dir das Recht zu –, kannst du mit Ardrin Frieden schließen und dir eine ehrenvolle Existenz im Land deiner Geburt gründen.«

Bard schnaubte belustigt. »Ardrin von Asturias wird Frieden mit mir schließen, wenn die Wölfin von Alar aufhört, am Herzen ihres Opfers zu nagen, und die *Kyorebni* den verhungernden Rabbithorns im Winter Futter bringen! Vater, solange Beltran und Geremy leben, werde ich hier niemals Frieden finden, auch wenn Ardrin sterben sollte.«

»Dessen kannst du nicht sicher sein«, widersprach Dom Rafael. »Eines Tages wird Geremy in sein eigenes Land zurückkehren, und Prinz Beltran mag in der Schlacht fallen. Und Ardrin hat keinen anderen Sohn. Sollte Beltran ohne Sohn sterben, ist Alaric des Königs nächster Erbe, und ich denke, das ist ihm bewußt. Wohl auch aus diesem Grund soll Alaric in seinem Haus die einem Prinzen angemessene Erziehung erhalten.«

»Königin Ariel ist noch nicht zu alt, um Kinder zu bekommen«, sagte Bard. »Vielleicht schenkt sie dem König einen zweiten Sohn.«

»Selbst wenn es so käme, hätte der neue König keinen Streit mit dir und sollte sehr froh über einen Verwandten sein, sei er auch *Nedestro*, der ein so guter Soldat ist wie du.«

Bard zuckte die Schultern. »Das mag sein. Deinetwegen und meines Bruders wegen und wegen jenes Anspruchs auf den Thron werde ich nicht Krieg gegen König Ardrin führen, obwohl es meinem Herzen guttäte, gegen ihn zu reiten oder Asturias zu erstürmen und Carlina mit Waffengewalt zu erobern.«

Alaric fragte mit großen Augen: »Ist Prinzessin Carlina so schön?«

»Also, was das betrifft«, antwortete Bard, »so glaube ich, daß alle Frauen so ziemlich gleich sind, sobald die Lampe gelöscht ist. Aber Carlina ist die Tochter des Königs. Sie wurde als meine Pflegeschwester erzogen, und ich liebte sie. Und sie wurde mit mir verlobt, und nach Recht und Gesetz ist sie meine versprochene Frau. Es wäre gegen das Gesetz und gegen alle Gerechtigkeit, sollte irgendein anderer Mann meine versprochene Frau in sein Bett holen!« Wieder stieg Bitterkeit in ihm auf, Zorn gegen Carlina, die sich geweigert hatte, ihm ins Exil zu folgen, wie eine Verlobte es tun sollte, Zorn gegen Beltran und Geremy, die sich zwischen sie gestellt hatten, Zorn gegen Melora, die ihn in solcher Enttäuschung zu Carlina getrieben hatte, daß er die Beherrschung verlor und zuviel trank und Carlina zwingen wollte ...

»Vielleicht«, sagte der kleine Alaric, »wirst du einem ausländischen König einen großen Dienst leisten, und dann gibt er dir sicher seine Tochter ...«

Bard lachte. »Und sein halbes Königreich, wie es in den alten Märchen heißt? Ja, es sind schon seltsamere Dinge geschehen, kleiner Bruder.«

»Hast du alles, was du brauchst?« erkundigte sich sein Vater.

»König Ardrin, verdammt soll er sein, hat mich gut bezahlt«, antwortete Bard. »Ich ritt in heller Wut davon, zu zornig, um das zu fordern, was er mir zugestanden hatte, und da läuft mir doch ein Lakai mit heißen Sohlen hinterher und bringt mir alles nach: einen goldenen Wallach von den Ebenen von Valeron, ein Schwert und einen Dolch, die beide sehr wohl Erbstücke der Hastur-Sippe gewesen sein können, die lederne Rüstung, die ich auf dem Schlachtfeld von Snow Glen trug, und einen Beutel mit vierhundert Silberstücken. Und als ich sie nachzählte, stellte ich fest, daß er auch noch fünfzig Kupfer-*Reis* hinzugefügt hatte. Deshalb kann ich nicht sagen, daß ich für die Jahre, in denen ich ihm diente, schlecht bezahlt worden bin. Er hätte bei der Pensionierung eines seiner Hauptleute nach zwanzig Jahren Dienst kaum großzügiger sein können. Er hat mich ausgekauft. Zandru schlage ihn mit Skorpionpeitschen! Am liebsten würde ich ihm alles zurückschicken und ihm sagen lassen, da er mich um meine gesetzmäßige Frau betrogen habe, sei ich nicht besser als ein Kuppler, wenn ich Geld und Gut für sie nähme, aber ...« – er zuckte die Schultern – »... ich muß praktisch denken. Eine solche Geste würde mir Carlina nicht wiedergeben, und Pferd und Schwert und Rüstung brauche ich, wenn ich Asturias verlasse ...«

Er brach ab, denn die Tür öffnete sich, und eine junge Frau mit vollen Formen trat ein. Das Haar fiel ihr in zwei langen kupferfarbenen Zöpfen über die Schultern. Es durchfuhr ihn, denn einen Augenblick dachte er, es sei Melora. Aber nein, diese Frau war schlanker und wesentlich jünger. Sie hatte das gleiche runde Gesicht, die gleichen großen, verträumten grauen Augen. Sie sagte schüchtern: »Mein Lord, Lady Jerana schickt mich und läßt fragen, ob sie irgend etwas vorbereiten soll, bis Euer Sohn uns verläßt. Sie sagt, wenn Bard mac Fianna etwas brauche, solle er es mir oder ihr gleich mitteilen, damit wir das Nötige aus den Vorratsräumen holen und fertigmachen können.«

Bard antwortete: »Ich werde Reiseproviant für drei Tage brauchen, und ich wäre dankbar für eine oder zwei Flaschen Wein. Sonst möchte ich die Lady nicht weiter bemühen.« Sein Blick konnte sich von Gesicht und Körper, die ihm vertraut und doch auf subtile Weise fremd waren, nicht lösen. Das rothaarige Mädchen war hübscher als Melora, schlanker, jünger, aber sie erweckte in Bard die gleiche seltsame Mischung aus Groll und Begehren, das er für Melora empfunden hatte.

»Du siehst«, sagte Dom Rafael, »meine Frau will dir nicht übel, Bard. Sie trifft eifrig Vorsorge, daß du in deinem Exil keinen Mangel leiden sollst. Hast du einen ausreichenden Vorrat an Decken, und hättest du gern einen oder zwei Kochtöpfe?«

Bard lachte. »Möchtest du mich von Lady Jeranas Liebe überzeugen, Vater? Das gelingt dir nie! Wie der König brennt sie darauf, mich auszuzahlen und auf den Weg zu schicken. Aber ich werde von ihrer Großzügigkeit Gebrauch machen. Eine oder zwei Decken kämen mir zupaß, und vielleicht noch eine wasserdichte Plane für mein Gepäck. Werdet Ihr mir das besorgen, *Damisela!* Ihr seid neu unter den Damen meiner Mutter?«

»Melisandra ist keine Kammerfrau, sondern eine Pflegetochter meiner Frau«, erklärte Dom Rafael, »und außerdem deine Verwandte. Sie ist eine MacAran, und deine Mutter gehörte zu dieser Sippe.«

»Tatsächlich? Hört, *Damisela*, ich kenne Euren Verwandten«, berichtete Bard, »denn Meister Gareth war *Laranzu*, als ich für König Ardrin in die Schlacht zog, und ebenso kenne ich Eure Schwester Melora und Eure Verwandte Mirella . . .«

Ihr Gesicht leuchtete in einem schnellen Lächeln auf. »Wirklich? Melora ist als *Leronis* viel besser als ich. Sie schickte mir die Nachricht, sie werde nach Neskaya gehen. Wie geht es meinem Vater, Sir?«

»Als ich ihn zu Mittwinter zuletzt sah, ging es ihm gut«, antwortete Bard, »doch ich nehme an, Ihr wißt, daß er in der Schlacht nahe Morays Mühle eine Wunde von dem vergifteten Dolch eines Trockenstädters davontrug, die ihn lähmte. Und er ging immer noch mit Hilfe eines Stockes.«

»Er sandte mir einen Brief«, sagte sie. »Melora schrieb ihn, und sie rühmte Eure Tapferkeit . . .«, plötzlich schlug sie die Augen nieder und errötete.

Bard stellte mit ruhiger Höflichkeit fest: »Es freut mich, daß Melora gut von mir denkt«, aber innerlich zerrissen ihn widersprüchliche Empfindungen. Melora, die ihn trotz all ihrer schönen Worte über Freundschaft zurückgewiesen hatte!

Er sagte: »Wenn Eure Verwandte gut von mir denkt, *Damisela*, bin ich froh, denn ich habe daran gedacht, nach El Haleine zu reiten, um Dom MacAran meine Dienste anzubieten.«

Sie erwiderte: »Aber Dom MacAran braucht keine Söldner, Sir. Er hat einen Friedensvertrag mit den Hasturs und mit Neskaya unterzeichnet, und sie haben gelobt, innerhalb ihrer Grenzen Frieden zu halten und keinen Angriffskrieg nach außen zu führen. Ihr könnt Euch die Mühe einer Reise dorthin sparen, Sir, denn sie werden keine Söldner von jenseits der Grenzen aufnehmen.«

Bard hob die Augenbrauen. Also erweiterten die Hasturs von Thendara und Hali ihr Einflußgebiet auf El Haleine? »Ich danke Euch für den Rat, *Damisela*. Der Friede mag den Bauern willkommen sein, doch für einen Soldaten ist er immer eine schlechte Nachricht.«

»Aber«, wandte Melisandra mit ihrem reizenden Lächeln ein, »wenn der Friede lange genug währt, mag eine Zeit kommen, wo Männer aus ihrem Leben mehr zu machen wissen, als dem Soldatenberuf nachzugehen, und Männer wie mein Vater könnten dann Besseres mit ihren Talenten anfangen, als ihr Leben aufs Spiel zu setzen, indem sie unbewaffnet in Schlachten reiten!«

Dom Rafael mischte sich ein, und er wirkte ein bißchen verärgert. »Geh zu deiner Dame, mein Mädchen, und teile ihr die Wünsche meines Sohnes mit. Sag ihr auch, daß er bei Sonnenuntergang fortreiten wird.«

»Was, Vater, willst du mich so schnell loswerden?« fragte Bard. »Ich habe die Absicht, heute nacht in meines Vaters Haus zu schlafen, denn ich werde es ebenso wie dich für sieben lange Jahre nicht wiedersehen.«

»Dich loswerden? Das verhüten die Götter«, sagte Dom Rafael. »Aber du hast nur drei Tage, um Asturias zu verlassen.«

»Ich brauche nur einen Tag, um die Grenze zu erreichen, wenn ich nordwärts zum Kadarin reite«, entgegnete Bard, »denn wenn El Haleine in Händen der Hasturs ist, bleibt mir jener Weg verschlossen. Deshalb will ich in die Hellers ziehen und sehen, ob Lord Ardais einen Schwertkämpfer braucht, der gleichzeitig ein guter Anführer ist. Oder glaubst du, deine würdigen Verwandten werden Meuchelmörder ausschicken, die mir auf meinem Weg zur Grenze auflauern?«

Dom Rafael dachte darüber nach. »Ich hoffe sehr, das werden sie nicht tun. Trotzdem, wenn du eine Blutfehde mit Geremy und dem Prinzen hast – dann könnte einer von ihnen sicher sein wollen, daß du nach sieben Jahren nicht wiederkommst und Frieden mit König Ardrin schließt. Ich würde sehr vorsichtig reisen, mein Sohn, und den Ritt nicht bis zum letzten Augenblick aufschieben.«

»Vorsichtig will ich sein, Vater«, versprach Bard, »aber ich werde mich nicht ins Exil fortschleichen wie ein geprügelter Hund, den Schwanz zwischen die Beine geklemmt! Und diese letzte Nacht werde ich in meines Vaters Haus schlafen.« Seine Augen hielten die Melisandras in einem langen Blick fest. Das Mädchen errötete und versuchte, die Augen abzuwenden, aber Bard ließ es nicht zu, er hielt sie unter Zwang. Meister Gareth hatte ihn von Mirella weggescheucht wie einen ungezogenen Schuljungen, und Melora hatte ihr Spiel mit ihm getrieben, ihn gequält und letzten Endes verschmäht. Er hielt Melisandras Blick fest, bis sie sich wand, bis ihr Gesicht von Scharlachröte übergossen war. Schließlich gelang es ihr, den Kontakt zu brechen und mit gesenktem Kopf aus dem Zimmer zu hasten.

Bard lachte und beugte sich zu Alaric nieder. »Komm, du sollst dir von meinen Pfeilen und Bogen und Spielsachen aussuchen, was du willst. Ich bin ein Mann und brauche sie nicht mehr, und wer soll sie bekommen, wenn nicht mein eigener Bruder? Bleib und sieh dir alle diese Sachen an, und ich werde dir erzählen, was du in des Königs Haus als sein Pflegesohn alles tun wirst.«

Später, als das Kind gegangen war, die Hände voll von Bällen und Federbällen und Jagdbogen und ähnlichen Sachen, stellte Bard sich ans Fenster und lächelte in angenehmer Erwartung. Das Mädchen Melisandra würde kommen. Sie war nicht imstande, dem Zwang zu widerstehen, mit dem er sie belegt hatte. Verdammt seien alle Frauen, die glaubten, sie könnten ihn an der Nase herumführen und wegstoßen und ihn mit ihren Launen zu weniger als einem Mann machen! Und so lächelte er nicht überrascht, sondern mit einer Art erfüllter Gier, als er leichte Schritte auf den Stufen hörte.

Sie kam langsam mit schleppenden Füßen ins Zimmer.

»Nun, Mistress Melisandra«, fragte er mit einem Grinsen, das seine weißen Zähne zeigte, »was tut Ihr hier?«

Sie sah zu ihm auf, die großen grauen Augen aufgerissen und von einer unbestimmten Angst erfüllt. »Ich . . . ich weiß es nicht«, sagte sie mit zitternder Stimme. »Ich dachte . . . mir war, als müsse ich kommen . . .«

Mit trägem Lächeln faßte er nach ihr, preßte sie rauh an sich und küßte sie. Unter seiner Hand fühlte er ihr Herz schlagen. Sie war verängstigt und verwirrt.

So hätte er es mit Carlina machen sollen, dann hätte es keine Schwierigkeiten gegeben. Er hätte ihr nicht weh getan, sie hätte sich nicht widersetzt. Er war ein Narr gewesen. Aus irgendeinem Grund hatte er geglaubt, Carlina müsse die in ihm tobende Leidenschaft teilen, müsse ihn begehren, wie er sie begehrte. Das Verlangen saß immer noch wie Heißhunger in ihm, wie ein Durst, den keine andere Frau stillen konnte. Carlina war sein, seine Frau, die Tochter des Königs, Zeichen und Symbol seiner Leistungen, seiner Ehre und seiner Erfolge, und König Ardrin hatte es gewagt, sie von ihm zu trennen!

Seine Hand wanderte zu den Nesteln von Melisandras Unterjacke und schlüpfte hinein, und sie ließ ihn in entsetztem Schweigen tun, was er wollte, wie ein Rabbithorn im Griff eines Banshees. Sie wimmerte ein bißchen, als sich seine Hand über der Brustwarze schloß. Ihre Brüste waren voll, nicht wie Carlinas magerer Oberkörper. Das hier war eine Sau, ein fettes Schwein wie Melora, die ihn aufgereizt und mit seinen Gefühlen gespielt hatte! Nun, das sollte der hier nicht gelingen! Er zerrte sie zum Bett und übte weiter unbarmherzig Druck auf ihren Körper und ihren Geist aus. Sie wehrte sich nicht, auch dann nicht, als er sie auf das Bett warf und ihre Röcke hochzog. Nur wimmerte sie, ohne sich dessen bewußt zu sein, aber er hörte nicht hin. Er warf sich auf sie. Einmal schrie sie auf. Dann lag sie still, zitternd, aber sie weinte nicht einmal. Ha, sie wußte, es würde ihr nichts nützen! Ihr Entsetzen erregte ihn, wie ihn Carlinas Entsetzen erregt hatte. *Diese* Frau würde ihn nicht zurückweisen, *diese* hier hatte er in seiner Gewalt!

Er rollte sich weg von ihr und blieb erschöpft und triumphierend liegen. Was hatte sie zu schnüffeln? Sie hatte es ebenso gewollt wie er, und er hatte ihr gegeben, was alle Frauen wollten, sobald man einmal mit dem Blödsinn von schönen Worten und Schmeicheleien fertig war. Einer ihm gesetzlich angetrauten Frau wäre er wohl einiges davon schuldig gewesen. Schmerz durchzuckte ihn, als ihm einfiel, wie er und Melora neben dem Lagerfeuer gesessen und miteinander gesprochen hatten. Er hatte auf sie keinen Zwang ausüben wollen, und deshalb hatte sie ihn zum Narren gehalten. Diese Frau würde keine Gelegenheit bekommen, das zu tun! Frauen waren sowieso alle Huren. Er hatte genug gehabt, die kein großes Theater machten; warum sollte ein hochgeborenes Mädchen anders sein? Hatten sie nicht alle dasselbe unter ihren Röcken? Nur ihr Preis war unterschiedlich. Die Huren verlangten Geld, die Edeldamen schöne Worte und Schmeicheleien und die Opferung eines Teils seiner Männlichkeit!

Und dann plötzlich fühlte er sich zum Sterben krank und erschöpft. Er ging ins Exil, er verließ seine Heimat für Jahre, und er war gezwungen, Zeit und Gedanken auf Weiber zu verschwenden! Verdammt sollten sie sein! Melisandra lag immer noch mit dem Rücken zu ihm. Schluchzen schüttelte sie. Auch sie sollte verdammt sein! Mit Carlina wäre es anders gewesen. Was machte er da mit dieser verdammten kleinen Hure in seinem Bett? War es eine verworrene Vorstellung gewesen, so könne er sich an Melora rächen? Das rote Haar, das über das Kissen flutete, erfüllte ihn irgendwie mit Bestürzung. Meister Gareth wäre zornig geworden. Meister Gareth hätte wissen sollen, daß Bard mac Fianna kein Junge war, den man von einer Frau, die er begehrte, wegjagte. Aber das leise Schluchzen beunruhigte ihn.

Zögernd streckte er eine Hand nach ihr aus. »Melora«, bat er, »weine nicht.«

Sie drehte sich zu ihm um. Ihre Augen mit den feuchten Wimpern wirkten riesengroß in ihrem weißen Gesicht. »Ich bin nicht Melora. Wenn du Melora das angetan hättest, hätte sie dich mit ihrem *Laran* getötet.«

Nein, dachte er. Melora hatte ihn gewollt, aber aus ihren eigenen verdrehten Gründen hatte sie sich dafür entschieden, ihnen beiden eine Enttäuschung zu bereiten. Die hier – wie hieß sie gleich wieder? –, Mirella . . . Melisandra, das war es. Sie war Jungfrau gewesen. Damit hatte er nicht gerechnet; er wußte, daß die meisten *Leroni* sich Liebhaber nahmen, wenn sie wollten. Er wünschte, es wäre Melora gewesen. Melora hätte auf seinen eigenen Hunger reagiert. Melisandra war nur ein schlaffer, unwilliger Körper in seinen Armen gewesen. Und doch . . . und doch war auch das erregend, zu wissen, daß er ihr ihren Willen aufzwang und daß sie ihn nicht zum Narren halten konnte, wie es Melora getan hatte.

»Verdammt noch mal, hör auf zu heulen«, sagte er. »Es ist nun mal passiert.«

Sie mühte sich, ihr Schluchzen zu unterdrücken. »Warum bist du böse auf mich, jetzt, wo du deinen Willen gehabt hast?«

Warum sprach sie, als sei sie unwillig gewesen? Er wußte doch, wie sie ihn angesehen hatte. Er hatte ihr nur eine Gelegenheit gegeben, zu tun, was sie tun wollte, ohne sich mit törichten Skrupeln abplagen zu müssen wie jene, die Melora aus seinen Armen ferngehalten hatten!

»Meine Lady wird zornig sein«, sagte sie. »Und was soll ich tun, Cousin, wenn ich ein Kind von dir bekomme?«

Er warf ihr ihre Kleider zu. »Das geht mich nichts an. Ich gehe ins Exil. Oder bist du so wahnsinnig verliebt in mich, daß du, als Mann verkleidet, mit mir reiten willst, wie es ein Mädchen in irgendeiner alten Ballade tat, die ihrem Liebhaber als Page folgte? Nein? Nun, *Damisela*, du wirst weder die erste noch die letzte sein, die dem Haus di Asturien einen Bastard gebiert. Meinst du, du seist etwas Besseres als meine eigene Mutter? Solltest du wirklich ein Kind bekommen, bin ich überzeugt, daß mein Vater weder dich noch das Kind auf den Feldern verhungern läßt.«

Sie sah ihn mit ihren großen Augen an und wischte die Tränen fort, die ihr immer noch über das Gesicht strömten.

»Du bist kein Mensch«, flüsterte sie, »du bist ein Teufel!«

»Nein«, entgegnete er mit hartem Auflachen. »Hast du es nicht gehört? Ich bin ein Gesetzloser und ein Wolf. Der König hat es gesagt. Da kannst du doch nicht von mir verlangen, daß ich mich wie ein Mensch benehme!«

Sie ergriff ihre Kleider und floh, und ihr Schluchzen verklang, wie ihre leichten Schritte auf der Treppe erstarben.

Bard warf sich auf sein Bett. Die Laken hatten den Duft ihres Haares angenommen. *Verdammt*, dachte er jammervoll, *es hätte Carlina sein sollen . . .*

Ohne Carlina bin ich ein Gesetzloser, ein Bastard . . . ein Wolf . . . und Wut und Stolz und Sehnsucht überwältigten ihn.

Es wäre so ganz anders mit dir gewesen . . . Carlina, Carlina!

Am Vormittag nahm er unter Umarmungen und Ausrufen des Bedauerns Abschied von seinem Vater und von Alaric und ritt davon. Aber er war jung, und er wußte, er zog auf Abenteuer in die Welt hinaus. Seine Niedergeschlagenheit dauerte nicht lange. Die anderen mochten es Verbannung nennen, doch für einen jungen Mann mit Kriegserfahrung war es ein Abenteuer und die Hoffnung auf Gewinn, und in sieben Jahren konnte er zurückkommen.

Während er dahinritt, löste sich der Nebel auf, und das Wetter wurde schön. Vielleicht sollte er in die Trockenstädte reiten und anfragen, ob der Lord van Ardcarran einen Schwertkämpfer brauchte, einen Leibwächter, der die Sprachen von Asturias und der westlichen Länder beherrschte und seine Gardisten im Fechten unterrichten und ihn gegen seine Feinde verteidigen konnte. Feinde hatte er bestimmt viele. Dabei fiel Bard das Rüpellied seiner Soldaten ein:

Es zogen einmal vierundzwanzig
Leroni nach Ardcarran;
Jetzt macht von ihnen keine mehr
Gebrauch von ihrem *Laran* . . .

Sie waren sicher, dachte er, wie Mirella gewesen, *Leroni*, die des Gesichts wegen Jungfrauen bleiben mußten. Warum eigentlich konnten nur Jungfrauen diese besondere Form des *Laran* ausüben? Er wußte zu wenig über *Laran*, nur, daß es etwas war, das er fürchtete, und doch hätte es anders kommen können. Ebenso wie Geremy hätte er dazu ausgewählt werden können, ein *Laranzu* zu werden und in der Schlacht einen Sternenstein statt eines Schwertes zu tragen . . . Er pfiff noch ein paar Verse des unanständigen Liedes, aber seine Stimme erstarb im weiten, leeren Raum. Er wünschte, irgendein Freund oder Verwandter oder auch nur ein Diener ritte mit ihm. Oder eine Frau – Melora an seiner Seite auf ihrem Eselchen, mit der er über Krieg und Moralbegriffe und ehrgeizige Pläne sprechen konnte, wie er niemals mit einer Frau oder auch mit einem Mann gesprochen hatte . . . Nein. Er wollte nicht an Melora denken. Wenn er an Melora dachte, dachte er an ihr leuchtendrotes Haar, und das erinnerte ihn an Melisandra, die schlaff und verzweifelt in seinen Armen lag . . .

Carlina. Wenn Carlina sich bereit erklärt hätte, ihm ins Exil zu folgen, wie es eine Ehefrau tun sollte! Sie wäre an seiner Seite geritten, lachend und plaudernd, wie sie es als Kinder getan hatten. Und wenn sie abstiegen, um für die Nacht das Lager aufzuschlagen, würde er sie sanft in seinen Armen halten und seine Decken um sie wickeln, so zärtlich . . . Es machte ihn schwindelig, daran zu denken. Und dann sah er wieder rot vor Wut bei der Vorstellung, daß König Ardrin keine Zeit verlieren würde, sie einem anderen Mann zu geben, vielleicht Geremy Hastur. Er wünschte Carlina viel Freude an Geremy, dachte er wild, an diesem Krüppel mit seinem verdorrten Bein . . . aber der Gedanke quälte ihn. Carlina, die sich Geremy hingab, wie sie sich ihm nicht hingeben wollte! Verdammt sollten sie alle sein! Was hätte er jetzt überhaupt mit einer Frau anfangen sollen?

Mittags hielt er an, um seinen Wallach ausruhen zu lassen. Er band ihn an einen Federschotenbaum, holte hartgebackenes Reisebrot und Fleischpaste aus seiner Satteltasche und kaute, während das Pferd das frische Frühlingsgras abweidete. Er hatte Essen für mehrere Tage – Domna Jerana war großzügig mit ihren Vorräten gewesen –, und er würde sich nicht in Gefahr bringen, indem er versuchte, Essen oder Futter für das Pferd zu kaufen, bevor er die Grenze von Asturias überschritten hatte. Und seine Wasserflasche wollte er lieber an Quellen als an einem Stadtbrunnen füllen. Er war zum Gesetzlosen erklärt worden, und die Leute hätten ihm das Wasser mit Recht verweigern können. Im Grunde hatte er keine Angst, er könne getötet werden. König Ardrin hatte keinen Preis auf seinen Kopf gesetzt, und solange er sich außer Reichweite von Geremys Verwandten hielt, die ihm sehr wohl Blutfehde erklären konnten, hatte er wenig zu fürchten.

Aber er fühlte sich sehr einsam, und er war das Alleinsein nicht gewöhnt. Ihm wäre jede Gesellschaft recht gewesen, sogar die eines Dieners. Er erinnerte sich, daß er und Beltran einmal auf einem Jagdausflug in dieser Richtung geritten waren. Sie waren etwa dreizehn gewesen, noch nicht zu Männern erklärt, und wegen irgendeines Ärgers zu Hause hatten sie davon gesprochen, wegzulaufen, zusammen in die Trockenstädte zu reiten und sich dort als Söldner anwerben zu lassen. Obwohl sie wußten, daß es zur Hälfte nur ein Spiel war, hatte es sehr viel Realität für sie gehabt. Damals waren sie gute Freunde gewesen. Ein plötzlicher Schneesturm zwang sie, Unterkunft in einer der verfallenen Scheunen zu suchen, und bevor sie einschliefen, hatten sie sich einander zugewendet, und der eine hatte dem anderen das Gelübde der *Bredin* gegeben, wie es kleine Jungen zu tun pflegen ... warum, im Namen aller Götter, hatte er wegen etwas der Art mit Beltran Streit angefangen? Dies verdammte Mädchen Melora war schuld. Er war ihrer Weigerung wegen gereizt gewesen, und deshalb war er über seinen Pflegebruder hergefallen. Warum sollte irgendeine Frau zwischen zwei Freunde treten? Keine war es wert! Und weil Melora ihn zurückgestoßen hatte, hatte er mit Beltran gestritten und die unverzeihliche Beleidigung ausgesprochen, und letzten Endes hatte das ihn auf diese Straße geführt ... Selbst wenn er über solche kindischen Spiele hinausgewachsen war, hätte er an die langen Jahre der Freundschaft mit Beltran, seinem Bruder und Prinz, denken sollen. Bard verbarg das Gesicht in den Händen, und zum ersten und letzten Mal seit seiner Kinderzeit weinte er. Er erinnerte sich an die Jahre enger Verbundenheit zwischen ihnen und daß Beltran sein Feind geworden und daß Geremy fürs Leben gelähmt war. Das Feuer brannte herab, und er lag erschöpft da, den Kopf in den Armen, krank vor Kummer, verzweifelnd. Was war über ihn gekommen, daß er Ehrgeiz, Freundschaft, das Leben, das er sich selbst aufgebaut hatte, einer Frau wegen wegwarf? Und jetzt hatte er auch Carlina verloren. Die Sonne ging unter, aber er konnte sich nicht dazu zwingen, aufzustehen, sein Gesicht zu waschen, wieder zu Pferde zu steigen. Er wünschte, er wäre in der Schlacht von Morays Mühle gefallen, er wünschte, Geremys Dolch hätte ihn getroffen.

Ich bin allein. Ich werde immer allein sein. Mein Pflegevater hat mich einen Wolf genannt, und ich bin ein Wolf. Jedes Mannes Hand ist gegen mich, und meine Hand ist gegen jeden Mann. Nie zuvor war er sich der vollen Bedeutung des Wortes Gesetzloser bewußt gewesen, auch dann noch nicht, als er vor dem König stand und sein Urteil vernahm.

Endlich schlief er vor Erschöpfung ein.

Als er erwachte, plötzlich wie ein wildes Tier, und sein Gesicht steif war von den Tränen, die darauf getrocknet waren, den letzten Kindertränen, erkannte er jählings, daß er zu lange geschlafen hatte. Irgend jemand war in seiner Nähe. Er griff nach seinem Schwert, noch ehe er die Augen ganz geöffnet hatte, und sprang auf die Füße.

Der Morgen graute, und Beltran, in einen blauen Kapuzenmantel gehüllt, die Hand auf einem nackten Schwert, stand vor ihm.

»So«, sagte Bard, »du bist nicht zufrieden damit, daß ich verbannt worden bin, wie, Beltran?« Ihm war übel vor Haß und Schwäche. Hatte er sich gestern abend in den Schlaf geweint wegen des Streites mit seinem Pflegebruder, der ihn im Schlaf getötet hätte?

»Wie mutig Ihr seid, mein Prinz«, höhnte er, »einen schlafenden Mann zu töten! Hattest du das Gefühl, auch sieben Jahre könnten dich nicht sicher vor mir machen?«

»Ich will keine Haare mit dir spalten, Wolf«, stellte Beltran fest. »Du hast es vorgezogen, auf dem Weg, der dich aus diesem Königreich hinausführt, zu trödeln, statt so schnell wie möglich zu reiten. Jetzt hat das Verhängnis dich ereilt, und jedermann kann dich straflos erschlagen. Mein Vater hat dir Gnade erwiesen, aber ich will dich nicht in meinem Königreich haben. Dein Leben gehört mir.«

Bard knurrte: »Komm und hole es dir« und griff Beltran mit seinem Schwert an.

Sie waren sich ebenbürtig. Sie hatten zusammen bei den besten Waffenmeistern des Königreichs Unterricht gehabt, und sie hatten immer zusammen geübt. Jeder kannte die Schwächen des anderen zu gut. Bard war größer und hatte mehr Reichweite, doch noch nie zuvor hatten sie mit scharfen Waffen gekämpft, nur mit den stumpfen Übungsschwertern. Und ständig stand vor seinen Augen die Erinnerung an jene verfluchte Mittwinternacht, als er mit Geremy gekämpft und ihn fürs Leben verkrüppelt hatte . . . Er wollte Beltran nicht töten; er hielt es für unmöglich, daß Beltran, ungeachtet ihres

Streites, versuchen würde, ihn zu töten. *Warum, in Zandrus Namen, warum?*

Nur damit er Carlina gesetzmäßig Geremy geben konnte, damit Carlina Witwe wurde, bevor sie noch seine Frau geworden war? Der Gedanke machte ihn wütend. Er durchbrach Beltrans Verteidigung, und es gelang ihm, wie ein Berserker fechtend, ihm das Schwert aus der Hand zu schlagen. Es fiel ein Stück entfernt zu Boden.

Er sagte: »Ich will dich nicht töten, Pflegebruder. Laß mich in Frieden aus diesem Königreich ziehen. Wenn du nach sieben Jahren immer noch bereit bist, mich zu töten, werde ich deine Herausforderung auf einen ehrlichen Kampf annehmen.«

»Wage es, mich niederzustechen, wenn ich unbewaffnet bin«, entgegnete Beltran, »und dein Leben wird nirgends in den Hundert Königreichen mehr etwas wert sein!«

Bard fuhr ihn an: »Dann geh und heb dein Schwert auf, und ich werde dir noch einmal zeigen, daß du mir nicht gewachsen bist! Bildest du dir ein, kleiner Junge, du kannst dich zu einem mir gleichwertigen Mann machen, indem du mich tötest?«

Beltran ging langsam zu der Stelle, wo sein Schwert lag. Als er sich bückte, um es aufzunehmen, erklangen Hufschläge, und ein Reiter raste in vollem Galopp auf sie zu. Als er zwischen ihnen anhielt, trat Bard vor Verblüffung einen Schritt zurück, denn es war Geremy Hastur, bleich wie der Tod. Geremy ließ sich aus dem Sattel fallen, und da er ohne Stütze nicht stehen konnte, klammerte er sich an den Sattelgurt.

»Ich bitte euch . . . Bard, Beltran . . .«, stieß er atemlos hervor. »Kann dieser Streit zwischen euch durch nichts als den Tod beigelegt werden? Tut es nicht, *Bredin-y*. Ich werde nie wieder gehen können; Bard muß für eine halbe Lebenszeit als Gesetzloser ins Exil. Ich bitte dich, Beltran: Wenn du mich liebst, laß es damit genug sein!«

»Misch dich nicht ein, Geremy«, befahl Beltran, die Zähne entblößend.

Aber Bard erklärte: »Diesmal, Geremy, bin ich an dem Kampf nicht schuld, das schwöre ich bei meines Vaters Ehre und meiner Liebe zu Carlina. Beltran hätte mich im Schlaf niedergemacht, und als ich ihn entwaffnet hatte, wollte ich aufhören. Wenn du den verdammten kleinen Idioten zur Vernunft bringen kannst, dann tu es, im Namen der Götter, und laß mich in Frieden ziehen.«

Geremy lächelte ihn an. »Ich hasse dich nicht, Pflegebruder. Du warst betrunken, warst außer dir, und ich glaube dir, auch wenn es der König nicht tut, daß du dir nicht bewußt warst, einen anderen

Dolch zu tragen als das alte, abgestumpfte Messer, mit dem du dein Fleisch geschnitten hast, seit wir Kinder waren. Beltran, du Dummkopf, steck das Schwert ein. Ich bin gekommen, dir Lebewohl zu sagen, Bard, und Frieden mit dir zu schließen. Komm und umarme mich, Verwandter.«

Er breitete die Arme aus, und Bard, den Blick verschleiert von Tränen, ging zu ihm, umarmte seinen Pflegebruder und küßte ihn auf beide Wangen. Er fürchtete, von neuem weinen zu müssen. Und dann empfand er nichts mehr als Wut und Haß, als er über seine Schulter blickte und Beltran mit gezogenem Schwert sich auf ihn stürzen sah.

»Verräter! Verdammter Verräter!« schrie er, riß sich aus Geremys Armen los, fuhr herum und riß sein Schwert hoch. Zwei Streiche schlugen Beltrans Schwert nach unten, und während er Geremys entsetzten Aufschrei hörte, stieß er die Klinge durch Beltrans Herz. Der Prinz brach über dem Schwert zusammen.

Geremy war hingefallen, hatte sich sein lahmes Bein angeschlagen und lag stöhnend auf der Erde. Bard blickte erbittert auf ihn hinab.

»Die *Cristoferos* erzählen eine Geschichte von ihrem Lastenträger«, sagte er. »Auch er wurde von seinem Pflegebruder verraten, als er den Verwandten umarmte. Ich wußte nicht, daß du ein *Cristofero* bist, Geremy, oder daß du ein so heimtückisches Spiel mit mir treiben würdest. Ich glaubte dir.« Sein Mund zuckte, als wolle er weinen, aber er biß sich hart auf die Zunge und ließ sich nichts anmerken.

Geremy biß die Zähne zusammen und bemühte sich aufzustehen. »Ich habe dich nicht verraten, Bard. Ich schwöre es. Hilf mir hoch, Pflegebruder.«

Bard schüttelte den Kopf. »Nicht zweimal«, erklärte er beißend. »Hast du das mit Beltran geplant, um dich zu rächen?«

»Nein«, antwortete Geremy. Indem er sich am Steigbügel festhielt, gelang es ihm, sich auf die Füße zu kämpfen. »Ob du es glaubst oder nicht, Bard, ich bin gekommen, weil ich versuchen wollte, Frieden mit dir zu schließen.« Er weinte. »Ist Beltran tot?«

»Ich weiß es nicht.« Bard beugte sich nieder und fühlte nach seinem Herzen. Da war kein Zeichen von Leben. Verzweifelt sah er Beltran und dann Geremy an. »Ich hatte keine andere Wahl.«

»Ich weiß.« Geremys Stimme brach. »Er hätte dich getötet. Gnädige Avarra, wie konnten wir dahin kommen?«

Bard nahm alle Kraft zusammen, um das Schwert aus Beltrans Leichnam zu ziehen. Er wischte die Klinge mit einer Handvoll Gras ab und steckte die Waffe in die Scheide. Geremy stand weinend da und machte keinen Versuch mehr, seine Tränen zu verbergen. Endlich sagte er: »Ich weiß nicht, was ich König Ardrin sagen soll. Beltran war in meiner Obhut. Er war immer so sehr der jüngste von uns ...« Er konnte nicht weitersprechen.

Bard entgegnete: »Ich weiß. Als wir schon längst zu Männern herangewachsen waren, war er immer noch ein Junge. Ich hätte es wissen sollen ...«, und verstummte.

Endlich sagte Geremy: »Jeder Mann muß die Strafe seines eigenen Schicksals reiten. Bard, ich bitte dich nur ungern darum, aber ich kann nicht allein gehen. Willst du Beltrans Leiche auf sein Pferd heben, damit ich es zur Burg zurückführen kann? Wenn ich einen Friedensmann oder einen Diener bei mir hätte ...«

»Aber du wolltest keinen Zeugen für den Verrat haben.«

»Glaubst du immer noch daran?« Geremy schüttelte den Kopf. »Nein, ich wollte keinen Zeugen für meine Schwäche, denn ich war bereit, Beltran inständig zu bitten, mit dir Frieden zu schließen. Ich bin nicht dein Feind, Bard. Es hat genug Tod gegeben. Willst du mein Leben auch?«

Bard hätte es leicht nehmen können. Geremy war, wie es sich für einen *Laranzu* gehörte, unbewaffnet. Er schüttelte den Kopf, und dann ging er und holte Beltrans Pferd und führte es an die Stelle, wo er den leblosen Körper des Prinzen hinaufheben und über dem Sattel festbinden konnte.

»Brauchst du Hilfe beim Aufsteigen, Geremy?«

Geremy neigte den Kopf, denn er wollte Bards Blick nicht begegnen. Widerstrebend ließ er sich von Bard in den Sattel helfen. Dort saß er, schwankend, von Kopf bis Fuß zitternd. Ihre Blicke trafen sich, und sie erkannten beide, daß es nichts mehr gab, was sie sagen konnten. Selbst ein formelles Lebewohl wäre zuviel gewesen. Geremy zog die Zügel an, ergriff die Zügel des Pferdes, das Beltrans Leiche trug, und ritt langsam auf dem Weg nach Asturias zurück. Bard sah ihm mit verzerrtem Gesicht nach, bis er außer Sicht geriet. Dann seufzte er und sattelte sein eigenes Pferd. Ohne sich noch einmal umzublicken, ritt er aus dem Königreich Asturias ins Exil.

2. BUCH

Der Kilghard-Wolf

1

Ein halbes Jahr vor Ende seiner siebenjährigen Verbannung erhielt Bard mac Fianna, genannt der Wolf, Nachricht vom Tod König Ardrins. Jetzt konnte er nach Asturias zurückkehren.

Er befand sich zu der Zeit weit weg in den Hellers, in dem kleinen Königreich Scaravel, und half, Sain Scarp gegen die Angriffe der Räuberbanden von jenseits Alardyn zu verteidigen. Kurze Zeit nachdem die Belagerung abgeschlagen war, sandte Dom Rafael seinem Sohn einen Brief mit Neuigkeiten aus dem Königreich.

Drei Jahre nach dem Tod des Prinzen Beltran hatte Königin Ariel dem König einen zweiten Sohn geboren. Als Ardrin starb und der kleine Prinz Valentine seinen Thron erbte, war die Königin in weiser Voraussicht zu ihren Verwandten auf den Ebenen von Valeron geflohen und hatte Asturias den Händen überlassen, die es nehmen und halten konnten. Anspruch erhob vor allem Geremy Hastur, dessen Mutter eine Cousine König Ardrins war. Er machte geltend, in früheren Zeiten habe das ganze Gebiet unter der Herrschaft der alten Hasturs gestanden und sei von ihnen niemals aufgegeben worden.

Dom Rafael schrieb: *Ich werde nie wieder das Knie vor der Hastur-Sippe beugen, und mein Anspruch auf den Thron hat mehr Gewicht als Geremys. Alaric ist mein rechtmäßiger Erbe und nach Valentine der Erbe Ardrins. Komm, mein Sohn, und hilf mir, Alaric der Vormundschaft Geremys zu entziehen und dies Königreich für Deinen Bruder in Besitz zu nehmen.*

Bard stand halb gerüstet im Wachraum von Scaravel, wo der Brief ihn erreicht hatte, und dachte über die Botschaft nach. Sieben Jahre lang hatte er in ebenso vielen kleinen Königreichen als Söldner und später als Söldner-Hauptmann gedient, und er zweifelte nicht im geringsten daran, daß sich der Ruhm des Kilghard-Wolfes von den Hellers bis in die Tieflande und sogar bis nach Valeron verbreitet hatte. In diesen Jahren hatte er viele Schlachten gesehen, und er las zwischen den Zeilen des Briefes, daß ihm weitere Kämpfe bevorstanden. Aber am Ende *dieser* Kämpfe standen Friede und Ehre und für ihn ein Platz nahe dem Thron von Asturias. Stirnrunzelnd sah er den Boten an.

»Und mein Vater hat dir weiter nichts für mich mitgegeben, keine private Botschaft allein für meine Ohren?«

»Nein, *vai dom.*«

Keine Nachricht, fragte sich Bard, über meine Frau? Hat Geremy die Unverschämtheit besessen, Carlina zu heiraten? Woher sonst sollte er die Frechheit nehmen, Anspruch auf Ardrins Thron zu erheben, wenn nicht mit der Begründung, er sei der Ehemann von Ardrins Tochter? All das Gerede über die alte Hastur-Sippe ist Mist, und das muß Geremy ebenso gut wissen wie ich!

»Aber ich bringe Euch eine Botschaft von Lady Jerana«, erklärte der Bote. »Sie bat mich, Euch auszurichten, daß Domna Melisandra Euch Grüße sendet und dazu die Grüße Eures Sohnes Erlend.«

Bards Gesicht verfinsterte sich, und der Bote wich vor ihm zurück.

Bard hatte Melisandra vollkommen vergessen. Es hatte in der Zwischenzeit Frauen genug gegeben, und wahrscheinlich hatte er irgendwo einen oder zwei Söhne. Tatsächlich gab er einer Troßdirne Geld, wenn er welches hatte, weil ihr Sohn ihm selbst, als er ein Kind gewesen war, so ähnlich sah und weil sie seine Kleider wusch und seine Haare schnitt, wenn es nötig war, und sie besseres Essen kochte als das, was er in der Wachstube bekam. Er dachte jetzt mit Abscheu an Melisandra. Wimmerndes, heulendes Weibsbild! Diese Begegnung hatte einen schlechten Nachgeschmack in seinem Mund hinterlassen. Es war das letzte Mal gewesen, daß er seine Gabe benutzt hatte, auf eine Frau Zwang auszuüben. Ja, sicher, sie war Jungfrau gewesen, und wahrscheinlich war dem dummen Ding nichts anderes eingefallen, als ihrer Herrin alles zu erzählen. Lady Jeranas spitze Zunge hatte sich seit der Zeit, als er ein Junge war und sein Bruder Alaric ihn jedem anderen Gefährten vorzog, immer gegen ihn gerichtet. Jetzt konnte Jerana ihm eine Untat mehr – so würde sie es bestimmt nennen – vorhalten.

Melisandras Anwesenheit war ein guter Grund, Asturias zu meiden. Und doch war es kein ganz unangenehmer Gedanke, daß er einen Sohn von einem Mädchen aus guter Familie hatte, einen Sohn, der erzogen wurde, wie es sich für den *Nedestro*-Sohn eines Edelmanns gehörte. Der Junge mußte jetzt etwa sechs Jahre alt sein. Alt genug, um in den einem Mann anstehenden Künsten unterwiesen zu werden, und zweifellos würde Melisandra aus Groll gegen seinen Vater ihr Bestes tun, aus ihm ein Muttersöhnchen zu machen. Er wollte nicht, daß *sein* Sohn von dieser wimmernden Heulsuse erzogen wurde, und auch nicht von ihrer sauren Herrin. Wenn Lady Jerana also dachte, sie würde ihn fernhalten mit der Nachricht, daß allgemein bekannt war, welches Unrecht er Melisandra zugefügt hatte, nun, dann hatte sie sich verrechnet.

»Sag meinem Vater«, beauftragte er den Boten, »ich werde in drei Tagen nach Asturias aufbrechen. Meine Arbeit hier ist getan.«

Bevor er abreiste, suchte er die Troßdirne Lilla auf und gab ihr das meiste von dem Geld, das er in Scaravel verdient hatte.

»Vielleicht solltest du dir einen kleinen Hof irgendwo in diesen Bergen kaufen«, riet er ihr, »und vielleicht einen Mann suchen, der dir hilft, ihn zu bewirtschaften und unsern Sohn aufzuziehen.«

»Soll ich das so verstehen«, fragte Lilla, »daß du nicht zurückkommen wirst, wenn du dieses Geschäft in deiner Heimat erledigt hast?«

Bard schüttelte den Kopf. »Ich glaube nicht.«

Er sah, daß sie schwer schluckte, und zuckte in der Erwartung einer Szene zusammen. Aber Lilla war eine zu vernünftige Frau für so etwas. Sie stellte sich auf die Zehenspitzen, umarmte ihn und gab ihm einen herzhaften Kuß.

»Dann gute Reise, Wolf, und möge es dir in den Kilghardbergen wohlergehen.«

Er gab den Kuß zurück und grinste sie an. »Du bist die richtige Soldatenfrau! Ich möchte dem Jungen noch gern Lebewohl sagen.« Sie rief den stämmigen Kleinen, der kam und zu Bard in seinem glänzenden Helm, gerüstet für die Reise nach Süden, emporblickte. Bard hob ihn hoch und faßte ihn unter das Kinn.

»Ich kann ihn nicht anerkennen, Lilla«, sagte er. »Ich weiß nicht, ob ich ein Heim haben werde, in das ich ihn aufnehmen kann, und so oder so hat es vor und nach mir genug andere Männer gegeben.«

»Das erwarte ich auch gar nicht, Wolf. Ein Mann, der mich heiraten will, soll meinen Sohn als seinen eigenen aufziehen oder sich eine andere Frau suchen.«

»Trotzdem ...« – Bard sah lächelnd in die leuchtenden Augen des Jungen –, »... wenn er mit zwölf Jahren oder so Talent für die Waffen zeigen sollte und du andere Kinder hast, so daß du ihn nicht als Arbeitskraft für den Hof und als Stütze für dein Alter brauchst, dann sende ihn mir nach Asturias. Ich werde ihn auf den Weg bringen, daß er sein Brot mit dem Schwert verdienen kann, oder mehr für ihn tun, wenn ich es vermag.«

»Das ist großzügig«, sagte Lilla, und er lachte.

»Es ist leicht, großzügig in einer Angelegenheit zu sein, aus der vielleicht nie etwas wird. All das setzt voraus, daß ich in zwölf Jahren noch am Leben bin, und das kann ein Soldat nie vorhersagen. Wenn du hörst, ich sei tot – nun, Mädchen, dann muß dein Sohn seinen Weg durch die Welt finden, wie es sein Vater getan hat, mit seinem

Verstand und seinem starken Arm, und mögen alle Teufel freundlicher zu ihm sein, als sie zu mir gewesen sind.«

Lilla sagte: »Das ist ein seltsamer Segen, den du deinem Sohn gibst, Wolf.«

»Ein Wolfssegen«, lachte Bard. »Es mag ja sein, daß er doch nicht mein Sohn ist, und der Segen eines Verwandten würde ihm nichts nützen, wie ihm mein Fluch nichts schaden würde. Ich glaube nicht an diese Dinge, Lilla. Ob Fluch oder Segen, es ist alles eins. Ich wünsche ihm viel Glück, und dir auch.« Er gab dem Jungen einen rauhen Schmatzkuß auf die Wange und setzte ihn nieder, und dann gab er Lilla noch einen Kuß. Er stieg zu Pferde und ritt davon, und wenn Lilla weinte, hatte sie Verstand genug, erst dann damit anzufangen, als Bard längst außer Sichtweite war.

Bard jedoch war in bester Stimmung, als er südwärts ritt. Er hatte sich von dem einen Band befreit, das er in all diesen Jahren geknüpft hatte, und das hatte ihn nicht mehr gekostet, als daß er sich um Geld erleichterte, das er nicht brauchte. Wahrscheinlich war der Junge gar nicht sein Sohn, denn alle hellhaarigen kleinen Kinder sahen sich sehr ähnlich, ohne daß sie verwandt zu sein brauchten. Jedenfalls würde er aufwachsen, ohne verwandtschaftliche Beziehungen zu benötigen, die Füße fest verwurzelt im Misthaufen seiner Mutter Hof, und Bard brauchte weder auf die Mutter noch auf den Sohn jemals wieder einen Gedanken zu verschwenden.

Allein ritt er nach Süden auf den Kadarin zu. Sein Weg führte durch ein von kleinen Kriegen verwüstetes Land, denn zwischen den Aldarans, die zu seines Vaters Zeit Frieden gehalten hatten, war Streit ausgebrochen. Jetzt gab es vier kleine Königreiche, und die Wälder waren von vier Brüdern, alle gierig und landhungrig, verheert worden, als sie sich mit Haftfeuer und Zauberei hindurchkämpften. Bard hatte ein Jahr lang bei einem von ihnen in Dienst gestanden und war in Unfrieden geschieden. Dom Anndra von Scathfell hatte ein Mädchen für sich genommen, das Bard hatte haben wollen, ein schmächtiges Ding von vierzehn Jahren mit langem dunklem Haar und Augen, die Bard an Carlina erinnerten. Bard war darauf zu dem Bruder des Mannes gegangen und hatte Dom Lerrys auf einem Geheimweg, den er kennengelernt hatte, geradenwegs in die Festung geführt. Aber dann hatten die beiden Brüder sich wieder vertragen und miteinander verbündet. Sie hatten viele Eide gegen einen dritten Bruder geschworen, und das Mädchen hatte Bard gewarnt, der Vertrag verlange seinen Kopf, denn beide Brüder waren überzeugt, er werde den einen oder den anderen oder alle beide betrügen. So ließ sie ihn zu derselben geheimen Tür hinaus, und er floh nach Scaravel und gelobte sich, niemals mehr an einem Kampf zwischen Verwandten teilzunehmen.

Und jetzt ritt er heimwärts, um genau das zu tun. Aber wenigstens waren das seine eigenen Verwandten!

Er überquerte den Kadarin, ritt durch die Kilghardberge und entdeckte überall im Land die Narben des Krieges. Als er die Grenze von Asturias erreicht hatte, stellte er fest, daß auch hier gekämpft worden war. Sollte er gleich in aller Eile zur Königsburg reiten? Aber nein; Geremy erhob Anspruch auf den Thron und saß in König Ardrins Feste, und wenn Dom Rafael bereits mit ihrer Belagerung begonnen hätte, wäre in seinem Brief die Aufforderung enthalten gewesen, Bard solle sich ihm dort anschließen. Deshalb ritt Bard zu seinem Vaterhaus.

Er hatte sich nicht klargemacht, wie sehr sich das Land in sieben Jahren verändern und wie sehr es paradoxerweise das gleiche bleiben würde. Es war im Vorfrühling. In der Nacht war schwerer Schnee gefallen, und die Federschotenbäume hatten ihre Schneeschoten aufgesteckt. Als er und Carlina Kinder waren, hatten sie einmal im Hof unter einem Federschotenbaum gespielt. Bard war bereits über Kinderspiele hinausgewachsen, aber er war auf den Baum geklettert, um Carlina Schoten herunterzuholen, damit sie daraus Betten für ihre Puppen machen konnte. Einmal fanden sie eine wahrhaft riesige Schote, und Carlina hatte ein Kätzchen in ihr flaumiges Inneres gelegt und ihm ein Wiegenlied gesungen. Aber das Kätzchen war des Spiels müde geworden und hatte sich den Weg freigekratzt. Er erinnerte sich, wie Carlina, das Haar in unordentlichen Strähnen bis zur Taille hängend, mit der zerrissenen Schote in den Händen dastand. Sie saugte an einem Finger, wo die Krallen des Kätzchens sie verletzt hatten, und ihre Augen füllten sich mit Tränen. Er hatte das Kätzchen eingefangen und gedroht, ihm den Hals umzudrehen, aber Carlina hatte es an sich gerissen und an ihrer Brust geborgen, und ihn hatte sie mit ihren kleinen Händchen abgewehrt.

Carlina. Er kam zurück zu Carlina, die nach dem alten Gesetz seine Frau war, und er würde von seinem Vater verlangen, daß er diesem Gesetz Geltung verschaffte. Wenn sie Carlina einem anderen Mann gegeben hatten, würde er den anderen erst töten und dann Carlina heiraten. Und wenn der andere Mann Geremy war, würde er ihm die *Cuyones* abschneiden und vor seinen Augen rösten!

Bis er die Türme von Dom Rafaels Großer Halle in der Ferne sah, hatte er sich in eine schöne Wut gegen Geremy und gegen Carlina hineingearbeitet. Wäre sie bei ihm geblieben, hätte nicht einmal Ardrin sie rechtmäßig trennen können!

Die Sonne war untergegangen, aber es war eine klare Nacht, und drei Monde standen am Himmel. Bard hielt das für ein glückliches Omen. Aber als er vor der Großen Halle ankam, waren die Tore gegen ihn verrammelt, und als er abstieg und dagegenschlug, war die Stimme Gwynns, des alten *Coridom* seines Vaters zu hören, der grob rief: »Fort mit dir! Wer kommt hier geritten, wenn ehrliche Leute im Bett sind? Hast du ein Geschäft mit Dom Rafael, dann komm bei Tageslicht wieder, wenn die Spitzbuben zu ihren Höhlen zurücklaufen!«

»Öffne das Tor, Gwynn«, rief Bard lachend, »denn es ist der Kilghard-Wolf, und wenn du es nicht tust, springe ich über die Mauer und lasse dich Blutgeld zahlen, falls die Spitzbuben mein Pferd erwischen! Was, du willst mich von meines Vaters Heim und Herd ausschließen?«

»Der junge Herr Bard! Seid Ihr es wirklich? Brynat, Haldran, kommt her und öffnet die Tore! Wir hörten, Ihr wäret unterwegs, junger Herr, aber wer hätte gedacht, daß Ihr zu dieser Stunde kommt?« Das Tor schwang auf. Bard stieg ab und führte sein Pferd hinein, und der alte Gwynn kam und umarmte ihn ungeschickt mit seinem einen Arm. Er war alt, grau und gebückt, er hinkte, und ein Arm war ihm am Ellenbogen abgeschlagen worden, als er noch vor Bards Geburt die Türme der Großen Hallen ganz allein verteidigt und die Lady, Dom Rafaels erste Frau, oben versteckt hatte. Dieses Dienstes wegen hatte Dom Rafael geschworen, solange der alte Gwynn lebe, solle niemand als er *Corydom* sein. Jetzt war Gwynn für sein Amt schon viel zu alt, aber eifersüchtig klammerte er sich daran und weigerte sich, es einem jüngeren Mann zu überlassen. Er hatte Bard die Grundbegriffe des Schwertkampfes gelehrt, als Bard noch keine sieben Jahre alt war. Nun drückte und küßte er den alten Mann und fragte: »Pflegevater, warum sind die Tore in diesem friedlichen Land verrammelt?«

»Heutzutage ist nirgendwo mehr Frieden, Meister Bard«, erwiderte der alte Mann ernst. »Die Hasturs schwören, all dies Land hier herum sei von alters her ihres, und dabei ist es Land, auf dem all diese Jahre die di Asturiens gesessen haben. Schon der Name *Asturias* bedeutet doch *Land der di Asturiens!* Wie kommen diese verdammten Hasturs dazu, Anspruch darauf zu erheben? Und jetzt schwören die Leute zu Hali, sie wollen aus allem ein einziges Land unter ihren Tyrannen machen, und dann sollen ehrlichen Leuten die Waffen weggenommen werden, so daß wir der Gnade von Halsabschneidern und Räubern ausgeliefert sind! O Meister Bard, seit Ihr fortgingt, sind schlechte Zeiten über dies Land gekommen!«

»Wie ich hörte, ist König Ardrin tot«, sagte Bard.

»Das ist wahr, Sir, und der junge Prinz Beltran wurde etwa um die Zeit, als Ihr uns verließet, Sir, von Meuchelmördern umgebracht. Doch unter uns gesagt, ich war mir nie ganz sicher, ob dieser Hastur, der jetzt den Thron haben will, nicht doch seine Hand dabei im Spiel hatte. Er und der junge Prinz ritten zusammen aus, so sagt man, und nur einer von ihnen kam zurück, und natürlich war es der Hastur, der ein dreckiger *Laranzu* und Sandalenträger ist. So ist nun Beltran tot und Königin Ariel aus dem Land geflohen. Dom Rafael sagte, als der alte König starb: *Schlecht geht es dem Land, dessen König noch ein Kind ist.* Und so ist es, überall im Land wird gekämpft, und ehrliche Leute können wegen der Räuber auf den Feldern ihre Ernten nicht einbringen, wenn die Soldaten sie nicht schon genommen haben! Und jetzt heißt es, wenn die Hasturs diesen Krieg gewinnen, werden sie uns alle unsere Waffen wegnehmen, sogar die Bogen für die Jagd, und uns nichts weiter als Dolche und Mistgabeln lassen. Ich sehe es schon kommen, daß ein Schäfer keine Keule mehr tragen darf, um die Wölfe abzuhalten!«

Er ergriff die Zügel von Bards Pferd mit seiner einen Hand und setzte hinzu: »Aber kommt doch herein, Sir. Dom Rafael wird sich freuen, wenn er hört, daß Ihr da seid!« Er rief zwei Stallknechte, denen er befahl, das Pferd abzusatteln und die Satteltaschen in die Große Halle zu tragen und Licht zu bringen und Diener zu holen. Kurz darauf rannten überall im Hof Leute umher, Hunde bellten, und es gab viel Lärm und Durcheinander.

Bard fragte: »Ob mein Vater schon zu Bett gegangen ist?«

»Nein, Sir«, ertönte eine kindliche Stimme beinahe unter seinen Füßen, »denn ich sagte ihm, Ihr würdet heute abend kommen. Ich sah es in meinem Sternenstein. Und deshalb wartet Großvater auf Euch in der Halle.«

Der alte Gwynn fuhr erschrocken zurück.

»Der junge Meister Erlend!« sagte er ärgerlich. »Es ist Euch verboten worden, die Ställe zu betreten, Ihr unheimliches kleines Männchen! Ihr könnt von all den Pferden totgetreten werden! Eure Mama wird böse auf mich sein!«

»Die Pferde kennen mich und meine Stimme«, sagte das Kind und trat ans Licht. »Sie würden nie auf mich treten.« Er sah aus wie ungefähr sechs, klein für sein Alter. Er hatte eine dichte Mähne lockigen roten Haares, das im Fackellicht wie frisch gemünztes Kupfer glänzte. Bard erriet, wer er war, noch bevor der Junge das Knie auf seltsame, altmodische Art beugte und erklärte: »Willkommen zu Hause, mein Herr Vater. Ich wollte der erste sein, der Euch sieht. Gwynn, du brauchst keine Angst zu haben. Ich werde Großvater sagen, er soll nicht mit dir schimpfen.«

Bard blickte finster auf den Jungen nieder. »Also du bist Erlend.« Merkwürdig, daß er daran nicht gedacht hatte: Melisandra hatte das rote Haar der alten Sippen, vor Generationen in sie hineingezüchtet, das Blut der Hastur-Familie, der Nachkommen Hasturs und Cassildas, und doch war er nicht auf den Gedanken gekommen, der Junge könne mit *Laran* begabt sein. »Dann weißt du, wer ich bin?« Wie, fragte er sich, hatte Melisandra von ihm gesprochen?

»Ja«, antwortete das Kind, »ich habe Euch in meiner Mutter Gedanken und Erinnerung gesehen, obgleich öfter, als ich noch kleiner war als jetzt. Jetzt hat sie zuviel zu tun. Sie sagt, wenn sie sich um einen so großen Jungen wie mich kümmern muß, hat sie keine Zeit mehr für Gedanken an die Vergangenheit. Und ich habe Euch in meinem Sternenstein gesehen, und Großvater hat mir erzählt, daß Ihr ein großer Krieger seid und daß man Euch Wolf nennt. Vielleicht würde es mir auch gefallen, ein großer Krieger zu werden, aber meine Frau Mutter sagt, es sei wahrscheinlicher, daß ich ein *Laranzu* werde, einer, der Magie bewirkt wie *ihr* Vater. Darf ich mir Euer Schwert ansehen, Vater?«

»Ja, gewiß doch.« Bard lächelte dem ernsthaften Jungen zu, kniete neben ihm nieder und zog sein Schwert aus der Scheide. Erlend legte seine kleine Hand ehrerbietig auf das Heft. Bard wollte ihn schon warnen, nicht die Klinge anzufassen, merkte jedoch, daß der Kleine von selbst vernünftig genug war. Er steckte die Klinge in die Scheide und schwang den Jungen auf seine Schulter.

»Da hat mich nun mein Sohn nach all diesen Jahren im Exil als erster zu Hause willkommen geheißen, und das ist sehr passend«, sagte er. »Komm mit mir, wenn ich meinen Vater begrüße.«

Die Große Halle kam ihm vor, als sei sie seit dem letzten Mal, als er sie gesehen hatte, kleiner und schäbiger geworden. Ein langer, niedriger Raum mit einem Steinfußboden. Die Schilde und Banner von Generationen di Asturiens hingen an den Wänden, und auch Waffen, die zu alt zum Gebrauch waren, wurden dort zur Schau gestellt: Piken und die alten Speere, die für die Nahkämpfe der heutigen Zeit zu klobig waren. Vor Hunderten von Jahren gewobene Gobelins zeigten Götter und Göttinnen. Die Erntegöttin trieb ein Banshee von den Feldern. Hastur schlafend an den Ufern des Sees von Hali, Cassilda an ihrem Webstuhl. Der Steinboden fühlte sich unter den Füßen uneben an. Zu beiden Enden der langen Halle brannten Feuer. Hinten hatten sich die Frauen versammelt, und Bard hörte die Klänge einer *Rryl.* Vorn stand ein Armsessel, aus dem sich Rafael di Asturien erhob, als Bard mit seinem Sohn in den Armen näher kam.

Dom Rafael trug ein langes Hausgewand aus einem dunkelgrünen Wollgewebe mit Stickereien an Hals und Ärmeln. Alle di Asturiens waren blond, und Dom Rafaels Haar war so hell, daß sich unmöglich sagen ließ, ob es grau wurde oder nicht. Aber sein Bart war weiß. Er sah fast noch genauso aus wie damals, als Bard von ihm Abschied genommen hatte, nur dünner, und seine Augen waren etwas eingesunken, als habe er sich gesorgt.

Er breitete die Arme aus, aber Bard stellte Erlend auf die Füße und kniete vor seinem Vater nieder. Vor keinem der Oberherren, denen er in den sieben Jahren seines Exils gedient hatte, war er jemals niedergekniet.

»Ich bin zurückgekommen, mein Vater«, sagte er, und irgendwie nahm er in seinen Gedanken das Erstaunen seines Sohns darüber wahr, daß er, der bekannte Krieger und Gesetzlose, vor dem Großvater kniete, wie es die Vasallen taten. Er fühlte die Hand seines Vaters auf seinem Haar.

»Nimm meinen Segen, Sohn. Und wenn es überhaupt Götter gibt, seien sie gepriesen, daß sie dich heil zu mir zurückgebracht haben. Doch daran habe ich nie gezweifelt. Steh auf, lieber Sohn, und umarme mich«, sagte Dom Rafael, und Bard gehorchte. Er sah die Falten in seines Vaters Gesicht und fühlte die scharfen Knochen des abgemagerten Körpers. Entsetzt und bestürzt dachte er: *Er ist ja schon alt! Der Riese meiner Jugend ist bereits ein alter Mann!* Es beunruhigte ihn, daß er größer als sein Vater war und soviel breiter. Er hätte ihn in die Luft heben können wie Erlend!

So schnell waren die Jahre vergangen, während er in fremden Landen Kriege gekämpft hatte, die ihn nichts angingen. *Die Hand der Zeit hat auch auf mir schwer gelegen,* dachte er und seufzte.

»Wie ich sehe, hat Erlend dich schon begrüßt«, sagte Dom Rafael, als Bard sich zu ihm vor das Feuer setzte. »Doch jetzt mußt du ins Bett, Enkel. Was hat sich die Amme nur dabei gedacht, daß sie dich so spät ins Freie hinausließ?«

»Ich nehme an, sie hat gedacht, ich sei im Bett, denn dort ließ sie mich zurück«, gestand Erlend. »Aber ich fand, es gehöre sich, daß ich meinen Vater begrüße. Gute Nacht, Großvater, gute Nacht, Sir«, setzte er hinzu und verbeugte sich auf seine drollige Art wie ein Großer. Dom Rafael lachte, als Erlend die Halle verließ.

»Was ist er für ein kleiner Hexenmeister! Die Hälfte der Dienstboten fürchtet sich bereits vor ihm. Aber er ist klug und weiß eine Menge für sein Alter, und ich bin stolz auf ihn. Nur wünschte ich, du hättest mir gesagt, daß du Melisandra ein Kind gemacht hattest. Ihr und ebenso mir hätte das zornige Worte von meiner Lady erspart. Ich wußte nämlich nicht, daß Melisandra des Gesichts wegen Jungfrau bleiben sollte. Und so hatten wir alle zu leiden, denn Jerana war schrecklich böse darüber, ihre *Leronis* so jung zu verlieren.«

»Ich habe es dir nicht gesagt, weil ich es nicht wußte«, erwiderte Bard, »und Melisandras Vorausschau kann schließlich gar so großartig nicht gewesen sein, wenn sie ihr nicht riet, meine Kammer zu meiden, als ich allein war und eine Frau brauchte.« Nachdem er es gesagt hatte, schämte er sich ein bißchen, denn er erinnerte sich, daß er ihr in dieser Sache schließlich keine Wahl gelassen hatte. Aber, dachte er bei sich, hätte Melisandra nur halb soviel *Laran*, wie das rote Haar versprach, dann wäre sie diesem Zwang nicht zum Opfer gefallen. Bei Melora zum Beispiel wäre es ihm nicht gelungen.

»Nun, wenigstens ist ihr Sohn hübsch und klug, und wie ich sehe, hast du ihn in diesem Haus aufwachsen lassen, statt ihn bei irgendeinem Niemand in Pflege zu geben.«

Sein Vater blickte ins Feuer. »Du warst zum Gesetzlosen erklärt worden und gingst ins Exil. Ich fürchtete, er könnte alles sein, was mir von dir blieb. Und Jerana«, setzte er hinzu, als schäme er sich seiner Schwäche und müsse sich verteidigen, »hätte es auf keinen Fall übers Herz gebracht, Melisandra von ihrem Baby zu trennen.«

Das erstaunte Bard, denn er hatte Lady Jerana nicht zugetraut, überhaupt ein Herz zu haben. Das wollte er seinem Vater jedoch nicht sagen, und so bemerkte er: »Wie ich sehe, hat seine Mutter ihm auch etwas von ihren Künsten beigebracht. Er trägt bereits einen Sternenstein, so jung er noch ist. Und jetzt genug von Frauen und Kindern, Vater. Ich dachte, du seist bereits gegen diesen verdammten Usurpator Hastur gezogen, der versucht hat, sich zum Herrn dieses Landes zu machen.«

»Ich kann nicht gleich gegen Geremy ziehen«, antwortete Dom Rafael, »weil er immer noch Alaric in seiner Obhut hat. Erst wollte ich mich mit dir über eine Möglichkeit beraten, deinen Bruder zurückzuholen, auf daß mich nichts an einem Kampf gegen diese Hasturs hindert.«

Bard behauptete wütend: »Geremy ist eine Schlange, die sich überall herumringelt! Einmal hatte ich ihn in der Hand und verzichtete darauf, ihn zu töten. Ich wollte, ich hätte die Vorausschau gehabt, die Melisandra, wie du sagst, verlor.«

»Oh, ich habe nichts gegen den Jungen«, meinte Dom Rafael.

»Stände ich in seinen Stiefeln, hätte ich zweifellos den gleichen Schritt getan. Er war Geisel am Hof König Ardrins, um das Wohlverhalten König Carolins von Thendara zu verbürgen. Ich bin überzeugt, Geremy wuchs mit dem Wissen zum Mann heran, daß sein Kopf als erster fallen würde, sollte es zu einem Streit zwischen Ardrin und Carolin kommen, und sei er zweimal der Pflegebruder von Ardrins Sohn. Und da wir von Ardrins Söhnen sprechen – du weißt, nicht wahr, daß Beltran tot ist?«

Bard biß die Zähne zusammen und nickte. Eines Tages wollte er seinem Vater erzählen, wie Beltran den Tod gefunden hatte, aber nicht jetzt. Er fragte Dom Rafael etwas, über das er nie zuvor nachgedacht hatte. »War ich Geisel an Ardrins Hof, um dein Wohlverhalten zu verbürgen?«

»Ich dachte, das hättest du dein ganzes Leben lang gewußt«, antwortete Dom Rafael. »Ardrin hat mir nie sonderlich getraut. Trotzdem schätzte Ardrin dich nach deinem wahren Wert ein, sonst hätte er dich nie zu seinem Bannerträger ernannt und dich über seinen eigenen Sohn gesetzt. Du hast das durch deine eigene Torheit weggeworfen, Junge, aber du machst den Eindruck, als seien dir diese Jahre des Exils gut bekommen, so daß ich nicht mehr darüber reden will. Doch solange Ardrin erst dich und dann Alaric an seinem Hof hatte, konnte er sicher sein, daß ich ihm keine Schwierigkeiten machen und nicht nach seinem Thron verlangen würde, obwohl mein Anspruch darauf ebenso gut war wie seiner und besser als der seines jüngeren Sohnes. Jetzt jedoch, wo sowohl Ardrin als auch Beltran tot sind, wäre es eine Katastrophe, sollte in diesen Zeiten ein Säugling als König regieren. Die Ratten veranstalten Aufruhr in der Küche, wenn die Katze ein Kätzchen ist! Wenn du mir beistehst . . .«

»Kannst du daran zweifeln, Vater?« fragte Bard, doch bevor er weitersprechen konnte, kam eine Frau von dem Feuer auf der anderen Seite des Raums herüber, schlank, mit ergrauendem Haar, gekleidet in ein reichbesticktes Gewand.

»So bist du also wieder da, Pflegesohn? Sieben Jahre der Gesetzlosigkeit scheinen dir keinen besonderen Schaden getan zu haben. Tatsächlich«, setzte sie mit einem Blick auf seine pelzbesetzte Kleidung und die Juwelen an Dolch und Schwert sowie auf dem Band, das seinen Kriegerzopf umschlang, hinzu, ». . . du mußt an diesen ausländischen Kriegen gut verdient haben. Das ist kein Wolfsfell!«

Bard verbeugte sich vor Lady Jerana. *Immer noch die gleiche alte Hexe mit dem sauren Gesicht und der spitzen Zunge,* dachte er. *Es würde dreimal sieben Jahre dauern, sie zum Guten zu verändern, und die beste Veränderung wäre ein Leichentuch.* Aber in diesen sieben

Jahren hatte er gelernt, nicht alles auszusprechen, was ihm in den Sinn kam.

»Sieben Jahre haben Euch in der Tat wenig verändert, Pflegemutter«, sagte er, und sie lächelte säuerlich.

»Wenigstens haben sich deine Manieren sehr gebessert.«

»Nun, *Domna*, ich habe sieben Jahre lang von meinem Verstand und meinem Schwert gelebt, in Ländern und unter Umständen, Lady, wo man schnell besser wird oder stirbt. Und wie Ihr seht, wandele ich immer noch unter den Lebenden.«

»Aber dein Vater läßt es an Gastfreundlichkeit fehlen«, bemerkte Lady Jerana. »Er hat dir nicht einmal eine Erfrischung angeboten. Wie kommt es, daß du in diesen Zeiten mitten in der Nacht geritten bist?« fragte sie, nachdem sie ihren Dienern gewinkt hatte, Essen und Wein zu bringen.

»Sind die Zeiten so unsicher, *Domna?* Der alte Gwynn sagte etwas in diesem Sinn, aber ich dachte, er sei in seinem Alter nicht mehr ganz bei Trost.«

»Sein Verstand ist in bester Ordnung«, fiel Dom Rafael ein. »Ich habe Befehl gegeben, die Tore jeden Abend bei Sonnenuntergang zu verrammeln, und bis dahin muß jedes Tier, jeder Mann, jede Frau und jedes Kind innerhalb der Mauern sein. Und ich lasse Kundschafter die Grenzen abreiten, die uns mit Signalfeuern warnen, wenn sie mehr als drei Reiter in einer Gruppe beisammen erblicken. Das ist der Grund, warum wir dich nicht willkommen geheißen haben, wie es sich gehört. Es ist uns nicht eingefallen, daß du allein reiten könntest, ohne Leibwächter oder Friedensmann oder wenigstens einen dienenden Knappen!«

»Ich werde nicht umsonst Wolf genannt«, meinte Bard. »*Einsamer Wolf* und *Bestie* sind noch die freundlichsten Namen, die man mir gibt.«

»Und doch sind trotz all dieser Vorsichtsmaßnahmen«, berichtete Dom Rafael, »Männer in die Dörfer eingedrungen und haben Pferde weggetrieben. Es hieß, sie seien Räuber gewesen, aber ich persönlich halte es für möglich, daß es Geremys Leute waren. Wir hatten innerhalb der Burgmauern Pferche gebaut, in denen die Bauern ihre Tiere unterstellen konnten, wenn sie wollten, aber jetzt fangen sie an, sie wieder nach Hause zu holen. Die Räuber nahmen auch Säcke mit Korn und Nüssen und die halbe Apfelernte mit. Wir werden nicht gerade eine Hungersnot bekommen, aber es wird nur wenig Ware auf die Märkte gelangen und wenig gemünztes Geld in die Taschen der Leute. Einige der Dorfbewohner haben sich bewaffnet. Es wurde sogar davon gesprochen, eine *Leronis* anzuheuern, um die Räuber mit Zauberei zu verscheuchen. Aber es wurde nichts daraus, und mir war das nicht unlieb. Diese Art der Kriegführung sagt mir nicht zu.«

»Mir auch nicht«, pflichtete Bard ihm bei. »Aber der kleine Erlend sagte etwas davon, er werde als *Laranzu* ausgebildet.«

Lady Jerana nickte. »Der Junge hat *Donas*, und seine Lehrer meinen, wahrscheinlich habe er nicht die Muskeln für einen Schwertkämpfer.« Diener hatten Wein gebracht und reichten Platten mit Leckerbissen umher. Bard erstarrte. Er blickte in die Augen einer kleinen, rundlichen Frau, deren Haar das Gesicht wie eine lebende Flamme umgab und in kleinen feurigen Locken aus den Zöpfen entschlüpfte, die bescheiden im Nacken aufgesteckt waren.

»Melisandra?«

»Mein Lord.« Sie neigte grüßend den Kopf. »Erlend sagte, als er zu mir kam, damit ich ihn wieder zu Bett bringe, er habe Euch gesehen.«

»Er ist ein prächtiger Junge. Kurz bevor ich mich auf den Heimritt machte, erhielt ich Nachricht von seiner Existenz. Vorher hatte ich keine Ahnung gehabt. Jeder Mann würde auf einen solchen Sohn stolz sein.«

Ein schwaches Lächeln überzog ihr Gesicht. »Und mit einem solchen Kompliment ist eine Frau zweifellos reichlich belohnt, welchen Preis sie selbst auch hat zahlen müssen. Heute denke ich, daß er einen gerechten Ausgleich für das, was ich verloren habe, darstellt. Aber es hat viele Jahre gedauert, bis ich dahin gelangte.«

Bard musterte die Mutter seines Sohnes schweigend. Ihr Gesicht war immer noch rund und hatte ein Grübchenkinn. Sie trug ein nüchternes graues Gewand über einem blauen Unterkleid, am Ausschnitt und an den Ärmeln mit einem Muster aus Schmetterlingen bestickt. Sie hatte eine Würde und eine Haltung, die ihn plötzlich an die feierliche Art seines kleinen Sohns erinnerte. So hatte er sie nicht in Erinnerung gehabt.

Sie sagte: »Lady Jerana ist freundlich zu uns beiden gewesen, und ebenso Euer Vater.«

»Das möchte ich auch hoffen«, meinte Bard. »Ich bin in meines Vaters Haus aufgewachsen, und es gibt keinen Grund, warum mein Sohn nicht ebenso gut behandelt werden sollte.«

In ihren Augen glitzerte ein ironisches Lächeln. »Ja, mein Lord, das war das letzte, was Ihr zu mir sagtet. Ihr wäret überzeugt, Euer Vater werde mich und das Kind nicht auf den Feldern verhungern lassen.«

»Ein Enkel ist ein Enkel«, erklärte Bard. »Auch wenn seine Geburt nicht durch irgendwelche blödsinnigen Zeremonien gesegnet wurde!«

Melisandra entgegnete ruhig: »Keine Geburt ist ungesegnet, Bard. Zeremonien sollen das Herz des Unwissenden trösten. Die Weisen wissen, daß es die Göttin ist, die den Segen spendet. Doch wie kann etwas, das Trost gibt, Blödsinn sein?«

»Dann darf ich daraus schließen, daß du nicht zu den Unwissenden gehörst, die solche Zeremonien nötig haben?«

»Als ich sie nötig hatte, mein Lord, war ich unwissender, als Ihr Euch vorstellen könnt, denn ich war noch sehr jung. Jetzt weiß ich, daß die Göttin selbst mehr Trost geben kann als jede von Menschen erdachte Zeremonie.«

Bard lachte vor sich hin. »Welche Göttin meinst du von den Dutzenden, die die Unwissenden dieses Landes trösten?«

»Die Göttin ist Eine, ganz gleich, mit welchem Namen sie sich selbst nennt oder welchen Namen die Unwissenden ihr geben.«

»Vermutlich muß ich einen Namen finden, unter dem ich ihr danken kann, daß sie mir einen so prächtigen Sohn geschenkt hat«, sagte Bard. »Aber meiner Meinung nach schulde ich eher *dir* Dank, Melisandra.«

Sie schüttelte den Kopf. »Du schuldest mir nichts, Bard.« Damit wandte sie sich ab. Er wäre ihr gefolgt, aber in diesem Augenblick begannen die Musikanten in der Nähe des Feuers zu spielen. Bard nahm wieder neben seinem Vater Platz. Am anderen Ende der Halle tanzten einige der Frauen. Mit einem kurzen Blick stellte er fest, daß sich Melisandra nicht unter ihnen befand.

Er fragte: »Wie kommt es, daß Geremy Anspruch auf den Thron erhebt? Schon der Name *Asturias* bedeutet doch *Land der Asturiens*. Was hat ein Hastur damit zu schaffen?«

»Er behauptet«, antwortete Dom Rafael, »einmal habe das ganze Land der Hastur-Sippe gehört, und Asturias sei den di Asturiens von den Hasturs nur als Lehen gegeben worden. In der alten Sprache bedeute *Asturias* nämlich *Land der Hasturs.* «

»Er ist wahnsinnig.«

»Wenn das so ist, weiß er seinen Wahnsinn zu seinem Vorteil zu nützen, denn er beansprucht das Land für König Carolin von Carcosa.«

»Welchen Schatten eines Anspruchs ...«, begann Bard und berichtigte sich: »Lassen wir einmal den Anspruch des Prinzen Valentine beiseite – und den würde ich nie unterstützen, denn schlecht geht es dem Land, dessen König ein Kind ist. Welche Schatten eines Anspruchs hat er außer dem alten Mythos von den Söhnen Hasturs und Cassildas? Ich will nicht von einem König regiert werden, der seinen Anspruch auf alte Legenden und Mythen stützt!«

»Ich auch nicht«, sagte Dom Rafael. »Dann könnte ich gleich glauben, die Hasturs seien einmal Götter gewesen, wie der Mythos behauptet, und die Hasturs seien die wahren Söhne des Herrn des Lichts! Doch selbst wenn der erste Hastur der Sohn von Aldones selbst war, würde ich das Land, das in all diesen Jahren den di Asturiens gehört hat, nicht friedlich aufgeben. Ich kann nicht gegen ihn ziehen, solange er Alaric hat. Aber ich glaube, er weiß, daß das Volk sich gegen einen Hastur auf dem Thron wehren wird. Vielleicht behält er Alaric, um ihn als seine Marionette auf den Thron zu setzen, aber er muß in seinen Sandalen zittern, der Elende!«

»Wenn er gehört hat, daß ich zurückgekommen bin, hat er guten Grund zum Zittern«, grinste Bard. »Aber ich dachte, vielleicht habe er sich entschieden, die Tochter König Ardrins zu heiraten und den Thron für seine Kinder in Besitz zu nehmen.«

»Carlina?« Dom Rafael schüttelte den Kopf. »Ich weiß nichts über sie, und mit Geremy verheiratet ist sie bestimmt nicht; davon hätte ich gehört.«

Bald darauf wurden die Musikanten entlassen. Lady Jerana schickte ihre Frauen weg, und Dom Rafael sagte seinem Sohn liebevoll gute Nacht. Lady Jerana hatte einen Leibdiener beauftragt, Bards Stiefel und Kleider in sein altes Zimmer zu bringen und ein Bad für ihn vorzubereiten. Doch als Bard ins Schlafzimmer zurückkehrte, unterließ der Diener die übliche Höflichkeit, ihn zu fragen, ob er eine Frau für sein Bett wolle. Bard wollte ihn schon zurückrufen, doch dann zuckte er die Schultern. Er war diesen Tag weit geritten und hatte unter Lady Jeranas Mädchen keine gesehen, die ihn interessierte. Er löschte das Licht und legte sich ins Bett.

Und fuhr erstaunt hoch, denn es war bereits besetzt.

»Zandrus Höllen!«

»Ich bin es, Bard.« Melisandra setzte sich neben ihm auf. Sie trug ein langes, dünnes Nachtgewand in einer hellen Farbe, und ihr Haar war wie eine leuchtende Wolke. Bard lachte.

»Du bist also zurückgekommen, obwohl du damals, als ich dir meinen Willen aufzwang, gewimmert und gejammert hast!«

»Es ist nicht mein Wille, sondern der Lady Jeranas«, gab Melisandra zurück. »Vielleicht möchte sie nicht noch eine ihrer jungfräulichen *Leroni* verlieren. Was mich angeht, so kann das, was ich zu verlieren hatte, nur einmal verloren werden.« Sie zuckte zynisch die Schultern. »Sie hat mir erlaubt, diese Räume zu benutzen, denn ich hätte ein Recht darauf, sagte sie. Der kleine Erlend und seine

Amme schlafen nebenan. Du bist nicht schlimmer als irgendein anderer, und die Göttin weiß, wie oft ich darum kämpfen mußte, hier in Frieden gelassen zu werden. Lady Jerana möchte in mir die *Barragana* ihres Pflegesohnes sehen, und ich habe dir ein Kind geboren. Aber falls du mich nicht hier haben willst, werde ich mit Freuden anderswo schlafen, und wenn ich das Bettchen meines Kindes teilen muß.«

Ihre ruhige, gleichmütige Hinnahme machte Bard wütend, und doch war er sich bewußt, daß es ihn ebenso wütend gemacht hätte, wenn es ihr eingefallen wäre, ihre Unwilligkeit zu leugnen. Gern hätte er sie mit einem Fluch aus seinem Bett geworfen und ihr befohlen, das Zimmer zu verlassen. Aber er spürte, daß sie alles, was er tat, mit dem gleichen indifferenten Schulterzucken hinnehmen würde, nur um ihn noch mehr zu ärgern. Verdammt sollte sie sein! Man hätte denken können, er habe ihr etwas zuleide getan! Statt dessen hatte er ihr einen Sohn von edlem Blut und einen unbestrittenen Platz als *Barragana* in diesem großen Haushalt gegeben!

Und da er Carlina nicht in seinem Bett haben konnte, war eine Frau genau wie die andere, sobald die Lampe gelöscht war.

»Dann komm«, sagte er brutal, »und sei still. Ich mag Frauen nicht, die eine Menge Lärm machen, und von deinen frechen Reden will ich nichts mehr hören.«

Sie blickte lächelnd zu ihm auf, als er nach ihr griff. »Ganz, wie es Euch beliebt, mein Lord. Alle Götter mögen verhüten, daß Ihr etwas ertragen müßt, was Euch mißfällt.«

Mehr sagte sie nicht. Noch ein Wort, dachte Bard in dumpfer Wut, und er hätte sie geschlagen, um zu sehen, ob das das verdammte Lächeln von ihrem Gesicht vertreiben konnte.

2

Waffenlärm weckte ihn, und er fuhr hoch, sofort hellwach. Er hatte zu oft im Feldlager geschlafen, um nicht zu erkennen, was für ein Geräusch das war. Melisandra setzte sich neben ihm auf.

»Werden wir angegriffen?«

»Hört sich so an. Woher soll ich das wissen, verdammt noch mal?« Bard war bereits aus dem Bett gesprungen und fuhr in seine Kleider. Melisandra zog einen langen Hausmantel über ihr Nachtgewand und sagte: »Ich muß zu meiner Lady gehen und die Frauen und Kinder in Sicherheit bringen. Laß mich dir mit den Stiefeln helfen«, setzte sie hinzu, und Bard fragte sich, woher sie wußte, daß er sich nicht die Zeit nehmen wollte, seinen Leibdiener zu rufen. »Und hier sind dein Schwert und dein Mantel.«

Er rannte zur Treppe und rief über die Schulter zurück: »Sorge dafür, daß der Junge sicher ist!« Er war ein wenig erstaunt über sich selbst. Wenn eine Burg angegriffen wurde, war keine Zeit, sich Sorgen um Frauen und Kinder zu machen.

Sein Vater war in der Großen Halle, hastig angekleidet.

»Ist das ein Angriff?«

»Nein, nur ein schneller Streich. Sie sind in den Dörfern aufgetaucht und gleich wieder verschwunden, und sie haben Pferde, die wir schlecht entbehren können, und ein paar Säcke Korn mitgenommen. Den Lärm haben die Dorfbewohner gemacht, die herbeigeritten kamen, es uns zu berichten, und meine Leibwächter bewaffnen sie, um den Angreifern nachzujagen, vielleicht die Pferde zurückzuholen . . .«

»Geremys Männer?«

»Nein, sie hätten sich das Große Haus zum Ziel genommen, nicht die Dörfer. Ich glaube, es waren die Männer von Serrais, die über unsere Grenzen schwärmen und die Anarchie dazu ausnützen, Abschaum aus dem Trockenland gegen uns zu führen . . . Das Land ist überlaufen von ihnen. Ich wollte, sie würden Geremy in Burg Asturias heimsuchen!«

Gwynn trat ein, und Dom Rafael wandte sich gereizt dem alten *Coridom* zu. »Was ist jetzt?«

»Ein Bote des Königs, mein Lord.«

Dom Rafael fragte mit finsterem Gesicht: »Wo ist in diesem Land ein König, der einen Boten senden kann?«

»Ich bitte um Verzeihung, mein Lord. Ich hätte sagen sollen, ein Bote von Dom Geremy Hastur. Er traf ein, als das Durcheinander auf dem Höhepunkt war und Eure Männer die Pferde sattelten, um den Räubern nachzureiten . . .«

»Ich hätte mit ihnen reiten sollen«, sagte Bard, doch sein Vater schüttelte den Kopf.

»Bestimmt wollen sie das nur, daß du deine Kraft auf Räuber und zufällige Scharmützel verschwendest!« Zu Gwynn sagte er: »Ich werde Geremys Mann empfangen. Sag Lady Jerana, sie soll mir eine *Leronis* schicken, die die Halle unter Wahrheitszauber legt. Ohne das höre ich mir keinen Hastur-Lakai an. Bard, willst du mir zur Seite stehen?«

Bis Geremys Bote in die Große Halle trat – er trug die Waffenstillstandsflagge und das Banner der Hasturs von Carcosa, die silberne Tanne auf blauem Grund, die im Kerzenlicht schimmerte –, hatte Bard hastig eine Schüssel mit Nußbrei, die als Frühstück für ihn aus der Küche geschickt worden war, ausgelöffelt, sich den Schlaf aus den Augen gewaschen und sich in die Farben seines Vaters gekleidet, Blau und Silber für di Asturien. Dom Rafael saß auf einem geschnitzten Stuhl auf der Plattform, und Bard nahm den Platz des Friedensmannes zwei Schritte hinter ihm ein. Er ließ die Hand auf dem Heft seines Schwerts ruhen. Melisandra, ebenfalls im Silber und Blau der di Asturiens – wie war es dazu gekommen, fragte sich Bard, daß die Hasturs und die di Asturiens die gleichen Hausfarben hatten? –, saß auf einem niedrigen Schemel und beugte sich über ihren Sternenstein, der das diffuse blaue Licht des Wahrheitszaubers im Raum verteilte. Der Bote blieb mißvergnügt im Eingang stehen.

»Mein Lord, das ist nicht notwendig.«

»In meiner Halle«, entgegnete Dom Rafael, »bestimme ich, was notwendig ist, es sei denn, ich begrüße meinen Oberherrn. Einen Sohn Hasturs erkenne ich jedoch nicht als meinen Oberherrn an und ebensowenig seinen Boten als die Stimme meines rechtmäßigen Königs. Bringt Eure Sache unter dem Wahrheitszauber vor oder verzichtet auf das Sprechen und verlaßt meine Halle wieder.«

Der Bote war für seine Aufgabe zu gut ausgebildet, um die Schultern zu zucken, aber irgendwie rief er den Eindruck hervor, er habe es getan.

»Dann sei es so, *val dom*. Da ich nicht falsch spreche, sagt der Wahrheitszauber mehr über die Bräuche Eurer Halle aus als über die Botschaft meines Herrn. Hört also das Wort des hohen Lords Geremy Hastur, Protektor von di Asturien und Regent von Asturias, der dies Land für seinen rechtmäßigen Herrn König Carolin von Carcosa in Besitz genommen hat . . .«

Dom Rafael unterbrach leise, aber gut hörbar: »Was ist mit der *Leronis* los? Ich dachte, dieser Raum sei unter Wahrheitszauber gelegt, damit hier kein falsches Wort gesprochen werden könne. Und doch muß ich einen Anspruch vernehmen . . .«

Bard wußte, Dom Rafael sagte das nur, um den Boten zu ärgern. Der Wahrheitszauber richtete sich auf Tatsachen und Absichten, nicht auf strittige Ansprüche, und natürlich wußte der Bote das auch und beachtete die Störung nicht. Seine Haltung veränderte sich, und Bard erkannte, daß er eine »Stimme« vor sich sah, einen berufsmäßigen Botschaften-Darsteller, der die Fähigkeit hatte, eine Botschaft mit genau den Worten und der Betonung zu übermitteln, wie er sie empfangen hatte. Jeder Bote konnte seinen Text wörtlich wiederholen. Aber hier handelte es sich um eine seltene und ganz spezielle Fertigkeit. Die Botschaft wurde mit der Stimme des ursprünglichen Sprechers übermittelt, und der Bote konnte bei seiner Rückkehr eine ihm mitgegebene Nachricht ebenso vortragen, so daß der Empfänger selbst jeden Unterton wie zum Beispiel der Ironie oder der Langeweile zu beurteilen vermochte.

»An meinen Verwandten und alten Freund meines Vaters Dom Rafael von Asturias«, begann die »Stimme«, und Bard erschauerte. Es war unheimlich. Die »Stimme« war ein ziemlich kleiner, fetter Mann mit ingwerfarbenem Schnurrbart und unauffälliger Kleidung. Aber seine Kunst rief den Eindruck hervor, Geremy Hastur selbst stehe vor ihnen, ein gebeugter Mann, eine Schulter höher als die andere, der einen Fuß in der Schwebe hielt, um ihn nicht zu belasten, und sich auf eine Art Stock stützte. Ein Kälteschauer überlief Bard, als er sah, was der kindische Streit aus dem verbitterten Mann vor ihm gemacht hatte . . .

Nein. Das war ein Trick, eine ausgebildete »Stimme«, ein Darsteller, ein Diener mit einer besonderen Aufgabe. Der wirkliche Geremy war weit weg.

»Verwandter, über deinen und meinen Anspruch auf den Thron von Asturias kann später diskutiert werden. Im Augenblick wird ganz Asturias von den Leuten aus Serrais angegriffen, die aus den Streitigkeiten um den Thron den Schluß ziehen, dies Land sei ein frei fliegender Vogel, den jeder Falke schlagen kann. Wie auch die Gründe für deinen oder meinen Anspruch sein mögen, ich bitte um Waffenstillstand, um diese Außenseiter von Serrais aus unseren Grenzen zu vertreiben. Und danach können du und ich uns als Verwandte zusammensetzen und darüber sprechen, wer dies Land regieren soll und wie. Ich bitte dich, im Augenblick mit mir gemeinsame Sache zu machen, da du der größte aller Generale bist, die in der Vergangenheit unter meinem Cousin Ardrin gedient haben. Ich gebe dir das Wort eines Hastur, daß dein Sohn Alaric, der als Verwandter in meinem Haus weilt, vor den Gefahren des Krieges geschützt werden soll, solange dieser Waffenstillstand andauert. Und wenn die Eindringlinge vertrieben sind, gelobe ich, mich mit dir zu treffen, ohne Waffen und von nicht mehr als vier Friedensmännern begleitet, damit wir über das Geschick dieses Landes und die Rückkehr Alarics in die Obhut seines Vaters miteinander reden können.«

Und nach ein paar Sekunden setzte die »Stimme«, nun in seinem eigenen Tonfall, hinzu: »Und dies ist das Ende der Botschaft, die Lord Geremy Hastur Euch für dieses Mal sendet. Nur bittet er Euch noch darum, daß Ihr so schnell kommt, wie es Euch möglich ist.«

Dom Rafael blickte finster zu Boden. Bard war es, der fragte: »Wie viele Eindringlinge haben die Grenzen von Asturias überschritten?«

»Sir, sie sind eine Armee.«

Dom Rafael sagte: »Anscheinend haben wir keine Wahl. Andernfalls werden diese Serrais einen von uns nach dem anderen überrennen und mit Muße niedermachen. Sagt meinem Verwandten, ich werde mit soviel gesunden Männern, wie ich zusammenrufen kann, und mit so vielen *Leroni*, wie ich aufbringe, zu ihm kommen, sobald ich für die Verteidigung meines eigenen Hauses, meiner Lady und meines Enkels gesorgt habe. Und Ihr mögt ihm berichten, daß ich dies unter Wahrheitszauber erklärt habe.«

Die »Stimme« verbeugte sich, und es wurden noch ein paar formelle Worte gewechselt. Dann zog sich die »Stimme« zurück, und Dom Rafael drehte sich zu Bard um.

»Nun, mein Sohn? Ich habe von deinem Kriegsruhm gehört, und siehe da, es wartet ein Krieg auf dich, sobald du nach Asturias heimkommst!«

»Ich würde lieber gegen Geremy kämpfen«, meinte Bard, »aber der Thron der Asturias muß sicher gemacht werden, bevor sich irgendwer darauf setzen kann. Falls Geremy glaubt, unsere Hilfe werde seinen Anspruch stärken, liegt es an uns, ihm zur gegebenen Zeit zu zeigen, daß er sich irrt. Wann reiten wir?«

Den ganzen Tag brannten die Signalfeuer und riefen die Krieger zusammen, die Asturias dienstpflichtig waren, und das waren alle gesunden Männer, die gegen die Angreifer reiten konnten. Als der erste Trupp sich in Marsch setzte, schlossen sich ihm immer mehr Leute an, Adlige in Rüstungen aus metallverstärktem Leder, zu Pferde, die Schwert und Schild trugen, Bogenschützen zu Fuß, die außer gewöhnlichen Pfeilen auch Feuerpfeile und lange Piken hatten, Farmer und Bauern auf Eseln und gehörnten Packtieren mit altertümlichen Speeren, Morgensternen und sogar Keulen und Mistgabeln.

Bard ritt mit seines Vaters Friedensmännern, und in ihrer Nähe ritt eine kleine Gruppe von unbewaffneten Männern und Frauen, deren lange graue Kapuzenmäntel ihre Gesichter verbargen. Das waren die *Leroni*, die an der Seite der Krieger kämpfen würden. Bard stellte bei sich fest, daß sein Vater in der ganzen Zeit, die er, Bard, im Exil gewesen war, diese Männer angeworben und ausgebildet hatte, und plötzlich überlief ihn ein leichter Schauer. Wie lange plante sein Vater diese Rebellion schon, wie lange brütete er sie wie ein monströses Ei in seinen Gedanken aus? Hatte er schon vor so langer Zeit die Krone für Alaric begehrt?

Nun, er selbst war für den Krieg besser geeignet als für das Regieren, dachte Bard. Er wollte lieber des Königs Mann als der König sein, und wenn der König eines Tages sein geliebter Bruder war, stand ihm ein gutes Leben bevor. Er begann zu pfeifen und ritt fröhlich weiter.

Aber etwa eine Stunde später bekam er einen Schreck, denn unter den *Leroni* hatte er trotz ihrer Kapuze das Gesicht Melisandras erkannt.

»Vater«, fragte er, »warum reitet die Mutter meines Sohns mit der Armee? Sie ist keine Troßdirne!«

»Nein, sie ist die beste *Leronis* in unserm Dienst.«

»Irgendwie hatte ich aus deinen Worten den Eindruck gewonnen, Lady Jerana mache mich verantwortlich, daß ich sie für diesen Dienst verdorben habe . . .«

»Oh, sie ist nutzlos für das Gesicht«, erwiderte Dom Rafael. »Dafür haben wir ein Mädchen, das noch keine zwölf Jahre alt ist. Aber auf jedem anderen Gebiet ist Melisandra sehr tüchtig. Ich habe sogar früher einmal daran gedacht, sie als meine eigene *Barragana* zu nehmen, weil Jerana sie gern mag, und wie du selbst feststellen wirst, wenn du verheiratet bist, ist es sinnlos, sich eine Konkubine zu nehmen, die deiner gesetzmäßigen Frau widerwärtig ist. Aber . . .« Er zuckte die Schultern. »Jerana wollte, daß sie des Gesichts wegen Jungfrau blieb, und deshalb ließ ich sie in Ruhe, und du weißt, was dann geschah. Ein Enkel ist mir aber sowieso lieber. Und da Melisandra sich als fruchtbar erwiesen hat, solltest du sie vielleicht zur Frau nehmen.«

Bard runzelte voller Abscheu die Stirn. »Ich muß dich daran erinnern, Vater, daß ich bereits eine Frau habe. Ich werde keine andere nehmen, solange Carlina lebt.«

»Gewiß kannst du Carlina zur Frau nehmen, wenn du sie findest«, sagte Dom Rafael. »Aber sie ist seit ihres Vaters Tod nicht mehr am Hof. Sie war schon geflohen, bevor Königin Ariel mit Valentine zu ihren Verwandten nach Valeron ging.«

Bard hätte gern gewußt, ob sie den Hof verlassen hatte, um einer Heirat mit Geremy zu entgehen. Für Geremy wäre diese Heirat bestimmt die beste Untermauerung seines Anspruchs auf Ardrins Thron gewesen. Wartete sie irgendwo auf ihn, bis er kam und sie holte?

»Wo ist Carlina dann?«

»Das weiß ich ebenso wenig wie du, mein Sohn. Sie könnte in irgendeinem Turm sein und die Künste einer *Leronis* lernen, oder sogar ...« Dom Rafael wandte den Blick der neuesten Gruppe von Kämpfern zu, die sich der Armee unterwegs angeschlossen hatte. »Oder vielleicht hat sie ihr Haar geschnitten und sich der Schwesternschaft vom Schwert angelobt.«

»Niemals!« rief Bard und schüttelte sich beim Anblick der Frauen in ihren scharlachfarbenen Mänteln. Frauen, deren Haar kürzer geschoren war als das eines Mönchs, Frauen ohne Anmut und Schönheit, Frauen, die den Dolch der Entsagenden nicht etwa im Stiefel wie die Männer trugen, sondern über der Brust festgeschnallt. Es war ein Zeichen dafür, daß ein Mann, der die Hand auf sie legte, sterben mußte und daß die Frau sich selbst den Tod geben würde, bevor sie sich als Kriegsbeute nehmen ließ. Unter den Mänteln trugen sie die seltsame Kleidung ihrer geschworenen Schwesternschaft, Breeches, bis zu den Knien reichende verschnürte Westen und niedrige Stiefel, die um die Knöchel festgebunden waren. Ihre Ohren waren wie die von Räubern durchbohrt, und vom linken Ohrläppchen baumelte ein großer Reifen.

»Ich wundere mich, Vater, daß du diese ... diese Huren bei uns haben willst.«

»Aber«, wandte Dom Rafael ein, »sie sind ausgezeichnete Kämpferinnen und haben gelobt, eher zu sterben als dem Feind in die Hände zu fallen. Nicht eine ist je zur Gefangenen gemacht worden oder hat ihren Diensteid verletzt.«

»Und du willst mir erzählen, daß sie ohne Männer leben? Das glaube ich nicht«, höhnte Bard. »Und was denken sich die Männer dabei, daß sie mit Frauen reiten sollen, die keine Troßdirnen sind?«

»Sie behandeln sie mit dem gleichen Respekt wie die *Leroni*«, sagte Dom Rafael.

»Respekt? Für Frauen in Hosen mit durchbohrten Ohren? Ich würde sie behandeln, wie es alle Frauen verdienen, die sich nicht an den ihrem Geschlecht gebührenden Anstand halten!«

»Das möchte ich dir nicht raten«, entgegnete Dom Rafael, »denn ich habe gehört, wenn eine von ihnen vergewaltigt wird und sich und den Mann nicht tötet, verfolgen ihre Schwestern sie und töten beide. So weit es ein Mann wissen kann, sind sie keusch wie die Priesterinnen Avarras. Aber niemand weiß genau, was zwischen ihnen vorgeht. Vielleicht ist es einfach so, daß sie sehr geschickt in der Kunst geheimen Hurens sind. Und sie sind, wie ich sagte, ausgezeichnete Kämpferinnen.«

Bard konnte sich Carlina nicht unter ihnen vorstellen. Schweigend und schlecht gelaunt ritt er weiter, bis man ihn am Nachmittag rief, die Waffen einer Gruppe junger Bauern zu überprüfen, die sich ihnen angeschlossen hatten. Einer trug ein ihm von seinen Vorvätern vererbtes Schwert, doch die anderen hatten Äxte, Piken, die nach generationenlangem Gebrauch aussahen, Mistgabeln und Keulen.

»Kannst du reiten?« frage Bard den Mann mit dem Schwert. »Wenn ja, kannst du dich meinen Männern anschließen.«

Der junge Bauer schüttelte den Kopf. »Nein, *vai dom*, ich kann nicht einmal auf einem Pflugtier reiten«, gestand er in seinem breiten Dialekt. »Das Schwert hat meinem Urgroßvater gehört, der es vor hundert Jahren bei Firetop trug. Ich kann damit fechten, so gerade ein bißchen, aber trotzdem bleibe ich besser bei meinen Brüdern.«

Bard nickte zustimmend. Eine Waffe machte noch keinen Soldaten.

»Wie du willst, Mann, und viel Glück wünsche ich dir. Du und deine Brüder könnt euch den Männern dort drüben anschließen. Sie sprechen eure Sprache.«

»Aye, sie sind meine Nachbarn, *vai dom.*« Dann fragte er schüchtern: »Und Ihr seid der Sohn des hohen Lords, der, den man Wolf nennt, Dom?«

»So bin ich genannt worden.«

»Was tut Ihr hier, *Dom?* Ich hörte, Ihr wäret gesetzlos und im Ausland ...«

Bard lachte vor sich hin. »Der, der mich zum Gesetzlosen gemacht hat, erklärt das jetzt in der Hölle. Wirst du versuchen, mich um das Kopfgeld zu töten, Mann?«

»Nein, bestimmt nicht.« Die Augen des jungen Bauern waren rund vor Bestürzung. »Nicht den Sohn des hohen Lords. Nur, wenn Ihr uns anführt, können wir gar nicht anders als siegen, Dom Wolf.«

Bard sagte: »Mögen all die Serrais-Füchse und wilden Männer so denken, Mann«, und sah zu, wie sich die Bauern ihrer eigenen Gruppe beigesellten. Er blickte nachdenklich drein, als er nach vorn zu seinem Vater ritt. Hier und da fing er das Bruchstück einer Unterhaltung auf: *Der Wolf, der Kilghard-Wolf ist gekommen, uns anzuführen.* Nun, vielleicht feuerte das die Leute an.

Bard erreichte seinen Vater, und Dom Rafael wies auf den Jüngsten unter den *Leroni*, einen Jungen mit frischem Gesicht und Sommersprossen, dessen Haar unter der grauen Kapuze hervorflammte. Er war erst etwa zwölf Jahre alt. »Rory hat etwas gesehen, Bard. Erzähl meinem Sohn, was du gesehen hast, Junge.«

»Hinter dem Wald, Dom Wolf ... Dom Bard«, verbesserte er sich schnell, »liegt eine Gruppe von Männern im Hinterhalt.«

Bard kniff die Augen zusammen. »Du hast das gesehen. Mit dem Gesicht?«

Der *Laranzu* antwortete: »Im Reiten konnte ich nicht so gut sehen wie im Kristall oder in einem Teich mit klarem Wasser. Aber sie sind dort.«

»Wie viele? Wo? Wie sind sie aufgestellt?« Er feuerte Fragen auf den Jungen ab. Rory stieg von seinem Pony, ergriff einen Zweig und begann, in den Staub zu zeichnen.

»Vier, vielleicht fünf Dutzend Männer. Ungefähr zehn zu Pferde, hier ...« Er zog eine Linie, die mit den übrigen einen spitzen Winkel bildete. »Einige der übrigen haben Bogen ...«

Melisandra beugte sich über den Jungen und fragte: »Sind *Leroni* bei ihnen?«

»Ich glaube nicht, *Domna*. Es ist schwer zu erkennen ...«

Bard blickte schnell zurück auf den großen, ungeordneten Haufen, der hinter ihnen herzog. Verdammt! Er hatte es noch nicht für nötig gehalten, die Männer aufzustellen. Aber wenn sie jetzt in der Flanke angegriffen wurden, konnten schon wenige Feinde fürchterlichen Schaden anrichten! Noch ehe er ernsthaft über den Hinterhalt nachgedacht hatte, wandte er sich an den Jungen: »Rory, sieh her! Sind auch Männer hinter uns?«

Der Junge kniff die Augen zusammen. »Nein, Dom Wolf, die Straße hinter uns ist frei bis zu Dom Rafaels Burg und weiter bis zu den Grenzen von Marenji.«

Das bedeutete, daß die von Serrais heranrückende Armee irgendwo zwischen ihnen und Burg Asturias lag. Mußten sie sich hindurchkämpfen, und würden sie dann die Burg unter Belagerung finden? Vielleicht zwangen die Eindringlinge Geremy Hastur zur Aufgabe, bevor sie dort eintrafen. Nein, das durfte man einem Verbündeten nicht wünschen! Und inzwischen wartete ein Hinterhalt auf seine Armee. Eine lächerlich kleine Schar, die sicher nur beabsichtigte, sie eine Weile aufzuhalten. Wenn sie ihren Ritt unterbrechen mußten, um ihre Verwundeten zu versorgen, konnten sie die Burg nicht früher als nach Einbruch der Dunkelheit und vielleicht erst am nächsten Morgen erreichen. Folglich war für diese Nacht ein Angriff auf die Burg geplant. Eine Armee dieser Größe konnte der Beobachtung nicht entgehen. Wenn die Armee von Serrais Kundschaftervögel oder *Leroni* hatte, mußten die Feinde wissen, daß Dom Rafael unterwegs war, und besonderes Interesse daran haben, ihn und seine Truppen noch einen Tag lang fernzuhalten.

Er sprach von diesen Überlegungen zu seinem Vater, und Dom Rafael nickte zustimmend. »Aber was sollen wir tun?«

»Zu schade, daß wir sie nicht umgehen und in ihrem Hinterhalt warten lassen können wie eine Katze vor einem leeren Mauseloch«, antwortete Bard. »Aber wir können eine Armee von dieser Größe nicht ungesehen an dem Wald vorüberführen. Rory sagte, es sei keine *Leronis* bei ihnen, aber das heißt nicht, daß keine *Leronis* in Rapport mit einem ihrer Anführer steht und durch seine Augen sieht. Deshalb können wir sie nicht angreifen, ohne gleichzeitig die Hauptarmee von Serrais zu alarmieren.« Er dachte eine Weile nach. »Und selbst wenn wir sie schnell auslöschen – vier Dutzend Männer können unserer ganzen Armee nicht standhalten –, läßt das einer *Leronis* oder einem Kundschaftervogel Zeit genug, unsere Anzahl, Aufstellung und Bewaffnung auszuspionieren. Aber was eine *Leronis* nicht sieht, kann sie nicht weitermelden. Ich denke, die Hauptarmee sollte an dem Wald vorbeiziehen, so daß die Leute im Hinterhalt sie nicht sehen. Vater, gib irgendeinem Mann deinen Mantel und dein Pferd und laß ihn mit deinem Banner mit mir reiten, während du die Hauptarmee um den Wald führst. Mir gibst du . . .« – er überschlug die benötigte Anzahl – ». . . zehn oder zwölf ausgesuchte Reiter und ein Dutzend Schwertkämpfer mit hohen Schilden mit, dazu noch zwei Dutzend Bogenschützen. Wir halten uns weiter an die ursprüngliche Richtung, und wenn wir Glück haben, denken die Beobachter, die in Rapport mit den Leuten im Hinterhalt stehen, das sei alles, was wir haben, um Burg Asturias zu entsetzen. Nimm alle *Leroni* mit dir, und wenn du auf der anderen Seite des Waldes bist, mache mit ihnen und ihren Kundschaftervögeln halt und laß sie auskundschaften, welche Art von Armee Serrais diesmal gegen uns gesandt hat.«

Damit war Dom Rafael sofort einverstanden.

»Nimm die Bogenschützen der Gilde«, riet er Bard, »und Lord Lanzells Reiter – es sind fünfzehn, und sie arbeiten gut zusammen und folgen einem Mann. Such dir deine Fußsoldaten selbst aus.«

»Vater, ich kenne die Männer noch nicht gut genug, um eine schnelle Wahl treffen zu können.«

»Jerrall kennt sie.« Dom Rafael wies auf seinen Bannerträger. »Er ist seit zwanzig Jahren bei mir. Jerrall, geh mit meinem Sohn und gehorche ihm, wie du mir gehorchen würdest.«

Bard stellte seine ausgewählten Männer auf und sah zu, wie die Hauptarmee sich eng formierte und auf dem anderen Weg davonzog. Die Kehle war ihm seltsam eng geworden. Er hatte als Soldat gekämpft, seit er dreizehn war, aber dies war das erste Mal unter seines Vaters Banner und außerdem seit seiner Verbannung das erste Mal, daß er für ein Land focht, um dessen Wohlergehen er einen *Sekal* gab.

Sie griffen die im Hinterhalt liegenden Feinde von hinten an, überrumpelten die Reiter und töteten die Hälfte der Pferde, bevor die Fußsoldaten herbeieilen konnten. Bards Männer bildeten eine Schildmauer und schossen brennende Pfeile auf sie ab. Die Schlacht dauerte weniger als eine halbe Stunde. Dann hatten Bards Leute das Serrais-Banner erobert, und die verwundeten Überlebenden entflohen in alle Richtungen. Bard hatte zwei oder drei Männer verloren, aber sie hatten alle Pferde des Feindes erbeutet oder getötet. Er gab Befehl, den am schwersten Verwundeten die Kehlen durchzuschneiden – einen Transport hätten sie sowieso nicht überlebt, und das war barmherziger, als sie für die *Kyorebni* und Wölfe liegen zu lassen – und Waffen und Ausrüstung einzusammeln.

Als sie sich der Hauptarmee wieder angeschlossen hatten, ließen sie ihre Gefangenen von einem *Laranzu* verhören, der tief in die Gedanken eindringen konnte. Daraus erfuhren sie, daß sie sich in der Tat einen Weg durch die ganze Armee von Serrais erkämpfen mußten, um Burg Asturias zu erreichen. Die Belagerungsarmee vor den Mauern der Burg bereitete einen Angriff vor, wollte aber die Belagerung aufrechterhalten, wenn sie die Burg nicht durch einen Überraschungsangriff nehmen konnte.

Bard nickte mit entschlossenem Gesicht. »Wir müssen während der Nacht in aller Eile weiterreiten. Die Vorratswagen können wir nicht so schnell befördern, aber unsere besten Männer müssen früh genug eintreffen, um die Überraschung zu vereiteln, die diese Serrais-Leute planen.«

Der nächtliche Regen dieser Jahreszeit begann bereits zu fallen, aber sie zogen so schnell wie möglich weiter, auch dann noch, als der Regen sich in leichten Schnee verwandelte, worüber es in den Reihen einiges Gemurre gab.

»Wollt Ihr uns erzählen, sie würden Burg Asturias bei diesem Wetter angreifen? Sie können ja nicht einmal die Mauern sehen, die sie beschießen wollen!«

Das erinnerte Bard an einen lange zurückliegenden Feldzug, an sein erstes selbständiges Kommando. Melisandra, deren leuchtendes Haar von der grauen Kapuze einer *Leronis* verdeckt war, rief ihm mit einem Gefühl schmerzlicher Reue Melora ins Gedächtnis zurück. Wo mochte sie jetzt sein? Sogar Melisandras Stimme war wie ihre, als sie leise sagte: »Das Wetter wird sich vor dem Morgengrauen aufklären, darauf könnt ihr euch verlassen. Und ebenso sicher ist, daß es auch ihre Zauberer wissen. Innerhalb der Burg mag man sich wegen des Sturms sicher glauben. Aber wenn die Wolken sich verziehen, werden wir Mondenschein haben.«

Der Mann sah sie mit respektvollem Staunen an und fragte: »Erkennt Ihr das mit Eurer Zauberkunst, *Domna?*«

»Ich weiß es, weil ich die Zyklen der Monde kenne«, lachte Melisandra. »Jeder Bauer könnte dir ebensoviel sagen. Es stehen heute nacht vier Monde am Himmel, und Liriel und Kyrrdis sind voll. Es wird hell genug sein, um Falken fliegen zu lassen! Deshalb müssen wir rechtzeitig dort sein. Aber«, setzte sie nachdenklich hinzu, »auch ihre Zauberer werden Licht genug für ihre Arbeit haben, und darauf müssen wir gefaßt sein.«

Bard war froh über die Kunde, doch er hatte etwas gegen Zauberei in der Schlacht. Er zog ehrliche Schwerter und Speere vor.

Der Sturm erreichte seinen Höhepunkt, so daß die *Leroni* mit brennenden Fackeln vorausritten und der kleine Rory den Weg mit dem Gesicht auskundschaftete. Männer und Pferde kämpften sich dem Licht der Fackeln nach und fluchten über das Schneegestöber und die Verwehungen. Bard fragte sich, ob die *Leroni* des Feindes den Sturm herbeigerufen hatten. Er kam ihm zu heftig vor, um natürlich zu sein. Doch er hatte keine Möglichkeit, das festzustellen, und grollend nahm er sich vor, Melisandra *nicht* zu fragen.

Und dann war plötzlich alles ruhig. Sie ritten aus dem Sturm in klare Nacht. Der Wind erstarb, und über ihnen erstrahlten die vollen Scheiben der größeren Monde, der blasse Liriel und der bläulich schimmernde Kyrrdis. Bard hörte, daß die Männer überrascht nach Luft schnappten. Von einer Höhe aus blickten sie in das Tal hinunter, das die Burg umgab. Es war unheimlich still. Nach dem, was die Zauberer ihm berichtet hatten, wußte Bard, daß die ganze Armee von Serrais dort lag und vor der Burg Lager aufgeschlagen hatte, bereit, im Morgengrauen anzugreifen. Aber kein Wachfeuer glomm, kein Schritt raschelte dort unten.

»Trotzdem sind sie da«, sagte Melisandra neben ihm, und durch ihre Gedanken nahm er das Bild des Tals auf – nicht dunkel, wie er es sah, sondern erhellt von seltsam flackernden Lichtern, die Männer und Pferde und Kriegsmaschinen waren.

»Wie kannst du das sehen, Melisandra?«

»Ich weiß es nicht. Vielleicht spürt mein Sternenstein die Wärme ihrer Körper und wandelt sie in ein Bild um, das mein Gehirn erfassen kann ... jeder sieht es anders. Rory erzählte mir, er könne sie *hören*. Vielleicht spürt er die Bewegungen ihres Atems oder das Schreien des Grases unter ihren Füßen, wenn sie es niederdrücken.«

Bard erschauerte und wünschte, er hätte nicht gefragt. Er hatte diese Frau besessen, sie hatte ihm einen Sohn geboren, aber er wußte nichts von ihr, und er fürchtete sich vor ihr. Er hatte von einer *Laran*-Gabe gehört, die mit einem Gedanken töten konnte. Besaß Melisandra diese Gabe? Nein, denn sonst hätte sie ihn in Verteidigung ihrer Keuschheit bestimmt niedergestreckt ...

»Wissen ihre *Leroni*, daß wir kommen?«

»Ich bin sicher, sie wissen, daß wir in der Nähe sind. Die Anwesenheit all dieser Männer und Tiere kann niemandem, der *Laran* hat, verborgen bleiben. Aber Rory und ich haben unsere Gaben so gut wie möglich abgeschirmt, und so wollen wir hoffen, daß sie glauben, wir seien noch viel weiter entfernt. Wir haben den alten Meister Ricot und Dame Arbella bei den Vorratswagen gelassen und sie angewiesen, falsche Bilder auszusenden, als sei die Armee immer noch bei ihnen ... Jetzt können wir nichts anderes tun als warten.«

Sie warteten. Kyrrdis senkte sich dem Horizont entgegen, und der östliche Himmel zeigte gerade den ersten rötlichen Schimmer, als Melisandra Bards Arm berührte. »Dort unten ist der Befehl zum Angriff gegeben worden.«

Bard sagte grimmig: »Dann werden wir als erste angreifen.« Er winkte seinen Pagen heran und trug ihm auf, den Befehl weiterzugeben. Er war nicht müde, obwohl er drei Nächte lang nur wenig geschlafen hatte. Jetzt knabberte er an einem harten Brötchen, in das ein Stück Fleisch eingebacken war. Es schmeckte wie Leder, aber er wußte aus Erfahrung, daß ihn Schwindel oder Übelkeit befielen, wenn er mit leerem Magen in die Schlacht ritt. Bei anderen Männern war es genau umgekehrt. Beltran hatte immer gesagt, wenn er nur einen Bissen zu sich nehme, müsse er erbrechen wie eine schwangere Frau – warum dachte er jetzt an Beltran? Warum mußte sich dieser Geist auf seine Schulter setzen?

Sie würden sich also einen Weg durch die angreifende Serrais-Armee hauen, um Schloß Asturias und Geremy Hasturs wertloses Leben zu retten. Und würden sie dann angreifen? Glaubte Geremy wirklich, er könne in Anwesenheit von Dom Rafaels Armee seinen Anspruch auf den Thron durchsetzen? Glaubte Geremy, der Waffenstillstand werde einen Augenblick länger dauern, als Dom Rafael es gut dünkte? Und doch hatte er Dom Rafael gebeten, seine Armee hierherzubringen.

Wie viele Männer in der Armee würden sich hinter Dom Rafael stellen? Wahrscheinlich paßte es den meisten ebenso wenig wie ihrem Anführer, einen Hastur auf dem Thron zu sehen.

Unter ihnen blitzte ein Lichtschimmer auf, und Bard gab schnell einen Befehl.

»Fackeln!«

Überall wurden Fackeln hinter ihren Abschirmungen hervorgeholt. Ein Feuerpfeil zog einen langen, kreischenden Kometenschweif in den Mittelpunkt der Serrais-Armee.

»Attacke!« brüllte Bard.

Mit dem alten Schlachtruf der di Asturiens stürzten sich die Krieger den Berg hinab auf die Armee von Serrais, und während der Feind gegen die Mauern von Asturias anzurennen begann, griffen sie ihn von hinten an.

Als die rote Sonne tropfend über die östlichen Berge emporstieg, war die Serrais-Armee in Stücke gehauen, und die Überlebenden flohen in völliger Verwirrung. Schon Bards erster Angriff, bei dem die Hälfte ihrer Nachhut getötet oder verwundet wurde, hatte ihnen den Mut genommen. Es war ihnen nicht gelungen, auch nur ein einziges Katapult oder eine andere Kriegsmaschine einzusetzen oder ihr Haftfeuer zu entzünden; das hatte Bard alles erbeutet. Dann hatte Bard ein paar Haftfeuerbomben in die feindlichen Reihen schleudern lassen, die überall explodierten und die übriggebliebenen Pferde in wilde Flucht jagten, und dann war alles vorbei bis auf das Abschlachten und die letztendliche Kapitulation. Die Bewaffneten innerhalb der Burg hatten ihnen mit Pfeilschüssen von den Mauern Deckung gegeben, und gegen Schluß hatten die *Leroni* sich zusammengeschlossen und Schrecken unter der Serrais-Armee verbreitet, so daß die letzten Männer schreiend flohen, als seien alle Dämonen aus Zandrus neun Höllen hinter ihnen her. Bard, der selbst schon gegen *Laran*-Terror gekämpft hatte, dachte, daß die Teufel wahrscheinlich echt waren – und wenn nicht, kam es auf dasselbe hinaus, solange die Serrais-Leute sie für echt hielten.

Dom Eiric Ridenow von Serrais war gefangengenommen worden. Als Bard mit seinen Bannerträgern in die Burg einritt, diskutierte man bereits darüber, ob man ihn als Geisel für das Wohlverhalten der anderen Serrais-Lords behalten, gegen Lösegeld und den Eid, Neutralität zu wahren, wieder nach Hause schicken oder als Beispiel für andere, die versuchen mochten, die Grenzen von Asturias unter Waffen zu überqueren, an den Burgzinnen hängen solle.

»Tut, was ihr wollt«, sagte der alte Mann und biß die Zähne so fest zusammen, daß sein blonder Bart wackelte. »Glaubt ihr, meine Söhne werden nicht mit all ihren Streitkräften nach Asturias ziehen, sobald sie erfahren, was ihrer Vorhut geschehen ist?«

»Er lügt«, stellte ein junger *Laranzu* fest. »Diese Armee war keine Vorhut; sie enthielt jeden einzelnen Mann, den er ins Feld schicken konnte. Seine Söhne sind noch nicht alt genug, um zu kämpfen. Sie haben alles auf einen Wurf gesetzt.«

»Und sie hätten Erfolg gehabt, wärst du mir nicht zu Hilfe gekommen, Verwandter«, sagte Geremy Hastur zu Dom Rafael. Geremy trug ein langes Gewand, die Robe eines Gelehrten in so tiefem Purpur, daß es beinahe schwarz wirkte. Bis auf einen kleinen Dolch war er unbewaffnet. Das lange Gewand versteckte sein verkrüppeltes Bein, doch weder seine schiefe Haltung noch sein Hinken. Beim Gehen mußte er sich einer Krücke bedienen wie ein viermal so alter Mann. Sein rotes Haar ergraute bereits an den Schläfen, und er hatte begonnen, sich wie ein alter Mann eine Bartfranse um den Unterkiefer wachsen zu lassen. Bard dachte verächtlich, daß sein Pflegebruder weniger nach einem Krieger aussah als eine jener Entsagenden, die in seiner Armee gekämpft hatten.

Dom Rafael und Geremy umarmten sich als Verwandte, doch dann traten sie auseinander. Geremys Blick fiel auf Bard, der zwei Schritte hinter seinem Vater stand.

»Du!«

»Bist du überrascht, mich zu sehen, Verwandter?«

»Du bist für sieben Jahre zum Gesetzlosen in diesem Reich erklärt worden, Bard, und dazu klebt königliches Blut an deinen Händen. Dein Leben ist hier doppelt verwirkt. Nenne mir einen einzigen guten Grund, warum ich meinen Männern nicht befehlen soll, dich hinauszuführen und an den Burgzinnen zu hängen!«

Bard erwiderte heftig: »Du weißt, durch welchen Verrat dies Blut an meine Hände gekommen ist . . .«, aber Dom Rafael brachte ihn mit einer Geste zum Schweigen.

»Ist das Dankbarkeit, Cousin Geremy? Bard hat den Kampf angeführt, der Burg Asturias davor bewahrte, in Serrais-Hände zu fallen. Ohne ihn wäre jetzt dein Kopf als Zielscheibe für die Schießübungen von Dom Eirics Männern aufgehängt!«

Geremys Lippen wurden schmal.

»An der Tapferkeit meines Cousins habe ich nie gezweifelt. Und ich nehme an, ich muß ihm Straffreiheit gewähren, ein Leben für ein Leben. Sei es so, Bard. Du kannst in diesem Reich kommen und gehen, wie es deine gesetzmäßigen Tätigkeiten erfordern. Aber komm mir nicht wieder vor die Augen. Wenn die Armee abzieht, gehst du mit ihr, und du wirst dich dein ganzes Leben lang nicht wieder bei Hof blicken lassen. Denn an dem Tag, an dem ich dich wiedersehe, werde ich dich töten.«

»Was das betrifft ...«, begann Bard, doch Dom Rafael unterbrach ihn.

»Genug! Bevor du Urteile auf Tod oder Verbannung aussprichst, Hastur, solltest du einen Thron haben, von dem herab du sprechen kannst. Mit welcher Begründung erhebst du den Anspruch, hier zu regieren?«

»Als Regent für Valentine, Sohn Ardrins, auf Verlangen der Königin Ariel und als Protektor dieses Landes, das seit undenklichen Zeiten Teil der Hastur-Domänen gewesen ist und es wieder sein wird, sobald die Jahre der Anarchie vorbei sind. Die Hasturs von Carcosa sind friedliche Leute und werden die di Asturiens hier regieren lassen, wenn sie der Domäne von Hastur Treue schwören, und Valentine hat es bereits getan.«

»Wacker, wacker!« gab Dom Rafael zurück. »Großer Ruhm und mutige Taten sind dein, Geremy Hastur, da du von einem noch nicht fünf Jahre alten Kind einen Eid erlangt hast! Hast du dem Kind ein Spielzeugschwert und ein neues Pony versprochen, oder hast du den Eid billig für einen Zuckerkuchen und eine Handvoll Süßigkeiten bekommen?«

Geremy zuckte unter diesem Sarkasmus zusammen. »Er hat auf die Vorstellungen seiner Mutter, der Königin Ariel, gehört. Sie weiß genau, daß ich die Rechte des Jungen schützen werde, bis er erwachsen ist, und dann, so sagte er mir, werde er den Eid als Mann leisten und in Vertretung der Hasturs hier regieren.«

Dom Rafael erklärte grimmig: »Wir wollen keine Hasturs in diesem Land, das den di Asturiens gehört, seit sie es in grauer Vorzeit dem Katzenvolk abnahmen!«

»Die Männer dieses Landes werden Valentine, ihrem rechtmäßigen Herrn, folgen, und dieser hat dem gesetzmäßigen Hastur-König Treue geschworen«, sagte Geremy.

»Wirklich? Wenn du das glaubst, solltest du sie lieber erst fragen.«

Mit offensichtlicher Anstrengung hielt Geremy sich im Zaum. »Ich hatte geglaubt, wir hätten einen Friedensvertrag geschlossen, Dom Rafael.«

»Einen Waffenstillstand für die Zeit, wo die Serrais-Armee dich belagerte. Aber jetzt ist die Armee zerschlagen, und ich bezweifle, ob Dom Eiric in den nächsten zehn oder mehr Jahren genug Männer zusammenbringen kann, um eine neue Armee ins Feld zu führen! Vorausgesetzt, daß wir ihn leben lassen. Und was das betrifft«, setzte er hinzu und gab einem seiner Leibwächter ein Zeichen, »bringt Dom Eiric weg und haltet ihn in sicherem Gewahrsam.«

»In einem Verlies, mein Lord?«

Dom Rafael musterte Eiric Ridenow von oben bis unten. »Nein. Das wäre zu hart für seine alten Knochen. Wenn er unter dem Wahrheitszauber schwört, nicht zu entfliehen, bis wir über sein Geschick bestimmt haben, werden wir ihn mit allen Bequemlichkeiten unterbringen, die seinem Rang und seinen grauen Haaren zukommen.«

»Für jedes graue Haar auf meinem Kopf«, bemerkte Dom Eiric der Wahrheit entsprechend, »gibt es zehn auf deinem, Rafael di Asturien!«

»Trotzdem werde ich Euch gut behandeln, bis Eure Söhne Euch auslösen können, denn sie werden Euch zu Hause brauchen, bis sie erwachsen sind. Kleine Jungen handeln unüberlegt, und sie könnten etwas versuchen, das zu gefährlich für sie ist.«

Dom Eiric blickte finster, doch schließlich sagte er: »Bringt unsere *Leronis* her. Ich werde bei den Mauern von Serrais schwören, daß ich diesen Ort nicht verlasse, bis Ihr selbst mich freigebt, tot oder lebendig.«

Bard lachte hart auf. »Nimm ihm einen stärkeren Eid ab als den bei den Mauern von Serrais, Vater, denn ich kann sie niederreißen, wann immer ich will.«

Dom Eiric sandte ihm einen zornfunkelnden Blick zu, sprach jedoch kein Wort, denn er wußte, was Bard gesagt hatte, stimmte. Dom Rafael wies seinen Leibwächter an: »Bring ihn in ein gut ausgestattetes Zimmer und bewache ihn dort, bis ich ihm den Eid abnehmen kann. Du bürgst mir mit deinem Leben dafür, daß er nicht entflieht, bevor eine *Leronis* seinen Eid hat.«

Geremy Hastur sah mit düsterer Miene zu, wie der alte Lord abgeführt wurde. »Verlaß dich nicht zu sehr auf meine Dankbarkeit, Cousin. Ich habe den Eindruck, du verfügst allzu selbstherrlich über meine Gefangenen.«

»Mit deinen Gefangenen? Wann wirst du der Wahrheit ins Gesicht sehen, Cousin?« fragte Dom Rafael. »Deine Herrschaft hier ist zu Ende, und das werde ich dir beweisen.« Er gab Bard ein Zeichen, und dieser trat auf den Balkon hinaus.

Vom Hof unten, wo die Soldaten untergebracht waren, klang wildes Jubelgeschrei herauf.

»Der Wolf! Der Kilghard-Wolf!«

»Unser General! Er hat uns zum Sieg geführt!«

»Dom Rafaels Sohn! Lang lebe das Haus di Asturien!«

Dom Rafael begab sich ebenfalls auf den Balkon und rief: »Hört mir zu, Männer! Ihr habt die Freiheit von Serrais gewonnen. Wollt Ihr Asturias den Hasturs übergeben? Ich erhebe Anspruch auf den

Thron für das Haus di Asturien – nicht für mich selbst, sondern im Namen meines Sohns Alaric!«

Zustimmendes Gebrüll ertränkte seine Worte. Als es wieder ruhig geworden war, sagte Dom Rafael: »Jetzt seid Ihr an der Reihe, mein Lord Geremy. Fragt, ob es da unten Männer gibt, die zwölf Jahre lang unter Hastur-Herrschaft leben wollen, bis Ardrins Sohn Valentine zum Mann herangewachsen ist.«

Bard hatte das Gefühl, er könne Geremys Haß und Zorn schmekken, so dicht erfüllte er die Luft. Aber der junge Mann sprach nicht. Er trat schweigend auf den Balkon. Ein paar Rufe wurden laut: »Keine Hasturs!« und »Nieder mit den Hastur-Tyrannen!«, aber nach kurzer Zeit verstummten sie.

»Männer von di Asturien!« rief Geremy. Seine Stimme war ein kräftiger, volltönender Baß, der den gebrechlichen Körper, der sie beherbergte, Lügen strafte. »In vergangenen Zeiten eroberte Hastur, der Sohn des Lichts, dieses Reich und setzte die di Asturiens als seine Vertreter ein. Ich stehe hier für König Valentine, Sohn Ardrins. Seid ihr Verräter, Männer, daß ihr gegen euren rechtmäßigen König rebelliert?«

»Wo ist denn dieser König?« rief ein Mann in der Menge. »Wenn er unser rechtmäßiger König ist, warum ist er nicht hier und wird unter seinen Untertanen aufgezogen?«

»Wir wollen keine Marionettenkönige der Hasturs hier«, brüllte ein anderer. »Geh zurück nach Hali, wo du hingehörst, Hastur!«

»Wir wollen einen echten di Asturien auf dem Thron, keinen Hastur-Lakai!«

»Wir in Asturias küssen keinem Hastur den Arsch!«

Die Rufe wurden lauter, und Bard hörte mit wachsender Befriedigung zu. Irgendwer warf einen Stein. Geremy zuckte nicht. Er hob eine Hand, und der Stein explodierte mit blauer Flamme. Die Männer japsten und brachen dann in Wutgeschrei aus.

»Wir wollen keine Hexenkönige in Asturias!«

»Wir wollen einen Soldaten, keinen verdammten *Laranzu!*«

»Dom Rafael! Dom Rafael! Wer tritt ein für König Alaric?« riefen sie, und dazwischen hörte man sogar: »Bard! Bard di Asturien! Wir wollen den Kilghard-Wolf!«

Ein zweiter Stein flog durch die Luft und verfehlte Geremy nur um eine Handbreit. Er machte sich nicht die Mühe, ihn abzulenken. Dann schleuderte jemand eine Handvoll Pferdemist, den er im Hof aufgelesen hatte, und er klatschte auf die purpurne Robe. Geremys Friedensmann faßte seinen Herrn beim Ellenbogen und zog ihn vom Balkon hinunter.

Dom Rafael fragte: »Glaubt Ihr immer noch, Ihr könntet den Thron von Asturias in Besitz nehmen, Dom Geremy? Vielleicht sollte ich Königin Ariel und dem Volk von Carcosa Euren Kopf schicken, damit die Lady sich ihre Diener in Zukunft sorgfältiger aussucht.«

Geremys Lächeln war ebenso grimmig wie das des alten Mannes. »Ich würde es dir nicht raten. König Valentine liebt seinen Spielgefährten Alaric, aber ich zweifle nicht daran, daß Königin Ariel ihn überreden könnte, dir ein Gegengeschenk zu schicken.«

Bard trat mit geballten Fäusten vor, aber Dom Rafael schüttelte den Kopf. »Nein, mein Sohn, kein Blutvergießen hier. Wir haben nichts gegen die Hasturs, solange sie ihr eigenes Land regieren und die Hände nicht nach unserm ausstrecken. Aber du wirst mein Gast bleiben, bis sich mein Sohn Alaric wieder unter diesem Dach befindet.«

»Glaubst du, Carolin von Carcosa wird mit einem Usurpator verhandeln?«

»In dem Fall«, erklärte Dom Rafael, »werde ich Euch mit Freuden so lange Gastfreundschaft gewähren, wie Ihr wünscht, mein Lord. Sollte ich nicht lange genug leben, um Zeuge Eurer Rückkehr nach Carcosa zu sein, so habe ich einen Enkel, der die Regentschaft für meinen Sohn Alaric übernehmen wird.« Zu Bard sagte er: »Führe unseren königlichen Gast in seine Räume – er ist königlich in Carcosa, obwohl er das niemals in Asturias sein wird. Und bringe Diener dort unter, damit es ihm an nichts fehlt und damit er nicht geht und die Wälder erforscht und dann vielleicht fällt und sein lahmes Bein beschädigt. Wir müssen sehr gut für den Sohn König Carolins sorgen.«

»Ich werde dafür sorgen, daß er sich in seiner Kammer mit Studien und Meditationen beschäftigt und nicht Gefahr läuft, sich mit körperlichen Übungen zu verletzen«, antwortete Bard und legte Geremy eine Hand auf die Schulter.

»Komm, Cousin.«

Geremy schüttelte die Hand ab, als habe sie ihn verbrannt. »Du verdammter Bastard, faß mich nicht an!«

»Die Berührung macht mir kein Vergnügen«, gab Bard zurück. »Ich bin kein Liebhaber von Männern. Du willst auf meine höfliche Aufforderung hin nicht kommen? Nun, dann ...« Er winkte zwei Soldaten. »Lord Hastur fällt das Gehen schwer; er hat ein lahmes Bein, wie ihr seht. Bitte, helft ihm in sein Zimmer.«

Geremy schrie und schlug um sich, als die stämmigen Soldaten ihn packten und davontrugen. Dann erinnerte er sich an seine Würde, gab nach und ließ sich abführen. Aber der Blick, den er auf Bard zurückwarf, verriet, daß er bis zum Tod mit ihm kämpfen würde, sollte er eine Gelegenheit dazu finden.

Ich hätte ihn töten sollen, als es mir möglich war, dachte Bard wütend. *Aber ich hatte ihn durch einen unglücklichen Zufall gelähmt, ich konnte ihn nicht töten, als er unbewaffnet war.*

Ich hätte Geremy lieber als Pflegebruder und Freund statt als Feind. Welcher Gott haßt mich, daß dies geschehen konnte?

Der Machtwechsel in Burg Asturias wurde ohne große Schwierigkeiten innerhalb weniger Tage vollzogen. Man mußte ein paar von Geremys loyalen Männern hängen, weil sie eine Palastrevolution organisierten. Aber einer der *Laranzu* roch den Plan heraus, bevor er allzu weit gediehen war. Bald war alles ruhig. Bard hörte von Melisandra, daß eine Dame der im Exil weilenden Königin Geremy Hasturs Kind trage und darum gebeten habe, seine Gefangenschaft zu teilen.

»Ich wußte nicht, daß Geremy eine Liebste hatte. Kennst du ihren Namen?«

»Ginevra«, antwortete Melisandra, und Bard hob die Augenbrauen. Er erinnerte sich an Ginevra Harryl.

»Du bist eine *Leronis*«, sagte er. »Kannst du bei ihr keine Fehlgeburt oder etwas dieser Art hervorrufen? Es ist schlimm genug, den einen Hastur gefangenzuhalten, auch ohne eine Dynastie ins Leben zu rufen.«

Melisandras Augen funkelten vor Zorn. »Keine *Leronis* würde ihre Macht so mißbrauchen!«

»Hältst du mich für einen Einfaltspinsel, Weib? Erzähl mir keine Märchen über eure Tugend! Jede Troßdirne, die gegen ihren Willen schwanger wird, weiß eine Zauberin, die ihr diese unwillkommene Bürde abnimmt!«

In weißglühendem Zorn gab Melisandra zurück: »Wenn die Frau das Kind nicht zu einem Leben voll Elend gebären will, weil sie auf einem Feldzug ist oder keinen Vater dafür hat oder in Armut lebt oder weiß, sie wird keine Milch für es haben – dann wird sich zweifellos eine *Leronis* ihrer erbarmen! Aber ein heißersehntes Kind töten, nur weil irgendein Mann es als politische Bedrohung ansieht?« Ihre Augen flammten ihn an. »Hast du geglaubt, ich hätte *dein* Kind gewollt, Bard di Asturien? Aber es war geschehen und nicht wiedergutzumachen, und was sich daraus auch entwickeln mochte, ich hatte das Gesicht verloren ... Deshalb hütete ich mich, ein unschuldiges Leben zu vernichten, obwohl ich es nicht gewünscht hatte.

Und wenn ich es in diesem Fall nicht tat, glaubst du dann, ich würde Ginevras Kind auch nur in Gedanken ein Leid zufügen? Ginevra liebt ihr Kind und seinen Vater! Wenn du jemanden brauchst, der die schmutzige Arbeit für dich tut, schicke einen Mann, der ihr die Kehle mit dem Schwert durchschneidet, dann hast du Ruhe!«

Bard wußte darauf nichts zu antworten. Es war ein unangenehmer Gedanke, daß Melisandra sich so leicht von dem Kind hätte befreien können. Warum hatte sie es nicht getan?

Und nun hatte er das Problem Ginevra am Hals. Diese verdammten Weiber und ihre idiotischen Skrupel! Melisandra hatte in der Schlacht schon getötet, das wußte er. Und hier war ein potentieller Feind der di Asturiens, gefährlicher als einer, der Schwert oder Pike trug, und dieser Feind sollte leben! Er würde sich nicht erniedrigen, indem er sich mit ihr herumstritt, aber sie sollte sich vorsehen, daß sie ihn nicht noch einmal erzürnte! Das sagte er ihr und ließ sie stehen.

Gezwungen, über die Frau nachzudenken, die er hatte und nicht wollte, mußte er auch an die Frau denken, die er wollte und nicht haben konnte. Und nach einer Weile fiel ihm eine Möglichkeit ein, wie er Ginevra und ihr ungeborenes Kind für seine Zwecke benutzen konnte.

Als im Land wieder Ruhe herrschte und die Soldaten nach Hause zurückgekehrt waren, ausgenommen das stehende Heer, das Bard für die Verteidigung und vielleicht auch für den Angriff ausbildete (denn er wußte genau, eines Tages würden die Hasturs über ihn herfallen, ob er Geiseln hatte oder nicht), verlor Lady Jerana keine Zeit, an den Hof überzusiedeln. Bard suchte sie in den Räumen auf, die Königin Ariel gehört hatten.

»Ist Lady Ginevra Harryl, die ein Kind von Hastur erwartet, gesund und wohl?« erkundigte er sich. »Wann wird sie zu Bett gebracht werden?«

»Vielleicht in drei Monden«, antwortete Lady Jerana.

»Wollt Ihr mir einen Gefallen tun, Pflegemutter? Sorgt dafür, daß sie jede Bequemlichkeit hat, daß ihrem Rang entsprechende Damen um sie sind und eine zuverlässige Hebamme bereitsteht.«

Lady Jerana runzelte die Stirn. »Das ist alles längst geschehen. Sie hat drei Kammerfrauen, die für ihre den Hasturs freundliche Einstellung bekannt sind, und die Hebamme, die deinen eigenen Sohn zur Welt gebracht hat, wartet ihr auf. Aber ich kenne dich zu gut, um zu glauben, daß du dies aus Freundlichkeit gegen Lady Ginevra tust.«

»So? Hast du vergessen, daß Geremy mein Pflegebruder ist?«

Jerana blickte skeptisch drein, und Bard sagte nichts mehr. Doch später an diesem Tag, als er sich selbst überzeugt hatte, daß alles, was Dom Rafaels Frau gesagt hatte, der Wahrheit entsprach, begab er sich in Geremys Räume.

Geremy saß mit einem der Pagen, die zu seiner Bedienung abgestellt waren, bei einem »Burgen« genannten Spiel. Als Bard eintrat, legte er die Würfel beiseite und erhob sich unbeholfen.

»Du brauchst nicht der Höflichkeit wegen aufzustehen, Geremy. Tatsächlich brauchst du überhaupt nicht aufzustehen.«

»Es gehört sich für einen Gefangenen, daß er in Anwesenheit seines Gefängniswärters steht«, erwiderte Geremy.

»Ganz wie du willst. Ich wollte dir Nachricht von Lady Ginevra Harryl bringen. Ich bin überzeugt, du bist zu stolz, um von dir aus nach ihr zu fragen. Deshalb wollte ich dir mitteilen, daß sie in einer Suite neben den Räumen von meines Vaters Frau untergebracht ist. Camilla und Rafaella Delleray und Felizia MacAnndra, ihre eigenen Frauen, sind ihr zu ihrer Bedienung geschickt worden, und eine in unserem eigenen Haushalt ausgebildete Hebamme wird ihr beistehen.«

Geremy ballte die Fäuste. »Da ich dich kenne, bin ich sicher, auf diese Art willst du mir beibringen, daß du Rache für irgendeine nur in deiner Einbildung bestehende Beleidigung genommen hast, indem du sie und ihre Frauen in irgendein schmutziges Verlies stecktest und eine verfluchte Schlampe sie im Kindbett mißhandeln soll.«

»Du tust mir unrecht, Cousin. Ihr steht mehr Luxus zur Verfügung als dir, und das werde ich unter Wahrheitszauber bestätigen, wenn du willst.«

»Warum solltest du das tun?« fragte Geremy mißtrauisch.

»Ich weiß doch, wie sehr einen Mann die Sorge um sein Weibervolk beunruhigen kann«, erklärte Bard, »und da habe ich mir gedacht, du könntest ebenso auf Nachricht von deiner Lady brennen wie ich auf Nachricht von der meinen. Wenn du es wünschst, kann dafür gesorgt werden, daß Ginevra hier bei dir wohnt . . .«

Geremy ließ sich auf seinen Sitz fallen und bedeckte das Gesicht mit den Händen. »Macht es dir Vergnügen, mich zu quälen, Bard? Du hast nicht den Schatten eines Streites mit Ginevra, aber wenn es dich befriedigt, mich gedemütigt zu sehen, werde ich vor dir auf den Knien kriechen, wenn ich muß. Tu Ginevra und ihrem Kind nichts zuleide!«

Bard öffnete die Tür und ließ eine *Leronis* des Haushalts ein – es war nicht Melisandra. Als das blaue Licht des Wahrheitszaubers das Zimmer erfüllte, sagte er: »Jetzt hör mich an, Geremy. Lady Ginevra ist in luxuriösen Räumen untergebracht, keinen Steinwurf von denen entfernt, die Königin Ariel bewohnte, als wir Jungen waren. Da sie schwanger ist, bekommt sie reichlich zu essen, und auf meinen Befehl hin die Speisen, die sie am liebsten mag. Sie hat ihre eigenen Frauen bei sich, die in ihrem Zimmer schlafen, damit niemand sie belästigen kann, und die Hebamme meiner eigenen Mutter befindet sich in Rufweite.«

Geremy beobachtete das Licht des Wahrheitszaubers. Es flakkerte nicht. Immer noch war er mißtrauisch, aber er, der selbst in der Kunst ausgebildet war, verstand genug von *Laran*, um zu erkennen, daß der Wahrheitszauber nicht auf einer Täuschung beruhte. Er fragte: »Warum sagst du mir das alles?«

»Weil auch ich eine Frau habe«, antwortete Bard, »die ich in sieben langen Jahren der Gesetzlosigkeit und des Exils nicht sehen konnte. Wenn du mir unter Wahrheitszauber sagst, wo ich Carlina finde, werde ich Ginevra erlauben, hier bei dir zu wohnen, oder dich unter Bewachung in ihre Suite bringen lassen, wo du bis zur Geburt deines Kindes bleiben kannst.«

Geremy warf den Kopf zurück und brach in ein langes Gelächter der Verzweiflung aus.

»Ich wollte, ich könnte es dir sagen! Ich hatte vergessen, wie ernst du jene Verlobung nahmst . . . wir alle nahmen sie damals ernst, vor deinem Streit mit Ardrin.«

»Carlina ist meine Frau«, erklärte Bard. »Und da ein Wahrheitszauber auf diesem Raum liegt, sag mir der Wahrheit entsprechend: Hat Ardrin sein Versprechen nicht bereut und versucht, sie dir zu geben, Hasturbrut?«

»Bereut hat er es von früh bis spät«, sagte Geremy, »und als Beltran tot war und du dich im Ausland befandest, hielt er das Band zwischen euch für gelöst. Und tatsächlich hat er sie mir angeboten. Aber hör auf, die Zähne zu fletschen, Wolf. Carlina wollte nichts mit mir zu schaffen haben, und das sagte sie ihm, obwohl der alte König großes Geschrei erhob und schwor, keine Frau solle ihm auf diese Weise trotzen!«

Das Licht des Wahrheitszaubers auf seinem Gesicht schwankte nicht. Bard wußte, er sprach die Wahrheit. Ein Gefühl der Freude erfüllte ihn. Carlina hatte ihm die Treue gehalten, sie hatte sich geweigert, sie zu brechen, und wenn es für Geremy war!

»Und wo ist sie, Geremy? Sprich, und Ginevra darf zu dir kommen.«

Geremy lachte bitter auf. »Wo ist sie jetzt? Gern, mit der größten Freude sage ich es dir, Cousin! Sie hat die Gelübde einer Priesterin

Avarras abgelegt, was selbst ihr Vater ihr nicht zu verbieten wagte. Dann floh sie vom Hof und aus dem Königreich und zog zur Insel des Schweigens, wo sie den Rest ihres Lebens in Keuschheit und im Gebet verbringen wird. Und wenn du sie haben willst, Cousin, mußt du hingehen und sie holen.«

3

Nach der Eroberung von Asturias gab Dom Rafael seinem Sohn den Befehl über die Armee. Aber Serrais war für den Augenblick unterworfen, und Bard war noch nicht bereit, gegen die Hasturs ins Feld zu ziehen. Deshalb ging er zu Dom Rafael und bat um ein paar Tage Urlaub.

»Du hast sie dir gewiß verdient, mein Sohn. Wohin willst du reisen?«

»Ich habe Geremy dazu gebracht, mir zu sagen, wo Carlina ist«, antwortete Bard, »und ich möchte sie mit einer Ehrengarde abholen.«

»Aber doch nicht, wenn sie mit irgendeinem anderen Mann verheiratet worden ist«, meinte sein Vater besorgt. »Ich kenne deine Gefühle, aber ich kann dir nicht mit gutem Gewissen Urlaub geben, damit du einem meiner Untertanen die Frau wegnimmst. Ich regiere dies Land nach dem Gesetz!«

»Welches Gesetz ist stärker als jenes, das einen Mann an die ihm verlobte Frau bindet? Aber sorge dich nicht, Vater. Carlina ist keines Mannes Frau. Sie hat Zuflucht an einem Ort gesucht, wo sie nicht zur Heirat mit einem anderen gezwungen werden kann.«

»In dem Fall«, antwortete sein Vater, »nimm dir soviel Männer mit, wie du willst, und wenn du mit ihr zurückkehrst, werden wir die Heirat hier mit aller Pracht feiern.« Er zögerte. »Lady Melisandra wird sich mit ihrer Stellung als *Barragana* nicht leicht abfinden, wenn deine Frau einmal hier ist. Soll ich sie auf unsere Güter zurückschicken? Sie kann dort für ihren Sohn sorgen und in ehrenhafter Zurückgezogenheit leben.«

»Nein!« erklärte Bard wild. »Ich werde sie Carlina als Dienstmagd geben!«

Etwas in ihm erbaute sich an der Vorstellung, daß eine gedemütigte Melisandra Carlina bediente, ihr das Haar kämmte und ihr die Schuhe und Bänder holte.

»Du mußt tun, was du für richtig hältst«, sagte Dom Rafael.

»Aber sie ist die Mutter deines ältesten Sohns, und wenn du die Mutter demütigst, setzt du den Sohn herab. Auch glaube ich nicht, daß es Carlina viel Vergnügen machen wird, bei Tag und Nacht das Gesicht ihrer Rivalin zu sehen. Ich habe den Eindruck, du verstehst die Frauen nicht sehr gut.«

»Vielleicht nicht«, brummte Bard, »und du kannst sicher sein, wenn Carlina wünscht, daß ich Melisandra wegschicke, werde ich keine Zeit verlieren, es zu tun. Carlina als meine gesetzmäßige Gattin wird die Pflicht haben, alle meine Söhne aufzuziehen, und ich will Erlend in ihre Obhut geben.« Das, dachte er, würde besser sein, als es zuzulassen, daß Melisandra das Gemüt des Kindes gegen ihn vergiftete. Er hatte den kleinen Erlend, und es lag nicht in seiner Absicht, sich von ihm zu trennen.

Er stellte eine Ehrengarde von einem Dutzend Männern zusammen. Das genügte, um den Frauen auf der Insel des Schweigens zu zeigen, daß er fest entschlossen war, seine Frau wegzuholen. Bestimmt würden sie nicht zögern, sie ihm auszuhändigen. Gegen eine Handvoll weltabgewandter weiblicher Einsiedlerinnen bedurfte es schließlich keiner großen Streitmacht!

Zusätzlich zu der Ehrengarde nahm er zwei Zauberer mit, den jungen *Laranzu* Rory und Melisandra selbst. Von Kindheit an hatte er Geschichten über die Zauberkräfte der Priesterinnen Avarras gehört, und so wollte er mit eigenen Zauberkräften dagegen angehen können. Und Melisandra schadete es gar nichts, wenn sie erfuhr, daß er tatsächlich eine gesetzmäßige Frau hatte und sie nichts mehr von ihm erwarten konnte.

Die Insel des Schweigens lag außerhalb des Königreichs von Asturias in der unabhängigen Grafschaft Marenji. Bard wußte wenig über Marenji, nur daß der Herrscher alle paar Jahre aus der Mitte des Pöbels durch Akklamation gewählt wurde. Das Land hatte kein stehendes Heer und hielt sich frei von einem Bündnis mit benachbarten Königen oder Herrschern. Einmal hatte Bards Vater den Sheriff in seiner Großen Halle empfangen und mit ihm um ein paar Fässer des dortigen Obstweins gehandelt und sich verpflichtet, seine Grenzen zu bewachen.

Bard ritt durch das friedliche Land Marenji mit seinen Hainen aus Apfel-, Birn-, Pflaumen- und Grünbeerenbäumen und den Obstgärten mit Nußbäumen und Federschotenbüschen. In einer Bergschlucht sah er einen aufgedämmten Bach, der eine Filzmühle antrieb, wo Federschoten-Fasern zu Einlagen für Steppdecken verarbeitet wurden. Es gab ein Dorf von Webern. Bard erinnerte sich, daß sie wunderschöne karierte Stoffe für Röcke und Tücher herstellten. Nirgendwo waren Spuren von Verteidigungsanlagen zu entdecken.

Wenn dies Land bewaffnet wäre, dachte Bard, und man Soldaten in den Dörfern einquartierte, wäre es ein ausgezeichneter Pufferstaat, der die Serrais-Armeen von Asturias abhalten konnte, und umgekehrt könnten die Männer von Asturias Marenji schützen. Davon müßte man den Sheriff von Marenji überzeugen. Und wenn er es nicht einsah, nun, es war keine Armee vorhanden, die hätte Widerstand leisten können. Sobald er wieder zu Hause war, wollte er seinem Vater raten, möglichst bald Bewaffnete in Marenji zu stationieren.

Während sie weiterritten, wurde das Land dunkler. Sie zogen im Schatten der hohen Berge dahin, vorbei an Seen und nebligen Weihern. Man sah immer weniger Bauernhöfe, nur noch hier und da ein isoliertes Anwesen. Melisandra und der Junge ritten dicht beieinander und sahen aus, als sei ihnen unbehaglich zumute.

Bard rief sich alles ins Gedächtnis zurück, was er über die Priesterinnen Avarras wußte. Seit Menschengedenken lebten sie auf der Insel im Mittelpunkt des Sees des Schweigens, und es war immer Gesetz gewesen, daß jeder Mann sterben mußte, der den Fuß auf diese Insel setzte. Es hieß, daß die Priesterinnen das Gelübde ablegten, ihr ganzes Leben in Keuschheit und im Gebet zu verbringen. Aber außer den Priesterinnen suchten viele andere Frauen, Ehefrauen und Jungfrauen und Witwen, aus Frömmigkeit oder weil sie Trost in irgendeinem Leid suchten oder Buße tun wollten, die Insel auf, um dort eine Zeitlang unter dem Mantel Avarras, der Dunklen Mutter, zu verweilen. Und wer sie auch sein mochten, wenn sie Avarra anbeteten und während ihres Aufenthalts die Kleidung der Schwesternschaft trugen und mit keinem Mann sprachen und keusch lebten, dann durften sie bleiben, solange sie wollten. Kein Mann wußte genau, was unter ihnen vor sich ging, und die Frauen, die dort gewesen waren, hatten schwören müssen, niemals darüber zu sprechen.

Es waren Frauen, die verzweifelt waren über den Verlust eines Kindes oder Gatten, unfruchtbare Frauen, die sich nach Kindern sehnten, vom Gebären ausgezehrte Frauen, die die Göttin um Gesundheit oder um Unfruchtbarkeit bitten wollten, Frauen, die unter irgendeinem Kummer litten. Sie alle gingen dort zum Schrein Avarras und beteten um die Hilfe der Priesterinnen oder die der Mutter.

Einmal hatte eine alte Frau, die Lady Jerana diente – Bard war noch so klein gewesen, daß er nicht weggejagt wurde, wenn die Frauen unter sich sprachen – in seiner Hörweite gesagt: »Das Geheimnis der Insel des Schweigens? Das Geheinmis ist, daß es gar keins gibt! Ich habe dort einmal eine Jahreszeit verbracht. Die Frauen leben in ihren Häusern, schweigend, keusch und allein, und sprechen nur, wenn es notwendig ist, oder um zu beten, zu heilen und zu helfen. Sie beten bei Tagesbeginn und Tagesende und beim Aufgang der Monde. Sie sind verpflichtet, jeder Frau zu helfen, die sie im Namen der Göttin darum bittet, ganz gleich, um welchen Kummer es sich handelt. Sie wissen eine Menge über Heilkräuter und Hausmittel, und als ich dort bei ihnen war, lehrten sie mich einiges darüber. Sie sind gute und heilige Frauen.«

Bard überlegte, wie man Frauen »gut« nennen könnte, die gelobt hatten, jeden Mann zu ermorden, der den Fuß auf die Insel setzte. Doch das wollte er einräumen (mit diesem Witz versuchte er, seine Angst zu verjagen), daß sie ganz anders als andere Frauen sein mußten, wenn sie schwiegen! Das war bei Frauen immer eine Tugend.

Allerdings kam es ihm ganz verkehrt vor, daß Frauen allein und ohne Schutz lebten. Wäre er Sheriff von Marenji, würde er Soldaten mit dem Schutz der Frauen beauftragen.

Sie hatten jetzt den Rand eines Tals erreicht und blickten hinunter auf die weiten Wasser des Sees des Schweigens.

Es war ein ruhiger Ort, und ein unheimlicher. Als sie zum Ufer des Sees hinabritten, hörten sie kein Geräusch außer dem der Hufe ihrer Pferde und den Ruf eines Wasservogels, der sich, beim Brüten gestört, mit plötzlichem Kreischen in die Luft erhob. Dunkle Bäume streckten biegsame Äste über das dunkle Wasser, das vor der niedrigstehenden Abendsonne schwarz wirkte. Als sie näher kamen, hörten sie das klagende Quaken von Fröschen. Sie bahnten sich einen Weg durch das nasse Sumpfland am Ufer. Die Hufe der Pferde verursachten saugende, schmatzende Laute.

Puh, war das ein schauriger Ort! Carlina sollte dankbar sein, daß er kam, sie wegzuholen! Vielleicht war es ganz vernünftig von ihr gewesen, hier Zuflucht zu suchen, so daß sie nicht aus politischen Gründen zu irgendeiner Heirat gezwungen werden konnte. Aber sicher waren sieben Jahre in Frömmigkeit und Gebet, abgesondert von allen Männern, genug! Ihr Leben als Prinzessin Carlina, Gemahlin des Armeebefehlshabers des Königs, würde ganz anders sein!

Und jetzt stieg von der Oberfläche des Sees Nebel auf. Dicke Schwaden wirbelten und trieben auf sie zu, bis Bard kaum noch den Pfad vor sich sehen konnte. Die Männer murrten; schon die Luft schien dick und drückend zu sein. Der kleine Rory, der auf seinem Pony an Bards Seite ritt, hob sein blasses, ängstliches Gesicht.

»Bitte, *vai dom*, wir sollten umkehren. Wir werden uns in dem Nebel verirren. Und sie wollen uns nicht hier, das fühle ich.«

»Benutze das Gesicht«, befahl Bard. »Was siehst du?«

Das Kind zog seinen Sehstein hervor und blickte gehorsam hinein, aber sein Gesicht war verzerrt, als kämpfe es gegen das Weinen an.

»Nichts. Ich sehe nichts, nur den Nebel. Sie versuchen, sich vor mir zu verstecken. Sie sagen, es sei ein Frevel, wenn ein Mann sich hier aufhalte.«

Bard spottete: »Nennst du dich selbst einen Mann?«

»Nein«, antwortete das Kind, »aber sie nennen mich so und sagen, ich darf nicht hier sein. Bitte, mein Lord Wolf, laßt uns umkehren! Die Dunkle Mutter hat mir ihr Gesicht zugewandt, aber sie ist verschleiert, sie ist zornig – o bitte, mein Lord, es ist uns verboten hierherzukommen, wir müssen umdrehen und wieder weggehen, oder es wird etwas Schreckliches geschehen!«

Bard fragte sich wütend und enttäuscht, ob diese Hexen auf der Insel glaubten, sie könnten ihn verscheuchen, indem sie einem harmlosen kleinen Jungen mit einem Sehstein Streiche spielten. »Halt den Mund und versuche, wie ein Mann zu handeln«, befahl er dem Jungen streng. Das Kind schnüffelte, wischte sich das Gesicht ab und ritt schweigend weiter. Es zitterte.

Der Nebel wurde dichter und noch dunkler. Zog ein Sturm auf? Seltsam, denn auf dem Berg über dem See war das Wetter strahlend schön gewesen. Wahrscheinlich war es die Feuchtigkeit, die aus diesem ungesunden Sumpfland aufstieg.

Welch ein abergläubischer Haufen seine Männer waren, daß sie über ein bißchen Nebel murrten!

Plötzlich begann der Nebel zu kreisen und sich zusammenzuballen und zu irgendeinem Muster zu formen. Bards Pferd trat nervös zur Seite, als die wirbelnden Schwaden sich genau vor ihm zur Gestalt einer Frau zusammenfügten. Es war kein Nebelgeist, sondern eine Frau, ebenso aus Fleisch und Blut und wirklich wie er selbst. Er konnte jede Strähne des weißen Haares sehen, das ihr zu beiden Seiten ihres Gesichts in Zöpfen niederfiel. Dies Gesicht war bis auf ein paar Zoll von einem dichtgewebten schwarzen Schleier verdeckt. Die Frau trug einen schwarzen Rock und über einer Art Hemd aus grobem Leinen das einfache dicke Stricktuch einer Bäuerin. Um ihre Taille schlang sich ein gewebter Gürtel mit farbigen Mustern, von dem ein sichelförmiges Messer mit schwarzem Griff niederhing.

Sie hob mit strenger Geste die Hand.

»Geh zurück«, befahl sie. »Du weißt, daß kein Mann hierherkommen darf. Dies ist heiliger Boden, der Dunklen Mutter geweiht. Es gibt hier Treibsand und andere Gefahren, von denen du nichts weißt. Kehre um.«

Bard öffnete den Mund, und er hatte einige Schwierigkeiten, seine Stimme zu finden. Endlich sagte er: »Ich habe nicht die Absicht, Euch, Mutter, oder irgendeiner der frommen Dienerinnen Avarras ein Leid anzutun oder es an Respekt fehlen zu lassen. Ich bin hier, um meine Verlobte Carlina di Asturien, Tochter des verstorbenen Königs Ardrin, nach Hause zu geleiten.«

»Hier sind keine verlobten Bräute«, erwiderte die alte Priesterin. »Nur die geschworenen Schwestern Avarras, die hier in Frömmigkeit und Gebet leben, und ein paar Büßerinnen und Pilgerinnen, die zur Heilung ihrer Wunden und zur Erleichterung ihrer Bürden eine Jahreszeit bei uns verweilen.«

»Ihr weicht mir aus, alte Mutter. Ist Lady Carlina unter ihnen?«

»Niemand hier trägt den Namen Carlina«, sagte die alte Priesterin. »Wir fragen nicht danach, welchen Namen unsere Schwestern trugen, solange sie in der Welt lebten. Wenn eine Frau zu uns kommt und ihr Gelübde ablegt, ist ihr früherer Name für immer vergessen und nur noch der Göttin bekannt. Es ist keine Frau hier, auf die du als deine Gattin Anspruch erheben kannst, wer du auch sein magst. Ich ermahne dich in allem Ernst: Unterlasse diese Blasphemie und ziehe nicht den Zorn der Dunklen Mutter auf dich herab.«

Bard beugte sich im Sattel vor. »Droht mir nicht, alte Dame! Ich weiß, daß meine Frau hier ist, und wenn Ihr sie mir nicht übergebt, werde ich kommen und sie holen, und ich übernehme dann keine Verantwortung für das, was meine Männer tun mögen.«

»Aber«, sagte die alte Frau, »du wirst ganz bestimmt zur Verantwortung gezogen werden, ob du dich für verantwortlich erklärst oder nicht.«

»Hört auf mit den Haarspaltereien! Ihr solltet lieber zu meiner Frau gehen und ihr sagen, daß ihr Gatte da ist, um sie abzuholen. Und wenn Ihr das tun wollt, werde ich auch keine Blasphemie begehen, sondern hier außerhalb des heiligen Bodens warten.«

»Ich fürchte deine Drohungen nicht«, erklärte die alte Priesterin. »Und die Große Mutter fürchtet sie auch nicht.« Der Nebel kräuselte sich zu ihrem Gesicht hoch, und plötzlich war niemand mehr da. Nichts als leere Nebelschwaden erhoben sich aus den Binsen am Rand des Wassers.

Bard sog scharf die Luft ein. Wie war sie verschwunden? War sie überhaupt dagewesen, oder hatte ihn eine Illusion genarrt? Seltsamerweise war er jetzt fester denn je davon überzeugt, daß sich Carlina auf der Insel befand und daß sie sie vor ihm versteckten. Warum war die alte Dame nicht auf seinen vernünftigen Vorschlag eingegangen? Sie hätte zu Carlina gehen und ihr sagen sollen, er sei in Frieden gekommen, ohne etwas Böses oder eine Blasphemie zu beabsichtigen, und er wolle sie an seine Feuerstelle und in sein Bett heimholen. Schließlich war Carlina seine gesetzmäßige Frau. Nun blieb ihm nichts anderes mehr übrig, als die Göttin zu beleidigen.

Er wandte sein Pferd und lenkte es an Melisandras Seite.

»Jetzt ist es Zeit für deine Zauberei«, sagte er, »damit wir nicht alle im Treibsand umkommen. Ist Treibsand hier?«

Melisandra holte ihren Sternenstein hervor und blickte hinein. Ihr Gesicht nahm den gleichen entrückten, versunkenen Ausdruck an, den er so oft auf Meloras Gesicht gesehen hatte.

»Es ist Treibsand in der Nähe, jedoch glaube ich nicht, daß er gefährlich nahe ist. Bard, bist du fest entschlossen, diese Torheit zu begehen? Wirklich, es ist unklug, den Zorn Avarras herauszufordern. Wenn Carlina den Wunsch hätte, zu dir zu kommen, würde sie kommen; sie wird hier nicht gefangengehalten.«

»Ich habe keine Möglichkeit, das festzustellen«, sagte Bard. »Diese Verrückten, die allein zu leben versuchen und Keuschheit und Gebet an die Stelle der Dinge setzen, die einer Frau zustehen . . .«

»Stehen Keuschheit und Gebet deiner Meinung nach einer Frau nicht zu?« fragte sie sarkastisch.

»Doch, natürlich. Aber eine Frau kann doch auch an ihrer eigenen Feuerstelle soviel beten, wie sie möchte, und keine verheiratete Frau hat das Recht, sich gegen den Willen ihres gesetzmäßigen Mannes zur Keuschheit zu verpflichten! Welchen Nutzen haben diese Priesterinnen für irgendwen, wenn sie die Gesetze der Natur und die Rechte des Mannes auf diese Weise mit Füßen treten?«

Für ihn war es eine rhetorische Frage gewesen, aber Melisandra nahm sie wörtlich. »Mir ist gesagt worden, daß sie viele gute Werke tun. Sie wissen viel über Kräuter und Medizinen, und sie können Unfruchtbarkeit heilen. Und das Beten ist immer gut.«

Bard achtete nicht auf sie. Sie waren aus dem Nebel heraus und auf einen schmalen Sandstrand gekommen, der frei von den überall sonst am Ufer wachsenden Binsen war. Und da stand eine kleine Hütte, und es war ein Boot angebunden.

Bard stieg von seinem Pferd und rief: »Ho! Fährmann!«

Eine kleine, gebückte Gestalt, ganz in Umschlagtücher eingehüllt, trat aus der Hütte. Bard geriet außer sich, als er entdeckte, daß es kein Fährmann war, sondern eine kleine alte Frau, verkrüppelt und grau und krumm.

»Wo ist der Fährmann?«

»Ich rudere das Fährboot für die guten Damen.«

»Bring mich über den See zur Insel – schnell!«

»Das kann ich nicht tun, Sir. Es ist verboten. Wenn die Lady dort übersetzen will, werde ich sie hinbringen. Aber keinen Mann. Es ist nicht erlaubt, die Göttin verbietet es.«

»Blödsinn«, knurrte Bard. »Wie kannst du behaupten zu wissen, was die Unsterblichen wollen, wenn wir einmal annehmen, daß es Götter und Göttinnen überhaupt gibt? Und wenn es den Priesterinnen nicht paßt, nun, dann gibt es doch nichts, was sie dagegen tun können.«

»Ich möchte nicht verantwortlich für Euren Tod sein, *vai dom.*«

»Werdet nicht albern, alte Dame. Steigt sofort in das Boot und rudert mich hinüber!«

»Schimpft mich nicht albern, Sir; Ihr wißt nicht, über was Ihr redet. Das Boot würde Euch nicht hinüber ans andere Ufer bringen. Mich ja, die Lady ja, aber Euch auf gar keinen Fall.«

Bard kam zu dem Schluß, die Frau sei schwachsinnig. Wahrscheinlich hatten die Priesterinnen ihr aus Mildtätigkeit das Fähramt übertragen, aber ihre Hauptaufgabe war es sicher, Leute abzuschrecken. Nun, er fürchtete sich nicht. Er zog seinen Dolch.

»Siehst du das? Steig ins Boot! Sofort!«

»Das kann ich nicht«, jammerte sie, »wirklich, ich kann es nicht! Das Wasser ist nur ungefährlich, wenn die Priesterinnen es so haben wollen! Ich fahre nie hinüber, außer sie rufen mich von der anderen Seite!«

Bard runzelte die Stirn. Er erinnerte sich an die verhexte Furt in der Nähe von Morays Mühle, wo ein ruhiger, seichter Fluß sich plötzlich in einen wilden Strom verwandelt hatte. Doch er drohte mit seinem Dolch.

»Das Boot!«

Die Frau tat zitternd einen Schritt und noch einen, dann brach sie schluchzend zusammen wie ein nasses Kleiderbündel. »Ich kann nicht«, wimmerte sie. »Kann nicht!«

Bard hätte sie am liebsten getreten. Statt dessen stieg er mit vorgeschobenem Kinn über ihren am Boden liegenden Körper, setzte sich in das Boot, ergriff das Ruder und trieb das Boot mit ein paar langen, kräftigen Schlägen ins Wasser hinaus.

Das Seewasser war unruhig und hatte eine starke Unterströmung, die das kleine Boot wie einen Korken umherwarf. Bard hatte dergleichen noch nie erlebt. Aber er war stark und hatte auf dem Mirion-See gelernt, kleine Boote durch hohe Wellen zu steuern. Er hielt mit gleichmäßigen Schlägen weiter auf die Insel zu . . .

. . . und entdeckte zu seiner Bestürzung, daß er irgendwie herumgedreht worden war, und statt auf die Insel des Schweigens zuzuhalten, fuhr das Boot genau auf den Sandstrand zu, wo die Hütte der Fährfrau stand.

Bard fluchte hilflos, als er spürte, daß das Boot von der unheimlichen Unterströmung erfaßt und zu dem Ufer zurückgetragen wurde, das er gerade verlassen hatte. Er stieß sich mit dem Ruder ab und brachte sein Fahrzeug wieder ins Wasser hinaus. Er brauchte seine ganze Kraft, um das Boot in dem Kanal zu halten, aber so sehr er sich auch anstrengte, er kam der Insel nicht näher. Langsam, unausweichlich trieb das Boot in Kreisen dahin, ganz gleich, wie er ruderte. Die Fährfrau hatte sich auf die Knie erhoben und beobachtete ihn unter gackerndem Gelächter. Dann hielt das Boot von neuem auf das Ufer zu, schoß hinauf, scharrte über den Sand, und Bard jagte es mit seinem letzten Ruderschlag ein Stück über festen Boden.

Die kleine Fährfrau gackerte: »Ich habe es Euch gesagt, Sir. Und wenn Ihr es den ganzen Tag und die ganze Nacht versuchtet! Das Boot schwimmt nicht zur Insel hinüber, wenn die Priesterinnen es nicht rufen.«

Bard bildete sich ein, auf den Gesichtern einiger seiner Männer ein Grinsen zu sehen. Er blickte mit solcher Wut um sich, daß sie sofort völlig unbewegte Mienen annahmen. Er machte drohend einen Schritt auf die alte Frau zu. Am liebsten hätte er ihr den Hals umgedreht. Aber schließlich war sie nur eine alte Schwachsinnige.

Vor ihr aufragend, überlegte er. Die Furt bei Morays Mühle war verzaubert gewesen. Offenbar war auch dies Boot hier mit einem Zauberbann belegt. Wie dem auch sein mochte, wenn die Priesterinnen ihm Carlina wirklich vorenthalten wollten – und es sah ja ganz danach aus –, würde ein Mann allein nur auf immer neue Hexereien stoßen.

Vielleicht konnte eine *Leronis* das Wasser beruhigen, wie Melora es bei Morays Mühle getan hatte, und seine Männer konnten mit ihren Pferden hinüberschwimmen.

»Melisandra!«

Sie trat gleichmütig zu ihm. Er hätte gern gewußt, ob sie hinter seinem Rücken über seinen Kampf mit dem Boot gelacht hatte.

»Wenn die Priesterinnen einen Zauberbann auf das Wasser gelegt haben, kannst du ihn umkehren und das Wasser beruhigen!«

Sie sah ihm gerade ins Gesicht und schüttelte den Kopf.

»Nein, mein Lord. Ich wage es nicht, den Zorn Avarras herauszufordern.«

»Ist sie die Göttin, von der du ständig schwatzt?«

»Sie ist die Göttin aller Frauen, und ich will sie nicht erzürnen.«

»Melisandra, ich warne dich . . .« Er hob die Hand, bereit, sie zu schlagen.

Sie sah ihn mit tödlicher Gleichgültigkeit an. »Du kannst mir nichts Schlimmeres antun, als du bereits getan hast. Glaubst du, nach dem, was mir widerfahren ist, werden mich ein paar Schläge deinem Willen unterwerfen?«

»Wenn du mich so sehr verabscheust, solltest du mir doch mit Freuden helfen, meine Frau zurückzugewinnen! Dann bist du frei von mir, den du so haßt!«

»Um den Preis, dir eine andere Frau auszuliefern?«

»Du bist eifersüchtig«, beschuldigte er sie, »und willst keine andere Frau in meinen Armen sehen!«

Immer noch sah sie ihn unerschrocken an. »Wenn deine Frau auf dieser Insel gefangengehalten würde und den Wunsch hätte, wieder mit dir vereint zu werden, würde ich den Zorn Avarras riskieren, um ihr in deine Arme zu helfen. Aber sie scheint nicht sehr eifrig darauf bedacht zu sein, ihren Zufluchtsort zu verlassen und zu dir herüberzukommen. Und wenn du klug bist, Bard, verläßt du diesen Ort sofort, bevor etwas Schlimmeres geschieht.«

»Ist das das Gesicht?« Die Frustration machte seine Worte ironisch.

Melisandra senkte den Kopf. Sie sagte, und er sah, daß sie lautlos weinte: »Nein, mein Lord. Das Gesicht habe ich für immer verloren. Aber ich weiß, daß sich die Göttin nichts mit Frechheit abtrotzen läßt. Kehre lieber um, Bard.«

»Würdest du trauern, wenn mich irgendein fürchterliches Geschick ereilte?« fragte er heftig. Aber sie antwortete nicht. Sie zog nur ihr Pferd herum und ritt langsam von dem See weg.

Verdammt seien die Weiber! Verdammt seien alle Weiber, und ihre Göttin mit ihnen!

»Los, Männer!« rief er. »Schwimmt mit den Pferden hinüber; der Zauber liegt nur auf dem Boot!« Er drängte sein Pferd bis dicht an das Ufer, obwohl es sich wehrte, nervös scheute und vor dem Wasser unter seinen Füßen zurückwich. Bard drehte sich um und sah, daß die Männer ihm nicht folgten.

»Kommt schon! Was ist los mit euch? Mir nach, Männer! Es sind Frauen auf der Insel, und sie haben mir Trotz geboten, und deshalb überlasse ich sie euch! Kommt, Männer, Beute und Frauen – ihr fürchtet euch doch nicht vor dem Gesabbere einer alten Hexe? Vorwärts!«

Ungefähr die Hälfte der Männer blieb unter furchtsamem Gemurmel zurück.

»Nein, Dom Wolf, es ist unheimlich, es ist verboten!«

»Die Göttin verbietet es, Herr! Nein, tut es nicht!«

»Blasphemie!«

Aber zwei oder drei trieben ihre Pferde an und zwangen die unwilligen Tiere in das Wasser.

Wieder stieg Nebel auf, dichter und dichter, und diesmal hatte er eine seltsame, unheimlich grünliche Farbe. Es schienen Gesichter darin zu sein, die grimassierten und höhnten und ihn bedrohten, und langsam, langsam trieben die Gesichter dem Ufer zu. In der Schar der Männer, die zurückgeblieben waren, weil sie sich vor dem Wasser fürchteten, heulte plötzlich einer auf wie ein Wahnsinniger. »Nein, nein! Mutter Avarra, sei uns gnädig! Hab Erbarmen mit uns!« Er riß wild an den Zügeln, und Bard hörte das Platschen und Spritzen, als er auf dem Weg, den sie gekommen waren, zurückgaloppierte. Obwohl Bard sich in den Steigbügeln hob und ihnen Flüche nachbrüllte, wandte ein Mann nach dem anderen sein Pferd und raste über den Sumpf zurück, bis Bard allein am Wasser stand. Verdammt sollten sie alle sein! Ein bißchen Nebel machte ihnen angst! Er würde sie alle zu Gemeinen degradieren, die Feiglinge, wenn er sie nicht sämtlich wegen Feigheit hängen ließ!

Er saß auf seinem Pferd und forderte den Nebel heraus. »Komm schon«, sagte er laut und schnalzte seiner Stute zu, aber sie bewegte sich nicht und zitterte unter ihm, als spüre sie die Kälte eines Blizzards. Bard fragte sich, ob auch sie die gräßlichen Gesichter sehen konnte, die immer näher an das Ufer herantrieben.

Und plötzlich fuhr auch Bard ein blinder Schrecken durch Mark und Bein. Er *wußte* mit jeder Faser in ihm, wenn eins der Gesichter ihn durch den Nebel berührte, würde es ihm mit seiner Kälte allen Mut und alles Leben entziehen, und er würde sterben. Der Nebel würde sich bis auf die Knochen durchbeißen, und dann fiele er aus dem Sattel, kraftlos und schreiend, und stände nie wieder auf. Er riß an den Zügeln seines Pferdes und versuchte, hinter Melisandra und seinen fliehenden Männern herzugaloppieren. Aber er war erstarrt, und die Stute zitterte unter ihm und rührte sich nicht vom Fleck. Er hatte einmal gehört, daß die Große Mutter die Gestalt einer Stute annehmen konnte ... Hatte sie sein Pferd behext?

Die Gesichter kamen immer näher, grauenhaft und formlos, die

Gesichter alter Männer, vergewaltigter Frauen, Leichen mit von den Knochen hängendem Fleisch. Von irgendwoher wußte Bard, daß es die Männer waren, die *er* in die Schlacht und den Tod geführt hatte, alle die Männer, die *er* getötet hatte, alle die Frauen, die er vergewaltigt oder verbrannt und aus ihren Häusern vertrieben hatte, das schreiende Gesicht einer Frau bei der Plünderung Scaravels, als er ihr das Kind weggerissen und es über die Mauer geworfen hatte, um es auf den Steinen unten zerschmettern zu lassen ... Eine Frau, die er bei der Eroberung Scathfells genommen hatte, als ihr Mann tot neben ihr lag ... ein kleines Mädchen, zerschlagen und blutend, nachdem ein Dutzend Männer sie mißbraucht hatte ... Lisarda, in seinen Armen weinend ... Beltran, das Fleisch von den Knochen geschmolzen ... Die Gesichter waren jetzt so nahe, daß sie formlos wurden. Sie schwappten um seine Füße, seine Knie, stiegen höher und höher. Sie wickelten sich um seine Lenden, saugend, beißend, und unter der Kleidung fühlte er seine Genitalien schrumpfen und verdorren. Sie entmannten ihn. Die Kälte stieg in seinen Bauch. Wenn sie ihm erst in die Kehle biß, würde sein Atem stocken, und er mußte ersticken, fallen, sterben ...

Bard schrie, und irgendwie gab der Laut ihm so viel Kraft zurück, daß er die Zügel fassen und seine Fersen der Stute heftig in die Weichen bohren konnte. Sie bockte und raste davon. Bard klammerte sich fest, ließ sie laufen, ihn irgendwohin tragen, nur fort von diesem Ort. Er verlor die Steigbügel, er verlor die Zügel, aber die Panik gab ihm die Kraft, sich auf dem Rücken des Pferdes zu halten. Endlich verlangsamte die Stute ihren rasenden Lauf zum Schritt. Bard kam wieder zu Bewußtsein. Benommen stellte er fest, daß er hinter seinen Männern und neben Melisandra ritt.

Wenn sie ein einziges Wort sagt, wenn sie mit einer Silbe andeutet, sie habe mich gewarnt und ich hätte ihrem Rat folgen sollen, schlage ich sie! Irgendwie schien diese verdammte Frau bei ihren Gefechten immer am besten abzuschneiden! Es machte ihn sterbenskrank, sie um sich haben und sich von ihr verhöhnen lassen zu müssen! Wenn sie ein Wort darüber sagte, welch lächerliche Figur er abgegeben hatte, als er entfloh ...

»Wenn dir Frömmigkeit und Keuschheit so verdammt gut gefallen«, fuhr er sie an, »und wenn du dich über meine Niederlage so freust, warum gehst du nicht und bleibst dort?« Aber sie gab ihm keine höhnischen Blicke. Sie sah ihn überhaupt nicht an. Sie hatte den Schleier übers Gesicht gezogen und weinte lautlos unter seinem Schutz.

»Ich würde ja gehen«, flüsterte sie. »So gern würde ich gehen!

Aber sie wollten mich nicht haben.« Und sie senkte den Kopf und sah ihn nicht mehr an.

Bard ritt weiter, krank vor Wut. Wieder war Carlina ihm entschlüpft! Wieder hatte sie ihn zum Narren gehalten, als er ihrer sicher zu sein glaubte! Und er war immer noch an Melisandra gebunden, die er zu hassen begann! Als sie den steilen Pfad hinaufritten, drehte er sich um und schüttelte wütend die Faust gegen den See, der still und blaß in der Abenddämmerung hinter ihnen lag.

Er würde zurückkommen. Die Frauen dort hatten ihn einmal zurückgeschlagen, aber er würde eine Möglichkeit finden, und dann sollten sie ihn nicht mit ihrer Hexenkunst vertreiben! Sie sollten sich nur in acht nehmen!

Und wenn Carlina sich dort versteckte, sollte auch sie sich in acht nehmen!

4

In den Kilghardbergen war der Sommer eingezogen, und mit ihm die Jahreszeit, in der die Harzbäume sich entzündeten und Waldbrände entstanden. Jeder verfügbare Mann wurde zur Feuerwache eingeteilt. An einem Tag im Spätsommer ritt Bard di Asturien mit einer kleinen Schar ausgewählter Männer und Leibwächter südwärts, und schließlich überquerte er die Grenze zwischen Marenji und Asturias.

Eine wirkliche Grenze ist es nicht mehr, dachte er. Die Grafschaft Marenji lag trotz der Proteste des Sheriffs unter Waffen und wurde von Soldaten beschützt, die in jedem Haus und Dorf einquartiert waren. Ein System von Signalfeuern und telepathischen Relais war errichtet worden, um die Bewohner von Asturias vor jedem Angriff aus dem Norden oder Osten zu warnen, seien es Räuber von jenseits des Kadarin oder Reiter aus Serrais.

Das Volk von Marenji hatte protestiert. Wann hatte das Volk, fragte sich Bard, je gewußt, was gut für es war? Wollten die Leute tatsächlich unbewaffnet zwischen Serrais und Asturias stehen und alle paar Jahre von Armeen überrannt werden? Wenn sie keine Soldaten aus Asturias dabei haben wollten, hätten sie eine eigene Armee aufstellen sollen.

Bard verbrachte eine Nacht in seinem Vaterhaus, aber es war niemand dort außer dem alten *Coridom.* Erlend war zu seiner Mutter an den Hof geschickt worden. Bald, dachte Bard, mußte er sich Gedanken darüber machen, in welchen Edelmanns Haus er Erlend zur Pflege geben sollte. Selbst wenn Erlend zum *Laranzu* bestimmt war, sollte er etwas über Krieg und Waffen lernen. Bard erinnerte sich, daß Geremy, der gewußt hatte, daß er niemals in einer Schlacht Waffen tragen würde, hinter seinen Pflegebrüdern beim Schwertspiel in nichts zurückgestanden hatte . . . Er brach diesen Gedanken ab, schob das Kinn vor und weigerte sich, weiter darüber nachzudenken.

Erlend sollte *Laranzu* werden, wenn er auf diesem Gebiet begabt war; er war nur ein *Nedestro*-Sohn. Sobald Bard den richtigen Weg gefunden hatte, Carlina zurückzuholen, konnte sie ihm genug legitime Söhne schenken. Aber Erlend mußte aufgezogen werden, wie es seinem Rang zukam. Vermutlich würde Melisandra deswegen eine Szene machen. Verdammt sei die Frau, ihretwegen hatte er alle Nachteile, die es mit sich brachte, verheiratet zu sein, und nichts von den Vorteilen! Wenn sie nicht die am höchsten geschätzte *Leronis* seines Vaters wäre, würde er sie sofort wegschicken. Vielleicht war einer von Dom Rafaels Männern bereit, sie zu heiraten, und sein Vater würde ihr bestimmt eine Mitgift aussetzen.

In der Abenddämmerung ritt Bard in Burg Asturias ein und fand den Hof gefüllt mit fremden Pferden, Hastur-Bannern, Gesandtschaften von überall aus den Hundert Königreichen. Was war geschehen? Hatte König Carolin endlich das Lösegeld für Geremy geschickt?

Das, erfuhr er, war nur eins der Ereignisse. Vor vierzig Tagen hatte Lady Ginevra Harryl einen Sohn geboren. Geremy hatte sich entschlossen, den Jungen zu legitimieren und die Frau gleichzeitig *di catenas* zu heiraten. Dom Rafael wollte zum Zeichen, daß Geremy Hastur kein Gefangener, sondern ein geehrter Gast war (die juristische Fiktion, dachte Bard amüsiert, bei allen Geiseln), die Hochzeit selbst ausrichten und mit aller Feierlichkeit begehen, und von nah und fern kamen Hasturs, um ihr beizuwohnen. Dom Carolin selbst wagte sich zwar nicht nach Asturias hinein, aber er hatte einen seiner Minister, den *Laranzu* Varzil von Neskaya geschickt, damit er der Zeremonie die notwendige Feierlichkeit gebe.

Bard gab wenig um diese Art von Lustbarkeiten, und die Vorbereitungen erinnerten ihn schmerzlich daran, daß er vor seiner Niederlage am See des Schweigens gehofft hatte, irgendwann in diesem Sommer seine eigene Hochzeit zu feiern. Trotzdem, der Befehlshaber der königlichen Armee mußte dabei anwesend sein. In düsterer Stimmung legte er seine gestickte Jacke und den blauen, verschwenderisch mit Kupferfäden gezierten Zeremonienmantel an. Melisandra sah ebenfalls edel und stolz aus. Ihr Haar war in verschlungenen Zöpfen hoch aufgesteckt, und sie trug zu einem grünen Gewand einen Umhang aus Marlpelz. Bevor sie die Suite verließen, kam der kleine Erlend herein und blieb mit großen Augen bewundernd vor seinen Eltern stehen.

»Oh, Mutter, wie schön du bist! Und du auch, Vater, du bist auch schön!«

Bard lachte, beugte sich nieder und hob seinen Sohn hoch. Erlend meinte sehnsüchtig: »Ich wünschte, ich dürfte hinuntergehen und mir die Hochzeit und all die schönen Kleider und die edlen Herren und Damen ansehen . . .«

»Dort ist kein Platz für Kinder . . .«, begann Bard, aber Melisandra sagte: »Die Amme kann dich auf die Galerie führen, damit du einen Blick auf alles werfen kannst, Erlend, und wenn du ein braver Junge bist, wird sie dir aus der Küche Kuchen zum Abendessen holen.« Bard setzte den Kleinen wieder auf den Boden, und Melisandra kniete nieder und küßte ihn.

Eifersüchtig auf die Art, wie Erlend seine Mutter umklammerte, sagte Bard: »Und morgen sollst du mit mir ausreiten.« Erlend ging mit seiner Kinderfrau, ganz benommen von den ihm versprochenen Herrlichkeiten.

Bards Gesicht war finster, als er an Melisandras Seite vom Kopf der großen Treppe hinunterblickte.

»Warum im Namen aller Götter will Vater Geremys Hochzeit mit solcher Pracht feiern?«

»Ich denke, er hat einen Plan, aber ich weiß nicht, welchen. Ganz bestimmt tut er es nicht aus Liebe zu Geremy. Und auch nicht aus Liebe zu Ginevra, obwohl Dom Regis Harryl zu den ältesten Adelsgeschlechtern von Asturias gehört und ein paar Generationen weiter zurück mit der Hastur-Sippe verwandt ist.«

Darüber dachte Bard nach. Natürlich wollte Dom Rafael den Thron für Alaric halten, und zu diesem Zweck mußte er sich des Wohlwollens aller Edelleute versichern, die den di Asturien dienstpflichtig waren. Eine Staatshochzeit für die Tochter eines geschätzten Unterstützers war ein guter diplomatischer Schachzug und die Kosten wohl wert. Bard selbst hätte allerdings gezögert, einem seiner eigenen Verbündeten soviel Gunst zu erweisen, wenn er sich mit den Hasturs verschwägerte. Denn die Hasturs konnten nur zu bald zu Feinden werden.

»Glaubst du wirklich, daß wir mit den Hasturs Krieg führen müssen, Bard?«

Bard ärgerte sich immer über Melisandras Gewohnheit, seine Gedanken zu lesen. Er maß sie mit einem bösen Blick, doch er antwortete: »Ich sehe keine Möglichkeit, das zu vermeiden.«

Melisandra erschauerte leicht. »Aber du freust dich ja darüber . . .«

»Ich bin Soldat, Melisandra. Der Krieg ist meine Aufgabe und die Aufgabe jedes loyalen Mannes in Asturias, weil wir dies Reich mit Waffengewalt verteidigen müssen.«

»Ich könnte mir vorstellen, daß es leicht wäre, Frieden mit den Hasturs zu schließen. Sie wollen ebenso wenig einen Krieg wie wir.«

Bard zuckte die Schultern. »Dann sollen sie sich uns ergeben.« Er wünschte, Melisandra würde aufhören, von Dingen zu reden, die sie gar nichts angingen.

»Aber es geht mich etwas an, Bard. Ich bin eine *Leronis* und nicht unerfahren in der Schlacht. Und selbst wenn ich es nicht wäre, wenn ich zu den Frauen gehörte, die nichts Besseres zu tun haben, als daheim zu bleiben und den Haushalt zu versorgen, hätte ich mit Wunden und Plünderungen zu schaffen, und ich würde Söhne gebären, die in den Krieg reiten . . . Der Krieg geht auch die Frauen an, nicht nur die Männer!«

Ihr Gesicht war rot vor Entrüstung, aber Bard erwiderte nur grob: »Unsinn. Und wenn du noch einmal ohne Erlaubnis meine Gedanken liest, Melisandra, wird es dir leid tun!«

Sie zuckte die Schultern und erklärte seelenruhig: »Mir tut *alles* leid, was mich in Verbindung mit Euch bringt, mein Lord. Und wenn du nicht willst, daß ich deine Gedanken lese, solltest du sie nicht mit solcher Kraft aussenden, daß niemand umhin kann, sie zu hören. Ich bin mir selten sicher, ob du sie laut ausgesprochen hast oder nicht.«

Das gab Bard zu denken. Er hatte nie geglaubt, *Laran* in meßbarem Grad zu haben. Warum fiel es Melisandra so leicht, seine Gedanken zu lesen?

Die Große Halle war überfüllt mit Männern und Frauen. Es war auch das Geheul von zwei oder drei Säuglingen zu hören. Seit kurzem war unter den adligen Damen die törichte Sitte aufgekommen, ihre Babys selbst zu nähren, statt sie, wie es sich schickte, Ammen zu überlassen. Und da Ginevra soeben erst Mutter geworden war, hatten viele andere junge Ehefrauen es für angebracht gehalten, ihre noch nicht entwöhnten Kinder mitzubringen. Bard hoffte, sie würden hinausgebracht, bevor die Zeremonie begann! Wenn Carlina an den Hof kam, würde er dafür sorgen, daß sie sich würdiger betrug. Mit all dem Kindergeschrei war die Große Halle wie eine Weide fohlender Stuten!

Doch offenbar hatte Lady Jerana darauf bestanden, daß die Babys vor Beginn der Zeremonie entfernt wurden. Die Ehe-Armbänder wurden mit großer Feierlichkeit um die Handgelenke Geremys und Ginevras gelegt, während der Regent von Asturias sprach: »Möget ihr für immer eins sein.« Nun ja, jetzt hatte Geremy eine Frau, und wenigstens hatte sie ihre Fruchtbarkeit bewiesen. Bard zuckte die Schultern und ging, seinem Verwandten zu gratulieren.

Ginevra und Melisandra umarmten sich und quietschten albernes Zeug, wie es junge Frauen bei Hochzeiten immer tun. Bard verbeugte sich.

»Ich gratuliere dir, Cousin«, sagte er höflich. Wenn Geremy halbwegs intelligent war, dachte er, würde er ihre Differenzen den Wechselfällen des Krieges zuschreiben und einen Strich darunterziehen. Im Grunde hatte er nichts gegen Geremy. Vermutlich hätte er in Geremys Schuhen ebenso gehandelt wie dieser.

»Wie ich sehe, sind deine Verwandten von nah und fern gekommen, um dir Ehre zu erweisen, Pflegebruder.«

»Hauptsächlich wohl, um meiner Lady Ehre zu erweisen«, gab Geremy zurück und stellte ihm Ginevra vor. Sie war eine kleine, dunkle Frau, die beinahe so aussah, als entstamme sie dem Schmiedevolk der Berge. Obwohl Geremy nicht gerade stehen konnte, reichte sie ihm nur bis an die Schulter. Außerdem war sie flachbrüstig und war der dummen Mode gefolgt, sich ein Kleid mit Verschnürung machen zu lassen, damit sie ihr Kind in aller Öffentlichkeit nähren konnte. Wie würdelos!

Doch Bard verbeugte sich und sagte höflich:

»Ich hoffe, Euer Sohn ist gesund und kräftig, wie es ein männliches Kind sein soll.«

Sie erwiderte ein paar verbindliche Worte, und Geremy teilte offenbar Bards Gefühl, sie müßten sich einen Augenblick lang in friedlichem Geplauder sehen lassen.

»O ja, die Frauen sagen, er sei ein prächtiger Junge. Ich kann das nicht so beurteilen. Für mich sieht er wie jedes Neugeborene aus, an beiden Enden feucht und von früh bis spät brüllend. Aber Ginevra hält ihn für schön, trotz all der Schwierigkeiten, die er ihr gemacht hat.«

»Ich habe Glück gehabt«, meinte Bard, »daß ich meinen Sohn erst kennenlernte, als er kein Welpe mehr war, sondern wie ein vernünftiger Mensch laufen und sprechen konnte.«

»Ich habe den kleinen Erlend gesehen«, erwiderte Geremy, »und er ist hübsch und klug. Und seine Mutter, habe ich gehört, ist eine *Leronis*. Hat auch der Junge *Laran?*«

»Seine Mutter sagt ja.«

»Das war zu erwarten, da er das rote Haar der Hastur-Sippe hat«, stellte Geremy fest. »Hast du schon einmal daran gedacht, den Jungen in einem der Türme, in Hali oder Neskaya aufziehen zu lassen? Bestimmt würden sie sich freuen, ihn zu nehmen. Mein Verwandter Varzil von Neskaya ist hier, und er könnte es arrangieren.«

»Daran zweifele ich nicht. Aber ich finde, Erlend ist noch gar zu klein, um in Kriegszeiten außer Landes geschickt zu werden, und ich möchte nicht, daß er als Geisel zurückgehalten wird.«

Geremy wirkte entsetzt. »Du mißverstehst mich, Verwandter. Die Türme haben Neutralität geschworen, und deshalb konnte auch ein Ridenow Bewahrer zu Hali werden. Nachdem der Turm von Neskaya niedergebrannt und wieder aufgebaut worden war, begab sich Varzil mit einem Kreis dorthin und schwor, sie würden sich an den Vertrag der Hasturs halten und keine Kriege mehr mit *Laran*-Waffen ausfechten.«

»Ausgenommen in Vertretung von Hastur-Interessen«, bemerkte Bard mit zynischem Grinsen. »Klug von Carolin, sich ihrer Loyalität so zu vergewissern!«

»Nein, Cousin, auch das werden sie nicht tun. Sie haben gelobt, nicht einmal für die Hasturs zu kämpfen, sondern ihre Sternensteine nur für friedliche Zwecke zu benutzen.«

»Und Carolin brennt ihre Türme in seinem Reich nicht nieder?«

»Mein Vater wünscht es so«, sagte Geremy. »Dies Land wird Jahr für Jahr von törichten Bruderkriegen zerrissen, so daß die Bauern ihre Ernten nicht einbringen können. Haftfeuer ist schlimm genug, aber heute werden furchtbarere Waffen durch Zauberei hergestellt. Die Lady von Valeron benutzte Luftwagen, um nördlich von Thendara Knochenwasser versprühen zu lassen, und ich fürchte, dort wird nie wieder etwas auf den Feldern wachsen. Jeder Mann, der durch das Land reist, stirbt hinterher, weil sein Blut sich in Wasser verwandelt und seine Knochen sich auflösen ... und noch Scheußlicheres, worüber ich bei einem Fest nicht sprechen möchte. Und so haben wir alle geschworen, daß wir das *Laran* dieser Türme gegen keinen Feind mehr einsetzen werden, und alle Länder in der Umgebung der Hastur-Reiche haben sich diesem Vertrag angeschlossen.«

»Von diesem Vertrag weiß ich nichts«, sagte Bard. »Was enthält er?«

»Nun, dort, wo der Vertrag Gültigkeit hat, darf ein Mann einen anderen nur noch mit solchen Waffen angreifen, die ihren Träger in Armesreichweite des Gegners bringen ...«

»Davon hatte ich noch nichts gehört. Auch ich kämpfe lieber mit ehrlichen Schwertern und Piken als mit Zauberei«, erklärte Bard. »Es gefällt mir nicht, *Leroni* in der Schlacht einzusetzen, und das geht wohl jedem Soldaten so. Aber ich hätte lieber überhaupt keine *Leroni* in meinem Land als solche, die nicht geschworen haben, für mich zu kämpfen und meine Armee gegen Angriffe mit Zauberkräften zu schützen. Erzähle mir mehr darüber.«

»Nun, ich bin seit meiner Kinderzeit nicht mehr im Reich meines Vaters gewesen, und ich weiß nicht viel darüber außer dem, was mein Verwandter Varzil mir erzählt hat.«

»Du hast einen Ridenow von Serrais als *Verwandten?*«

»Wir alle sind Hastur-Nachkommen«, antwortete Geremy, »und besitzen gleichermaßen das Blut Hasturs und Cassildas. Warum sollten wir gegeneinander kämpfen?«

Das ernüchterte und erschreckte Bard. Wenn Hastur und Serrais gemeinsam Sache machten, was sollte dann aus Asturias werden? Er wollte mit dieser neuen Kunde zu seinem Vater eilen, aber die Musikanten begannen zum Tanz aufzuspielen, und die Tanzenden drängten sich in der Halle. »Möchtest du gern tanzen, Ginevra? Du brauchst nicht bei mir stehen zu bleiben, weil ich verkrüppelt bin. Sicher wird dich einer meiner Verwandten gern zum Tanz führen.«

Sie lächelte und drückte kurz seine Hand. »Auf meiner Hochzeit tanze ich mit keinem Mann, wenn mein Mann nicht mein Partner sein kann. Ich werde auf einen Ringtanz für die Frauen warten und mit meinen Damen tanzen.«

»Du hast eine loyale Frau«, bemerkte Bard, und Geremy zuckte die Schultern. »Oh, Ginevra hat immer gewußt, daß ich niemals Ruhm auf dem Schlachtfeld oder dem Tanzboden gewinnen werde.«

Einer der Hastur-Leute in Blau und Silber trat zu ihnen und bat um einen Tanz mit der Braut. Bard beobachtete, wie anmutig Ginevra ihm absagte, und begann zu verstehen, warum sein Verwandter dies magere, dunkle, unscheinbare kleine Ding gewählt hatte. Sie hatte den Charme und die Würde einer Königin. Trotz ihrer wenig bemerkenswerten Gesichtszüge würde sie eine Zierde für jeden Hof sein.

»Aber das dürft Ihr nicht«, protestierte der Mann. »Der Tanz mit einer Braut ist für jeden Mann, der noch im gleichen Jahr heiraten möchte, ein mächtiges Zaubermittel! Wie könnt Ihr es übers Herz bringen, uns dessen zu berauben, *Domna?*«

Ginevra scherzte: »Ich werde nur mit meinen unverheirateten Damen tanzen. Das wird ihnen Ehemänner einbringen, und da sie sich Männer suchen müssen, wenn sie an den Lustbarkeiten teilnehmen wollen, wird das wiederum den Junggesellen zu Bräuten verhelfen!« Sie gab den Musikanten ein Zeichen, und sie begannen, einen Ringtanz zu spielen. Ginevra faßte Melisandra bei der Hand und zog sie auf den Tanzboden, und viele Frauen und junge Mädchen, die zu jung waren, um mit Fremden zu tanzen, oder Frauen, deren Männer oder Brüder anderswo Aufgaben hatten, strömten ihnen nach. Bard folgte Melisandras grüngekleideter Gestalt mit den Augen, während die Figuren des Ringtanzes sie nach innen und nach außen führten. Wo mochte Melora jetzt sein? Warum verfolgte ihn die Erinnerung an sie? Ihm schoß der Gedanke durch den Kopf – und er wußte, daß es Wahnsinn war –, daß Melora und er, wenn er auf diese Weise an sie gebunden wäre, miteinander reden und gute Freunde sein könnten, wie es Geremy und Ginevra waren. Er dachte daran, wie Ginevra Geremys Hand gegen ihre Wange gedrückt hatte. Keine Frau hatte sich jemals so gegen ihn verhalten, und doch konnte er es sich bei Melora vorstellen.

Unsinn! Er konnte Melora nicht heiraten. Sie war nicht hochgeboren, und sie hatte sich sowieso einem Turm verpflichtet. Auf diese Weise wurden keine Ehen geschlossen. In Gedanken hatte er Geremy dafür kritisiert, daß er eine Frau wie Ginevra heiratete, die trotz ihrer alten Familie und ihres liebenswürdigen Benehmens im Rang beträchtlich unter ihm stand. Nur ein Dummkopf heiratete eine Frau, die ihm keine mächtigen Verbündeten oder eine reiche Mitgift eintrug. Zum Beispiel konnte er sich nicht dazu herablassen, Melisandra zu heiraten; sie war die Tochter eines bescheidenen *Laranzu* ... Doch was hatte Geremy über die Hastur-Sippe und rotes Haar gesagt? Melisandra konnte doch nicht von gar so niedriger Geburt sein ...

»Ich hatte geglaubt«, sagte Geremy, »wir würden bald die Ehre haben, auf *deiner* Hochzeit zu tanzen, Bard. Konntest du Carlina nicht überreden, die gastfreundliche Schwesternschaft Avarras zu verlassen?«

»Ich hatte keine Gelegenheit, mit ihr zu sprechen. Die Ufer des Sees sind durch Zauberei geschützt. Um sie zu brechen, brauchte man ein Regiment von *Leroni!* Aber merke dir meine Worte, geschehen wird es!«

Geremy machte eine Geste, die frommes Entsetzen karikierte. »Und du fürchtest den Zorn Avarras nicht?«

»Ich fürchte eine Schar törichter Frauen nicht, die ihren Willen als den Willen der einen oder anderen Göttin ausgeben!« grollte Bard.

»Aber könnte es sein, daß deine Braut Keuschheit und gute Werke den Freuden vorzieht, die sie in einer Ehe mit dir erwarten?

Wie kann sie nur so töricht sein!« In Geremys grauen Augen flakkerte boshafte Belustigung, und Bard drehte sich auf dem Absatz um und ging weg. Er wollte seinen Vater nicht in Verlegenheit bringen, indem er bei einem großen Fest wie diesem Streit anfing. Nicht einmal sich selbst gegenüber gab er zu, daß er nicht noch einmal mit Geremy streiten wollte.

Später, als alle jungen Leute tanzten, erzählte er seinem Vater ein wenig darüber, was er an der nördlichen Grenze getan hatte.

»Es ist unwahrscheinlich, daß wir von Serrais angegriffen werden, solange wir Dom Eiric als Geisel haben«, sagte er. »Aber sobald sie uns von den Hasturs bedrängt sehen, mögen auch sie über uns herfallen. Ich habe von einem Friedensvertrag zwischen Aldaran und Scathfell gehört. Ziehen sie gemeinsam gegen uns, werden wir Schwierigkeiten haben, sie zurückzuschlagen, da zu viele unserer Soldaten zum Schutz vor Serrais im Norden stationiert sind. Und es gibt einige, die sich nur zu gern mit den Hasturs verbünden würden. Wenn Varzil von Serrais einen Bund mit Hastur geschlossen hat, müssen wir versuchen, Den MacAran zu El Haleine zu gewinnen, daß er unsere südliche Grenze bewacht, so wie Marenji unser Bollwerk im Norden ist.«

»Ich glaube nicht, daß Dom MacAran oder die Leute von Syrtis bereit sind, die Hasturs zu verärgern«, meinte Dom Rafael. »Von Lord Colryn von Syrtis sagt man, er könne vom Turm seiner Burg aus sein ganzes kleines Land überblicken, und wenn auch die Maus von ihrem Loch aus nach der Katze ausspähen mag, tut sie doch gut daran, keinen Piepslaut darüber vernehmen zu lassen. Und Dom Colryn wünscht bestimmt nicht, vor König Carolins Miau die Maus zu spielen. Carolin könnte ihn verschlingen, ohne sich den Schnurrbart blutig zu machen.« Dom Rafael blickte finster drein. »Und falls wir Dom Eiric nicht nach Serrais heimkehren lassen, werden alle Verbündeten von Serrais noch vor dem Winter gegen uns ziehen. Vielleicht sollten wir Dom Eiric einen Waffenstillstand beschwören lassen und so Zeit gewinnen. Zeit ist es, was wir brauchen!« Er schlug sich mit der Hand aufs Knie. »Vielleicht werden wir gezwungen, auch mit den Hasturs Frieden zu schließen!«

Bard erwiderte von oben herab: »Ich werde die Verteidigung gegen die Hasturs übernehmen. Ich fürchte mich nicht vor ihnen. Ich habe Scaravel mit einer Handvoll Männer gehalten, und das kann ich auch für Asturias tun!«

»Aber du bist nur ein einziger Mann«, wandte Dom Rafael ein, »und kannst nur eine einzige Armee anführen. Asturias kann es nicht gleichzeitig mit Serrais im Osten, den Hasturs im Westen und vielleicht allen Stämmen jenseits des Kadarin, die uns von Norden angreifen werden, aufnehmen.«

»Marenji bietet uns einigen Schutz«, sagte Bard, »denn jetzt muß sich jeder, der diesen Weg kommt, durch das ganze Land kämpfen. Vielleicht sollten wir im Norden und in den Trockenstädten Söldner anwerben – sie kennen meinen Ruf und würden unter meinem Befehl kämpfen. Und vielleicht können wir Dom Eiric an einen Friedensvertrag binden; seine Söhne sind noch klein und können noch einige Zeit keinen Krieg führen. Wenn wir ihn auf ein halbes Jahr Waffenstillstand verpflichten – und damit muß eine entlassene Geisel mindestens rechnen –, kann er vor dem Frühlingstauwetter keine Armee gegen uns ins Feld führen. Und wir könnten bis zum Frühling bereits Söldner haben und auch genug Verbündete, um gegen Serrais zu ziehen und Dom Eiric zum Vasallen zu machen. Denk darüber nach, Vater! Wir hätten dann im ganzen Osten Frieden; es wäre Schluß mit dem unaufhörlichen Kämpfen! Mir kommt es vor, als hätten wir mit Serrais im Krieg gelegen, seit ich ein Wickelkind war.«

»Das haben wir«, antwortete Dom Rafael, »und länger noch. Aber selbst wenn wir Serrais erobern, haben wir immer noch die Hasturs gegen uns, da König Carolin behauptet, Asturias sei einmal Hastur-Land gewesen . . .«

»Geremy sagte etwas in diesem Sinne. Ich habe nicht richtig darauf geachtet. Aber wenn Carolin das behauptet, müssen wir ihn einfach eines Besseren belehren.«

»Ich werde Eide schwören und Verträge schließen müssen«, stellte Dom Rafael nüchtern fest. »Es ist und bleibt eine Sache der Zeit, denn wir können Geremy nicht länger als Geisel festhalten. Von Carolin war es ein guter Schachzug, Varzil von Neskaya zu schicken, der Geremy nach Hause geleiten soll. Varzil hat deinen Bruder Alaric mitgebracht.«

»Mir wird es nicht leid tun, Geremy diesen Hof verlassen zu sehen«, sagte Bard, aber er wußte wohl, daß dies einen diplomatischen Verlust für Dom Rafael bedeutete. Mit einer Hastur-Geisel konnte er auf die Hasturs einen gewissen Druck ausüben. Trotzdem war die Rückkehr Alarics ein Gewinn, der diesen Verlust ausglich.

»Wie geht es meinem Bruder?« erkundigte Bard sich eifrig. »Ist er gesund und glücklich, hat Carolin ihn gut behandelt? Denn ich zweifle nicht daran, seit Königin Ariel zu Carolin floh, war Alaric in seinen Händen und nicht in ihren.«

»Ich habe ihn noch nicht gesehen«, antwortete Dom Rafael ernst.

»Er ist immer noch in der Obhut Varzils. Der offizielle Austausch soll später stattfinden, denn Varzil, so hörte ich, ist von Carolin eine Botschaft aufgetragen worden, und er hat um eine offizielle Audienz gebeten, bei der er sich ihrer entledigen will.«

Bard hob die Augenbrauen. Also war der Bewahrer von Neskaya zu einem Hastur-Lakai herabgesunken? Vielleicht war es noch schlimmer, als er annahm, und alles Land von den Kilghardbergen bis Thendara wurde bereits von den Hasturs regiert! Würde Asturias in den nächsten paar Jahren das gleiche Schicksal ereilen? *Nur über meine Leiche!*

Und dann überlief ihn ein ahnungsvoller Schauer. Wenn es tatsächlich so kommen würde, dann bestimmt über seine Leiche! Aber das war auf jeden Fall das Schicksal des Soldaten. Und was auch geschehen mochte, diesem Schicksal konnte er kaum entrinnen.

Wenn Alaric zurückgegeben wurde, gab das Dom Rafael wenigstens einen Vorwand, die Krönung durchzuführen, denn Rafael betonte ständig, daß er nicht der König, sondern Regent für Alaric sei. Bard fragte sich, was der Unterschied zwischen dem einen Kinderkönig und dem anderen sein mochte. Aber Alaric war jedenfalls hier und nicht wie Valentine in den Schutz eines anderen Königreichs geflohen. Dann wurde Bard bewußt, daß er an Alaric dachte, wie er es vor beinahe sieben Jahren getan hatte. Er stellte ihn sich als Kind vor, das sich über die abgelegten Spielzeuge des großen Bruders freute. Aber Alaric mußte jetzt vierzehn oder fünfzehn sein, fast schon in dem Alter, wo er auch dem Gesetz nach als Mann galt. Sein eigener Sohn Erlend war nicht viel jünger, als Alaric bei ihrem letzten Zusammensein gewesen war! Zeit. Die Zeit war der Feind jedes Mannes. Er selbst hatte länger gelebt als die meisten, die sich ihr Brot als Söldner verdienten. Er sollte keine Zeit verlieren, zu heiraten und legitime Söhne zu zeugen. Er mußte das Königreich für seinen Bruder sichern, und dann mußte er eine Möglichkeit finden, die Insel des Schweigens anzugreifen, auch wenn er dazu einer ganzen Armee von Zauberern bedurfte, und Carlina zurückgewinnen.

Solange sie lebt, werde ich keine andere Frau heiraten! Zum ersten Mal tauchte der Gedanke in ihm auf, daß er vielleicht einen schweren Fehler begangen hatte. Wenn Carlina ihn wirklich nicht wollte, mochte es andere geben, die es taten. Wieder dachte er an Melora . . . aber nein. Carlina war König Ardrins Tochter, sie war seine Verlobte, und wenn sie ihn nicht wollte, würde er sie bald lehren, wo ihre Pflicht lag. Keine Frau verspürte jemals Lust, ihn zum zweiten Mal abzuweisen!

Rafael von Asturias entließ Dom Eiric von Serrais am nächsten Morgen.

»Aber warum *jetzt*, Vater?« fragte Bard. »Du hättest ihn doch sicher noch ein paarmal zehn Tage zurückhalten können!«

»Eine Sache des Protokolls«, erwiderte Dom Rafael grimmig. »Varzil von Neskaya, der ein Ridenow ist, wünscht eine Unterredung mit ihm, und das kann er höflicherweise nicht tun, bevor er sein Hauptgeschäft hier, den Austausch der Geiseln, erledigt hat, und mit meinem Gefangenen kann er nicht ohne meine Erlaubnis sprechen. Deshalb werde ich Dom Eiric den Schwur abnehmen und ihn auf den Weg schicken, *bevor* Varzil mit ihm sprechen kann. Ich möchte nicht, daß noch mehr Ridenow-Lords zu Verbündeten der Hasturs werden!«

Bard nickte und dachte darüber nach. Sobald Dom Eiric den Eid geschworen hatte, ein halbes Jahr lang nicht gegen Rafael von Asturias vorzugehen, konnte er sich auch nicht rechtmäßig mit einem Feind von Asturias verbünden. Bard besaß umfangreiches Wissen über militärische Taktik und Strategie, aber die Diplomatie war ihm noch neu. Mit seines Vaters Wissen um die Staatskunst und seinen eigenen Fähigkeiten im Krieg sollte es ihnen jedoch gelingen, das ganze Land erfolgreich zu verteidigen.

Bard stellte fest, daß er neugierig darauf war, diesen Varzil zu sehen, der sich mit den Hasturs verbündet hatte. Neskaya war seit mehr als zweihundert Jahren in den Händen der Ridenows gewesen, obwohl es weit außerhalb des Serrais-Gebietes lag. Damals hatten die Hasturs und die Ridenows einen langen Krieg miteinander geführt, und Friede war erst unter der Regierung Allarts von Thendara geschlossen worden. Träumten die Hasturs immer noch davon, das ganze Serrais-Land zurückzugewinnen?

Als militärischer Befehlshaber seines Vaters mußte Bard an der Ratssitzung teilnehmen, und Melisandra, die den Wahrheitszauber erstellen sollte, ebenfalls. Bard sah sie in die Audienzkammer eintreten, gekleidet in ein leichtes, schmuckloses graues Gewand mit Umhang, das Gewand einer in offizieller Eigenschaft anwesenden *Leronis*. Ihm wurde klar, daß Melisandra jetzt als die von seinem Vater ernannte Hofzauberin kraft eigenen Rechts Status und Macht besaß, und diese Macht hatte nichts zu tun mit ihrer Eigenschaft als Mutter des Enkels des Regenten. Der Gedanke erweckte ein unbestimmtes Gefühl des Zorns in ihm. Es gab *Laranzu'in* genug; warum hatte sein Vater nicht anstandshalber einen von ihnen erwählt? Wollte sein Vater Melisandra in eine Position manövrieren, die es ihr ermöglichte, ihren gesetzmäßigen Herrn, den Vater ihres Sohns, zu mißachten?

Er hoffte, Alaric habe einige Geschicklichkeit im Umgang mit den Waffen. Als Ardrins Pflegesohn müßte er wenigstens etwas gelernt haben. Bard selbst war nur ein einziger Mann. Aber wenn auf dem Thron ein geschulter Militär saß und ihm Rückendeckung gab – und ein König mußte im Grunde fähig sein, seine Männer in die Schlacht zu führen, wie Ardrin es getan hatte –, dann war das ein gutes Vorzeichen für die Zukunft von Asturias.

Varzil von Neskaya war ein kleiner, schlanker Mann. In dem prachtvollen Zeremoniengewand, das er bei der Trauung getragen hatte, war er eindrucksvoll gewesen. Aber jetzt, im Grün und Gold seines Hauses, wirkte er dürftig und schmalschultrig. Sein Gesicht war hager und gelehrtenhaft, und seine Hände – das stellte Bard mit Verachtung fest – waren so klein und gepflegt wie die einer Frau, ohne Schwielen von Schwert oder Dolch. An seinen Schläfen war das Haar nicht vom Visier eines Helms abgewetzt. Er war also kein Mann des Krieges, sondern ein Sandalenträger, ein Schönling. Und das war Hasturs erwählter Gesandter? Bard dachte geringschätzig: *Den könnte ich mit bloßen Händen in Stücke brechen!*

Sogar Geremy mit seiner gebückten Haltung und dem nachgezogenen lahmen Bein war größer als Varzil. Geremy trug seine übliche nüchterne Kleidung und war bis auf einen kleinen ornamentalen Dolch, dessen Griff mit Feuersteinen besetzt war, unbewaffnet. Bard, der auf dem Platz des Friedensmannes hinter seinem Vater stand, sah dem Austausch der Formalitäten und dem Errichten des Wahrheitszaubers zu.

»Geremy Hastur«, sprach Dom Rafael, »da mein Sohn mir zurückgegeben wird, erkläre ich dich für frei, in das Königreich deines Vaters zurückzukehren oder dich an einen anderen Ort deiner Wahl zu begeben. Das gilt auch für deine Frau, die meine Untertanin ist, und für deinen Sohn, deine Vasallen und alles, was dein ist. Zum Zeichen der Wertschätzung, die meine Gemahlin für deine Lady hegt, erlaube ich außerdem den Kammerfrauen deiner Frau, Lady Ginevra in ihre neue Heimat zu begleiten, wenn sie dies wünschen und wenn sie die Erlaubnis ihrer eigenen Väter haben.«

Geremy verbeugte sich und dankte Dom Rafael in einer kurzen, höflichen Ansprache, in der er ihn seiner Dankbarkeit für die Gastfreundlichkeit versicherte. Die Ironie war dick genug aufgetragen, daß das Licht des Wahrheitszaubers auf seinem Gesicht flackerte, aber es war nicht der Mühe wert, davon Notiz zu nehmen. Höflichkeit, dachte Bard bei sich, bestand sowieso zumeist aus Lügen.

»Geremy, wenn du willst, kannst du deinen Sohn als Pflegesohn in meinem Haus lassen. Der Vater seiner Mutter ist ein mir loyaler

Mann, und ich übernehme persönlich die Verantwortung, daß er in jeder Beziehung wie mein eigener Sohn und als Gefährte meines Enkels erzogen werden soll.«

Geremy dankte ihm verbindlich, wandte jedoch ein, daß sein Sohn noch zu klein sei, um von seiner Mutter getrennt zu werden. Er sei noch nicht entwöhnt, und Ginevra mache es Freude, ihn selbst zu nähren.

Varzil trat vor. »Und ich bin gekommen«, erklärte er, »im Namen Carolins, des Hohen Königs zu Thendara, dem Vormund Valentines di Asturien, des rechtmäßigen Königs von Asturias und Oberherrn dieses ganzen Landes, um Alaric di Asturien, Sohn des Regenten und Protektors von Asturias, seinem Vater zurückzugeben. Alaric . . .?«

Vor Schreck holte Bard hörbar Atem. Von einem Platz hinter Varzil hinkte ein kümmerlicher Junge nach vorn. Sein ungleichmäßiger Schritt und seine schiefen Schultern waren wie eine gespenstische Parodie auf Geremys körperliche Mängel. Bard konnte sich nicht zurückhalten.

»Vater!« rief er und trat vor. »Willst du es zulassen, daß sie uns in unseren eigenen Hallen verhöhnen? Siehst du, was sie meinem Bruder aus Rache für Geremys Verletzungen angetan haben? Ich will unter dem Wahrheitszauber schwören, daß Geremy durch einen unglücklichen Zufall, nicht durch Absicht verwundet wurde. Das hat Alaric nicht von Carolin verdient!« Er zog seinen Dolch. »Bei allen Göttern, Hasturbrut, verteidige dich, denn diesmal ist dein Leben verwirkt, und es wird kein unglücklicher Zufall sein! Ich werde nachholen, was ich vor sieben Jahren hätte tun sollen . . .«

Er packte Geremy bei der Schulter und riß ihn herum.

»Zieh deinen Dolch, oder ich steche dich an Ort und Stelle nieder!«

»Aufhören! Ich befehle es!«

Varzils Stimme war nicht laut, aber sie zwang Bard, seinen Griff zu lösen und bleich und schwitzend von Geremy zurückzutreten. Seit vielen Jahren hatte er keine Befehlsstimme mehr von den Lippen eines ausgebildeten *Laranzu* vernommen. Varzils schlanke Gestalt schien drohend über ihm emporzuragen. Bards kraftlosen Fingern entfiel der Dolch.

»Bard di Asturien«, sagte Varzil, »ich führe keinen Krieg gegen Kinder, und auch Carolin tut es nicht. Deine Anschuldigung ist ungeheuerlich, und ich stehe hier im Licht des Wahrheitszaubers, um deine Lüge zu widerlegen. Wir berichteten euch nichts über Alarics Krankheiten, weil wir fürchteten, ihr würdet zu genau diesem

Schluß kommen. An Alarics Hinken sind wir schuldlos. Vor fünf Jahren erkrankte er an dem Muskelfieber, das so viele Kinder im Seengebiet dahinrafft. Alle Heiler Ardrins taten ihr Bestes für ihn. Sobald er imstande war zu reisen, wurde er zur Behandlung nach Neskaya geschickt. Als Königin Ariel aus dem Land floh, befand er sich in meiner Obhut zu Neskaya, und das ist der Grund, warum er nicht hier zurückgelassen werden konnte, um mit euch wiedervereinigt zu werden. Aber trotz all unserer Anstrengungen verdorrte sein Bein, und sein Rücken wurde schwach. Er kann jetzt wieder laufen, ohne mehr als eine Beinschiene zu brauchen, und er hat die Fähigkeit des Sprechens zurückerlangt. Ihr könnt Alaric selbst fragen, ob er sich über uns in irgendeiner Weise beschweren will.«

Bard starrte den Jungen entsetzt an. Also dieser arme Krüppel war der prächtige, starke, männliche Bruder, der ihm helfen würde, seine Armeen anzuführen! Er hatte das Gefühl, die Götter verhöhnten ihn.

Dom Rafael breitete die Arme aus, und Alaric hinkte vorwärts und warf sich an seines Vaters Brust.

»Mein lieber Sohn«, flüsterte Dom Rafael bestürzt und verwirrt, und der Junge sah verzweifelt von seinem Vater zu Varzil.

»Lieber Vater«, sagte er, »an dem, was geschehen ist, trägt mein Verwandter Ardrin keine Schuld, und Lord Varzil erst recht nicht. Als ich krank wurde und noch viele Jahre danach sorgten er und seine *Leroni* Tag und Nacht für mich. Sie sind so gut und so freundlich zu mir gewesen, weder du noch meine Mutter hätten mehr tun können.«

»Ihr Götter da oben!« stöhnte Dom Rafael. »Und Ardrin schickte mir keine Nachricht? Auch Ariel nicht, als sie ins Exil floh?«

»Ich war schon Jahre vorher nach Neskaya geschickt worden«, gab Alaric zurück, »und da du nie an den Hof kamst, glaubte ich nicht, daß es dich sehr kümmerte, was mir zustieß.« Auf eine distanzierte, ironische Art, die Bard überzeugte, daß der Verstand seines Bruders, mochte auch sein Körper verkrüppelt sein, in bester Ordnung war, setzte er hinzu: »Bestimmt warst du nicht so erpicht darauf, mich zurückzuhaben, daß du mit Carolin sehr lange um mich gestritten hättest. Ich wußte, du würdest den Thron für mich halten, zumindest bis zu dem Zeitpunkt, wo du mich zu sehen bekamst. Nicht sicher war ich mir, ob du mich danach überhaupt noch haben wolltest.«

Dom Rafael erklärte loyal: »Du bist mein eigener lieber Sohn, und ich heiße dich willkommen auf dem Thron, den ich für dich in Besitz genommen habe.« Aber Bard vernahm den unausgesprochenen Zusatz: *Wenn es dir möglich ist, ihn zu halten*, und er war überzeugt, auch Alaric konnte ihn hören.

Varzils Gesicht war ruhig und voller Mitgefühl; sein Blick ruhte auf Alaric und Dom Rafael, als habe er keinen anderen Gedanken als den an das Kind und seinen niedergeschmetterten Vater. Aber Bard wußte ganz genau, daß Varzil, auch wenn ihm das Wohlergehen des jungen Alaric ehrlich am Herzen lag, ihn trotzdem zurückgehalten hatte, bis er ihn in einem Augenblick produzieren konnte, wo dies die größtmögliche Verwirrung und Bestürzung verursachen mußte. Seine Absicht war, in aller Öffentlichkeit darzulegen, daß der junge Thronanwärter von Asturias nichts anderes als ein erbarmungswürdiger kleiner Krüppel war!

Bard war verzweifelt und wütend – war *das* der starke junge Krieger, der an seiner Seite in die Schlacht reiten sollte? Doch sein Herz tat ihm weh um den kleinen Bruder, den er geliebt hatte. So groß die Enttäuschung seines Vaters und seine eigene auch sein mochten, Alaric litt mehr als sie. Es war unentschuldbar, den Jungen auf diese Art zu benutzen, um die Schwäche des Throns von Asturias zu demonstrieren! Wäre Varzil nicht durch die diplomatische Immunität geschützt gewesen, hätte Bard ihn an Ort und Stelle erwürgt – ja, und Geremy auch!

Trotzdem, dachte er, das neue Wissen allmählich verarbeitend, es hätte schlimmer kommen können. Alaric war lahm, aber ansonsten sah er gesund und kräftig aus, an Verstand fehlte es ihm wahrlich nicht! Geremy hatte einen gesunden Sohn. Es gab keinen Grund, warum Alaric nicht ein Dutzend haben sollte. Schließlich würde er nicht der erste verkrüppelte König auf einem Thron sein, und schließlich hatte er einen loyalen Bruder, der seine Armeen befehligen konnte.

Mich gelüstet es nicht nach seinem Thron, dachte Bard. *Ich verstehe nichts vom Regieren und habe auch nicht den Verstand dazu. Ich möchte lieber der General des Königs als der König selbst sein!* Er begegnete Alarics Blick und lächelte.

Auch Dom Rafael hatte sein seelisches Gleichgewicht wiedergefunden. Er erhob sich von seinem Audienzsessel und erklärte: »Zum Zeichen, daß ich hier nur als Regent geherrscht habe, übergebe ich dir, mein Sohn, als dem rechtmäßigen König von Asturias diesen Platz. Mein Sohn und mein Herr, ich bitte dich, diesen Platz einzunehmen.«

Die Wangen des Jungen färbten sich, aber er war im Protokoll gut unterwiesen worden. Als sein Vater zu seinen Füßen niederkniete und ihm sein Schwert bot, sagte er: »Ich bitte dich aufzustehen, Vater, und als Regent und Protektor dieses Reichs dein Schwert wieder an dich zu nehmen, bis ich das Mannesalter erreicht haben werde.«

Dom Rafael erhob sich und nahm seinen Platz drei Schritte hinter dem Thron ein.

»Mein Bruder ...« – Alaric sah Bard an –, »... mir ist gesagt worden, daß du der Befehlshaber der Armeen von Asturias bist.«

Bard beugte das Knie vor dem Jungen. »Ich bin hier, um dir zu dienen, mein Bruder und mein Herr.«

Alaric lächelte zum ersten Mal, seit er von seinem Platz hinter Varzil nach vorn getreten war, und das Lächeln war wie eine die Wolken durchbrechende Sonne und ließ es Bard warm ums Herz werden.

»Ich verlange dein Schwert nicht von dir, lieber Bruder. Ich bitte dich, es zur Verteidigung dieses Reiches zu behalten; möge es nur gegen meine Feinde gezogen werden. Ich ernenne dich zum ersten Mann in diesem Reich nach unserm Vater, dem Regenten, und ich werde mir bald etwas einfallen lassen, wie ich dich belohnen kann.«

Bard erklärte kurz, die Gunst seines Bruders sei ihm Belohnung genug. Er hatte diese Zeremonien schon gehaßt, als er ein Junge im Haus des Königs gewesen war. Jetzt trat er zurück, dankbar, daß er sich wenigstens nicht lächerlich gemacht hatte, indem er über irgend etwas stolperte.

Alaric sagte: »Und nun, Verwandter Varzil – ich weiß, daß du mit einer diplomatischen Mission kommst, die du, wie es auch richtig ist, einem Kind nicht anvertraut hast. Willst du sie jetzt dem Thron von Asturias und meinem Vater und Regenten enthüllen?«

Dom Rafael unterstützte die Bitte. »Ich will mir Carolins Botschaft gern anhören. Aber wäre es möglich, das in einem Raum zu tun, der für eine Konferenz geeigneter ist als dieser Thronsaal, wo wir alle in zeremonieller Haltung herumstehen und Formalitäten beachten müssen?«

»Es wäre mir eine Ehre«, antwortete Varzil, »und ich bin bereit, auf den Wahrheitszauber zu verzichten, wenn du es ebenfalls bist. Die zu besprechenden Angelegenheiten sind keine Tatsachen, sondern Einstellungen, Ansprüche, Meinungen und moralische Überlegungen. Der Wahrheitszauber ist nutzlos bei ehrlichen Meinungsverschiedenheiten, wenn jede Seite sich selbst im Recht glaubt.«

Dom Rafael entgegnete würdevoll: »Das ist richtig. Dann werden wir die *Leronis* mit deiner Erlaubnis, Cousin, entlassen und uns in einer Stunde in meinem privaten Arbeitszimmer wiedertreffen, wenn du das nicht für zu inoffiziell hältst. Mir geht es darum, dir meine Bequemlichkeit zu bieten, nicht etwa darum, die Wichtigkeit deiner Mission zu schmälern.«

»Ein privater und inoffizieller Rahmen ist mir sehr recht«, stimmte Varzil zu. Als die Hastur-Gesandtschaft sich für den Augenblick zurückgezogen hatte, blieben Dom Rafael und seine Söhne noch in dem Audienzsaal zurück.

»Alaric, mein Sohn, du brauchst bei der Konferenz nicht dabeizubleiben, wenn es dich ermüdet.«

»Vater, ich werde mit deiner Erlaubnis daran teilnehmen«, antwortete Alaric. »Du bist mein Regent und Vormund, und ich werde mich deinem Urteil beugen, bis ich zum Mann erklärt bin, und zweifellos auch noch viele Jahre danach. Aber ich bin alt genug, um diese Dinge zu verstehen, und wenn ich eines Tages regieren soll, ist es mir von Nutzen, über deine staatsmännischen Pläne informiert zu sein.«

Bard und Dom Rafael wechselten einen anerkennenden Blick.

»Selbstverständlich nehmt Ihr teil, Hoheit.« Dom Rafael benutzte die höchst offizielle Anrede *va' Altezu*, die nur einem Vorgesetzten, der dem Thron sehr nahestand, zukam. Bard sah, daß sein Vater den Jungen als Erwachsenen anerkannte, obwohl er das gesetzliche Mannesalter noch nicht – noch nicht ganz – erreicht hatte. Alaric mochte wie ein krankes Kind aussehen, aber weder Bard noch Dom Rafael zweifelten daran, daß er die Reife hatte, wie ein Mann seinen Platz einzunehmen.

In Dom Rafaels privatem Arbeitszimmer versammelten sie sich um einen Tisch, und Dom Rafael beauftragte einen Diener, ihnen allen Wein einzuschenken. Als der Diener sich zurückgezogen hatte, sagte Varzil: »Mit Eurer Erlaubnis, Dom Rafael, und Eurer, Hoheit«, setzte er, an Alaric gewendet, hinzu, und sein Ton war völlig verschieden von der liebevollen Vertraulichkeit, die er Alaric zuvor erwiesen hatte, »Carolin von Thendara hat mich mit einer Mission betraut. Ich hatte beabsichtigt, eine ›Stimme‹ mitzubringen, damit ihr Carolins höchsteigene Worte hören könntet. Aber, wenn es euch recht ist, lassen wir das. Ich bin Carolins Verbündeter und sein Freund; ich bin Bewahrer des Neskaya-Turms. Und ich habe mit ihm für Neskaya den Vertrag geschlossen, dem beizutreten wir euch nun bitten. Wie ihr wißt, wurde Neskaya vor einer Generation durch Feuerbomben zerstört, und als Carolin Hastur den Turm wieder aufbauen ließ, unterzeichneten wir den Vertrag. Das verlangte er von mir nicht als Souverän, sondern er wandte sich an mich als einen Mann von Vernunft, und ich ging mit Freuden darauf ein.«

»Was ist das für ein Vertrag, von dem du sprichst?« erkundigte sich Dom Rafael.

Varzil beantwortete die Frage nicht sofort. Statt dessen führte er aus: »Die Hundert Königreiche werden Jahr für Jahr durch sinnlose Bruderkriege heimgesucht. Dein Streit mit Königin Ariel um den Thron von Asturias ist nur einer davon. Carolin von Thendara ist bereit, das Haus di Asturien als rechtmäßigen Protektor dieses Reiches anzuerkennen, und Königin Ariel hat sich einverstanden erklärt, für sich und ihren Sohn jeden Anspruch auf den Thron zurückzuziehen, wenn du den Vertrag unterschreibst.«

»Ich erkenne die Großzügigkeit dieser Konzession an«, sagte Dom Rafael. »Aber ich möchte nicht, daß es mir wie Durraman ergeht, als er den Esel kaufte. Ich muß genau wissen, um was es sich bei diesem Vertrag handelt, Cousin, bevor ich mich ihm anschließe.«

»Der Vertrag verpflichtet uns, in einem Krieg keine Zauberei als Waffe einzusetzen«, erklärte Varzil. »Vielleicht ist der Krieg unter den Menschen unvermeidlich; ich gestehe, daß ich das nicht weiß. Carolin und ich arbeiten auf den Tag hin, an dem alle diese Länder in Frieden vereinigt sein werden. Inzwischen bitten wir dich, dich mit uns in einem heiligen Gelübde zu vereinigen. Kämpfe sollen auf ehrenhafte Weise von Soldaten ausgetragen werden, die in die Schlacht ziehen und ihr eigenes Leben aufs Spiel setzen, nicht mit Feiglingswaffen, die Zauberei und Chaos über Frauen und Kinder bringen, indem sie Wälder verbrennen und Städte und Felder verwüsten. Wir bitten dich, innerhalb deines Reichs alle Waffen für ungesetzlich zu erklären, die weiter reichen als der Arm des Mannes, der sie benutzt, damit der Kampf ehrenhaft sei und den Gegnern gleiche Chancen gebe und nicht die Unschuldigen mit bösen Waffen gefährde, die aus der Ferne treffen.«

Dom Rafael rief aus: »Das kann unmöglich dein Ernst sein!« Er starrte Varzil ungläubig an. »Was für ein Wahnsinn ist das? Sollen wir nur mit Schwertkämpfern in den Krieg ziehen, während unsere Feinde mit Pfeilen und Haftfeuerbomben und Zauberei über uns herfallen? Dom Varzil, es widerstrebt mir, Euch als Verrückten anzusehen. Aber glaubt Ihr wirklich, der Krieg sei ein ›Burgen‹-Spiel, bei dem Frauen und Kinder um Kuchen oder Pfennige würfeln? Glaubt Ihr wirklich, irgendein vernünftiger Mann würde sich einen solchen Vorschlag auch nur einen Augenblick lang anhören?«

Varzils ruhiges, hübsches Gesicht war völlig ernst. »Ich gebe dir mein Ehrenwort, ich meine, was ich sage, und viele kleine Königreiche haben den Vertrag mit König Carolin und den Hasturs bereits unterzeichnet. Feiglingswaffen und *Laran*-Kriegführung sollen ganz und gar verbannt werden. Wir können den Krieg nicht verhindern, nicht beim augenblicklichen Zustand unserer Welt. Aber wir können ihn in Grenzen halten, wir können verhindern, daß der Krieg Felder und Wälder verwüstet, wir können auf Waffen von der Art verzichten, wie sie Hali vor neun Jahren trafen. Dort schwollen Kinder an und starben an Krankheiten, die ihr Blut zu Wasser verwandelte, weil sie in Wäldern gespielt hatten, deren Blätter vom Knochenwasser-Staub vernichtet worden waren ... Auf diesem Land kann immer noch niemand leben, Dom Rafael, und das mag noch zur Zeit von Jung Alarics Enkeln so sein! Der Krieg *ist* ein Wettbewerb, Dom Rafael. Er könnte in der Tat durch die Würfel oder ein ›Burgen‹-Spiel entschieden werden. Die Regeln der Kriegführung sind nicht von den Göttern erlassen worden, und deshalb dürfen wir nicht fortfahren, immer wirksamere Waffen einzusetzen, die uns eines Tages alle vernichten werden, den Sieger ebenso wie den Besiegten. Warum sollen wir uns nicht, ehe dieser Tag kommt, auf Waffen beschränken, die von allen in Ehren benutzt werden können?«

»Dem wird mein Volk niemals zustimmen«, sagte Dom Rafael. »Ich bin kein Tyrann, daß ich den Leuten ihre Waffen wegnehmen und sie gegen skrupellose Angreifer, die *ihre* Waffen weiter benützen werden, hilflos machen will. Vielleicht, wenn ich sicher wäre, daß alle unsere Feinde es bereits getan haben ... aber das glaube ich nicht.«

»Bard di Asturien ...« – überraschend wandte sich Varzil an diesen –, »... du bist Soldat. Die meisten Soldaten sind Männer der Vernunft. Du bist Kommandant von deines Vaters Armee. Würdest du es nicht begrüßen, wenn man diese grauenhaften Waffen für ungesetzlich erklärte? Hast du noch nie ein von Haftfeuer verbranntes Dorf oder an der Knochenwasser-Krankheit sterbende kleine Kinder gesehen?«

Bard durchfuhr es wie ein Messerstich. Er erinnerte sich, ein solches Dorf in der Nähe von Scaravel gesehen zu haben. Noch hörte er das endlose Schreien und Weinen der vom Haftfeuer verbrannten Kinder. Es dauerte Tage, bis sie eins nach dem anderen starben, und dann schien die Stille noch schrecklicher zu sein, als tönten die Schreie in seinen Gedanken fort ... Er selbst würde niemals Haftfeuer benutzen. Aber warum fragte Varzil *ihn?* Er war nur ein Soldat, der loyale Mann seines Vaters, der Befehlen gehorchen mußte.

Er erklärte: »Dom Varzil, ich wäre gern bereit, nur mit Schwert und Schild zu kämpfen, wenn die anderen dazu gebracht werden könnten, sich ebenfalls darauf zu beschränken. Aber ich bin Soldat, und meine Aufgabe ist es, Schlachten zu gewinnen. Ich kann aber keine Schlachten gewinnen, wenn ich meine Männer mit Schwertern gegen eine Armee führe, die Haftfeuer benutzt oder durch Zauberei Dämonen hervorruft, die Wind und Wasser und Stürme und Erdbeben beherrschen.«

»Das würde auch nicht von dir verlangt«, entgegnete Varzil. »Aber stimmst du zu, daß du nicht der erste sein wirst, der *Laran* einsetzt, besonders nicht gegen Nichtkämpfer, wenn du nicht damit angegriffen wirst?«

Bard wollte sagen, das höre sich vernünftig an, als Dom Rafael zornig dazwischenfuhr: »Nein! Der Krieg ist kein Spiel!«

Varzil erklärte verächtlich: »Wenn er kein Spiel ist, was ist er dann? Ganz bestimmt obliegt es doch den Kriegführenden, die Regeln nach ihren Wünschen aufzustellen!«

Dom Rafael verzog geringschätzig den Mund. »Warum sollen wir deine Ideen dann nicht gleich ganz verwirklichen? Dann könnten in Zukunft alle unsere Kriege durch ein Fußballspiel entschieden werden – oder sogar durch einen Wettkampf im Bockspringen! Sollen wir unsere alten Männer aussenden, damit sie unsere Streitigkeiten beim Brettspiel entscheiden oder unsere kleinen Mädchen zum Seilchenspringen?«

Varzil sagte: »Bei den meisten Kriegen geht es um eine Sache, die besser durch ein vernünftiges Gespräch zwischen vernünftigen Männern geregelt werden könnte. Ist das nicht möglich, wäre eine Entscheidung durch ein Fangballspiel der Kinder diesen endlosen Feldzügen vorzuziehen, die nur beweisen, daß die Götter die zu lieben scheinen, die die besser ausgebildeten Soldaten haben!« Seine Stimme klang unendlich bitter.

»Du sprichst wie ein Feigling«, polterte Dom Rafael. »Ein Krieg mag empfindliche Nerven beruhigen, aber du kannst Tatsachen nicht wegdisputieren. Die Menschen sind nun einmal nicht vernünftig – und warum sollten sie auch vernünftig sein, wenn es ihnen anders lieber ist? Auf lange Sicht wird jede Meinungsverschiedenheit zugunsten dessen entschieden, der sich als der Stärkere mit Gewalt durchsetzen kann. Du kannst die Natur des Menschen nicht ändern, das lehrt uns die gesamte Geschichte der Menschheit. Wenn ein Mann mit der Antwort, die er bekommt, nicht zufrieden ist, ganz gleich, wie vernünftig und richtig sie anderen scheinen mag, wird er ausziehen und kämpfen für das, was er will. Andernfalls würden wir alle ohne Hände und Arme und den Verstand, Waffen zu benutzen, geboren. Niemand als ein Feigling kann etwas anderes behaupten, obgleich ich es von einem Sandalenträger, einem *Laranzu* erwarte.«

Varzil sagte: »Harte Worte brechen keine Knochen, Sir. Ich fürchte mich nicht so sehr davor, Feigling genannt zu werdend, daß ich einen Krieg führen würde, um es abzustellen, so wie Schuljungen sich blaue Augen schlagen, weil der eine den anderen *Hurensohn* oder *von sechs Vätern gezeugt* geschimpft hat. Willst du behaupten, wenn nur mit Schwertern bewaffnete Soldaten gegen dich zögen, würdest du sie mit Haftfeuer verbrennen?«

»Ja, natürlich, wenn ich Haftfeuer habe. Ich stelle das böse Zeug nicht her, aber wenn es gegen mich verwendet wird, muß ich es besitzen, und ich muß es einsetzen, bevor der Feind es gegen mich einsetzen kann. Glaubst du wirklich, irgendwer wird diesen Vertrag halten, wenn er nicht bereits überzeugt ist, daß er Sieger sein wird?«

»Und du willst auf diese Weise kämpfen, auch wenn du weißt, das bedeutet, auf dein eigenes Land fällt Knochenwasserstaub, das neue Gift, das schwarze Schwären bei jedem Mann, jeder Frau und jedem Kind hervorruft, wenn es eingeatmet wird, so daß man es die Maskenseuche nennt? Ich hätte dich für einen barmherzigen und vernünftigen Mann gehalten!«

»Das bin ich auch«, behauptete Dom Rafael. »Aber so vernünftig bin ich wieder nicht, daß ich meine Waffen niederlege und mich ergebe, damit mein Volk von irgendeinem anderen Land versklavt werden kann! Nach meiner Meinung ist alles, was einen schnellen und entscheidenden Sieg herbeiführt, eine barmherzige und vernünftige Waffe. Ein mit Schwertern wie ein Turnier ausgekämpfter Krieg mag sich jahrelang hinziehen. Gegen Serrais kämpfen wir schon beinahe mein ganzes Leben lang! Dagegen werden weise Männer es sich zweimal überlegen, ob sie gegen Waffen, wie ich sie ins Feld führen kann, einen Krieg weiterführen wollen. Nein, Dom Varzil, Eure Worte klingen, oberflächlich betrachtet, gut, aber darunter lauert der Wahnsinn. Eure Art des Krieges würden die Männer zu sehr genießen und es wie ein Spiel in die Länge ziehen. Wüßten sie doch, sie könnten es endlos fortführen, ohne ernsthaft verletzt zu werden. Kehre zu Carolin zurück und sage ihm, ich verabscheue seinen Vertrag und werde ihm niemals beitreten. Wenn er gegen mich zieht, wird er mich mit jeder Waffe ausgerüstet finden, die meine *Leroni* herstellen können. Dann komme es über sein eigenes Haupt, wenn er seine Männer nur mit Schwertern und Schilden ausrüstet. Von mir aus kann er sie mit Tennisbällen bewaffnen und mir die Arbeit erleichtern oder ihnen befehlen, sich gleich zu ergeben. Ist dieser blödsinnige Vertrag alles, was Ihr mir berichten solltet, Dom Varzil?«

»Nein«, sagte Varzil.

»Was gibt es denn sonst noch? Ich will keinen Krieg mit den Hasturs. Ich würde einen Friedensvertrag vorziehen.«

»Ich auch«, stellte Varzil fest, »und ebenso König Carolin. Ich wurde mit der Vollmacht abgesandt, dir den Eid abzunehmen, daß du dich eines Krieges gegen uns enthalten wirst. Du bist ein vernünftiger Mann, sagst du. Warum soll dann dies Land vom Kampf zerrissen werden?«

»Es ist nicht mein Wunsch zu kämpfen«, sagte Dom Rafael, »aber ich werde das Land, das die di Asturiens seit Menschengedenken regiert haben, nicht den Hasturs übergeben.«

»Das stimmt nicht«, widersprach Varzil. »Aufzeichnungen in Nevarsin und Hali – die vielleicht zuverlässiger sind als die patriotischen Legenden und Volkssagen, mit denen du Männer um dich sammelst – könnten dir beweisen, daß dies ganze Land vor weniger als zweihundert Jahren von Hasturs regiert wurde. Erst nach einem Einfall der Katzenwesen übertrug Lord Hastur den di Asturiens die Aufgabe, es zu verteidigen, mehr nicht. Und jetzt ist das ganze Gebiet in kleine Königreiche aufgesplittert, und jeder Herrscher behauptet, von alters her das Recht auf Unabhängigkeit und Souveränität zu haben. Das ist Chaos. Warum sollen wir nicht wieder Frieden haben?«

»Frieden? Tyrannei meinst du!« brauste Dom Rafael auf. »Warum sollte das freie Volk von Asturias den Kopf vor den Hasturs beugen?«

»Was das angeht – warum sollte es den Kopf vor den di Asturiens beugen? Der Friede wird um den Preis der Aufgabe einer gewissen lokalen Autonomie erkauft. Stell dir einmal vor, jeder Bauer auf seinem Hof bestehe darauf, er sei ein freier Mann und habe das Recht, den absoluten Selbstherrscher zu spielen. Er würde dann jedem anderen das Recht untersagen, seine Grenzen zu überschreiten, ohne Tribut zu zahlen, und Loyalität wäre er nur seinen eigenen Launen schuldig.«

»Verrückt«, bemerkte Dom Rafael.

»Warum ist es dann nicht verrückt, daß El Haleine und Asturias und Marenji sich alle Königreiche nennen, jedes mit seinem eigenen König und seiner eigenen Regierung und jedes von den anderen abgeschnitten? Warum sollen die Söhne Hasturs nicht Frieden untereinander halten und die Freiheit gewinnen, umherzureisen und Handel zu treiben, ohne überall auf Bewaffnete zu stoßen? Du wirst in deinem eigenen Reich frei sein, du brauchst nur zu geloben, daß du dich nicht in die Angelegenheiten eines anderen freien und unabhängigen Reiches einmischen, sondern mit den Lords als deinen Freunden und Gleichgestellten zusammenarbeiten willst . . .«

Rafael di Asturien schüttelte den Kopf. »Meine Ahnen haben

dies Land erobert. Ardrins Sohn Valentine hat sein Recht darauf aufgegeben, als er mit seiner verräterischen Mutter zu König Carolin floh. Ich aber werde dies Land für meine Söhne verteidigen, und wenn die Hasturs es haben wollen, müssen sie kommen und es sich nehmen, sofern sie das können.« Er sprach mutig, aber Bard wußte, sein Vater dachte dabei an ihre Unterhaltung in der Nacht von Geremys Hochzeit.

Serrais im Osten. Aldaran und Scathfell im Norden. Hasturs und alle ihre Verbündeten im Westen und eines Tages sicher auch noch die Bewohner der Ebenen von Valeron im Süden.

»Dann willst du keinen Vertrag mit Hastur schließen«, fragte Varzil, »auch wenn er dich um nichts anderes bittet als den Schwur, daß du Hali, Carcosa, Burg Hastur und Neskaya, das unter seinem Schutz steht, nicht mit Waffengewalt angreifen wirst?«

»Der Thron von Asturias«, sagte Rafael, »untersteht Hastur nicht. Und das ist mein letztes Wort zu diesem Thema. Ich habe nicht die Absicht, die Hasturs anzugreifen, aber sie sollen nicht versuchen, hier zu herrschen.«

»Alaric«, wandte sich Varzil an den Jungen, »du bist Herr von Asturias. Du bist noch nicht alt genug, um Verträge zu schließen, aber ich bitte dich aus Freundschaft zu einem Verwandten trotzdem, deinem Vater zuzureden, in dieser Sache Vernunft anzunehmen.«

»Mein Sohn ist nicht mehr Euer Gefangener, Dom Varzil.« Rafael schob das Kinn vor. »Ich weiß nicht, was an verräterischen Gedanken gegen sein eigenes Volk Ihr ihm eingeflößt habt, aber jetzt . . .«

»Vater, das ist ungerecht«, protestierte Alaric. »Ich bitte dich, nicht mit meinem Verwandten Varzil zu streiten!«

»Deinetwegen, mein Sohn, halte ich Frieden. Doch ich bitte Euch sehr, Dom Varzil, mit dem törichten Gerede aufzuhören, ich solle den Thron von Asturias den Hasturs überlassen!«

Varzil erwiderte: »Sogar in diesem Augenblick sinnst du auf Krieg gegen friedliche Nachbarn – nicht gegen Angreifer! Ich weiß, was du in Marenji getan hast. Ich bin darüber informiert, daß du im Frühling gegen Serrais ziehen willst. Du beabsichtigst, das Land entlang dem Kadarin zu befestigen . . .«

»Und was geht das dich an?« fragte Bard mit kalter Feindseligkeit. »Das Land entlang dem Kadarin gehört nicht den Hasturs!«

»Asturias gehört es auch nicht«, sagte Varzil, »und Carolin hat geschworen, es vor Angriffen von landhungrigen kleinen Königreichen zu schützen! Tut in eurem eigenen Reich, was ihr wollt. Aber ich warne euch, überschreitet seine Grenzen nicht, falls ihr nicht bereit seid, gegen alle zu kämpfen, die Verbündete von Hastur sind und den Vertrag unterzeichnet haben!«

»Drohst du mir?«

»Das tue ich«, sagte Varzil, »obwohl es mir lieber wäre, ich müßte es nicht. Als Abgesandter Hasturs verlange ich, daß du und deine beiden Söhne euch verpflichtet, nicht gegen die Vertragsländer, die sich einander als Gleichberechtigte verschworen haben, ins Feld zu ziehen. Andernfalls werden wir innerhalb von vierzig Tagen eine Armee nach Asturias führen. Wir werden das Königreich einnehmen und es in die Obhut eines Mannes geben, der Frieden mit den *Com'ii* unter Hastur hält.«

Bard hörte dies mit Schrecken. Sie waren nun einmal nicht darauf vorbereitet, Krieg gegen die Hasturs zu führen, nicht, wo sich die Leute jenseits des Kadarin erhoben, nicht mit Serrais im Osten! Und wenn die Hasturs *jetzt* angriffen, konnte Asturias ihnen nicht standhalten.

Dom Rafael ballte wütend die Fäuste.

»Welchen Eid forderst du von uns?«

»Nicht mir«, sagte Varzil, »sondern Geremy Hastur, der anstelle seines Verwandten Carolin hier steht, sollt ihr als Verwandte schwören, kein Land anzugreifen, das unter dem Schutz Hasturs steht. Dafür werdet ihr an dem Frieden teilhaben, der unter den Verbündeten herrscht.« Er benutzte das Wort *Comyn* in einer neuen Bedeutung. »Der Eid gilt, solange er nicht von der einen oder anderen Seite ein halbes Jahr vorher aufgekündigt wird. Wollt ihr ihn leisten?«

Ein langes Schweigen entstand. Aber die di Asturiens waren im Nachteil und wußten es. Es blieb ihnen keine andere Wahl, als zu schwören. Sie waren dankbar, als Alaric das Wort ergriff, so daß weder Dom Rafael noch Bard an Gesicht verlor.

»Dom Varzil, ich will den Eid als Verwandter schwören, doch mich nicht eurem Bündnis anschließen. Wird das genügen? Ich gelobe, daß ich keinen Krieg gegen Carolin von Thendara führen werde, solange dieser Friedensvertrag nicht ein halbes Jahr vorher aufgekündigt wird. Aber«, setzte er hinzu, und Bard sah, wie sich das kindliche Kinn verkrampfte, »dieser Eid gilt nur so lange, wie mein Verwandter Carolin von Thendara mich in Besitz des Throns von Asturias läßt. An dem Tag, wo er gegen den Thron ins Feld zieht, an dem gleichen Tag wird mein Eid ungültig, und dann betrachte ich ihn als meinen Feind.«

Geremy antwortete: »Ich nehme deinen Eid an, Cousin. Ich

schwöre, dafür zu sorgen, daß auch Carolin es tut. Aber wie willst du deinen Vater und deinen Bruder an diesen Eid binden? Denn du bist noch nicht im rechtsfähigen Alter, und sie sind die Mächte, die deinen Thron halten.«

Alaric sagte: »Bei den Göttern und bei der Ehre meiner Familie: Bard, mein Bruder, willst du dich meinem Eid anschließen?«

Bard erklärte: »In der Form, in der du den Eid geleistet hast, mein Bruder, schließe ich mich ihm an.« Er faßte sein Schwert. »Zandru nehme dieses Schwert und dieses Herz, wenn ich deine Ehre beschmutze.«

»Und ich schwöre ebenso«, sagte Dom Rafael mit schmalen Lippen und schloß die Hand um seinen Dolch, »bei der Ehre von Asturien, die fleckenlos ist.«

Nein, es war ihnen keine andere Wahl geblieben, dachte Bard, als Geremy und Varzil unter endlosen Formalitäten Abschied nahmen, nicht mit einem verkrüppelten Kind auf dem Thron anstelle des starken jungen Kriegers, den sie erwartet hatten. Sie brauchten Zeit, und dieser Schwur war nur eine Möglichkeit, sich Zeit zu verschaffen. Sein Vater behielt die äußerliche Ruhe bei, bis die Hastur-Gesandtschaft davongeritten war und Alaric, erschreckend blaß nach der Anstrengung der langen Zeremonie, in seine Räume geführt wurde. Dann brach Dom Rafael zusammen.

»Mein Sohn! Er ist mein Sohn, ich liebe ihn, ich ehre ihn, aber im Namen der Hölle, Bard, ist er geeignet, in Zeiten wie diesen zu regieren? Bei allen Göttern, ich wünschte, *deine* Mutter wäre meine gesetzmäßige Frau gewesen!«

»Vater«, redete Bard ihm zu, »nur seine Beine sind verkrüppelt. Sein Geist und sein Verstand sind gesund. Ich bin Soldat, kein Staatsmann; Alaric wird einen besseren König abgeben als ich!«

»Aber zu dir blicken die Leute auf, sie nennen dich Wolf und Kommandant. Werden sie jemals auf diese Weise zu meinem armen, kleinen, lahmen Jungen aufblicken?«

»Wenn ich hinter seinem Thron stehe«, sagte Bard, »werden sie es tun.«

»Dann ist Alaric in seinem Bruder gesegnet! Wie wahr ist das alte Sprichwort: *Bloß ist der Rücken dessen, der keinen Bruder hat* ... Aber du bist nur ein einziger Mann, und du hast Hastur einen Eid geschworen, der dich bindet. Wenn wir Zeit hätten oder wenn Alaric stark und gesund wäre ...«

»Wenn Königin Lorimel Hosen statt Röcke getragen hätte, wäre sie König geworden, und Thendara wäre nie gefallen«, erwiderte Bard kurz. »Es hat keinen Sinn, *wenn* und *ich wünschte bei allen Göt-*

tern und dergleichen Unsinn zu sagen. Wir müssen unseren Mantel nach dem Tuch zuschneiden, das wir haben! Die Götter wissen, daß ich meinen Bruder liebe, und ich hätte heulen können wie Geremys neugeborener Sohn, als ich ihn so gebeugt und krumm vor uns stehen sah. Aber was geschehen ist, ist geschehen. Die Welt wird gehen, wie sie will. Ich bin nur ein einziger Bruder.«

»Die Hasturs haben Glück, daß du nicht als Zwilling geboren wurdest.« Dom Rafael lachte verzweifelt auf. »Denn mit zweien von deinem Schlag, lieber Sohn, könnte ich alle Hundert Königreiche erobern.«

Und dann hielt er inne. Sein Lachen brach mittendrin ab, und er starrte Bard mit solcher Intensität an, daß Bard sich fragte, ob der Schock über Alarics Leiden dem alten Mann den Verstand verdreht habe.

»Zwei von deinem Schlag, Wolf, mit denen könnte ich das ganze Land von Dalereuth bis zu den Hellers erobern. Bard, stell dir einmal vor, es wären zwei von dir da«, flüsterte er, »daß ich noch einen Sohn hätte, genau wie du, mit deinem Geschick in der Kriegführung und deinem strategischen Genie und deiner unwandelbaren Loyalität – zwei von deinem Schlag! Und ich weiß, wie ich den anderen finden kann. Nicht einen anderen, der dir *ähnlich* ist – sondern dein zweites Ich!«

5

Bard sah seinen Vater entgeistert an. *Die Götter mögen es geben,* dachte er, *daß Alaric reif genug zum Regieren ist, denn unser Vater hat plötzlich den Verstand verloren!*

Aber Dom Rafael sah nicht aus wie ein Wahnsinniger, und seine Stimme und sein Betragen waren so beherrscht, daß Bard eine andere, rationalere Erklärung einfiel.

»Du hast es mir bisher nicht anvertraut, Vater – aber meinst du, daß du einen zweiten Bastardsohn hast, mir ähnlich genug, daß er sich, wenn es nötig sein sollte, als mich ausgeben könnte?«

Dom Rafael schüttelte den Kopf. »Nein. Und ich bin mir bewußt, daß sich das, was ich soeben gesagt habe, wie das Gefasel eines Wahnsinnigen anhören muß, lieber Sohn. Mach dir nicht die Mühe, mir nach dem Mund zu reden. Ich werde nicht zu toben beginnen wie eine schwangere Frau beim Geisterwind und auch keine Schmetterlinge im Schnee jagen. Aber was ich dir jetzt sagen muß, ist sehr merkwürdig, und ...« – er blickte sich in dem leeren Thronsaal um – »... wir können auf keinen Fall hier darüber reden.«

In den Privaträumen seines Vaters wartete Bard, bis sein Vater die Diener weggeschickt hatte. Dann goß er ihm und sich ein Glas Wein ein.

»Nicht zuviel«, sagte Dom Rafael trocken. »Ich will nicht, daß du mich für betrunken hältst, wie du bereits gedacht hast, ich sei wahnsinnig. Ich sagte, Bard, mit zweien von deinem Schlag, mit zwei Generalen, die dein Talent für den Kampf und die Strategie haben – und das muß dir angeboren sein, denn diejenigen, die dich erzogen, zeigen keine Spur davon, und auf meine Unterweisung ist es bestimmt nicht zurückzuführen –, mit zweien von dir, Bard, könnte ich das ganze Reich erobern. Wenn die Hundert Königreiche zu einem einzigen Reich vereinigt werden müssen – und ich gebe zu, daß das ein gesunder Gedanke ist, denn warum müssen alle diese Länder in jedem Frühling und Herbst vom Krieg zerrissen werden –, warum sollen dann die Hasturs die Oberherren sein? In diesen Bergen haben schon Männer den Namen di Asturien getragen, lange bevor der Lord von Carthon seine Tochter einem Hastur gab. Auch in unserer Linie ist *Laran*, aber es ist das *Laran* der Menschheit, der echten Menschen, nicht das des *Chieri*-Volkes. Die Hasturs sind *Chieri* beziehungsweise stammen von *Chieri* ab, wie du sehen kannst, wenn du einmal ihre Finger zählst. Und viele von ihnen werden immer noch *emmasca* geboren, sind weder Mann noch Frau. Felix von Thendara wurde vor hundert Jahren so geboren, und deshalb hat jene Dynastie ein Ende gefunden.«

»Es gibt keinen Menschen in diesen Bergen, der nicht einige Tropfen *Chieri*-Blut hat, Vater.«

»Aber nur die Hastur-Sippe hat mit ihrem Zuchtprogramm dafür gesorgt, dies Blut in ihrer Linie zu erhalten«, erwiderte Dom Rafael. »Deshalb haben so viele der alten Familien – Hastur, Aillard, Ardais, selbst die Aldarans und Serrais – in ihrem Blut und Erbe so viel Seltsames, daß echte Menschen sich vor ihnen in acht nehmen. Es mag ihnen ein Kind geboren werden, das mit einem bloßen Gedanken töten oder in die Zukunft blicken kann, als laufe die Zeit in beiden Richtungen ab, oder es vermag Feuer zu entzünden und Flüsse anschwellen zu lassen ... Es gibt zwei Arten von *Laran*, die Art, die alle Menschen haben und mit Hilfe eines Sternensteins benutzen können, und die schlechte Art, mit der die Hastur-Sippe begabt ist. Unsere Linie ist nicht völlig frei davon, und als du mit der *Leronis* deiner Mutter diesen rothaarigen Sohn zeugtest, brachtest du das *Laran* der Hastur-Sippe in unser Volk zurück. Aber was geschehen ist, ist geschehen, und Erlend mag uns eines Tages noch nützlich sein. Hast du das Mädchen inzwischen wieder geschwängert? Warum nicht?« Aber er wartete nicht auf Bards Antwort.

»Wie dem auch sei, du verstehst sicher, warum ich mich nicht von den Hasturs beherrschen lassen will. Sie sind durch und durch mit *Chieri*-Blut verseucht, und ihre Gaben werden nicht von der normalen Menschheit geteilt, sondern sind aufgrund dieses Zuchtprogramms ein Merkmal ihrer Linie. Ich bin der Ansicht, daß Menschen regieren sollten, kein Hexenvolk!«

»Und warum erzählst du mir das alles gerade jetzt?« fragte Bard. »Meinst du, Erlend soll, wenn er erwachsen ist, Anspruch auf Abstammung von ihrer Sippe erheben?« Er sprach ironisch, und sein Vater antwortete ihm auch gar nicht erst darauf.

»Was du nicht weißt«, fuhr er fort, »ist, daß ich als Junge die *Laran*-Kunst studiert habe. Ich wurde nicht zum König erzogen, denn Ardrin war der Älteste, aber die Festung der di Asturiens hatte ich auch nicht, denn es waren drei Brüder zwischen uns, und so hatte ich Muße zum Lernen und Studieren. Ich war *Laranzu* und lebte einige Zeit im Dalereuth-Turm und erwarb mir dort einiges Wissen.«

Bard hatte gewußt, daß sein Vater einen Sternenstein trug, aber das war ganz und gar nicht ungebräuchlich, und nicht jeder, der einen Sternenstein hatte, kannte sich in *Laran*-Dingen aus. Nicht gewußt hatte er, daß sein Vater in einem Turm gewesen war.

»Nun gibt es ein Gesetz im Gebrauch des Sternensteins«, führte Dom Rafael aus. »Ich weiß nicht, wer es entdeckt hat oder warum es so ist, aber es ist so: Alles, was existiert, mit der Ausnahme eines Sternensteins, existiert in einem – und nur einem – *genauen* Duplikat. Nichts ist einmalig, ausgenommen ein Sternenstein, der kein Duplikat besitzt. Doch alles andere – alles, jedes Rabbithorn im Wald, jeder Baum und jede Blume, jeder Stein auf dem Feld hat sein genaues Duplikat. Ebenso hat jedes menschliche Wesen irgendwo *ein* genaues Duplikat, ihm ähnlicher als sein eigener Zwilling. Und das sagt mir, daß auch du, Bard, irgendwo ein genaues Duplikat hast. Er mag in den Trockenstädten oder in den unbekannten Ländern jenseits der Mauer um die Welt leben, er mag der Sohn eines Bauern sein oder sich jenseits des nicht zu überquerenden Golfs der See von Dalereuth befinden, die in das Unbekannte Meer führt. Und er wäre dir ähnlicher als ein Zwillingsbruder, auch wenn er weit außerhalb der Hundert Königreiche wohnt. Ich hoffe, es ist nicht so; ich hoffe, er ist in den Kilghardbergen, denn andernfalls hätten wir Schwierigkeiten, ihn unsere Sprache und die Sitten unseres Volkes zu lehren. Aber was er auch sein mag, er wird *Laran* haben, selbst wenn er nie gelernt hat, es zu benutzen, und er wird dein militärisches Genie haben, wiederum auch dann, wenn er noch nicht weiß, wie er es einsetzen soll, und er wird dir so ähnlich sehen, daß deine eigene Mutter, lebte sie noch, nicht imstande wäre, euch nach dem Aussehen allein zu unterscheiden. Verstehst du nun, lieber Sohn, warum es gut wäre, hätten wir ihn?«

Bard runzelte die Stirn. »Langsam begreife ich ...«

»Und noch etwas. Dein Doppelgänger hätte Hastur *keinen* Eid geschworen und wäre nicht an ihn gebunden. Verstehst du mich?«

Bard verstand ihn in der Tat. »Aber wo finden wir dieses Duplikat meiner selbst?«

»Ich sagte doch, daß ich die *Laran*-Kunst studiert habe, und ich weiß, wie ein Schirm, eine Verbindung von Sternensteinen hergestellt wird, um diese Duplikate zusammenzubringen. Als ich ein junger Mann war, konnten wir, obwohl es schwierig war, Männer und Frauen, andere *Leroni*, von einem Sternenstein-Gitter zum anderen transportieren. Wenn wir eine Serie von Duplikaten auf dem Schirm haben, können wir dein Duplikat zu uns herüberholen, wo er auch leben mag.«

»Aber«, fragte Bard, »wenn wir ihn haben, woher sollen wir dann wissen, ob er gewillt sein wird, uns zu helfen?«

»Er kann nicht umhin, das zu sein, was er ist«, erläuterte Dom Rafael. »Wenn er bereits ein großer General wäre, hätten wir von ihm gehört. Er könnte tatsächlich einer meiner eigenen oder Ardrins Bastardsöhne sein, der in Armut lebt und nichts von der Kriegskunst weiß. Aber sobald wir ihm die Chance geben, zu Macht und Größe zu gelangen – ganz zu schweigen von der Chance, sein militärisches Genie zu erproben, das er als dein Duplikat besitzen wird, wenn auch nur als Potential –, dann wird er uns dankbar und bereit sein, uns als Verbündeter zu dienen. Denn, Bard, wenn er dein Doppelgänger ist – dann wird er auch ehrgeizig sein!«

Drei Tage später wurde Alaric-Rafael, Erbe von Asturias, unter der Regentschaft seines Vaters feierlich gekrönt. Bard wiederholte öffentlich den Eid, den er seinem Bruder geschworen hatte, und Alaric schenkte ihm ein altes Erbstück, ein wundervoll gearbeitetes Schwert. Bard wußte, sein Vater hatte es viele Jahre lang in der Hoffnung aufbewahrt, daß sein einziger legitimer Sohn es eines Tages in der Schlacht tragen würde. Aber es war nur zu klar, daß König Alaric, welche Art von Herrscher er auch sonst sein mochte, niemals ein großer Krieger werden würde. Deshalb nahm Bard das Schwert aus seines Bruders Händen entgegen und mit ihm den Befehl über die gesamte Armee von Asturias und der ihm tributpflichtigen Königreiche.

Im Augenblick bin ich General von Asturias und Marenji, mehr nicht. Aber das ist nur der Anfang.

Der Tag wird kommen, an dem ich General aller Hundert Königreiche bin, und sie alle werden den Wolf von Asturias kennen und fürchten!

Und als General von Marenji, dachte Bard, hatte er jedes Recht, in dies Land zu ziehen und sich mit jenen verdammten Frauen auf der Insel des Schweigens zu befassen!

Ich könnte sie zu einer verräterischen Verschwörung erklären und ihnen befehlen, die Insel zu verlassen! Er wußte genau, die Bewohner von Marenji würden das gegenwärtig als Blasphemie betrachten. Aber er bat Alaric, eine Proklamation zu erlassen, die Bewohner von Marenji seien verdächtig, die versprochene Gattin Bards di Asturien zu verstecken, und jede Person, die den Aufenthaltsort von Carlina di Asturien verheimliche, werde als Verräter betrachtet und nach dem Gesetz mit dem Tode bestraft.

Alaric erließ die Proklamation, aber unter vier Augen gestand er Bard, daß ihm nicht wohl dabei zumute sei.

»Warum willst du eine Frau, die dich nicht will? Ich finde, du solltest Melisandra heiraten. Sie ist sehr nett, und sie ist die Mutter deines Sohnes, und Erlend sollte legitimiert werden. Er ist ein prächtiger Junge, und er hat *Laran.* Heirate sie, und ich richte dir eine schöne Hochzeit aus.«

Bard erklärte entschieden, sein Bruder und Herr solle nicht von Dingen reden, die er erst verstehen werde, wenn er älter geworden sei.

»Also, wenn ich zehn Jahre älter wäre, würde ich Melisandra selbst heiraten«, gab Alaric zurück. »Ich mag sie. Sie ist gut zu mir, sie läßt mich nie empfinden, daß ich ein Krüppel bin.«

»Das sollte sie auch lieber bleiben lassen«, brummte Bard. »Wenn sie es wagte, unhöflich zu dir zu sein, würde ich ihr den Hals umdrehen, und das weiß sie.«

»Nun, ich *bin* ein Krüppel, und ich muß lernen, damit zu leben«, sagte Alaric. »Und Lady Hastur, die *Leronis*, die sich in Neskaya um mich kümmerte und mir von neuem das Sprechen beibrachte, lehrte mich, daß es nicht darauf ankommt, ob mein Körper gelähmt ist. Und Geremy ist auch verkrüppelt und trotzdem ein rechter Mann, stark und ehrenhaft. Es wird mich sehr hart ankommen zu lernen, an die Hasturs als Feinde zu denken«, setzte er mit einem Seufzer hinzu. »Ich finde es schwer, die Politik zu verstehen, Bard. Ich wünschte, es könnte unter allen Leuten Frieden herrschen, und dann könnten wir Freunde von Lord Varzil sein, der zu mir wie ein Pflegevater gewesen ist. Aber ich bin daran gewöhnt, wie ein Krüppel behandelt zu werden, weil ich einer bin und mich nicht allein anziehen und nicht allein gehen kann. Jemand wie Melisandra trägt jedoch dazu bei, daß ich nicht so traurig darüber bin. Sie gibt mir das Gefühl – sogar dann, wenn sie mir hilft, meine Beinschiene anzulegen –, daß ich nicht geringer als andere bin.«

»Du bist der König«, stellte Bard fest, aber Alaric seufzte nur resigniert.

»Du verstehst überhaupt nicht, was ich meine, Bard! Du bist so stark, und du hast nie richtig kennengelernt, was Krankheit oder Angst ist. Wie sollst du mich auch verstehen? Weißt du, wie es ist, wenn man vor Angst ganz außer sich ist, Bard? Als ich das Fieber bekam und nicht einmal atmen konnte ... Geremy und drei von Ardrins Heilerinnen saßen sieben Nächte lang mit ihren Sternensteinen bei mir, nur um mich atmen zu machen, wenn ich es nicht konnte.«

Gegen seinen Willen erinnerte sich Bard an das Entsetzen, das ihn am Ufer des Sees des Schweigens ergriffen hatte, als die unheimlichen Gesichter mit dem Nebel auf ihn zutrieben und seine Eingeweide in Wasser verwandelten ... Aber nicht einmal seinem Bruder würde er das gestehen. »Ich hatte Angst, als ich das erste Mal in die Schlacht ritt«, sagte er. Dies Geständnis machte ihm nichts aus.

Alaric seufzte neidisch.

»Du warst nicht älter als ich jetzt, und du wurdest zu König Ardrins Bannerträger ernannt! Aber eine solche Angst ist anders, Bard. Du hattest ein Schwert, du konntest etwas gegen deine Angst tun! Und ich – ich konnte nur daliegen und mich fragen, ob ich sterben würde, und ich wußte, so oder so konnte ich nichts dagegen tun, ich war völlig hilflos. Und danach weiß man, daß es wieder geschehen, daß man sterben oder getötet werden kann. Ganz gleich, wie tapfer ich bin, ich weiß jetzt, daß es immer etwas gibt, gegen das ich nicht ankämpfen kann«, sagte Alaric. »Und in Gegenwart mancher Menschen habe ich dies Gefühl immerzu, daß ich ein armer, kranker, gelähmter Feigling bin. Und andere wie Varzil und Melisandra erinnern mich daran, daß ich das nicht zu sein brauche, daß das Leben wirklich nicht so schrecklich ist. Verstehst du, was ich meine, Bard? Wenigstens ein bißchen?«

Bard sah den Jungen an und seufzte. Da flehte ihn sein Bruder um Verständnis an, und er wußte nicht, wie er es ihm geben sollte! Er hatte schon Soldaten in dieser Verfassung gesehen, Männer, die an einer Verwundung beinahe gestorben wären, und wenn sie dann doch am Leben blieben, war in ihnen etwas geschehen, das er nicht verstand. Dasselbe war mit Alaric passiert, aber bevor er alt genug gewesen war, um damit fertig zu werden.

»Ich glaube, du bist zuviel allein«, sagte Bard, »und deshalb grübelst du zuviel. Doch ich bin froh, daß Melisandra freundlich zu dir ist.«

Alaric seufzte und streckte Bard seine kleine, weiße Hand entgegen, und Bard umschloß sie mit seiner großen gebräunten. Bard verstand ihn absolut nicht, dachte Alaric, aber er liebte ihn, und das war ebensogut.

»Ich hoffe, du bekommst deine Frau zurück, Bard. Es ist sehr schlecht von diesen Leuten, daß sie sie von dir fernhalten.«

Bard sagte: »Alaric, Vater und ich müssen den Hof für ein paar Tage verlassen. Vater und ich und einige seiner *Leroni*. Dom Jerral wird hier sein, um dir Rat zu geben, wenn du ihn brauchst.«

»Wohin geht ihr?«

»Vater weiß von jemandem, der eine große Hilfe bei der Führung der Armee wäre, und wir wollen ihn suchen.«

»Warum befiehlt er ihm nicht einfach, an den Hof zu kommen? Der Regent kann jedem befehlen zu kommen.«

»Wir wissen nicht, wo er lebt«, antwortete Bard. »Wir müssen ihn durch *Laran* suchen.« Das, dachte er, genügte als Erklärung vollauf.

»Nun, wenn ihr gehen müßt, dann müßt ihr. Aber bitte, kann Melisandra bei mir bleiben?« fragte Alaric. Obwohl Bard wußte, daß Melisandra eine der fähigsten *Leroni* war, entschloß er sich, seinem Bruder die Bitte nicht abzuschlagen.

»Wenn du Melisandra bei dir haben willst«, antwortete er, »dann soll sie bleiben.«

Bard hatte sich auf einen Streit mit seinem Vater gefaßt gemacht, aber zu seiner Überraschung nickte Dom Rafael.

»Ich hatte sowieso nicht die Absicht, Melisandra mitzunehmen. Sie ist die Mutter deines Sohnes.«

Bard dachte, welchen Unterschied das wohl mache, aber es war ihm nicht der Mühe wert, danach zu fragen. Ihm genügte es, daß sein Bruder Melisandras Gesellschaft wünschte.

Sie verließen die Burg noch in dieser Nacht und ritten zu Bards altem Vaterhaus. Drei *Leroni*, zwei Frauen und ein Mann, begleiteten sie. Dom Rafael führte sie in einen Raum, den Bard noch nie betreten hatte, eine altes Turmzimmer am Ende einer zerbrochenen Treppe.

»Seit Jahrzehnten habe ich nichts von diesen Dingen mehr benutzt«, sagte Dom Rafael, »aber *Laran*-Kunst, einmal erlernt, vergißt sich nicht.« Er wandte sich an die Zauberer. »Wißt ihr, was das ist?«

Der Mann blickte zu dem Apparat hin und dann bestürzt auf seine beiden Gefährtinnen und Dom Rafael. »Ich weiß es, mein Lord. Aber ich dachte, das Gesetz verbiete den Gebrauch solcher Dinge außerhalb der Sicherheit eines Turms.«

»In Asturias gibt es kein anderes Gesetz als meins! Kannst du das Gerät benutzen?«

Von neuem sah der *Laranzu* voll Unbehagen zu den Frauen hin. Er sagte: »Ein Duplikat nach Cherillys Gesetz? Ich denke schon. Aber von was oder wem?«

»Von meinem Sohn hier, dem Befehlshaber von König Alarics Armee.«

Eine der beiden Frauen streifte Bard mit einem Blick, und er nahm ihren ironischen Gedanken wahr: *Ein zweiter Kilghard- Wolf? Ich finde, einer ist schon mehr als genug!* Er nahm an, daß sie eine Freundin Melisandras war. Aber sie hatte sich sofort wieder abgeschirmt, und der *Laranzu* zuckte die Schultern und sagte: »Ganz, wie Ihr befehlt, mein Lord.«

Bard spürte die Überraschung, den Abscheu, die Verwunderung der *Leroni*. Aber sie sprachen kein Wort des Protests. Sie trafen ihre Vorbereitungen und legten Siegel auf das Zimmer, damit keine fremden Präsenzen eindringen und keine anderen *Leroni* sie aus der Ferne belauschen konnten.

Als alles fertig war, gab Dom Rafael seinem Sohn ein Zeichen, vor dem Schirm niederzuknien und sich still und bewegungslos zu verhalten. Bard gehorchte. Von seinem Platz aus konnte er weder seinen Vater noch die drei Telepathen sehen, doch er spürte sie in seiner Nähe. Er glaubte nicht, selbst viel *Laran* zu haben, und das, was er hatte, war nie richtig ausgebildet worden. Er hatte von der Zauberei immer ziemlich geringschätzig gedacht, als ein Handwerk für Frauen. Jetzt wurde er ein bißchen ängstlich, als sich das beinahe stoffliche Netz ihrer Gedanken um ihn festigte. Er fühlte, daß sie ihre Gedanken tief in sein Gehirn und seinen Körper sandten und die Struktur seines Seins ergründeten. Der verrückte Einfall schoß ihm durch den Kopf, daß sie nach seiner Seele griffen und sie fesseln und in diesem glasigen Schirm dort einkerkern wollten.

Er konnte weder Hand noch Fuß rühren. Einen Augenblick lang geriet er in Panik . . . Nein. Das war nichts als ganz gewöhnliche *Laran*-Zauberei, bei der er nichts zu befürchten hatte. Sein Vater würde nicht zulassen, daß ihm ein Leid geschah.

Er blieb bewegungslos knien und betrachtete sein Spiegelbild in der glasigen Oberfläche. Irgendwie wußte er, daß es nicht einfach eine Reflektion war. Er selbst befand sich in diesem Schirm aus vielen einzelnen Glasschichten, von denen jede mit einem Sternenstein-Kristall verstärkt war. Diese Kristalle nahmen die Schwingungen der den *Leroni* gehörenden Sternensteine auf. Das Geflecht ihrer Gedanken schwang sich hinaus über Abgründe leeren Raums, immer weiter, auf der Suche nach etwas, das in dies Muster paßte, *genau* paßte ... etwas kam näher, hätte berührt ... hätte ergriffen werden können ... Nein. Es war kein Duplikat, nur eine Ähnlichkeit, vielleicht zu neunzig Prozent übereinstimmend, aber nicht das genaue Duplikat, das allein in dem Schirm gefangen werden konnte. Bard fühlte den *anderen* fortgleiten, verschwinden, und die Suche ging weiter.

(Weit weg in den Kilghardbergen erwachte ein Mann namens Gwynn aus einem Alptraum, in dem ihn Gesichter umkreist hatten und auf ihn niedergefahren waren wie der Falke auf seine Beute, und eins der Gesichter war ihm ähnlich gewesen wie das eines Zwillingsbruders ... Der Mann war gesetz- und vaterlos, doch hatte seine Mutter ihm gesagt, er sei vor dreißig Jahren bei der Plünderung Scathfells von Ansel, Sohn Ardrins des Ersten, gezeugt worden.)

Wieder schwang sich das Netz hinaus, diesmal über größere Abgründe, eine sternenlose Nacht, eine entsetzliche Leere jenseits von Raum und Zeit, erfüllt von alptraumhaften Strudeln grauenhaften Nichts. Wieder bildete sich hinter Bard ein Schatten auf dem Schirm, schimmerte, zerfloß, zuckte, kämpfte, wie ein Schläfer darum kämpft, aus einem bösen Traum zu erwachen. Irgendwo flammte ein Funke in Bards Gehirn auf: Ich selbst – oder der *andere?* Er wußte es nicht, konnte es nicht erraten. Der Schatten kämpfte um seine Freiheit, aber sie hielten ihn fest, gefangen in ihrem Netz, bewegten sich von Punkt zu Punkt der vom Schirm umschlossenen Struktur ... prüften, ob jede Nebensächlichkeit, jedes Atom übereinstimmend, identisch war ...

Jetzt!

Bards Gedanken erfaßten eher als seine Augen das Aufzucken von Blitzen im Raum, den versengenden Schock, als der *andere* von dem Schatten in seinem Geist losgerissen wurde, als die Struktur sich verdoppelte und in zwei Hälften zerriß ... Entsetzen flammte in ihm. War das seine eigene Furcht oder die des *anderen*, der auf unvorstellbare Weise über jenen großen Abgrund des Raums gerissen worden war? Bard erhaschte einen Blick auf eine große gelbe Sonne, wirbelnde Planeten, durch die dunkle Leere flammende Sterne, im

Schock kreiselnde und dahinrasende Galaxien ... Ein Blitz zuckte durch sein Gehirn, und er verlor das Bewußtsein.

Er regte sich, und nun merkte er, daß er wütende Kopfschmerzen hatte und völlig durcheinander war. Dom Rafael richtete ihn auf und fühlte ihm den Puls. Dann ließ er ihn wieder niedersinken und ging an ihm vorbei, und Bard, dem von dem Blitz übel war, folgte ihm mit den Augen. Die hinter ihm stehenden *Leroni* wirkten ebenfalls benommen. Bard fing einen Gedanken von einem auf: *Ich glaube es nicht. Ich habe es getan, ich war Teil davon, und trotzdem glaube ich es nicht ...*

Am entgegengesetzten Pol des großen Schirms lag der nackte Körper eines Mannes auf dem Fußboden. Und obwohl Bard verstandesmäßig darauf vorbereitet gewesen war, verkrampfte sich jetzt sein Inneres vor Entsetzen.

Denn der Mann auf dem Fußboden war er selbst.

Nicht jemand, der ihm sehr ähnlich war. Nicht jemand, der ihm durch Zufall oder enge Verwandtschaft glich. Er *selbst* war es.

Ungefähr in der Mitte der breiten Schultern befand sich das schwärzliche Muttermal, das er bisher nur im Spiegel gesehen hatte. Am Schwertarm wölbten sich die gleichen Muskeln, an den Lenden war das gleiche dunkelrötliche Haar zu sehen, am linken Fuß die gleiche gekrümmte Zehe.

Dann entdeckte er Unterschiede. Das Haar war ein wenig kürzer geschnitten, obwohl sich oben auf dem Kopf der gleiche ungebärdige Wirbel befand. Über dem Knie war keine Narbe; der Doppelgänger hatte nicht an der Schlacht von Raven's Glen teilgenommen und war nicht wie er von einem Schwertstreich verletzt worden. Der andere hatte nicht die dicke Schwiele in der Ellenbeuge, wo der Riemen des Schildes befestigt wurde. Und diese kleinen Abweichungen machten es noch schlimmer. Der Mann war nicht einfach ein magisches Duplikat, irgendwie durch das *Laran* des Schirms hergestellt. Er war ein richtiges menschliches Wesen von *anderswo,* und trotzdem war er ganz genau Bard di Asturien.

Bard gefiel das nicht. Noch weniger gefielen ihm die Verwirrung und Angst, die der *andere* empfand. Ohne viel *Laran* zu haben, nahm Bard alle seine Emotionen wahr.

Er konnte sich nicht mehr zurückhalten. Er stand auf und ging durch das Zimmer zu dem nackten Mann auf dem Fußboden. Er kniete neben ihm nieder und legte einen Arm unter seinen Kopf.

»Wie fühlst du dich?«

Erst als er diese Worte gesprochen hatte, fragte er sich, ob der fremde *andere* seine Sprache verstehen könne. Das wäre zuviel des

Glücks, obwohl er dachte, wahrscheinlich habe einer seiner Verwandten irgendwo in den Kilghardbergen dies Duplikat gezeugt. Konnte ihm irgendwer so ähnlich und doch kein Verwandter sein? Die Haut des fremden Mannes sah dunkler aus, als sei er von einer stärkeren Sonne braungebrannt worden ... Nein, das war Unfug, die Sonne war die Sonne ... und doch war in seinem Geist das Bild sich drehender Galaxien und einer Welt mit einem einzigen kalten, weißen Mond, und das furchterregende daran war, daß alle diese Vorstellungen in Bards Geist zu *gehören* schienen!

Der fremde Mann sprach. Er bediente sich nicht Bards Sprache. Irgendwie wußte Bard, daß sonst niemand im Zimmer ihn verstehen konnte. Aber er verstand ihn, als seien sie durch das stärkste *Laran*-Band miteinander verknüpft.

»Ich fühle mich scheußlich. Was hast du denn gedacht? Was ist geschehen, ein Tornado? Teufel – du bist *ich!* Und das ist nicht möglich! Du bist doch nicht etwa zufällig der Teufel?«

Bard schüttelte den Kopf. »Ich bin keiner der Teufel, nicht einmal etwas Ähnliches.«

»Wer bist du? Was ist das? Was ist geschehen?«

»Das wirst du später erfahren«, sagte Bard. Als der andere eine heftige Bewegung machte, hielt er ihn fest. »Nein, versuch jetzt nicht, dich zu bewegen. Wie ist dein Name?«

»Paul«, antwortete der Mann schwach. »Paul Harrell.« Und dann fiel er bewußtlos zurück. Bard griff spontan zu, um ihn aufzurichten, ihn zu stützen. Er rief nach Hilfe. Der *Laranzu* kam und untersuchte den bewußtlosen Mann.

»Er ist in Ordnung, aber die bei der Reise verbrauchte Energie war ungeheuerlich«, stellte er fest.

Dom Rafael befahl: »Ruf den alten Gwynn, daß er hilft, ihn wegzutragen. Ich würde ihm mein Leben anvertrauen – und mehr.« Zusammen mit dem *Corydom* trug Bard den Fremden in sein eigenes altes Zimmer, legte ihn in sein Bett und verschloß die Tür der Suite. Nicht, daß das nötig gewesen wäre. Der *Laranzu* versicherte ihm, der andere werde einen Tag und eine Nacht lang und vielleicht noch länger nicht aufwachen.

Als Bard zurückkehrte, stellte er fest, daß Dom Rafael die *Leroni* in einen angrenzenden Raum geschickt hatte, wo von dem alten *Corydom* ein warmes Abendessen mit reichlich Wein bereitgestellt war. Bard, den verzweifelte Neugier wegen des Fremden quälte, versuchte, einen gedanklichen Kontakt mit seinem Vater herzustellen, aber aus irgendeinem seltsamen Grund hatte Dom Rafael sich völlig gegen ihn abgeschirmt.

Warum verbarrikadierte sein Vater seine Gedanken so fest?

»Essen und Trinken ist für euch vorbereitet, meine Freunde. Auch ich bin *Laranzu* gewesen, ich weiß, welchen schrecklichen Hunger und Durst solche Arbeit erzeugt. Kommt, stärkt und erholt euch. Dann lasse ich euch Schlafzimmer anweisen, wo ihr ruhen könnt, solange ihr wollt.«

Die drei *Leroni* nahmen schnell am Tisch Platz und hoben die Weingläser. Auch Bard war durstig. Er wollte ein Glas ergreifen, aber sein Vater packte seinen Arm mit eisernem Griff und hinderte ihn daran. In diesem Augenblick schrie eine der Frauen auf. Es war ein schrecklicher, heiserer Schrei. Dann glitt sie leblos zu Boden. Der *Laranzu* würgte und spie entsetzt den Wein aus, aber es war schon zu spät.

Vergiftet! Furcht überlief Bard bei dem Gedanken, wie nahe er daran gewesen war, von diesem Wein zu trinken. Die andere *Leronis* hob ihr Gesicht in blindem Flehen, und Bard fühlte ihren Schrekken, die Angst vor dem gewissen Tod. Sie hatte fast nichts von dem Wein geschluckt, und jetzt irrte ihr Blick auf der hoffnungslosen Suche nach einer Fluchtmöglichkeit hierhin und dahin.

Bard zögerte, denn die Frau war jung und nicht ohne Anziehungskraft. Sie nahm seine Verwirrung wahr, kam und warf sich ihm zu Füßen. »O nein! O mein Lord, tötet mich nicht, ich schwöre, ich werde niemals ein Wort sagen . . .«

»Trink!« sagte Dom Rafael, und sein Gesicht war wie Stein. »Bard – zwinge sie zu trinken.«

Bards Augenblick der Schwäche war vorbei. Sein Vater hatte recht. Sie durften die *Leronis* nicht leben lassen, damit sie von der Arbeit dieser Nacht redete. Dem alten Gwynn konnten sie ihr Leben anvertrauen, aber eine *Leronis*, deren Gedanken jemand anders mit Hilfe eines Sternensteins lesen mochte – nein, es war nicht möglich.

Wesentlich für ihren Plan war, daß über seinen Doppelgänger nichts bekannt wurde. Die Frau umklammerte immer noch seine Knie und stammelte in Todesangst. Widerstrebend beugte er sich nieder, um seine Arbeit zu tun, doch bevor er sie berühren konnte, duckte sie sich weg, sprang auf die Füße und lief davon. Bard seufzte. Er sah eine scheußliche Jagd voraus und die Notwendigkeit, sie letzten Endes niederstechen zu müssen. Aber sie rannte um den Tisch, ergriff den Kelch und tat einen tiefen Zug. Noch vor dem dritten Schluck gab sie ein seltsames kleines Husten von sich und stürzte leblos über den Tisch. Dabei warf sie ein Brett mit Brot um, das polternd zu Boden fiel.

Das war also der Grund, warum sein Vater Melisandra nicht mitgenommen hatte!

Dom Rafael goß den Rest des vergifteten Weins auf den Steinfußboden.

»Hier ist eine gute Flasche«, sagte er. »Ich wußte, wir würden sie brauchen. Iß, Bard, denn das Essen ist unberührt, und wir haben Arbeit vor uns. Selbst mit Gwynns Hilfe werden wir die ganze Nacht brauchen, um sie alle drei zu begraben.«

3. BUCH
Der dunkle Zwilling

1

Wenn er ich ist, wer zum Teufel bin ich?

Paul Harrell war sich nicht sicher, ob diese so laut in seinem Kopf widerhallende Frage sein eigener Gedanke war oder der des Mannes, der vor ihm stand. Es war schrecklich verwirrend. Zwei gegensätzliche Empfindungen stritten sich in ihm: *Dieser Mann würde mich verstehen* und *Ich hasse ihn; wie kann er es wagen, so sehr das zu sein, was ich bin?* Es war nicht seine erste Erfahrung mit einem innerlichen Widerspruch, aber noch nie war er sich seiner so quälend bewußt gewesen.

Der Mann, der sich als Wolf vorgestellt hatte, wiederholte den fremden Namen. »Paul Harrell. Nein, das ist keiner von unseren Namen, obwohl die Harryls zu den loyalsten Männern meines Vaters gehören. Es wäre auch zuviel verlangt gewesen, daß du einer von ihnen sein solltest.«

Paul betastete von neuem seinen Kopf und stellte zu seiner Überraschung fest, daß er immer noch aus einem Stück bestand. Dann fiel ihm eine ausgezeichnete Möglichkeit ein, nachzuprüfen, ob das alles nicht doch nur ein bizarrer Traum in der Stasis-Zelle war.

»Wo ist das Klo?«

Der andere Mann verstand sogar diesen Ausdruck – zum Teufel, wie brachte er diesen Trick des Gedankenlesens fertig? – und zeigte mit der Hand. »Auf der anderen Seite des Flurs.«

Paul stand auf, nackt, wie er war, und ging durch die ihm bezeichnete Tür. Sie war nicht verschlossen. Er war also kein Gefangener, was sie auch mit ihm vorhaben mochten, und folglich war es eine Verbesserung. Der Korridor hatte einen Steinfußboden und war von einem eisigen Luftzug erfüllt. Paul fühlte seine Füße erstarren. Das »Klo« war ein recht gut eingerichtetes Badezimmer. Die Armaturen sahen etwas merkwürdig aus, und er konnte nicht einmal erraten, aus welchem Material sie bestanden – Porzellan war es bestimmt nicht –, aber er brachte schnell heraus, wie sie funktionierten. Wahrscheinlich gab es in menschlichen Zivilisationen nur einige wenige Grundmodelle. Es war heißes Wasser vorhanden – tatsächlich war da eine große versenkte Wanne, gefüllt mit dampfend heißem Wasser. Ein bißchen erinnerte ihn das an ein japanisches Badehaus, und aus dem schwach medizinischen Geruch schloß er, daß das Wasser direkt aus irgendeiner vulkanischen Quelle kam. Paul erleichterte sich und kam zu dem Schluß, das sei der endgültige Beweis für die Wirklichkeit des Geschehens. Er nahm eine pelzgefütterte Decke – es konnte auch ein Teppich sein – von einer Bank und wickelte sich hinein.

Als er in das Schlafzimmer zurückkehrte, sah der andere ihn an und meinte: »Daran hätte ich denken sollen. Es hängt ein Hausmantel über dem Stuhl.«

Das Kleidungsstück sah aus wie ein altmodischer Bademantel, nur fülliger. Besetzt war es mit einem seidigen Zeug, das sich wie Pelz anfühlte, und es wurde hoch am Hals geschlossen, um die Zugluft abzuhalten. Der Mantel hielt sehr warm; in Pauls eigener Welt hätte er als Übermantel für eine Reise durch Sibirien ausgereicht. Paul setzte sich auf das Bett und zog die bloßen Füße unter die warme Hülle. »Das genügt für den Anfang. Und nun: Wo bin ich, und was ist das für ein Ort, und was tue ich hier? Und, nebenbei gefragt, wer bist du?«

Bard wiederholte seinen Namen, und Paul versuchte seine Zunge daran. »Bard di Asturien.« Gar so ausländisch war das nicht. Er dachte darüber nach, was Bard ihm über die Hundert Königreiche erzählt hatte. Gern hätte er gewußt, welchen Namen die Sonne trug – wenn das hier eine Kultur vor Entdeckung der Raumfahrt war, nannten sie sie wahrscheinlich Die Sonne. Er kannte keine Welt innerhalb der Konföderation, die eine so große und so rote Sonne hatte. Im allgemeinen hatten große rote Sonnen keine bewohnbaren Planeten. »Gibt es tatsächlich hundert Königreiche?«

Er stellte sich darunter eine Art Staatenbund vor, dessen Könige sich wie beim alle vier Jahre stattfindenden Kongreß der Weltenkonföderation trafen. Nur waren das keine hundert bewohnten Planeten. Hundert Könige zusammen mußten eine ganz hübsche Versammlung vorstellen, besonders wenn sie nicht besser miteinander zu Rande kamen als die Botschafter der Konföderation! Und das waren nur zweiundvierzig!

Bard nahm seine Frage ganz ernst.

»Ich bin in Strategie besser als in Geographie«, sagte er, »und ich habe in letzter Zeit keinen Landkartenmacher mehr befragt. Es mag einige neue Bündnisse gegeben haben, und die Hasturs haben kürzlich einen oder zwei leere Throne übernommen. Es sind vielleicht fünfundsiebzig, mehr nicht. Aber Hundert Königreiche ist eine schöne, runde Zahl und klingt jenseits ihrer Grenzen gut.«

»Und wie ist es euch gelungen, mich herzubringen?« erkundigte sich Paul. »Nach dem, was ich weiß, braucht es eine ungeheure Zeitspanne, um selbst mit dem Hyperantrieb wesentlich über die Alpha-Kolonie hinauszukommen, und ich stelle fest, daß mein Haar und meine Nägel so viel nicht gewachsen sind.«

Bard machte ein finsteres Gesicht. »Ich habe nicht die geringste Ahnung, über was du redest.« *Hat er Zauberkräfte, die stärker als unsere sind?* Paul hörte den unausgesprochenen Gedanken ganz deutlich.

»Dann kann ich davon ausgehen, daß wir uns außerhalb der Weltenkonföderation befinden?«

»Bestimmt – mag das sein, was es will«, sagte Bard.

»Und die terranische Polizei hat hier keine Befugnisse?«

»Gewiß nicht. Das einzige Gesetz in diesem Königreich ist das meines Vaters, der Regent für meinen Bruder Alaric ist. Warum fragst du? Bist du auf der Flucht vor dem Gesetz, oder bist du ein zum Tode verurteilter Verbrecher?«

»Ich habe genug Zeit auf der Flucht verbracht«, antwortete Paul. »Man hat mich zweimal zur Rehabilitation vorgeladen, ehe ich achtzehn war. Im Augenblick müßte ich mich eigentlich in Gewahrsam befinden, verurteilt zu . . .« Es hatte keinen Sinn, von der Stasis-Zelle zu berichten. Offenbar kannte man sie hier nicht, und warum sollte er die Leute erst auf die Idee bringen?

»Dann kommt man in deinem Land ins Gefängnis, statt hingerichtet oder verbannt zu werden?«

Paul nickte.

»Und du – warst im Gefängnis? Dann schuldest du mir einen Dienst, da ich dich daraus befreit habe.«

»Das ist ein strittiger Punkt«, meinte Paul, »und wir wollen später darüber diskutieren. Wie habt ihr mich hergeholt?«

Die Erklärung – *Sternensteine, ein Kreis von Zauberern* war für ihn jedoch nicht verständlicher, als, so nahm er an, es eine Beschreibung der Stasis-Zelle für den Wolf gewesen wäre. Aber wenn er es recht bedachte, war es ebenso glaubhaft wie alles andere, was ihn aus der Stasis-Zelle hätte herausholen können. Natürlich hatte es schon entsprechende Versuche gegeben, aber geglückt waren sie nie – oder falls doch, verriet die Regierung es niemandem.

»Was ist mit den Leuten, die mich hergeholt haben?«

Bards Gesicht war finster. »Sie sind nicht in der Verfassung, es herumzuerzählen.« Paul verstand sehr genau, was er damit meinte. »Wie du es wohl ausdrücken würdest, sie liegen in der Erde, ausgenommen mein Vater. Ihn wirst du später kennenlernen; er schläft noch. Für einen so alten Mann war die Arbeit dieser Nacht – anstrengend.« Vor Pauls geistigem Auge tauchte kurz ein Bild auf: drei Gräber, hastig bei Mondlicht ausgehoben, und plötzlich wurde ihm kalt. Das hier war kein Ort für ängstliche Konformisten. Nun ja, einen solchen Ort hatte er sich sein ganzes Leben lang gewünscht. Die Menschen hier spielten nach Regeln, die er verstehen konnte. Er erkannte, daß es in Bards Absicht lag, ihm Furcht einzujagen, und er kam zu dem Schluß, es sei an der Zeit, diesen selbsternannten Wolf merken zu lassen, daß er sich nicht so leicht einschüchtern ließ. *Wer hat Angst vor dem bösen Wolf? Ich nicht!*

Die Art, wie man ihn hergeholt hatte, mußte illegal sein, andernfalls hätten sie nicht alle Zeugen umgebracht. Deshalb hatte er bereits etwas gegen Bard und seinen Vater in der Hand.

»Ich nehme nicht an, daß ihr mich aus reiner Liebe zur Wissenschaft geholt habt«, bemerkte er. »Denn dann würdet ihr es von den Hausdächern hinabbrüllen, statt mich zu verstecken und alle zu ermorden, die davon wissen.«

Bard wirkte beunruhigt. »Kannst du meine Gedanken lesen?«

»Einige ja.« Längst nicht so viele, wie er Bard gern hätte glauben lassen. Aber er wollte den Wolf ein bißchen aus dem Gleichgewicht bringen. Dies war ein rücksichtsloser, ein auf seinen Vorteil bedachter Mann, und Paul mußte sich jeden möglichen Vorteil sichern.

Aber Bard hatte sich all diese Mühe sicher nicht umsonst gemacht. Wahrscheinlich war er ungefährdet, dachte Paul, bis er erfuhr, zu welchem Zweck Bard ihn brauchte. Und wenn er den Ehrengast bei einer öffentlichen Hinrichtung abgeben sollte, war das auch nicht schlimmer als die Stasis-Zelle.

»Was hast du mit mir vor? Ich habe nie einen Preis für gutes Betragen bekommen – ebensowenig wie du.« Das war ein Schuß ins Dunkle.

Bard grinste. »Richtig. Ich wurde mit siebzehn zum Gesetzlosen erklärt, und seitdem bin ich Söldner gewesen. Dies Jahr kam ich zurück und half meinem Vater, den Thron von Asturias für meinen Bruder zu erobern.«

»Nicht für dich selbst?«

»Teufel, nein. Ich weiß mir etwas Besseres, als mit sämtlichen Graubärten des Königreichs im Rat zu sitzen und Gesetze über das Einzäunen von Viehweiden und die Versorgung von Schutzhütten für Reisende mit Vorräten zu erlassen oder darüber zu entscheiden, ob die Schwesternschaft vom Schwert zusammen mit Männern Feuerwache halten sollte!«

Wenn man es so darstellte, entschied Paul, mußte der König

einen ziemlich langweiligen Job haben. »Dann bist du ein jüngerer Bruder, und dein älterer Bruder ist der König?«

»Nein, umgekehrt. Mein jüngerer Bruder ist der legitime Sohn. Ich bin *Nedestro* ... mehr als ein Bastard, aber nicht in der Erbfolge.«

»Auf der verkehrten Seite der Decke geboren, wie?«

Einen Augenblick lang blickte Bard verwirrt drein, dann begriff er und lachte vor sich hin. »So kann man es ausdrücken. Über den alten Mann kann ich mich nicht beklagen; er hat mich in seinem eigenen Haus aufgezogen und mir geholfen, als ich Streit mit dem früheren König hatte. Und jetzt hat mir mein Bruder den Befehl über seine Armee gegeben.«

»Also, wozu brauchst du mich?« verlangte Paul zu wissen, »und was ist für mich drin?«

»Zumindest Freiheit«, antwortete Bard. »Wenn du mir innerlich ebenso ähnlich bist wie äußerlich, bedeutet das eine Menge für dich. Und außerdem? Ich weiß es nicht. Frauen, wenn du willst, und noch einmal, wenn du mir gleichst, wirst du sie wollen und auch bekommen. Reichtum, wenn du nicht zu habgierig bist. Abenteuer. Vielleicht die Chance, Regent eines Königreichs zu werden. Auf jeden Fall ein besseres Leben, als du in deinem Gefängnis gehabt hast. Ist das nicht schon einmal ein guter Anfang?«

Es klang ganz danach. Er würde ein Auge auf Bard halten müssen, aber wenigstens war er nicht zu dem Zweck hergebracht worden, im Gefängnis zu verfaulen, damit sein Double draußen herumlaufen konnte.

Aus Bards Gedanken fing er Bilder auf, die ihn bereits erregten. Verdammt noch mal, das hier mochte eine Welt sein, in der es sich zu leben lohnte, keine zahme Welt, deren Funktionieren davon abhing, daß jedermann auf ein Niveau strikter Konformität hinabgedrückt wurde und man einem, der sich aus der Masse heraushob, den Kopf abhackte!

Viele wichtige Persönlichkeiten hatten Doubles, Generäle, Herrscher. Aber irgendwie hatte er den Eindruck gewonnen, daß es sich um mehr als das handelte. Sie hätten wahrscheinlich jemanden finden können, vielleicht einen Verwandten, der Bard einigermaßen ähnlich sah, ohne so weit gehen zu müssen. Mit einem Mann, der Sprache und Sitten des Landes kannte, wäre es auch viel leichter gewesen. Einer wie Paul, der sich in dieser Gesellschaft nicht einmal anziehen konnte, ohne daß man ihm zeigte, wie, und der sich vorerst durch Gedankenübertragung verständigen mußte – was außerdem nur mit einer Person klappte! –, beschwor große Schwierigkeiten herauf. Deshalb mußte es einen guten Grund, einen *zwingenden* Grund geben, daß man sich die Mühe mit ihm machte. Sie brauchten jemanden, der wie Bard war, aber nicht nur äußerlich, sondern ebenso innerlich.

Dies mochte eine wirkliche Welt sein, die ihm mehr als ein Leben innerhalb enger Grenzen bot, eine wirkliche Welt, in der er ein wirklicher Mann unter wirklichen Männern sein konnte, die keine blutlosen Androiden und Pfaffen waren!

Bard stand auf.

»Hungrig? Ich werde dir etwas zu essen bringen lassen. Nach dem, was mein Vater sagt, wird dir schmecken, was mir schmeckt. Und Kleider sollst du auch bekommen. Du hast ungefähr meine Größe ...« Er erinnerte sich und brach in hartes Gelächter aus. »Nein, verdammt noch mal, du *hast* meine Größe. Wir können nichts unternehmen, bis deine Haare nachgewachsen sind – ohne den Kriegerzopf kann ich mich nicht blicken lassen. Das gibt uns etwas Zeit, dir die Grundbegriffe des zivilisierten Lebens hier beizubringen. Anfängerwissen im Schwertkampf wirst du sicher haben – oder? Deine Welt muß merkwürdiger sein, als ich mir vorstellen kann! Ich bin kein Duellant, also brauchst du kein eleganter Fechter zu werden, aber du mußt die Selbstverteidigung beherrschen. Und du mußt die Sprache lernen. Ich werde nicht ständig in deiner Nähe sein, und es ist lästig, wenn man immerzu die Gedanken des anderen lesen muß. Bis nachher.« Ohne weitere Förmlichkeit stand er auf und ging. Paul blieb nichts übrig, als den Kopf zu schütteln und sich von neuem zu fragen, ob dies nicht doch nur ein bizarrer Traum in der Stasis-Zelle war.

Nun, wenn es ein Traum war, dann konnte er ihn ebensogut genießen.

2

Doch schon zehn Tage später brachen sie nach Burg Asturias auf. Dom Rafael hatte die Regierung nicht länger in den unerfahrenen Händen Alarics lassen wollen. Deshalb mußte der Plan aufgegeben werden, so lange zu warten, bis Paul imstande war, Bard perfekt darzustellen. Man kam zu dem Schluß, daß es im Gegenteil nur günstig war, wenn Paul mit Bard zusammen gesehen und eine *leichte* Ähnlichkeit festgestellt wurde. Dann würde später, wenn Paul tatsächlich als Bard auftrat, kein Mensch glauben, er sei jener Verwandte, der dem Kilghard-Wolf ein wenig ähnlich sah, doch längst nicht genug für eine solche Täuschung. Es sollte gar nicht erst das Gerücht entstehen, ein ihm völlig gleichender Mann werde sorgfältig versteckt gehalten. Die Menschen, so sagte Bard zu seinem Vater, sahen für gewöhnlich das, was sie zu sehen erwarteten. Wenn er nun häufig zusammen mit einem angeblichen Verwandten gesehen wurde, mit dem er einige Familienzüge gemeinsam hatte, würden Leute, die gern über Dinge klatschten, die sie nichts angingen, sich gegenseitig sofort darauf aufmerksam machen, daß die Ähnlichkeit im Grunde gar nicht so groß sei.

Für den Augenblick wurde also Pauls kurzes Haar, von einer helleren Sonne als dieser gebleicht, in einem rötlichen Ingwerton eingefärbt, und er ließ sich einen kleinen, zottigen Schnurrbart wachsen. Die Unterschiede im Auftreten und Benehmen, so sagten sie sich, würden ein Übriges tun. Sie wollten die Nachricht aussprengen, er sei ein *Nedestro*-Enkel von einem der Brüder Ardrins und Rafaels, der vor Ardrins Thronbesteigung gestorben war, und folglich ein Cousin Bards, den dieser in den Jahren seines Exils entdeckt habe.

Er sollte weit im Norden des Kadarin gelebt haben, in der Nähe des Karawanen-Landes. Dies Gebiet lag so weit entfernt, daß nicht die geringste Möglichkeit bestand, jemand, der die Sprache beherrschte oder die dortigen Sitten kannte, werde an den Hof kommen. Jeder Fehler, den Paul machte, würde seiner bäurischen, unzivilisierten Erziehung zugeschrieben werden.

Und es war gut, wenn Paul eine Zeitlang offen am Hof leben und selbst Kenntnisse über die Sitten und die politische Situation sammeln konnte. Mit Erleichterung stellte Bard fest, daß Paul gut ritt, wenn auch nicht ganz so gut wie er selbst. Das Gedankenlesen war eine Hilfe gewesen. Paul sprach bereits ein wenig *Casta*, und sein merkwürdiger Akzent konnte damit erklärt werden, daß er in den Hellers aufgewachsen war. Ihre erste Aufgabe, dachte Bard, mußte darin bestehen, die letzten Spuren dieses Akzents zu beseitigen.

Denn der tollkühne Plan sah nichts Geringeres als dies vor: Sie wollten die Truppen, die sie aufbringen konnten, teilen und auf zwei verschiedene Feldzüge schicken, eine nach Westen gegen Serrais und eine nach Osten zum Kampf gegen Carolins Armee. In beiden Fällen sollten die Soldaten glauben, Bard selbst führe sie an. Das Endziel war, das ganze Gebiet und dann alle Hundert Königreiche unter der Oberherrschaft Alarics von Asturias zu vereinigen. Waren die Hasturs erst einmal unterworfen, konnten die Domänen zusammengeschlossen werden. Dann würde Frieden herrschen, ohne daß man sich nach den tyrannischen Gesetzen von Varzils berüchtigtem Vertrag richten mußte! Frieden ohne den Druck kleiner Bürgerkriege, die ständig vom Frühlingstauwetter bis zur Ernte ausbrachen, ohne das Entstehen neuer Königreiche, wann immer einer kleinen Gruppe von Männern ihr Herrscher nicht paßte und sie sich entschlossen, ein neues Reich ohne ihn zu gründen!

Und dann, dachte Bard, mochte ein Goldenes Zeitalter einkehren, wie man es nicht mehr erlebt hatte, seit der Lord von Carthon den Vertag mit dem Volk der Waldläufer schloß!

Doch Kernstück dieses Plans war das militärische Genie Bards di Asturien und das besondere Charisma des Kilghard-Wolfes. Paul fing etwas von diesen Gedanken auf, während er in seiner Rolle als armer Verwandter langsam hinter Bard und Dom Rafael herritt. *Also soll ich den Hund für seinen Wolf machen? Das wollen wir erst einmal abwarten*!

Paul dachte über die Theorie nach, aufgrund derer man ihn hergeholt hatte. Danach waren Bard und er im Grunde der gleiche Mann. Er neigte dazu, das zu glauben. Er hatte sich immer für größer als seine Mitmenschen gehalten, nicht allein im Körper – obwohl das mit dazu beitrug –, sondern auch im Geist auf ein gewaltigeres und heroischeres Zeitalter zugeschnitten als jenes, in das er hineingeboren war.

Er legte es sich so zurecht: Die meisten Menschen hatten entweder Verstand, aber keinen Mumm in den Knochen, oder umgekehrt, und von den seltenen Exemplaren, die sowohl Verstand als auch Mumm hatten, fehlte es den meisten an Phantasie. Paul wußte, daß er alle drei Eigenschaften besaß. Aber in der Welt, in der er gelebt hatte, waren sie verschwendet gewesen. Damals, als man noch versucht hatte, ihn der Gesellschaft anzupassen, hatte ihm einer seiner ersten Psychiater offen gesagt, er gehöre in ein Grenzland, und in einer primitiven Umgebung wäre er eine überragende Persönlichkeit geworden. Was keine Hilfe gewesen war. Der Psychiater hatte einräumen müssen, daß Pauls Vorzüge ihm in dieser Gesellschaft nur zum Nachteil gereichten, falls es ihm nicht gelang, sich anzupassen.

Jetzt konnte er sowohl seinen Verstand als auch seine Phantasie auf Bards Welt einsetzen. Die vier farbigen Monde hatten ihm bereits verraten, daß dies keine der bekannten Kolonien der Weltenkonföderation war. Aber die Bewohner waren völlig menschlich, so daß sie unbedingt von terranischen Vorfahren abstammen mußten. Und obwohl Paul kein Linguist war, erkannte er, daß die *Casta* mit ihrem Gehalt an spanischen Wörtern sich aus nichts anderem als einer terranischen Kultur hatte entwickeln können. Er stellte die vorläufige Hypothese auf, daß die Menschen hier Nachkommen eines der »Verlorenen Schiffe« waren. Diese waren in der alten Zeit vor dem Hyperantrieb ausgesandt worden, ein Universum zu kolonisieren, von dem man bereits wußte, daß es durchaus nicht unbewohnt war. Eins dieser Schiffe hatte die Alpha-Kolonie gegründet, andere die frühen Kolonien, aber die meisten waren spurlos verschwunden, und man hatte sie mitsamt ihrer Besatzung für verloren gehalten. Paul war bekannt, daß die Weltenkonföderation darauf vorbereitet war, eines Tages eine oder zwei isolierte Kolonien von Überlebenden zu finden. Er hoffte, diese hier würden sie, solange er lebte, nicht entdecken. Es wäre eine Tragödie, sollte diese Welt zu der gleichen Mittelmäßigkeit herabgewürdigt werden wie Terra oder Alpha oder irgendeine andere der bekannten Welten!

Kurz vor Mittag kam Burg Asturias in Sicht, und Paul erkannte, daß es sich um eine befestigte Anlage handelte, wie sie auf der Erde seit ein paar tausend Jahren nicht mehr gebaut worden war. Den Bildern von historischen Burgen, die er gesehen hatte, war sie nicht sehr ähnlich. Das Baumaterial war anders, der Lebensstil, der die Architektur diktierte, war ebenfalls anders. Aber in den letzten Tagen war er in die Theorie des Festungsbaus und der Strategie eingeführt worden, und er begann darüber nachzudenken, wie er diese Burg erobern würde. Leicht wäre es nicht! Aber möglich war es, und er war fast überzeugt, wenn es dazu kommen sollte, würde er es schaffen.

Doch am leichtesten ginge es, sagte er sich, mit einem Verbündeten innerhalb der Mauern ...

Dom Rafael ging mit seinem Gefolge, um Alaric und dessen Ratgebern in aller Form Mitteilung von seiner Rückkehr zu machen. Bard wies Paul zwei Diener und ein paar Räume innerhalb seiner eigenen Suite zu, und dann verschwand er in eigenen Angelegenheiten, über die er keine Erklärung abgab. Paul, allein gelassen, erkundete die ihm zur Verfügung gestellten Zimmer.

Er entdeckte eine Treppe, die in einen kleinen Innenhof führte, gefüllt mit Spätsommerblumen. Paul allerdings kam das Klima immer noch zu kalt für jede Art von Blumen vor. Überall waren Steinplattenwege, und es duftete nach Kräutern. Auch einen alten Brunnen gab es. Paul setzte sich, genoß die so seltene Nachmittagssonne und dachte über die merkwürdige Situation nach, in der er sich wiedergefunden hatte.

Er hörte ein Geräusch hinter sich und fuhr herum – zu lange war er auf der Flucht gewesen, um irgend jemanden oder irgend etwas hinter sich zu ignorieren. Gleich darauf entspannte er sich. Mit einem

Gefühl törichter Erleichterung sah er, daß es nur ein sehr kleiner Junge war, der einen Ball über den Weg hüpfen ließ.

»Vater!« rief das Kind. »Man hat mir nicht gesagt, daß du wieder da bist . . .« Der Kleine hatte auf Paul zustürmen wollen. Jetzt blieb er stehen, blinzelte und erklärte mit bezaubernd drolliger Würde: »Ich bitte um Entschuldigung, Sir. Jetzt sehe ich, daß Ihr gar nicht mein Vater seid, obwohl Ihr ihm sehr ähnlich seht. Verzeiht mir, daß ich Euch störte, Sir – wie ich annehme, sollte ich wohl *Verwandter* sagen.«

»Geht in Ordnung.« Paul brauchte nicht lange, um zu dem Schluß zu kommen, daß dies Bards Sohn sein mußte. Komisch – er konnte sich Bard ebensowenig als einen Mann mit Frau und Kindern vorstellen, die ihm Fesseln anlegten, wie sich selbst. Doch hatte Bard etwas über arrangierte Heiraten erzählt. Wahrscheinlich hatte man ihn mit irgendeiner Frau verheiratet, ohne ihn lange zu fragen. Aber dann wiederum ging es ihm nicht in den Kopf, daß Bard sich das brav hatte gefallen lassen. Nun, er würde wohl noch erfahren, wie es sich damit verhielt.

»Schließlich hat man mir bereits gesagt, daß ich eine gewisse Ähnlichkeit mit deinem Vater haben soll.«

Das Kind verwies ihn feierlich: »Ihr solltet ›der Lord General‹ sagen, wenn Ihr von meinem Vater sprecht, Sir, selbst wenn er ein Verwandter ist. Sogar ich soll außerhalb des Familienkreises ›der Lord General‹ sagen. Denn die Amme sagt, bald wird man mich in Pflege geben, und ich muß bis dahin lernen, mit der schicklichen Höflichkeit von ihm zu sprechen. Deshalb, sagt sie, soll ich ihn immer so nennen, außer wenn wir allein sind. Aber König Alaric sagt ›mein Vater‹, wenn er von Dom Rafael, meinem Großvater, spricht, und *er* nennt meinen Vater nie ›Lord General‹, nicht einmal im Thronsaal. Ich finde das nicht gerecht. Und Ihr, Sir?«

Paul unterdrückte ein Lächeln und meinte, königliche Hoheiten hätten eben Privilegien. Nun, er hatte sich eine Gesellschaft gewünscht, in der die Menschen nicht zu langweiliger Gleichheit plattgewalzt waren, und jetzt hatte er sie. Außerdem, wahrscheinlich nahm er in dieser Gesellschaft eine höhere Stellung ein, als ihm eigentlich zustand!

»Ich nehme an, Verwandter, daß Ihr von jenseits der Hellers kommt. Das erkenne ich aus der Art, wie Ihr sprecht«, sagte das Kind. »Wie ist Euer Name?«

»Paolo«, antwortete Paul.

»Das ist kein besonders fremdartiger Name. Habt Ihr in den fernen Ländern jenseits der Hellers Namen wie wir?«

»So lautet mein Name auf *Casta*; das hat mir dein Vater jedenfalls gesagt. Mein richtiger Name würde dir wahrscheinlich doch fremdartig vorkommen.«

»Die Amme sagt, es sei unhöflich, einen Fremden nach seinem Namen zu fragen, ohne seinen eigenen zu nennen. Ich heiße Erlend Bardssohn, Verwandter.«

Das hatte Paul bereits erraten. »Wie alt bist du, Erlend?«

»Zu Mittwinter werde ich sieben.«

Paul zog die Augenbrauen hoch. Er hätte den Jungen für mindestens neun oder zehn gehalten. Vielleicht war das Jahr hier länger.

»Erlend«, rief die Stimme einer Frau, »du darfst die Gäste oder geschworenen Männer deines Vaters nicht belästigen!«

»Belästige ich Euch, Sir?« fragte Erlend.

Belustigt über die würdevolle Art des Kleinen beteuerte Paul: »Nein, bestimmt nicht.«

»Das macht nichts, meine Dame«, sagte Erlend, als eine Frau um die Wegbiegung kam. »*Er* sagt, ich belästige ihn nicht.«

Die Frau lachte. Sie hatte ein süßes Lachen, sehr weich und fröhlich. Sie war jung, ihr Gesicht rund und voller Sommersprossen, und ihre beiden Zöpfe, so rot wie das Haar des Jungen, hingen ihr beinahe bis zur Taille. Sie war nicht schäbig, aber doch sehr einfach gekleidet, und ihr einziges Schmuckstück war eine bescheidene Halskette mit einem blauen Stein als Anhänger. Wahrscheinlich war sie die Kinderfrau des Kleinen, dachte Paul, irgendeine arme Verwandte oder etwas Ähnliches. So, wie er Bard kannte, hätte der Wolf seine Mätresse oder Geliebte besser gekleidet, und seine Ehefrau hätte entsprechend ihrem Rang auftreten müssen.

Aber wie hatte Bard es fertiggebracht, sie zu übersehen? Denn Paul schienen der rundliche, frauliche Körper, das leise Lachen, die anmutigen Hände und das schnelle, fröhliche Lächeln die Verkörperung der Weiblichkeit – ja, der Verlockung zu sein. Er begehrte sie plötzlich mit solcher Leidenschaft, daß er seine ganze Selbstbeherrschung brauchte, um die Finger von ihr zu lassen. Wenn das Kind nicht dabeigewesen wäre . . .

Doch nein. Er wollte seine Stellung hier doch nicht gleich im Anfang wegen einer Weibergeschichte aufs Spiel setzen! Grimmig sagte er sich, daß aus diesem Grund seine letzte Unternehmung gescheitert und er in der Stasis-Zelle gelandet war. Er hatte nicht Verstand genug bewiesen, die Finger von der falschen Frau zu lassen. Aus Unterhaltungen zwischen den Leibwächtern und Friedensmännern hatte er aufgeschnappt, daß der Kilghard-Wolf hinter den Frauen her war – was bei seinem Duplikat zu erwarten war –, und

Paul hatte keine Lust, wegen einer so dummen Sache mit ihm in Streit zu geraten. Frauen gab es massenhaft.

Aber diese hier ... Er betrachtete sie hingerissen, ihre zarten Hände, die Bewegungen des reifen, fraulichen Körpers in dem einfachen Kleid. Ihre Wangen zeigten Grübchen, wenn sie lachte. Auf ihre sanfte Ermahnung antwortete der Junge:

»Aber ich muß alle ihre Namen wissen, *Domna*. Wenn ich alt genug bin, um meines Vaters Friedensmann zu sein, muß ich doch alle seine Männer mit Namen kennen!«

Ihr Kleid war rostfarben. Seltsam, daß ihm noch nie aufgefallen war, wie stark diese Farbe rotes Haar hervorhob. Der Stoff hatte genau den gleichen Ton wie ihre Sommersprossen.

»Aber Erlend, du wirst kein Soldat oder Friedensmann werden, sondern ein *Laranzu*«, sagte sie, »und auf jeden Fall ist dies Ungehorsam, weil dir gesagt worden ist, du solltest ruhig in dem anderen Hof spielen. Ich werde die Amme bitten müssen, besser auf dich aufzupassen.«

»Ich bin schon zu groß für eine Amme«, murrte der Junge, ging jedoch gehorsam mit der Frau weg. Paul sah ihnen nach, bis sie außer Sicht waren. Gott, wie er diese Frau begehrte! Ob sie erreichbar für ihn war? Nun, die Erzieherin eines Kindes konnte keine sehr hohe Stellung einnehmen, selbst wenn sie eine Verwandte war – was ihn die leichte Ähnlichkeit mit dem Jungen vermuten ließ. Wo mochte Bards Frau sein? Vielleicht war sie tot. Auf primitiven Welten war das Kinderkriegen ein gefährliches Geschäft, und die Todesrate lag hoch.

Mit zynischem Grinsen stellte Paul bei sich fest, daß er normal reagierte. Vom Tod errettet, aus der Stasis-Zelle befreit – welch bessere Art konnte es geben, ein paar müßige Stunden zu verbringen, als mit Frauen? Aber nur für den Fall, daß dies Realität war, wollte er nicht noch einmal den Fehler begehen, der ihn überhaupt in die Stasis-Zelle hineingebracht hatte. Wenn diese Frau durch irgendeinen seltsamen Zufall Bard gehörte, hieß es für ihn: Hände weg! Es gab genug andere ...

Aber, verdammt noch mal, diese eine war die, die er wollte! Zu schade, daß das Kind dabeigewesen war. Ein solcher Bastard war er wieder nicht, daß er nach einer Frau griff, wenn ein Kind zusah. Er hatte das Gefühl, sie würde nicht spröde sein. Dieser reife Busen, der rote Mund, der aussah, als sei er oft geküßt worden, verrieten ihm, daß sie keine unschuldige Jungfrau war! Um ihr Gerechtigkeit widerfahren zu lassen, mußte er einräumen, daß sie ihm kein deutliches Zeichen gegeben hatte. Sie hatte sich zurückhaltend betragen, aber er wettete sein Leben darauf, daß sie kein großes Theater machen würde, wenn er sie zu fassen bekam!

Bard schickte spät an diesem Abend nach ihm, und sie saßen vor dem Feuer über einem Stapel von Landkarten für die geplanten Feldzüge. Bard bestand darauf, Paul müsse sich mit ihnen genau auskennen. Es war nicht zu früh, damit anzufangen. Lange Zeit sprachen sie über Taktik und militärische Maßnahmen. Obwohl es eine ganz sachliche Unterhaltung war, hatte Paul den Eindruck, Bard sei froh über seine Gesellschaft und es mache ihm Freude, ihn zu unterrichten. Er mußte selten jemanden haben, der seine Interessen teilte.

Er ist wie ich, ein Mann, der nicht oft jemanden findet, zu dem er als einem Gleichgestellten sprechen kann. Man nennt ihn Wolf, doch ich habe das Gefühl, daß ›Einsamer Wolf‹ der Sache näherkäme. Ich wette, er ist sein ganzes Leben lang ein Einzelgänger gewesen. Wie ich.

Es gab einfach zu wenige Menschen, die seinen Gedankengängen folgen konnten. Klüger zu sein als neunzig Prozent aller Leute, die man kannte, war kein reiner Segen. Die Männer kamen sich dann als dumm und die Frauen als noch dümmer vor, und die meisten hatten nie die geringste Ahnung, über was er sprach oder wie er dachte.

Als Paul die Rebellion anführte, die für ihn mit einer Katastrophe endete, hatte er von Anfang an gewußt, daß es hoffnungslos war. Nicht etwa, daß eine Rebellion unmöglich gewesen wäre. Mit ein paar intelligenten Verbündeten, die verstanden, was zum Teufel er eigentlich vorhatte, hätte er Erfolg haben können. Aber die Männer, die er anführte, waren der Sache nicht halb so verschworen wie er selbst. Er war der einzige gewesen, den es tief im Innersten wirklich berührte, für was sie kämpften. Die anderen trugen nicht diesen Zorn im Herzen. Er hatte gleich den Verdacht gehabt – der sich dann ja auch bewahrheitete –, daß die meisten früher oder später umfallen und bei den herrschenden Mächten auf den Knien um eine zweite Chance betteln würden, selbst wenn diese Chance bedeutete, daß an ihrem ganzen Selbst herumgeschnitzt wurde, bis nichts mehr davon übrig war. Nun, an ihnen war schon vorher so wenig dran gewesen, daß das einen geringen Verlust bedeutete! Aber das war der Grund, warum er immer allein gewesen war.

Ich kann mich dem Wolf unentbehrlich machen.

Denn ich bin ihm gleich, ich bin sein Duplikat, er wird niemals jemanden finden, der ihm ähnlicher ist als ich. Er sah Bard eine Minute lang mit einem Gefühl an, das dem der Liebe sehr nahe verwandt war. Er dachte: *Er würde es verstehen. Wenn ich nur einen Gefährten wie ihn gehabt hätte, wäre es uns gelungen, den Männern, die mir folgten, das Rückgrat zu stärken. Zusammen hätten wir es geschafft. Zwei von uns hätten die Welt verändern können!*

Rebellionen, das wußte Paul, scheiterten für gewöhnlich daran, daß der Verstand, der Mut und die Phantasie, sie durchzuführen, nur etwa einmal in einem Jahrhundert zusammenkamen. Aber diesmal waren sie zwei vom gleichen Schlag.

Mir allein ist es nicht gelungen, meine Welt zu verändern. Aber wir beide zusammen könnten seine Welt verändern!

Bard blickte ihn scharf an, und Paul empfand plötzlich Unbehagen. Führte er da wieder diesen Trick mit dem Gedankenlesen aus? Aber der Wolf reckte sich nur und gähnte und bemerkte, es sei spät geworden.

»Ich gehe ins Bett. Übrigens, das habe ich zu fragen vergessen, soll der Haushofmeister dir eine Frau schicken? Der Himmel weiß, es sind genug nutzlose weibliche Wesen vorhanden, und die meisten von ihnen sind ebenso scharf auf einen Mann in ihrem Bett, wie es die Männer auf sie sind. Hast du vielleicht eine gesehen, die dir gefällt?«

»Nur eine«, antwortete Paul. »Ich vermute, sie ist die Erzieherin deines Sohnes. Leuchtendrotes Haar in langen Zöpfen, Sommersprossen – kurvenreich, nicht sehr groß. *Diese* – falls sie nicht verheiratet ist oder etwas Ähnliches. Ich will keinen Ärger.«

Bard warf den Kopf in den Nacken und lachte.

»Melisandra! Ich würde es dir nicht raten – sie hat eine Zunge wie eine Peitsche!«

»Ich mußte mich sehr beherrschen, die Finger von ihr zu lassen.«

»Damit hätte ich rechnen sollen.« Bard lachte immer noch. »Wenn wir der gleiche Mann sind! So reagierte ich auf sie, als ich siebzehn war, und sie war damals, glaube ich, noch keine vierzehn! Sie machte großes Theater, und meine Pflegemutter hat es mir nie verziehen. Aber, verdammt noch mal, das war es wert! Erlend ist ihr Sohn. Und meiner.«

»Natürlich, wenn sie dir gehört . . .«

Bard lachte von neuem. »Teufel, nein! Ich habe sie satt bis obenhin, aber meine Pflegemutter schob sie an mich ab, und sie wird langsam zu übermütig. Nur zu gern erteile ich ihr eine Lektion und beweise ihr, daß sie nichts Besseres ist als alle anderen Frauen hier herum und daß es nur meine Gutmütigkeit ist, nicht ihr Recht, wenn sie als meine Gefährtin in der Burg bleiben und meinen Sohn erziehen darf! Laß mich nachdenken. Wenn ich ihr sage, sie soll zu dir gehen, wird sie heulend zu Lady Jerana laufen, und ich habe keine

Lust auf einen Streit mit meines Vaters Frau. Trotzdem ...« Er grinste boshaft. »Bist du nicht mein Duplikat? Ich frage mich, ob sie je etwas merken würde. Ihr Zimmer ist dort, und sie wird denken, ich sei es, und sie wird zu vernünftig sein, um Lärm zu schlagen.«

Etwas an Bards Ton störte Paul, als Bard mit sarkastischem Grinsen hinzusetzte: »Schließlich *bist* du ich. Sie kann sich nicht beschweren, ich hätte sie jemand anders gegeben!«

Zum Teufel, für was hielt Bard ihn, daß er ihm Melisandra auf diese Weise hinwarf? Aber der Gedanke an den verlockend reifen Körper der rothaarigen Frau erstickte jeden Einwand. Noch nie hatte ihn eine Frau auf den ersten Blick so erregt!

Sein Herz hämmerte, als er später auf das dunkle Zimmer zuging, das Bard ihm gezeigt hatte. Und hinter der Erregung, hinter dem Gedanken an die Frau steckte eine zynische Vorsicht.

Paul hatte das Gefühl, Bard würde es schrecklich komisch finden, ihn nicht in das Zimmer Melisandras, sondern in das einer verdorrten alten Hexe zu schicken, irgendeiner alten Jungfer, die das ganze Haus zusammenschreien würde.

Aber selbst wenn Bard das versuchte, er würde Melisandra finden. Irgendwie würde er Bard zwingen, sein Versprechen zu halten.

Er ist von meiner Größe, und er hat sein ganzes Leben lang gekämpft. Und gerade jetzt, nachdem ich Gott weiß wie lange in der Stasis-Zelle war, ist er wahrscheinlich fitter als ich, aber stärker ist er nicht. Ich wette, ich könnte ihn besiegen. Zum Beispiel bezweifele ich, daß er viel von Karate versteht.

Aber er ließ den Gedanken an die unvermeidliche Konfrontation fallen, sobald er das Zimmer betrat. Mondlicht, das durch ein offenes Fenster fiel, lag über dem Bett, und er erkannte die gelösten Wellen des dichten, üppigen Kupferhaars und das sommersprossige Gesicht, das er heute nachmittag gesehen hatte. Ihre Augen waren geschlossen; sie schlief. Sie trug ein langes Nachtgewand, am Ausschnitt und an den Ärmeln bestickt, aber es konnte die reifen Rundungen ihres Körpers nicht verbergen. Vorsichtig schloß er die Tür. Wie sollte sie in der Dunkelheit merken, daß er nicht Bard war? Irgendwie wollte er, daß sie es merkte, daß auch sie ihn begehrte. Trotzdem, wenn dies die einzige Möglichkeit war, sie zu haben ... Zum Teufel, was zögerte er noch? Wenn sie zu der Art Frauen gehörte, die von Mann zu Mann weitergereicht werden konnten, kam es dann darauf an? Aber sie gehörte offensichtlich *nicht* zu dieser Art, oder Bard hätte sie ihm einfach überlassen, ohne zu dieser List zu greifen ...

Vielleicht auch nicht. Die Vorstellung, daß Bards Körper, sein eigener Körper sich mit dieser Frau vereinigte, erregte ihn auf seltsame Weise, und das wieder gab ihm zu denken. War Bard ebenso verrückt wie er, daß ihm der Gedanke daran, *sein* Duplikat liege im Bett mit *seiner* Frau, einen gewissen Kitzel bedeutete?

Er setzte sich auf die Bettkante, um sich auszuziehen. Es war stockdunkel, aber er wollte es nicht riskieren, Licht zu machen. Vielleicht merkte sie, daß er nicht Bard war, weil er keinen Kriegerzopf trug ... Er verzog belustigt das Gesicht, als ihm bewußt wurde, daß er vor Erwartung bebte wie ein Junge, der seine erste Frau nehmen will.

Zum Teufel, was sollte das?

Und Bard hatte ihm Melisandra gegeben, nicht um Paul einen Gefallen zu tun, sondern, das war ihm klar, um Melisandra zu demütigen. Auf einmal war er sich nicht mehr sicher, ob er wirklich den Wunsch hatte, bei der Demütigung dieser Frau mit Bard gemeinsame Sache zu machen.

Aber wahrscheinlich würde sie nie erfahren, daß es nicht Bard gewesen war, der zu ihr kam, und wenn dies die einzige Möglichkeit war, sie zu haben, würde er nicht darauf verzichten! Er legte sich neben sie ins Bett und faßte unter der Decke nach ihr.

Sie wandte sich ihm mit einem kleinen Seufzer zu, nicht erwartungsvoll oder freudig, sondern resignierend. War Bard ein so ungeschickter Liebhaber, oder konnte sie ihn einfach nicht leiden? Jedenfalls hatten sie jetzt nichts mehr füreinander übrig! Nun, vielleicht konnte er ihre Einstellung ändern. Bisher hatte jede Frau, wenn sie ihm auch nur eine halbe Chance gab, ihn als Liebhaber schätzen gelernt.

Sie lag passiv unter seinen Liebkosungen. Sie wehrte sich nicht, und sie kam ihm nicht entgegen, sie tat einfach so, als sei er überhaupt nicht da. Verdammt sollte sie sein, auf diese Art wollte er sie nicht! Lieber wäre es ihm gewesen, daß sie kreischte und um sich schlug, als daß sie ihn wie eine ihr widerwärtige Pflicht akzeptierte. Aber gerade, als ihm dies durch den Kopf ging, seufzte sie noch einmal und legte die Arme um seinen Hals, und er zog sie an sich. Er spürte ihre wachsende Erregung, ihr Zittern, und seine eigene Leidenschaft wurde immer heftiger.

Erschöpft und keuchend ließ er sich über sie fallen. Er lag dort, seine Hände streichelten sie immer noch, er bedeckte sie mit Küssen und wollte sie nicht einmal für einen Augenblick loslassen. Leise fragte sie in der Dunkelheit: »Wer bist du?«

Erschrocken sog er die Luft ein. Und dann wurde ihm klar, daß er es sich hätte denken können. Er und Bard waren sich körperlich gleich, vielleicht auch seelisch. Aber Sex ist von allen Tätigkeiten am meisten der kulturellen Konditionierung unterworfen. Es war ihm völlig unmöglich, eine Frau auf die gleiche Art zu lieben, wie es ein Darkovaner tun würde. Die Mechanik des Akts war die gleiche, aber das ganze Drumherum mußte völlig anders sein. Er hätte sie mit dem ihr vertrauten Gesicht und Körper täuschen können, solange er sich still verhielt. Aber jede Liebkosung, jede Bewegung verriet seine Herkunft aus einer anderen Welt, eine zu tief sitzende Konditionierung, als daß sie hätte geändert werden können. Selbst wenn Bard ihm unvorstellbarerweise die übliche Art genau beschrieben hätte, wäre es ihm ebenso unmöglich gewesen, sie nach Bards Methode zu lieben wie nach der eines Cro-Magnon-Mannes!

Er antwortete ruhig: »Bitte, schreie nicht, Melisandra. Er hat mich hergeschickt, und ich konnte nicht widerstehen. Ich verlangte so sehr nach dir.«

Bei aller Aufregung dämpfte sie ihre Stimme. »Er hat uns beiden einen grausamen Streich gespielt, und es war nicht sein erster. Nein, ich werde nicht schreien. Macht es dir etwas aus, wenn ich Licht anzünde?«

Er legte sich zurück, während sie eine kleine Lampe ansteckte und sie so hielt, daß sie ihn sehen konnte.

»Ja«, sagte sie, »die Ähnlichkeit ist . . . ist dämonisch. Das merkte ich schon, als ich dich mit Erlend zusammen sah. Aber es ist mehr als bloße Ähnlichkeit, nicht wahr? Irgendwie spüre ich eine Verbindung zwischen euch. Obwohl ihr – sehr verschieden seid.« Ihr Atem kam stoßweise.

Er streckte die Hand aus, nahm ihr die Lampe ab und stellte sie auf den Nachttisch. »Hasse mich nicht, Melisandra«, bat er. Ihr Mund zitterte, und er stellte fest, daß er sich wünschte, alles wegzuküssen, was ihr Kummer machte. Das war ganz und gar nicht seine übliche Reaktion bei Frauen! Verdammt, sonst hatte er nie schnell genug wegkommen können, wenn er gehabt hatte, was er wollte! Aber diese Frau tat ihm etwas sehr Seltsames an.

Erschüttert betrachtete sie ihn.

»Einen Augenblick lang dachte ich, vielleicht habe sich etwas in ihm verändert. Ich . . . ich . . . ich habe mir immer gewünscht, daß er so zu mir wäre . . .« Sie schluckte schwer, würgte, und er spürte, daß sie sich viel Mühe gab, nicht zu weinen. »Aber ich habe mich nur selbst getäuscht, denn er ist schlecht, schlecht bis zum Kern, und ich verabscheue ihn. Aber mich selbst verabscheute ich noch mehr, weil . . . weil ich mir wünschte, er wäre ein Mann, den ich . . . den ich lieben könnte. Denn wenn ich ihm nun einmal gehören muß, wenn ich ihm überantwortet worden bin, dann kann ich nicht anders, als mir wünschen, er wäre ... wäre ein Mann, den ich lieben könnte ...«

Er zog sie zu sich herab und küßte ihren zitternden Mund, küßte die Tränen fort, die unter den hellen Wimpern hervorströmten.

»Ich kann es nicht bereuen«, sagte er. »Nicht, wenn es mich zu dir gebracht hat, Melisandra. Dein Kummer tut mir leid. Es tut mir leid, daß du Angst hattest. Willentlich hätte ich dir niemals Kummer oder Angst bereitet. Aber ich bin froh, daß ich dich dies eine Mal gehabt habe, wo du nicht protestieren konntest ...«

Sie sah ihn ernst an; ihre Augen waren noch naß.

»Ich bereue es auch nicht. Glaub mir. Obwohl ich vermute, daß er mich zu demütigen versuchte. Ich habe mich immer geweigert, wenn Lady Jerana mich einem anderen geben wollte, selbst als sie mir anbot, mich in allen Ehren mit einem von Dom Rafaels Friedensmännern zu verheiraten. Ich hatte Angst, dann würde es nur noch schrecklicher werden. Bard hat mir das Schlimmste angetan, was er tun konnte, von ihm habe ich nichts mehr zu fürchten, und ich dachte, besser die Grausamkeit, die ich kenne, als eine neue Grausamkeit von einem Fremden ... Aber du hast mich eines Besseren belehrt.« Plötzlich lächelte sie ihn im Licht der Lampe an. Es war ein sehr schwaches Lächeln, und er wußte, nie würde er sich zufriedengeben, bis sie ihm das gleiche Lächeln schenkte wie heute dem Kind, ein volles, frohes Lächeln voller Liebe.

»Ich glaube, ich bin dir dankbar. Und ich weiß nicht einmal deinen Namen.«

Mit einer Hand löschte er das Licht, und mit der anderen zog er sie an sich.

»Dann bist du bereit, mir deine Dankbarkeit zu beweisen?«

Er hörte ihr glückliches Aufseufzen, bevor sie sich ihm zuwandte und ihn küßte. Es überraschte und entzückte ihn so, daß er bis in die Wurzeln seines Seins erschüttert war.

»Bisher habe ich Bard nicht gehaßt«, sagte sie und drückte sich bebend an ihn. »Durch dich habe ich jetzt gelernt, wie ich ihn hassen soll, und dafür werde ich nie aufhören, dir dankbar zu sein.«

»Aber ich möchte mehr als Dankbarkeit«, hörte er sich zu seinem eigenen Erstaunen sagen. »Ich möchte deine Liebe, Melisandra.«

Mit einer Intensität, die furchterregend war, sprach sie in die Dunkelheit hinein: »Ich bin mir nicht sicher, ob ich weiß, wie man liebt. Doch wenn ich es lernen kann, *einen* Mann zu lieben, dann dich, Paul.«

Er sagte nichts mehr, er zog sie nur leidenschaftlich an sich. Aber noch inmitten seiner Freude und seiner Verwunderung nagte ein störender Gedanke an ihm.

Jetzt kann ich nicht mehr zurück. Jetzt bin ich dieser Welt verfallen, jetzt gibt es hier jemanden, der mir mehr bedeutet als irgendwer oder irgend etwas auf der Welt, von der ich kam. Was wird jetzt geschehen, wo ich das Ganze nicht mehr als verrückten Traum ansehen kann?

3

Zehn Tage später ritt Paul Harrell zum ersten Mal an der Seite Bards di Asturien in den Krieg.

»Die Männer von Serrais haben ihren Eid gebrochen«, erklärte Bard ihm, als sie ihre Vorbereitungen trafen. »Vielleicht brauchen wir nicht zu kämpfen. Aber wir müssen sie daran erinnern, was sie geschworen haben, und die beste Art, das zu tun, ist, ihnen unsere Stärke und unsere Truppen zu zeigen. Halte dich bereit, innerhalb einer Stunde zu reiten.«

Pauls erste Reaktion darauf war der triumphierende Gedanke: *Das ist eine Gelegenheit, Macht zu erringen!* Doch gleich darauf dachte er bestürzt: *Melisandra!* Er wollte nicht so schnell schon wieder von ihr getrennt werden. Gerade erst war der Verdacht in ihm aufgestiegen – zum ersten Mal in seinem Leben –, daß er überhaupt nicht mehr von ihr getrennt werden wollte. Aber bei nüchterner Überlegung mußte er zugeben, daß diese Trennung vermutlich das Beste war, was geschehen konnte.

Früher oder später, das wußte er, würde er Melisandras wegen mit Bard in Streit geraten. Er verlangte immer noch nach ihr wie nie zuvor nach einer Frau. Normalerweise wäre er nach zehn Tagen schon übersättigt gewesen und hätte jeden Anlaß freudig begrüßt, der die Fessel sprengte. Aber er wollte Melisandra immer noch. Er fürchtete diese Trennung, er begehrte diese Frau – er konnte es nicht erklären – auf eine neue Art. Er wollte sie für immer, und mit ihrer Zustimmung. Bestürzt stellte er fest, daß ihr Glück ihm wichtiger geworden war als sein eigenes.

Er hatte immer gedacht, Frauen nahm man, und damit hatte es sich. Warum, fragte er sich, empfand er bei Melisandra so ganz anders?

Ich habe immer geschworen, mich sollte nie eine Frau an der Nase herumführen ... Ich war überzeugt, Frauen wünschten sich, be-

herrscht zu werden, einen richtigen Mann zu haben, den sie nicht unterkriegen können . . . Warum ist diese eine Frau so ganz anders?

Er war sich klar, daß er Melisandra für sein und ihr ganzes Leben wollte. Aber er wußte auch, daß Bard, von einer unkomplizierteren Gesellschaft hervorgebracht, Melisandra als sein Eigentum, seine Beute, seinen Besitz ansah. Er mochte sie Paul eine Weile überlassen, um sie zu demütigen, aber es war unwahrscheinlich, daß er ganz auf sie verzichtete. Schließlich war sie die Mutter seines einzigen Sohns.

Und im Augenblick gab es nichts, was Paul unternehmen konnte. Der Tag würde kommen, an dem sie sich um Melisandra stritten, und Paul wußte, daß er darauf vorbereitet sein mußte.

Denn wenn jener Tag kommt, dachte er, wird entweder er mich töten, oder ich werde ihn töten müssen. Und ich habe nicht die Absicht, mich töten zu lassen.

Deshalb packte er seine Sachen für den Ritt ein und sagte zu Bard: »Ich würde Melisandra gern Lebewohl sagen.«

»Das ist nicht notwendig«, antwortete Bard, »denn sie wird mit der Armee reiten.«

Paul nickte, ohne sofort darüber nachzudenken. Er war an weibliche Soldaten gewöhnt, sogar an weibliche Generäle. Dann packte ihn der Schreck. Ja, in einem Krieg, der im Drücken von Knöpfen bestand, waren Frauen für den Kampf ebenso geeignet wie Männer. Aber in dieser Welt, wo Krieg den Nahkampf mit Schwertern und Dolchen bedeutete?

»Oh, weibliche Soldaten haben wir auch.« Bard hatte seine Gedanken gelesen. »Die Frauen vom Orden der Entsagenden, von der Schwesternschaft des Schwerts, reiten mit den Männern in die Schlacht, und sie kämpfen wie Berserker. Aber Melisandra ist eine richtige Frau, keine von denen. Sie ist eine Zauberin, eine *Leronis*, die die Armee begleitet, um Zauberei abzuwehren.«

Paul dachte, daß das noch gefährlicher sein mochte, aber er sprach es nicht aus. Als sie eine Stunde später davonritten, meinte Bard, dies sei eine günstige Gelegenheit.

»Es gibt Leute, die mich an meinem Fechtstil erkennen würden«, erklärte er. »Da man dich für einen *Nedestro*-Verwandten von mir hält, wird es niemandem besonders auffallen, wenn ich dir während dieses Feldzugs von meinen eigenen Waffenmeistern Unterricht geben lasse.«

Paul, der unbeachtet mit einer kleinen Gruppe von Bards Adjutanten ritt, erlebte, wie die Soldaten ihren General begrüßten. Sie jubelten ihm zu, und immer wieder hörte man den Ruf: »Der

Kilghard-Wolf! Der Wolf!« Allein seine Anwesenheit schien sie für diesen Krieg gegen Serrais mit Mut und Begeisterung zu erfüllen.

Also würde Bard ihm eines Tages diese Macht anvertrauen – und glauben, daß er sie, wenn der Krieg vorüber war, brav zurückgab? Das war unwahrscheinlich. Ein Kälteschauer lief Paul das Rückgrat hinunter, als ihm die Gewißheit kam, daß nur eine Lösung möglich war. Bard würde ihn auf seinem Weg zum Erfolg benutzen – und dann nicht belohnen und wegschicken, wie er gelobt hatte, sondern ihn auf die gleiche Methode, mit der er ihn hergeholt hatte, zurück in die Stasis-Zelle befördern. Oder vielleicht war es einfacher, ihm in einer dunklen Nacht ein Messer in die Rippen zu stoßen und seinen Leichnam den um die Klippen schleichenden *Kyorebni* zu überlassen. Paul behielt eine gleichmütige Miene bei und stimmte mit den anderen in die Hochrufe auf Bard ein. Es würde nicht leicht sein. Im Augenblick hatte Bard an anderes zu denken als an die Ausbildung seines Duplikats zu seinem Stellvertreter und seiner Marionette. Aber zu anderen Zeiten konnte einer des anderen Gedanken lesen, und Paul hatte nicht gelernt, seinen Geist abzuschirmen. Vielleicht konnte Melisandra ihm helfen, wenn sie tatsächlich eine Zauberin war. Aber andererseits würde Melisandra kein Interesse daran haben, den Vater ihres Sohnes umzubringen. Sie mochte sagen, sie hasse Bard, aber Paul war sich der Stärke dieses Hasses nicht völlig sicher.

Wenn er sie allerdings vor vollendete Tatsachen stellte, konnte er ihr wahrscheinlich vertrauen, daß sie über den Personenaustausch schwieg.

Vorläufig konnte er nur eins tun, und das war genau das, was Bard von ihm verlangte. Er mußte sich darauf vorbereiten, Bard di Asturien nicht nur darzustellen, sondern Bard di Asturien, der Kilghard-Wolf, General der Armee von Asturias, zu *werden*. Und vielleicht eines Tages mehr.

Zu seiner eigenen Überraschung – denn er wußte nichts über die Kampfmethoden auf Darkover und hatte noch nie ein Schwert in der Hand gehabt – lernte er das Fechten, als sei es ihm angeboren. Nach kurzer Überlegung kam er auch darauf, warum. Er war mit den gleichen Reflexen und der überragenden körperlichen Organisation geboren, die Bard zu einem unvergleichlichen Schwertkämpfer machten, und während der Rebellion hatte er diesen physischen Mechanismus in kriegerischen Künsten und im unbewaffneten Kampf bis zum äußersten trainiert. Jetzt handelte es sich nur noch darum, Muskeln und Gehirn zusätzliche Kenntnisse zu vermitteln, wie ein geübter Tänzer eine neue Schrittvariation lernt.

Er stellte fest, daß er den Feldzug genoß. Es machte ihm Spaß, mit den Adjutanten auf Kundschaft zu reiten, abends das Lager aufzuschlagen und unter den vier Monden, die zunahmen und wieder abnahmen, zu schlafen. Oft dachte er, daß er glücklicher geworden wäre, hätte er dies Leben von Anfang an geführt. Hier wurde keine Konformität verlangt, und wenn, dann kam ihm das ganz natürlich vor; es gab viele Möglichkeiten, Aggressionen abzureagieren. Als er seine erste Schlacht hinter sich hatte, wußte er, daß er keine Angst hatte und, wenn er mußte, töten konnte, ohne den Feind zu fürchten oder zu hassen, und was noch wichtiger war, ohne daß ihm übel wurde. Eine von Speeren und Schwertern zerhackte Leiche war nicht mehr und nicht weniger tot als eine, die von Kugeln durchsiebt oder von Feuer verbrannt war.

Bard hielt ihn ständig in seiner Nähe und sprach viel mit ihm. Paul wußte, das geschah nicht aus Sympathie. Der Wolf mußte sich einfach überzeugen, ob Paul auch seine eigene Begabung für Strategie besaß. Anscheinend besaß er sie und das Talent, mit den Männern umzugehen, ein Gespür für den richtigen Einsatz in der Schlacht oder im Angriff. Das zeigte sich, während vor der Armee von Asturias Stadt auf Stadt fiel, die meisten, ohne sich zu verteidigen, und die Männer von Serrais bis an die äußersten Grenzen ihres Landes flohen oder fielen. In vierzig Tagen hatten sie zwanzig Städte erobert, und der Weg zu dem Stammland der Serrais-Leute lag offen vor ihnen. Paul entdeckte, daß er instinktiv wußte, welches die beste Maßnahme war, um eine Stadt zu erobern oder eine Schar von Kriegern, die sich ihnen entgegenstellte, zu besiegen.

»Mein Vater sagte einmal«, erzählte ihm Bard, »mit zweien von meinem Schlag könnten wir die Hundert Königreiche erobern. Und verdammt noch mal, er hatte recht! Ich weiß jetzt, daß die Ähnlichkeit nicht nur hauttief geht. Du und ich, wir sind derselbe Mann, und wenn wir gleichzeitig zwei Armeen anführen können, wird dies ganze Land vor uns liegen wie eine Hure auf der Stadtmauer!« Lachend schlug er Paul auf die Schulter. »Es wird uns gar nichts anderes übrigbleiben. Ein Königreich würde nicht Platz genug für uns beide bieten, aber hundert sollten für dich und für mich Raum genug haben!«

Paul fragte sich, ob Bard ihn tatsächlich für so naiv hielt. Bestimmt würde Bard versuchen, ihn zu töten. Aber nicht bald, vielleicht auf Jahre hinaus nicht, weil er ihn brauchte, bis er sich alle Hundert Königreiche – oder so viele davon, wie er wollte – unterworfen hatte.

Und so paradox es sein mochte, in der Zwischenzeit genoß Paul die Gesellschaft Bards. Es war eine neue Erfahrung für ihn, mit jemandem sprechen zu können, der ihn verstand und seinen Gedanken intelligent folgen konnte. Und er hatte das Gefühl, auch Bard hatte seine Freude daran.

Es wäre alles vollkommen gewesen, wenn er Melisandra bei diesem Feldzug tatsächlich hätte bei sich haben können. Aber Melisandra ritt mit den anderen *Leroni,* Männern und Frauen in grauen Gewändern, die von einem älteren grauhaarigen Mann streng bewacht wurden. Er hatte ein lahmes Bein, und das behinderte ihn so stark, daß an seinem Sattel eine Vorrichtung angebracht war, auf die er es während des Ritts legen konnte, und eine zweite, die ihm half, es wieder herunterzubekommen und abzusteigen. In den ersten dreimal zehn Tagen des Feldzugs fand Paul keine Gelegenheit, mehr als ein halbes Dutzend Worte mit Melisandra zu wechseln, und das waren Redensarten, bei denen die halbe Armee getrost zuhören konnte.

Die Mauern von Serrais waren schon in Sicht, als Paul, der mit Bards Adjutanten ritt, bemerkte, daß Bard sich von seinem üblichen Platz an der Spitze hatte zurückfallen lassen und sich den *Leroni* angeschlossen hatte. Einen Augenblick später merkte er, daß Paul zu ihm hinsah, und winkte ihm. Paul ritt zurück zu dem Häuflein graugewandeter Männer und Frauen. Melisandra hob zum Gruß den Blick. Ihr heimliches Lächeln unter der grauen Kapuze war irgendwie so intim wie ein Kuß.

Paul fragte: »Wer ist Meister Gareth?«

»Er ist der Oberste von allen *Laranzu'in* in Asturias, und außerdem ist er mein Vater«, antwortete Melisandra. »Ich wünschte, ich könnte ihm erzählen ...« Sie brach ab, aber Paul wußte, was sie meinte.

Er flüsterte: »Du fehlst mir«, und wieder lächelte sie.

Bard winkte ihn gebieterisch zu sich und stellte vor: »Meister Gareth MacAran – Hauptmann Paolo Harryl.«

Der grauhaarige Zauberer verbeugte sich formell.

»Meister Gareth hat sein lahmes Bein von meinem ersten Feldzug her«, erklärte Bard, »aber das scheint er mir nicht nachzutragen.«

Der alte Zauberer meinte liebenswürdig: »Euch war deswegen kein Vorwurf zu machen, Meister Bard – oder muß ich Euch jetzt Lord General nennen, wie die jungen Leibwächter es tun? Niemand hätte bei diesem Feldzug ein besserer Anführer sein können. Daß ich einen vergifteten Dolch in den Beinmuskel bekam, war nichts als Pech. Das sind die Wechselfälle des Krieges. Diejenigen von uns, die mit in die Schlacht reiten, müssen derlei hinnehmen.«

»Dieser Feldzug scheint mir lange her zu sein«, sagte Bard, und Paul, der wie immer einiges von seinen Gedanken und Empfindungen auffing, nahm einen Unterton bitterer Reue wahr.

Und in Wahrheit fühlte Bard den Stachel der Reue, die Sehnsucht nach den lange vergangenen Tagen, an die er erinnert wurde durch Meister Gareths Anwesenheit und noch mehr durch das Kupferhaar Melisandras, das unter der grauen Kapuze hervorschimmerte. Damals war Beltran an seiner Seite und sein Freund gewesen. Und Melora. Bard konnte der Versuchung nicht widerstehen zu fragen: »Wie geht es Eurer älteren Tochter, Sir? Wo ist sie jetzt?«

»Sie ist in Neskaya«, antwortete Meister Gareth, »im Kreis Varzils, des dortigen Bewahrers.«

Bard runzelte mißvergnügt die Stirn. »Dann dient sie den Feinden von Asturias?« Und doch mochte es einfacher sein, an Melora als Feindin zu denken, da sie nun einmal außerhalb seiner Reichweite war. Sie war die einzige Frau auf der Welt, die so etwas wie Verständnis für ihn gehabt hatte, und doch hatte er sie nie berührt.

»Natürlich nicht!« verwahrte sich Meister Gareth. »Die *Leroni* von Neskaya haben gelobt, nur zum Wohl aller Menschen zu leben und mit ihren Sternensteinen zu arbeiten und sich keinem König oder Herrscher zu verpflichten, sondern nur den Göttern, und zu helfen und zu heilen. Deshalb sind sie keine Feinde, mein Lord Wolf.«

»Das glaubt Ihr wirklich?« Bards Stimme klang verächtlich.

»Sir, ich weiß es. Melora lügt nicht, und sie hätte auch keinen Grund, mich zu belügen. Außerdem kann kein *Laranzu* einen anderen belügen. Dom Varzil ist genau das, was zu sein er behauptet. Er ist dem Vertrag treu, indem er keine *Laran*-Waffen benutzt, herstellt oder zuläßt. Er ist ein ehrenwerter Mann, und ich bewundere seinen Mut. Es kann nicht leicht sein, auf seine Waffen zu verzichten, wenn man weiß, daß die anderen sie immer noch einsetzen und nicht glauben wollen, man habe sie niedergelegt.«

»Wenn Ihr ihn dermaßen bewundert«, bemerkte Bard gereizt, »muß ich dann damit rechnen, daß auch Ihr desertiert und unter die Fahnen dieses herrlichen großen Mannes Varzil eilt? Er ist ein Ridenow von Serrais.«

»Sicher, so ist er geboren. Aber jetzt ist er Varzil von Neskaya und schuldet nur seinem Turm Loyalität. Und Eure Frage, Meister Bard, ist unnötig. Ich habe König Ardrin einen Eid für mein ganzes Leben geleistet, und ich werde ihn weder für Varzil noch für einen anderen brechen. Ich hätte treu zu Ardrins Sohn gehalten, wäre Königin Ariel nicht mit ihm außer Landes geflohen. Ich folge dem Banner

Eures Vaters, weil ich fest glaube, daß dies das beste für Asturias ist. Aber ich bin nicht der Hüter von Meloras Gewissen. Und tatsächlich hat sie Ardrins Hof in der gleichen Nacht verlassen, als Ihr verbannt wurdet, Sir – lange bevor es nötig wurde, sich zwischen Valentines Sache und Alarics zu entscheiden. Valentine war damals nicht einmal geboren. Und sie ging mit des Königs Erlaubnis.«

»Trotzdem«, wandte Bard ein, »wenn sie sich entschlossen hat, nicht gegen die Feinde von Asturias zu kämpfen, muß ich sie dann nicht zu diesen Feinden zählen?«

»So seht Ihr es, Sir. Aber Ihr müßt auch bedenken, daß sie sich gleichfalls entschieden hat, nicht an der Seite der Feinde von Asturias zu kämpfen. Das hätte sie leicht tun können. Nicht alle Mitglieder von Varzils Kreis haben den Vertrag beschworen, sondern Neskaya verlassen und sich der Hastur-Partei in jener Armee angeschlossen. Melora blieb bei Varzil, und das bedeutet, daß sie neutral bleiben wird, Sir. Und meine Enkelin Mirella ist in den Hali-Turm gegangen, der sich ebenso wie Neskaya zur Neutralität verpflichtet hat. Ich bin ein alter Mann, und ich stehe treu zu meinem König, solange er mich braucht. Aber ich bete darum, daß die jungen Leute einen Weg finden, Schluß mit diesen verdammenswerten Kriegen zu machen, die Jahr für Jahr unser Land verwüsten.«

Bard gab keine Antwort darauf. Er sagte: »Ich möchte an Melora nicht gern als an meine Feindin denken. Wenn sie nicht meine Feindin ist, soll es mir recht sein, daß sie neutral bleibt.«

Paul, der zwischen Bard und Melisandra ritt, dachte darüber nach, wieso Melora diesen Ausdruck von Zorn und Leid und Kummer in Bards Gesicht brachte. Meister Gareth erklärte: »Eure Feindin ist sie niemals gewesen, Sir. Sie hat immer gut von Euch gesprochen.«

Bard spürte, daß sowohl Melisandra als auch Paul seine Gedanken lasen, und bemühte sich wütend, sie unter Kontrolle zu halten. Was bedeutete ihm diese Frau Melora überhaupt? Dieser Teil seines Lebens war vorbei. Wenn dieser Feldzug abgeschlossen war, wollte er allen seinen *Leroni* befehlen, eine Methode auszuarbeiten, nach der er die Insel des Schweigens angreifen und Carlina heimholen konnte. Und dann brauchte er nie wieder an Melora zu denken. Oder – er fing einen Blick auf, den Paul und Melisandra wechselten – an Melisandra. Paul konnte sie von ihm aus gern haben. Wenigstens kam er dann eine Weile nicht auf gefährliche Gedanken.

Eine Weile. Bis ich sicher im Sattel sitze und Alaric König über alle diese Länder ist. Danach stellt er ein zu großes Risiko für mich dar. Er ist ehrgeizig, und er hat sich bis dahin daran gewöhnt, Macht auszuüben . . .

Zu seiner eigenen Überraschung bereitete ihm der Gedanke Schmerz. Sollte er niemals einen Freund, einen Bruder, einen ihm Gleichgestellten haben, dem er vertrauen konnte? Mußte er jeden Freund und Peer verlieren, wie er Beltran und Geremy verloren hatte? Vielleicht fiel ihm doch noch eine andere Möglichkeit ein; vielleicht brauchte Paul nicht zu sterben.

Ich will ihn nicht verlieren , wie ich Melora verloren habe . . . Wütend gebot er sich Einhalt. Er wollte nicht wieder an Melora denken!

Plötzlich riß Melisandra an den Zügeln und hielt ihr Pferd an. Ihr Gesicht verzerrte sich, und gleichzeitig warf Meister Gareth die Hände hoch, als wolle er ein unsichtbares Übel abwehren. Eine Frau unter den *Leroni* schrie, einer der Männer würgte vor Entsetzen, beugte sich über seinen Sattel und klammerte sich, beinahe unfähig zu sitzen, instinktiv dort fest. Bard sah erstaunt und bestürzt zu ihnen hin. Paul drängte sein Pferd schnell an das Melisandras und stützte sie, die im Sattel schwankte. Sie war bleicher als der Schnee am Wegrand.

Sie achtete nicht auf ihn. »Oh . . . das Sterben, das Verbrennen!« rief sie, und ihre Stimme verriet namenloses Grauen. »Oh, diese Qual . . . Tod, Tod fällt vom Himmel . . . das Feuer . . . die Schreie . . .« Die Stimme erstarb ihr in der Kehle. Ihre Augäpfel rollten nach oben, daß nur noch das Weiße zu sehen war, als blicke sie auf ein schreckliches Bild in ihrem Innern.

Meister Gareth stieß hervor: »Mirella! Gute Götter, Mirella . . . sie ist dort . . .«

Das rief Melisandra in die Wirklichkeit zurück, aber nur für einen Augenblick. »Wir können nicht sicher sein, daß sie bereits dort eingetroffen war, lieber Vater. Ich . . . ich habe sie nicht schreien gehört, und ich bin sicher, ich hätte es erkannt, wenn sie dabeigewesen wäre . . . aber oh, das Brennen, das Brennen . . .« Von neuem schrie sie auf. Paul beugte sich zu ihr hinüber und umfaßte sie. Schluchzend ließ sie den Kopf an seine Brust sinken.

Er flüsterte: »Was ist das, Melisandra, was ist das . . .?« Aber sie war nicht fähig, ihm zu antworten. Sie konnte sich nur an ihn klammern und hilflos weinen. Auch Meister Gareth sah aus, als werde er gleich aus dem Sattel fallen. Bard wollte den alten *Laranzu* stützen, und als seine Hand ihn berührte, überfluteten die Bilder auch seinen Geist.

Lodernde Flammen. Sengender Schmerz, unerträgliche Pein, als das Feuer sich weiterfraß, verzehrte, zerriß . . . Mauern zerbröckelten und fielen ... Stimmen erhoben sich zu Schreien der Qual, des Entsetzens, der wilden Klage ... Luftwagen stürzten hernieder, Feuer und Tod regnete vom Himmel ...

Paul war davon bisher unberührt geblieben, aber als sich Bards Geist den Bildern öffnete, sah und fühlte er sie auch, und er erbleichte vor Grauen. »Feuerbomben«, flüsterte er. Er hatte diese Welt für zivilisiert gehalten, für zu zivilisiert, um diese Art Krieg zu führen. Er hatte geglaubt, hier sei der Krieg eher ein Spiel, eine mannhafte Mutprobe, eine Sache der Herausforderung und Annahme des Kampfes. Aber *dies* ...

Der Körper einer Frau loderte wie eine Fackel, der Geruch nach brennendem Haar, brennendem Fleisch, die Todesqual ...

Bard mühte sich um den alten Mann, wie er es bei seinem eigenen Vater getan hätte. Ihm war übel von den entsetzlichen Bildern in seinen Gedanken. Aber irgendwie schaffte es Meister Gareth, sich von dem Grauen loszureißen. *»Genug!«* stieß er mit heiserer Stimme hervor. »Wir können ihnen nicht helfen, indem wir ihren Todeskampf teilen! Schirmt euch ab, ihr alle! Sofort!« Er sprach mit der Befehlsstimme, und plötzlich war die Luft um sie frei von Rauch und Gestank und Feuer. Die unerträglichen Schmerzensschreie waren verschwunden. Paul blickte benommen auf die friedliche Straße und die stillen Wolken über ihnen, vernahm die Hintergrundgeräusche einer marschierenden Armee. Irgendwo wieherte ein Pferd, Vorratswagen knarrten und rumpelten, ein Treiber verfluchte gutmütig seine Maultiere. Der unvermittelte Übergang ließ Paul blinzeln.

»Was war das? Was war das, Melisandra?« Er hielt sie immer noch in seinen Armen. Ein bißchen verlegen richtete sie sich auf.

»Hali«, antwortete sie. »Der große Turm am Ufer des Sees. Lord Hastur hatte geschworen, die Türme sollten neutral bleiben, zumindest Hali und Neskaya – ich weiß nicht, wer den Turm angegriffen hat.« Ihr Gesicht spiegelte immer noch das Grauen wider, das sie geteilt hatte. »Jeder *Laranzu*, jede *Leronis* in den Hundert Königreichen muß diesen Tod miterlebt haben ... Darum hat Lord Varzil Neutralität gelobt. Wenn dies weitergeht, wird bald kein Land mehr da sein, das erobert werden kann ...«

Alle sahen erschüttert aus; viele von den *Leroni* weinten. Melisandra sagte: »Jeder von uns hier hat eine Schwester, einen Bruder, einen Freund, einen geliebten Menschen in Hali. Der Turm ist der größte von allen. Es sind sechsunddreißig Frauen und Männer dort, drei vollständige Kreise mit *Leroni* aus jedem einzelnen Königreich und jeder mit *Laran* begabten Familie ...« Die Stimme versagte ihr.

»Soviel für den Vertrag«, erklärte Meister Gareth grimmig. »Sollen sie ruhig in Elhalyn sitzen und sich im Kampf auf Schwerter und Armbrüste beschränken, wenn auf sie Feuer vom Himmel niederfällt? Aber wer kann es gewagt haben, Hali anzugreifen? Das waren doch sicher keine Truppen von Asturias?«

Bard schüttelte stumm den Kopf.

»Serrais verfügt im Augenblick nicht über diese Stärke, und warum sollte Lord Hastur seinen eigenen Turm vernichten, dessen Leute loyal zu ihm standen und Neutralität beschworen hatten? Ist es möglich, daß die Aillards oder die Aldarans in den Krieg eingetreten sind und daß alle Hundert Königreiche in Flammen stehen?«

Paul hörte erschüttert zu. Auf der Oberfläche war diese Welt so einfach, so schön, und doch lag darunter diese grauenhafte telepathische Kriegführung verborgen . . .

»Es gibt noch Schlimmeres als Feuerbomben.« Wie sie es so oft tat, fing Melisandra seine Gedanken auf. »Wenigstens wurden sie von Luftfahrzeugen herangetragen, und der Turm hätte sich verteidigen können, indem er sie aus dem Himmel warf. Ich habe selbst einmal einen Luftwagen abstürzen lassen, der uns angriff. Aber einmal hat ein Kreis von *Leroni* einen Zauber auf die Erde unter einer belagerten Burg gelegt . . .« – sie zeigte auf eine Ruine, die sich in der Ferne auf einem Berg erhob –, ». . . und der Boden öffnete sich und erbebte – und die Burg fiel in Trümmer, und alle Menschen wurden getötet.«

»Und gibt es keine Verteidigung gegen solche Waffen?«

»O doch«, antwortete Melisandra gleichgültig. »Wenn der Herr der Burg seinen eigenen Kreis aus Zauberern gehabt hätte und sie stärker als die Angreifer gewesen wären. Generationen lang ist in unserer Familie – und in allen großen Familien Darkovers – das *Laran* in immer größerem Ausmaß herangezüchtet worden. Das war in der Zeit, als das ganze Land unter der Herrschaft der Hastur-Sippe stand, der Nachkommen Hasturs und Cassildas. Aber es gibt eine Grenze für das, was mit einem Zuchtprogramm erreicht werden kann. Früher oder später wird die Inzucht zu stark, und es treten tödliche rezessive Gene auf. Mein Vater . . .« – sie blickte zu Meister Gareth hin, der immer noch blaß und erschöpft aussah – ». . . wurde mit seiner Halbschwester verheiratet, und von vierzehn Kindern überlebten nur drei, alle Mädchen. Jetzt gibt es in diesen Bergen keine MacArans mehr, nur noch ein paar fern im Norden, die niemals in das Zuchtprogramm einbezogen wurden . . . und nur noch wenige Dellerays, und die alte Linie der Serrais ist ausgestorben; die Ridenows nahmen den Namen an, als sie in diese Sippe einheirateten. Und meine Schwester Kyria starb bei der Geburt einer Tochter, so daß Melora und ich ihr Kind aufziehen mußten ... Mirella ist auch eine *Leronis*, eine von denen, die des Gesichts wegen Jungfrau bleiben müssen. Und ich bete darum, daß sie Jungfrau bleibt.«

Paul stand jetzt nicht voll in Rapport mit Melisandra, aber er empfing die Wellen alter, nur halb besiegter Furcht. Er erinnerte sich daran, daß Melisandra ein Kind geboren hatte, und plötzlich erfüllte ihn Mitleid wegen all der Schrecken, die sie durchgestanden haben mußte. Bisher hatte er so gut wie gar kein Verständnis für die besonderen Probleme der Frauen gehabt; das drückte jetzt sein Gewissen. In seiner eigenen Welt hätte eine Frau gewußt, wie sie sich vor einer unerwünschten Schwangerschaft schützen konnte. Aber hier hatte er sich nicht die Mühe gemacht, sich danach zu erkundigen. Beunruhigt dachte er jetzt daran, daß Melisandra den Preis für ihre Liebe würde zahlen müssen.

»Es hat in unserer Familie begonnen, tödlich zu sein«, fuhr sie beinahe geistesabwesend fort. Paul fragte sich, ob sie zu ihm sprach oder nur ihre eigenen Spannungen und Ängste abbauen wollte. »Erlend ist gesund, die Göttin sei gelobt, aber er hat bereits *Laran*, und er ist sehr jung dafür ... Bard ist mit uns natürlich nur entfernt verwandt, und Kyria heiratete einen Cousin, so daß das der Grund gewesen sein mag ... Melora und ich müssen sehr vorsichtig darin sein, wem wir Kinder gebären. Selbst wenn wir es überleben, mögen die Kinder tot geboren werden ... Mirella sollte überhaupt keine Kinder bekommen. Und es gibt bestimmte *Laran*-Gaben, die sich mit meinen kombinieren könnten. Dann würde ich keine vierzig Tage der Schwangerschaft überleben. Glücklicherweise sind sie heute selten geworden, aber ich glaube nicht, daß ihre Virulenz in der Linie völlig verlorengegangen ist. Und da jetzt keine Aufzeichnungen mehr gemacht werden und die alte Kunst des zelltiefen Überwachens verlorengegangen ist ... Die letzte *Leronis*, die sie beherrschte, starb, bevor sie ihr Wissen weitergeben konnte ... Da weiß keine von uns, wenn sie ein Kind erwartet, was daraus entstehen kann. Und einige dieser neuen Waffen ...« Sie erschauerte. Entschlossen wechselte sie das Thema, aber auch der neue Gedanke hing damit zusammen. »Ich hatte Glück, daß Bard nichts von diesem Erbgut besitzt. Das war vielleicht das einzig Gute an der ganzen Angelegenheit.«

Sie mußten noch einen Tag marschieren, bis sie auf die Armee von Serrais stießen, und das bedeutete eine weitere Nacht im Feldlager. Unter normalen Umständen sah Paul Melisandra nicht einmal, wenn sie mit den Truppen unterwegs waren. Nun war aber nahe dem Lager ein kleiner Hain mit einer Quelle. Als der nächtliche Nieselregen zu fallen begann (Bard sagte ihm, das sei normal für die Jahreszeit, nur im Hochsommer regne es nicht – welch ein Klima!) schlenderte Paul in die Richtung der Baumgruppe, und Melisandra, in den grauen Mantel einer *Leronis* gehüllt, winkte ihn zu sich. Ein paar Minuten lang standen sie in enger Umarmung. Dann flüsterte er ihr etwas zu und wies bedeutungsvoll mit dem Kopf auf die Dekkung gewährenden Bäume. Melisandra schüttelte den Kopf.

»Es wäre nicht schicklich. Nicht jetzt, wenn wir bei der Armee sind. Glaubst du nicht, daß auch ich es möchte, mein Geliebter? Aber unsere Zeit wird kommen.«

Er wollte schon Einspruch erheben. Woher sollte er wissen, daß sie nach diesem Feldzug überhaupt noch Zeit haben würden? Aber der Ausdruck ihrer Augen verschloß ihm den Mund. Er konnte Melisandra nicht wie eine Troßdirne behandeln. Bald darauf kehrte sie zu den anderen *Leroni* zurück. Ihr Vater, sagte sie, würde schon zornig werden, wenn er von dieser flüchtigen Umarmung wüßte. Es kümmerte ihn nicht, wen sie liebte. Doch täte sie es verstohlen, während eines Feldzugs, wenn alle anderen ihre Lieben zurücklassen mußten, würde er das für sehr schlechtes Betragen halten. Sie ging, und er sah ihr gedankenverloren nach. Dies war das erste Mal, daß er auf die Vorhaltungen einer Frau gehört hatte. Jede andere, die so zu ihm sprach, hätte er für eine billige Schlampe gehalten, die ihn hinhalten und an der Nase herumführen wollte ... Was war mit ihm geschehen? Warum war Melisandra anders?

Ein unwillkommener Gedanke schoß ihm durch den Kopf. Hatte sein eigenes Betragen in der letzten Zeit zu wünschen übriggelassen? Paul neigte nicht dazu, die Richtigkeit seiner eigenen Motive und Handlungen in Frage zu stellen, und so war das eine ganz neue Idee für ihn, die er sofort beiseite schob. Melisandra war eben anders, das war alles, und Liebe war die Kunst, Ausnahmen zu machen.

Aber heute schien die Nacht der unwillkommenen Gedanken zu sein. Er lag wach, unfähig einzuschlafen, und grübelte, was geschehen würde, wenn Bard erfuhr, daß es mit Melisandra keine flüchtige Affäre war, sondern daß er sie für immer wollte. Und wenn er und Bard der gleiche Mann waren, wenn sie auf sexuellem Gebiet den gleichen Geschmack und die gleichen Begierden hatten, warum war er Melisandras nicht ebenso wie Bard sofort müde geworden?

Ich fühle mich ihr gegenüber nicht schuldig, und deshalb bereitet Melisandra mir kein Unbehagen ... und Paul hätte beinahe gelacht. Bard sollte sich wegen irgend etwas schuldig fühlen? Bard war von neurotischen Schuldgefühlen freier als jeder andere Mann, den Paul gekannt hatte, ebenso frei davon wie Paul selbst. Schuld war etwas, das Frauen und Pfaffen erfunden hatten, um die Männer daran zu hindern, zu tun, was sie wollten und konnten, ein Hilfsmittel der Schwachen, ihren Willen durchzusetzen... Trotzdem dauerte es noch lange, bis Paul einschlafen konnte. Verdrießlich fragte er sich, was diese Welt eigentlich aus ihm machte.

Wenigstens war das besser als die Stasis-Zelle. Und mit diesem Gedanken gelang es ihm endlich einzuschlafen.

Der nächste Tag war grau und trübe. Regen strömte herab, und es überraschte Paul, daß weitermarschiert wurde. Dann sagte er sich, wenn die Leute sich in diesem Klima vom Regen aufhalten ließen, würden sie nie irgend etwas tun. Und tatsächlich sah er Hirten, die auf merkwürdigen gehörnten Tieren ritten und Herden bewachten, von denen Bard sagte, es seien Rabbithorns. Bauern, viele davon Frauen, eingehüllt in dicke karierte Mäntel und Tücher, waren beim Umgraben. Wenigstens, dachte er düster, brauchten sie sich um die Bewässerung ihrer Feldfrüchte keine Gedanken zu machen. Er war froh, daß er kein Bauer war. Nach dem wenigen, was er von der Landwirtschaft wußte, war es immer entweder zu naß oder zu trokken. Sie ritten an einem See vorbei und sahen Fischer in kleinen Booten, die im Regen ihre Netze einholten. Paul nahm an, die Fischerei sei gut dafür geeignet, im Regen betrieben zu werden.

Um die Mittagszeit – die Tage waren hier länger, und Paul war sich nie sicher, wie spät es war, wenn er die Sonne nicht sehen konnte – hielten sie an und aßen die kalten Rationen, die von den Proviantmeistern ausgegeben wurden: Brot, in das Rosinen oder irgendwelches Trockenobst und Nüsse eingebacken waren, eine milde Käsesorte, eine Handvoll ganzer Nüsse und einen hellen, säuerlichen Wein, der trotzdem Körper hatte und erfrischte und erwärmte. Paul wußte, daß es das hierzulande übliche hausgemachte Getränk war, und er glaubte, Geschmack daran finden zu können.

Mitten in der Mahlzeit kam Bards Adjutant und rief Paul zum General. Als er sich gehorsam erhob, zog er Blicke und Bemerkungen auf sich. Vielleicht sollte er Bard warnen, daß es Ärger geben könnte, wenn ein Neuling in der Armee scheinbar so begünstigt wurde. Aber als er es erwähnte, tat Bard es mit einem Schulterzukken ab.

»Ich tue nie das, was man von mir erwartet. Das ist einer der Gründe, warum man mir den Namen Wolf gegeben hat. Es bringt die Leute aus dem Gleichgewicht.«

Dann berichtete er Paul, einer seiner Meldegänger habe die

Nachricht gebracht, die Serrais-Armee sei nicht weit entfernt. Sobald sich das Wetter aufkläre, wolle er Kundschaftervögel aussenden, um Ort und Formation genau festzustellen. »Aber ich habe einen jungen *Laranzu* mit dem Gesicht«, sagte er, »und es mag sein, daß wir sie im Regen überrumpeln können. – Ruyven«, wandte er sich an einen anderen Adjutanten, »lauf und sag Rory Lanart, wenn er seine Mahlzeit beendet hat, soll er sofort zu mir kommen.«

Als Rory kam, stellte Paul betroffen fest, daß der junge *Laranzu* erst etwa zwölf Jahre alt war. Fochten auf dieser Welt sogar die Kinder Schlachten bösartiger Zauberei aus? Bestürzt dachte er an den kleinen Erlend, der einen Sternenstein um den Hals trug. Würde Erlend in einer Welt wie dieser aufwachsen? Er beobachtete, wie das Kind in seinen Sternenstein blickte und die Informationen, die sie brauchten, mit leiser, entrückter Stimme meldete. Was mochte Melisandra empfinden, wenn ihr Sohn zu so etwas erzogen wurde?

Im Grunde ist Bard nichts weiter als ein barbarischer Häuptling auf einer barbarischen Welt. Er und ich sind nicht der gleiche Mann. Er ist der Mann, der ich in dieser barbarischen Gesellschaft hätte werden können. Er hob den Kopf und stellte fest, daß Bard ihn beobachtete. Aber sein Duplikat ließ sich nicht anmerken, ob er diesmal Pauls Gedanken gelesen hatte. Er sagte nur: »Bist du fertig mit Essen? Nimm dir mit, was du willst – ich stecke mir immer ein paar Nüsse in die Tasche, die ich beim Reiten essen kann –, und sag den Adjutanten, sie sollen die Männer wieder in Marsch setzen. Rory, du reitest mit mir an der Spitze der Armee. Ich werde dich brauchen. Irgendwer soll dein Pferd führen, wenn du das Gesicht benutzt.«

Sie waren nach Pauls Schätzung seit der Mittagspause kaum eine Stunde geritten, als sie oben auf einem Hügel anlangten. Bard wies wortlos nach unten. Im Tal war eine Armee aufgestellt und wartete. Paul erkannte selbst aus dieser Entfernung das grün-goldene Banner der Ridenows von Serrais. Zwischen ihnen und der Serrais-Armee lag ein Wäldchen, eine kümmerliche Ansammlung von Bäumen und Unterholz. Plötzlich erhob sich eine Schar Vögel, beim Fressen gestört, aus den Büschen. Paul hörte Bard denken: *Damit hat's sich, wir müssen den Gedanken an einen Überraschungsangriff fallenlassen. Aber ihre* Leroni *wissen sicher sowieso, daß wir kommen. Und sie haben bestimmt* Leroni *bei sich.*

Adjutanten ritten durch die Reihen der Männer und stellten sie nach dem Schlachtplan auf, den Bard kurz mit Paul durchgesprochen hatte. Paul wußte, es gehörte zu den Dingen, die die Adjutanten übelnahmen, daß ihr Anführer mit Paul, einem Außenseiter und Neuling, wie mit seinesgleichen sprach. Natürlich hatten sie keine

Ahnung, wie gleich Paul dem General war. Aber sie spürten etwas, und es machte sie ärgerlich. Eines Tages, sowie er Zeit dazu fand, sagte sich Paul, mußte er sich damit befassen. Ein wenig belustigt dachte er, daß zumindest diese Quelle der Reibung beseitigt war, wenn er und Bard einmal getrennte Armeen anführten, von denen jede glaubte, an ihrer Spitze reite der Kilghard-Wolf selbst. Dann stand kein aufdringlicher Außenseiter mehr zwischen dem Wolf und seinen treuen Gefolgsleuten.

Das Signal zum Angriff war, wie immer, daß Bard sein Schwert zog. Paul wartete darauf, die Hand auf dem Heft seiner eigenen Waffe. Es hatte sich ausgeregnet, und nun fielen nur noch vereinzelte Tropfen. Jetzt flammte plötzlich durch einen breiten Riß in den Wolken die große rote Sonne auf und übergoß das Tal mit Licht. Paul blickte zum Himmel empor. Ohne Regen war es besser zu kämpfen, aber der Boden war noch naß, und die Pferde konnten beim Angriff ausrutschen. Meister Gareth hatte seine kleine Armee von graugewandeten Zauberern auf einer Seite zusammengezogen, damit sie bei der Attacke aus dem Weg waren. Als Paul das erste Mal in die Schlacht geritten war, hatte er um Melisandra Angst gehabt. Jetzt wußte er, daß sie bei einem Kampf wie diesem nicht in körperlicher Gefahr war. Selbst unter dem verhüllenden grauen Mantel konnte er Melisandra an der Art, wie sie zu Pferde saß, von den anderen unterscheiden.

Bard zog sein Schwert – dann hörte Paul ihn aufschreien und sah ihn mit dem Schwert in die leere Luft schlagen. Was sieht er da, in Gottes Namen? Und alle Männer, die in seiner Nähe ritten, benahmen sich ebenso. Sie fuhrwerkten in der Luft herum, sie schrien, sie hoben die Arme, um ihre Augen vor irgendeiner unsichtbaren Bedrohung zu schützen. Selbst die Pferde bäumten sich auf und wieherten verzweifelt. Paul sah nichts, roch nichts, auch dann nichts, als einer der Männer rief: »Feuer! Seht dort . . .!«, vom Pferd stürzte und sich brüllend wegrollte. Und plötzlich, als er Bards Blick auffing, sah er in Kontakt mit seinem Zwilling, was Bard sah: Über ihren Köpfen kreisten seltsame, kreischende Vögel, fuhren bösartig auf die Augen nieder, verpesteten alles mit ihrem faulen Atem, so daß die Pferde davor scheuten. Und das Gräßlichste war, daß die Vögel die Gesichter von Frauen hatten, verzerrt zu lüsternem Grinsen . . .

Paul sah dies durch Bards Augen. Und mit seinen eigenen Augen sah er . . . Das Tal lag im Sonnenglanz vor ihnen, und die Serrais-Armee bewegte sich schnell zum Gegenangriff auf sie zu. Paul hob sich in den Steigbügeln. Sein eigenes Schwert blitzte auf.

Er brüllte mit Bards Stimme: »Es ist nichts da, Männer! Es ist eine Illusion. Zum Teufel, was machen die *Leroni?* Vorwärts – *Attacke!*«

Bards schnelle Reaktion auf diese Worte zeigte ihm, wie recht er gehabt hatte. Auch er rief: »Attacke!« und ritt an der Spitze seiner Leute durch die Illusion. Paul sah mit Bards Augen die widerwärtigen Harpyien, die sich auf ihn stürzten. Er fühlte, daß Bard sich duckte, obwohl er wußte, daß es eine Illusion war. Er roch den Gestank der Vogelfrauen, aber das lähmende Entsetzen war gebrochen. Paul hatte sein eigenes Bewußtsein zurückgewonnen und donnerte, das Schwert in der Faust, auf die erste Reihe der näher kommenden Serrais-Armee los. Ein Mann führte einen Streich nach oben gegen sein Pferd. Er schlug zu und sah den Mann fallen. Und dann war er im Nahkampf und hatte nicht den kleinsten Augenblick für magische Schrecken oder für einen Blick durch Bards Augen übrig. Es interessierte ihn nicht mehr, was Bard sehen mochte, ob es nun wirklich da war oder ein Produkt der Zauberei oder der *Laran*-Wissenschaft.

Trotz allem hatten sie die Serrais-Armee immer noch in gewissem Grad überrumpelt, denn dort hatte man sich zu sehr darauf verlassen, daß die Zauberer den Angriff aufhalten würden. Die Schlacht war nicht kurz, aber sie dauerte auch nicht so lange, wie Paul, der Bard half, die gegen sie aufgebotene Streitmacht abzuschätzen, geglaubt hatte. Bard kam wie durch ein Wunder unverletzt davon. Ein Wunder schien es Paul, weil er während des ganzen Kampfes, wohin er auch blickte, Bard mitten im dicksten Getümmel erkannt hatte. Paul selbst hatte einen Schwertstreich gegen das Bein erhalten, der seinen Hosen mehr Schaden zufügte als etwas anderem. Als die demoralisierte Serrais-Armee floh und Dom Eiric sich auslieferte – Bard hängte ihn auf der Stelle als Eidbrecher –, ging die Sonne unter. Pauls Bein fror unter den flatternden Überresten seiner ledernen Breeches. Er ritt mit den Adjutanten in das nahe gelegene Dorf und half ihnen, eins der Häuser als Hauptquartier einzurichten. Die Männer waren drauf und dran, zu plündern und zu vergewaltigen und dann das Dorf niederzubrennen, aber Bard gebot ihnen Einhalt.

»Die Leute sind Untertanen meines Bruders. Sie haben rebelliert, das ist wahr, aber trotzdem sind sie unsere Untertanen. Sie mögen dazu gezwungen worden sein, die Serrais-Armee zu unterstützen. Deshalb sollen sie eine Chance bekommen, uns zu zeigen, ob sie ihrem König treu sind, wenn sie frei handeln können und kein Messer an der Kehle haben. Es wird jedem Mann in dieser Armee schlecht ergehen, der einen unserer Untertanen, loyal oder nicht, berührt. Bezahlt für das, was ihr nehmt, und laßt Frauen, die nicht wollen, in Ruhe.«

Paul hörte zu und dachte, er hätte Bard nicht zugetraut, daß er diese Art von Vernunft besaß und seine Männer vom Plündern abhielt. Aber als er mit Bard darüber sprach, lächelte dieser. Er sagte: »Sei nicht dumm. Ich bin nicht großmütig, obwohl natürlich stimmt, was ich sagte, und es sich für das königliche Haus von Asturias und mich selbst auszahlen wird, wenn ich gegen unsere Untertanen großmütig bin. Aber es geht um mehr, um viel mehr. Es ist einfach nicht genug da, weder an Beute noch an Frauen, um diese Armee zu befriedigen. Und wenn die Männer sich alles genommen hätten, was es zu nehmen gab, würden sie darum zu streiten beginnen und sich gegenseitig in Stücke hacken – und das kann ich in meiner Armee nicht zulassen.« Er grinste verrucht. »Gegen die Offiziere bin ich aber nicht so streng – und du hast die erste Wahl, weil du den Angriff angeführt hast. Vielleicht sind wir uns doch nicht gar so ähnlich. Du bist mutiger als ich, daß du mitten durch diese Harpyienschar reiten konntest! Oder ist dir nur früher als mir der Verdacht gekommen, daß es eine Illusion war?«

Paul schüttelte den Kopf. »Weder noch. Ich habe einfach nichts gesehen.«

Bard starrte ihn an. »Überhaupt nichts?«

»Nichts. Nach einer Weile begann ich, sie durch *deine* Gedanken zu sehen – aber mir war bewußt, daß nur deine Augen sie erblickten, nicht meine.«

Bard spitzte die Lippen und pfiff. »Das ist sehr interessant! Du hast den Brand des Turms von Hali empfangen – ihr Götter oben und unten, war das scheußlich! Kriege sollten mit Schwertern und Kraft geführt werden, nicht mit Zauberei und Feuerbomben! Das höllische Zeug wird durch Zauberei in den Türmen hergestellt; kein normaler Prozeß kann es erzeugen.«

»Ich bin ganz deiner Meinung«, erklärte Paul. »Aber auch in dem Fall nahm ich es durch Melisandras Gedanken wahr. Ich selbst habe nichts gesehen.«

»Ja. Sex schafft ein Band. Und ich habe oft vermutet, daß Melisandra eine katalytische Telepathin ist. In einem Turm würde sie dazu eingesetzt werden, latentes *Laran* in einer Person zu erwecken, die es aus irgendeinem Grund nicht benutzen kann. Ohne es zu beabsichtigen, muß sie auch mein bißchen *Laran* aktiviert haben. Die Götter wissen, sie wäre nie auf den Gedanken gekommen, mir einen Gefallen zu tun! Und manchmal denke ich, daß es gar kein Gefallen war, obgleich die meisten Leute es dafür ansehen würden. Manchmal wünsche ich mir, ich wäre immun gegen *Laran* oder zumindest gegen Illusionen. Wenn du heute nicht den Befehl zum Angriff gegeben hättest, wäre uns das letzte bißchen Vorteil verlorengegangen. Es mag uns von Nutzen sein, daß du immun gegen *Laran* bist, falls du nicht in Kontakt mit mir oder Melisandra oder jemand anders, der dir nahesteht, bist. Vielleicht reden wir später noch einmal darüber. Du könntest da etwas für mich tun.« Er kniff die Augen zusammen und sah Paul scharf an. »Ich muß noch darüber nachdenken. Inzwischen muß ich mich mit diesem rebellischen Dorf befassen. Bleib hier und hör zu, was geschieht; du wirst eines Tages etwas Ähnliches tun müssen.«

Paul folgte dem Rat. Bard verurteilte die Männer, die der Serrais-Armee aktiv geholfen hatten, dazu, dies Jahr doppelte Steuern zu zahlen. Wer nicht zahlen konnte, mußte vierzig Tage Zwangsarbeit beim Straßenbau leisten. Paul hatte bereits gelernt, daß der Vierzig-Tage-Zyklus, der sich nach dem größten Mond richtete, hier die Stelle des Monats vertrat und zu viermal zehn Tagen gerechnet wurde. Auch der Menstruationszyklus der Frauen folgte dem Vierzig-Tage-Rhythmus. Als Bard zu Ende war, ließen die Dorfbewohner ihn seiner Großmut wegen hochleben.

Einer von Bards Offizieren sagte: »Mit Verlaub, Lord General, Ihr hättet das Nest ausräuchern sollen«, aber Bard schüttelte den Kopf.

»Wir brauchen gute Untertanen, die Steuern bezahlen. Tote unterstützen keine Armeen, und wir brauchen die Arbeit ihrer Hände. Hängten wir sie, müßten wir irgendwie für ihre Frauen und Kinder sorgen ... Oder schlägst du vor, wir machen es wie die Trockenstädter und verkaufen die Frauen und Kinder an Bordelle, wo sie ihren Lebensunterhalt verdienen können? Was würden die Leute dann von König Alaric denken, ganz zu schweigen von seiner Armee?«

Meister Gareth sagte ruhig hinter ihm: »Ich bin überrascht. Als Bard di Asturien ein Junge war, rechnete niemand damit, daß er, so tapfer er sich zeigte, als Erwachsener eine Spur von politischer Einsicht haben werde.«

Ein hübsches, rothaariges, rundliches Mädchen trat zu ihnen und versank in einem tiefen Knicks. »Meines Vaters Haus ist Euer Hauptquartier, Lord General. Darf ich Euch Wein aus seinem Keller bringen?«

»Also, das nehmen wir gern an!« antwortete Bard. »Gib auch meinem Stab Wein, wenn du magst. Und besonders freue ich mich, daß du ihn uns bringst, meine Liebe.« Er lächelte ihr zu, und sie gab das Lächeln zurück.

Paul wußte, daß die weiblichen *Leroni* alle am Rand des Dorfes in einem einzeln stehenden Haus einquartiert waren und vier Leibwächter den Befehl bekommen hatten, ihre Zurückgezogenheit zu schützen. Ihm fielen Geschichten der Soldaten ein, nach denen Bard ein verdammter Weiberheld war.

Aber ehe das Mädchen mit dem Wein wiederkam, klopfte es an der Tür, und eine der Schwestern vom Schwert, den scharlachroten Mantel noch zerfetzt und beschmutzt von der Schlacht, stürzte ins Zimmer.

»Mein Lord!« rief sie aus und fiel vor Bard auf die Knie. »Ich appelliere an die Gerechtigkeit des Kilghard-Wolfes!«

»Wenn Ihr eine von denen seid, die in der Schlacht für uns gekämpft haben, soll sie Euch werden, *Mestra*«, antwortete Bard. »Was macht Euch Sorgen? Hat ein Mann meiner Armee Euch belästigt? Ich persönlich bin der Meinung, Frauen sollten keine Soldaten sein, aber wenn Ihr in meiner Armee kämpft, habt Ihr Recht auf meinen Schutz. Und der Mann, der Euch gegen Euren Willen berührt hat, soll kastriert und dann gehängt werden.«

»Nein«, sagte die Frau in dem roten Mantel und legte die Hand auf den Dolch an ihrer Kehle. »Ein solcher Mann wäre bereits von meiner Hand oder der meiner geschworenen Schwestern getötet worden. Aber es waren Söldnerinnen der Schwesternschaft bei der Armee von Serrais, mein Lord. Die meisten flohen, als die Armee floh, aber eine oder zwei waren verwundet, und andere blieben bei ihren Schwestern. Und jetzt, wo die Schlacht vorbei ist, behandeln die Männer Eurer Armee sie nicht mit der Höflichkeit, die Kriegsgefangenen gegenüber der Brauch ist. Eine von ihnen ist bereits vergewaltigt worden, und als ich die Unteroffiziere bat, dem Einhalt zu tun, sagten sie, wenn eine Frau in den Krieg ziehe, solle sie achtgeben, die Schlacht nicht zu verlieren, denn dann werde sie nicht als Kriegsgefangene, sondern als Frau behandelt ...« Die Lippen der Soldatin zitterten vor Empörung. Bard erhob sich schnell.

»Ich werde dem auf der Stelle ein Ende machen«, sagte er und winkte Paul und einem oder zweien seiner Offiziere, ihm nach draußen zu folgen.

Die Frau in Rot führte sie durch das Dorf und das Durcheinander des entstehenden Lagers. Aber sie brauchten nicht weit über das Dorf hinauszugehen, um zu sehen, was die Soldatin gemeint hatte. Sie hörten Frauen kreischen, und eine Gruppe von Männern hatte sich um eines der Zelte versammelt und gab unanständige Geräusche von sich, die die Männer drinnen anfeuern sollten. Auf einer Seite war eine Schlägerei im Gange: Ein paar Frauen in Rot wollten sich durchkämpfen. All den Lärm übertönte Bards donnernde Stimme.

»Was soll das, verdammt noch mal? Zurücktreten!«

»Der Lord General . . .«, wurde erschrocken gemurmelt, als sie ihn erkannten. Bard stieß die Zeltklappe zurück, und eine Minute später beförderte sein heftiger Fußtritt zwei taumelnde Männer hinaus. Drinnen schluchzte eine Frau wild. Bard blieb stehen und sagte etwas zu einem der Offiziere, das Paul nicht verstehen konnte. Dann hob er erneut die Stimme.

»Ein für allemal, ich habe befohlen, daß kein Zivilist berührt und kein Gefangener mißbraucht werden darf!« Er sah zu den Männern hin, die er getreten hatte. Sie saßen benommen auf dem Boden, bereits betrunken, halb entkleidet. »Wenn diese Männer hier irgendwelche Freunde haben, sollen die sie in ihr Quartier bringen und sie ausnüchtern.«

Es gab Gemurre unter den Soldaten, und einer der Männer rief: »Wir können nehmen, was der anderen Armee gehört hat, das ist Kriegsbrauch! Warum verweigert Ihr uns, was uns zusteht, General Wolf?«

Bard wandte sich dem Sprecher zu und erklärte barsch: »Es steht euch zu, die Waffen zu nehmen, nicht mehr. Habt ihr irgendwelche Männer aus der gegnerischen Armee vergewaltigt?«

Die Unterstellung rief Entrüstung hervor.

»Dann Hände weg von diesen Frauen, verstanden? Und wenn wir schon einmal dabei sind, will ich wiederholen, was ich der Soldatin hier gesagt habe.« Er wies auf die Frau von der Schwesternschaft. »Jeder Mann, der Hand an eine der Frauen von der Schwesternschaft legt, die an unserer Seite für die Ehre und die Stärke Asturias' und König Alarics gekämpft haben, wird erst kastriert und dann gehängt, und wenn ich es eigenhändig tun muß! Merkt euch das ein für allemal!«

Aber die Frau in Rot warf sich Bard zu Füßen.

»Wollt ihr die Männer nicht bestrafen, die meine Schwestern vergewaltigt haben?«

Bard schüttelte den Kopf. »Ich habe ihrem Treiben ein Ende gesetzt. Aber meine Männer haben in Unwissenheit gehandelt, und ich werde sie nicht bestrafen. Keiner mehr wird eine Gefangene berühren. Doch was geschehen ist, ist geschehen, und ich kann den Frauen, die gegen mich gekämpft haben, nicht den gleichen Schutz gewähren wie meiner eigenen Armee – denn worin bestände sonst der Vorteil, zu meiner Armee zu gehören? Wenn die Söldnerinnen aus Eurer Schwesternschaft Asturias Treue geloben und in meiner

Armee kämpfen wollen, werde ich ihnen diesen Schutz geben, andernfalls nicht. Aber ...«, setzte er mit lauter Stimme hinzu und ließ seinen Blick über die versammelten Männer schweifen, »wenn jemand eine Gefangene anders berührt, als der Brauch es erlaubt, lasse ich ihn auspeitschen und seinen Sold streichen. Ist das klar?«
Die Frau wollte noch etwas sagen, aber er hinderte sie daran. »Genug, habe ich gesagt. Keine Schlägereien mehr! Los, Männer, verschwindet hier und geht an eure Arbeit! Noch ein solcher Aufruhr, und es wird morgen Auspeitschungen und eingeschlagene Köpfe geben!«

Die Stabsoffiziere im Hauptquartier hatten inzwischen ihren Wein ausgetrunken und trafen ihre Vorbereitungen für die Nacht. Das rothaarige Mädchen, das Paul flüchtig an Melisandra erinnerte, drückte ihm einen Becher in die Hand und lächelte.

»Hier, mein Lord, trinkt Euren Wein aus, bevor Ihr geht.«

Er wandte ihr das Gesicht zu und trank, und dabei legte er ihr den Arm um die Taille. Ihr kokettes Lächeln verriet ihm, daß sie nichts dagegen hatte, und so zog er sie näher an sich. Eine Hand fiel auf seine Schulter, und Bards Stimme dröhnte: »Laß sie los, Paul. Sie gehört mir.«

Innerlich fluchte Paul. Damit hätte er rechnen müssen! Auf diesem Feldzug hatte er bereits festgestellt, daß er und Bard bei Frauen den gleichen Geschmack hatten. Das war verständlich, wenn sie der gleiche Mann waren, gefielen ihnen auch die gleichen Frauen, und es war nicht das erste Mal, daß sie beide eine bestimmte Troßdirne oder ein Freudenmädchen in einer gefallenen Stadt hatten haben wollen. Aber es war das erste Mal, daß es zu einer direkten Konfrontation kam. Paul dachte, er schuldet mir etwas, weil ich das Zeichen zum Angriff gegeben habe, und ließ seinen Arm stur um die Taille des Mädchens liegen. Verdammt, diesmal würde er *nicht* nachgeben!

»Hölle und Teufel«, sagte Bard.

Paul merkte, daß Bard bereits betrunken war und daß die übrigen Stabsoffiziere sich entfernt und sie mit dem Mädchen allein gelassen hatten. Er legte dem Mädchen die Hand unter das Kinn und fragte: »Welchen von uns willst du, Kleine?«

Sie lächelte erst dem einen, dann dem anderen zu. Auch sie hatte getrunken. Paul roch das süße Fruchtaroma des Weins in ihrem Atem, und entweder hatte der Alkohol ihre Wahrnehmungsfähigkeit geschärft, oder sie hatte eine Spur von *Laran*, denn sie sagte: »Wie kann ich zwischen euch wählen, wenn ihr euch so sehr ähnlich seid? Seid ihr Zwillingsbrüder? Was soll ein armes Mädchen tun, wenn sie, falls sie den einen wählt, auf den anderen verzichten muß?«

»Das ist nicht notwendig.« Paul nahm einen Schluck Wein und stellte fest, daß er viel stärker war als der, den er zuvor getrunken hatte, und ihm den letzten Rest gab. »Diesmal ist es nicht notwendig, daß sich einer von uns als der bessere Mann erweist, nicht wahr, Bruder?« Nie zuvor hatte er ihrer heimlichen Rivalität Ausdruck gegeben. Und wenn Bard irgendwie eine verborgene Hälfte seiner selbst war, stellte dies nicht eine Möglichkeit dar, sich zu arrangieren?

Das Mädchen sah vom einen zum anderen, lachte, drehte sich um und wies ihnen den Weg. »Hier herein.«

Paul war gerade betrunken genug, um mit erbannungsloser Klarheit denken zu können. Bard wollte unbedingt eine Münze werfen. Es überraschte Paul nicht – dieser Brauch, die Entscheidung dem Zufall zu überlassen, fand sich in sehr unterschiedlichen Kulturen. Aber er trat zurück und sah dem eleganten Tanz der Körper zu, Bard und das Mädchen, *sein* Körper und ihrer. Bard ließ sich auf das Bett sinken und zog das Mädchen auf sich. Paul wunderte sich – *er* hätte sie mit seinem eigenen Körper unter sich festgenagelt –, aber der Gedanke war flüchtig und traumartig. Er warf sich neben die beiden nieder. Seine Hände strichen an ihrem gekurvten Rücken entlang, durch das seidige Haar. Sie drehte sich ein bißchen zur Seite, und ihre Lippen saugten sich an seinen fest. Währenddessen drang Bard in sie ein, und sie keuchte auf vor Erregung. Sie fand einen Augenblick und eine freie Hand, seine Mannheit mit ihren Fingerspitzen herauszufordern. Paul stellte fest, daß er, das Mädchen umarmend, beide in seinen Armen hielt, aber es kam nicht darauf an. Es war wie in einem Traum, nichts mehr schien verboten zu sein im Wechselspiel aller drei Körper. Die Weichheit der Frau wurde zum Vorwand, *sich selbst* zu genießen, Bards Erregung zu erfahren und zu teilen. Es war traumartig pervers. Als Paul sie nahm, war er sich bewußt, daß Bard, jetzt in vollem Rapport mit ihm, an dem Vergnügen teilnahm wie er zuvor an dem seines Zwillings. Er wußte nicht, er wollte es gar nicht wissen, wie lange es dauerte oder an welchem Punkt das Mädchen vergessen war und er sich in der harten Umklammerung Bards befand. Alle Weichheit war verschwunden, es war ein Kampf beinahe bis zum Tod, Leidenschaft oder Haß – wie sollte er das unterscheiden? – schloß sie zusammen. Ein letzter Rest individuellen Bewußtseins stellte die ironische Überlegung an, wie man das nun nennen sollte, wenn sie tatsächlich der gleiche Mann waren. War das Sex oder die ultimate Masturbation? Und dann fragte er nicht mehr, ob die heftige Explosion ein Orgasmus oder der Tod war.

Er erwachte allein und mit brüllenden Kopfschmerzen. Das Mädchen war verschwunden, und er sah sie niemals wieder. Sie war unwichtig gewesen, nichts als ein Vorwand für die heftige Konfrontation mit seinem dunklen Zwilling, seiner anderen Hälfte, der halb-bekannten unbekannten Seite seines Ichs. Er wusch sich das Gesicht mit dem eisigen Wasser im Eimer und japste noch unter dem Schock, als Bard eintrat.

»Mein Bursche hat mir eine Kanne mit heißem *Jaco* gebracht. Wenn sich dein Kopf genauso anfühlt wie meiner, kannst du sicher die Hälfte davon gebrauchen«, sagte Bard. Das Zeug roch wie bittere Schokolade, hatte jedoch die Wirkung von besonders starkem schwarzem Kaffee, und Paul war froh, daß er es bekam. Bard goß sich seinen Becher noch einmal voll.

»Ich möchte mit dir reden, Paolo. Du weißt, gestern hast du den Tag für uns gerettet. Diese verdammte Harpyien-Illusion ist etwas Neues, und die *Leroni* waren nicht darauf vorbereitet. Sie war so realistisch! Und du hast sie überhaupt nicht gesehen?«

»Nur durch deine Gedanken, wie ich dir sagte.«

»Dann bist du gegen Illusionen dieser Art immun«, stellte Bard fest. »Ich wünschte, ich könnte es wagen, mich Meister Gareth anzuvertrauen! Vielleicht wäre er imstande, uns eine Erklärung dafür zu geben. Aber unter anderem ist das für dich von Vorteil, wenn du eines Tages eine Armee anführen solltest. Die Männer werden dir folgen, aber sei vorsichtig mit den *Leroni*. Sie spüren, daß etwas an dir merkwürdig ist.« Er stieß ein kurzes, bellendes Lachen aus. »Etwas Gutes ist schon an Varzils gottverlassenem Vertrag. Wir könnten kämpfen, ohne dieses elende Zauberer-Korps bei uns zu haben, falls dieser Vertrag je wirksam wird!«

»Ich dachte, du und Meister Gareth wäret Freunde und du verließest dich auf ihn.«

»Das schon«, antwortete Bard. »Er kennt mich, seit wir Jungen waren, meine Pflegebrüder und ich. Aber trotzdem würde ich gern auf seine Dienste verzichten und es ihm gönnen, sein Alter hübsch friedlich in einem Turm zu verbringen. Wenn in diesem Land wieder Frieden herrscht, wird Alaric dem Vertrag vielleicht doch beitreten. Mir gefällt der Gedanke nicht, daß meine zukünftigen Untertanen aus ihren Häusern gebombt werden. Und dort unten, wo im letzten Jahr Knochenwasserstaub versprüht worden ist, melden die Hebammen, wie ich hörte, daß Kinder ohne Arme oder Beine oder

Augen, mit gespaltenem Gaumen oder einem hinten durch die Haut ragenden Rückgrat geboren werden. So etwas sieht man sonst nicht zweimal in einem Jahr, und dort sind es *Dutzende* – da muß ein Zusammenhang bestehen! Und Männer und Frauen sterben an verdünntem Blut. Das schlimmste ist, daß es immer noch gefährlich ist, durch diese Gegend zu reiten. Ich vermute, das Land wird auf Jahre hinaus, vielleicht eine oder zwei Generationen lang, verseucht sein. Es ist zuviel Zauberei am Werk!«

Wie war es ihnen gelungen, fragte Paul sich, allein durch Geisteskräfte radioaktiven Staub herzustellen? Denn das, was Bard beschrieb, war bestimmt irgendein Strahlungsprodukt. Nun, wenn mit *Laran* alles andere zu bewerkstelligen war, von dem er bereits wußte, konnte es nicht besonders schwer sein, Moleküle in ihre Atome aufzuspalten und diese zu schweren radioaktiven Elementen neu zusammenzusetzen.

Er stellte trocken fest: »Und gegen *diese* Art von *Laran* bin ich bestimmt nicht immun!«

»Nein, das glaube ich auch nicht. Dein Geist mag immun sein, aber dein Körper unterscheidet sich nicht von anderen. Doch es gibt Fälle, in denen du immun bist und ich nicht, und deshalb habe ich eine Aufgabe für dich. Serrais Kraft ist gebrochen. Ich hörte heute, daß sich die Aillards nach der Bombardierung Halis dem Vertrag angeschlossen haben. Das bedeutet, daß alle diese Länder südlich der Ebenen von Valeron, insgesamt zwölf oder dreizehn Königreiche, nur darauf warten, erobert zu werden. Und deshalb mußt du mir einen Gefallen tun.« Stirnrunzelnd blickte er zu Boden. »Ich möchte, daß du zum See des Schweigens reitest und Carlina zurückholst. Der See wird durch Zauberei bewacht, aber das wird dir nichts ausmachen. Du kannst ihre Verteidigungen durchdringen und ihre Illusionen ignorieren und Carlina für mich entführen.«

Paul fragte: »Wer ist Carlina?« Aber er kannte die Antwort schon, ehe Bard sie aussprach.

»Meine Frau.«

4

Der Morgen graute über dem See des Schweigens, und auf der Heiligen Insel zog eine lange Prozession von Frauen am Ufer entlang, von dem bienenkorbförmigen Tempel zurück zu ihren Behausungen. Sie alle waren schwarz gekleidet und hatten die Köpfe verhüllt, und am Gürtel hing ihnen das sichelförmige Messer der Priesterinnen.

Die Priesterin Liriel, die in der Welt als Carlina, Tochter König Ardrins, bekannt gewesen war, schritt still unter ihnen dahin, und ein Teil ihres Geistes hörte noch das Morgengebet:

»Deine Nacht, Mutter Avarra, weicht vor dem Morgen und der Helligkeit des Tages. Aber zu Deiner Dunkelheit, o Mutter, müssen alle Dinge eines Tages zurückkehren. Wenn wir Deine Werke der Barmherzigkeit im Licht tun, laß uns nie vergessen, daß alles Licht einmal schwindet und nur Deine Dunkelheit bleiben wird ...«

Aber als sie in das große Gebäude eintraten, das aus mit Lehm beworfenem Flechtwerk errichtet war und den Speisesaal der Priesterinnen darstellte, wandten sich Carlinas Gedanken anderen Dingen zu. Denn sie war an der Reihe, in der Halle zu helfen. Sie hängte ihren schweren, dunklen Mantel an einen Haken im Flur und ging in die große Küche, wo sie ihren schwarzen Rock und ihre schwarze Jacke mit einer weißen Schürze bedeckte, ein weißes Tuch um ihren Kopf band und den Brei auszuteilen begann, der die ganze Nacht in einem großen Kessel über dem Feuer gekocht hatte. Als aller Brei in Holzschüssel gelöffelt war, schnitt sie lange Brotlaibe auf und legte die Scheiben auf ein Brett. Sie füllte Töpfchen mit Butter und Honig und verteilte sie in regelmäßigen Abständen auf dem Frühstückstisch. Und während sich die Bänke mit schwarzgekleideten Gestalten füllten, goß sie aus Krügen kalte Milch oder heißen Rindentee ein. Beim Frühstück war das Sprechen erlaubt, obwohl die anderen Mahlzeiten im Schweigen der Meditation eingenommen wurden. An den Tischen klang Plaudern und fröhliches Lachen auf, die tägliche Erholung der Priesterinnen von der Feierlichkeit, zu der sie die meiste Zeit verpflichtet waren. Sie kicherten und schwatzten, wie es jede Gruppe von Frauen irgendwo in den Königreichen hätte tun können. Schließlich hatte Carlina alle bedient und setzte sich auf ihren eigenen Platz.

»... aber es ist jetzt ein neuer König in Marenji«, sagte eine der Schwestern zu ihrer Linken, die mit einer dritten sprach. »Und nicht genug, daß der König Tribut von ihnen fordert! Es ist auch jeder gesunde Mann, der Waffen tragen kann, ausgehoben worden, um in der Armee des Lord Generals gegen die Hasturs zu kämpfen. König Alaric ist noch ein Junge, heißt es, aber der Befehlshaber seiner Armee war früher ein berühmter Räuber, den man den Kilghard-Wolf nannte, und jetzt ist er der Lord General. Er soll schrecklich sein. Er hat Hammerfell und Sain Scarp erobert, und die Frau, die das Leder für die Schuhsohlen bringt, erzählte mir, daß auch Serrais vor ihm gefallen ist. Und jetzt marschiert er über die Ebenen von Valeron, und bald wird er alle Hundert Königreiche gegen die Hasturs führen . . .«

»Ich finde das gottlos«, warf Mutter Luciella ein, die – so hieß es – schon lange genug lebte, um sich an die Herrschaft der alten Hastur-Könige zu erinnern. »Wer ist dieser Lord General? Gehört er nicht zum Stamm Hasturs?«

»Nein. Man sagt, er habe geschworen, das Land aus Hastur-Händen zu nehmen«, berichtete die erste Sprecherin, »und die gesamten Hundert Königreiche. Er ist der Halbbruder des Königs und der eigentliche Herrscher, wer auch auf dem Thron sitzen mag. Schwester Liriel«, wandte sie sich an diese, »bist du nicht vom Hof von Asturias gekommen? Weißt du, wer dieser Mann sein könnte, den sie den Kilghard-Wolf nennen?«

Die plötzliche Anrede entlockte Carlina ein Ja, doch gleich fing sie sich wieder und sagte streng: »So etwas darfst du nicht fragen, Schwester Anya. Was ich auch früher gewesen sein mag, jetzt bin ich nur noch Schwester Liriel, Priesterin der Dunklen Mutter.«

»Hab dich nicht so«, meinte Anya gekränkt. »Ich dachte, Neuigkeiten aus deiner Heimat würden dich interessieren. Könnte doch sein, daß du diesen General kennst!«

Es muß Bard sein, dachte Carlina. *Es gibt keinen anderen, der dieser General sein könnte.* Laut erklärte sie mit Nachdruck: »Ich habe jetzt keine andere Heimat mehr als die Heilige Insel«, und grub ihren Löffel heftig in den Brei.

. . . Nein. Sie hatte kein Interesse mehr für das, was jenseits des Sees des Schweigens vorging. Sie war nichts anderes mehr als eine Priesterin Avarras und war es zufrieden, das ihr ganzes Leben zu bleiben.

»Du hast gut reden«, warf Schwester Anya ihr vor, »aber als vor einem halben Jahr bewaffnete Männer auf die Insel vordringen wollten, fragten sie nach dir, und zwar unter deinem alten Namen. Glaubst du, Mutter Ellinen wisse nicht, daß du einmal Carlina genannt worden bist?«

Der Klang dieses Namens zerrte an ihren bereits strapazierten Nerven. Carlina – Schwester Liriel – erhob sich zornig. »Du weißt ganz genau, daß es verboten ist, den weltlichen Namen einer Schwester auszusprechen, die hier Zuflucht gesucht und unter dem Mantel der Mutter gefunden hat! Du hast ein Gesetz des Tempels gebrochen. Als deine Vorgesetzte befehle ich dir, angemessene Buße zu tun!«

Anya sah sie mit großen Augen an. Vor Carlinas Zorn ließ sie den

Kopf hängen, dann glitt sie von ihrem Platz und kniete auf dem Kopfsteinpflaster des Fußbodens nieder. »Vor uns allen bitte ich dich demütig um Verzeihung, meine Schwester. Und ich verurteile mich dazu, einen halben Tag lang das Gras zwischen den Steinen des Tempelweges auszustechen und zu Mittag nichts anders zu essen als Brot und Wasser. Ist das genug?«

Carlina kniete neben ihr nieder. Sie sagte: »Das ist zu hart. Nimm eine richtige Mahlzeit zu dir, kleine Schwester, und ich selbst werde dir beim Säubern der Steine helfen, sobald ich mit meiner Arbeit im Haus der Kranken fertig bin. Denn auch ich bin schuldig, weil ich die Beherrschung verloren habe. Doch im Namen der Göttin bitte ich dich inständig, liebe Schwester, laß die Vergangenheit unter dem Mantel verborgen sein und sprich diesen Namen niemals mehr aus.«

»So soll es sein.« Anya erhob sich, nahm ihren Napf und ihre Tasse und trug beides in die Küche.

Carlina, die ihr mit ihrem eigenen Geschirr folgte, versuchte reuig, die Falte zu glätten, die sie zwischen ihren Brauen spürte. Die Nennung des Namens, den sie abgelegt hatte – für immer, hatte sie gehofft –, hatte sie heftiger aufgeregt, als sie zugeben mochte, und längst vergessene Gefühle aufgeweckt. Sie hatte hier Frieden, Kameradschaft, nützliche Arbeit gefunden. Hier war sie glücklich. Im Grunde hatte es sie nicht beunruhigt oder geängstigt, als Bard mit Bewaffneten am Ufer des Sees erschienen war. Sie hatte sich darauf verlassen, daß Avarra sie schützen werde, und sie vertraute fest darauf, daß sie auch weiterhin in Sicherheit war. Ihre Schwestern und der Zauber, den sie auf die Wasser des Sees gelegt hatten, schützten sie.

Nein, sie hatte keine Angst gehabt. Sollte Bard ganz Asturias, alle Hundert Königreiche erobern, das bedeutete ihr nichts.

Sie dachte nicht mehr an ihn, und er spielte in ihrem Leben keine Rolle mehr. Damals war sie ein junges Mädchen gewesen. Jetzt war sie eine Frau, eine Priesterin Avarras, und sie war sicher innerhalb der Mauern ihres erwählten Zufluchtsortes.

Schwester Anya hatte bereits damit angefangen, das Gras zwischen den Steinen auszustechen. Es war eine schwere Arbeit, die getan werden mußte, jedoch keiner Schwester aufgetragen werden konnte. Deshalb blieb sie liegen, bis jemand sie freiwillig als Buße für den Bruch einer Regel oder eine tatsächliche oder eingebildete Unvollkommenheit im Betragen auf sich nahm. Gelegentlich diente sie auch als Ventil für überschüssige Energie. Carlina dachte, die körperliche Anstrengung, das dichtverfilzte Gras zu beseitigen, das die Steine des Weges aus ihrer Lage drängte, werde ihr guttun. Es war eine schweißtreibende Arbeit, die Steine hochzuwuchten und von Gras und Dornenranken zu befreien. Dabei würden sich ihre Ängste verlieren. Aber sie war noch nicht frei, sich der beruhigenden Monotonie hinzugeben, denn heute war sie an der Reihe, die Kranken zu pflegen. Sie legte Schürze und Kopftuch ab, stellte das Geschirr zurecht, das die jungen Novizinnen abwaschen würden, und begab sich ins Haus der Kranken.

In den Jahren, die sie auf der Insel des Schweigens weilte, hatte sie viel über die Heilkunst gelernt und zählte jetzt zu den fähigsten Heilerinnen der Priesterinnen zweiten Grades. Eines Tages – das wußte sie, würde sie zu den Besten gehören, denen die Aufgabe anvertraut wurde, andere zu unterrichten. Allein ihre Jugend war der Grund, daß ihr dies Amt noch nicht übertragen worden war. Das war keine Eitelkeit, es war die realistische Einschätzung der Fähigkeiten, die sie sich hier erworben hatte. Zu Hause in Asturias hatte sie keine Ahnung davon gehabt, denn niemand am Hof hatte sich damit abgegeben, diese Kunst zu pflegen und zu lehren.

Zuerst kamen die täglichen Routinearbeiten. Eine Novizin hatte sich die Hand am Breitopf verbrannt. Carlina versorgte die Wunde mit Öl und Gaze und hielt der jungen Schwester eine kleine Vorlesung über die gebotene Vorsicht beim Umgang mit heißen Gegenständen. »Meditation ist schön und gut«, erklärte sie streng, »aber wenn du heiße Gefäße über dem Feuer hast, ist das nicht die richtige Zeit, sich ins Gebet zu versenken. Dein Körper gehört der Göttin; deine Pflicht ist es, für ihn als ihr Eigentum zu sorgen. Hast du das verstanden, Lori?« Sie goß Tee auf für eine der Mütter, die an Kopfschmerzen litt, und eine Novizin, die Krämpfe hatte. Dann besuchte sie eine der sehr alten Priesterinnen, die bewußtlos in einen ruhigen, schmerzlosen Tod hinüberdämmerte. Carlina konnte wenig für sie tun, außer daß sie ihr die Hand streichelte, denn die alte Frau sah und erkannte sie nicht mehr. Einer Priesterin, die in der Milchwirtschaft arbeitete und von einem der Tiere getreten worden war, verabreichte Carlina eine flüssige Salbe.

»Reib deinen Fuß damit ein, Schwester, und denke in Zukunft daran, daß das Tier zu dumm ist, um auf dich Rücksicht zu nehmen. Deshalb mußt du so vernünftig sein, ihm deine Füße nicht in den Weg zu bringen. Und geh einen oder zwei Tage lang nicht in den Stall. Mutter Allida wird wahrscheinlich heute sterben. Setz dich zu ihr, halte ihre Hand und sprich mit ihr, wenn sie unruhig wird. Sie mag hellsichtig werden, wenn das Ende nahe ist. In dem Fall schickst du sofort nach Mutter Ellinen.«

Carlina ging nun zum Fremdenhaus, wo sie zweimal in zehn Tagen der Aufgabe nachkam, eine erste Untersuchung der Kranken durchzuführen, die auf die Hilfe der Priesterinnen Avarras hofften – üblicherweise dann, wenn die Dorfheilerinnen versagt hatten.

Drei Frauen saßen stumm auf einer Bank. Carlina winkte die erste in einen kleinen Innenraum.

»Im Namen der Mutter Avarra, wie kann ich dir helfen, meine Schwester?«

»Im Namen Avarras«, antwortete die Frau – sie war klein und hübsch, aber irgendwie verblaßt –, »ich bin seit sieben Jahren verheiratet und habe noch kein einziges Mal empfangen. Mein Mann liebt mich und würde das als Willen der Götter hinnehmen. Doch seine Mutter und sein Vater – wir leben auf ihrem Land – haben gedroht, sie wollten ihn zwingen, sich von mir zu scheiden und eine fruchtbare Frau zu nehmen. Ich ... ich ...«, sie brach zusammen und stammelte: »Ich habe mich bereit erklärt, jedes Kind aufzuziehen und zu adoptieren, das er mit einer anderen Frau zeugt, aber seine Familie will ihn mit einer Frau verheiratet sehen, die ihm viele Kinder gebären kann. Und ich ... ich liebe ihn«, gestand sie und verstummte.

Carlina fragte ruhig: »Willst du in Wahrheit Kinder gebären? Oder siehst du das als eine Pflicht gegenüber deinem Gatten an, als einen Weg, dir seine Liebe und Aufmerksamkeit zu erhalten?«

»Beides.« Vergebens wischte sich die Frau die Tränen mit dem Rand ihres Schleiers fort. Carlina hatte genug *Laran*, um die Wahrheit in den Worten der weinenden Frau zu erkennen. »Ich sagte ihm, ich würde alle seine Söhne von irgendeiner Frau seiner Wahl annehmen. Wir haben das Baby seiner Schwester in Pflege, und ich habe festgestellt, daß ich kleine Kinder liebe ... Ich sehe die anderen Frauen mit Kindern an der Brust, und ich wünsche mir ein eigenes, oh, wie wünsche ich es mir! Ihr, die ihr Keuschheit gelobt habt, könnt nicht wissen, wie es ist, wenn man andere Frauen mit Kindern sieht und weiß, man wird niemals ein eigenes haben. Ich habe mein Pflegekind, das ich lieben kann, aber ich möchte selbst eins gebären, und ich möchte bei Mikhail bleiben ...«

Carlina dachte einen Augenblick nach, dann sagte sie: »Ich werde sehen, was ich tun kann, um dir zu helfen.« Sie hieß die Frau, sich auf einen langen Tisch zu legen. Die Frau sah sie furchtsam an, und Carlina, die immer noch auf sie eingestimmt war, erkannte, daß sie unter den schmerzhaften Untersuchungen von Hebammen gelitten hatte, die versucht hatten, ihr zu helfen.

»Ich werde dir nicht weh tun«, versprach Carlina, »ich werde dich nicht einmal berühren. Aber du mußt ganz still sein und ruhig liegenbleiben, sonst kann ich nichts tun.« Sie nahm ihren Sternenstein vom

Hals, ließ ihr Bewußtsein tief in den Körper der Frau einsinken und fand nach einiger Zeit die Blockierung, die eine Empfängnis verhinderte. Sie stieg hinab in Nerven und Gewebe und löste den Knoten beinahe Zelle um Zelle auf.

Sie bedeutete der Frau, sich aufzusetzen.

»Ich kann nichts versprechen«, sagte sie, »aber es gibt jetzt keinen Grund mehr, warum du *kein* Kind empfangen solltest. Du sagst, dein Mann habe mit anderen Frauen Kinder gezeugt? Dann solltest du in Jahresfrist dein eigenes haben.« Die Frau strömte über von Dankesbeteuerungen, doch Carlina unterbrach sie.

»Danke nicht mir, sondern der Mutter Avarra, und wenn du eine alte Frau bist, sprich niemals grausame Worte zu einer unfruchtbaren Frau noch bestrafe sie für ihre Unfruchtbarkeit. Es braucht nicht ihre Schuld zu sein.«

Als sie die Frau gehen sah, war Carlina froh, daß sie einen körperlichen Schaden gefunden hatte. Wenn sich nichts entdecken ließ, war anzunehmen, daß die Frau eigentlich keine Kinder wollte und mit *Laran*-Kräften, von denen sie nicht wußte, daß sie sie besaß, eine Empfängnis verhinderte, oder daß der Mann der Frau steril war. Wenige Frauen – und noch weniger Männer – vermochten sich vorzustellen, daß ein viriler Mann steril sein konnte. Ein paar Generationen zuvor, als eine Heirat eine Gruppenangelegenheit war und es als selbstverständlich galt, daß eine Frau Kinder von verschiedenen Männern bekam, war es einfach gewesen. Eine scheue oder gehemmte Frau brauchte man nur zu ermutigen, sich – vielleicht bei einem Fest – außer ihrem Ehemann auch zwei oder drei anderen Männern hinzugeben, und dann glaubte die Frau fest daran, Vater des Kindes sei der, den sie erwählt habe. Aber jetzt, wo die Vererbung von Besitztum so fest mit der offiziellen Vaterschaft verknüpft war, hatte Carlina leider keine andere Wahl, als einer Frau zu raten, sich mit ihrer Unfruchtbarkeit abzufinden oder sich einen Liebhaber zu nehmen und den Zorn ihres Mannes zu riskieren. Die alte Methode, dachte sie, war vernünftiger gewesen.

Auch die zweite Frau hatte ein Problem, das mit dem Kinderkriegen zusammenhing. Das wunderte Carlina nicht, denn an die Göttin wandten sich Frauen für gewöhnlich in solchen Fällen.

»Wir haben drei Töchter, aber alle unsere Söhne starben bis auf den jüngsten«, berichtete die Frau, »und mein Mann ist böse auf mich, weil ich seit fünf Jahren kein Kind mehr bekommen habe, und er nennt mich wertlos . . .«

Die alte Geschichte, dachte Carlina und fragte: »Sag mir, wünschst du dir wirklich noch ein Kind?«

»Wenn mein Mann sich zufriedengäbe, täte ich es auch«, antwortete die Frau zitternd. »Denn ich habe acht Kinder geboren, von denen vier noch leben, und unser Sohn ist gesund und kräftig und bereits sechs Jahre alt. Und unsere älteste Tochter ist bereits alt genug zum Heiraten. Aber ich halte es nicht aus, daß er mir zürnt . . .«

Carlina erklärte ernst: »Du mußt ihm sagen, daß es der Wille Avarras ist, und er muß ihr dankbar sein, daß euch ein Sohn gelassen wurde. Er soll sich an den Kindern freuen, die er hat, denn nicht du bist es, die ihm weitere Kinder verweigert, sondern die Mutter selbst sagt dir: Du hast dein Teil getan, indem du so viele Kinder geboren hast.«

Die Erleichterung sprach der Frau aus den Augen. »Aber er wird sehr böse werden, und vielleicht wird er mich schlagen . . .«

»Wenn er das tut . . .« – Carlina konnte ein Lächeln nicht verbergen –, ». . . sage ich dir im Namen Avarras, daß du ein Holzscheit aus dem Feuer nehmen und ihm damit über den Kopf schlagen sollst. Und wenn du schon einmal dabei bist, gib ihm einen zweiten Schlag von mir.« Ernster setzte sie hinzu: »Erinnere ihn auch daran, daß die Götter den bestrafen, der sie mißachtet. Er soll froh sein über den Segen, den er erhalten hat, und nicht gierig sein nach mehr.«

Die Frau dankte ihr, und Carlina dachte benommen: *Gnädige Mutter, acht Kinder hat sie geboren und wäre doch bereit gewesen, noch mehr zu bekommen*?

Die letzte Frau war in den Fünfzigern, und als sie in das kleine Zimmer gerufen wurde, teilte sie Carlina schüchtern mit, sie habe wieder zu bluten begonnen, obwohl die Zeit dafür schon viele Jahre vorbei sei. Sie war dünn und blaß und hatte eine ungesunde Gesichtsfarbe, und zum ersten Mal führte Carlina, nachdem sie ihr eine Menge Fragen gestellt hatte, außer der Untersuchung mit dem Sternenstein auch eine körperliche durch. Dann sagte sie: »Ich habe nicht die Fähigkeit, dies selbst zu behandeln. Du mußt in zehn Tagen wiederkommen, um mit einer der Mütter zu sprechen. Inzwischen trink diesen Tee . . .« Sie reichte ihr ein Päckchen. »Er wird den Schmerz lindern und die Blutung verringern. Gib dir Mühe, gut zu essen und etwas Fleisch anzusetzen, damit du genug Kraft für jede Behandlung hast, die die Mutter notwendig finden wird.«

Die Frau ging mit ihrem Päckchen Kräutertee. Carlina setzte sich seufzend hin und dachte an das, was wahrscheinlich würde geschehen müssen. Eine Neutrierung mochte die Frau retten. Nur die besten Heilerinnen konnten entscheiden, ob es der Mühe wert war oder ihr Leiden nur verlängern würde. In diesem Fall gab die Oberpriesterin ihr dann ein weiteres Päckchen mit Tee, doch dies enthielt ein langsam wirkendes Gift, das ihr den Tod brachte, bevor der Schmerz ihr die Menschenwürde raubte. Carlina graute vor diesem Urteilsspruch, aber Avarras Gnade schloß auch den Tod für jene ein, die auf jeden Fall würden sterben müssen. Den ganzen Nachmittag, während sie sich an Anyas Seite mit den zähen Grassoden und den verfilzten Dornen abplagte, die die Steine des Tempelpfades aus ihrer Lage drängten, dachte sie an die Frauen, die zufrieden gegangen waren, und der einen hatte sie nicht helfen können. Kurz vor dem Gebet bei Sonnenuntergang ließ Mutter Ellinen sie rufen.

»Mutter Amalie hat eine Vision gehabt«, teilte sie Carlina mit. »Danach brauchen wir zusätzlichen Schutz. Wir werden von neuem angegriffen werden. Und ich sehe voraus, daß sie deinetwegen kommen.« Sie klopfte Carlinas Hand. »Ich weiß, es ist nicht deine Schuld, Schwester Liriel. Böses geht in der Welt um nach dem Willen der Götter, aber die Mutter wird uns beschützen.«

Das hoffe ich, dachte Carlina. *Das hoffe ich sehr.*

Aber es kam ihr vor, als rufe Bard aus weiter Ferne ihren Namen, und sie hörte die Drohung, die er ausgesprochen hatte.

Wohin du auch gehst, wo du dich auch vor mir zu verstecken suchst, Carlina, ich werde dich haben, ob du willst oder nicht . . .

»Carlina«, wiederholte Bard, »meine Frau. Und ich kann die Insel des Schweigens nicht erreichen. Aber du kannst es, du bist immun gegen Illusionen, falls du sie nicht durch den Geist eines Menschen empfängst, dessen Gedanken du lesen kannst. Du wirst es schaffen, auf die Insel des Schweigens zu gelangen und mir Carlina zurückzuholen. Mach bloß keinen Fehler«, warnte er. »Ich weiß, daß wir die gleichen Frauen begehren, und ich habe dir Melisandra überlassen. Doch ich schwöre dir, wenn du Carlina auch nur mit einer Fingerspitze berührst, werde ich dich töten. Carlina gehört mir, und wo sie sich auch verstecken mag, ich werde sie haben!«

Und jetzt blickte Paul über das ruhige Wasser des Sees des Schweigens hin. In den Binsen versteckt, hatte er das Fährboot beobachtet. Es konnte von beiden Seiten aus an einem Seil herübergezogen werden, obwohl man, wenn es beladen war, mit Rudern nachhelfen mußte. Eine Möglichkeit war, die alte Fährfrau zu töten, aber Paul hatte bemerkt, daß jeden Morgen und jeden Abend zwei Frauen herübergerudert kamen, um ihr Essen und einen Krug Wein zu bringen. Und die Abwesenheit der Alten mochte ihnen auffallen. Nach vielem Nachdenken schlich Paul sich, als sie die Priesterinnen zurückruderte, in ihre Hütte und würzte den Wein mit starkem, farblosem Alkohol. Das würde sie so betrunken machen, daß sie nicht mehr merkte, was vor sich ging, und wenn die Priesterinnen sie betrunken fanden, konnte sie ihnen nichts anderes sagen, als daß sie ihre übliche Weinration getrunken habe, die aus irgendeinem Grund stärker gewirkt habe als sonst. Bis die Frauen auf den Verdacht kamen, sie sei betäubt worden, würde es zu spät sein, noch etwas zu unternehmen. Doch wenn sie die Alte tot oder auch nur bewußtlos oder gefesselt und geknebelt vorfanden, mußte ihr erster Gedanke sein, daß sich ein Eindringling auf der Insel befand.

Deshalb wartete Paul, bis die Alte zurückkehrte. Sie setzte sich vor ihr Hüttchen, aß herzhaft von dem Brot und dem Obst, das die Priesterinnen zurückgelassen hatten, und spülte die Bissen mit durstigen Zügen hinunter. Wie Paul vorausgesehen hatte, wurde ihr schnell schwindelig. Sie taumelte hinein, um sich niederzulegen. Bald schnarchte sie in trunkener Bewußtlosigkeit. Paul nickte vor sich hin. Selbst wenn die Priesterinnen mit ihren Psi-Kräften spürten, daß die Fährfrau sinnlos betrunken war, würde sie das nicht beunruhigen. Schließlich war sie eine alte Frau, von der man nicht erwarten konnte, daß sie den Wein vertrug wie eine junge.

Paul stieg in das Boot und ruderte lautlos über den See. Die unheimliche Stille des Wassers und die dunklen Binsen beeindruckten ihn. Bard hatte ihm – kurz – von dem Zauber erzählt, der auf dem Boot lag. Paul fand den See deprimierend, und ein- oder zweimal wurde ihm schwindelig, und er hatte das seltsame Gefühl, in der falschen Richtung zu rudern. Aber er blickte zum Ufer und zu der niedrigen Küstenlinie der Insel hin und ruderte weiter. Bards Gedanken hatten ihm die Schrecken gezeigt, die den ersten Versuch vereitelt hatten. Nicht einmal für Carlina hatte Bard sie noch einmal erleben wollen, und auf gar keinen Fall würde er jemals die Insel betreten, wo jeder Mann, so hieß es, sterben mußte. In Paul wuchs ein Gefühl drohenden Unheils, aber er war davor gewarnt worden, und so flößte es ihm keine übermäßige Furcht ein. Wäre er ein Mann dieser Welt gewesen, verwundbar für Zauber und Illusionen, hätten ihm jetzt wohl vor Angst die Zähne geklappert. Wenn er an das dachte, was er in Bards und Melisandras Gedanken gelesen hatte, war Paul froh über seine eigene Immunität.

Das Boot scharrte über den Strand der Insel, auf den, so war es Paul berichtet worden, seit ungezählten Generationen kein Mann mehr den Fuß gesetzt hatte. Paul empfand keine Spur von ehrfürchtigem Schauder – was bedeuteten ihm die hiesigen religiösen Tabus? Er persönlich hatte Religion immer für etwas gehalten, das die Pfaffen erfunden hatten, um andere Menschen kontrollieren und selbst dem Müßiggang frönen zu können. Aber von alters her ausgeübte Bräuche konnten ihre eigene Kraft entfalten, und das zu erleben, hatte Paul nicht die geringste Lust.

Ein tief ausgetretener Pfad, gesäumt von spärlichen Büschen, führte vom Strand aufwärts. Paul vermied ihn. Er hielt sich im Schatten der Bäume und versteckte sich hinter dem Vorsprung eines Gebäudes, als ein paar Frauen den Weg hinunterkamen. Sie trugen dunkle Kleider und hatten scharfe, gekrümmte kleine Messer am Gürtel hängen. Auf Paul machten sie einen abschreckenden Eindruck, ganz und gar nicht wie Frauen, mit ihren hageren Gesichtern, den starken Kinnen, den großen, rauhen Händen und den formlosen Gewändern, die nichts von weiblichen Kurven sehen ließen. Sie flößten ihm Angst ein. Er hatte durchaus nicht den Wunsch, von ihnen erblickt zu werden oder mehr von ihnen zu sehen, als unumgänglich war. Die bruchstückhafte Erinnerung schoß ihm durch den Kopf, daß es immer tödlich gewesen war, ein Mysterium der Frauen auszuspionieren, und aus diesem Grund hatten vernünftige Gesellschaften Mysterien der Frauen immer gesetzlich verboten.

»Ich dachte, ich hätte das Boot gehört«, sagte eine von ihnen.

»O nein, Schwester Casilda. Sieh doch, das Boot liegt dort drüben am Ufer«, antwortete eine andere, und Paul war froh, daß er das Boot an dem Seil zurückgeschickt hatte. Die zweite Frau war eine kräftige alte Matrone mit einem Doppelkinn. Warum war sie wohl hier? Paul hätte sich vorstellen können, daß sie irgendwo ihre erwachsenen Töchter und Schwiegertöchter terrorisierte und ihren Enkelkindern die Furcht Gottes einbleute. Er hatte sich jungfräuliche Priesterinnen als neurotische, schöne Mädchen vorgestellt, aber solide, stämmige, tüchtige Großmutter-Typen? Irgendwie machte es ihm den Kopf wirbeln.

»Aber wo ist Gwennifer?« fragte die magere Schwester Casilda, und sie griff an der hohen Stange hinauf, wo das Bootsseil verankert war. Sie läutete mit dem Griff ihres kleinen Messers heftig die Glocke. Aber auf dem gegenüberliegenden Ufer war nichts zu sehen und zu hören. »Es sieht ihr nicht ähnlich, auf ihrem Posten zu schlafen. Ob sie krank ist?«

»Wahrscheinlicher ist«, schimpfte eine dritte Frau, die bisher nicht gesprochen hatte, »daß sie die Weinration für zwei Tage auf einmal ausgetrunken hat und jetzt stockbetrunken daliegt!«

»Und wenn, ist das auch kein Kapitalverbrechen«, meinte die erste Frau. »Trotzdem glaube ich, ich sollte das Boot zurückziehen und hinüberfahren. Sie mag krank sein und hilflos in ihrer Hütte liegen, oder sie hat sich einen Knochen gebrochen, wie es bei alten

Frauen so schnell geschieht. Es kann Tage dauern, bis die nächsten Pilgerinnen kommen und sie finden.«

»Wenn so etwas geschähe, würde ich es mir nie verzeihen«, stimmte die andere zu, und sie zogen an dem Seil und holten das Boot herüber. Dann stiegen sie ein und ruderten über den See. Paul stahl sich den Abhang hinauf, froh, daß er keine Gewalt angewendet hatte. Man würde die alte Fährfrau in der Tat stockbetrunken antreffen, aber es war kein Beweis dafür zu finden, daß ihr jemand etwas angetan hatte oder auch nur in ihre Nähe gekommen war. Im Grunde hatte er der alten Dame ja auch nichts angetan – er hatte ihr nur zu einem angenehmen Rausch verholfen, und aus dem, was die Frauen gesagt hatten, ging hervor, daß sie sich sowieso nicht zum ersten Mal auf ihrem Posten betrunken hatte und eingeschlafen war.

Ein Schauer lief ihm das Rückgrat hinunter. Wäre er seinem ersten Impuls gefolgt, sie niederzuschlagen und zu fesseln, bevor er sich das Boot nahm, wäre jetzt schon Alarm gegeben, daß sich ein Eindringling auf der Insel herumtreibe.

Er hatte sich vergewissert, daß keine dieser Frauen die war, die er suchte. Bard hatte ihm ein Porträt von Carlina gezeigt und dazu gesagt, es sei sehr idealisiert und auf jeden Fall vor sieben Jahren gemalt worden. Aber Paul war überzeugt, er werde Carlina erkennen, wenn er sie sah. Und gleichzeitig empfand er ein scheußliches Unbehagen. Er und Bard hatten die schlechte Gewohnheit, die gleichen Frauen zu begehren. Doch Bard hatte es ganz deutlich gemacht: Diese eine konnte Paul nicht haben. Paul hatte genug in Bards Gedanken gelesen, um zu wissen, daß Carlina fähig war, zumindest für einige Zeit alle seine Gedanken an andere Frauen zu vertreiben. Dergleichen hatte Paul nie zuvor in Bard gespürt. Er war besessen von Carlina, nicht so sehr von der Frau aus Fleisch und Blut, sondern von dem, was sie für ihn symbolisierte.

Allmächtiger Gott, dachte Paul, *einmal angenommen, Carlina hat auf mich die gleiche Wirkung, sobald ich sie erblicke, und ich kann ihr nicht widerstehen!*

Nun, das würde nur bedeuten, daß die unvermeidliche Konfrontation mit Bard ein wenig früher eintraf, das war alles.

Wenn er dem Mädchen vormachen konnte, er sei Bard – war die Entführung dann einfacher? Oder haßte und fürchtete sie Bard, wie Melisandra ihn hassen und fürchten gelernt hatte? So wie Bard es erzählte, hatten sie sich von Kindheit an geliebt, waren verlobt gewesen und durch die Grausamkeit des früheren Königs getrennt worden. Aber wenn sie so darauf brannte, mit ihm wiedervereinigt zu werden, wie sich daraus schließen ließ, warum versteckte sie sich dann hier unter den Priesterinnen Avarras?

Er konnte sich überall als Bard ausgeben, ausgenommen bei jemandem wie Melisandra, die jede Nuance von Bards Benehmen kannte. Aber Carlina hatte keine intimen Erfahrungen mit Bard gemacht. Aus Bards Gedanken wußte Paul, daß sein Double es mit ihr nicht weiter gebracht hatte als zu ein paar keuschen Küssen – vor denen das Mädchen auch noch zurückgeschaudert war. Wenn er es schaffte, daß Carlina ihn als Bard akzeptierte, konnte das Original dieses Namens heimlich, still und leise aus dem Weg geräumt werden, und er hätte Freiheit und ein Königreich ...

Aber dann hätte er das eine nicht, das dieser Welt für ihn Wert verlieh. Wenn er mit Melisandra falsches Spiel trieb, hätte sie keinen Grund, ihn nicht bloßzustellen. Und außerdem mußte er Bard ähnlicher sein, als er selbst geglaubt hatte. Er hielt es für langweilig, ein Königreich zu regieren. Ungleich Bard fand er keinen Geschmack am Krieg um seiner selbst willen, wenn er auch Bards Begabung für den Krieg zu teilen schien. Für Paul war der Krieg nur ein Vorspiel zu den Maßnahmen, die die Dinge wieder in Ordnung brachten, und ihm schien es tödliche Langeweile zu bedeuten, ein in Ordnung gebrachtes Königreich zu regieren. Was wollte er aber dann? Seltsamerweise hatte er nie darüber nachgedacht, und ebensowenig war es Bard in seiner Überzeugung, daß Paul als sein Double die gleichen Ziele wie er hatte, eingefallen, ihn danach zu fragen.

Also, dachte Paul, *wenn ich frei wäre, würde ich gern Melisandra mitnehmen und irgendwohin eine Forschungsreise machen. Hier gibt es eine Menge zu sehen. Vielleicht könnten wir uns eines Tages ansiedeln und Kinder haben. Und Pferde; ich liebe Pferde. Ein Ort, wo ich Sinn in den Dingen finden würde, und dann geriete ich auch nicht in Schwierigkeiten der Art, die mich in die Stasis-Zelle gebracht haben. Eine Welt, wo ich nicht ständig gegen unmögliche Vorschriften und Gesetze anrenne.*

Es war wirklich eine Schande, daß es nicht auf diese Weise enden konnte. Von ihm aus konnte Bard das verdammte Königreich gern haben, sogar alle hundert. Vielleicht gelang es ihm, Bard zu überzeugen, daß das seine ehrliche Meinung war – zum Teufel, sie konnten einer des anderen Gedanken lesen; Bard würde ihm glauben müssen! Und wenn Bard Carlina hatte, wollte er bestimmt Melisandra nicht mehr. Erlend vielleicht, aber nicht Melisandra.

Nur würde Bard nicht glauben, daß er sich jemals sicher fühlen konnte, solange Paul lebte. Vielleicht sollte er Carlina sofort zu seiner Verbündeten machen. Er hätte nie gedacht, daß er sich soweit herablassen würde, mit einer Frau Freundschaft zu schließen! Frauen waren zu einem bestimmten Zweck, und *nur* zu diesem Zweck da. Aber so empfand er nicht für Melisandra. Irgendwie war auch sie seine Freundin geworden.

Ein Knistern in den Büschen und Schritte auf dem Weg erinnerten ihn an die Gefahr, in der er sich befand, und er glitt von neuem in den Schatten des Unterholzes. Drei Frauen kamen den Pfad entlang, und Paul, der durch die Zweige lugte, entdeckte, daß eine von ihnen Carlina war.

Sie war blaß und dünn und so klein, daß sie kaum bis an seine Brust gereicht hätte. Ihr Haar war zurückgekämmt und zu einem langen Zopf geflochten. Sie hatte die gleiche ruhige, weltentrückte Haltung wie die anderen Priesterinnen, und ihr formloses Kleid machte sie reizlos. Paul starrte sie aus seinem Versteck entgeistert an. Das ... *das* war Prinzessin Carlina, die Frau, von der Bard so besessen war, daß er an sonst nichts und niemand denken konnte? Und dafür wollte er die reife Schönheit Melisandras aufgeben, die zudem die Mutter seines Sohns war? Melisandra war nicht nur schön, sondern auch klug und geistreich, im *Laran* ausgebildet und besaß all die Anmut und Würde, um die Zierde eines Hofes und Königin oder zumindest die Lady eines Generals zu werden, und sie hatte an Bards Seite in der Schlacht gekämpft. Paul hatte geglaubt, Bard gut zu kennen, aber jetzt fühlte er sich bis ins Innerste erschüttert, weil die Unterschiede tiefer gingen, als er sich vorgestellt hatte.

Nein, Bard begehrte sie nicht, dachte Paul, während er der sich entfernenden Carlina nachsah. Er konnte sie nicht begehren. Paul wußte doch, was Bard wollte. Er hatte Melisandra gewollt; bis sie seinen Stolz auf unerträgliche Weise verletzte. Er hatte die rundliche Kleine gewollt, die sie sich nach der Schlacht geteilt hatten. Bard sollte Carlina wollen? Niemals.

Er war *besessen* von Carlina, und das war etwas anderes. Als ob Bard es ihm erzählt hätte, wußte Paul, daß Bard in Carlina nur König Ardrins Tochter und den Beweis sah, daß er des Königs rechtmäßiger Schwiegersohn war, nicht ein verbannter Gesetzloser, der sich verzweifelt um irgendeine Stellung im Leben, eine Identität bemühte.

Ein Grund mehr, dachte Paul, *daß ich Carlina sofort zu meiner Verbündeten machen sollte ... und doch könnte ich dafür niemals Melisandra aufgeben. Wahnsinn! Melisandra gäbe sogar eine bessere Königin ab. Trotzdem, wenn Bard Carlina hat, wird er mit mir nicht um Melisandra streiten ...*

Ich muß also dafür sorgen, daß Carlina in Bards Hände geliefert wird, und das so schnell wie möglich. Und wenigstens wegen einer Sache brauche ich mir keine Sorgen zu machen. Es wird mir leichtfallen, die Finger von ihr zu lassen. Ich möchte sie nicht in meinem Bett haben, und wenn sie dreißigmal eine Königin wäre.

Eine dynastische Heirat mit Carlina trug Bard – oder an seiner Stelle Paul – einen eigenen Anspruch auf den Thron ein, wenn der kränkliche Alaric kinderlos starb – und das war wahrscheinlich. Nun, dann den Thron und Carlina für Bard. Und für Paul – Freiheit und Melisandra! Bard würde sich niemals sicher fühlen, solange er lebte. Aber wenn er es schaffte zu fliehen, vorzugsweise so bald wie möglich, dann war Bard mit der Verteidigung seines Throns vielleicht zu beschäftigt, um ihnen Verfolger nachzuschicken. Zuerst jedoch mußte Bard Carlina haben.

Die Priesterinnen waren auf dem Pfad weitergegangen, und Paul schlich ihnen in der Deckung der Bäume nach. Erst verschwand eine, dann noch eine in den kleinen Häusern zu Seiten des Weges. Carlina ging ebenfalls in eins von ihnen, und nach kurzer Zeit fiel ein schwacher Lichtschein von einer Lampe nach draußen. Paul versteckte sich und dachte nach. Nicht, daß er sich vor den Frauen wirklich gefürchtet hätte. Aber sie waren viele, und sie hatten diese bösartigen kleinen Messer.

Carlina durfte keine Zeit zu einem Aufschrei bleiben, nicht einmal in Gedanken. Ganz bestimmt befanden sich hier noch andere Telepathinnen. Das bedeutete – so überlegte er kaltblütig –, daß er sie niederschlagen und mit dem ersten Schlag bewußtlos machen mußte, bevor sie ihn erblickte oder der Gedanke an einen Eindringling sie beunruhigte. Und er mußte sie ein gutes Stück von der Insel weggebracht haben, wenn sie sein Gesicht sah.

Er glitt geräuschlos durch die Tür. Carlina summte vor sich hin und putzte den winzigen Docht der kleinen Lampe. Dann nahm sie ihren schwarzen Mantel ab, hängte ihn an einen Haken und begann, ihren Zopf zu lösen. Paul wartete nicht, bis sie sich auszog. In dieser Kälte konnte er sie ohne Kleider nicht weit bringen, und er wußte, es wurde ihm nicht gelingen, ihren schlaffen Körper wieder anzukleiden. Er trat aus seinem Versteck hervor und schlug einmal hart zu. Carlina brach ohne einen Laut zusammen. So wenig *Laran* er auch haben mochte, er war doch so wenig daran gewöhnt, daß ihn das plötzliche *Nichts,* wo vorher eine Gegenwart gewesen war, wie ein Schock traf. Auf einmal bekam er es mit der Angst zu tun. Er beugte sich zu ihr nieder und vergewisserte sich, ob sie atmete. Das tat sie. Er wickelte die bewußtlose Carlina in den schwarzen Mantel und legte den Stoff über ihrem Mund und ihrer Nase in Falten. So bekam sie Luft, aber der Mantel würde einen Schrei ersticken. Allerdings, wenn sie erwachte und Furcht empfand, war die Insel in wenigen Augenblicken alarmiert, und die Jagd ging los. Paul trug sie hinaus und trat die Tür hinter sich zu. Jetzt kam das einzige wirkliche Risiko der ganzen Unternehmung. Wenn ihn jemand sah, verließ er die Insel wahrscheinlich nicht mehr lebend. Schnell trug er Carlina den Pfad hinunter bis zur Anlegestelle und holte das Boot herüber. Eine halbe Stunde später ritt er von der Insel des Schweigens weg, Carlinas schlaffen Körper über den Rücken seines Packtiers gelegt. Er hatte es ihr so bequem gemacht, wie er konnte, aber er wollte möglichst schnell eine möglichst große Entfernung zwischen sich und die Insel legen. Wenn er Glück hatte, vermißten sie Carlina nicht vor morgen früh, und Reitpferde hatte er auf der Insel keine gesehen. Aber früher oder später würde Carlina wieder zu sich kommen und in irgendeiner Art telepathisch um Hilfe rufen. Und bis dahin wollte er so weit weg sein, daß es nicht mehr darauf ankam.

Sie schien immer noch bewußtlos zu sein, als sie die Stelle in den Bergen erreichten, wo Paul seine Eskorte zurückgelassen hatte. Seine Männer hatten bereits gesattelt. Eine Pferdesänfte stand bereit.

Er winkte ihnen. »Steigt auf und haltet euch zum Aufbruch bereit. Habt ihr ein frisches Pferd für mich? Ja, und Extrapferde für die Sänfte, damit wir nirgendwo wegen Postpferden anhalten müssen.« Er stieg ab, hob das regungslose Bündel, das Carlina war, in die Sänfte und schloß die Vorhänge.

»Vorwärts!«

Die Sonne ging auf, als sie haltmachten, um die Pferde verschnaufen zu lassen. Paul stieg ab und aß ein paar kalte Bissen – es war keine Zeit, Feuer zu machen und Essen zu kochen. Dann trat er an die Sänfte und zog die Vorhänge zurück.

Carlina war bei Bewußtsein. Sie hatte den Knebel aus ihrem Mund herausbekommen. Sie lag auf der Seite und bemühte sich verzweifelt, die Stricke um ihre Handgelenke zu lösen.

»Schmerzen Euch die Fesseln, Lady? Ich werde sie lockern, wenn Ihr erlaubt«, sagte Paul.

Vor dem Klang seiner Stimme wich sie zurück.

»Bard«, flüsterte sie. »Ich hätte mir denken können, daß du es warst. Wer sonst wäre verrucht genug, den Zorn Avarras herauszufordern!«

»Ich fürchte keine Göttin«, erklärte er, der Wahrheit entsprechend.

»Das glaube ich dir, Bard mac Fianna. Aber du wirst nicht straflos davonkommen.«

»Über dies Thema«, meinte Paul, »beabsichtige ich nicht zu diskutieren. Eure Göttin, falls es sie gibt, hat nicht eingegriffen, um Eure Entführung von der Insel zu verhindern. Und ich glaube nicht, daß sie Euch jetzt helfen wird. Wenn der Gedanke, daß sie mich strafen wird, Euch Trost gibt, mißgönne ich ihn Euch nicht. Ich kam nur, um Euch zu sagen, daß ich die Fesseln lockern will, wenn Ihr ihrer müde seid. Ihr braucht mir nur Euer Ehrenwort zu geben, daß Ihr nicht entfliehen werdet.«

Sie funkelte ihn mit unbeschreiblicher Herausforderung an. »Ganz bestimmt werde ich entfliehen, wenn ich kann.«

Verdammt sei die Frau, dachte Paul fassungslos, *weiß sie nicht, wann sie geschlagen ist?* Ihn erfüllte ein bisher unbekanntes Gefühl, das er nicht als Schuld erkannte. Er wollte ihr nicht weh tun, er wollte sie nicht einmal fester binden. Mit einem Fluch zog er die Vorhänge zusammen und ging davon.

5

Auf dem Rückweg nach Burg Asturias erhielt Bard eine weitere schlechte Nachricht: Sein Stellvertreter teilte ihm mit, daß sämtliche Söldnerinnen der Schwesternschaft vom Schwert drei Tage nach der Schlacht zu ihm gekommen seien, ihre Bezahlung verlangt und das Lager verlassen hatten.

Bard konnte es nicht fassen. »Ich habe sie großzügig bezahlt, und was mehr ist, ich habe sie unter meinen persönlichen Schutz gestellt!« erklärte er wütend. »Haben sie irgendeinen Grund angegeben?«

»Ja. Sie sagten, Ihr hättet die Männer nicht bestraft, die die weiblichen Kriegsgefangenen vergewaltigt haben. Um Euch die Wahrheit zu sagen, Lord General, ich halte es nur für gut, daß wir sie los sind. Sie haben etwas an sich, das mich nervös macht. Sie sind . . .« – er zögerte, dachte eine Minute nach und fuhr dann fort – ». . . besessen, das sind sie. Ich will Euch was sagen, mein Lord. Wißt Ihr noch, wie wir gegen die Insel des Schweigens ritten und die alte Hexe dort uns verfluchte? Diese verdammten Schwertschwestern erinnern mich an sie und ihre Göttin!«

Bards Gesicht verfinsterte sich. Bei der Erwähnung der Insel des Schweigens fiel ihm ein, daß Paul inzwischen zurückgekehrt sein müßte. Es sei denn, der Fluch der Insel und Avarras habe auch Paul ereilt. Sein Offizier deutete den düsteren Ausdruck falsch und glaubte, er habe den General mit der Erwähnung der Niederlage erzürnt; er blickte betreten zu Boden. »Ich hätte nie gedacht, daß eine Horde Frauen uns auf diese Weise zurücktreiben könnte, Lord General. Sie sind alle verrückt dort, sie und ihre Göttin ebenfalls. Es bringt Unglück, irgend etwas mit ihnen zu tun zu haben, und wenn Ihr meinen Rat hören wollt, Sir, so werdet Ihr auch mit der Schwesternschaft nichts mehr zu tun haben wollen. Wißt Ihr es schon? Sie lösten die gefangenen Frauen von der Schwesternschaft aus und nahmen sie mit sich. Sie sagten, wenn sie gewußt hätten, daß auch auf der anderen Seite Schwestern kämpften, hätten sie nie die Waffen gegen sie erhoben – irgendeinen Unsinn dieser Art. Verrückt sind sie, Sir. Ich bin froh, daß sie fort sind.«

»Sie haben die Gefangenen nicht getötet? Ich habe gehört, daß eine Frau der Schwesternschaft, die vergewaltigt wurde, sich selbst töten muß oder von den anderen verfolgt und getötet wird.«

»Sie getötet? Nein, Sir, die Wachen hörten sie alle zusammen in den Zelten weinen. Und sie gaben ihnen ihre Waffen zurück und zogen ihnen anständige Kleidung an – Ihr wißt ja, die Männer hatten ihnen die Sachen zerrissen –, und sie gaben ihnen Pferde, und dann ritten sie alle zusammen davon. Ich sage Euch, Frauen dieser Art kann man nicht vertrauen. Sie haben keinen Sinn für Loyalität.«

In Burg Asturias ließ Bard seinen Vater und König Alaric, seinen Bruder, von seiner Ankunft benachrichtigen. Als er sein Pferd den Stallknechten übergab, bemerkte er, daß das Pferd, mit dem Paul zum See des Schweigens geritten war, im Hof stand. Er eilte in den Audienzsaal. Sein Vater kam ihm entgegen und umarmte ihn, und Alaric hinkte auf ihn zu und tat desgleichen.

»Bard, deine Lady ist hier. Prinzessin Carlina.«

Er hatte es gewußt, aber es überraschte ihn, daß Alaric und sein Vater es wußten.

»So, sie ist hier?« fragte er einfältig.

»Sie kam vor kurzer Zeit in einer Pferdesänfte an, und dein Friedensmann Paolo Harryl begleitete sie«, berichtete Alaric. »Ich finde ja immer noch, du solltest Melisandra heiraten, Bard. Erlend ist dir ein zu guter Sohn, als daß er *Nedestro* bleiben sollte. Wenn ich zum König gekrönt bin, werde ich ihm ein Legitimitätspatent geben. Dann wird er dein Sohn sein, ob du Melisandra heiratest oder nicht!«

»Ist sie in ihren alten Zimmern?«

»Wo denn sonst?« wunderte sich Alaric. »Ich habe Befehl gegeben, daß sie sie haben soll und Frauen, die sie bedienen und baden und so weiter. Sie war den ganzen Tag in einer Pferdesänfte unterwegs, und sie muß müde und schmutzig gewesen sein.«

War es möglich, fragte sich Bard, daß Carlina freiwillig mitgekommen war?

Alaric fuhr fort: »Paolo sagte, sie sei zu reisemüde, um irgendwen zu begrüßen, aber ich solle Kammerfrauen schicken, die sich um sie kümmern. Sie ist König Ardrins Tochter und deine Frau. Die *Catenas*-Zeremonie werde ich selbst vollziehen, wenn ihr es wünscht. Es soll doch eine Ehre sein, vom König getraut zu werden.« Bard dankte seinem Bruder und bat um Erlaubnis, sich zurückzuziehen. Alaric lächelte kindlich.

»Du brauchst mich nicht zu bitten, Bard. Ich vergesse dauernd, daß ich der König bin und den Leuten erlauben muß, zu kommen und zu gehen, sogar Vater. Ist das nicht albern?«

Bard hatte Zimmer in der Nähe von Carlinas alter Suite zugewiesen bekommen. Als er sie betrat, wartete Paul auf ihn.

»Ich nehme an«, bemerkte Bard trocken, »daß du mit deiner Mission Erfolg hattest. Ist sie freiwillig mitgekommen?«

Paul schüttelte kläglich den Kopf und wies auf einen langen Kratzer auf seiner Wange.

»In der ersten Nacht war ich so unklug, sie freizulassen – ich löste ihre Fesseln für ein paar Minuten, damit sie sich erleichtern konnte. Diesen Fehler habe ich nur ein einziges Mal gemacht. Glücklicherweise war keiner der Männer aus Asturias oder wußte, wer die Lady war. Es waren lauter Söldner von Hammerfell und Aldaran, und die meisten verstanden ihre Sprache nicht. Aber als sie sah, wohin ich sie gebracht hatte – in ihr eigenes Heim –, gab sie mir ihr Ehrenwort, heute nacht keinen Fluchtversuch zu machen. Ich dachte, es sei doch zu demütigend für die Dame, wenn sie an Händen und Füßen gebunden wie ein Sack Wäsche in ihrem Vaterhaus abgeliefert werden solle. Deshalb nahm ich ihr Ehrenwort an. Und der König schickte Frauen zu ihrer Bedienung. Ich könnte mir vorstellen, daß du sie ziemlich zahm finden wirst. Ich habe sie nicht berührt, außer bei der Gelegenheit, als ich sie niederschlug, und selbst als sie mich kratzte, schnürte ich sie nur wie einen Sack Bohnen zusammen und warf sie in die Sänfte zurück. Es wurde nicht mehr Gewalt angewendet, als unbedingt notwendig war, darauf kannst du dich verlassen.«

»Oh, ich glaube dir«, sagte Bard. »Und wo ist sie nun?«

»In ihren eigenen Räumen, und ich nehme an, bis morgen früh kannst du ihr den Wunsch, wegzulaufen, ausreden, oder du gibst selbst den Befehl, daß ein Wachposten vor ihre Tür gestellt wird«, antwortete Paul. Er überlegte, ob jetzt der richtige Augenblick sei, mit Bard über Melisandra zu sprechen, und kam zu dem Schluß, wahrscheinlich sei er es nicht.

Bard ging und rief seinen Leibdiener, ließ sich rasieren und ankleiden. Er wollte Carlina etwas Zeit lassen, sich von der langen, anstrengenden Reise auszuruhen und sich hübsch zu machen. Entgegen aller Hoffnung hoffte er, Carlina werde sich mit ihrer Heirat abgefunden haben und ihn willkommen heißen. Natürlich hatte sie sich gewehrt, als sie entführt wurde, doch als sie sich in ihrem eigenen Heim wiederfand, hatte sie bereitwillig ihr Ehrenwort gegeben. Sicher bedeutete das, sie hatte erkannt, daß sie nichts zu fürchten hatte. Carlina wußte doch ganz genau, daß er kein Haar auf ihrem Haupt krümmen würde. Schließlich war sie nach dem Gesetz der Götter und aller Hundert Königreiche seine Frau!

Ein Leibwächter vor ihrer Tür nahm Habachtstellung ein, als Bard sich näherte. Bard erwiderte den Gruß des Mannes und fragte sich, ob Paul Zweifel an Carlinas Ehrenwort gehabt habe. Aber warum? Wahrscheinlich hatte Carlina anfangs, als sie so plötzlich ohne ein Wort entführt wurde, gefürchtet, sie solle gegen Lösegeld festgehalten oder zu einer politischen Heirat mit irgendwem gezwungen werden. Jetzt war sie doch bestimmt froh, in Sicherheit und zu Hause zu sein?

Er fand Carlina in einem der inneren Räume. Sie lag schlafend auf einem Bett. Blaß sah sie aus, wie ein Schulmädchen in ihrem einfachen dunklen Gewand. Einen dicken, formlosen Mantel hatte sie wie eine Decke über sich gebreitet. Gegen die elfenbeinfarbene Blässe ihres Gesichts stachen die roten Augenlider ab. Er hatte es nie ertragen können, wenn Carlina weinte. Kurz darauf öffneten ihre Augen sich. Sie blickte zu ihm auf, und ihr Gesicht verzerrte sich vor Angst. Sie setzte sich bolzengerade auf und hielt den schwarzen Mantel um ihren Körper fest.

»Bard . . .« – sie blinzelte – ». . . ja, diesmal bist du es wirklich, nicht wahr? Wer war der andere Mann – einer von deiner Bastard-Verwandtschaft aus den Hellers? Du wirst mir nichts tun, nicht wahr, Bard? Schließlich sind wir zusammen Kinder gewesen, Spielgefährten.«

Er vernahm ihren langen Seufzer der Erleichterung. Sich an eine Nebensächlichkeit klammernd, fragte er: »Woher wußtest du es?«

»Oh, ihr seid euch wirklich sehr ähnlich, sogar in der Stimme. Erst hielt ich ihn auch für dich und kratzte ihm die Wange bis auf den

Knochen auf. Wenn er nur dein willenloses Werkzeug war, sollte ich mich vielleicht bei ihm entschuldigen.«

Er kehrte zu dem zurück, was er vorher gesagt hatte. »Bestimmt würde ich dir nie weh tun, Carlina. Schließlich bist du meine Frau, und in diesem Augenblick wartet der König von Asturias darauf, uns *di catenas* zusammenzugeben. Wäre es dir heute abend recht, oder möchtest du lieber warten, bis wir einige deiner Verwandten zusammengerufen haben?«

»Weder heute abend noch zu irgendeiner anderen Zeit«, erklärte Carlina, und ihre Hände lagen weiß wie die eines Skeletts auf dem schwarzen Mantel. »Ich habe den Priesterinnen Avarras und der Mutter selbst einen Eid geschworen, daß ich mein Leben dem Gebet in Keuschheit widmen will. Ich gehöre Avarra, nicht dir.«

Bards Gesicht wurde hart. »Wer den ersten Eid bricht, wird auch den zweiten brechen. Bevor du Avarra einen Schwur leistetest, wurden du und ich vor allen Menschen verlobt.«

»Aber nicht verheiratet«, gab Carlina zurück, »und eine Verlobung kann gebrochen werden, wenn die Ehe nicht vollzogen wurde! Du hast nicht mehr Recht auf mich als . . . als . . . als der Wachposten draußen auf dem Flur!«

»Das ist Ansichtssache. Dein Vater gab dich mir . . .«

»Und nahm mich zurück, als du verbannt wurdest!«

»Ich spreche ihm das Recht ab, das zu tun.«

»Und ich sprach ihm zuvor das Recht ab, mich dir zu geben, ohne mich zu fragen, und deshalb sind wir quitt«, schleuderte Carlina ihm mit flammenden Augen entgegen.

Bard fand sie schöner, als sie je zuvor ausgesehen hatte, mit den geröteten Wangen und zornblitzenden Augen. Auch andere Frauen hatten ihn schon abgewiesen oder ihm Trotz geboten, aber auf keine von ihnen hatte er so lange gewartet wie auf Carlina. Jetzt war die Zeit des Wartens vorbei. Sie würde diese Suite erst verlassen, wenn er sie in Wahrheit seine Frau nennen konnte, wie sie es dem Gesetz nach schon seit so vielen Jahren war. Er war erregt von ihrer Nähe und der Herausforderung in ihrer Stimme und ihren Augen. Nicht einmal Melisandra hatte sich ihm auf diese Weise widersetzt. Keine Frau war je fähig gewesen, sich ihm zu widersetzen, ausgenommen Melora, und sie – wütend verbannte er den Gedanken an Melora. Sie bedeutete ihm nichts mehr. Sie war fort.

»Bard, ich kann nicht glauben, daß du mir etwas zuleide tun wirst. Wir waren Kinder zusammen. Ich habe nichts gegen dich. Laß mich zu der Insel und zur Mutter zurückkehren, und ich will mich für dich einsetzen, so daß dich keine Strafe und kein Fluch trifft.«

Er schnippte mit den Fingern. »Ich gebe nicht *so viel* auf einen Fluch, komme er von Avarra oder irgendeinem anderen Spuk!«

Carlina schlug entsetzt ein frommes Zeichen. »Ich bitte dich, nicht solche Blasphemien auszusprechen! Bard, schick mich auf die Insel zurück.«

Er schüttelte den Kopf. »Nein. Was auch geschehen mag, das ist vorbei. Du gehörst hierher, zu mir. Ich verlange von dir, daß du mir gegenüber deine Pflicht erfüllst und heute nacht meine Frau wirst.«

»Nein. Niemals.« Ihre Augen füllten sich mit Tränen. »O Bard, ich hasse dich nicht. Du warst mein Pflegebruder, zusammen mit Geremy und dem armen Beltran! Wir waren alle Kinder zusammen, und du warst immer freundlich zu mir. Sei auch jetzt freundlich zu mir und bestehe nicht darauf. Es gibt so viele Frauen, die du haben kannst, Damen von hohem Rang, *Leroni*, schöne Frauen – da ist Melisandra, die die Mutter deines Sohns ist, und er ist ein so prächtiger kleiner Junge –, warum willst du *mich*, Bard?«

Er sah ihr offen in die Augen und sagte ihr die buchstäbliche Wahrheit.

»Ich weiß es nicht. Aber es hat nie eine Frau gegeben, nach der es mich so verlangte wie nach dir. Du bist meine Frau, und ich will dich haben.«

»Bard . . .« Sie erbleichte. »Nein. Bitte.«

Er sagte: »Es ist dir gelungen, die Verlobung durch einen Trick zu brechen, weil unsere Ehe nicht vollzogen wurde, und diesen Streich wirst du mir nicht noch einmal spielen. Du wirst deine Pflicht erfüllen, Carlina, freiwillig oder unfreiwillig.«

»Willst du damit sagen, daß du die Absicht hast, mich zu vergewaltigen?«

Er setzte sich auf die Bettkante zu ihr und faßte nach ihrer Hand. »Ich möchte dich lieber willig als unwillig haben. Aber so oder so werde ich dich haben, Carlie, damit mußt du dich abfinden.«

Sie riß ihre Hand aus seiner und warf sich auf das Bett nieder, so weit wie möglich von ihm entfernt. Sie zog den schweren Mantel um sich, und Bard konnte sie unter diesem Schutz schluchzen hören. Er riß ihr den Mantel weg, sosehr sie sich auch daran klammerte, und warf ihn zornig zu Boden. Er konnte es nicht ertragen, Carlina weinen zu sehen. Nie hatte er es ertragen können, und wenn sie auch bloß weinte, weil ein Kätzchen sie gekratzt hatte. Er sah sie noch vor sich, neun Jahre alt, mager wie ein Stock, das Haar in dünnen Zöpfen wie schwarze Schnüre eingeflochten, wie sie an ihrem zerkratzten Daumen saugte und weinte.

»Verdammt noch mal, hör auf zu weinen, Carlie! Das halte ich nicht aus! Glaubst du, ich könnte dir jemals weh tun? Ich *will* dir nicht weh tun, aber ich muß vollendete Tatsachen schaffen, damit du mir nicht wieder unter diesem Vorwand weglaufen kannst. Du wirst hinterher nicht mehr böse auf mich sein, das verspreche ich dir. Noch keine Frau hat *hinterher* etwas einzuwenden gehabt.«

»Das glaubst du wirklich, Bard?«

Er machte sich nicht die Mühe, darauf zu antworten. Er glaubte es nicht, er *wußte* es. Frauen suchten immer alle möglichen Vorwände, um das nicht tun zu müssen, was sie in Wirklichkeit tun wollten. Lisarda fiel ihm ein, diese elende kleine Schlampe. Auch sie hatte hinterher nichts mehr dagegen einzuwenden gehabt, es hatte ihr gefallen! Aber Frauen wurden nicht dazu erzogen, in diesen Dingen ehrlich zu sein. Statt Carlina zu antworten, beugte er sich über sie und nahm sie in seine Arme. Aber sie kämpfte sich frei, und ihre Nägel rissen seine Wange auf.

»Verdammt sollst du sein, da hast du eine Wunde, damit du zu deinem Friedensmann paßt! Du bist nicht besser als er!«

Seine hilflose Frustration wandelte sich in Wut. Grob packte er ihre Hände und hielt beide in seiner einen fest.

»Hör auf damit, Carlie! Ich will dir nicht weh tun, du *zwingst* mich, dir weh zu tun!«

»Du weißt dich immer zu rechtfertigen, nicht wahr?« flammte sie zornig auf. »Warum sollte ich es dir leicht machen?«

»Carlie, es gibt keine Möglichkeit, daß du mich durch Worte oder Gründe oder einen Trick davon abbringst. Ich werde dich haben, und weiter gibt es nichts mehr zu reden. Und obwohl ich dir nicht weh tun will, werde ich tun, was nötig ist, um dich ruhigzuhalten. Ich habe dich mir einmal entwischen lassen, und davon rührten all meine Schwierigkeiten her. Hätte Geremy sich nicht eingemischt bei diesem Fest, wärst du meine Frau geworden, und wir hätten in all diesen Jahren glücklich zusammen gelebt. Beltran wäre noch am Leben . . .«

»Du wagst es, mir die Schuld an Beltrans Tod zu geben?«

»Ich gebe dir in allem die Schuld, was mir widerfahren ist, seit ich zuließ, daß du mich verschmähtest«, erwiderte er, jetzt böse geworden. »Aber ich bin immer noch bereit, dich zur Frau zu nehmen, und das ist deine Chance, es wiedergutzumachen.«

»Es wiedergutzumachen? Du mußt wahnsinnig sein, Bard!«

»Soviel schuldest du mir zumindest! Wenn du jetzt vernünftig bist und dich nicht mehr so töricht wehrst, könnte es für dich ebenso erfreulich sein wie für mich, und so hätte ich es am liebsten. Aber auf jeden Fall bin ich stärker als du, und du mußt einsehen, daß es keinen Zweck hat, gegen mich anzukämpfen. So ...« Er zerrte an ihrem Halstuch. »Ziehen wir diese Kleider aus.«

»Nein!« schrie sie in panischer Angst und wich vor ihm zurück. Bard knirschte mit den Zähnen. Wenn die kleine Katze auf einen Kampf aus war, wollte er dem ein schnelles Ende bereiten. Er zog ihr das Halstuch ab und warf es fort, dann faßte er oben in ihre Jacke und riß sie bis zum Saum auf, raffte die Fetzen zusammen und schleuderte sie zu Boden. Die Unterjacke folgte; der dünne Stoff zerriß leicht. Ihre Fingernägel hinterließen Kratzer auf seinen Händen, und sie trommelte ihm mit den Fäusten ins Gesicht, aber er achtete nicht darauf. Während sie noch immer um sich schlug, hob er sie hoch, warf sie in der Mitte des Betts nieder und legte sich neben sie. Sie trat nach ihm, und er schlug sie brutal mit der offenen Hand. In ihrem dünnen Hemd krümmte sie sich von ihm weg und begann zu weinen.

»Carlie, mein Herz, meine Liebste, ich will dir nicht weh tun, es hat keinen Zweck, daß du dich gegen mich wehrst.« Er versuchte, sie eng an sich zu ziehen, aber sie drehte schluchzend das Gesicht von seinem suchenden Mund fort. Wütend über ihr Weinen, wo er doch so zärtlich zu ihr sein wollte, ohrfeigte er sie noch einmal heftig. Sie hörte auf, sich zu wehren, und lag still, und die Tränen strömten ihr übers Gesicht. Verdammt sollte sie sein! Es hätte so schön für sie beide sein können! Warum hatte sie ihn gezwungen, das zu tun?

Sie hatte den Augenblick verdorben, von dem er jahrelang geträumt hatte, und das machte ihn nicht nur wütend, es erregte ihn auch. Er warf sich über sie, zog ihr Hemd hoch und zwang ihre Beine mit seiner Hand auseinander. Sie wölbte ihren Körper nach oben und versuchte, ihn abzuschütteln, aber er drückte sie mit Gewalt hinunter. Sie keuchte und lag still, zitternd und schluchzend. Jetzt kämpfte sie nicht mehr gegen ihn an, obwohl er sah, daß er ihr weh tat. Sie biß die Zähne so fest auf die Unterlippe, daß dort ein Blutfleck entstand. Bard versuchte, ihn wegzuküssen, aber sie warf den Kopf zur Seite. Steif wie ein Leichnam lag sie in seinen Armen, nur daß ihr immer noch die Tränen über das Gesicht flossen, als seien sie allein lebendig.

»Lord General ...«, wurde Paul, der den Flur hinunterschritt, von einem Soldaten angehalten. Einen Augenblick lang glaubte er, Bard sei plötzlich in dem Quergang aufgetaucht. Dann wurde ihm klar, daß er selbst angeredet worden war. Also war es dahin gekommen, daß er Bard so sehr glich! Er wollte seine Identität schon enthüllen, dann fiel ihm ein, daß ja keiner auf den Gedanken kommen durfte, Paolo Harryl und Bard seien sich dermaßen ähnlich. Schnell durchforschte er sein Gedächtnis nach dem Namen des Mannes.

»Lerrys.«

Die Augen des Mannes wanderten zu dem Kratzer auf Pauls Wange. »Ihr seht aus, als hättet Ihr mit einer dieser Huren in Rot gekämpft«, lachte er. »Ich hoffe, Ihr habt ihr die Ohrringe aus den Löchern gerissen, Sir.« Auf *Casta* war die Redewendung leicht zweideutig, und Paul – der den Witz auf seiner eigenen Welt ein bißchen zu plump gefunden hätte – lachte kameradschaftlich und antwortete nur mit einem wissenden Grinsen.

»Ich hörte, daß sie alle desertiert sind, Sir. Wollt Ihr sie bestrafen oder zu Gesetzlosen erklären oder etwas in der Art? Die Männer hätten ihren Spaß daran, und die Frauen würde es lehren, an dem ihnen angemessenen Platz zu bleiben.«

Paul schüttelte den Kopf. »Falken fliegen keinen Käfigvögeln nach, und Reisende soll man nicht aufhalten.« Gedankenverloren ging er weiter zu seinen eigenen Räumen. Wie er es vorhergesehen hatte, wartete Melisandra auf ihn.

Sie legte die Arme um ihn und küßte ihn, und Paul wurde bewußt, daß er sich auf dem ganzen Rückweg von der Insel des Schweigens auf diesen Augenblick gefreut hatte. Was war mit ihm geschehen, daß eine Frau ihm so unter die Haut geraten konnte?

»Wie geht es Erlend?«

»Gut, obwohl ich wünschte, wir könnten ihn aufs Land schicken, wo er sicher wäre«, antwortete sie, »oder noch besser in den Turm. Aber . . .«, sie wurde blaß, ». . . nach dem, was in Hali geschehen ist, weiß ich nicht recht, ob es im Turm oder sonst irgendwo im Land noch Sicherheit gibt.«

»Schicke ihn aufs Land, wenn du willst«, meinte Paul. »Ich bin überzeugt, Bard wird nichts dagegen haben. Aber warum glaubst du, er sei hier nicht sicher, Melisandra?«

»Ich habe Aldaran-Blut«, antwortete sie zögernd, »und in dieser Linie ist das *Laran* der Vorausschau. Es ist nicht zuverlässig – ich kann es nicht immer kontrollieren. Aber manchmal . . . Es mag nur meine Angst sein, aber ich habe Feuer, Feuer in dieser Burg gesehen, und einmal, als ich König Alaric ansah, erblickte ich Flammen um sein Gesicht . . .«

»Oh, Liebste!« Paul drückte sie an sich und dachte, wenn ihr etwas zustoßen sollte, gäbe es weder auf dieser noch irgendeiner anderen Welt mehr Glück für ihn. Was war nur mit ihm geschehen?

Mit ihrer weichen Hand berührte sie den Kratzer in seinem Gesicht. »Wie hast du das bekommen? Es sieht zu klein aus für eine Kriegsverletzung.«

»Ist es auch nicht«, erwiderte Paul, »denn ich habe es von einer Frau.«

Sie lächelte. »Ich frage nie danach, was ein Mann während eines Feldzugs getan hat. Ich kann mir schon denken, daß du genug Frauen gehabt hast, aber kannst du keine willigen finden? Ich glaube nicht, mein Schöner, daß auch nur eine dich abweisen würde.«

Paul fühlte, daß er errötete. Er dachte an die hübsche Rothaarige, die er und Bard sich geteilt hatten. Gott wußte, daß sie willig genug gewesen war. Aber anfangs war sie nur ein Trost darüber gewesen, daß Melisandra nicht da war, und später ein Vorwand für die Konfrontation mit Bard. »Die Frauen, die ich nehme, sind willig, meine Liebste«, sagte er und wunderte sich über sich selbst, warum er sich die Mühe machte, das zu erklären. Was war in den letzten paar Monaten über ihn gekommen? »Das hier hat eine Gefangene gemacht, eine Frau, die ihm zu bringen Bard mir befohlen hatte.«

Das war es. Ich haßte es, eine Frau für ihn zu holen. Ich bin nicht sein verdammter Lakai! Zornig erkannte er den Grund für seine Verstimmung, und Melisandra, die sich in Rapport mit ihm fallen ließ, sagte: »Das überrascht mich. Es gibt wenig genug Frauen, die Bard verschmähen würden. Allerdings, so hörte ich, floh Prinzessin Carlina vom Hof. Es war davon geredet worden, sie miteinander zu verheiraten, als sie noch sehr jung waren.« Und als sie weiter seinen Gedanken folgte, flogen ihre kleinen Hände an ihren Mund, und sie starrte ihn an.

»Carlina, im Namen der Göttin! Er hat *dich* geschickt – um selbst dem Zorn Avarras zu entgehen und ihn auf dich zu lenken!«

»Ich glaube nicht, daß das allein der Grund war.« Paul erklärte ihr, daß er immun gegen den Zauber war, der auf der Insel des Schweigens lag.

Sie hörte ihm beunruhigt zu und schüttelte verzweifelt den Kopf. »Jeder Mann, der seinen Fuß auf die Insel setzt, muß sterben . . .«

»Erstens«, sagte Paul, »fürchte ich mich nicht vor eurer Göttin. Das sagte ich Carlina. Und dann ist sie seine Frau . . .«

Melisandra schüttelte den Kopf. »Nein, die Göttin beansprucht das Recht auf sie. Vielleicht wird Avarra sie zum Werkzeug ihrer Rache machen. Entkommen kann Bard seiner Strafe nicht.« Sie erschauerte; ihr Gesicht war weiß vor Entsetzen. »Ich dachte, selbst Bard hätte sich die Warnung zu Herzen genommen, als er das erste Mal von der Insel vertrieben wurde«, flüsterte sie. »Ich hasse Bard nicht; er ist der Vater meines Sohns. Und doch . . . und doch . . .«

Verzweifelt lief sie im Zimmer auf und ab. »Und die Strafe für einen Mann, der eine Priesterin Avarras vergewaltigt ... ist schrecklich! Erst hat er sich die Schwesternschaft vom Schwert zum Feind gemacht, und nun dies!«

Paul beobachtete sie besorgt. Sein ganzes Leben lang hatte er geglaubt, Frauen wünschten sich im Grunde, beherrscht zu werden, in ihrem tiefsten Inneren verlangten sie danach, daß ein Mann sie nahm. Und wenn sie es nicht wußten, tat ein Mann ihnen nichts Böses, wenn er ihnen zeigte, was sie in Wirklichkeit wollten. Während er jetzt Melisandra betrachtete, hatte er keinen Zweifel daran, daß sie wußte, was sie wollte, und das war für ihn eine neue und ziemlich beunruhigende Vorstellung. Aber Bard hatte sie gegen ihren Willen genommen ... Er merkte, daß er diesen Gedanken nicht zu Ende denken durfte, oder er würde Bard umbringen wollen.

Ich will Bard nicht töten. Irgendwie ist er zu einem Teil meiner selbst geworden ...

»Aber was ist mit der Schwesternschaft, Melisandra? Sie laufen unter Männern umher und stellen ihre Weiblichkeit zur Schau. Haben sie das Recht zu sagen: Ja, hier bin ich, aber du darfst mich nicht anrühren? Ich bin auch der Meinung, daß Frauen nicht berührt werden sollten, die unter dem Schutz ihrer Männer zu Hause bleiben. Doch die Schwestern vom Schwert haben auf diesen Schutz verzichtet ...«

»Glaubst du, alle Frauen seien gleich? Ich kenne die Schwestern vom Schwert nicht, auch wenn ich hin und wieder mit einer von ihnen gesprochen habe. Ich weiß sehr wenig von ihrem Leben. Wenn sie sich jedoch entschlossen haben, das Schwert zu ergreifen, sehe ich nicht ein, warum man sie das nicht in Frieden tun lassen soll ...« Sie merkte, was sie gesagt hatte, und kicherte. »Das meine ich natürlich nicht. Aber man sollte sie nicht daran hindern. Warum soll der Zufall der Geburt sie des Rechts berauben, Krieg zu führen, wenn sie das dem Nähen von Mänteln und Sticken von Kissen und Zubereiten von Käse vorziehen?«

Paul mußte über ihren Eifer lächeln. »Als nächstes wirst du noch sagen, Männer sollten das Recht haben, ihr Leben mit dem Besticken von Tischtüchern und dem Waschen von Windeln zuzubringen!«

»Zweifelst du daran, daß manche Männer dazu besser geeignet wären als für den Krieg?« fragte sie. »Und wenn sie Röcke anziehen und zu Hause bleiben und den Brei kochen wollten! Eine Frau kann wenigstens heiraten oder eine *Leronis* werden oder sich der Schwesternschaft angeloben und ihre Ohren durchbohren und das

Schwert ergreifen, aber die Götter mögen dem Mann helfen, der etwas anderes zu sein wünscht als ein Soldat oder Landmann oder *Laranzu!* Warum sollte eine Frau, die das Schwert trägt, eine Vergewaltigung zu fürchten haben, wenn sie besiegt wird? Ich bin eine Frau – möchtest du erleben, daß ich so mißbraucht werde?«

»Nein«, sagte Paul. »Ich würde jeden Mann töten, der es versucht, und er sollte nicht leicht sterben. Aber du bist eine Frau, und sie . . .«

»Und sie sind auch Frauen«, unterbrach sie ihn ärgerlich. »Wenn Frauen dem Pflug folgen oder in der Wildnis Tiere hüten müssen, um den Lebensunterhalt für ihre verwaisten Kinder zusammenzukratzen, werden sie von den Männern auch nicht für unweiblich gehalten. Ein Mann, der eine einsame Hirtin oder Fischerin vergewaltigt, wird überall als einer verachtet, der keine willige Frau finden kann. Warum sollen nur Schwertkämpferinnen vogelfrei sein? Wenn du einen Feind gefangennimmst, stehen dir seine Waffen zu, und du kannst ihn zwingen, sie auszulösen, und in der schlechten alten Zeit konntest du ihn auf Jahresfrist als Diener behalten. Aber du zwingst ihn doch nicht zum Beischlaf!«

»Das hat Bard auch gesagt«, berichtete Paul. »Er befahl seinen Männern, sie als Kriegsgefangene mit Achtung zu behandeln, sonst würden sie ausgepeitscht.«

Melisandra fragte: »Wirklich? Das ist das Beste, was du mir je über Bard di Asturien erzählt hast. Vielleicht ändert er sich mit dem Älterwerden, wird mehr ein Mensch und weniger ein wilder Wolf . . .«

Paul sah sie scharf an. »Du haßt ihn nicht wirklich, nicht wahr, Melisandra? Obwohl er dich vergewaltigte . . .«

»Oh, mein Lieber«, sagte sie, »es war keine Vergewaltigung. Ich war willig genug, auch wenn es wahr ist, daß er einen Glanz über mich warf. Aber ich habe inzwischen erfahren, daß sich viele Frauen einem Mann unter einem Glanz hingeben, und manchmal wissen sie es nicht einmal. Ich hoffe, die Göttin Avarra wird Bard vergeben, wie ich ihm vergeben habe.« Sie legte ihre Arme um Paul. »Aber warum reden wir von ihm? Wir sind zusammen, und es ist nicht wahrscheinlich, daß er uns diese Nacht stören wird.«

»Nein«, sagte Paul. »Ich glaube, Bard wird an eine Menge anderes zu denken haben. Zwischen Lady Carlina und dem Zorn Avarras wird er kaum noch einen Gedanken für uns erübrigen können.«

Carlina hatte lange Zeit geweint. Endlich ließ ihr Schluchzen nach, und nur noch die Tränen quollen ihr unter den geschwollenen Augenlidern hervor und tränkten das feuchte Kissen.

»Carlina«, sagte Bard, »ich bitte dich, weine nicht mehr. Es ist geschehen. Mir tut es leid, daß ich dir weh tun mußte, aber von nun an wird es besser gehen. Ich gebe dir mein Wort, daß ich dich nie wieder grob behandeln werde. Bis an unser Lebensende können wir glücklich zusammen leben, Carlie, jetzt, wo du mich nicht mehr zurückweisen kannst.«

Sie drehte sich um und sah ihn an. Ihre Augen waren vom Weinen so verschwollen, daß sie ihn kaum sehen konnte. Sie sagte mit heiserem Stimmchen: »Glaubst du das immer noch?«

»Natürlich, meine Geliebte, meine Frau.« Er faßte nach ihrer schmalen Hand, aber sie zog sie ihm weg.

»Avarra sei uns gnädig«, explodierte er, »warum sind Frauen so unvernünftig?«

Sie blickte hoch, und ein seltsames kleines Lächeln spielte um ihre Mundwinkel. Sie sagte: »*Du* rufst die Gnade Avarras an? Ein Tag wird kommen, Bard, an dem du jenen Eid nicht mehr so leichtnehmen wirst. Du hast das Recht auf ihre Gnade verwirkt, meine ich, als du mich von der Insel entführen ließest, und dann heute nacht noch einmal.«

»Heute nacht . . .« Bard zuckte die Schultern. »Avarra ist die Herrin der Geburt und des Todes – und des Herdfeuers. Sie kann doch nicht zornig über einen Mann sein, der seine Frau nimmt, die sich ihm angelobt hatte, lange bevor sie der Göttin ihren verräterischen Eid schwur. Und wenn sie eine Göttin ist, die sich zwischen Mann und Frau stellt, dann will ich schwören, daß ich ihrer Verehrung überall im Königreich ein Ende bereiten werde.«

»Die Göttin ist die Beschützerin aller Frauen, Bard, und sie bestraft eine Vergewaltigung.«

»Behauptest du immer noch, du seist vergewaltigt worden?«

»Ja«, erklärte sie unnachgiebig.

»Ich glaube nicht, daß du viel dagegen hattest. Deine Göttin weiß es, du hast nicht versucht, mich abzuwehren . . .«

»Nein«, antwortete sie mit leiser Stimme, aber er hörte den unausgesprochenen Zusatz: *Ich hatte Angst . . .* Er hatte sie ein zweites Mal genommen, und sie hatte nicht um sich geschlagen und nicht versucht, ihn abzuwehren, sondern hatte still und passiv dagelegen und ihn tun lassen, was er wollte, als sei sie eine Stoffpuppe.

Er sah sie mit Verachtung an. »Keine Frau hat sich je über mich beklagt – hinterher. Mit der Zeit wirst auch du dahin kommen, Carlina. Warum kannst du nicht ehrlich über deine Gefühle sein? Alle Frauen sind gleich: Im Herzen begehren sie einen Mann, der sie nimmt und beherrscht, und auch du wirst eines Tages aufhören, dich zu wehren, und zugeben, daß du mich ebenso begehrtest wie ich dich. Aber ich mußte dich zwingen, daß du es dir selbst eingestandest. Du warst zu stolz, Carlie. Ich mußte deinen Stolz brechen, bevor du zugeben konntest, daß du mich wolltest.«

Sie setzte sich im Bett hoch und griff nach dem schwarzen Mantel Avarras.

Er riß ihn ihr weg und schleuderte ihn wütend in eine Ecke. »Laß mich nicht noch einmal sehen, daß du das verdammte Ding trägst!«

Carlina zuckte die Schultern. In ihrem zerrissenen Hemd stand sie so stolz und gerade da, als habe sie ein Staatsgewand an. Die Tränen strömten immer noch mit ihrem eigenen Leben dahin, aber sie wischte sie ungeduldig weg. Ihre Stimme war ruhig und kalt, wenn auch heiser vom vielen Weinen. »Glaubst du das wirklich, Bard? Oder ist das deine Methode, dich vor der Erkenntnis zu bewahren, welche Grausamkeit du begangen hast, welch ein elender Schurke du in Wirklichkeit bist?«

»Ich bin nicht anders als andere Männer«, verteidigte er sich, »und du, meine Lady, bist nicht anders als andere Frauen, abgesehen von deinem Stolz. Ich weiß von Frauen, die sich sogar lieber töten als zugeben, daß ihre Wünsche sich in nichts von denen der Männer unterscheiden – aber ich dachte, du seist ehrlicher, du könntest dir selbst eingestehen – nun, da ich es unvermeidbar gemacht habe –, daß du mich gewollt hast.«

»Das«, erklärte sie sehr leise, »ist eine Lüge, Bard. Eine Lüge. Und wenn du daran glaubst, dann nur deswegen, weil du nicht zu begreifen wagst, was du getan hast und was du bist.«

Er zuckte die Schultern. »Zumindest kenne ich die Frauen. Seit meinem vierzehnten Jahr habe ich genug gehabt.«

Carlina schüttelte den Kopf.

»Du hast nie eine Frau richtig kennengelernt, Bard. Du weißt von ihnen nur, was du selbst über sie zu glauben wünschst, und das ist sehr weit von der Wahrheit entfernt.«

»Und was ist die Wahrheit?« fragte er mit beißender Verachtung.

»Du fragst mich«, sagte sie, »aber du wagst es nicht zu begreifen, nicht wahr? Hast du jemals einen Versuch gemacht, die Wahrheit herauszufinden – die wirkliche Wahrheit, Bard, nicht die beruhigenden Lügen, die die Männer sich einreden, um damit leben zu können, was sie sind und was sie tun?«

»Willst du mir vorschlagen, ich solle eine Frau danach fragen und mir die Lügen anhören, die die *Frauen* sich einreden? Ich sage dir, sie alle – ja, und du auch, Lady – wollen beherrscht werden, wollen, daß ihr Stolz gebrochen wird, damit sie sich zu ihren wirklichen Wünschen bekennen können ...«

Sie lächelte ein kleines bißchen. »Wenn du das glaubst, Bard, dann wirst du sicher nicht zögern, dir die wirkliche Wahrheit von Geist zu Geist übertragen zu lassen, so daß keiner den anderen belügen kann.«

»Ich wußte nicht, daß du eine *Leronis* bist«, sagte Bard, »aber ich bin mir ganz sicher, Lady, wenn du den Mut hast, mir deine innersten Gedanken zu zeigen, brauche ich das, was ich sehen werde, nicht zu fürchten.«

Carlina berührte ihre Kehle, wo der Sternenstein in seinem Lederbeutelchen an einem geflochtenen Riemen hing. »Sei es so, Bard. Und Avarra habe Erbarmen mit dir, denn ich werde dir nicht mehr Mitleid schenken als du mir in der vergangenen Nacht. Wisse denn, was ich bin – und was du bist.«

Sie wickelte den Stein aus, und seine Bläue, die kleinen Lichtbänder, die sich in ihm ringelten, verursachten Bard leichte Übelkeit.

»Sieh her«, sagte sie mit leiser Stimme. »Sieh von innen heraus, wenn du willst.«

Einen Augenblick lang geschah gar nichts, nur daß er sich ein wenig seltsam fühlte, und dann erkannte Bard, daß er sich so sah, wie Carlina ihn damals gesehen hatte, als er an den Hof kam und ihr Pflegebruder wurde: groß, lümmelhaft, ein unbeholfener Junge, der nicht tanzen konnte, zu schnell in die Höhe geschossen, über seine eigenen Füße stolpernd ... *Und sie hatte Mitleid mit mir? Nicht mehr als Mitleid?* Nein. Er sah sich mit ihren Augen als den großen Jungen, gutaussehend, einschüchternd, sogar ein bißchen bewunderungswürdig, der ihr Kätzchen von dem Baum herunterholte – und plötzlich, als sie ihm so dankbar war, drohte, dem Kätzchen den Hals umzudrehen, so daß ihre Dankbarkeit in Angst unterging: *Wenn er das einem Kätzchen antun kann, was könnte er mir antun?* Carlina, so erkannte Bard, war er gewaltig, angsteinflößend, groß wie die Welt vorgekommen. Als sie nun verlobt werden sollten und sie zum ersten Mal an Bard als einen möglichen Ehemann dachte, empfand er mit ihr den Widerwillen. Muskulöse Arme würden sie drücken, rauhe Hände sie berühren. Sich krümmend vor Scham hatte sie vor allen Leuten seinen Kuß empfangen. Und dann ihr Zorn, als sie Lisarda in ihren Armen hielt, und das Mädchen wußte nicht einmal, was Bard getan hatte oder warum, nur daß sie mißbraucht, geschändet, gedemütigt worden war und daß sie ihm nicht widerstehen konnte, obwohl sie ihn haßte und ihr übel war von dem, was ihrem Körper angetan worden war, und wie er ihre Zustimmung zu ihrer eigenen Vergewaltigung erzwungen hatte ...

Und dann das Fest ... Er hatte sie auf die Galerie geführt, und sie wußte, daß er von ihr, ob sie bereit war oder nicht, das haben wollte, was er von Lisarda gehabt hatte. Nur war es für sie schlimmer, weil sie *wußte*, was er wollte und warum ...

Bard begehrt mich nicht wirklich, er will in seinem Stolz nur bei der Tochter des Königs liegen, damit er des Königs Schwiegersohn wird. Er hat allein weder Namen noch Würde, deshalb muß er die Tochter des Königs zur Frau haben, die ihm Legitimität verleihen wird ... Und er will meinen Körper ... wie er den Körper jeder Frau haben will, die er sieht ... Bard empfand mit Carlina die physische Übelkeit bei seiner Berührung, den Widerwillen, als sich seine Zunge in ihren Mund bohrte, seine Hände auf ihrem Körper lagen – und die schwindelerregende Erleichterung, als Geremy sie erlöste. Durch ihre Augen sah er sich den verfluchten Dolch gegen Geremy zücken und hörte Geremys Schreie und sah ihn sich in Krämpfen winden ...

»Aufhören!« rief er laut, aber die Matrix hielt ihn erbarmungslos fest und zog ihn hinein in Carlinas Beschämung darüber, daß sie ihn früher einmal bewundert, daß sie früher einmal die ersten Regungen des Begehrens für ihn empfunden hatte ... Es war, als habe er dies Gefühl mit eigenen Händen zerquetscht, so daß sie dastand und nichts mehr für ihn empfand, als er zum Gesetzlosen erklärt wurde und in die Verbannung ging. Und er hatte gleichzeitig jeden Wunsch in ihr getötet, überhaupt einmal zu heiraten. Als ihr Geremy angeboten wurde, war sie in die Sicherheit der Insel des Schweigens geflohen, und dort hatte der Friede die Erinnerung ausgelöscht ... oder beinahe ausgelöscht. Bard meinte, vor Entsetzen das Bewußtsein zu verlieren, als er mit Carlina die Todesangst erlebte, allein, gefesselt und geknebelt zu sein ... *hilflos, völlig hilflos* ... in einer Pferdesänfte unterwegs zu einem unbekannten Ort, um einem unbekannten Mann ausgeliefert zu werden. Jeder Gedanke Carlinas übertrug sich quälend auf ihn, die Angst vor fremden Händen, das Entsetzen, als sie Bards hassenswertes Gesicht – wie sie glaubte – in die Sänfte spähen sah und erkannte, daß sie von seinem Stolz und seinem Ehrgeiz keine Gnade zu erwarten hatte. Er focht mit ihr den verzweifelten Kampf aus, als sie, für einen Augenblick von den Fesseln befreit, davongerannt war wie ein gehörntes *Chervine*, nur um wieder eingefangen, verschnürt und in die Sänfte geworfen zu werden. (Inmitten des Entsetzens war ein Augenblick der Befriedigung, als ihre Nägel Pauls Wange blutig kratzten.) Die Demütigung,

Stunde auf Stunde gefesselt und geknebelt in der Sänfte eingesperrt zu sein, die Scham darüber, in ihrem vom eigenen Urin durchweichten Kleid zu liegen. Die Erkenntnis, als sie in ihre eigenen Räume gebracht wurde, daß sie geschlagen war, daß es kein Entrinnen mehr gab. Sie hörte sich – zu erschöpft, um weiter Widerstand zu leisten – ihr Ehrenwort geben, nur damit die ihr ins Fleisch einschneidenden Fesseln gelöst wurden, damit sie Essen und Pflege und ein Bad und saubere Kleider bekam. *Jetzt werde ich mich nie mehr für tapfer halten können . . .*

Als Bard zu ihr kam, war sie bereits zur Hälfte geschlagen. Bard sprach mit ihr in abgerissenen Sätzen das Gebet: *Mutter Avarra, hilf mir jetzt, rette mich, schütze mich, die ich mich Dir angelobt habe, laß dies nicht geschehen . . . Warum, warum muß dies geschehen, warum verläßt Du mich, ich habe alles gehalten, was ich geschworen hatte, ich habe Dir treu als Deine Priesterin gedient . . .* Und das grauenhafte Gefühl, im Stich gelassen zu sein, als ihr klar wurde, daß die Göttin ihr nicht helfen würde, daß niemand ihr helfen würde, daß sie mit Bard allein und er stärker als sie war . . .

Todesangst und schreckliche Demütigung, als ihr die Kleider abgerissen wurden, ein Schmerz, der sie durchbohrte und zerriß. Aber schlimmer als der Schmerz war das Wissen, daß sie für ihn nichts als ein Gegenstand war, den er benutzte. Das Stoßen seines Körpers in ihren tiefsten und geheimsten Teilen, das Gefühl der Wertlosigkeit, die Selbstverachtung, daß sie es zuließ, so benutzt zu werden, Selbsthaß und Grauen, daß sie ihn nicht gezwungen hatte, sie vorher zu töten, daß sie nicht bis zum Tod gekämpft hatte. Bestimmt konnte nichts, gar nichts, was er ihr hätte antun können, schlimmer sein als dies . . . Und als sein Samen sich in sie ergoß, die Angst und das Wissen um ihre eigene Verwundbarkeit, daß sie nichts anderes sein würde als ein Gehäuse für sein Kind, *sein* . . . ein Parasit, der in ihr wachsen und ihren reinen Körper übernehmen konnte . . . Aber sie hatte es zugelassen, sie hätte sich heftiger wehren können, sie verdiente nichts anderes . . .

Bard wußte nicht, daß er sich auf dem Fußboden krümmte, daß er unter dieser Gewalttat schrie, wie Carlina nicht geschrien hatte, die Zähne in die Lippen schlug, ein geschlagenes, gedemütigtes, um den Verstand gebrachtes Ding. Die Welt bestand aus Dunkelheit und seinem eigenen Schluchzen, als er mit Carlina das Entsetzen durchlebte, noch einmal genommen, noch einmal benutzt zu werden. Und er hatte an diesem Grauen Vergnügen gefunden . . . Befriedigung und das verächtliche Gefühl, daß sie nichts anderes verdiente . . .

Aber das war noch nicht alles. Sein *Laran* war erweckt worden, und andere Erinnerungen, andere Wahrnehmungen fluteten über ihn hin. Er sah sich selbst mit Lisardas Augen, nackt, monströs, grauenerregend, wie er Gewalt und Schmerz austeilte ... sah sich mit Melisandras Augen, hassenswerter Zwang und eine Lust, die Selbstverachtung erzeugte, das Entsetzen darüber, daß sie gedemütigt und für das Gesicht verdorben war, die Angst vor Strafe und den verächtlichen Redensarten Lady Jeranas und, noch schlimmer, vor Meloras Mitleid ...

Wieder stand er am Ufer des Sees des Schweigens, und eine Priesterin in einer dunklen Robe verfluchte ihn. Und dann trieben die Gesichter all jener auf ihn zu, die er getötet und geschändet hatte, und fraßen an seiner Seele. Er wand sich und heulte im Griff einer Selbsterkenntnis, die so tief war, daß nichts übrigblieb. Er sah sich als ein kleines, krankes, schändliches Ding ... *der elende Schurke, der du in Wirklichkeit bist* ... und er wußte, das war die Wahrheit. Er hatte tief in seine eigene Seele geblickt und sie schlecht gefunden, und von ganzem Herzen sehnte er den Tod herbei, als es weiterging ... und weiterging ... und weiterging ...

Dann war es vorbei, und er lag zusammengekrümmt und völlig erschöpft auf dem Fußboden. Irgendwo, eine Million Meilen entfernt, weiter fort als die Monde, nahm die rächende Avarra eine Matrix fort, und die Welt versank in gnädiger Dunkelheit.

Stunden später begann die Finsternis sich aufzulösen. Bard regte sich, hörte eine einzige Stimme durch den Sturm von Haß und Beschuldigungen und Selbstverachtung, der ihn umtobte.

Bard, ich glaube, du bestehst aus zwei Männern ... und diesen anderen werde ich nie aufhören zu lieben ...

Melora, die ihn geliebt und geschätzt hatte. Melora, die einzige Frau, in deren Augen er sich nicht selbst vernichtet hatte.

Sogar mein Bruder, sogar Alaric würde mich hassen, wenn er wüßte, was ich getan habe. Aber Melora kennt das Schlimmste von mir und haßt mich nicht. Melora, Melora ...

Halb betäubt zog er sich an. Er blickte zu Carlina hin, die in tiefer Erschöpfung auf dem Bett lag. Sie war sogar zu müde dazu gewesen, den schwarzen Mantel über sich zu ziehen. Immer noch trug sie das zerrissene, blutbefleckte Hemd, und ihre Augen waren wund vom Weinen und tief in die Höhlen eingesunken. Er betrachtete sie mit entsetzlicher Angst und dachte: *Carlie, Carlie, ich habe dir niemals weh tun wollen; was habe ich getan?* Voll Furcht, sie könne erwachen und ihn wieder mit diesen schrecklichen Augen ansehen, schlich er auf Zehenspitzen in den Flur hinaus. *Melora!* Er konnte nur noch einen Gedanken fassen. Er wollte zu Melora. Melora allein konnte seine Wunden heilen ... Aber vor allen anderen Dingen war Bard Soldat, und sosehr er sich wünschte, die Treppe hinunterzueilen und auf sein Pferd zu springen, zwang er sich doch, die andere Richtung einzuschlagen und seine eigenen Räume aufzusuchen.

Paul blickte entgeistert auf, als Bard eintrat. Er wollte sagen: Großer Gott, Mann, ich dachte, du hättest die Nacht mit deiner Frau verbracht, und du siehst aus, als hättest du in einer der Höllen Dämonen gejagt ... aber der Blick in Bards Augen ließ ihn verstummen. Melisandra trat in einem Hausmantel ein, das Haar lose aufgebunden, rosig von ihrem Bad. Bard blickte zu ihr hin und gequält wieder weg.

»Bard«, fragte sie mit ihrer süßen, wohllautenden Stimme, »was ist mit dir, mein Lieber? Bist du krank?«

Er schüttelte den Kopf. »Ich habe kein Recht ... kein Recht, dich zu bitten ...« Die Heiserkeit seiner Stimme bestürzte und entsetzte Paul. »Doch ... im Namen Avarras ... du bist eine Frau. Ich bitte dich, zu Carlina zu gehen. Ich möchte nicht, daß ... daß sie noch weiter gedemütigt wird, indem ... ihre eigenen Mädchen sie ... in diesem Zustand sehen. Ich ...« Seine Stimme brach. Er hob die Hand und schnitt ihre weiteren Fragen ab, und Melisandra erkannte, daß dieser Mann völlig am Ende seiner Kräfte war.

Bard wandte sich Paul zu und beschwor einen letzten Rest seines früheren Ichs herauf.

»Bis ich zurückkehre ... bis ich zurückkehre, bist du Lord General der Armee von Asturias. Es ist früher eingetreten, als wir dachten, das ist alles.«

Paul öffnete den Mund zum Protest, aber bevor er sprechen konnte, war Bard aus dem Zimmer gestürzt.

Als die Schritte seiner gestiefelten Füße verklangen, wandte sich Paul erstaunt und betroffen Melisandra zu.

»Was, zum Teufel, ist los mit ihm? Er sieht aus wie der Zorn Gottes!«

»Nein«, antwortete Melisandra, »wie der Zorn der Göttin. Ich glaube, daß er von Angesicht zu Angesicht dem Zorn Avarras gegenübergestanden hat und daß sie nicht sanft mit ihm umgegangen ist.« Sie schob Pauls Hand zur Seite. »Ich muß zu Lady Carlina gehen. Er hat mich im Namen der Göttin darum gebeten, und diese Bitte darf keine Frau und keine Priesterin jemals abschlagen.«

6

Bard ritt allein, an sein galoppierendes Pferd geklammert, und auf dem ganzen weiten Weg nach Neskaya konnte er sich kaum im Sattel halten. Er war krank und erschöpft, Schmerz und Verzweiflung hämmerten in ihm wie die Hufschläge auf der Straße, und er wußte nicht, ob er seine eigene oder Carlinas Demütigung so quälend empfand. Die Schande versengte ihm die Seele. Er spürte Carlinas Schmerz, ihre Selbstverachtung, und wunderte sich darüber... Warum haßt sie sich für etwas, das *ich* ihr angetan habe? Doch er wußte, sie machte sich zum Vorwurf, ihn nicht gezwungen zu haben, sie vorher zu töten. Noch tiefer in sein Inneres hatte sich Melisandras sanfte Stimme gebohrt, als sie fragte: *Bard, was ist mit dir, mein Lieber? Bist du krank?* Wie konnte sie ihm verziehen haben, sie, der er das Gleiche angetan hatte wie Carlina? Und doch war ihre Besorgnis um ihn echt gewesen. Lag es nur daran, daß er ihren Sohn gezeugt hatte? Oder besaß sie eine Quelle des Trostes, die ihm unbekannt war? *Als ich den Trost der Göttin nötig hatte, war ich jünger und unwissender, als du dir vorstellen kannst,* hatte sie einmal zu ihm gesagt. Sie hatte ihren Schmerz überwunden oder doch zumindest überlebt. Aber in Carlina war alles frisch und roh, die Erinnerung an den Augenblick, als sie zu der Göttin aufgeschrien und erkannt hatte, daß die Göttin nicht eingreifen konnte oder wollte, um sie zu retten. *Und dann traf die Göttin mich durch Carlina und rächte sie – sie und alle anderen Frauen, die ich mißbraucht habe. Aber warum mußte Carlina leiden, damit die Göttin mich treffen konnte?*

Werde ich wahnsinnig?

Er ritt den ganzen Tag, und als die Nacht kam, ritt er bei Mondlicht weiter, denn er konnte den Turm von Neskaya bereits über die Hügel aufragen sehen. Er hatte nicht angehalten, um zu essen oder sich auszuruhen oder aus sonst einem Grund, nur sein Pferd hatte er ein paar Minuten verschnaufen lassen. Jetzt fiel ihm ein, daß er den ganzen Tag weder Speise noch Trank zu sich genommen und wenig Schlaf gehabt hatte. Er stieg für kurze Zeit ab und gab seinem Pferd Hafer. Sein schwerer Mantel hielt den abendlichen Nieselregen ab, und nun klärte sich der Himmel auf, und das grüne Gesicht Iriels lugte blaß durch die zerfetzten Wolken.

Sie beobachtet mich. Das ist das Gesicht der Göttin, die mich beobachtet.

Ja. Ganz bestimmt wird sie wahnsinnig. Nein, ich bin es, der wahnsinnig wird. Aber unterhalb seiner Verzweiflung bemerkte eine kleine Stimme vernünftig, daß er nicht wahnsinnig wurde, daß es für ihn einen so gnädigen Fluchtweg vor dem Schmerz der Selbsterkenntnis nicht gab.

Du wagst es nicht, wahnsinnig zu werden. Du mußt dich irgendwie zusammennehmen, damit du deine Untaten wiedergutmachen kannst ... obwohl nichts, nichts das auslöschen kann, was ich getan habe ...

Wieso hatte ich genug Laran, *um das alles zu sehen?*

Melisandra. Sie ist eine katalytische Telepathin.

Warum hat Melisandra mir nie gezeigt, was Carlina mir zeigte? Sie hatte die Macht. War es das Mitleid mit mir, das sie zurückhielt? Und warum sollte sie Mitleid mit mir haben nach dem, was ich ihr angetan habe?

Melora, Melora. Wenn er auch nur ein wenig Verstand gehabt hätte, wäre ihm an tausend kleinen Dingen aufgefallen, daß Carlina ihn nicht zum Mann und er sie nicht zur Frau wollte. Er hatte die Tochter des Königs heiraten wollen, damit sein Platz am Hof gesichert war. Aber warum hatte er so wenig Selbstvertrauen und Stolz gehabt? *Ich habe immer geglaubt, mein Stolz sei zu groß. Aber alles, was ich tat, geschah aus dem Grund, daß ich das Gefühl hatte, nicht gut genug zu sein*

Doch er war der *Nedestro*-Neffe des Königs. König Ardrin war seines Vaters Bruder, und seine illegitime Geburt hätte bei seinen Fähigkeiten in der Strategie und Kriegführung keine Rolle gespielt. Er hätte es als des Königs Kämpfer und Bannerträger weit bringen und Ehre und Ruhm gewinnen können ... Aber er hatte nicht fest genug an sich geglaubt, um dessen sicher zu sein. Er hatte sich Carlina aufdrängen müssen.

Und wenn König Ardrin sich diese Heirat einmal in den Kopf gesetzt hatte, hätten Carlina und er in einer aus politischen Gründen geschlossenen Ehe nicht unglücklicher zu werden brauchen als viele andere Paare am Hof. Nach dem erfolgreichen Feldzug, bei dem er das Haftfeuer erbeutete, hätte er jedoch genug Selbstvertrauen haben sollen, um sich zu sagen, der König werde ihn auch ohne diese Heirat zu schätzen wissen. Er hätte Carlina freigeben und Meister Gareth um Erlaubnis bitten sollen, um Melora zu werben. *Wenn sie mich hätte haben wollen. Ich glaube, ich wußte damals schon, daß ich nicht gut genug für sie war!*

Melora war der einzige Mensch, der ihn je geliebt hatte. Seine Mutter hatte ihn weggegeben, damit er bei seinem Vater aufwachsen konnte, und soviel er wußte, hatte sie nicht einen Augenblick gezögert. Hatte sein Vater ihn je geliebt, oder hatte er in Bard nur ein Werkzeug für seinen eigenen Ehrgeiz gesehen? Sein kleiner

Bruder Alaric hatte ihn geliebt ... *Aber Alaric hat mich nie gekannt, und wenn er gewußt hätte, was ich wirklich bin, hätte er mich nicht geliebt ... er hätte mich gehaßt, hätte mich verachtet. Er hatte nie eine Frau gehabt, die ihn liebte. Ich habe Zwang auf sie ausgeübt, damit sie in mein Bett kamen, weil ich das Gefühl hatte, keine von ihnen würde mich aus eigenem freien Willen haben wollen!*

Seine Pflegebrüder hatten ihn geliebt – und er hatte den einen fürs Leben gelähmt und sich den anderen erst zum Feind gemacht und ihn dann getötet ...

Und warum ist Beltran mein Feind geworden? Weil ich ihn verhöhnte ... und ich verhöhnte ihn, weil er meine Ängste um meine eigene Männlichkeit bloßlegte. Er schämte sich nicht, seine Schwäche zuzugeben oder seinen Wunsch auszusprechen, sich mit dem alten Gelübde Mut zu machen, das wir uns gaben, als wir Jungen waren ... aber ich fürchtete, er werde mich weniger männlich als sich selbst finden!

Und wenn ich in Neskaya ankomme, wird Melora mir sicher klarmachen, daß ich ein Narr war, wenn ich glaubte, es kümmere sie, was aus mir wird ... aber vielleicht wird sie Mitleid mit mir haben. Sie ist eine Leronis, *und vielleicht weiß sie, was ich tun muß, um mein Leben wieder in Ordnung zu bringen. Nicht etwa, daß ausgelöscht werden kann, was ich getan habe. Aber versuchen muß ich es. Vielleicht kann ich die Göttin besänftigen ...*

Ist es dazu zu spät?

Sein Pferd war jetzt sehr müde und ging langsam. Doch auch Bard war müde, unsagbar müde. Er wickelte sich auf eine Art in seinen Mantel, die in seiner neuen Empfindsamkeit die unerträgliche Erinnerung heraufbeschwor, wie sich Carlina mit ihrem schwarzen Mantel verhüllt hatte. Und er hatte ihr sogar diesen Fetzen einer schwachen Verteidigung weggerissen ...

Bard glaubte, mit dieser Empfindsamkeit nicht leben zu können. Er mußte sterben, wenn es noch länger andauerte, und doch wußte er tief in seinem Inneren, daß es nie wirklich aufhören würde. Ganz gleich, wie er sich um Wiedergutmachung bemühte, es würde ihm bis an sein Lebensende schmerzhaft bewußt sein, welche Qualen er anderen zugefügt hatte. Er mußte leben mit dem ständigen Gedanken daran, was er denen angetan hatte, die er liebte.

Liebte. Denn auf seine eigene wilde Art hatte er Carlina geliebt. Seine Liebe war selbstsüchtig und brutal, aber doch wirkliche Liebe gewesen, Liebe für das schüchterne kleine Mädchen, das seine Spielgefährtin gewesen war. Und er hatte auch Geremy und Beltran geliebt, und sie waren für immer aus seiner Reichweite entschwunden, und seine Strafe war das Wissen, daß er selbst sie hinweggetrieben hatte, Geremy in die Entfremdung, Beltran in den Tod. Und er liebte Erlend, und er wußte, er würde niemals seines Sohnes Zuneigung oder Achtung verdienen. Erhielt er sie trotzdem irgendwie (denn Kinder lieben ohne Grund), lag das nur an Erlends Güte und nicht an seiner. Denn wenn Erlend die Abgründe in ihm bekannt wären, würde er ihn hassen, und Alaric würde ihn hassen, und sein Vater würde ihn hassen ... wie auch Melora, die so gut und ehrlich war, ihn bestimmt hassen würde, wenn sie es wüßte. Und er mußte es ihr gestehen.

Aber welchen Schmerz mußte ihr seine Beichte bereiten! Er fragte sich, wie er Melora diese Last aufbürden, wie er es wagen könne, sein Herz zu erleichtern, indem er ihres mit Kummer beschwerte. Sollte er sich auf der Stelle töten, damit er nie wieder einem anderen Menschen weh tun konnte? Und dann erkannte er, daß auch diese Tat anderen Schmerz bereiten würde. Das Gefühl der Schuld konnte Carlina, die unter Scham und Demütigung schon fast zusammenbrach, ganz zerstören. Es würde Erlend weh tun, der ihn liebte und brauchte, und Alaric, in dessen schwachen Händen die Regierung des Königreichs lag, war ohne Bards starke Hilfe verloren. Und mehr als alle anderen würde Melora leiden. Deshalb durfte er es nicht tun. Er ritt in den Hof von Neskaya ein und fragte den verschlafenen Wachtposten, ob es sich ermöglichen lasse, daß er die *Leronis* Melora MacAran spreche.

Der Mann hob ein wenig die Augenbrauen. Aber offenbar war die Ankunft eines einzelnen nächtlichen Reiters im Turm von Neskaya kein so außergewöhnliches Ereignis. Er schickte jemanden, Melora auszurichten, sie werde gewünscht, und in der Zwischenzeit ließ er Bard, dessen Erschöpfung er bemerkte, ins Erdgeschoß eintreten und bot ihm ein paar Kekse und Wein an. Bard aß die Kekse gierig, doch den Wein rührte er nicht an. Er wußte, wenn er in seinem ausgehungerten und übermüdeten Zustand nur einen halben Becher zu sich nahm, wäre er sofort betrunken. So willkommen ihm das Vergessen im Rausch gewesen wäre, er durfte diesen einfachen Ausweg nicht wählen.

Er hörte Meloras Stimme, bevor er sie sah. »Aber ich habe nicht die leiseste Ahnung, wer zu dieser gottverlassenen Stunde zu mir kommen könnte, Lorill.« Und dann stand Melora mit einer Lampe in der Hand unter der Tür. Auf den ersten Blick sah Bard, daß ihr Körper schwerer und ihr Gesicht runder denn je waren. Aber er sah auch das rote Haar durch den züchtigen Schleier schimmern, den sie umgeworfen hatte. Offensichtlich war sie gestört worden, als sie sich gerade zurückziehen wollte. Sie trug ein loses helles Hauskleid, unter dem sich die Umrisse ihres Körpers abzeichneten.

»Bard?« Fragend und erstaunt sah sie ihn an, und dann *spürte* er mit dieser neuen und schrecklichen Empfindsamkeit für die Gefühle anderer Menschen ihren Schock, als sie sein ausgehöhltes, erschöpftes Gesicht wahrnahm. »Bard, mein Lieber, was ist? Nein, Lorill, es ist alles in Ordnung. Ich nehme ihn mit in mein Wohnzimmer. Kannst du überhaupt gehen, Bard? Komm – komm herein, hinaus aus der Kälte!«

Er folgte ihr willenlos, unfähig, etwas anderes zu tun, als wie ein Kind zu gehorchen, und er dachte daran, daß auch Melisandra »mein Lieber« gesagt hatte, als sie sein Gesicht sah. Wie brachten sie es fertig? Melora öffnete die Tür eines Zimmers, in dem ein Feuer brannte, und die Wärme machte ihm bewußt, daß er halb erfroren war.

»Setz dich, Bard, hier ans Feuer. Lorill, leg bitte noch ein paar Scheite auf, und dann kannst du auf deinen Posten zurückkehren – sei nicht albern, Mann, ich bin keine jungfräuliche *Leronis*, die beschützt und bewacht werden muß, und ich kenne Bard, seit er auf seinen ersten Feldzug ritt! Er wird mir nichts tun!«

Es gab also immer noch einen Menschen, der ihm vertraute. Das war nicht viel, aber es war ein Anfang, ein winziges Flämmchen, das die gefrorene Öde in ihm erhellte, wie das Feuer seinen ausgekühlten und erschöpften Körper wärmte. Lorill war gegangen. Melora hob ein zerbrechliches Tischchen hoch und stellte es zwischen sie.

»Ich wollte ein spätes Abendessen zu mir nehmen, bevor ich mit meiner Arbeit in den Relais begann. Willst du es mit mir teilen, Bard? Es ist immer mehr als genug für zwei da.«

Da waren ein Korb mit duftendem Nußbrot, zu leicht bröckelnden Scheiben aufgeschnitten, ein paar Rollen weicher aromatischer Kräuterkäse und ein irdener Topf mit warmer Suppe. Melora goß die Hälfte davon in einen Becher, den sie in seine Richtung schob, hob den Topf an die Lippen und trank ihren Teil daraus. Bard nahm einen Schluck von der warmen Suppe. Meloras ruhiges Vertrauen erfüllte ihn mit neuem Leben. Sie war mit ihrer Suppe fertig, setzte den Krug hin und strich Käse auf die Brotscheiben, die so bröckelig waren, daß sie sie mit den Fingern zusammenhalten mußte. Auch so fielen noch Krumen in ihren Schoß.

»Noch Suppe? Ich kann mir noch einen Topf bringen lassen, es ist immer welche in der Küche über dem Feuer – bestimmt nicht? Nimm das letzte Stück Brot, wenn du möchtest, ich bin vollgestopft, und du bist einen langen Weg in der Kälte geritten. Jetzt siehst du schon wieder ein bißchen weniger wie ein Banshee-Köder aus! Nun, Bard, was ist geschehen! Erzähle es mir.«

»Melora!« Er eilte zu ihr hinüber und fiel vor ihr auf die Knie. Seufzend blickte sie auf ihn hinab. Er wußte, sie wartete, und plötzlich entsetzte er sich vor der Ungeheuerlichkeit dessen, was er tat. Wie konnte er sich von seiner gewaltigen Last befreien, indem er sie Meloras Schultern aufbürdete? Er hörte seine eigene Stimme, brüchig und schwankend wie der neue Bariton eines Jungen im Stimmbruch. »Ich hätte nicht herkommen dürfen, Melora. Es tut mir leid. Ich . . . ich werde jetzt gehen. Ich kann es nicht . . .«

»Was kannst du nicht? Sei nicht albern, Bard.« Mit ihren fetten und doch seltsamerweise so anmutigen Händen umfaßte sie sein Gesicht und hob es empor. Und als er die Berührung an seinen Schläfen fühlte, erkannte er plötzlich, daß sie alles lesen konnte, daß sie blitzartig die ganze Masse an Informationen in sich aufnahm und *wußte*. Sein frischer Schmerz teilte sich ihr ohne Worte mit, und sie wußte, was er getan hatte, und wie er es jetzt selbst ansah, und was geschehen war.

»Gnädige Avarra!« flüsterte sie entsetzt. Dann sagte sie weich: »Nein – sie war dir nicht sonderlich gnädig, nicht wahr, du armer Kerl? Aber ihre Gnade hast du dir noch nicht verdient. Oh, Bard!« Und sie nahm ihn in die Arme und zog ihn an ihre Brust. Er kniete vor ihr, als sei sie in diesem einen Augenblick die Mutter, die er nie gekannt hatte, und er war kurz davor, in Tränen auszubrechen. Seit Beltrans Tod hatte er nicht mehr geweint, aber jetzt konnte es gleich wieder soweit sein. Deshalb mühte er sich auf die Füße und nahm sich mit aller Kraft zusammen.

»Oh, mein Lieber«, sagte Melora leise, »wie konnte es je dahin kommen? Ich mache mir Vorwürfe, Bard – ich hätte sehen müssen, wie sehr du Liebe und Ermutigung brauchtest, ich hätte einen Weg finden sollen, zu dir zu kommen. Aber ich war so stolz auf mich, daß ich mich an die Vorschriften hielt, als sei es nicht selbstverständlich, daß man sie menschlicher Not wegen beiseite schieben muß. Und mit meinem Stolz habe ich all das in Gang gebracht! Wir alle leben mit den Fehlern, die wir gemacht haben – das ist das Schreckliche daran. Wir blicken zurück und erkennen den Augenblick, von dem an alles schieflief, und ich glaube, mehr an Strafe brauchen wir nicht: Zu leben mit dem, was wir tun, und zu wissen, wie wir es taten. Ich hätte einen Weg finden sollen.«

In ihm stieg plötzlich die Erinnerung an Mirella auf, an jene Nacht im Lager, als Melora ihn weggeschickt und darauf hingewiesen hatte, was schickliches Benehmen war. Mirella hatte aus der Zeltöffnung geflüstert: »Sie hat sich in den Schlaf geweint ...« Melora hatte ihn ebensosehr gewollt wie er sie. Wenn er wenigstens *das* gewußt hätte! Wenn er sich dessen sicher gewesen wäre, vielleicht wäre er dann sanfter mit Beltran umgegangen ... Aber wie konnte Melora sich die Schuld an *seinen* Sünden und Fehlern geben? Sie tat es, und er konnte sie nicht mehr davon abbringen, und so hatte er ihr schrecklicherweise ebenfalls Unrecht zugefügt.

»Kann man es nicht wiedergutmachen? Kann man nicht etwas davon wiedergutmachen? Ich kann so nicht leben, mit dieser ... dieser Bürde des Wissens, ich kann nicht ...«

Sie berührte zart sein Gesicht und sagte mit unendlicher Sanftheit: »Aber du mußt, mein Lieber, wie ich es muß, wie Carlina es muß, wie wir alle es müssen. Der einzige Unterschied ist, daß einige von uns nie verstehen lernen, warum wir leiden. Sag mir, Bard, wäre es dir lieber, das alles wäre nicht geschehen? Wünschst du dir das wirklich?«

»Ob ich wünsche, ich hätte all diese Untaten nicht begangen? Bist du verrückt? Natürlich ... das ist ja das Höllische daran, daß ich nichts davon ungeschehen machen kann ...«

»Nein, Bard, ich meine, ob du wünschst, Carlina hätte dir dies nie gezeigt und du wärst immer noch der gleiche Mann, der du vor ein paar Tagen warst.«

Er wollte schon aufschreien: Ja, ja, ich kann dies Wissen nicht ertragen, ich möchte zurückkehren zu meiner Unwissenheit! Carlina hatte ihm diese Bürde durch *Laran* auferlegt; vielleicht war ein Weg zu finden, dies ungeheuerliche Wissen durch *Laran* wieder aus seinem Gehirn zu löschen. Und dann ließ er den Kopf sinken und erkannte mit einer neuen Art von Schmerz, daß es nicht wahr war. Wenn er wieder unwissend wurde, bestand die Gefahr, daß er wiederholte, was er getan hatte, daß er von neuem zu einem Mann wurde, der derlei Grausamkeiten begehen konnte, der gewissenlos einen Bruder verwunden, einen Pflegebruder fürs Leben lähmen, Frauen vergewaltigen und Menschen, die ihn gern hatten, quälen konnte ... Er sagte, immer noch mit gesenktem Kopf: »Nein.« Denn selbst wenn er nichts über den Schmerz Carlinas wüßte, wäre Melisandras Leiden und die Schönheit ihres Verzeihens immer noch vorhanden, aber er würde nichts davon wahrnehmen. Er war jetzt nicht mehr fähig, sich vorzustellen, wie es war, nicht zu wissen. Er würde wie ein Blinder in einem Garten voller Blumen sein und Schönheit achtlos niedertrampeln.

»Ich möchte mein Wissen lieber behalten. Es tut weh, aber ... oh, ich möchte es lieber behalten.«

»Gut«, flüsterte Melora. »Das ist der erste Schritt – zu wissen und sich vor dem Wissen nicht zu verschließen.«

»Ich möchte ... ich möchte irgendwie ... versuchen, es wiedergutzumachen, soweit ich kann ...«

Sie nickte. »Das wirst du. Du kannst gar nicht anders. Aber es gibt vieles, was du *nicht* wiedergutmachen kannst, und selbst wenn es dich foltert, mußt du lernen, irgendwie weiterzuleben und deine Last zu tragen, das Wissen, daß du nicht ungeschehen machen kannst, was du getan hast.« Sie sah ihn scharf an. »Zum Beispiel, hättest du Carlina damit allein lassen sollen?«

Er antwortete, immer noch nicht fähig, sie anzusehen: »Ich glaubte, ich sei der letzte Mensch, den sie zu sehen wünschte.«

»Sei dessen nicht allzu sicher. Schließlich habt ihr etwas miteinander geteilt, und eines Tages wirst du ihr wieder gegenübertreten müssen.«

»Ich ... ich weiß. Aber danach ... danach konnte ich nicht bei ihr bleiben ... als ständige Erinnerung an das Geschehene ... das konnte ich nicht ertragen. Ich habe Melisandra zu ihr geschickt. Sie ist ... freundlich. Ich verstehe nicht, wie sie es fertigbringt, nach allem, was sie durchgemacht hat, was ich ihr angetan habe. Aber sie *ist* freundlich.«

Melora sagte: »Weil sie in die Menschen hineinsieht, auf die gleiche Art, wie du es jetzt tust. Sie weiß, was sie sind und was *sie* quält.«

»Du tust es auch«, meinte er nach einem Augenblick. »Was ist das? Ist es, daß man *Laran* hat?«

»Nicht nur. Aber es ist die erste Stufe in unserer Ausbildung. Carlina hat dir im Grunde Böses mit Gutem vergolten. Sie hat dir die Gabe des *Laran* geschenkt, die das erste Geschenk war, das sie selbst erhielt.«

»Ein schönes Geschenk!« erklärte Bard bitter.

»Es ist die Gabe, *uns selbst* zu erkennen. Das ist ein Geschenk, und mit der Zeit wirst du das einsehen. Bard, es ist spät, und ich muß an den Relais arbeiten – nein, in diesem Zustand allein lassen kann ich dich nicht. Erlaube mir, daß ich Varzil benachrichtigen lasse. Er ist unser *Tenerézu*, unser Bewahrer, und er kann jemand anders für mich einsetzen. Deine Not ist jetzt wichtiger.« Bard erinnerte sich, daß er Varzil von Neskaya gesehen hatte – war es bei Geremys Hochzeit gewesen? Es fiel ihm nicht mehr ein. Die Vergangenheit verwischte sich für ihn. Er wußte nicht mehr, wann oder wie oder warum er irgend etwas getan hatte. Er empfand nur noch ein unerträgliches Schuldgefühl und ein so großes Entsetzen vor sich selbst, daß er meinte, nie mehr den Kopf hoch tragen zu können. Alles, was er tat, alles rief endlose Katastrophen hervor. Wie konnte er so weiterleben? Aber auch sein Sterben rief eine Katastrophe hervor, so daß ihm diese Möglichkeit, nichts Böses mehr zu tun, verschlossen blieb ...

Melora berührte seine Hand.

»Genug!« befahl sie scharf. »Jetzt beginnst du, dich dem Selbstmitleid hinzugeben, und das wird es nur noch schlimmer machen. Was du im Augenblick fühlst, sind nur die Folgen der Erschöpfung. Hör auf damit! Ich sage dir ...« – und ihre Stimme wurde weicher – »... wenn du ausgeruht und imstande bist, das, was dir geschehen ist, zu verarbeiten, wirst du weiterleben können. Du wirst nicht vergessen, aber du wirst es hinter dir lassen und fähig sein, mit dem zu leben, was du nicht wiedergutmachen kannst. Was du jetzt brauchst, sind Ruhe und Schlaf. Ich werde in deiner Nähe bleiben.« Sie erhob sich, nahm das Tischchen, stellte es an seinen alten Platz zurück und zog einen dick gepolsterten Schemel vor den Sessel.

»Ich hätte den Schemel für dich holen sollen ...«

»Warum? Ich bin weder erschöpft noch verkrüppelt. So, leg deine Füße hoch ... ja, so ist's richtig. Laß mich dir die Stiefel ausziehen. Und nimm dein Schwertgehänge ab, du brauchst es nicht. Nicht hier.« Sie zog einen Vorhang vor einem Alkoven am hinteren Ende des Raums zurück. Bard dachte sich, daß dies der Platz war, wo sie zu schlafen pflegte. Sie brachte ihm ein Kissen aus ihrem eigenen Bett. »Der Sessel ist recht bequem. Ich habe darin viele Nächte geschlafen, wenn irgendwer krank war und ich jeden Augenblick gerufen werden konnte. Wenn du in der Nacht hinaus mußt«, setzte sie hinzu, »ist der Ort, den du suchst, am Ende dieses Korridors die Treppe hinunter, und er hat eine rotgestrichene Tür. Er ist für die Wachposten; es wäre nun wirklich ein Skandal, ließe ich dich das Bad in meiner Suite benutzen, weil du keiner von uns hier bist.« Sie deckte ihn mit einem Strickschal zu. »Schlaf gut, Bard.«

Sie ging an ihm vorbei und löschte die Lampe. Das Bett knarrte, als sie hineinkletterte. Seltsam, wie leichtfüßig sie für eine so dicke Frau war; er konnte ihre Schritte überhaupt nicht hören. Bard berührte den wolligen Stoff des Schals unter seinem Kinn. Irgendwie gab er ihm das Gefühl, als sei er noch klein. Eine Erinnerung blitzte in ihm auf: Seine Pflegemutter wickelte ihn nach irgendeiner Kinderkrankheit in einen solchen Schal. Seltsam. Seine Gedanken an Lady Jerana hatten sich immer nur damit beschäftigt, daß sie ihn haßte und grausam behandelte. Warum hatte er die Gelegenheiten vergessen, bei denen sie freundlich zu ihm gewesen war? Hatte er glauben *wollen*, sie hasse ihn und wünsche ihm Böses? Es konnte nicht leicht sein für eine kinderlose Frau, den kräftigen, gesunden, geliebten Sohn ihres Mannes von einer anderen Frau großzuziehen.

Als er in Schlaf versank, konnte er Melora atmen hören. Es war ein eigenartig tröstliches Geräusch. Da ließ sie ihn – einen Mann, der noch nie eine Frau anders als grausam behandelt hatte – in ihrem eigenen Zimmer schlafen. Nicht daß er irgendwelche Absichten auf sie gehabt hätte – er fragte sich, ob er mit diesem schrecklichen Wissen um das Leid, das er verursachen konnte, jemals wieder eine Frau mit Begehren anblicken würde. *Carlina hat ihre Rache gehabt,* dachte er. Plötzlich stieg die Frage in ihm auf, ob er sich stets ungeliebt gefühlt habe, weil seine Mutter ihn weggegeben und er einfach vorausgesetzt hatte, sogar sie habe ihn der Liebe für unwürdig gehalten. Er wußte es nicht. Langsam kam er zu der Einsicht, daß er nichts über die Liebe wußte. Aber Meloras Vertrauen in ihn war der erste Schritt zu seiner Heilung. Er umfaßte das Kissen, das einen frischen, süßen Duft nach Melora an sich hatte, und schlief ein.

Als er erwachte, war es Tag, und Schnee rieselte hernieder. Es war einer der ersten Schneefälle des Jahres in den Kilghardbergen. Lautlos trieben Flocken an den Fenstern vorbei und schmolzen im Fallen. Melora schickte ihn, ein Rasiermesser und ein reines Hemd von einem der Wachposten zu borgen und in ihrer Kantine das Frühstück einzunehmen. »Auf diese Weise . . .« – sie lächelte fröhlich – ». . . bekommen sie zu wissen, daß ich keinen Liebhaber von außerhalb des Turms bei mir aufgenommen habe, was nicht schicklich wäre, solange ich hier im Dienst bin. Ich bin nicht übermäßig besorgt um meinen Ruf, aber das tut man nicht – daß man im Turm Skandal erregt. Varzil hat auch ohne das genug Sorgen.«

Bard fand die Situation ein bißchen peinlich, als er ging, um mit den Wachposten von Neskaya warmes, frisches Nußbrot und in Teig gebackenen Salzfisch zu essen. Der Lord General von Asturias sollte sich gewöhnlichen Wachposten in ihrer Kantine anschließen? Aber er war hier nicht in seinem eigenen Land, wahrscheinlich würde er nicht erkannt werden, und wenn doch, nun, dann ging es niemanden etwas an. Konnte nicht auch ein General eine *Leronis* in einer dringenden privaten Angelegenheit konsultieren? Rasiert und sauber angezogen fühlte er sich besser. Nach dem Frühstück brachte ihm ein rothaariger junger Mann in Blau und Silber mit dem undefinierbaren Stempel der Hastur-Sippe auf dem Gesicht die Nachricht, Lord Varzil von Neskaya wünsche ihn zu sprechen.

Varzil von Neskaya. Ein Feind, ein Ridenow von Serrais. Aber Alaric hatte ihn geliebt, und er selbst hatte einen günstigen Eindruck von ihm gewonnen, als er gekommen war, Alaric gegen Geremy auszutauschen. Und dabei hatte er damals noch geglaubt, Varzil sei ein Verbündeter König Carolins von Thendara.

Es kann nicht leicht sein, in einer vom Krieg zerrissenen Welt Neutralität zu geloben! Wenn das ganze Land um einen in Flammen aufgeht, ist es bestimmt einfacher, sich der einen oder anderen Seite anzuschließen.

Bard hatte Varzil als jung in Erinnerung, aber der Mann, der ihm in dem kleinen Arbeitszimmer mit Steinfußboden gegenüberstand, statt in die zeremonielle Robe seines Amtes in ein einfaches Gewand und Sandalen gekleidet, wirkte alt. Tiefe Furchen zogen sich durch das versorgte Gesicht, mochte es auch jung sein, und das leuchtendrote Haar ergraute bereits. Und so jung konnte Varzil auch gar nicht mehr sein. Er hatte Neskaya neu aufgebaut, nachdem es durch Feuerbomben zerstört worden war, und das war vor Bards Geburt gewesen, obwohl Varzil, wie Bard gehört hatte, damals noch sehr jung gewesen war.

»Willkommen, Bard mac Fianna. Ich werde gleich mit dir reden – aber zuvor habe ich noch etwas zu erledigen. Setz dich dorthin«, sagte Varzil und fuhr fort, mit dem jungen Mann in den Hastur-Farben zu sprechen. Im ersten Augenblick ließ das Bards Haut prikkeln – soviel für die angebliche Neutralität Varzils und des Turms! –, aber nachdem er ein paar Worte gehört hatte, entspannte er sich.

»Ja, sag den Leuten von Hali, wir werden für die Fälle mit den schwersten Brandwunden Heiler und *Leroni* schicken, aber sie müssen sich klar darüber sein, daß die körperlichen Wunden, die man sehen kann, nicht die einzigen sind. Die schwangeren Frauen müssen überwacht werden. Die meisten von ihnen werden eine Fehlgeburt haben, und das sind noch die glücklicheren, denn von den Kindern, die vom Zeitpunkt der Katastrophe ab geboren werden, wird mindestens die Hälfte verunstaltet oder deformiert sein. Auch sie sind von Geburt an zu überwachen. Frauen im gebärfähigen Alter müssen so schnell wie möglich aus dem Gebiet weggebracht werden, oder sie gehen das gleiche Risiko ein, wenn sie empfangen, bevor das Land sich geheilt hat, und das mag noch viele Jahre dauern.«

»Es wird den Leuten nicht gefallen, ihre Güter oder Höfe zu verlassen«, sagte der Hastur-Mann. »Was sollen wir ihnen dann erzählen?«

»Die Wahrheit«, antwortete Varzil seufzend. »Das Land ist verseucht und wird auf Jahre hinaus so bleiben, ohne daß man etwas dagegen unternehmen kann. Niemand kann dort leben, die Besiegten nicht und nicht die Sieger. Nur ein Gutes ist aus all dem erwachsen.«

»Etwas Gutes? Und was ist das, *vai laranzu?*«

»Der Dalereuth-Turm hat sich unserem Neutralitätsgelübde angeschlossen«, berichtete Varzil. »Sie haben geschworen, keine *Laran*-Waffen mehr herzustellen, wie schmackhaft man ihnen die Sache auch machen mag. Und ihr Oberherr Marzan von Valeron ist dem Vertrag beigetreten, ebenso Königin Darna von Isoldir. Und Valeron und Isoldir haben Lehnstreue unter den Hasturs beschworen.«

Bard knirschte mit den Zähnen. Würde das ganze Land eines Tages unter Hastur-Herrschaft geraten? Und doch ... wenn die Hasturs sich verpflichteten, nur noch die im Vertrag erlaubten Kriege zu führen, würde es keine Greuel wie in Hali mehr geben. Bard war sein ganzes Leben lang Soldat gewesen, und er fühlte sich nicht besonders schuldig der Männer wegen, die er im Nahkampf mit seinem Schwert getötet hatte. Sie hatten die gleiche Chance gehabt, *ihn* niederzustrecken. Aber keine Entschuldigung gab es für die durch Zauberei umgekommenen Männer, für die von Feuerbomben verbrannten Frauen und Kinder. Zudem war Bard überzeugt, seine Männer könnten die Hastur-Armee mit jeder Waffe, die der Gegner bestimmte, besiegen. Wozu brauchten sie dann Zauberer?

Als Varzil sein Gespräch mit dem Hastur-Gesandten beendet hatte, bat er ihn: »Richte Domna Mirella aus, daß ich sie gern sprechen möchte.« Bard dachte sich bei dem Namen nichts – er war nicht ungewöhnlich –, aber als die junge Frau eintrat, erkannte er sie sofort wieder. Sie war immer noch schlank und hübsch, und sie trug das weiße Gewand einer Überwacherin.

»Arbeitest du in den Relais, Kind? Ich dachte, du ruhtest dich nach den schrecklichen Erlebnissen in Hali einfach aus«, sagte Varzil. Mirella wollte ihm antworten, doch da sah sie Bard.

»*Vai dom*, ich hörte von Melora, daß Ihr jetzt Lord General von Asturias seid – verzeiht mir, Lord Varzil, darf ich mich nach Neuigkeiten von meiner Familie erkundigen? Geht es meinem Großvater gut, Sir, und auch Melisandra?«

Von irgendwoher nahm Bard die Kraft, sie anzusehen. Er konnte nicht hoffen, daß Mirella von seiner Verworfenheit nichts gehört hatte. Soviel er wußte, war jedermann in den Hundert Königreichen darüber informiert und bereit, auf den Namen Bard mac Fianna, genannt di Asturien, zu spucken. »Meister Gareth geht es sehr gut, doch natürlich wird er alt«, berichtete er ihr. »Er ist mit mir auf den Feldzug gegen die Ridenows geritten, bevor sie sich ergaben.« Er warf einen zögernden Blick auf Varzil. Vor noch nicht zehn Tagen hatte er Dom Eiric von Serrais, den Oberherrn dieses Mannes, nach der Schlacht als Eidbrecher hängen lassen. Aber obwohl Varzil traurig aussah, schien in ihm kein Haß gegen Bard oder dessen Armee zu sein.

»Und Melisandra?«

Melisandra ist die Schwester der Mutter dieses Mädchens. Was hat sie von mir gesagt? »Melisandra geht es gut.« Spontan setzte er hinzu: »Ich glaube, sie ist glücklich; ich – ich glaube, sie möchte einen meiner Friedensmänner heiraten, und wenn das ihr Wunsch ist, werde ich sie nicht daran hindern. Und König Alaric hat Erlend ein Legitimitätspatent versprochen, so daß Melisandra sich seiner Stellung wegen keine Sorgen zu machen braucht.«

Melora sagt, ich würde einen Weg zur Wiedergutmachung finden, soweit sie überhaupt möglich ist. Dies ist nur ein Anfang und so wenig, aber die richtige Gelegenheit. Paul ist beinahe so schlecht wie ich, und doch mag sie ihn aus irgendeinem Grund. Mirella schenkte ihm ein süßes Lächeln. »Ich danke Euch für Eure guten Nachrichten, *vai dom*. Und jetzt, Lord Varzil, stehe ich Euch zu Diensten.«

»Wir sind glücklich, dich bei uns zu haben, solange du dich von dem Geschehen in Hali erholst«, sagte Varzil. »Wie kam es, daß du nicht innerhalb des Turms warst?«

»Ich hatte Urlaub bekommen, um in die Berge zu reiten und mit zweien meiner *Bredin-y* zu jagen«, antwortete Mirella. »Und wir wollten uns gerade auf den Rückweg machen, als es zu regnen begann, und wir suchten Unterschlupf in der Hütte eines Hirten ... und dann, o gnädige Göttin, fühlten wir ... fühlten wir das Feuer ... und die Schreie ...« Ihr Gesicht wurde bleich, und Varzil streckte die Hand aus und faßte die der jungen Frau mit festem Griff.

»Du mußt versuchen zu vergessen, liebes Kind. Es wird immer in dir sein – ja, keiner von uns in allen Türmen wird jemals fähig sein zu vergessen«, sagte Varzil. »Meine jüngste Schwester Dyannis war *Leronis* in Hali, und ich spürte sie sterben ...« Er verstummte, und einen Augenblick lang blickte er nach innen auf das Grauen. Dann nahm er sich zusammen und erklärte fest: »Wir müssen immer daran denken, Rella, daß ihr Heldentum einen weiteren Schritt auf den Tag zu ermöglicht hat, an dem das ganze Land dem Vertrag beigetreten ist. Denn du weißt, sie strahlten das Geschehen mit voller Absicht aus – während sie starben, hielten sie ihren Geist offen, damit wir alle sehen, hören und fühlen konnten, wie sie litten. Statt dessen hätten sie so leicht, so schnell vom Leben Abschied nehmen können ...«

Mirella erschauerte. »Ich hätte es nicht tun können! Ich glaube, bei der ersten Berührung des Feuers hätte ich mein Herz angehalten und wäre einen gnädigen Tod gestorben . . .«

»Vielleicht«, meinte Varzil sanft. »Wir sind nicht alle gleichermaßen heldenhaft. Und doch hättest du, umgeben von den anderen, auch den Mut dazu finden können.«

Bard sah in Varzils Geist das Bild einer Frau, deren Körper wie eine Fackel loderte . . . Aber Varzil schloß es weg und sagte: »Du mußt jetzt einen anderen Turm wählen, Rella; möchtest du gern nach Arilinn oder nach Tramontana?«

»Tramontana ist ein gefahrvoller Posten«, erwiderte sie, »denn Aldaran ist dem Vertrag noch nicht beigetreten und könnte Tramontana angreifen. Ich schulde euch allen einen Tod. Deshalb will ich nach Tramontana gehen.«

»Das ist nicht notwendig«, redete Varzil ihr freundlich zu. »Für *Leroni* wird es eine Menge Arbeit hier geben, wo die Wunden der in Hali Verbrannten und Verletzten zu heilen sind, oder in den Venzabergen, wo Knochenwasserstaub versprüht wurde und Kinder im Sterben liegen.«

»Diese Aufgabe«, erklärte Mirella, »will ich den Heilerinnen und den Priesterinnen Avarras überlassen, wenn sie es über sich bringen, ihre isolierte Insel im See des Schweigens zu verlassen. Meine Aufgabe liegt in Tramontana; sie ist mir auferlegt, Varzil.«

Varzil neigte den Kopf. »Dann sei es so. Ich bin nicht der Hüter deines Gewissens. Und ich sehe während meiner Lebenszeit und noch viele Generationen nach mir keinen Frieden in Aldaran und keine Sicherheit für Tramontana voraus. Aber wenn es dir auferlegt ist, nach Tramontana zu gehen, Mirella, dann seien aller Götter mit dir, Kleines.« Er erhob sich, nahm Mirella in die Arme und drückte sie an sich. »Nimm meinen Segen, Schwester. Und vergiß nicht, mit Melora zu sprechen, bevor du gehst.«

Als er sie losließ, sprach sie noch einmal Bard an.

»Bringt meinem Großvater und Melisandra meine Grüße, *vai dom*. Und sagt ihnen, wenn wir uns nicht wiedersehen, sind das die Wechselfälle des Krieges. Ihr, der Ihr Kommandant wart, als ich das erste Mal als *Leronis* in den Krieg zog, werdet das verstehen.« Sie betrachtete ihn genauer, und es war etwas in seinem Gesicht, das ihren Blick weicher werden ließ. Sie sagte: »Jetzt, da Ihr einer von uns seid, werde ich um Euren Frieden und Eure Erleuchtung beten, Sir. Die Götter mögen Euch schützen.«

Sie verließ das Zimmer, und Bard wandte sich in seiner Verwirrung an Varzil.

»Was, zum Teufel, hat sie damit gemeint – einer von uns?«

»Nun, sie sah, daß du neuerdings mit *Laran* begabt bist«, erklärte Varzil. »Meinst du, eine *Leronis* erkennt jemand anders, der *Donas* hat, nicht?«

»Kann man – beim Wolf Alars –, kann man das *sehen?*« Seine Verblüffung war so offensichtlich – drückte sich das, was er geworden war, in einem sichtbaren Zeichen aus? –, daß Varzil beinahe gelacht hätte.

»Nicht mit den Augen des Körpers. Aber sie sieht es, wie es jeder von uns tun würde – du mußt wissen, wir betrachten uns gegenseitig kaum mit den Augen des Körpers, wir sehen es an . . . an der *Außenseite* deines Geistes. Keiner von uns würde unaufgefordert deine Gedanken lesen, nicht einmal ich. Aber im allgemeinen erkennen wir uns gegenseitig.« Er lächelte. »Glaubst du vielleicht, der Bewahrer von Neskaya erteile jedem eine Audienz, der hierherkommt, und sei es der Lord General von Asturias und Marenji und Hammerfell und wer weiß wie vielen kleinen Ländern im aufständischen Gebiet sonst noch? Ich gebe nicht *so viel* für den Lord General . . .« – sein Lächeln nahm den Worten die Spitze – ». . . aber mit Bard mac Fianna, dem Freund Meloras, die ich liebe, dem Mann, der sich gerade erst seines *Larans* bewußt geworden ist – mit Bard mac Fianna ist es etwas anderes. Als *Laranzu* habe ich dir gegenüber eine Pflicht zu erfüllen. Du bist – wie soll ich es ausdrücken? – ein Drehzapfen.«

»Ich weiß nicht, was Ihr meint.«

»Ich auch nicht«, gestand Varzil, »und ebensowenig weiß ich, von woher mir dies Wissen gekommen ist. Ich weiß nur, daß ich, als ich dich zum ersten Mal sah, erkannte, daß sich viele große Ereignisse unserer Zeit um dich drehen werden. Ich bin auch einer dieser Drehzapfen, einer der Leute, die die Geschichte ändern können und die die Pflicht haben, es zu tun, wenn es möglich ist, was auch geschehen mag. Das ist der Grund, glaube ich, warum du Lord General von Asturias geworden bist.«

»Das hört sich für mich ein bißchen zu mystisch an, *vai dom«*, brummte Bard. Aus eigener Kraft hatte er sich aus der Gesetzlosigkeit befreit, und die metaphysische Vorstellung, er sei nichts anderes als eine Schachfigur des Schicksals, gefiel ihm gar nicht.

Varzil zuckte die Schultern. »Das glaube ich dir gern. Ich bin mein ganzes Leben lang *Laranzu* gewesen – und eine meiner Gaben ist das Erkennen von Zeitlinien. Nun, ich sehe nur wenige, und diese nicht sehr deutlich, durchaus nicht so, daß ich mich klar zwischen den vielen verschiedenen Wegen, die ich einschlagen könnte, zu entscheiden vermag. Ich hörte davon, daß es einmal eine Gabe dieser Art gegeben hat, aber sie ist ausgestorben. Manchmal kann ich jedoch einen Drehzapfen erkennen, wenn ich ihn sehe, und eine Entscheidung fällen, was getan werden muß, um eine günstige Gelegenheit nicht zu verschwenden.«

Bards Mund zuckte. »Und einmal angenommen, Ihr könnt keinen anderen von Eurer Vorstellung, was geschehen sollte, überzeugen? Sagt Ihr ihnen einfach, sie müßten das und das tun, oder die Welt würde zusammenbrechen?«

»O nein! Ach, das wäre zu leicht, und ich glaube nicht, daß nach dem Willen der Götter unter den Menschen Vollkommenheit herrschen soll«, antwortete Varzil. »Nein, jeder andere tut sein Bestes, wie *er* es sieht, und das ist nicht immer so, wie ich es sehe. Andernfalls wäre ich ein Gott, nicht nur der Bewahrer von Neskaya. Ich tue, was ich kann, das ist alles, und ich bin mir immer ganz genau der Fehler bewußt, die ich mache und gemacht habe, und sogar derer, die ich machen *werde*. Ich muß einfach mein Bestes tun, und . . .« – plötzlich wurde seine Stimme hart – ». . . in Anbetracht deiner Erfahrungen, Bard mac Fianna, ist das etwas, was du lernen mußt, und zwar schnell: dein Bestes zu tun, wo es möglich ist, und mit den Fehlern zu leben, die zu machen du nicht umhinkannst. Andernfalls wird es dir ergehen wie dem Esel, der zwischen zwei Heuballen verhungerte, weil er sich nicht entscheiden konnte, welchen er zuerst fressen sollte.«

War das der Grund, fragte sich Bard, warum Melora ihn zu Varzil geschickt hatte?

»Zum Teil«, erklärte Varzil, diesen Gedanken aufgreifend, »aber du hast den Befehl über die Armee von Asturias, und eine deiner Aufgaben ist, dies ganze Land zu vereinigen. Deshalb mußt du zurückgehen.«

Das war das letzte, was Bard von ihm zu hören erwartet hatte.

»Ich werde Melora mit dir schicken«, sagte Varzil. »Sie mag in ihrer Heimat gebraucht werden. Asturias ist das Gebiet, in dem die für unsere Welt wichtigen Ereignisse stattfinden. Aber bevor du gehst, will ich dir noch einmal die Frage stellen, die du schon bei unserm ersten Zusammentreffen in Asturias von mir gehört hast: Willst du dem Vertrag beitreten?«

Bards erster Impuls war, zu antworten: Ja, ich will. Dann senkte er den Kopf.

»Ich würde es gern tun, *Tenerézu*. Aber ich bin Soldat und empfange Befehle. Ich habe kein Recht, ohne den Befehl meines Königs und seines Regenten diese Verpflichtung einzugehen. Komme es, wie es wolle, ich habe geschworen, ihnen zu gehorchen, und ich brauche ihre Erlaubnis. Handelte ich anders, wäre es unehrenhaft. Wer seinen ersten Eid bricht, wird auch seinen zweiten brechen.« Er schämte sich in der Erinnerung daran, wie er Carlina mit diesem Sprichwort verhöhnt hatte, aber das entband ihn in diesem Augenblick nicht von seiner Pflicht.

Ich habe alles andere zerbrochen und niedergetrampelt. Aber meine Ehre als Soldat und meine Loyalität gegenüber meinem Vater und meinem Bruder – sie allein sind noch unbefleckt. Ich muß versuchen, sie so zu erhalten.

Varzil sah ihn unverwandt an. Einen Augenblick später streckte er seine Hand aus und berührte ganz leicht Bards Handgelenk. »Wenn deine Ehre es verlangt, sei es so. Ich bin auch deines Gewissens Hüter nicht. Dann muß ich mit dir nach Asturias reisen, Bard. Warte, bis ich mit meinen Stellvertretern gesprochen und entschieden habe, wem ich mein Amt hier übertragen soll.«

7

Carlina erwachte aus unruhigem Schlaf, und jeder Nerv und jeder Muskel ihres Körpers tat ihr weh. Im Eingang ihres Zimmers stand eine Frau. Carlina erschrak und zog den schwarzen Mantel um sich. Dann erinnerte sie sich zitternd, daß sie kein Recht auf ihn hatte. Jetzt nicht mehr. Sie hätte ihn fallen gelassen, aber ihr fiel ein, daß sie immer noch halb nackt war. Sie trug nichts als das zerrissene, blutbefleckte Hemd, das einzige Kleidungsstück, das Bard ihr gelassen hatte. Sie fühlte sich benommen und zerschlagen. Und jetzt erkannte sie die Frau. Sie hatte rundliche Formen und trug ein hübsches grünes Kleid, mit Pelz besetzt. Das war Bards Konkubine, die Haushalts-*Leronis* von Lady Jerana, und sie hatte ihm vor Jahren einen Sohn geboren. Sie wußte nicht mehr von ihr, als daß ihr Name Melisandra war, und in Bards Gedanken und Erinnerungen hatte sie irgend etwas Nebelhaftes über sie gesehen . . .. Carlina erinnerte sich nicht an Einzelheiten, war sich jedoch sicher, daß sie Übelkeit erregten. Versteckt unter ihrem schwarzen Mantel glaubte sie, es nicht ertragen zu können, wenn diese ruhige, selbstbewußte Frau ihre Schande sah.

»*Vai domna*«, sagte Melisandra und trat ein, »Ihr werdet nicht wollen, daß Eure Dienerinnen Euch so sehen; ich bitte Euch, laßt mich Euch helfen.« Sie setzte sich zu ihr auf die Bettkante und berührte sanft die sich dunkel färbende Verletzung auf Carlinas Wange. »Glaubt mir, ich weiß, was Ihr empfindet. Ich war eine *Leronis* und hatte des Gesichts wegen Jungfräulichkeit gelobt, und es gelang mir nicht einmal, mich vor einem Glanz zu hüten – in gewisser Weise war die Schande für mich größer als für Euch, denn ich wurde nicht geschlagen, bis ich mich ergab; ich gab meine Jungfräulichkeit ohne Kampf auf. Und ich sehe, daß Ihr Euch mit aller Kraft verteidigt habt, wozu ich nicht den Willen aufbrachte. Ich habe die Male Eurer Nägel in seinem Gesicht gesehen.«

Carlina begann von neuem hilflos zu weinen. Melisandra zog die andere Frau an ihre Brust und drückte sie an sich.

»Nun, nun, weint nur, wenn Ihr wollt ...«, murmelte sie und wiegte Carlina hin und her. »Arme kleine Lady, ich weiß, ich weiß, glaubt mir. Ich bin auch so erwacht, und es war niemand da, mich zu trösten, meine Schwester war weit fort im Turm, und auf mich wartete der Zorn meiner Lady. Nun, nun ...«

Als Carlina sich ausgeweint hatte, bereitete Melisandra ihr ein Bad, setzte sie in eine Wanne mit warmem Wasser und zog ihr das zerfetzte Hemd aus. »Das lasse ich verbrennen«, sagte sie. »Bestimmt werdet Ihr es nicht wieder tragen wollen.« Mit dem Hemd trug sie auch die Kleider hinaus, die Bard Carlina abgerissen hatte. Sie wusch Carlina, als sei sie ein kleines Kind, und bestrich ihre Verletzungen mit lindernder Salbe. Dann zog sie sie wie eine Puppe an und schickte nach einer der Kammerfrauen in der Suite.

»Bring meiner Lady etwas zu essen«, bat sie, und als das Essen kam, setzte sie sich zu Carlina und redete ihr zu, Löffel für Löffel etwas Suppe und Eierrahm zu sich zu nehmen. Carlina fiel es mit ihrem verletzten Kiefer schwer zu essen, aber Melisandra versicherte ihr, der Knochen sei nicht gebrochen.

Als die Dienerinnen das Geschirr abgeräumt hatten, sah Carlina zitternd zu Melisandra auf. »Es muß ihnen doch eigenartig vorkommen ... sie werden alle von meiner Schande wissen ... und daß Ihr hier seid ...«

Melisandra lächelte ihr zu. »Bestimmt nicht. Es ist nichts Neues, daß eine *Barragana* die gesetzmäßige Gattin bedient. Und, meine Lady, um die Wahrheit zu sagen, ich bin überzeugt davon, in diesem Land, wo so viele Frauen gegen ihren Willen verheiratet werden, seid Ihr nicht die erste Edelfrau, die ins Brautbett wie zu einer Vergewaltigung geht.«

Carlina antwortete mit bitterem Lächeln: »Ja, so ist es. Ich hatte es beinahe vergessen – vermutlich hat das mich zu Bards gesetzmäßiger Frau gemacht, und ich brauche jetzt nur noch darauf zu warten, daß mir die *Catenas* um die Handgelenke geschlossen werden, als sei ich eine Trockenstädter-Hure! Wo ist Bard?«

»Er ist heute morgen fortgeritten ... ich weiß nicht, wohin. Aber er sah aus, als sei ihm die rächende Avarra begegnet«, antwortete Melisandra leise. »Ich weiß nicht, was daraus entstehen wird. Vielleicht zwingt ihn die politische Situation, Euch als Ehefrau zu behalten. Von diesen Dingen verstehe ich nichts. Aber ich bin sicher, ganz sicher, daß er Euch niemals wieder Gewalt antun wird. Ich bin *Leronis*, und ich habe etwas von dem erkannt, was in ihm geschehen ist. Ich glaube nicht, daß er jemals wieder eine Frau mißhandeln wird.«

»Aber es ist möglich, daß ich als seine Frau hierbleiben muß«, sagte Carlina. »Dann werdet Ihr nur *Barragana* sein. Wenn Ihr das in Betracht zieht, wie könnt Ihr mir dann eine solche Freundin sein?«

»Ich bin niemals mehr gewesen als eine *Barragana*, meine Lady. Bards Vater wäre gern bereit gewesen, uns zu verheiraten, aber Bard gibt nichts um mich. Ich war für ihn nur eine Zerstreuung, als er zornig war und mit der ganzen Welt haderte. Wenn ich nicht seinen Sohn geboren hätte, wäre ich hinausgeworfen worden ...«

»Ja ... dann«, hauchte Carlina, »dann bist auch du ein Opfer ...« Impulsiv umarmte und küßte sie die Ältere. Sie sagte scheu: »Unter dem Eid der Priesterinnen Avarras bin ich ...« – sie zitierte – »... Mutter und Schwester und Tochter jeder anderen Frau ...«

»... und unter ihrem Mantel bist du meine Schwester«, ergänzte Melisandra leise. Carlina sah sie verwundert an.

»Bist du eine von uns?«

»Ich wäre es gern geworden«, gestand Melisandra, und ihre Augen füllten sich mit Tränen. »Aber du kennst ihr Gesetz. Keine Frau darf aus der Welt auf die Heilige Insel fliehen, solange sie ein Kind hat, das noch zu klein ist, um in Pflege gegeben zu werden, oder betagte Eltern, die ihre Fürsorge brauchen. Sie wollten mich nicht haben, weil diese Verantwortung auf mir ruht. Meine Schwester ist *Leronis* in Neskaya, und ich bin die einzige verbliebene Stütze für meinen alten Vater, und Erlend ist erst sechs Jahre alt. Deshalb wollten sie mein Gelübde nicht annehmen. Und außerdem – ein *Laranzu* sagte mir einmal, ich hätte in der Welt eine Aufgabe zu erfüllen, obwohl er mir nicht sagen wollte, wie oder wann. Aber Mutter Ellinen hat mir erlaubt, mich insgeheim als Priesterin zu verpflichten, obwohl ich das Gebot der Keuschheit nicht zu befolgen brauche. Sie meinte, vielleicht würde ich eines Tages heiraten wollen.«

»Und du wünschtest dir immer noch ... die Liebe eines Mannes?« fragte Carlina erschüttert. »Ich glaube, ich würde sterben ... ich kann den Gedanken nicht ertragen, daß mich jemals wieder ein Mann aus Wollust berühren wird – oder auch aus Liebe ...«

Melisandra streichelte sanft ihre Hand. »Das wird vorübergehen, Schwester. Es wird vorübergehen, wenn die Göttin es will. Es kann aber auch ihr Wille sein, daß du ihr von neuem in Keuschheit dienst, auf der Insel oder anderswo. Wir sind alle unter ihrem Mantel.« Sie hob den schwarzen Mantel hoch. »Soll ich ihn für dich reinigen lassen?«

Carlina flüsterte: »Ich bin nicht würdig, ihn zu tragen «

»Still!« befahl Melisandra streng. »Du weißt, das stimmt nicht. Meinst du, sie weiß nicht, wie verzweifelt du dich verteidigt hast?«

Von neuem füllten sich Carlinas Augen mit Tränen. »Das ist es ja, wovor ich Angst habe. Ich hätte mich heftiger wehren können ... ich hätte ihn zwingen können, mich zu töten ... ich wünschte, ich hätte es getan ...«

»Schwester«, mahnte Melisandra sanft, »ich halte es für eine Blasphemie zu glauben, die Göttin habe weniger Verständnis als eine schwache Frau wie ich. Und wenn ich dich verstehen und dir deine Schwäche nachsehen kann, wird es die Dunkle Mutter gewiß nicht weniger tun.«

»Vielleicht bin ich zu lange auf der Heiligen Insel gewesen.« Carlinas Stimme zitterte. »Ich habe vergessen, wie es in der Welt zugeht. Ihr habt hier Krieg.«

»Habt Ihr miterlebt, wie Hali von Feuerbomben zerstört wurde und sie alle ... starben?«

»Ja. Aber Mutter Ellinen befahl uns, es auszuschließen. Sie sagte, wir könnten ihnen nicht helfen, indem wir ihre Todespein teilten ...«

»Das sagte mein Vater auch. Aber wir waren mit der Armee auf dem Marsch«, berichtete Melisandra.

»Die Mütter lehrten uns, wir dürften an der Kriegführung nicht teilnehmen. Wir hätten uns mit den ewigen Dingen, mit Geburt und Tod, zu befassen, und der Krieg sei Angelegenheit der Männer – Patriotismus und der Stolz der Männer, Throne und Erbfolge hätten nichts mit uns zu tun. Frauen hätten überhaupt nichts ...«

Melisandra entschlüpfte ein derbes Wort. »Verzeih mir, Schwester. Aber ich habe an der Seite der Männer im Feld gekämpft, unbewaffnet bis auf einen Sternenstein und einen Dolch, der mir die Sicherheit gab, ich werde dem Feind niemals lebend in die Hände fallen. Und die Schwesternschaft vom Schwert kämpft mit ihren eigenen Waffen, obwohl sie wissen, daß die Folgen einer Niederlage für sie noch grausamer sind. Einige weibliche Kriegsgefangene erlitten dies Schicksal erst vor einigen Tagen nach der letzten Niederlage von Serrais.«

Carlina meinte schwach: »Die Priesterinnen Avarras werden ständig aufgefordert, ihre Insel zu verlassen und als Heilerinnen in der Welt zu wirken. Vielleicht sollten wir die Schwesternschaft bitten, uns zu beschützen. Wenigstens könnten wir ihnen nichts Böses dieser Art zufügen ...« Sie schwieg einen Augenblick. »Vielleicht hat Mutter Ellinen unrecht, wenn sie sagt, wir dürften an den Kämpfen rings um uns keinen Anteil haben ...«

»Ich bin nicht die Hüterin von irgendeines Menschen Gewissen«, verwahrte sich Melisandra. »Vielleicht haben wir Frauen unterschiedliche Aufgaben ...«

Carlina fragte bitter: »Aber wo willst du einen Mann finden, der sie uns zugesteht?« Und dann schwiegen beide.

Weder Melisandra noch Carlina hatten eine Vorahnung von dem, was als nächstes geschah. Es gab einen schwachen, summenden Laut – darin stimmten alle Überlebenden überein. Einen Augenblick später erfolgte ein gewaltiges Krachen, ein tosender Lärm. Der Boden schwankte unter ihren Füßen, und unwillkürlich hielten sie sich aneinander fest. Der ersten Explosion folgten eine zweite und dritte.

»Erlend!« schrie Melisandra auf und rannte wild den Flur hinunter. Sie stolperte, als die Mauern unter einer vierten Explosion erbebten. »Erlend! Paolo!«

Paul rief Melisandras Namen und fing sie im Eingang zu ihren Räumen ab. Er packte sie und zog sie mit Gewalt unter einen der Türrahmen, wo er stand und sich auf eine weitere Explosion gefaßt machte. Melisandra klammerte sich an ihn, schwankte und suchte mit ihrem Geist nach den Gedanken ihres Sohns. Er war in Sicherheit! Dank sei allen Göttern, er war in den Ställen, wohin er gegangen war, um einen Wurf junger Hunde zu besichtigen. Paul spürte ihre Erleichterung wie seine eigene, denn ihr Geist war ihm geöffnet, während sie sich schwankend mit beiden Händen an ihm festhielt. Wieder und wieder bebte der Fußboden unter einer Explosion nach der anderen, unter dem Poltern und Krachen zusammenstürzenden Mauerwerks.

»Komm«, drängte Paul, »wir müssen hinaus!«

»Lady Carlina ...«

Melisandra rannte zurück, und Paul folgte ihr. Er fand Carlina unter umgefallenen Möbelstücken kauernd, nahm sie schnell in seine

Arme und eilte mit ihr die Privattreppe in den kleinen Garten hinunter, wo er Melisandra und ihren Sohn das erste Mal gesehen hatte. Melisandra war dicht hinter ihm. Sicher im Freien, stellte er Carlina auf die Füße. In ihrer Angst und Aufregung hatte sie ihn nicht angesehen. Jetzt blickte sie ihm ins Gesicht und wich in neuer Furcht vor ihm zurück.

»Du ... aber ... Ihr seid nicht Bard, nicht wahr?«

»Nein, meine Lady. Doch ich bin es, der Euch von der Insel des Schweigens entführte.«

»Ihr seid ihm sehr ähnlich«, stellte sie fest. »Das ist äußerst merkwürdig.«

Merkwürdiger, als du wissen kannst, dachte Paul, aber er konnte es ihr nicht erklären, und er wußte, daß sie ihm, wenn er es täte, wahrscheinlich nicht glauben würde. Schließlich hatte sie keine Ahnung von seiner Welt und der Stasis-Zelle! Und das lag auf jeden Fall hinter ihm. Das war ein anderes Leben gewesen, und der Mann, der auf jener Welt gelebt hatte, war unwiderruflich tot. Welchen Sinn konnte es haben, ihr davon zu erzählen?

Irgendwie mußte er einen Weg finden, Bard davon zu überzeugen, daß er keine Bedrohung für ihn darstellte. Vielleicht war jetzt, wo Bard sich in einer mysteriösen Angelegenheit entfernt hatte und die Burg angegriffen wurde – mit Zauberei? –, der richtige Augenblick gekommen, Melisandra mit sich zu nehmen und in die Kilghardberge zu fliehen, oder noch weiter, bis jenseits der Hellers. Vielleicht konnten sie sich in diesem wilden und unerforschten Land ein neues Leben aufbauen. Aber würde Melisandra einverstanden sein, ihren Sohn zu verlassen?

»Seht! O gnädige Götter, seht!« rief Melisandra, zu dem Gebäude zurückblickend, das sie gerade verlassen hatten. Ein ganzer Flügel der Burg war eingestürzt. Entsetzt klammerte sie sich an Paul fest. Mit den Augen ihres Geistes sah sie ...

Ein junges Gesicht, verzerrt vor Entsetzen – ein verkrüppelter Körper, zu langsam und unbeholfen auf der Treppe – ein alter Mann, der hastig nach draußen strebte, stehenblieb und dem lahmen Kind einen Arm reichte ... Eine Treppenflucht brach zusammen, rutschte ihnen unter den Füßen weg – das Dach riß auf und ließ den Himmel sehen ... und die Welt versank in niederstürzendem Mauerwerk, das beide auf der Stelle unter sich begrub ...

»Dom Rafael! Alaric!« flüsterte Melisandra verstört. Sie begann zu weinen. »Der alte Mann war immer so freundlich zu mir. Und der Junge – das Leben war so schwer für das arme kleine Kerlchen, um dann so zu sterben ...«

Carlinas Miene war undurchdringlich. Sie sagte: »Dein Kummer tut mir leid, Melisandra. Aber der Usurpator des Throns von Asturias ist tot. Und ich bringe es nicht fertig, um ihn zu trauern.«

Jetzt strömten durch die Gärten und Anlagen der Burg Asturias Männer und Frauen, Höflinge und Diener, Edelleute und Stallknechte und Küchenmädchen, die alle durcheinanderschrien, sich zusammendrängten und entsetzt auf den eingestürzten Flügel blickten. Aber noch während einer der Majordomos jeden mit lauter Stimme warnte, nicht zu nahe an das immer noch schwankende Gebäude heranzugehen, erfolgte eine letzte fürchterliche Explosion. Die stehengebliebenen Mauerreste jenes Flügels fielen krachend um. Steinstaub und erstickte Schreie stiegen auf. Dann senkte sich Stille hernieder.

In dieser Stille hörte Paul Meister Gareth rufen: »Ist hier noch jemand von den *Leroni* des Königs am Leben! Zu mir! Schnell! Wir müssen herausfinden, wer uns angreift!«

»Ich muß gehen«, sagte Melisandra und eilte davon, bevor Paul ihre Hand ergreifen und darauf drängen konnte, daß sie in all dem Durcheinander entflohen. Er stand neben Carlina und beobachtete die Zauberer, die jetzt nicht in ihren grauen Roben waren, sondern alles Mögliche trugen, angefangen bei Nachtmützen und Hausmänteln. Der kleine Rory, der offensichtlich gerade im Bad gewesen war, hatte sich nur in ein Handtuch gewickelt. Sie versammelten sich unter den blühenden Bäumen im Obstgarten. Meister Gareth, der mit seinem schlimmen Bein heranhinkte, scharte die *Leroni* um sich. Zwei oder drei fehlten, denn einige von ihnen hatten in dem eingestürzten Flügel bei Dom Rafael und dem König Dienst gehabt. Doch es waren vier Frauen und zwei Männer außer dem Jungen da, und Meister Gareth sprach zu ihnen mit gedämpfter Stimme. Paul konnte aus dieser Entfernung nicht verstehen, was er sagte. Soldaten zogen auf und versuchten, die Leute von den fallenden Mauern fernzuhalten. Paul ging zu ihnen – was hatte Bard gesagt?

Bis ich zurückkehre, bist du Lord General. Es ist früher eingetreten, als wir dachten, das ist alles.

Einer der Männer lief auf ihn zu und salutierte. »Sir, Ihr werdet Euch Sorgen um Euren Sohn machen. Er ist sicher. Einer der Unteroffiziere hat ihn in seiner Obhut, da ja seine Mutter bei dem alten Hexenmeister und den anderen *Leroni* sein wird. Kommt, Sir, zeigt Euch ihm, damit der kleine Bursche weiß, daß er immer noch Vater und Mutter hat.«

Ja, das mußte er tun. Erlend sah blaß aus und zitterte und hielt mit beiden Händen ein Hündchen umklammert.

»Deine Mutter ist gerettet, Erlend, sie ist dort drüben bei deinem Opa«, sagte der Soldat. »Und siehst du, *Chiyu*, da kommt der Lord General, um dich zu deiner Mama zu bringen.«

Erlend hob den Kopf. »Das ist nicht . . .« Einen Augenblick lang dachte Paul, von Panik erfüllt, das Spiel sei schon aus, bevor es begonnen hatte, und Erlend werde sagen: *Das ist nicht mein Vater!* Aber für einen Sekundenbruchteil trafen sich ihre Blicke, und der Kleine begann von neuem: »Das ist nicht der richtige Ton, mit mir zu sprechen, Corus; ich bin kein Baby.« Er drückte dem Soldaten das Hündchen in die Hände. »Bring *ihn* zu seiner *Mama*, er ist derjenige, der nach Milch heult! Ich sollte bei den *Leroni* sein. Einige von uns sind tot; sie werden jeden Sternenstein brauchen.«

»Das ist schon einer, Lord General«, bemerkte der Soldat. »Wie der Wolf, so der Welpe! Ein prächtiger Bursche!«

Vorsichtig und voller Würde sagte Paul zu Erlend: »Ich glaube nicht, daß sie dich brauchen werden, Erlend, aber du kannst gehen und sie selbst fragen.«

»Danke, Sir.« Erlend ging festen Schrittes neben ihm her, doch Paul spürte, daß der Junge zitterte, und einen Augenblick darauf hielt er ihm seine Hand hin. Der Junge ergriff sie mit seiner kleinen, schweißigen Hand. Als sie außer Hörweite waren, fragte er heftig: »Wo ist mein Vater?«

»Er . . . er ist heute morgen weggeritten.« Paul setzte hinzu: »Ich fürchtete, die Soldaten könnten glauben, er habe sie in dieser Situation im Stich gelassen, deshalb klärte ich sie nicht auf, als sie annahmen, ich sei dein Vater.« Er fragte sich, warum er einem Kind von sechs überhaupt eine Erklärung gab.

»Ja. Er sollte hier sein.« In Erlends Stimme schwang eine Spur von Verachtung mit. Zum ersten Mal überlegte Paul, ob oder wann Bard zurückkehren werde.

»Er sagte, bevor er fortritt, *bis ich zurückkehre, bist du Lord General.*« Erlend betrachtete ihn mit einem eigenartigen Blick. Er sagte: »Ich habe ihn fortreiten gesehen. Damals wußte ich nicht, was es zu bedeuten hatte«, und verstummte. Schließlich meinte er: »Ihr müßt tun, was Euch gesagt worden ist.«

Beunruhigt sah Paul dem Jungen nach, der auf die kleine Gruppe von *Leroni* unter den Bäumen zuging. Carlina stand noch da, wo er sie verlassen hatte. Sie fragte: »Ist das Bards Sohn?«

»Ja, Lady.«

»Er sieht Bard überhaupt nicht ähnlich. Ich vermute, er schlägt Melisandra nach – zumindest hat er ihr Haar und ihre Augen.«

»Ich sollte nachsehen, was die Soldaten tun.« Das hatte Paul beabsichtigt, bevor er Erlend fand. Melisandra würde erleichtert sein, ihren Sohn zu sehen, aber die Armee war wie ein aufgescheuchter Ameisenhaufen, und ohne Anführer rannte alles durcheinander. Paul brüllte: »Antreten, Männer! Die Feldwebel sollen durch Namensaufruf feststellen, wer in den Ruinen verschüttet worden ist! Dann können wir herausfinden, ob wir unter Angriff stehen! Antreten!«

Es waren Rufe zu hören: »Das ist der Wolf! Der Lord General ist da!«

Die Anwesenheit des Befehlshabers stellte die Ordnung wieder her. Die Männer traten an, die Namensliste wurde verlesen, und oft antwortete auf einen Aufruf nur ein Schweigen. Sicher würden einige der jetzt bei dieser vorläufigen Musterung fehlenden Männer noch leben, denn einige waren nicht im Dienst gewesen, hatten im Dorf ein Glas getrunken oder waren bei einer Frau gewesen. Zwei oder drei hatten in der Unterkunft fest geschlafen. Sie tauchten später auf und fragten verwundert, was das Geschrei zu bedeuten habe. Aber wenigstens hatten sie vorerst einen gewissen Überblick gewonnen, wer da war und wer nicht, und die Armee war wieder einsatzbereit, wenn auch nicht vollständig.

Und immer noch blieb es still. Es gab kein Anzeichen für eine weitere Explosion, kein Anzeichen für das Herannahen eines Feindes, keinen Angriff. Paul fragte sich, wer der Feind sein mochte. Serrais hatte kapituliert, Hammerfell war nicht stark genug. Die Hasturs hatten den Vertrag beschworen, und wenn auch ihre Truppen immer noch auf den Straßen waren, würden sie doch keine *Laran*-Waffen benutzen. Waren die Altons oder die Aldarans in den Krieg eingetreten, und die Neuigkeit hatte Paul, während er seinen Auftrag am See des Schweigens ausführte, irgendwie nicht erreicht? War es das kleine Königreich Syrtis, von alters her für mächtiges *Laran* bekannt? Die *Leroni*, die die Richtung zu bestimmen suchten, aus der der Angriff erfolgt war, hatten bisher nichts verlauten lassen. Ob sie Erlends Angebot, mit ihnen zusammenzuarbeiten, angenommen hatten?

Später an diesem Nachmittag ging Paul mit zweien oder dreien der Armee-Ingenieure in den unbeschädigten Teil des Gebäudes, um festzustellen, was sicher war und was nicht, und um sich zu vergewissern, daß alle durch umfallende Kohlenbecken oder Lampen entstandenen Feuer gelöscht waren. Erlend lief geschäftig an ihm vorbei. Der Junge grüßte ihn ernst und berichtete, die *Leroni* hätten ihn dazu angestellt, Botengänge für sie zu erledigen und ihnen Essen und Wein zu bringen, weil sie keinen isolierten Raum hatten, in dem sie arbeiten konnten, und die Anwesenheit eines nichttelepathischen Dieners sie stören würde. Paul fragte sich, welche taktvolle *Leronis* auf diesen Einfall gekommen sein mochte und ob es ihr nur darum gegangen war, dem auf Beschäftigung brennenden Jungen etwas zu tun zu geben, ohne daß er Schaden anrichten konnte. Es war sogar möglich, daß es stimmte – es klang ganz vernünftig.

Innerhalb der Burg herrschte Chaos. Ein Flügel und der Hauptteil waren fast völlig unbeschädigt, und der Wartturm hatte fast gar nicht gelitten. Was die Burg auch getroffen haben mochte, es mußte den Mittelpunkt ein wenig verfehlt haben. Bei der Durchsuchung der Ruinen fand Paul keine Überreste, die auf eingeschmuggelte tatsächliche Bomben hinwiesen, was sein erster Verdacht gewesen war. Er neigte dazu, dem Armee-Ingenieur recht zu geben, der es für einen *Laran*-Angriff hielt.

»Genau werden wir es erst wissen, wenn Meister Gareth oder Mistress Melisandra oder Mistress Lori hiergewesen sind und es nachgeprüft hat«, meinte der Mann. »Sie können es herausschnüffeln, ob es *Laran* war oder nicht, aber im Augenblick gibt es für sie Dringenderes zu tun. Sie müssen ja feststellen, wer uns angegriffen hat und wie wir zurückschlagen können. Das Endergebnis ihrer Beratung mag sein, daß sie einen Schutzschirm über die Burg legen. Ihr braucht Euch nicht zu wundern, Sir, daß ich von so etwas ein bißchen verstehe. Meine Schwester war *Leronis* im Hali-Turm; sie starb, als der Turm durch Feuerbomben vernichtet wurde. Und mein Vater kam vor dreißig Jahren beim Brand von Neskaya ums Leben. Eines Tages, Sir, wird man die *Laran*-Waffen loswerden müssen. Nichts gegen Eure Lady. Mistress Melisandra ist eine gute Frau, aber mit Verlaub, Sir, die Armee ist kein Ort für Frauen, nicht einmal in einem Zauberer-Korps, und ich sähe Kriege gern mit ehrlichem Stahl statt mit Hexenkunst ausgefochten!«

Paul wunderte sich über sich selbst, als er aus vollem Herzen zustimmte: »Ich auch! Glaub mir, Mann, ich auch!«

»Aber solange man uns mit *Laran*-Waffen angreift, werden wir uns wohl schützen müssen. Es ist nichts Böses daran, einen *Laran*-Schutzschirm zu errichten, Sir, damit keine Zauberei durchkommt.«

»Ich werde mit ihnen darüber reden«, sagte Paul, und der Mann stimmte zu: »Tut das, Lord General. Und wenn der neue König, wer das auch sein mag, den Vertrag unterschreiben möchte, Sir, sagt ihm, die ganze Armee ist dafür!«

Carlina bewegte sich in ihrem schwarzen Mantel zwischen den wenigen Menschen umher, die noch lebend aus den Trümmern geborgen worden waren. Sie heilte und beaufsichtigte die Heiler. Paul sah, daß allein schon ihre Anwesenheit den Leidenden Trost und Kraft gab. »Seht, eine Priesterin Avarras, eine Frau von der Heiligen Insel ist gekommen, sich um uns zu kümmern!« Die anderen Heiler taten, was sie konnten, aber Carlina folgte ehrfürchtiges Schweigen auf ihren Wegen. Keiner wußte oder interessierte sich dafür, daß sie Prinzessin Carlina, Ardrins Tochter, war oder gewesen war. Wichtig war ihnen nur, daß eine Priesterin Avarras sich ihrer annahm. Und die wenigen, die sie erkannten, sprachen nicht darüber – oder wenn sie es taten, hörte ihnen keiner zu.

Gegen Abend war ein Anschein von Ordnung wiederhergestellt. Die Verletzten waren in die Große Halle gebracht worden und wurden dort gepflegt. Carlina sah sich benommen um. Vor acht Jahren war sie in dieser Halle mit Bard verlobt worden, und hier hatte sie ein halbes Jahr später miterlebt, wie ihr Vater ihn zum Gesetzlosen erklärte. Es schien in einem anderen Leben geschehen zu sein. Nein, es *war* in einem anderen Leben geschehen.

Die Leiche König Alarics, mitleiderregend zermalmt, war aus den Ruinen des Treppenhauses in dem anderen Flügel geborgen worden, ebenso die Dom Rafaels, der im Fallen offensichtlich versucht hatte, den Jungen mit seinem eigenen Körper zu schützen. Sie waren in der alten Kapelle aufgebahrt worden; treue Dienstboten, darunter der alte Gwynn, hielten bei ihnen Wache. Paul vermied es, die Kapelle zu betreten. Er wußte, daß er – daß Bard – das unterließ, machte einen seltsamen Eindruck, aber er fürchtete die scharfen Augen des alten Gwynn.

Draußen vor der Kapelle wurde Paul von zweien der wichtigsten Ratgeber abgefangen.

»Lord General, wir müssen mit Euch sprechen.«

»Ist das jetzt der richtige Zeitpunkt, wo . . .« – Paul holte Atem und fuhr entschlossen fort – ». . . mein Vater und mein Bruder noch nicht zur Ruhe gebettet worden sind?« Er hatte Alaric nie gesehen, und von Dom Rafael wußte er nur, daß der Mann ihn durch Hexerei hergeholt hatte. Er fühlte keine Trauer und wagte es nicht, Trauer vorzutäuschen.

»Wir dürfen keine Zeit verlieren«, antwortete Dom Kendral von High Ridge, der, wie Paul wußte, Oberster Ratgeber des Königreichs von Asturias war. »Alaric von Asturias ist tot, und sein Regent auch. So ist die Sachlage. Valentine, Ardrins Sohn, ist noch ein Kind, und wir wollen hier keine Hastur-Marionetten haben. Wir sind bereit, Euren Anspruch auf den Thron zu unterstützen, Bard di Asturien.«

Paul konnte nur stammeln: »Großer Gott!«

Es wäre schon bizarr genug gewesen, wenn der Oberste Ratgeber des Königreichs dem wirklichen Bard mac Fianna, *Nedestro* und Gesetzloser, dem Kilghard-Wolf die Krone angeboten hätte.

Unvorstellbar war es, daß er die Krone Paul Harrell anbot, dem Fremden, dem Rebellen, verurteilten Kriminellen und Mörder! Dem Flüchtling aus der Stasis-Zelle!

»Die Zeit drängt, Sir. Wir befinden uns im Krieg, und Ihr seid bei der Armee beliebt. Die Armee würde niemals ein Kind als König anerkennen, nicht im jetzigen Augenblick. Und Ihr seid der Lord General.«

Wo, zum Teufel, steckt Bard? dachte Paul wild. Mußte er in diesem wichtigen Moment abwesend sein?

»Wir müssen einen König haben, Sir. Wenn die Hasturs gegen uns ziehen, können wir nichts gegen sie unternehmen! Wir haben heute morgen gesehen, wie Ihr die Ordnung unter den Soldaten wiederherstelltet. Meiner Ansicht nach seid Ihr der einzige König, den das Volk akzeptieren wird.«

Finster sagte sich Paul, daß eine Ablehnung für ihn unmöglich war. Bard war verschwunden, niemand wußte, wohin, und jeder hier hielt ihn für Bard. Bard hatte oft genug gesagt, er wolle nicht König sein. Aber, so überlegte Paul, wenn Bard jetzt hier wäre, in den Trümmern der Burg, dann hätte er sich angesichts einer Armee ohne Führer und eines Landes ohne König ebenfalls der Notwendigkeit gebeugt.

»Ich nehme an, ich habe keine andere Wahl.«

»Nein, Sir, die habt Ihr nicht. Es gibt tatsächlich keinen anderen, versteht Ihr.« Lord Kendral zögerte. »Noch etwas, Sir. Ihr seid einmal mit Ardrins jüngerer Tochter verlobt worden, aber Ardrins Linie ist zur Zeit nicht populär. Nicht seit Königin Ariel auf diese Weise davonrannte. Ihr werdet einen Erben designieren müssen, Sir, und da Ihr keine Brüder, keine lebenden Brüder habt, bleibt Euch nur, Euren Sohn zu legitimieren. Jeder weiß, wer seine Mutter ist. Es könnte sich sehr günstig auswirken, wenn Ihr Mistress MacAran heiratetet – Lady Melisandra meine ich natürlich, *vai dom*. Das würde der Armee gefallen.«

Und so wurde Paul Harrell, Rebell und zur Stasis-Zelle verurteilter Verbrecher, in dem unbeschädigt gebliebenen alten Audienzsaal bei Lampenlicht zum König gekrönt und *di catenas* mit Melisandra MacAran, *Leronis*, verheiratet. Zwei Gedanken hatten in Pauls Kopf die Vorherrschaft, als Meister Gareth ihre Hände über den rituellen Armbändern zusammenlegte und sprach: »Möget ihr für immer eins sein.«

Der eine war Dankbarkeit dafür, daß Erlend zu Bett gebracht worden war.

Der andere war wilde Neugier: Wo zum Teufel steckte Bard di Asturien, und was würde er sagen, wenn er entdeckte, daß sein Double sich auf den Thron gesetzt ... und ihm eine Königin beschert hatte!

8

Varzil brauchte fast den ganzen Tag dazu, jemanden zu finden, der sein Amt in Neskaya übernehmen konnte, und so reisten sie erst am nächsten Morgen nach Asturias ab. Melora hatte ihren Esel satteln lassen und warnte Bard lachend, sie reite heute nicht besser als vor Jahren auf diesem längst vergangenen Feldzug. Bard beobachtete sie und stellte fest, daß sie immer noch auf ihrem Esel hockte wie ein auf den Sattel geworfener Sack Mehl. Merkwürdig, Melisandra ritt gut und anmutig. Wie kam es nur, daß er niemals Interesse für Melisandra gehabt hatte, außer daß er ihren schönen Körper zu würdigen wußte!

Vielleicht hat es eine Zeit gegeben, als es mir möglich gewesen wäre, Melisandra liebzugewinnen. Aber immer, wenn ich sie danach ansah, schämte ich mich, und ich wollte nicht erkennen, was ich ihr angetan hatte. Deshalb ertrug ich es nicht, sie anzusehen. Und war grausamer zu ihr als zuvor ...

Ich habe jeden vernichtet, den ich liebte. Und ich habe mein eigenes Leben zerstört. Und ich darf nicht einmal sterben, weil es Dinge gibt, die ich tun muß. Bard ritt durch die frühherbstliche, frische Schönheit der Kilghardberge, aber seine Augen blickten nach innen auf ein ödes, wüstes Land, und im Mund hatte er den Geschmack von kalter Asche.

Irgendwie mußte er die Situation in Asturias in Ordnung bringen. Es war ein Krieg zu gewinnen oder doch zumindest ein Friede zu schließen. Seit dem Brand von Hali, dachte Bard, herrschte keine große Begeisterung mehr dafür, die verbleibenden Kriege unter den Hasturs oder anderswo fortzusetzen. Er hatte für einen Augenblick Mirellas und Varzils und Meloras Geist berührt, wenn sie über den Brand von Hali sprachen, und jetzt empfand er Übelkeit bei dem Gedanken an diese Art des Kampfes mit Haftfeuer oder dem Knochenwasserstaub, der in den Venzabergen ausgestreut worden war, wo Kinder an verdünntem Blut starben ... Das war kein Krieg! Das war ein Alptraum. Bard entschloß sich, zumindest werde er seine Zauberer und *Leroni* entlassen. Und wenn sein Vater sich weigerte, dem Vertrag beizutreten, dann sollte er sich einen anderen Befehlshaber für seine Armee suchen. Er, Bard, hatte sich seinen Haferbrei auch früher schon als Söldner im Exil verdient. Er konnte es wieder tun.

Finster dachte er, wenn sein Vater unbedingt einen großen General wollte, der das ganze Land verheerte und alle Hundert Königreiche unter die Oberherrschaft von Asturias brachte, dann konnte er ja Paul herumbekommen, es für ihn zu tun.

Paul ... Paul ist so ruchlos, wie ich es war. Wie ich es war, bevor ... ihr Götter da oben, war das erst vorgestern abend? Ich habe das Gefühl für die Zeit verloren. Mir scheint es, dieser Mann habe vor Jahrhunderten gelebt ...

Paul sieht die Greuel der Laran-*Kriegführung nicht einmal. Er ist immun gegen alle Schrecken, die in eines Mannes Gehirn und Geist und Seele dringen ...*

Er erkannte plötzlich, daß er bereit war, Paul zu töten. Nicht in der Art wie damals, als sie zusammen auf dem Feldzug waren und er sich sagte, sein dunkler Zwilling werde letzten Endes eine Bedrohung seiner eigenen Macht und Stellung bedeuten. Paul war der Mann, der er selbst bis vor einem oder zwei Tagen noch gewesen war, und jetzt war er bereit, Paul zu töten, um sein Volk vor der grausamen und ruchlosen Herrschaft des Mannes zu retten, der er gewesen war. Das würde Melisandra Schmerz bereiten, und er wollte vor dem letzten Schritt wirklich alles versuchen, um Paul zu überreden, daß er seinen Ehrgeiz aufgab. Aber Paul hatte nicht die Erfahrung gemacht, die ihm, Bard, zuteil geworden war, und Paul hatte nichts in sich, was diesem erbarmungslosen Ehrgeiz Einhalt gebieten konnte. Paul war immer noch fähig, wie Bard es früher gewesen war, alles und jeden niederzutrampeln – sogar Melisandra –, um zu Macht und Ruhm zu gelangen.

Das weiß ich nicht sicher. Vielleicht habe ich Paul falsch beurteilt, wie ich auch sonst alles und jeden falsch beurteilt habe. Vielleicht nimmt er Vernunft an. Aber wenn er es nicht tut – ich will Melisandra nicht noch mehr Schmerz bereiten, aber ich werde auch nicht zulassen, daß er weiter Böses tut. Zumindest muß ich ihn als Betrüger entlarven. Ich hätte den Befehl über die Armee nicht in seinen Händen lassen sollen – er kann unendliches Unheil anrichten.

Und dann kam ihm zu Bewußtsein, daß er und sein Vater sich ohne Grund in Pauls Leben eingemischt hatten, und alles, was Paul ihm dafür antat, nur gerechte Vergeltung war. Er war an den Ausgangspunkt zurückgekehrt, als er den ersten Blick auf das Gesicht seines dunklen Zwillings warf, und das Wissen mußte die ganze Zeit in ihm geschlummert haben:

... *Es wird ein Tag kommen, an dem ich ihn töten muß, oder er wird mich zuerst töten.*

Sie folgten von Neskaya aus der Straße nach Westen, aber als die Straße nördlich nach Asturias abbog, erklärte Varzil düsteren Gesichts, sie müßten sie für einige Zeit verlassen und weiter in westlicher Richtung reiten.

»Melora ist noch im gebärfähigen Alter, und auch du, Bard, bist noch jung. Das Land ist verseucht. Jedes Kind, das einer von euch auch noch Jahre später in die Welt setzt, könnte zellentief geschädigt sein. Wir sind schon bedenklich nahe herangekommen – ich bin mir nicht einmal sicher, daß in Neskaya keine Gefahr besteht. Wir wissen längst nicht alles darüber, was das Zeug den Zellen antut. Die Gefahr von Neskaya müssen wir alle tragen, aber ich will euch beide nicht einem noch größeren Risiko aussetzen. In meinem Alter spielt es keine so große Rolle mehr. Ihr jedoch werdet wahrscheinlich eines Tages Kinder haben. Jeder mit seinem Partner, meine ich«, setzte er hinzu, und dann lachte er und hob die Hände, als wolle er sagen: *So habe ich es nicht gemeint* ... Aber Bard blickte zu Melora hinüber und sah im hellen Morgenlicht ein Lächeln, so intim wie ein willkommenheißender Kuß, und es wärmte ihn trotz all des Todes in seinem Inneren. In seinem ganzen Leben war er noch nie auf den Gedanken gekommen, daß ihn eine Frau so ansehen und ihm so zulächeln könnte.

... *und diesen Mann, Bard, werde ich nie aufhören zu lieben* ...

Also liebte sie ihn immer noch. Es würde nicht leicht sein. Er hatte Carlina mit Gewalt zu seiner Frau gemacht. Das Gesetz sagte, daß eine Ehe legitim war, wenn der Verlobung der Vollzug folgte. Zweifellos würde Carlina ihn nur zu gern los sein, und er konnte eine *Leronis* von Neskaya nicht zu seiner *Barragana* machen. So hatte er Melora wenig genug anzubieten. Aber vielleicht konnten sie eine ehrenvolle Lösung finden.

Seltsam. In all diesen Jahren hatte er davon geträumt, Carlina zu besitzen, und jetzt, da er sie hatte, versuchte er einen Weg zu finden, sie wieder loszuwerden. In den Bergen gab es ein Sprichwort: *Sei vorsichtig, um was du die Götter anflehst, sie könnten dich erhören.*

Immer hatte er sich eingeredet, Carlina werde ihn lieben, sobald er sie einmal besessen habe. Die größte Ironie, die schlimmste Katastrophe, die er sich vorstellen konnte, wäre es, wenn es nun tatsächlich so kam. Er konnte ihr nicht wiedergeben, was er ihr genommen hatte, ebensowenig wie er Melisandra für ihre Jungfräulichkeit und das Gesicht entschädigen konnte. Aber was ihm möglich war, mußte er tun. Wenn Melisandra Paul wollte, sollte sie ihn haben, auch wenn sie letzten Endes vielleicht feststellen würde, daß Paul nicht besser war als er selbst.

Oder doch? Er wußte über Paul nicht mehr, als er ... im Grunde ... über sich selbst wußte. Paul und er waren von den Wurzeln her der gleiche Mann. Paul war der Mann, der Bard hätte werden können, mehr nicht. Vielleicht waren die Unterschiede größer, als er sich vorzustellen vermochte.

Der lange Umweg um das verseuchte Land kostete Zeit, und die Sonne hatte ihren höchsten Punkt überschritten, als Melora entsetzt aufschrie. Varzil hielt sein Pferd an. Mit angespanntem Gesicht schien er auf etwas zu lauschen, das außerhalb der Hörweite normaler Ohren war. Er drehte sich im Sattel um und faßte Bards Hand mit einer instinktiven Geste, als wolle er ihn trösten.

»*Alaric!*« flüsterte Bard erschüttert, und irgendwie erlebte er im Geist die letzten Augenblicke seines Bruders mit, sah das Dach zerreißen, um den Himmel einzulassen, klammerte sich in einem letzten verzweifelten Versuch haltsuchend an seinen Vater, und dann war nichts mehr als gnädige Dunkelheit.

Oh, mein Bruder! Gnädige Götter! Mein Bruder, mein einziger Bruder!

Er schrie die Worte nicht laut heraus in seiner Qual, er glaubte nur zu schreien. Varzil breitete die Arme aus, und Bard ließ seinen Kopf in stummem Leid auf die Schulter des Älteren sinken, bebend in einer Trauer, die zu tief für Tränen war.

»Er stand mir, der ich keinen Sohn habe, nahe wie ein Pflegesohn«, sagte Varzil mit seiner sanften, gedämpften Stimme, »und ich habe lange Zeit für ihn gesorgt, als er so sehr krank war.«

Und Bard erkannte, daß Varzils Trauer ebenso groß war wie seine eigene. Mit zitternder Stimme entgegnete er: »Er liebte Euch, *vai dom*, das sagte er ... Das ist der Grund, warum ... ich Euch vertrauen konnte.«

Varzil standen Tränen in den Augen; Melora weinte. Varzil bat: »Nenn mich nicht *vai dom*, Bard, ich bin dein Verwandter, wie ich seiner war ...« Bard, dem ebenfalls die Tränen in den Augen brannten, wurde sich bewußt, daß er nie kennengelernt hatte, wie es ist, einen Verwandten, einen Gleichgestellten, zu haben, seit Beltran starb ... Die Kehle wurde ihm eng. Er konnte nicht weinen, nicht jetzt, oder er würde alle Tränen vergießen, die er nicht vergossen hatte, seit er Beltran tot auf seinem eigenen Schwert liegen sah und

Geremy Lebewohl sagte, den er fürs Leben verkrüppelt hatte und der ihn trotzdem umarmte und weinte . . .

Aldones! Herr des Lichts! Geremy liebte mich auch, und ich konnte es nie glauben, nie akzeptieren, ich trieb auch ihn weg von mir . . .

Bard richtete sich im Sattel auf, mühte sich um einen beherrschten Gesichtsausdruck und blickte zu dem Älteren hinüber.

»Ich muß voranreiten und sehen, was in meiner Heimat geschieht – Cousin«, sagte er ein wenig zögernd. »Bitte, du darfst dich nicht verpflichtet fühlen, mit mir Schritt zu halten. Ich muß so schnell wie möglich nach Hause, man wird mich dort brauchen. Ihr könnt in einem Tempo folgen, das euch bequem ist. Melora ist keine gute Reiterin, und du . . . du bist nicht mehr jung.«

Auch Varzils Gesicht war angespannt. »Wir werden Schritt mit dir halten. Vielleicht werden auch wir gebraucht. Ich halte es jetzt für ungefährlich, direkt auf Asturias zuzuhalten und die Straße zu benutzen.« Er wendete sein Pferd. »Wenn wir den Weg durch diese Felder hier abkürzen, sind wir in einer Stunde wieder auf der Straße . . .«

Melora wandte ein: »Mein Esel kann mit euren Pferden nicht mitkommen. Wir wollen am ersten Gasthof haltmachen, wo es Postpferde gibt. Dann lasse ich meinen Esel zurück und suche mir ein Pferd aus, das mich trägt. Ich kann ebenso schnell reiten wie ihr, wenn ich muß.«

Varzil wollte protestieren, sah Meloras entschlossenen Mund und schwieg. Bard fragte sich, welches Wissen Melora und Varzil teilten, von dem er ausgeschlossen war. Varzil sagte nur: »Wie du willst, Melora. Tu, was du deinem Empfinden nach tun mußt.« Sie schlugen die Abkürzung über die Felder ein.

Eine Stunde später hatten sie Meloras Esel in der Obhut der Poststation zurückgelassen und für sie ein sanftes Pferd und einen Damensattel gefunden. Danach kamen sie schneller voran. Während sie sich Asturias näherten, entstanden schreckliche Bilder in Bards Geist, ob nun durch sein eigenes sich entwickelndes *Laran* oder durch den Rapport mit Varzil und Melora – das wußte er nicht, und es kümmerte ihn auch nicht. Er sah Burg Asturias in Trümmern, Chaos herrschte . . . *Und das im ganzen Land, in allen Hundert Königreichen . . .*

Dieser Laran-*Krieg muß irgendwie beendet werden, oder es wird kein Land mehr geben, das erobert werden kann, und für die Sieger wird nichts übrigbleiben. Nur der Vertrag gibt allen diesen Ländern eine Hoffnung.* Bard spürte, daß dieser Gedanke von Varzil kam und nicht aus seinem eigenen Geist. Dann war er sich nicht mehr so sicher.

Er hat recht. Er hat recht. Ich konnte es bisher nicht sehen, aber er hat ganz und gar recht.

Einmal sprach er in das düstere Schweigen hinein: »Ich wollte, du wärst König anstelle des Hastur-Lords«, aber Varzil schüttelte den Kopf.

»Ich will kein König sein. Für mich wäre es eine zu große Versuchung – das Wissen, daß ich alle Dinge mit einem Wort in Ordnung bringen könnte. Carolin von Thendara ist kein stolzer oder ehrgeiziger Mann, und es macht ihm nichts aus, von seinen Ratgebern beherrscht zu werden. Er wurde dazu erzogen, König zu sein, und das bedeutet einfach: sich klarzusein darüber, daß man das Amt nicht für sich, sondern für sein Volk ausübt. Ein guter König kann kein guter Soldat und im Grunde auch kein guter Staatsmann sein. Er muß sich damit zufriedengeben, die besten Soldaten und die wirklich guten Staatsmänner auszusuchen und sich von ihnen beraten zu lassen und selbst nicht mehr zu sein als ein sichtbares Symbol seiner Regierung. Ich würde mich in meine eigene Regierung zu oft einmischen, wenn ich König wäre«, gestand er mit einem Lächeln. »Als Bewahrer von Neskaya habe ich vielleicht schon mehr Macht, als gut für mich ist. Glücklicherweise bin ich ein alter Mann; es mögen Zeiten kommen, in denen ein Bewahrer nicht soviel Macht hat. Deshalb hoffte ich, Mirella nach Arilinn schicken zu können.«

»Eine Frau?« fragte Melora verblüfft. »Hat eine Frau die Kraft, Bewahrerin zu sein?«

»Natürlich, ebenso wie die Bewahrer, die *emmasca* waren. Und schließlich brauchen wir keine körperliche Kraft und keine Schwerter, sondern die Kraft des Geistes und des Willens . . . und Frauen neigen weniger dazu, sich in die Politik einzumischen. Sie wissen, was wirklich ist. Vielleicht braucht ein Turm weniger einen starken Mann, der ihn beherrscht, als eine Mutter, die ihn leitet . . .« Varzil verstummte, und Melora und Bard hüteten sich, ihn in seinen Gedanken zu stören.

Als der Tag sich dem Abend zuneigte, begannen dicke Wolken den Horizont zu verdunkeln. Kurz vor Sonnenuntergang (aber die Sonne hatte sich versteckt) machten sie halt, um ein bißchen Brot und getrocknetes Fleisch zu essen. Sie hüllten sich in ihre Mäntel, weil sie Regen oder sogar Schnee erwarteten, aber allmählich klärte es sich auf. Drei Monde, beinahe voll, wanderten über den dunkelpurpurnen Himmel – der grüne Iriel, der blaugrüne Kyrrdis und der perlfarbene Mormallor. Liriel, eine scheue Sichel, lugte über den

Horizont. Im hellen Mondlicht konnten sie die vor ihnen liegende Straße sehen, und als sie oben auf dem Berg ankamen, der über dem Tal von Asturias aufragte, erkannten sie unter sich die dunkle Masse, die die Burg war.

Trümmer. Chaos. Tod ...

»So schlimm ist es nicht«, sagte Melora leise.

Varzil erklärte: »Ich sehe Lichter, Cousin. Lichter, die sich bewegen, und die Umrisse unbeschädigter Gebäude. Vielleicht ist es gar nicht so schlimm – verzeih mir, Cousin, ich weiß, du hast einen schrecklichen Verlust erlitten, aber dein Heim magst du nicht so völlig zerstört vorfinden, wie du glaubst. Und bestimmt ist nicht alles verloren.«

Aber mein Vater. Und Alaric. Es ist nicht nur, daß ich meine Verwandten verloren habe. Bestimmt liegt das Königreich in Trümmern, da der König und der Regent tot sind. Und was ist aus meiner Armee, aus meinen Männern geworden, als ich nicht da war und für sie sorgen konnte?

Ich sagte zu Paul: Bis ich zurückkehre, bist du der Lord General. Aber was weiß er darüber, wie er meine Männer kommandieren soll? Ich lehrte ihn, Macht auszuüben. Aber was weiß er über die Verantwortung, die Sorge für Männer, die zu ihrem Anführer aufblicken und von ihm Anweisungen, Hoffnung, Beistand und sogar die zum Leben notwendigen Dinge erwarten? Wird er sich darum kümmern, daß sie gut untergebracht werden, daß sie sicher sind, daß es ihnen an nichts fehlt? Bard wurde klar, daß er in einem Leben, in dem er nur wenige geliebt hatte und nur von wenigen geliebt worden war, seine Männer geliebt hatte und von ihnen geliebt worden war. Und er hatte sie in einem so kritischen Augenblick in den Händen eines anderen gelassen!

Sein Vater hatte die Armee für die Eroberung und für seinen eigenen Ehrgeiz aufgestellt. Aber jetzt war sein Vater tot, und was würde aus der Armee werden, wie konnte er seine Männer versorgen? Sie ritten den Berg hinunter auf die Burg zu. Wieviel Zerstörung würden sie vorfinden? Was sollte er mit der Armee tun? Bard würde auf die Güter seines Vaters zurückkehren – schließlich hatte Dom Rafael keinen ehelichen Sohn hinterlassen, und es war kein anderer Erbe da –, und natürlich mußte Erlend für den Fall, daß Bard starb, bevor er andere Kinder gezeugt hatte, sofort legitimiert werden. Doch was wurde aus seinen Männern? Wer würde über Asturias herrschen, und was fing der neue Herrscher mit dem Chaos an, das er erbte, mit den Trümmern, die der Ehrgeiz eines einzigen Mannes hinterlassen hatte?

Bard konnte nichts unternehmen, bis er wußte, was übriggeblieben war.

Es war nicht so schlimm, wie er befürchtet hatte. Ein Flügel der Burg, hell vom Mondlicht beschienen, war nur noch ein Haufen Schutt. Immer noch irrten Lichter in den Ruinen umher, wo Arbeiter die letzten Leichen zu bergen versuchten. Das Hauptgebäude und der Wartturm und der westliche Hügel waren unbeschädigt. Trotzig ragten sie in den hellen Nachthimmel auf. Und als sie vor das Tor ritten, sah Bard erleichtert, daß kein völliges Chaos herrschte, denn die Stimme eines seiner Soldaten erklang laut und deutlich:

»Wer reitet da? Haltet an und erklärt euch als Freund oder Feind!«

Bard wollte seinen Namen rufen – sicher erkannte der Mann seine Stimme –, aber der Bewahrer von Neskaya war nicht gewohnt, hinter einem anderen zurückzustehen. Er verkündete:

»Varzil von Neskaya und eine *Leronis* seines Turms namens Melora MacAran.«

»Und«, setzte Bard fest hinzu, »Bard mac Fianna, Lord General von Asturias!«

Ehrerbietig rief der Soldat: »Dom Varzil! Kommt herein, Sir, Ihr seid uns willkommen, und die *Leronis* . . . ihr Vater ist hier. Aber mit Eurer Erlaubnis, Sir, dieser Mann, den Ihr bei Euch habt, ist nicht der Lord General. Ihr habt Euch von einem Betrüger täuschen lassen.«

»Unsinn«, entgegnete Varzil ungeduldig. »Meinst du, der Bewahrer von Neskaya weiß nicht, mit wem er spricht?«

»Ich weiß nicht, wer er ist, Lord Varzil, aber bestimmt ist er nicht der Lord General. Der Lord General ist *hier*.«

Bard befahl scharf: »Halt die Laterne dort hoch! Komm her, Murakh, kennst du mich nicht? Der Mann, der hier ist, ist mein Friedensmann Harryl!«

Der Mann hob die Laterne. Langsam wurde er unsicher. Er sagte verlegen: »Sir, wer Ihr auch seid, Ihr seht tatsächlich wie der Lord General aus, und auch Eure Stimme klingt wie seine . . . Aber Ihr könnt nicht der Lord General sein. Er . . . er ist nicht mehr der Lord General, er ist der König. Ich war heute nacht auf Wache, und ich habe gesehen, wie er gekrönt wurde. Und verheiratet!«

Bard schluckte. Er konnte den Mann nur anstarren.

Varzil sagte ruhig: »Ich versichere dir, Mann, dieser Mann hier neben mir ist Bard mac Fianna von Asturias, Sohn Dom Rafaels und Bruder des verstorbenen Königs.«

Der Soldat blickte beunruhigt von Varzil zu Bard und schwenkte die Laterne mit zitternder Hand.

»Ich muß meine Pflicht tun, Sir. Meine Aufgabe ist es, mich zu vergewissern, daß die Leute das sind, was sie behaupten. Selbst wenn Ihr der König wärt – ich bitte um Verzeihung, mein Lord.«

Bard sagte zu Varzil: »Ich werde einen Soldaten nie dafür tadeln, daß er seine Pflicht tut. Wir können die Frage, wer ich bin, morgen entscheiden. Streitet nicht mit ihm. Es sind Leute hier, die mich über jeden Zweifel hinaus kennen. Wenn ich mit Lady Carlina verheiratet worden sein soll –«

Der Wachtposten schüttelte den Kopf. »Von Lady Carlina weiß ich nichts, Sir, ich dachte, sie habe den Hof vor Jahren verlassen und sei in einem Turm oder einem Haus für Priesterinnen oder dergleichen. Aber Meister Gareth, der Vater der Königin, ist in der Großen Halle und pflegt die Verletzten, die aus den Ruinen geborgen worden sind. Und wenn Ihr, meine Lady, eine *Leronis* seid, werden sie sich dort über Eure Ankunft freuen . . .«

Bard lächelte mit grimmigem Humor. Jetzt war er also König und verheiratet, und er sollte als Betrüger vor den Toren der Burg ausgeschlossen bleiben. Nun ja, er hatte Paul gesagt, er solle bis zu seiner Rückkehr seinen Platz einnehmen, und anscheinend hatte Paul genau das getan.

Varzil erklärte mit seiner tiefen Stimme: »Ich bürge für diesen Mann. Seine Identität können wir morgen klären. Aber auch ich werde vielleicht drinnen gebraucht.«

»Oh, ich werde ihn als Mitglied Eures Gefolges einlassen, Lord Varzil«, antwortete Murakh respektvoll. Sie ritten durch das Tor und lieferten ihre Pferde in den unbeschädigten Ställen ab.

Die Große Halle war überfüllt mit verletzten Männern und, durch Decken von ihnen abgeschirmt, Frauen. Hier waren alle untergebracht, die beim Einsturz des östlichen Flügels und bei der Suche nach Leichen zu Schaden gekommen waren. Meister Gareth hieß Varzil mit einer Ehrerbietung willkommen, die keine Spur von Unterwürfigkeit zeigte – hier sprach ein Fachmann zum anderen.

»Es ist freundlich von Euch, uns Eure Hilfe anzubieten, Sir. Wir haben zuwenig Leute, und hier liegen so viele verletzt oder sterbend . . .«

»Was ist geschehen?« erkundigte sich Varzil.

»Soviel wir wissen, waren es die Männer von Aldaran, die sich diesen Zeitpunkt für ihren Eintritt in den Krieg aussuchten. Morgen wird der Lord General – der König, Sir – entscheiden müssen, was unternommen werden soll. Vielleicht können wir sie am Kadarin aufhalten, doch für den Augenblick haben wir einen *Laran*-Schutzschirm über die Burg gelegt ... einen solchen Angriff werden sie nicht wiederholen, aber natürlich können wir den Schirm nicht lange aufrechterhalten; wir brauchen dazu vier Männer und einen Jungen. Die Feinde müssen gewußt haben, daß die Armee hier war, und wollten Verwirrung stiften, damit wir nichts von ihren Absichten merkten ... Doch jetzt muß ich mich um die Verwundeten kümmern. Und für dich, Melora, gibt es Arbeit genug bei den Frauen. Wie üblich bei jedem Tumult haben sich zwei oder drei genau diesen Zeitpunkt ausgesucht, um ihr Kind zu bekommen – es sind eine von den Hofdamen und eins der Küchenmädchen und, ja, eine der Wäscherinnen der Armee. Deshalb ist mehr zu tun, als eine Hebamme allein schaffen kann. Avarra sei gepriesen, eine Priesterin Avarras war hier, nur die Göttin weiß, wieso, und sie hat sich ihrer angenommen. Aber es sind auch Frauen von fallenden Steinen verletzt worden, und wenn du dich den Heilerinnen anschließen willst, Melora ...«

»Selbstverständlich.« Melora ging in den anderen Teil der Halle hinüber, und nach kurzem Überlegen folgte Bard ihr. Carlina hier – und als Priesterin Avarras! Wenn er zum König dieses Landes gekrönt worden war, sollte sie die Königin sein ...

Er fand sie, wie sie sich über eine Frau beugte, deren Arm und Bein, ein Auge und der Schädel verbunden waren. Sie sah Melora zuerst und fragte kurz: »Seid Ihr eine Heilerin, und versteht Ihr etwas von Entbindungen? Eine Frau hat bereits Kinder geboren, und ich kann sie ohne Sorge ihren Zofen überlassen. Aber diese Frau wird sterben, und da liegt eine in den Wehen, die über dreißig ist und ihr erstes Kind bekommt, und dann ist da noch eine junge Erstgebärende ...«

»Ich bin keine Hebamme, aber ich bin eine Frau, und ich habe ein bißchen von der Heilkunst gelernt«, antwortete Melora, und Carlina sah ihr im Licht der abgeschirmten Lampe voll ins Gesicht.

»Melisandra ...« Sie unterbrach sich und blinzelte. »Nein, Ihr seht ihr nicht einmal sehr ähnlich. Ihr müßt ihre Schwester sein, die *Leronis* – es ist jetzt keine Zeit, zu fragen, wie Ihr hergekommen seid. Aber ich segne Euch im Namen Avarras! Dann werdet Ihr mir bei den Verwundeten helfen?«

»Gern«, sagte Melora. »Wo sind die Frauen in Wehen?«

»Wir haben sie in jenen Raum dort getragen, es war einmal das Arbeitszimmer des alten Königs ... ich werde gleich zu Euch kommen.« Carlina beugte sich erneut über die sterbende Frau, legte eine Hand auf ihre Stirn und schüttelte den Kopf.

»Sie wird nicht wieder erwachen«, sagte sie und ging auf das Zimmer zu, in das sie Melora geschickt hatte. Aber Bard faßte sie leicht am Ärmel.

»Carlie«, sagte er.

Sie riß sich erschrocken los. Doch dann spürte sie wohl an seiner Stimme, daß er keine Bedrohung für sie darstellte. Sie stieß den angehaltenen Atem aus. »Bard ... ich hatte nicht erwartet, dich hier zu sehen ...«

Er sah die dunkel verfärbte Stelle auf ihrer Wange. *Gnädige Avarra, das habe ich ihr angetan* ... Aber er hatte keine Zeit, sich zu schämen oder zu bemitleiden. Er konnte Carlina jetzt nicht einmal um Verzeihung bitten. Sein Land wurde von Aldaran angegriffen und war in den Händen eines Usurpators.

»Was ist das für ein Unsinn, ich sei heute nacht gekrönt und mit irgendwem anders verheiratet worden?«

»Gekrönt, verheiratet? Davon weiß ich nichts, Bard. Ich bin die ganze Zeit, seit der andere Flügel der Burg einstürzte, hiergewesen und habe die Kranken und Verletzten gepflegt. Für etwas anderes hatte ich keine Zeit ... ich habe für nichts Zeit gehabt, nur daß ich ein bißchen Brot und Käse gegessen habe ...«

»Ist niemand anders da, der das hier tun kann, Carlie? Du siehst so müde aus ...«

»Oh, ich bin daran gewöhnt, es ist die Arbeit einer Priesterin ...«, antwortete sie mit schwachem Lächeln. »Und wenn du es vielleicht auch nicht glaubst, Bard, das ist es, was ich bin. Doch es mag sein, daß ich zu lange behütet wurde. Vielleicht brauchen wir die Priesterinnen eher in der Welt als auf der Heiligen Insel.«

»Melisandra ... ist sie ...?«

»Sie war während des Angriffs bei mir; sie ist unverletzt geblieben. Und auch deinem Sohn geht es gut, wie ich hörte. Er war den ganzen Tag bei Meister Gareth. Aber, Bard, ich habe jetzt keine Zeit für dich, diese Frauen liegen im Sterben. Und die Männer auch ... Weißt du, daß mehr als hundert Männer verwundet wurden? Und zwölf von ihnen sind bereits gestorben, so daß morgen ein ganzes Regiment Soldaten irgendwo Gräber ausheben muß, und irgendwer muß die Familien benachrichtigen ... Bard, kannst du Boten zu der Heiligen Insel schicken und darum bitten lassen, daß Priesterinnen kommen und mir bei den Verletzten und Sterbenden helfen? Wenn du Eilboten zu Pferde schickst, können sie bei Tageslicht dort ankommen ...«

»Selbstverständlich kann ich das tun«, antwortete Bard ernüchtert, »aber werden sie auf Männer hören, werden sie kommen?«

»Vielleicht nicht für den König von Asturias. Aber vielleicht für mich, wenn sie erfahren, daß ich, Schwester Liriel, sie bitte –«

»Aber es gibt keinen Mann, der auch nur an das Ufer des Sees treten kann, ohne von diesem bösen Zauber angegriffen zu werden –« Er hielt inne. Nein, der Zauber war nicht böse. Die Frauen verteidigten sich nur. Demütig sagte er: »Kein Mann kann die Schutzmaßnahmen überwinden, mit denen die Priesterinnen sich verteidigen, ohne vor Entsetzen zu sterben.«

»Eine Frau kann es«, stellte Carlina fest. »Bard, hast du in deiner Armee keine Frauen, die zu der geschworenen Schwesternschaft vom Schwert gehören? Auch sie reiten unter dem Schutz Avarras.«

»Ich glaube, sie haben mich alle verlassen, Carlina. Aber ich will gehen und meine Unteroffiziere fragen; der eine oder andere weiß sicher Bescheid.«

»Dann schicke eine von der Schwesternschaft, Bard. Bitte sie, zum See zu reiten und von mir die Botschaft zu überbringen, sie möchten kommen –«

Bard wollte schon sagen, niemanden in seiner Armee pflege er zu *bitten*, dies oder jenes zu tun, doch er schluckte es hinunter. Wenn Carlina bitten konnte, dann konnte er es auch. Er antwortete: »Ich werde sofort Eilboten absenden, Lady«, und ging. Carlina blickte ihm nach. Sie erkannte, daß etwas sehr Seltsames geschehen war, nicht nur im Königreich von Asturias, sondern auch in Bards Seele.

Bard ging zu den Ställen. Er war erleichtert, daß Carlina ihn zumindest nicht auf der Stelle mit Vorwürfen überfallen hatte. Sie hatte ein Recht auf eine Szene, wenn ihr danach zumute war. Genug angetan hatte er ihr schließlich. Aber die größere Tragödie hatte alle Gedanken an das persönliche Schicksal in den Hintergrund gedrängt, an ihres ebenso wie an seins.

Einer der Unteroffiziere berichtete ihm, als die Söldnerinnen, die in der Armee von Asturias gedient hatten, mit den weiblichen Kriegsgefangenen weggeritten seien, hätten sie zwei Frauen zurückgelassen. Die eine war zu krank zum Reiten, und die andere sei bei ihr geblieben, um sie zu pflegen. Die beiden lebten zusammen in einem kleinen Zelt nahe den Quartieren der Wäscherinnen und Troßdirnen, ein Stück entfernt von den Unterkünften der regulären Armee. Bard lag der Befehl auf den Lippen: Sag ihr, sie muß eine Eilbotschaft für mich überbringen, und schick jemand anders, der sich um ihre Freundin kümmert. Doch ihm fiel ein, daß er einen außergewöhnlichen Dienst von jemandem verlangte, dem er seinen Schutz verweigert hatte. Besser ging er selbst zu der Frau.

Bard verlief sich zwei- oder dreimal auf dem Gelände des Lagers, bis er endlich die richtige Stelle fand.

Trotz der Katastrophe herrschten im Lager der Armee verhältnismäßig normale Zustände. Leichtverwundete wurden von ihren Kameraden gepflegt, und einige der Frauen hatte man zur Hilfe gepreßt. Die eine oder andere Troßdirne streifte Bard mit einem lächelnden Blick, und da wußte er, daß er nicht erkannt wurde. Es erinnerte ihn an seine Zeit als Söldner. Und dabei wieder fiel ihm Lilla ein und ihr Sohn, der wahrscheinlich ebenso sein Sohn war. Er hatte Lilla nichts Böses getan wie so vielen anderen Frauen. Das war wohl der Grund, warum sie niemals etwas von ihm erwartet oder gebraucht hatte, abgesehen von dem bißchen Geld, das er ihr von seinem Sold für ihren Sohn gab. Sie hatte ihm keinen Ansatzpunkt geliefert, sie zu verletzen, und deshalb konnte er ihr auf keine Weise etwas zuleide tun.

Ja, ich habe vielen Frauen Böses angetan. Aber vielleicht waren auch die Frauen nicht alle ganz ohne Schuld. Sie lebten auf eine Weise, daß sie von Männern vernichtet werden konnten ... Im Grunde war er nicht mehr zu tadeln als jeder andere Mann auf seiner Welt. War dann die ganze Welt zu tadeln?

»Nun, Hauptmann«, fragte eine der Troßdirnen, »suchst du ein bißchen Vergnügen?«

Er schüttelte den Kopf. Offensichtlich hatte sie ihn nicht erkannt und hielt ihn für einen gewöhnlichen Soldaten; der *Hauptmann* war eine Schmeichelei, nicht mehr. »Nicht heute abend, mein Mädchen, ich habe wichtigere Dinge im Kopf. Kannst du mir sagen, wo die geschworenen Schwestern, die Entsagenden, untergebracht sind?«

»Von *dem* Paar könnt Ihr kein Vergnügen erwarten, Sir«, antwortete das Freudenmädchen. »Sie haben Dolche statt Küsse zu vergeben, und der General sagt, wer sich an sie heranmacht, bekommt Schlimmeres zu spüren.«

Bard grinste freundschaftlich. »Ob du es glaubst oder nicht, Hübsche, hin und wieder hat ein Mann etwas anderes zu tun, so unvorstellbar das auch sein mag.« Das Mädchen war ein gutmütiges Ding. »Ich habe eine Botschaft für sie von der ...« – Bard zögerte – »... der *Leronis*, die im Feldlazarett arbeitet. Vielleicht könntest auch du dich entschließen, dort zu helfen – es gibt Arbeit für jeden.«

Sie blickte auf den Kies zu ihren Füßen nieder. »Was könnte eine wie ich schon tun, um einer *Leronis* zu helfen, Sir?«

»Nun, Wasser tragen und Verbandsmaterial aufrollen und Leute füttern, die nicht imstande sind, zu sitzen und selbst zu essen«, sagte Bard. »Warum probierst du es nicht einmal?«

»Ihr habt recht, Sir, jetzt ist nicht die richtige Zeit, bei verwundeten Männern zu liegen«, antwortete das Mädchen. »Ich glaube, viele von uns würden bei der Krankenpflege mitarbeiten. Ich will gehen und sie fragen. Und wenn Ihr die Schwesternschaft sprechen wollt, Sir, so sind zwei davon in dem Zelt dort, aber ...« – sie funkelte ihn an – »... kommt nur nicht auf schmutzige Gedanken! Die eine von ihnen ist so krank, daß sie sich nicht hochsetzen kann, und die andere hat nur im Sinn, sie zu pflegen. Die Männer haben sie erwischt, bevor der General seine Befehle gab, und es ist mit den Schwestern nicht wie mit ... mit Frauen wie mir, Sir. Sie war nicht daran gewöhnt – und sie ist ziemlich schlimm verletzt worden.« Ihr Gesicht war sehr finster. »Solche Männer sollten strenger bestraft werden als nur mit Auspeitschen, Sir.«

Avarra sei mir gnädig! Von neuem überflutete Bard das Gefühl brennender Scham und Schuld. Zur Überraschung der Frau antwortete er: »Du hast vollkommen recht.« Damit ging er zu dem ihm bezeichneten Zelt. Er wagte nicht einzutreten. Die Frauen drinnen würden wahrscheinlich nach allem, was sie durchgemacht hatten, erst zuschlagen, wenn ein Mann in ihre Nähe kam, und dann Fragen stellen. Leise rief er von draußen: *»Mestra ...«*

Eine Frau erschien in der Zeltöffnung, kroch heraus und stand auf. Sie trug die Tunika der Schwesternschaft aus rotem Leder, knielang und vorn des bequemeren Reitens wegen geschlitzt. Ihr kurzgeschnittenes Haar war völlig zerzaust. Sie sagte heftig: »Sprich leise! Meiner Schwester geht es sehr schlecht!« Sie war groß und dünn und trug ein Messer im Gürtel. Ein goldener Reifen schimmerte in ihrem Ohr.

»Das tut mir leid«, erwiderte Bard, »aber ich habe eine Botschaft von der *Leronis* im Lazarett. Ich brauche einen Eilboten nach Marenji und dem See des Schweigens.« Er erklärte ihr die Sache, und die Frau sah ihn beunruhigt an. Bard trat in das Licht einer Laterne, die über der Lagerstraße von einem Pfosten hing, und da erkannte sie ihn.

»Lord General! Nun, Sir, ich würde gern reiten, aber ... aber meine Schwester braucht mich dringend, Sir. Ihr habt gehört, was geschehen ist ...«

»Ja, ich weiß. Aber wollt Ihr sie nicht ins Feldlazarett bringen? Wenn es ihr so schlecht geht, braucht sie mehr Pflege, als Ihr ihr zukommen lassen könnt, und bestimmt wird die Priesterin Avarras ihr helfen.«

Die Entsagende betrachtete ihn mit düsterem Gesicht, aber die Tränen standen ihr in den Augen. »Die Priesterinnen ... das sind heilige Jungfrauen, Sir, und sie werden mit der Schwesternschaft nichts zu tun haben wollen. Zweifellos halten sie uns nicht für anständige Frauen. Und was werden sie von einer Frau denken, die wieder und wieder vergewaltigt worden ist, und ... und sie ist *angesteckt*, Sir ...«

»Ich glaube, Ihr werdet feststellen, daß sie mehr Verständnis haben, als Ihr annehmt«, versicherte Bard. »Die Priesterinnen Avarras haben geschworen, *allen* Frauen zu helfen.« Das hatte er aus Carlinas Gedanken entnommen. »Aber Ihr müßt sofort reiten. Ich lasse eine Tragbahre kommen, mit der Eure Schwester ins Lazarett gebracht werden kann.« Er ging zu den Soldatenunterkünften zurück und rief nach einer Tragbahre. In wenigen Minuten hatte man die kranke Frau vorsichtig daraufgelegt, und ihre Schwester/Freundin beugte sich über sie.

»Tresa, *Breda*, diese Leute werden dich zu einer *Leronis* bringen, die dir besser helfen kann als ich ...«

Sie wandte sich Bard zu. »Mir ist es gar nicht lieb, daß ich sie bei Fremden zurücklassen muß ...«

Er antwortete: »Ich selbst werde sie in die Hände der *Leronis* geben, *Mestra*, aber Euch obliegt eine Aufgabe, die nur eine Frau erfüllen kann. Kein Mann vermag sich dem See des Schweigens zu nähern.« Carlina würde für die Kranke sorgen, und wenn Carlina es aus dem einen oder anderen Grund nicht konnte, war er überzeugt, daß Melora wußte, was für sie zu tun war.

Carlina ging immer noch, ohne an etwas anderes zu denken, zwischen dem einen Raum, in dem die verletzten Frauen lagen, und dem anderen, der die Entbindungsstation darstellte, hin und her, als Bard die kranke Frau hereintragen ließ. Melora wickelte ein neugeborenes Kind.

»Ich habe noch eine, der ihr helfen müßt.« Bard erklärte, was geschehen war.

»Ja, natürlich, ich werde mich um sie kümmern«, versprach Carlina, und Bard meinte, Verwirrung in ihrem Blick zu lesen. *Seit wann kümmerst du dich höchstpersönlich um solche Dinge?*

Zu seiner Verteidigung erklärte er ärgerlich: »Sie ist Soldat und Kriegsgefangene, und es waren meine Männer, die sie verletzt haben, verdammt noch mal! Bist du zu tugendhaft, sie zu pflegen?«

»Natürlich nicht, Bard«, protestierte Carlina. »Ich habe dir doch gesagt, wir werden sie pflegen. Ihr da ...« – sie winkte die Frauen heran, die den Soldaten die Bahre abgenommen und darauf bestanden hatten, sie selbst zu tragen – »... ich kann jedes Paar Hände brauchen! Auch die unter euch, die überhaupt keine Ahnung von

Krankenpflege haben, können die Leute füttern und Tabletts tragen und Wasser kochen und Brei machen!«

Bard warf einen Blick nach draußen. Der Himmel wurde hell. Es war kurz vor Sonnenaufgang. »Ich werde die Köche der Armee herschicken. Sie können den Brei kochen«, versprach er. Jeder Soldat im Dienst konnte mit dieser Botschaft losgeschickt werden, und so kostete es ihn nur ein paar Minuten, die Sache zu erledigen und einen Unteroffizier abzustellen, der Meister Gareth und Varzil zur persönlichen Verfügung stehen sollte. Der Mann war ein Veteran, der viele Feldzüge unter Bard mitgemacht hatte und gar nicht auf den Gedanken kam, Bards Identität in Frage zu stellen. Er salutierte und sagte: »Wie der Lord General wünscht.« Bard dachte darüber nach, daß sein Vater Paul auf diese Welt geholt hatte, damit Bard praktisch an zwei Stellen gleichzeitig sein könne. Nun, so war es jetzt. Der Lord General, der eben gekrönte König, befand sich mit seiner frischgebackenen Königin in der königlichen Suite, und der Lord General war hier unten und gab im Feldlazarett Befehle.

Für meinen Vater war ich nur das Werkzeug zur Ausführung seiner ehrgeizigen Pläne!

Das hatte er sein ganzes Leben lang geglaubt. Aber jetzt erkannte er, daß es nicht wahr war. Denn lange bevor Dom Rafael di Asturien wissen konnte, ob aus seinem Sohn ein Soldat oder Staatsmann oder ein *Laranzu* oder ein dummer Tunichtgut werden würde, hatte sein Vater ihn seiner Mutter weggenommen und in seinem eigenen Haus großgezogen. Er hatte Unterricht in allen einem Mann anstehenden Künsten erhalten, die Lady war seine Pflegemutter gewesen, er hatte Pferde und Hunde und Falken gehabt. Ihm war die ganze Erziehung des Sohns eines Edelmannes zuteil geworden. Und dann hatte Dom Rafael sich der Gesellschaft seines Sohns, was sie auch wert sein mochte, beraubt, damit er am Hof mit Prinzen und Adligen als Pflegebrüder aufwachsen konnte. Ja, sein Vater hatte ihn selbstlos geliebt, er hatte nicht nur Nutzen aus ihm ziehen wollen. Und sogar die Mutter, die auf ihn verzichtet hatte – Bard blickte in das Morgenrot über den zerklüfteten Zähnen der Kilghardberge, wo gerade die große rote Sonne aufging. Er sah jetzt ein, daß auch seine Mutter ihn geliebt haben mußte. Sie mußte ihn genug geliebt haben, um ihr Kind herzugeben, damit es als Sohn eines Edelmanns erzogen werden konnte und es nicht nötig hatte, seinen Lebensunterhalt auf einem kargen Berghof zusammenzukratzen. Zum allerersten Mal in seinem Leben fragte er sich, ob diese unbekannte Mutter noch lebte. Seinen Vater konnte er nun nicht mehr fragen. Aber Lady Jerana mochte es wissen. Sie war auf ihre eigene Art freundlich zu ihm gewesen und wäre freundlicher gewesen, wenn er es erlaubt hätte. Wenn es sein mußte, würde er sich vor Lady Jerana demütigen und sie inständig bitten, ihm zu sagen, wie seine Mutter hieß und wo in den Bergen sie wohnte, damit er vor ihr niederknien und sie dafür ehren könne, weil sie ihn genug geliebt hatte, um ihn seines Vaters Liebe zu überlassen.

Sein Blick verschleierte sich vor Tränen.

Ich bin geliebt worden, mein ganzes Leben lang, und ich habe es nicht gewußt.

Was ist los mit mir? Ich möchte immerzu weinen! Ist das nur Laran, oder bin ich zu einem Schwächling geworden, zu der Art Mann, die ich immer verachtet habe?

Er würde sich an das, was mit ihm geschehen war, gewöhnen. Aber tief in seinem Inneren wußte er auch, daß er ein anderer Mann geworden war. Er wunderte sich über diesen neuen Mann, aber er schämte sich seiner nicht. Er schämte sich allein des Mannes, der er gewesen war, und dieser Mann war *tot.* Auf diesen früheren Bard brauchte er weder Schuld- noch Schamgefühle mehr zu verschwenden.

Er mußte Zeit finden, noch einmal mit Carlina zu sprechen. Das, was zwischen ihnen stand, hatten sie noch nicht in Ordnung gebracht. Aber auch Carlina mußte sich jetzt der Lebenden annehmen, und der tote Bard konnte für sie nicht viel interessanter sein als für ihn selbst. Und so machte er sich, als die ersten Strahlen echten Tageslichts den Himmel erhellten, auf die Suche nach Paul Harrell und Melisandra.

9

Gegen Morgen hatte Varzil im Feldlazarett alles getan, was ihm möglich war, und Meister Gareth trotz seines Widerspruchs zur Ruhe geschickt. »Es macht keinen Unterschied, ob Ihr noch ein paar Stunden arbeitet!«

Meister Gareth erwiderte: »Auch Ihr habt die ganze Nacht gearbeitet und seid den ganzen gestrigen Tag geritten. Und Ihr seid auch nicht mehr jung, Dom Varzil!«

»Nein, aber jünger als Ihr, und das, was noch zu erledigen ist, übernehme ich. Geht und ruht Euch aus!« Varzil richtete sich plötzlich zu seiner ganzen Höhe auf – sehr groß war er nicht – und benutzte die Befehlsstimme. Meister Gareth seufzte.

»Es ist lange her, seit irgendwer mich herumkommandiert hat, Sir, aber ich werde Euch gehorchen.«

Als der alte *Laranzu* gegangen war, teilte Varzil Ordonnanzen dazu ein, den Leuten, die essen konnten, Frühstück zu bringen und sich um die anderen, die es nicht konnten, zu kümmern. Dann ging er in die Frauenabteilung der Großen Halle. Er fand Melora dort. Sie hatte ihr Kleid hochgeschürzt und sich ein Laken umgebunden.

»Nun, Kind, wie steht es hier?«

Sie grinste. »Asturias hat drei neue Untertanen, wer auch der König sein mag. Einen Soldatensohn und ein Küchenmädchen und, nach dem roten Haar zu urteilen, eine *Leronis* für seinen Ratgeberstab. Ich wußte gar nicht, daß ich Talent zur Hebamme habe, aber bis gestern habe ich auch nicht gewußt, daß ich auf einem Pferd reiten kann.«

»Nun, Bewegung ist die beste Vorbeugung gegen Wundschmerzen nach dem langen Ritt«, versicherte er ihr. »Doch jetzt, *Breda*, mußt du dich ausruhen. Und Ihr auch, gute Mutter«, sagte er zu Carlina in ihrem schwarzen Mantel.

»Ja.« Müde fuhr sie sich mit der Hand über die Augen. »Ich glaube, hier habe ich alles getan, was ich konnte. Diese Frauen können für die Verletzten sorgen, solange ich mich ausruhe.«

»Und Ihr, *vai tenerézu?*« fragte Melora.

Varzil antwortete: »Die Armee ist mir zur Verfügung gestellt worden; ich will mich mit Bard beraten, ob er nun Lord General oder König ist, aber vorher . . .« – er warf einen Blick auf den heller werdenden Himmel – ». . . will ich Kundschaftervögel aussenden, damit wir sehen, ob wir von den Aldarans angegriffen werden. Wenn sie eine Armee gegen Asturias führen, muß es Bard irgendwie gelingen, sie am Kadarin aufzuhalten. Und wenn nicht . . . nun, darüber können wir später nachdenken.«

Er ging, und Carlina fiel plötzlich ein, daß sie nichts mehr gegessen und getrunken hatte, seit Melisandra ihr gestern Suppe und Eierrahm hatte bringen lassen. Sie sagte: »Varzil hat mit mir gesprochen, als sei ich eine Priesterin Avarras.«

Beide Frauen gingen, ohne es merkwürdig zu finden, von der Voraussetzung aus, daß Melora genau wußte, was Carlina widerfahren war und warum. Melora sagte: »Ihr gehört immer noch der Göttin, oder nicht?«

»Immer. Aber selbst wenn ich zum See des Schweigens zurückkehren könnte, bin ich mir nicht sicher, ob ich es tun sollte. Ich glaube, wir haben auf unserer kleinen Insel zu isoliert gelebt, geschützt von mächtigem Zauber, und es hat uns nicht gekümmert, was in der Welt draußen vorgeht. Und doch ... wie können unverheiratete Frauen ohne das in Sicherheit zusammenleben?«

»Die Schwesternschaft vom Schwert tut es«, stellte Melora fest.

»Aber sie haben Mittel, sich zu schützen, die wir nicht haben«, wandte Carlina ein und dachte: *Ich könnte niemals ein Schwert schwingen: ich bin eine Heilerin, ich bin eine Frau ... Mir scheint es nicht zum Leben einer Frau zu gehören, Krieg zu führen, wohl aber, für andere zu sorgen ...*

»Vielleicht«, meinte Melora zögernd, »braucht die Göttin eure beiden Schwesternschaften, die eine, damit sie stark sei, und die andere, damit sie helfe und heile ...«

Carlinas Lächeln war zitterig. »Sie werden wohl für unsere Art des Lebens nicht mehr Achtung haben als ...« – das gestand sie kläglich – »... wir für ihre.«

Meloras klare Stimme war keine Befehlsstimme, aber sie hätte es recht gut sein können. »Dann müßt ihr lernen, Achtung für die andere Lebensweise zu haben. Auch ihr seid Entsagende. Und die Menschen können sich ändern, wißt Ihr.«

Ja, dachte Carlina, *wenn sich Bard so sehr ändern kann, ist Hoffnung, daß es jedermann auf dieser unruhigen Welt vermag! Ich muß mit Varzil darüber sprechen; als Bewahrer von Neskaya hat er vielleicht einige Antworten für uns.*

Melora sagte: »Verzeiht mir, Mutter ...« – damit benutzte sie den gegenüber einer Priesterin gebräuchlichen Ehrentitel – »... aber Ihr seid die Prinzessin Carlina, nicht wahr?«

»Das war ich. Ich habe diesen Namen vor vielen Jahren abgelegt.« Mit Schrecken dachte Carlina daran, daß sie nach gültigem Gesetz legitim mit Bard verheiratet war. Und wenn Bard sie nun geschwängert hatte! *Was sollte ich mit einem Kind anfangen? Mit seinem Kind?*

»Das dachte ich mir. Ich sah Euch einmal beim Mittsommerfest, aber ich glaube nicht, daß Ihr mich gesehen habt. Ich war nur Meister Gareths Tochter ...«

»Ich habe Euch gesehen. Ihr tanztet mit Bard.« Da auch sie *Laran* hatte, setzte Carlina hinzu: »Ihr liebt ihn, nicht wahr?«

»Ja, doch er weiß es noch nicht.« Plötzlich kicherte Melora nervös. »Man hat mir erzählt, der Lord General sei gestern gekrönt und verheiratet worden. Und nach dem Gesetz seid Ihr, die Ihr bereits mit ihm verlobt wart, ebenfalls seine Frau. Deshalb hat er im Augenblick mindestens eine legitime Frau zuviel. Ich bin überzeugt, er wird wenigstens von einer wieder frei sein wollen ... und so, wie ich ihn kenne, von beiden. Vielleicht, Carlina – Mutter Liriel –, wird die

Aufklärung dieses Mißverständnisses alles zum Guten wenden, denn irgendeine Entscheidung seiner Ehe wegen muß ja fallen.«

»Hoffen wir es.« Impulsiv ergriff Carlina Meloras Hand.

»Kommt und ruht Euch aus, *vai leronis*. Ich kann für Euch einen Platz bei den Hofdamen finden; diese schicke ich nach unten, damit sie sich um die Verwundeten und Kranken kümmern, und Ihr müßt schlafen.«

Bard di Asturien schritt inzwischen durch die Gänge der Burg auf die Räume zu, die er bewohnt hatte, seit Alaric gekrönt worden war und ihn zum Lord General ernannt hatte. Ein Wachposten stand vor der Tür und teilte ihm mit, der Lord General sei – vermutlich – anwesend.

Bard dachte einen Augenblick nach. Natürlich konnte er verlangen, daß man ihn, den Lord General, durch die Vordertür einließ. Die meisten Männer in der Armee kannten den Kilghard-Wolf vom Sehen. Aber er war zu dieser Konfrontation noch nicht ganz bereit. Deshalb ging er über einen Korridor zu einem Hintereingang, von dessen Vorhandensein nur einige wenige seiner Männer wußten, zu denen er volles Vertrauen hatte.

Er durchquerte die Zimmer, als habe er sie nie zuvor gesehen. Das hatte er auch nicht; der Mann, der noch vor ein paar Nächten hier geschlafen hatte, war ein anderer gewesen. Sie lagen im Bett des großen Schlafzimmers, Paul auf dem Rücken, und Bard betrachtete sein eigenes Gesicht mit seltsamem, leidenschaftslosem Interesse. Melisandra schmiegte sich an ihn, den Kopf auf seiner Schulter, und selbst im Schlaf hatte die Art, wie Paul seinen Arm um die Frau gelegt hatte, etwas Beschützendes. Ihre roten Locken waren aufgelöst und bedeckten Pauls Gesicht.

Hätte er sie *vorher* so gefunden, in seinem eigenen Schlafzimmer, dachte Bard gleichmütig, dann hätte er keine Sekunde gezögert, seinen Dolch herauszureißen und ihnen die Kehlen durchzuschneiden. Selbst jetzt kam ihm dieser Gedanke einen Augenblick lang gar nicht so abwegig vor. Paul hatte versucht, den Thron zu usurpieren. Er war in Bards Namen gekrönt worden, und indem er sich vor den Augen des halben Königreichs mit Melisandra trauen ließ, hatte er den Thron von Asturias mit einer Königin versorgt, die nun in aller Öffentlichkeit wieder abgesetzt werden mußte. Selbst wenn Paul bereit war, auf die Identität des Lord Generals zu verzichten, blieb Bard immer noch mit Melisandra verheiratet. Welche Verwicklungen! Und mit dem, was Bard getan hatte, hatte er Carlina zu seiner gesetzmäßigen Frau gemacht, und auch sie konnte er nicht in aller

Öffentlichkeit wieder absetzen! Im Namen aller Götter, wie sollte er diese Probleme lösen? Bard überlegte kurz, ob er das Zimmer ebenso leise wieder verlassen sollte, wie er es betreten hatte. Sollte er sein Pferd nehmen und in die Berge davonreiten? Er wollte das Königreich Asturias nicht. Selbst der Schock über den Tod seines Vaters und Alarics hatte ihm die Überzeugung nicht genommen, man werde einen anderen König finden. Jenseits des Kadarin gab es viele kleine Königreiche, und er hatte sich schon einmal seinen Lebensunterhalt als Söldner verdient ...

Aber was wurde aus seinen Männern, wenn er das tat? Paul besaß weder das notwendige Wissen, noch hatte er Interesse daran, für sie zu sorgen. Was wurde aus Carlina, aus dem Versprechen, das er der Schwesternschaft vom Schwert gegeben hatte, aus Melisandra, aus Melora? Nein, er hatte hier immer noch Verantwortungen. Und schließlich hatte er Paul ausdrücklich aufgetragen, den Platz des Lord Generals auszufüllen. Vielleicht hatte Paul einfach Bards Namen und guten Ruf geschützt – denn welchen Eindruck hätte es wohl gemacht, wäre bekannt geworden, daß der Lord General zur Zeit des heimtückischen Angriffs auf Burg Asturias davongelaufen war, um sich seiner Verbrechen wegen an der Schulter einer Frau auszuweinen? Paul mußte eine Chance bekommen, das alles zu erklären; er konnte ihn nicht im Schlaf töten.

Bard beugte sich über Melisandra und betrachtete mit einer Zärtlichkeit, die ihn selbst erstaunte, die auf ihren Wangen ruhenden rötlichen Wimpern, die vollen Brüste, über denen das dünne Nachtgewand – so dünn, daß die Haut rosig durchschimmerte – in durchsichtigen Falten lag. Sie hatte ihm Erlend geschenkt, und schon dafür mußte er ihr immer Liebe und Dankbarkeit erweisen.

Dann rüttelte er Paul leicht an der Schulter.

»Wach auf«, sagte er.

Paul fuhr im Bett in die Höhe. Sofort hellwach, erblickte er Bards angespanntes Gesicht und wußte, daß er in unmittelbarer Lebensgefahr war. Sein erster Gedanke war, Melisandra zu schützen. Er sprang aus dem Bett und stellte sich zwischen sie und Bard.

»Nichts von allem ist ihre Schuld!«

Bards Lächeln überraschte ihn. Bard sah richtig belustigt aus! »Das weiß ich«, sagte er. »Was auch geschehen mag, ich werde Melisandra nichts tun.«

Paul entspannte sich ein bißchen, blieb aber auf der Hut. »Was tust du hier?«

»Das hatte ich eigentlich dich fragen wollen«, antwortete Bard.

»Schließlich ist es mein Zimmer. Wie ich hörte, hat man dich heute nacht gekrönt. Und ... verheiratet. Mit Melisandra. Kannst du es mir verübeln, wenn ich mir meine Gedanken darüber mache, ob du Absichten auf den Thron von Asturias hast? Gestern abend hat man mich fast nicht in die Burg hineingelassen, weil man mich für einen Betrüger hielt.«

Aus irgendeinem Grund, merkte Bard jetzt, sprachen sie beide im Flüsterton. Aber trotzdem weckten ihre Stimmen Melisandra auf. Sie setzte sich im Bett hoch, und das Haar flutete ihr über die Brust. Mit großen Augen starrte sie Bard an. Ihre Worte überstürzten sich: »Bard! Nein! Tu ihm nichts! Er hatte nicht die Absicht ...«

»Laß ihn selbst erklären, welche Absichten er hatte!« fuhr Bard sie an, und seine Stimme war wie Stahl.

Paul knirschte mit den Zähnen. »Was hätte ich deiner Meinung nach tun sollen? Die Ratgeber kamen zu mir, sie sagten, ich sei der König, sie verlangten von mir, daß ich Melisandra heirate! Sollte ich da vielleicht antworten: O nein, ich bin nicht der Lord General, der Lord General wurde zuletzt dabei gesehen, wie er nach Neskaya davonritt? Sie fragten mich nicht, was ich tun wolle, sie *befahlen* es mir! Wärst du rechtzeitig zurückgekommen ... aber nein, du hattest irgendeine Privatangelegenheit zu erledigen und hattest alles mir überlassen ... du hast nicht einmal nach deinem Sohn gefragt! Du bist ungefähr ebenso geeignet, dies Königreich zu regieren, wie ... wie er es ist, und das ist kein großes Kompliment, weil ich mir vorstellen kann, daß jeder, der Hosen trägt, es besser fertigbrächte, als es dir gelingen wird! Wenn du deine Aufmerksamkeit zehn Minuten lang von deinen Weibern ab- und den Dingen, die du tun solltest, zuwenden könntest ...«

Bard riß den Dolch aus der Scheide. Melisandra schrie auf, und drei Leibwächter stürzten ins Zimmer. Als sie Bard in der Kleidung eines gewöhnlichen Soldaten und Paul im Nachthemd erblickten, kamen sie sofort zu dem offensichtlichen Schluß und drangen mit gezogenen Schwertern auf Bard ein.

»Du willst wohl in Anwesenheit des Königs Stahl ziehen, was?« brüllte einer von ihnen. Augenblicke später war Bard entwaffnet und wurde von zwei Leibwächtern festgehalten.

»Was sollen wir mit ihm anfangen, Lord General – ich bitte um Verzeihung – Euer Majestät?«

Paul blickte von den Leibwächtern zu Bard und sagte sich, daß er aus der Bratpfanne ins Feuer gesprungen war. Er wollte nicht, daß der Vater von Melisandras Kind vor seinen Augen getötet wurde.

Schmerzlich und gerade eine Sekunde zu spät wurde ihm bewußt, daß er überhaupt nicht böse auf Bard war.

Teufel, letzten Endes hat es mich in die Stasis-Zelle gebracht, daß ich die Finger nicht von den verkehrten Frauen lassen konnte. Wer bin ich, daß ich ihm Vorwürfe mache? Und doch, wenn ich zugebe, daß er der König und der Lord General ist, dann liege ich im Bett mit der Königin, und nach allem, was ich über dies Land weiß, ist auch das ein schweres Verbrechen – ganz zu schweigen von Bards Stolz! Wenn ich ihn töten lasse, wird Melisandra ihnen wahrscheinlich die Wahrheit sagen. Tue ich es nicht, wäre ich in der Stasis-Zelle verdammt besser dran! Denn ich habe keinen Zweifel, daß man hier die Todesstrafe hat – und raffinierte Methoden kennt, sie zu vollziehen!

Der ranghöchste Leibwächter wandte sich an Paul. »Mein Lord . . .«

Bard fiel ein: »Ich glaube, hier liegt ein Irrtum vor . . .«

»Irgendwer hat einen Irrtum begangen, das stimmt schon«, erklärte einer der Leibwächter grimmig. »Dieser Mann versuchte gestern abend, in den Palast zu gelangen, indem er behauptete, er sei der Lord General. Es war ihm sogar gelungen, Lord Varzil von Neskaya zu täuschen! Ich halte ihn für einen Hastur-Spion. Sollen wir ihn hinausführen und hängen, Sir?«

Melisandra sprang in ihrem dünnen Nachtgewand aus dem Bett, ohne das Glotzen der Leibwächter zu beachten. Sie öffnete ihren Mund zum Sprechen. Und in diesem Augenblick hörte man Rufe auf den Gängen, und ein Bote trat ein.

»Mein Herr und König! Eine Gesandtschaft von den Hasturs unter der Waffenstillstandsflagge ist eingetroffen! Varzil von Neskaya bittet Euch, sie sofort im Thronsaal zu empfangen!«

Die Leibwächter fuhren herum. Bard erklärte: »Unmöglich. Der Thronsaal ist voll von Kranken und Verwundeten; wir werden die Gesandtschaft auf dem Rasen empfangen müssen. Ruyvil . . .«, sprach er den jüngsten der Leibwächter an, »du kennst mich, nicht wahr? Erinnere dich an den Feldzug nach Hammerfell, als ich bei König Ardrin durchsetzte, daß du mit uns reiten durftest. Weißt du noch, wie sich Beltrans Banner um deine Pike verwickelte?«

»Wolf!« rief der Leibwächter aus. Dann drehte er sich drohend zu Paul um.

»Wer ist dieser Mann?«

Bard erklärte schnell: »Mein Friedensmann – und mein Stellvertreter. Ich hatte eine dringende Sache in Neskaya zu erledigen und ließ ihn hier zurück. Und so wurde er stellvertretend gekrönt . . .«

Der älteste der Leibwächter – der Bard hatte hinausführen und hängen wollen – fragte argwöhnisch: »Und auch stellvertretend verheiratet?«

Der junge Ruyvil tadelte ihn: »Sprich nicht so mit dem König, du Idiot, oder dein eigener Kopf wird auf deinen Schultern wackeln! Meinst du, ich kenne den Kilghard-Wolf nicht? Für die Sache damals hätte ich mit einem Fußtritt aus der Armee befördert werden können! Glaubst du, ein Betrüger wüßte darüber Bescheid?«

Paul erkannte das Schlupfloch, das Bard für sie beide offengelassen hatte, und sagte: »Nie hätte ich gewagt, mich in die Ehe meines Königs einzumischen. Er hatte mir Melisandra versprochen, und ich habe sie geheiratet. Seine Majestät . . .« – er sandte einen schnellen Blick zu Bard hinüber, und die Botschaft war klar: *Jetzt sieh zu, wie du aus der Sache herauskommst!* – ». . . hätte Lady Melisandra gar nicht heiraten können, selbst wenn er es gewollt hätte, da er bereits rechtmäßig mit einer anderen verheiratet ist.«

Bards Blick zu Paul verriet deutlich Dankbarkeit. Er befahl: »Geht und sagt den Gesandten, ich werde sie empfangen, sobald ich mich rasiert und angezogen habe. Und richtet das auch Lord Varzil von Neskaya aus.« Als die Leibwächter und der Bote gegangen waren, sagte er zu Melisandra: »Ob du es glaubst oder nicht, ich hatte die Absicht, dich mit Paul zu verheiraten, aber ihr habt mir vorgegriffen. Erlend muß ich für mich verlangen; er ist mein einziger Erbe.«

Melisandras Kinn zitterte, aber sie antwortete: »Ich werde ihm nicht im Weg stehen.« Und Bard dachte an seine unbekannte Mutter, die ihn Dom Rafael überlassen hatte, damit er als Edelmann erzogen werde. Waren alle Frauen so selbstlos? Er erklärte barsch: »Ich werde dafür sorgen, daß er sich erinnert, auch dein Sohn zu sein. Und jetzt, verdammt noch mal, kein Geheul noch vor dem Frühstück! Schick mir meinen Leibdiener mit der richtigen Kleidung für eine Audienz! Und, Paolo, schneide dir das Haar! Wir wollen die Ähnlichkeit herunterspielen – du bist immer noch nicht raus aus der Patsche!«

Als Bard in den Innenraum gegangen war, legte Melisandra Paul die Hand auf den Arm.

»Ich bin so froh . . .« Sie lächelte. Er nahm sie in seine Arme.

»Was hätte ich anderes tun können?« fragte er. »Sonst wäre ja das Königreich an mir klebengeblieben!«

Und zu seiner völligen Überraschung wurde ihm klar, daß er die Wahrheit gesprochen hatte. Er beneidete Bard nicht. Nicht einmal ein bißchen. Und vielleicht – nur vielleicht – war jetzt alles so geregelt, daß er Bard nicht zu töten brauchte, wenn er selbst am Leben bleiben wollte. Mit dem Bard, den er zuvor gekannt hatte, wäre das niemals möglich gewesen. Aber in der kurzen Zeit, seit Paul Carlina von der Insel des Schweigens entführt hatte, war etwas mit Bard geschehen. Paul wußte nicht, was es war, aber irgendwie war das hier ein anderer Mann. Melisandra, dachte Paul, wußte über diesen Wechsel Bescheid, und vielleicht würde sie es ihm eines Tages erzählen.

Oder vielleicht Bard selbst. Jetzt würde ihn gar nichts mehr wundern.

Rasiert, angekleidet, den blonden Zopf mit der roten Kriegerschnur umwickelt, betrachtete Bard sich im Spiegel. Er sah wie der gleiche Mann aus, aber er war immer noch ein Fremder in seiner eigenen Haut und wußte nicht, was er als nächstes tun würde. Paul hatte, ohne es zu wissen, das Richtige getan – obwohl er nicht damit gerechnet hatte. Er hatte gefürchtet, Paul werde versuchen, die Täuschung aufrechtzuerhalten, und dann hätte er keine andere Wahl gehabt, als ihn töten zu lassen. *Nein. Ich hätte ihn nicht töten lassen. Ich habe bereits zu viele Menschen vernichtet. Vielleicht hätte ich ihn im Zorn eigenhändig niedergestochen, aber ich könnte nie kaltblütig dastehen und den Befehl geben, ihn zu töten. Er ist jetzt zu sehr ein Teil meiner selbst. Und es ist gut ausgegangen, denn ich bin frei von Melisandra.*

Aber das Gesetz band ihn immer noch an Carlina, und wenn sie den Schutz dieser Ehe brauchte – wenn er sie zum Beispiel, was alle Götter verhüten mochten, geschwängert hatte –, dann konnte er ihr die Stellung der Königin nicht mehr verweigern, ohne unehrenhaft zu handeln. Sein ganzes Herz schrie nach Melora. Doch obwohl er wußte, er würde sie lieben, solange er lebte, konnte er nicht zu ihr kommen, indem er Carlina in den Staub trat oder ihr Recht auf ihn mißachtete.

Sei vorsichtig, um was du die Götter anflehst; sie könnten dich erhören. Und er dachte daran, wie Melora in jener schicksalhaften, lange zurückliegenden Festnacht gesagt hatte, sie wolle Carlina nicht auf den Saum ihres Gewandes treten.

Wenn ich damals nur genug Verstand gehabt hätte, um zu Carlina zu gehen und ihr die Freiheit von einer Ehe anzubieten, die wir beide nicht wollten . . . Aber nicht einmal ein Gott kann die Blätter zurückbringen, die abgefallen sind. Er hatte das Netz gewoben, in dem er mit Carlina verstrickt war, und falls es nicht auf ehrenvolle Weise gelöst werden konnte, mußte er in seinen Schlingen leben.

Es kam ihm vor, obwohl er sich so gerade aufrichtete, wie er konnte, als beuge sich der Mann im Spiegel unter einer schweren Last. Ja, dies Land Asturias, das er nicht regieren wollte, lag nun auf seinen Schultern. *Oh, mein Bruder! Ich hätte soviel lieber den Befehl über deine Armee als deine Krone gehabt!* Aber der Wein war eingegossen worden und mußte getrunken werden. Er wandte sich vom Spiegel ab, biß die Zähne zusammen und straffte die Schultern. Seine Armee hatte entschieden, der Kilghard-Wolf solle sie regieren, und so mußte er regieren.

Ein Baldachin und ein Sessel anstelle eines Throns waren für ihn auf dem Rasen aufgebaut worden. Mit finsterer Ungläubigkeit sah Bard über die Reihen sich verbeugender Höflinge hin, über die Soldaten und Leibwächter, die schnell Haltung annahmen, als er an ihnen vorüberschritt. Diese Formalitäten waren ihm früher, wenn sie seinem Vater oder König Ardrin galten, nie aufgefallen. Er hatte sie einfach als selbstverständlich hingenommen. Es schoß ihm durch den Kopf, daß es ganz gut sei, wenn dies erste Mal ein Baldachin und ein Sessel den Thron vertraten. Er erinnerte sich, daß er am Fuß von Ardrins Thron gestolpert war, als ihm die rote Schnur verliehen wurde.

»Sir, der Gesandte der Hasturs.«

Es war Varzil, der gesprochen hatte, und Bard, sowenig er vom Protokoll wußte, fiel ein, daß der Bewahrer eines der größeren Türme in gleichem Rang mit jedem König stand. Er winkte Varzil, sich dem Sessel, in dem er saß, zu nähern.

»Cousin, muß das eine hochoffizielle Angelegenheit sein?«

»Nur, wenn du es wünschst.«

»Dann schick alle diese Leute weg und laß mich mit dem Gesandten in Frieden reden«, sagte Bard. Als er die Höflinge und alle anderen bis auf ein Mindestmaß an Leibwächtern entlassen hatte, war die Waffenstillstandsflagge König Carolins zu sehen und im Blau und Silber der Hasturs – Geremy Hastur.

Bard ging Geremy entgegen und begrüßte ihn mit der unter Verwandten üblichen Umarmung. Und bei der Berührung kam all die alte Zuneigung zurück. Ob er eines Tages auch Geremy wiederentdecken konnte?

Auch Geremy hat *Laran*, dachte Bard, er weiß Bescheid. Und als er Geremy ins Gesicht blickte, fand er dort – obwohl Geremy angespannt und besorgt aussah – das gleiche Verständnis, das er bei Melora gefunden hatte.

Er sagte (und merkte, daß seine Stimme zitterte unter einer Bewegung, die nicht zu empfinden er nicht mehr vortäuschen konnte): »Willkommen in Asturias, Cousin. Es ist ein trauriges Wiedersehen, und der Anlaß ist ein schwerer Verlust. Mein Vater und mein Bruder sind noch nicht zur Ruhe gebettet worden, sondern liegen unbeerdigt, bis in diesem Königreich wieder einigermaßen Ordnung herrscht. Wir werden von den Aldarans angegriffen, und ich finde mich, ohne daß ich es gewünscht hätte, auf einem Thron wieder, von dem ich nicht weiß, wie ich ihn ausfüllen soll. Aber obwohl es ein armseliges Willkommen ist, bin ich doch froh, dich hier zu sehen ...« Und seine Stimme brach. Er sprach nicht weiter, denn er wußte, dann würde er vor aller Augen die Fassung verlieren und weinen. Er fühlte Geremys Hand mit festem Druck auf seiner.

»Ich wollte, ich könnte dir etwas Trost geben – Pflegebruder«, sagte Geremy, und Bard schluckte schwer. »Ich trauere tief um deinen Verlust. Dom Rafael habe ich nicht gut gekannt, aber Alaric kannte und liebte ich, und er war viel zu jung, um schon aus dem Leben gerissen zu werden. Aber selbst in dieser Stunde der Trauer müssen wir an die Lebenden denken. Varzil hat mir Neuigkeiten berichtet, von denen du, wie ich vermute, noch nichts gehört hast. Varzil, Verwandter, erzähle Bard, was deine Kundschaftervögel gesehen haben.«

»Die Aldarans sind in diesen Krieg eingetreten«, berichtete Varzil. »Wir erfuhren heute nacht von Meister Gareth und seinen *Leroni*, daß sie den Zauber sandten, der die Burgmauern einstürzen ließ. Jetzt ist eine Armee vom Darriell-Wald her auf dem Marsch, und Aldaran hat sich mit Scathfell und anderen kleinen Königreichen im Norden verbündet. Sie sind noch viele Tage nördlich vom Kadarin, aber sie werden sich wohl darauf verlassen, daß sie hier Chaos und Trauer vorfinden. Doch ich habe noch neuere Nachrichten. Tramontana hat seine Neutralität beschworen; sie werden dort keine *Laran*-Waffen mehr herstellen. Und das war der letzte Turm, denn Arilinn hat den Eid bereits den Hasturs geleistet.«

»Der Tod der Märtyrer von Hali hat so seinen Sinn gefunden«, erklärte Geremy, »denn nun gibt es keinen Turm in diesem Land mehr, der Haftfeuer oder Knochenwasserstaub oder das Gift, das die Seuche in den Venzabergen hervorrief, herstellt. Ich kam, um Dom Rafael ein zweites Mal darum zu bitten – ich wußte nichts von seinem Tod –, dem Vertrag beizutreten und sich mir und meinen *Leroni* wenigstens zu dem Zweck anzuschließen, die noch übrigen Vorräte an *Laran*-Waffen zu vernichten. Wir haben geschworen, sie nicht einzusetzen, aber wir können uns gegen sie verteidigen.«

Bard dachte schweigend darüber nach und sah dabei zu dem eingestürzten Flügel der Burg hinüber. Die Aldarans hatten die Burg mit *Laran* angegriffen, und was mochten sie noch in ihrem Arsenal haben? Schließlich sagte er: »Ich würde es gern tun, Geremy. Wenn wieder Frieden im Land herrscht, will ich dem Vertrag beitreten, und dann wehe jedem Mann, der ihn bricht! Die *Leroni* mögen dazu zurückkehren, liebeskranken Mädchen die Zukunft zu deuten und schwangeren Frauen zu sagen, ob es ein Junge oder ein Mädchen werden wird, oder die Kranken zu heilen und Botschaften über die Relais schneller zu senden, als ein Eilbote reiten kann. Aber solange sich das Land im Kriegszustand befindet, wage ich es nicht. Ich muß meine Armee innerhalb von drei Tagen in Marsch setzen, wenn ich Aldaran auf seiner Seite des Kadarin aufhalten will.«

»Für diesen Kampf bringe ich dir einen Verbündeten«, erwiderte Geremy. »Ich habe von Carolin Vollmacht, seine Männer an der Seite deiner Armee gegen Aldaran zu schicken. Aldaran kann auf der anderen Seite des Kadarin gern herrschen. Nur in den Hundert Königreichen wollen wir ihn nicht.«

»Carolins Hilfe nehme ich dankbar an«, erklärte Bard. »Aber ich kann dem Vertrag nicht beitreten, bis ich die Ordnung in meinem Königreich wiederhergestellt habe. Und dann werde ich ein Bündnis mit den Hasturs beschwören.« Ihm war dabei bewußt, daß er in wenigen Worten alles niederriß, für das sein Vater gekämpft hatte. Doch es war seines Vaters Ehrgeiz gewesen, nicht sein eigener. Er würde herrschen, aber er hatte nicht den Wunsch, weitere Eroberungen zu machen. Sollten jene, die Land besaßen, es in Frieden regieren. Er hatte genug Probleme mit einem Königreich; es grauste ihm bei dem Gedanken, ein Imperium zu verwalten. Er war nur *ein* Mann; er hatte seinen dunklen Zwilling freigegeben.

Geremy seufzte. »Ich hatte gehofft, du seist bereit, dem Vertrag beizutreten, nun, wo du gesehen hast, was sein Fehlen diesem Land angetan hat. Und im Hastur-Land ist es noch schlimmer als hier. Hast du die Kinder gesehen, die in den Venzabergen und in der Umgebung von Carcosas geboren worden sind?«

Bard schüttelte den Kopf. »Ich sagte, Geremy, wir wollen wieder darüber sprechen, wenn Aldaran eingesehen hat, daß er auf seiner eigenen Seite des Kadarin bleiben muß. Und jetzt, wenn du erlaubst, muß ich Vorbereitungen treffen, um meine Armee in Marsch zu setzen.« Wer sollte regieren, solange er im Feld war? Konnte er Carlina die Regentschaft anvertrauen? Konnte er Varzil überreden, an seinem Hof zu bleiben und dafür zu sorgen, daß alles richtig erledigt wurde? Er lächelte trübe im Gedanken daran, daß er wieder einmal an zwei Stellen gleichzeitig hätte sein müssen, hier auf seinem Thron und unterwegs mit seiner Armee! Würde die Armee Paul folgen? Sollte er den Befehl einem der erfahrenen Veteranen seines Vaters geben?

Er rief vier oder fünf der Männer seines Vaters zusammen, alles fähige Offiziere, und beriet sich mit ihnen geraume Zeit über den Einsatz der Armee. Dann begab er sich in die Große Halle und ging ein paar Minuten zwischen den Verwundeten umher. Eine ganze Reihe von Ordonnanzen versorgte sie, und für die Pflege der Frauen war jedes weibliche Wesen in der Burg herangezogen worden, das nicht anderswo zu tun hatte. Bard entdeckte Lady Jeranas eigene Zofe und dachte daran, daß sogar Lady Jerana sich heute morgen allein ankleiden mußte.

Er sah keine Spur von Melora; wohin war sie gegangen? Er sehnte sich nach ihrem Anblick, obwohl ihm klar war, daß er zu ihr kein Wort von dem sprechen durfte, was in seinem Herzen wohnte, bis diese Verwicklung mit Carlina gelöst war. Meister Gareth trat zu ihm, und Bard erkundigte sich: »Was gibt es, mein alter Freund? Sind genug *Leroni* da, um den Schutzschirm über der Burg aufrechtzuerhalten?«

»Wir versuchen es, Sir«, antwortete Meister Gareth, »doch ich weiß nicht, wie lange wir ihn noch halten können. Ich wäre Euch sehr dankbar, wenn Ihr Lord Geremy Hastur fragen würdet, ob er uns einige von seinen Zauberern leihen kann.«

»Das werde ich tun. Aber Ihr könnt ihn auch selbst fragen.«

»Ah, aber bei Euch hat die Bitte mehr Gewicht, Sir.«

»Und was macht Mistress Melora? Lord Varzil stellte sie Euch gestern abend für die Krankenpflege zur Verfügung . . .«

»Das überläßt sie heute vormittag Mutter Liriel, der Priesterin, wißt Ihr.« In einem Sekundenbruchteil kam Bard die Erkenntnis, daß Carlina – oder Mutter Liriel – ebensowenig wünschte wie er, die alte Verlobung und den verfallenen Ehekontrakt als gültig zu betrachten. War er wirklich frei? Er und Carlina mußten miteinander reden, mußten zu einem klaren Einverständnis kommen. Aber seine Stimmung hob sich, während Meister Gareth berichtete: »Ich hatte Melora beauftragt, ihre Kundschaftervögel aufsteigen zu lassen; ich habe nie jemanden gesehen, der im Umgang mit ihnen geschickter ist als sie. Nun bat sie mich, Euch auszurichten, daß eine große Schar von Priesterinnen auf der Straße vom See des Schweigens heranzieht, und begleitet werden sie von Reitern in Rot.«

»Dann hat die Schwesternschaft vom Schwert also Wort gehalten . . .«, begann Bard, doch gerade in diesem Augenblick erschien Melora hinten auf dem Rasen. Sie schwenkte die Arme und schrie verzweifelt etwas.

Bard rannte zu ihr, und Meister Gareth hinkte schnaufend hinter ihm her.

»Was ist, Melora?«

»Schickt nach Varzil! Oh, im Namen aller Götter, schickt nach Dom Varzil!« rief sie. »Rory, der das Gesicht hat, hat für uns gesehen! Der *Laran*-Schirm hält noch, aber es fliegen drei Luftwagen in diese Richtung, und jetzt können wir uns nicht gegen sie verteidigen! Setzt die Armee ein – wir müssen alle Verwundeten ins Freie schaffen, bevor das Dach über ihnen zusammenbricht!«

Meister Gareths Gesicht wurde bleich, aber seine Stimme klang fest.

»Nichts ist durch Panik zu gewinnen, Melora – du kannst Varzil leichter erreichen als ich!«

Meloras Gesicht nahm einen entrückten Ausdruck an. Bard, der sich schnell in Rapport mit ihr fallen ließ, hörte sie lautlos nach Varzil rufen, und Sekunden später sah er, daß nicht nur Varzil, sondern auch Geremy mit seinem unsicheren Schritt über den Rasen eilte.

»Bard«, stellte Geremy kurz fest, »du hast nicht genug *Laran* – noch nicht –, um dabei irgendwie von Nutzen zu sein. Kümmere du dich darum, daß die Verwundeten aus der Halle getragen werden für den Fall, daß wir die Luftwagen nicht aufhalten können.«

Es fiel Bard gar nicht auf, daß Geremy, der sich nicht einmal in seinem eigenen Königreich befand, dem regierenden König Befehl erteilte. Was Geremy sagte, war so durch und durch vernünftig, daß er auf der Stelle gehorchte. Im Forteilen winkte er einen Leibwächter zu sich.

»Suche mir Paolo Harryl und Lady Melisandra!« Und dann fragte er sich, ob er mit seinem neuen *Laran* seine enge Verbundenheit mit beiden benützen könne. Er war immer in Kontakt mit Pauls Geist gewesen. Und dies war eine Gelegenheit, bei der er an zwei Stellen gleichzeitig hätte sein müssen!

Paul. Komm mit genug Männern ins Lazarett, daß die Verwundeten ins Freie getragen werden können!

Aus dem Augenwinkel sah er, daß Melora und Geremy, Meister Gareth und Varzil von Neskaya sich bei den Händen gefaßt hielten, als wollten sie ausgerechnet jetzt ein Kindertanzspiel aufführen! Aber sogar Bard, der erst vor kurzem für *Laran* empfänglich geworden war, konnte die psychische Energie sehen, die sich als beinahe materielle Barriere um sie aufbaute. Dann lief er in die Halle und begann, den Soldaten Befehle zu erteilen.

»Jeder, der laufen kann, geht nach draußen und entfernt sich so weit wie möglich von den Gebäuden! Die Ordonnanzen helfen den

Leuten, die mit ein bißchen Unterstützung laufen können! Wir haben eine Warnung bekommen; wir werden vielleicht mit Feuerbomben angegriffen! Alle müssen ins Freie!«, kommandierte er. »Wir werden in Kürze so viel Tragbahren haben, wie wir brauchen – daß mir keiner in Panik gerät, es wird niemand zurückgelassen!« Die Furcht hing wie ein sichtbares Miasma im Raum. Bard erhob die Stimme: »Ihr sollt gehen, habe ich gesagt, nicht rennen! Jeder, der über einen anderen Verwundeten fällt, kommt vors Kriegsgericht! Immer mit der Ruhe, wir haben noch reichlich Zeit!« Er trat in den anderen Raum. »Carlina – Mutter Liriel, laßt die Frauen, die laufen können, den anderen helfen; bald kommen auch Tragbahren!«

Carlina sprach leise mit den Frauen, und Bard beobachtete, wie in Minuten eine geordnete Rettungsaktion durchgeführt wurde. Paul traf ein und brachte einen ganzen Trupp von Männern mit Tragbahren mit. Er blieb neben der Tragbahre stehen, auf der eine Frau mit ihrem Neugeborenen in den Armen lag.

»Ah, das ist eine meiner neuen Untertaninnen? Macht Euch keine Sorgen, Mutter, sie ist ein gesundes Kind, und sie wird in Sicherheit gebracht werden, glaubt mir.« Damit ging er weiter. Hinter ihm klang Gemurmel auf.

»Das ist der *König!*«

»Sei nicht dumm«, fiel die Frau auf der nächsten Tragbahre ein, »der König würde doch nicht hier herunterkommen. Das ist sein Friedensmann, der eine, der ihm so ähnlich sieht.«

»Ob er es nun war oder nicht«, verteidigte sich die erste Frau, »er hat freundlich zu mir gesprochen, und ich werde das Mädchen nach ihm Fianna nennen. Und der Friedensmann des Königs ist sowieso so gut wie der König selbst!«

Bard überwachte den Abtransport der letzten Schwerverletzten. Hier und da sprach er mit einem Veteran, den er kannte, einem Hoffreund seines Vaters, einem treuen Diener. Nicht alle von ihnen dachten daran, ihn mit *Sir* oder *Euer Majestät* zu titulieren, und das war ihm nur recht. In den kommenden Jahren war Zeit genug für Formalitäten, und er war stolz darauf, der Kilghard-Wolf zu sein. Und wenn es die Angst eines alten Dieners beschwichtigte, ihn Meister Bard zu nennen, setzte ihn das auch nicht herab, entschied er.

»Sind alle draußen?«

»Alle bis auf die alte Frau in der Ecke dort. Ich fürchte, wenn wir sie bewegen, wird sie sterben«, antwortete Carlina zögernd. »Und ich möchte nicht gern vier Männer mit einer Tragbahre schikken . . .« Sie war bleich vor Furcht, und Bard dachte daran, daß auch Carlina *Laran* hatte und vielleicht eine Spur von Voraussicht. In diesem Augenblick war ein seltsamer, summender Ton zu hören, und die *Leroni*, die sich im Garten an den Händen hielten, schrien auf. Bard rannte in die Ecke der Großen Halle und beugte sich über die alte Frau. Sie blickte zu ihm auf, das Gesicht grau vor Angst und Schmerz.

»Lauf, Sohn! Mit mir ist es aus.«

»Unsinn, Oma.« Bard nahm sie in die Arme. »Könnt Ihr einen Arm um meinen Hals legen? So ist's recht – los, machen wir, daß wir hinauskommen!« Im Laufen fiel ihm plötzlich ein, daß Carlina befürchtet hatte, die alte Frau werde schon beim Abtransport auf einer Tragbahre sterben. Nun, ganz bestimmt starb sie, wenn er sie hier zurückließ und das Dach auf sie fiel! Er taumelte ins Freie, und als er auf dem Rasen anlangte, gab es eine fürchterliche Erschütterung. Er stolperte und stürzte schwer auf die alte Frau, und er meinte, seine Trommelfelle müßten von dem Getöse platzen.

Als er wieder mitbekam, was geschah, sammelten Paul und seine Leibwächter ihn auf, und die alte Frau, die wunderbarerweise immer noch atmete, wurde ihm behutsam aus den Armen genommen und auf eine Tragbahre gelegt.

Aus einem der noch stehenden Flügel der Burg stieg eine hohe, anmutige Staubfontäne auf und brach brüllend zusammen. Bard, der selbst den Befehl gegeben hatte, alle Feuer, sogar die Kochfeuer, zu löschen, sah mit Erleichterung, daß keine Flammen hochschlugen. Es gab eine zweite und eine dritte Explosion, und ein Stall stürzte ein. Aber die unter Pauls Befehl stehenden Soldaten waren tüchtig gewesen und hatten schon alle Pferde nach draußen gebracht. Wieder eine Explosion, der Schreie folgten: Eine Bombe war mitten in eine Gruppe von Soldaten eingeschlagen, die sich um Verwundete geschart hatten. Bard wurde übel, als er Arme und Beine durch die Luft fliegen und schreiende Körper sich winden sah.

Über ihnen wurde das summende Geräusch lauter. Dann schoß aus dem Kreis der *Leroni* unter den Bäumen ein blaues Licht hoch, und plötzlich fiel unter Donnergetöse ein Luftwagen wie ein Stein aus dem Himmel. Er stürzte in einen Obstgarten und traf einen Apfelbaum, aus dem sofort himmelhohe Flammen schlugen.

»Eimer!« brüllte einer von Bards Offizieren. »Löscht das Feuer dort!«

Ein Dutzend Männer rannte in Richtung des Obstgartens.

Wieder ein blaues Licht, und ein zweiter Luftwagen stürzte brennend ab. Dieser schlug, ohne Schaden anzurichten, auf einem felsigen Hügel auf und rollte hinab, bis er in verstreuten Trümmern liegenblieb. Ein Luftwagen flog über den Wartturm der Burg und ließ kleine, harmlos wirkende Eier fallen, die in der Luft auseinanderbrachen.

»Zandrus Höllen!« rief Bard. »Haftfeuer!« Und tatsächlich, sobald die Geschosse trafen, gingen sogar die Steinmauern der Burg in Flammen auf. Das höllische Zeug, erinnerte Bard sich, verbrannte alles, sogar Fels, und brannte weiter und weiter ...

Alaric und sein Vater kamen so zu einer Feuerbestattung.

Der letzte der Luftwagen explodierte knatternd und fiel aus dem Himmel. Bard sah, daß Melora sich aus dem Kreis löste und direkt auf die Burg zulief. War sie verrückt geworden? Er hatte sich soviel Mühe gegeben, jeden einzelnen hinauszuschaffen – was hatte sie vor?

Paul, der mit den Leibwächtern daran arbeitete, brennende Trümmerstücke von den Ställen wegzuräumen, vernahm plötzlich – als höre er es mit den Ohren – Melisandras Aufschrei. Ihr Götter da oben, hatte der Kontakt mit Bard ihn fähig gemacht, ebenfalls Bilder aus weiter Ferne aufzunehmen? Er konnte sie deutlich sehen, wie sie die Hintertreppe aus dem Garten, wo er sie das erste Mal gesehen hatte, hinaufrannte. Er fing ihre panikerfüllten Gedanken auf: *Erlend! Erlend! Er war gestern abend noch lange auf, er hat Botengänge für die* Leroni *erledigt, und er schläft noch in seinem Zimmer! O gnädige Avarra, Erlend!*

Sie war schon oben auf der Treppe, aber Paul folgte ihr auf den Fersen. Auf halber Höhe traf ihn eine erstickende Rauchwolke. Melisandra war im Qualm verschwunden. Paul riß sein Hemd herunter, band es sich um das Gesicht, ließ sich unter die Rauchwolke fallen und begann, auf Händen und Knien die Stufen hochzukriechen.

Und in einer merkwürdigen Verdoppelung, als seien er und Bard wahrhaft im Geist verbunden, sah er Bard hinter Melora in das Gebäude stürmen und sah und fühlte die Leibwächter, die ihn packten und zurückrissen.

»Nein! Nein, mein Lord, das ist zu gefährlich!«

»Aber Melora ...«

»Wir werden jemanden schicken, der die *Leronis* herausholt, mein Lord, aber Ihr dürft Euer eigenes Leben nicht riskieren. Ihr seid der König ...«

Bard wehrte sich gegen sie. Er sah Melora die Treppe hinauflaufen, sich einen Weg über gefallene Trümmer erkämpfen, und durch und über all das empfing er das Bild Erlends, der friedlich in seinem Bett lag, den um seinen Hals hängenden Sternenstein in der Hand. Rauchwölkchen kräuselten sich um ihn und drohten, seinen

Schlaf in Bewußtlosigkeit zu verwandeln, während die Wände um ihn zu brennen begannen.

»Laßt mich los! Verdammt sollt ihr sein! Dafür lasse ich euch alle köpfen! Das ist mein Sohn da oben – er verbrennt!«

Er rang mit ihnen, und die Tränen strömten ihm übers Gesicht. »Verdammt sollt ihr sein! Laßt mich los!«

Aber die Leibwächter hielten ihn fest, und zum ersten Mal in seinem Leben erreichte Bard mit seiner Riesenkraft gar nichts. »Man wird ihn herausholen, Sir, aber das ganze Königreich hängt von Euch ab. Ruyvil, Jeran – helft uns, seine Lordschaft festzuhalten!«

Und während Bard sich gegen die Männer wehrte, war gleichzeitig ein Teil von ihm bei Paul und kroch die Treppe hinauf. Er war Paul, so daß er im Griff der Leibwächter hustete und ihm Tränen aus den Augen stürzten, als Paul aufwärtsstrebte ...

Geblendet von dem Rauch, ließ sich Paul auf Hände und Knie fallen. Hinter ihm erschlaffte Bards Körper plötzlich in den Armen seiner Männer, da der wesentliche Teil von ihm sich mit Paul durch den Rauch kämpfte. Er versuchte verzweifelt, Paul seine ganze Kraft zu leihen, für Paul zu *atmen*, wenn es sein mußte. Beiden schien es, als kröchen sie *zusammen* diese Stufen hinauf, und oben angekommen, schoben sie sich Zoll für Zoll durch den Flur ... ertasteten sich den Weg zur Tür, denn der Qualm war so dick, daß Paul nichts mehr sehen konnte. Und gleich hinter der Tür lag Melisandra, bewußtlos vom Rauch, das Gesicht dunkel und verzerrt. Einen fürchterlichen Augenblick lang spürte Paul ihren Atem nicht. Das ganze Zimmer war voll von dem beißenden Zeug. Pauls Lungen schmerzten, und ohne Bards Kraft hätte er es niemals geschafft, sondern wäre neben Melisandra liegengeblieben.

Aber irgendwo wimmerte ein Kind, als weine es im Schlaf, und Bards Bewußtsein in Paul ließ ihn fluchend wieder auf die Füße kommen. Die Wände begannen zu lodern, und der Rand von Erlends Matratze glomm bereits und sandte neue Rauchschwaden in den dicken Nebel im Zimmer. Paul – oder Bard, er wußte nicht, wer von ihnen – riß das Kind an sich und hörte es vor Schreck schreien, als es die Flammen hochschlagen sah. Er zerschmetterte eine Wasserkaraffe neben dem Bett, warf irgendein Kleidungsstück in die Lache, tränkte es mit dem Wasser und band es sich vor das Gesicht. Mit Erlend an der Brust, der sich schwach an ihm festklammerte, kniete er neben Melisandra nieder und schlug ihr den nassen Stoff ins Gesicht. Er mußte sie aufwecken! Vielleicht hätte Bards Geist in ihm Melisandra zurückgelassen, damit er seinen

Sohn retten konnte ... Aber nein, Melisandra war die Mutter des Kindes, er konnte sie nicht verbrennen lassen!

Er roch versengtes Haar, den stechenden Geruch brennenden Stoffs, und Melora, das Gesicht schwarz vor Ruß, stand über ihm.

»Gib mir Erlend ...«, sagte sie hustend. Sie würgte mit aller Kraft die Worte heraus. »Du kannst Sandra tragen, ich nicht ...«

Hielt sie ihn für Bard, fragte sich Paul mit seinem eigenen Bewußtsein. Aber schon hatte der Teil in ihm, der Bard war, die Arme ausgestreckt und Melora das bewußtlose Kind übergeben. Er spürte, daß ihm Tränen der Erleichterung und Dankbarkeit über das Gesicht flossen, doch schon wandte sich seine gedoppelte Aufmerksamkeit Melisandra zu. Er sah Melora über ein halbverbranntes Brett an der Tür stolpern, mit dem Kind in den Armen schwer fallen, sich wieder aufrichten, nach einem flammenden Balken greifen und wie durch ein Wunder in den brennenden Flur hinaustaumeln, Erlends Gesicht an ihrem üppigen Busen versteckt. Sie schrie, er konnte sie vor Schmerz und Angst schluchzen hören, aber sie schwankte mit dem kleinen Jungen in den Armen weiter.

Paul hob sich Melisandra auf die Schulter, und ihm schoß sinnloserweise die bruchstückhafte Erinnerung von einer anderen Welt und aus einem anderen Leben durch den Kopf, daß man das einen Feuerwehrmanngriff nannte, und er hatte nie gewußt, warum. Die brennenden Wände waren zum Inferno geworden, zu einer Hölle aus Hitze und Qualm, aber er eilte den Weg zurück, den er gekommen war, stieß gegen Melora, die am Kopf der Treppe stehengeblieben war, und blickte entsetzt auf die brennenden Stufen hinunter. Wie konnten sie nach unten gelangen?

Meloras Atem klang laut und hart, rasselte aus ihren Lungen, und ihre Stimme war so heiser, daß sie nur ein zitteriges Krächzen hervorbrachte. Er sah, daß sie etwas vom Hals nahm.

»Geh weiter! Steig hinunter! Ich ... *Leronis* ... die Flammen ...«

Er zögerte, und die erstickte Stimme drängte: »Geh! Geh weiter! Nur ... Feuer aufhalten ... einen Augenblick ... Sternenstein ...«

Vor ihm schwankten die Flammen und zogen sich zurück, und Paul blieb wie gelähmt vor Schreck stehen ... Aber Bard in ihm war mit der Zauberei dieser Welt vertraut und der Art, wie eine ausgebildete *Leronis* Flammen beschwören konnte. Er packte Melisandra fester und eilte die Stufen hinunter. Melisandra lag schlaff und bewußtlos in seinen Armen. Erlend dagegen, den Melora hielt, schrie vor Entsetzen. Die Flammen wichen wabernd vor ihnen zurück, als sie die Treppe hinunterstolperten, Meloras Schritt war schwer und unbeholfen, weil sie ihren ganzen bewußten Willen auf den Sternenstein konzentrierte, auf die Flammen, die erstarben, von neuem hochsprangen, sich teilten und in furchtbarer Drohung hängenblieben. Er brach durch die brennende Tür und hinaus in die gesegnete Luft, und wieder sah er mit diesem angsterregenden geteilten Bewußtsein, daß Bard sich von den Leibwächtern mit einer letzten berserkerhaften Anstrengung losriß, ihm entgegenlief und ihm Melisandra aus den Armen nahm. Paul fiel, halb bewußtlos, mit einem pfeifenden Geräusch sog er Luft in seine gequälten Lungen und stieß sie wieder aus. Ein Dutzend Frauen eilte herbei, faßte nach Melisandra und legte sie auf das Gras. Und Bard warf sich in die Flammen, die hoch aufloderten, als Melora ohnmächtig niedersank. Bard nahm ihr Erlend aus den Armen und gab ihn schnell an Varzil weiter. Geremy, der ihm nachgehinkt war, hielt Bard aufrecht, während er in Erleichterung und Angst nach Melora griff.

Sie fiel so schwer gegen ihn, daß sogar Bard mit seiner Riesenkraft taumelte und er für einen Augenblick glaubte, sie würden alle drei auf dem Boden landen. Aber die Leibwächter hielten sie fest. Meloras Gesicht war bedeckt mit Ruß und Qualm, und sie schrie vor Schmerz, als Bards Arme sie umfaßten. Doch als er voll Angst seinen Griff lockerte – hatte sie die Rettung seines Sohns mit dem eigenen Leben bezahlt? –, klammerte sie sich von neuem an ihn und weinte.

»Oh, es tut so weh . . . ich bin verbrannt, Bard, aber nicht schlimm . . . um der Liebe der Göttin willen, gib mir etwas zu trinken, irgend etwas . . .« Sie hustete, würgte, schluchzte, Tränen, schwarz vor Ruß, liefen ihr übers Gesicht. Jemand drückte ihr einen Becher mit Wasser in die Hand, und sie stürzte es hinunter, und dann spuckte sie und hustete und würgte von neuem. Bard hielt sie fest und brüllte, irgendwer solle kommen und ihr helfen, aber als Meister Gareth zu ihnen trat, richtete Melora sich schon wieder auf.

»Nein, Vater, es ist alles in Ordnung, wirklich, ich habe nur ein paar kleine Brandwunden«, versicherte sie. Ihre Stimme war immer noch dick und heiser. Geremy, der jetzt auf dem Gras neben Erlend kniete, hob in tiefer Dankbarkeit das Gesicht zu Bard auf.

»Er atmet, den Göttern sei Dank«, sagte er, und als wolle er das bestätigen, begann Erlend laut zu jammern. Aber er hörte sofort auf, als er Bard erblickte.

»Du bist gekommen, um mich zu holen, Vater, du bist gekommen und hast mich gerettet, du hast mich nicht verbrennen lassen, ich wußte doch, mein Vater würde mich nicht im Stich lassen . . .«

Bard wollte sprechen, wollte ihn berichtigen, wollte sagen, Paul sei es gewesen, der körperlich die Treppe hinaufgekrochen war, während er, der Vater des Kindes, hilflos im Griff seiner eigenen Leibwächter hing, ob er nun König war oder nicht. Doch Paul, der sich über Melisandra beugte, erklärte mit lauter Stimme: »So ist es, mein Prinz, Euer Vater kam, um Euch aus dem Feuer zu holen!« Leise, aber heftig setzte er hinzu: »Erzähle ihm nie etwas anderes! Du *warst* dort! Ohne deine Kraft hätte ich es nicht geschafft! Und er muß mit dir leben!«

Ihre Blicke trafen sich, und plötzlich erkannte Bard, daß sie für immer voneinander frei waren. Er hatte Paul vor dem Tod in der Stasis-Zelle gerettet und ihm Leben gegeben, und jetzt hatte Paul ihm ein Leben zurückerstattet, das kostbarer war als sein eigenes, das Leben seines einzigen Sohns. Sie waren nicht länger die mit einem tödlichen Band verbundenen dunklen Zwillinge, sondern Brüder, Herr und geachteter Friedensmann, Freunde.

Bard beugte sich über Erlend und küßte seinen Sohn. *Dieser Nedestro*-Erbe sollte sich niemals ungeliebt fühlen, sollte niemals unter den Qualen leiden, die er selbst erduldet hatte. Vielleicht gebar Melora ihm kein Kind mehr – sie war älter als er, und sie hatte lange als *Leronis* und Heilerin in der verseuchten Zone gearbeitet –, aber sie hatte ihm Erlends Leben gegeben. Und als er Carlina beobachtete, die sich, in ihren schwarzen Mantel gekleidet, Melisandras annahm – jetzt gefoltert von heftigem Husten, als man den Rauch aus ihren Lungen zwang –, da wußte er, daß er von beiden frei war. Melisandra würde ihr Glück mit Paul finden, und Carlina hatte ihr Leben der Göttin geweiht. Er würde keinen Einspruch mehr dagegen erheben. In späteren Jahren sollte Bard die Priesterinnen Avarras ihren See des Schweigens verlassen und unter Varzils Schutz als Heilerinnen in die Welt kommen sehen. Die Priesterinnen und die Schwesternschaft vom Schwert würden sich zu einem neuen Orden der Entsagenden zusammenschließen, und Carlina würde eine ihrer Gründerinnen und Heiligen werden; aber all das lag noch in der Zukunft.

Mit furchtbarem Getöse brach das Dach des Hauptflügels der Burg ein, und das Feuer verschlang es. Bard saß neben Melora auf dem Gras. Ihre Brandwunden an Arm und Brust wurden verbunden. Er schüttelte den Kopf und seufzte.

»Ich bin ein König ohne Burg, meine Geliebte. Und wenn die Hasturs ihren Willen bekommen, auch ein König ohne Königreich, Herr nur noch über die Güter meines Vaters – soviel werden sie mir wohl lassen. Willst du eine Königin ohne Land sein, Melora, meine einzige Liebe?«

Sie lächelte zu ihm auf, und ihn dünkte die Morgensonne nicht heller zu leuchten als ihre Augen. Bard winkte Varzil zu sich, lächelte ihn an und sagte: »Sobald die Verwundeten versorgt sind, ist ein Vertrag zu beschwören. Und ein Bündnis zu schließen.«

Er wandte sich Melora zu und küßte sie auf die Lippen.

»Und eine Königin zu krönen.«

Nachwort

Zwar hat Marion Zimmer Bradley auch eine Anzahl von thematisch nicht miteinander verbundenen Romanen geschrieben, aber ihr Name ist untrennbar mit jenem Planeten Darkover verbunden, auf dem bislang 13 Romane und einige Kurzgeschichten angesiedelt sind (darunter ein paar Kurzgeschichten, die nicht von ihr sind, sondern aus einem Darkover-Fankreis – »Friends of Darkover« – stammen und jüngst in einem Taschenbuch in Amerika vorgestellt wurden).

Darkover, das darf man wohl sagen, ist das Lebenswerk der 1930 geborenen Autorin, die auch privat so sensibel wirkt, wie es ihre Romane vermuten lassen. Was also ist Besonderes an Darkover, was übt diese Faszination aus, die eine Autorin dazu bringt, immer wieder über dieses eine Thema zu schreiben, und eine über die Jahre stetig angewachsene Leserschaft in den Bann schlägt?

Zunächst einmal, und das ist wohl wichtig, ist der Darkover-Zyklus keine Serie im herkömmlichen Sinne. Die einzelnen Romane schildern Ereignisse und greifen Themen auf, die einem Gesamtkonzept – nämlich der Entwicklung einer menschlichen, von Psi-Kräften bestimmten Zivilisation auf einem anderen Planeten – folgen, aber ansonsten nicht aufeinander aufbauen. Man muß deshalb die anderen Romane nicht gelesen haben, um Gefallen an einem einzigen zu finden oder um den Ereignissen in voller Breite folgen zu können, die diesem bestimmten Roman zugrunde liegen. Und tatsächlich hat Marion Zimmer Bradley die Darkover-Romane auch durchaus nicht chronologisch geschrieben, sondern griff sich nach Gusto jeweils Themen heraus, die zu durchaus verschiedenen Epochen des Planeten gehören.

Eines allerdings haben alle Darkover-Romane miteinander gemein: den großen thematischen Rahmen zum einen, den Konflikt zwischen aufeinanderprallenden Gegensätzen zum anderen.

Der inhaltliche Rahmen ist schnell erzählt: Irgendwann in der Zukunft der Erde geht man daran, andere Planeten zu besiedeln, ein »Imperium« zu errichten. Eines der Kolonistenschiffe geht verloren und macht eine Bruchlandung auf Darkover. Zweitausend Jahre lang sind die Nachkommen dieser Raumfahrer von der terranischen

Kultur isoliert, bevor Darkover wiederentdeckt wird, und in dieser Zeit haben sie eine feudalistische Gesellschaft aufgebaut, die von sieben aristokratischen Familien beherrscht wird, deren Angehörige in besonderem Maße über Psi-Kräfte verfügen. Die Ausschmückung der Einzelheiten dieses feudalistischen Systems auf der einen Seite, der teilweise rituellen Handhabung der Psi-Kräfte (Matrices, Bewahrerinnen, Psi-Türme usw.) geben dem Thema das Fleisch, das sicherlich einen Teil der Faszination ausmacht.*

Daß daraus mehr wird als eine Kette von Abenteuerschmökern, angesiedelt irgendwo auf der Grenze zwischen Science fiction und Fantasy, dürfte hingegen an der stets wiederkehrenden Struktur der einzelnen Bände liegen. Die Autorin arbeitet hier an einem einzigen Thema, das sie in immer neuen Facetten ausbreitet, ohne es letztendlich abschließend zu behandeln. Gemeint ist eine strukturell durchgreifende Polarisierung, die jeden der Romane prägt. Linda Leith hat in einem interessanten Artikel in der Universitätszeitschrift *Science Fiction Studies* die wichtigsten dieser konträren Elemente aufgeführt: Terra steht gegen Darkover, Ratio gegen Intuition, Technologie gegen Instinkt, Establishment gegen Counter-Establishment, Alter gegen Jugend, Heterosexualität gegen Homosexualität, Mann gegen Frau, Künstlichkeit gegen Natur, Bürgertum gegen Feudalismus.

Der übergreifende Gegensatz ist dabei in den meisten Romanen natürlich der Konflikt zwischen der irdischen Technologie und der natürlichen, auf der Beherrschung des Geistes beruhenden Kultur Darkovers, aber die anderen Gegensatzpaare präzisieren jeweils den Hauptgegensatz. Die Autorin bewahrt dabei eine erstaunliche Ambivalenz, das heißt, sie ergreift nicht abschließend Partei für die eine oder andere Seite, kann sich wohl auch nicht so oder so entscheiden, ist hier vielleicht Gefangene der von ihr selbst erfundenen Struktur. Mehr noch: Darkovers Konflikte sind zu einem guten Teil auch die Konflikte der amerikanischen Gesellschaft, durch eine entfremdende Brille betrachtet, und der Grundkonflikt spiegelt die Ratlosigkeit wider, die nicht nur Marion Zimmer Bradley angesichts einer Entwicklung empfindet, die mit dem Fortschritt von Wissenschaft und Technik verknüpfte Heilserwartungen fragwürdig werden ließ.

Marion Zimmer Bradleys größere Romane sind Entwicklungsromane, in denen Menschen heranreifen und zu sich selbst finden.

* Detailliertere Information zum Darkover-Zyklus enthält ein Aufsatz von Ronald M. Hahn, der gemeinsam mit einem früheren Darkover-Kurzroman der Autorin im *Science Fiction Almanach 1981 enthalten ist.*

Hier findet die eigentliche Befreiung statt, und hier wurde der Autorin die verdiente Aufmerksamkeit auch der Kritik zuteil. Ganz unsensationell, jahrelang fast unbemerkt, ist Marion Zimmer Bradley im epischen Science-Fantasy-Abenteuerroman einen Weg gegangen, der Bewunderung verdient. Dabei ranken sich viele der besten Darkover-Romane um weibliche Protagonisten, ein vor Jahren in der Science fiction noch sehr ungewohntes Bild, und der Zyklus insgesamt propagiert die Gleichwertigkeit der Frau gegenüber dem Mann.

Aus dem Darkover-Zyklus erschien bislang der Kurzroman *Die Expedition der Bittsteller (The Planet Savers)* – enthalten *im Science Fiction Almanach 1981, – Hasturs Erbe (The Heritage of Hastur), Die blutige Sonne (The Bloody Sun), Der verbotene Turm (The Forbidden Tower)* und *Die Zeit der Hundert Königreiche (Two to Conquer)*. Wie populär der Darkover-Zyklus in Amerika ist, läßt sich übrigens auch daran ablesen, daß es inzwischen ein Darkover-Strategiespiel gibt, das von 2–4 Personen gespielt werden kann und durch seine hübsche und phantasievolle grafische Aufmachung beeindruckt. Da dieses Spiel in Deutschland im freien Handel nicht erhältlich ist (von einigen Spezialläden abgesehen), sei hier die Adresse des Importeurs genannt, bei dem Interessenten nähere Informationen oder einen Katalog anfordern können: Fantastic Shop, Postfach 3026, 4000 Düsseldorf 1. (Eine deutsche Übersetzung der Spielregeln wird mitgeliefert.)

Hans Joachim Alpers

Marion
Zimmer Bradley

Die Schwarze Schwesternschaft

Roman

Moewig bei Ullstein
Nr. 62846

Sie nennen sich »Entsagende«: Frauen, die sich nicht in Abhängigkeit von einem Mann begeben wollen. Ihre Gildenhäuser sind Begegnungsstätten und Quartier für reisende Frauen zugleich. Magdalen Loren wurde einst als terranische Agentin in die Gilde eingeschleust, hat sich inzwischen jedoch mit den sie umgebenden Bräuchen identifiziert. Auf der Suche nach einer verunglückten terranischen Pilotin stoßen Magdalen und ihre Gefährtinnen auf eine geheimnisvolle Kraft und einen Gegner, der mit magischer Macht den Erfolg der Expedition zu verhindern sucht.

MOEWIG BEI Ullstein

Jens Zippel

Wahre Liebe putzt mit

Was Männer alles besser können

Illustriert von Birgit Tanck

Eichborn.

Die Deutsche Bibliothek – CIP-Einheitsaufnahme

Zippel, Jens:
Wahre Liebe putzt mit: was Männer alles besser können / Jens Zippel.
Ill. von Birgit Tanck. – Frankfurt am Main : Eichborn, 1993
ISBN 3-8218-2287-2

Umschlaggestaltung: Rüdiger Morgenweck unter Verwendung
einer Zeichnung von Birgit Tanck
Satz und Litho: TechnoScript, Bremen
Druck und Bindung: Fuldaer Verlagsanstalt GmbH
ISBN 3-8218-2287-2
Verlagsverzeichnis schickt gern:
Eichborn Verlag, Kaiserstraße 66, D-60329 Frankfurt/Main